TIMO
LEIBIG

DIE NANOS-REBELLION

TIMO
LEIBIG

DIE NANOS-REBELLION

THRILLER

blanvalet

FSC
www.fsc.org
MIX
Papier aus verantwortungsvollen Quellen
FSC® C014496

Klimaneutral*
Druckprodukt
ClimatePartner.com/14044-1912-1001

Penguin Random House Verlagsgruppe FSC® N001967

1. Auflage 2021

Erstmals erschienen unter dem Titel
»Nanos – Sie kämpfen für die Freiheit«
Dieses Werk wurde vermittelt durch die
Literarische Agentur Michael Gaeb

Redaktion: Hanka Leo
Umschlaggestaltung: www.buerosued.de
Umschlagmotiv: plainpicture/Mark Owen
BL · Herstellung: dm
Satz: Uhl + Massopust, Aalen
Druck und Bindung: GGP Media GmbH, Pößneck
Printed in Germany
ISBN 978-3-7341-0872-3

www.blanvalet.de

Für meine Nichte Cora.
Bleib, wie du bist –
starke Frauen kann es nicht genug geben.

Was bisher geschah

Deutschland 2028. Die Bevölkerung ist hörig. Dank Nanoteilchen in Lebensmitteln und im Trinkwasser glauben die Menschen alles, was ihnen die Regierungspartei weismacht.

An deren Spitze steht Johann Kehlis. Mit seiner Lebensmittelfirma *JK's* wurde der Lebensmittelchemiker reich, bevor er zusammen mit dem Nanoforscher Carl Oskar Fossey und dessen Firma *SmartBrain* die Nanos entwickelte, mit denen er die Bevölkerung manipuliert. Seit einigen Jahren ist Kehlis Bundeskanzler, vergöttert und gewählt mit absoluter Mehrheit. Mithilfe der Garde und seinen Konfessoren – einer Spezialeinheit emotionsloser Soldaten – sorgt er für Ordnung und die Einhaltung seiner Gesetze.

Das muss er, denn einige wenige Bürger sind »free«, also resistent gegen die manipulativen Nanos, und bedeuten eine Gefahr für das System. Die meisten werden zwar von aufmerksamen Mitbürgerinnen und Mitbürgern gebeichtet, also denunziert, und daraufhin von Konfessoren in Gardedirektionen gebracht, aber ein kleiner Teil kann sich der Staatsgewalt entziehen und sammelt sich im Untergrund zu einer Rebellion.

Zu dieser stößt der entflohene Häftling Malek Wutkowski. Zu dreißig Jahren Haft verurteilt, floh er mit seinem Mentor und Freund Tymon Kròl nach acht Jahren Haft aus der JVA Grauach. Tymon starb bei der Flucht.

Vor ihrer Inhaftierung bildeten Malek und Tymon zusammen mit Maleks Bruder Dominik das kriminelle Kròl-Wutkowski-Trio. Unterstützt wurden sie von Tymons Schwester Maria.

Um die soll sich Malek nun kümmern – das Versprechen ringt ihm Tymon kurz vor seinem Tod ab. Ein schwieriges Unterfangen, da Maria nach Maleks und Tymons Inhaftierung untertauchte. Malek sieht die Chance, sie mithilfe der Rebellion aufzuspüren. Dafür stellt er sich in deren Dienst.

Die Rebellenführung – auch *Das Quartett* genannt –, bestehend aus dem Datenbaron Vitus Wendland, der ehemaligen Bundeswehrmajorin Barbara Sterling, dem Arzt Jörg Imholz und dem Unternehmensberater Sean, plant die Entführung des Nanoforschers Carl Oskar Fossey. Man verspricht sich, mit dessen Hilfe eine Möglichkeit zu finden, Kehlis' Nanosystem zu unterwandern, gar zu zerstören. Malek Wutkowski scheint aufgrund seiner kriminellen Expertise genau der Richtige für die heikle Fossey-Entführung zu sein.

Und er ist der Richtige. Zusammen mit Jannah Sterling, der Tochter der Majorin, und Hendrik Thämert gelingt es ihm, den Forscher zu entführen. Im Gegenzug erhält er Informationen über Marias Aufenthaltsort, den die Rebellen ausfindig machen konnten: Berlin.

Dort erwartet Malek eine unschöne Überraschung: Der ranghohe Regierungsbeamte Konfessor Nummer Elf hat Marias fünfjährigen Sohn Paul in seine Gewalt gebracht. Er will sie dazu bringen, ihren alten Weggefährten Malek auszuliefern. Malek kann Maria überzeugen, nicht auf den Deal einzugehen, sondern mit ihm eine Befreiungsaktion zu wagen – wie in alten Zeiten. Zu zweit dringen sie gewaltsam in die Gardedirektion 21 ein, um Paul zu befreien.

Der Plan misslingt, denn Konfessor Nummer Elf entpuppt sich als niemand anders als Maleks tot geglaubter Bruder

Dominik, der mit einer solchen Aktion gerechnet hat. Er lässt Malek und Maria inhaftieren – bis Jannah Sterling zusammen mit einer Rebellentruppe aufkreuzt und die drei befreit. Bei der Flucht erschießt Dominik Wutkowski Maria, bevor Jannah ihn mit einem Schuss in die Schulter außer Gefecht setzen kann.

Nun will Malek Wutkowski nicht zurück zu den Rebellen. Entsetzt davon, dass sein Bruder lebt und im Dienste des Regimes steht, fasst er einen Plan: Er wird Dominik befreien und ihm die Lifewatch abnehmen. Und so setzt er sich von der Rebellion ab, denn er glaubt, allein mehr zu erreichen.

TEIL 1

Observation

Kapitel 1

Südbayern, Justizvollzugsanstalt Kronthal

Erik »Der Fuchs« Krenkel hatte es sich zur Mission gemacht, die JVA Kronthal in einen Hort erstklassiger Alkoholika zu verwandeln. Fast jeder Insasse wusste zwar, dass man Früchte, Wasser und Hefe miteinander mischen und einige Tage bei Wärme lagern musste, um eine natürliche Gärung in Gang zu setzen und in der Folge Alkohol zu erzeugen, doch gab es im Knast keine Hefe. Einfallsreich war man trotzdem, und Brotreste schafften Abhilfe. Entsprechend mundete der *Aufgesetzte* wie Wein mit Kotzgeschmack.

Nicht so mit Eriks selbst gemachter Hefe, die liebevoll *Fuchsspritz* genannt wurde. Er zwackte nichtgeschwefelte Rosinen aus dem Frühstücksmüsli ab, besorgte sich Honig aus dem Knastladen und setzte beides zusammen mit Leitungswasser in ausgekochten Müllbeuteln oder Mineralwasserflaschen an; auf einen Liter Wasser kamen zwei Teelöffel Honig und acht gehäufte Esslöffel Rosinen. Nach zwei Tagen bildeten sich kleine Bläschen an der Oberfläche, die Flüssigkeit trübte sich ein, nach vier bis fünf Tagen schwammen die Rosinen auf und voilà – fertig war die Flüssighefe. Sie roch angenehm weinig und katapultierte den Aufgesetzten der Häftlinge in andere geschmackliche Sphären.

Erik verkaufte oder tauschte seinen Fuchsspritz in Portionen von einhundert Millilitern, abgefüllt in ausgewaschenen Kaltgetränkeflaschen, was für einen Liter ordentlichen Aufgesetzten reichte. Entsprechend mangelte es ihm an wenig; er hatte genug Zigaretten, löslichen Kaffee und Pornoheftchen und blieb außerdem von der meisten Knastscheiße verschont. Auch wollte keiner den einzigen inhaftierten Apotheker verprellen, der im Tausch für andere Waren den ein oder anderen medizinischen Ratschlag parat hatte. Erik »dem Fuchs« Krenkel vertraute man mehr als dem Anstaltsarzt.

Auch der frische Hefeansatz roch einwandfrei und sah gut aus. Die meisten Rosinen schwammen oben, nur ein paar Bläschen waren noch zu sehen. Morgen würde er fertig sein. Der gesamte Liter war bereits restlos vorbestellt.

Erik schraubte die Mineralwasserflasche zu und klemmte sie – eingeschlagen in ein Handtuch – zwischen Matratze und Bettgestell des Stockbetts. Er legte sich hin, verschränkte die Arme hinterm Kopf. An der Decke über ihm hing wie in den letzten achthundertsiebzehn Nächten das allabendliche gerippte Lichttrapez, das von der Fassadenbeleuchtung durchs vergitterte Fenster geworfen wurde.

Der Anblick langweilte ihn. Der ganze Aufenthalt in der JVA langweilte ihn. Die ersten Wochen, in denen er sich akklimatisiert und seine Position in der Gefangenenhierarchie bestimmt hatte, waren schnell verflogen, aber seitdem … Ihm fehlte eine Herausforderung und ein ebenbürtiger Gesprächspartner. Und am allermeisten langweilte ihn sein Dilemma. Die Vernunft gebot ihm, eine weitere Straftat zu begehen, die seine Haftentlassung in knapp zwei Jahren um weitere ein, zwei oder drei nach hinten verschieben würde, doch sein Bauch riet zu einem eleganten Ausbruch. So schwer würde es nicht sein.

Erik bemerkte, wie er mit den Zähnen knirschte, und öffnete den Mund, um seine verkrampfte Kiefermuskulatur zu entspannen. Dabei entwich ihm ein langer Atemzug.

Hätte er damals nur seinen Mund gehalten, dann wäre er vermutlich längst draußen, aber nein, so war er für dreizehn Tage in die Gardedirektion 4 eingerückt, gebracht vom Konfessor mit der Nummer acht auf der Armbanduhr, und danach weiter in die JVA Kronthal. Raus aus der JVA Grauach, raus aus der Wäscherei, weg von seinen Kumpels Malek und Tymon, mit denen er eingesessen hatte, und rein in den Irrsinn.

Nur dreizehn Tage.

Bei der Erinnerung zitterten seine Hände. Zum Glück war es nur ein kurzes Gastspiel gewesen – seiner Lügerei sei Dank. Mephistopheles war sicher stolz auf ihn.

Erik rieb sich über das Gesicht. Er wusste, dass er das Dilemma heute nicht lösen würde. Er wollte nicht mehr dorthin, in keine Gardedirektion und in die Hände von Wahnsinnigen, auf keinen Fall, aber er wollte auch nicht in einer Gefängniszelle an Langeweile sterben. Bald, Anfang März, wurde er 43 Jahre alt, 86 hatte er sich vorgenommen – wie sein Großvater Heinz. Vielleicht sollte er seine Lebenserwartung nach oben korrigieren, einfach um nicht in ein paar Tagen über den Zenit hinwegzugleiten. Aufs Ende zuzumarschieren fühlte sich nicht erbaulich an.

Ein Geräusch erfüllte die neun Quadratmeter messende Zelle, ließ Erik die Stirn runzeln. Auch das war nicht erbaulich. Die Beengtheit war ertragbar, auch die Überbelegung – nicht aber der Schlafplatz in der oberen Etage des Stockbetts. Sein Zellengenosse Noah Johansson hatte einfach keinen Darm mit Charme.

Gleich noch einmal stieg das Geräusch eines Abwinds zu Erik empor. Ihm reichte es. Er holte eine Packung Zigaretten und ein Feuerzeug aus dem Spalt zwischen Matratze und Bettgestell. Mit den oberen Schneidezähnen und der Unterlippe zog er sich eine Kippe heraus. Tabakgeruch erfüllte seine Nase, bevor es von unten her nach faulen Eiern stank.

Das Feuerzeug ratschte, der Tabak knisterte, und Erik sagte: »Du solltest dir mal Probiotika beschaffen.«

Johansson schnaubte. Sein Lattenrost knarrte.

»Mal im Ernst, Noah, deine Fürze stinken, als wedle jemand mit toten Fischen vor meinem Gesicht herum. Sei froh, dass ich nicht etepetete bin. Wenn du mit dem schlauen Jonny oder dem Romanello in einer Zelle hocken würdest, hätten sie dir schon längst den Hintern zugenäht.«

»Erik.«

Die Zigarettenspitze erglühte. Eine Rauchwolke stieg auf. »Ja?«

»Halt einfach die Klappe.«

»Nur, wenn du deinen Arsch hältst.«

Johansson gab nichts darauf, was Erik auch nicht erwartet hatte. Der ein Meter vierundneunzig große, zweiundneunzig Kilogramm schwere Hüne mit dem blonden Militärhaarschnitt und den traurigen blauen Augen besaß eine enorm hohe Toleranzgrenze, was an seiner Ausbildung zum Polizeibeamten und seiner jahrelangen Tätigkeit in einem Spezialeinsatzkommando liegen mochte. Er war nur ein einziges Mal in seinem Leben ausgerastet, als er den Nachbarn dabei erwischte, wie er seiner fünfjährigen Tochter den Schwanz in den Mund steckte. Der Nachbar war an seinem eigenen Penis erstickt.

Jetzt waren nur Johanssons harte Atemzüge zu hören; er litt wieder an Magenschmerzen. So wie seine Abwinde stanken, musste er innerlich halb verrottet sein, aber Erik würde sich hüten, ein ernsthaftes Wort darüber zu verlieren. Irgendein Zusammenhang bestand zwischen Magenbeschwerden und diesen Beichten, und er war insgeheim froh, dass es ihm selbst nicht so schlecht ging. Er hatte nur ein ertragbares Völlegefühl. Blieb die Frage, wie lange noch. Immer häufiger hörte er von diffusen Magenbeschwerden innerhalb der JVA, erlebte wenig später eine Beichte und sah, wie der Betroffene von der Garde oder einem Konfessor weggebracht wurde. Ob bei ihm auch irgendwann die Magenbeschwerden einsetzten? Auch er war kein Anhänger Kehlis'.

Egal. Erik würde sich nicht beschweren wie damals in Grauach. Noch einmal dreizehn Tage in einer Gardedirektion würde er nicht überstehen. Außerdem hatte er noch Wünsche und Pläne – im Gegensatz zu vielen anderen Inhaftierten. Proportional zur Haftdauer schienen bei den meisten die Wünsche abzunehmen. Am Ende blieben simple Verlangen übrig: das eigene Kind auf die Stirn küssen, die Ehefrau in den Arm nehmen, keine Schmerzen mehr haben.

Erik wollte hingegen noch an Australiens Küste mit Haien tauchen, in Japan Kugelfisch essen (und überleben), wieder eine Stammkneipe besitzen, sich ein Haus am See kaufen, sich darin eine Minibar mit einem sechzig Jahre alten Single Malt Whisky der Marke *Springbank 1919* einrichten, Kubanische in die Holzbox darüber stecken, ein Hochbeet mit Erdbeeren bepflanzen und eine Klobrille aus transparentem Kunststoff mit integriertem Stacheldraht im Gästeklo montieren.

Es wurde heiß an seinen Fingern. Erik nahm einen letzten Zug von der Zigarette, drückte den Stummel in einer zum Aschenbecher umfunktionierten Wurstdose der Marke *JK's* aus und behielt den Rauch lange in den Lungen, um möglichst viel Nikotin aufzunehmen. Als er den blauen Dunst gen Zellendecke blies, zog sich ein grüner Lichtstrahl mitten durch den Raum, um über der Zellentür in einem grellen Punkt zu enden.

Erik glotzte den Laser an. Der Strahl erlosch, ging wieder an, brannte eine Sekunde, erlosch, ging wieder für eine Sekunde an und erlosch.

Erik blickte auf die dunkle Wand, dann war er wieder da, der grüne Punkt – für eine Sekunde, nur um zweimal kurz zu blinken und wieder für eine Sekunde zu leuchten.

Lang, kurz, kurz, lang. Ein Code.

Tatsächlich folgte eine weitere Sequenz: *Kurz, kurz, lang, kurz*. Pause.

Lang, lang, lang. Pause.

Lang, kurz, kurz, lang.

Eriks Herzschlag begann zu rasen. Das war der internationale Morsecode!

»Scheiße!« Er fingerte abermals nach den Zigaretten, steckte sich eine zweite an, um den Strahl mithilfe des Rauchs besser sichtbar zu machen. Wie war das Morse-Alphabet gegangen? Er hatte es in der siebten oder achten Klasse des Gymnasiums in Informatik gelernt, nicht unbedingt sein Lieblingsfach. Wer konnte schon ahnen, dass man so einen Mist dreißig Jahre später im wahren Leben brauchen würde?

Lang, lang, lang fiel ihm als Erstes wieder ein, weil es Bestandteil des wichtigsten Codes war, den wohl jeder kannte. Es stand für den Buchstaben O, der Mittelteil des Notrufs SOS.

Dann kam auch die Codefolge *lang, kurz, kurz, lang* in sein Gedächtnis zurück, weil sie symmetrisch angelegt war. Sie stand für den Buchstaben X.

Die letzte Codefolge, mit der die Nachricht gestartet hatte, erriet er mehr, als dass er sie wusste, aber es konnte nur ein Buchstabe sein: F.

FOX.

Erik beugte sich aus dem Stockbett zum Fenster, stützte sich mit einem Arm auf eine Querstrebe der inneren Vergitterung, verbrannte sich beinahe an der Glut der Zigarette und spähte hinaus in die Nacht. Er sah das Altgewohnte: eine verlassene Straße – momentan mit gefrorenen Schneehaufen alle paar Meter –, die Baustelle schräg gegenüber und dahinter die schwarzen Umrisse des Stadtparks, bis ihn der Laser ins Auge traf und blendete. Er riss den Kopf zur Seite.

Kurz, kurz, lang, kurz.

Die Nachricht begann sich zu wiederholen.

Wer wollte ihn da erreichen? Und warum? Suchte jemand nach seiner Zelle, um … ja, um was? Ihm Informationen zukommen zu lassen? Ihn rauszuholen? Ihn zu ermorden? Alles war möglich, doch Letzteres eher unwahrscheinlich. Wenn jemand den Fuchs tot sehen wollte, bräuchte derjenige nur einen Häftling wie den Romanello bestechen; und es wäre nicht mal teuer. Der würde sogar seine Mutter für 'ne Dose Pulverkaffee erdrosseln.

Eriks Finger tasteten zum dritten Mal nach dem Feuerzeug. Er würde eine Antwort absetzen. Selbst wenn nichts dabei rumkam, war es ein willkommener Zeitvertreib.

Er hielt das Feuerzeug ins Fenster zwischen die Gitterstäbe, ließ die Flamme erblühen – und gleich wieder erlöschen. Das war Schwachsinn. Ein starker Laserstrahl reichte kilometerweit, wer sah aus so einer Entfernung ein mickriges Flämmchen? *Mit einem Zielfernrohr vielleicht?* Erik verzog das Gesicht. Möglich, aber es gab auch Laserpointer ohne Zielfernrohr. Er brauchte eine besser sichtbare Antwort.

Johansson lag auf der Seite mit dem Gesicht zur Wand, die Haare schweißnass, als Erik aus dem Stockbett kletterte. Mit einem Satz war er an ihrem gemeinsamen Tisch an der gegenüberliegenden Wand. Darauf stand eine Leselampe mit beweglichem Reflektorschirm. Erik richtete ihn aufs Fenster und schaltete das Licht an. Was sollte er morsen? Eine Bestätigung natürlich, ein simples Ja. Nur wie ging ein J? Er erinnerte sich nicht.

Sein Zeigefinger verharrte auf dem Schalter der Lampe. Er musste etwas tun. Das Licht brennen zu lassen war keine Option, das sagte dem Sender rein gar nichts, verwirrte ihn eher. *Erik! Tu was!* Sein Hirn gehorchte und lieferte die Erinnerung an zwei weitere Buchstaben: seine Initialen. Das E war der einfachste Code: *Kurz*, das K war länger: *lang, kurz, lang*.

Er begann sofort, die beiden Buchstaben mit der Nachttischlampe zu morsen. *Knacknack*.

Währenddessen rührte sich Johanssons massiger Rücken, aber der ehemalige Polizist drehte sich nicht um. Zur Wand hin fragte er: »Erik?«

Der Schalter der Schreibtischlampe knackte und knackte und knackte. *Knack… knack, Knacknack, Knack… knack.*

»Ja.«

»Was wird das?«

»Nichts.« *Knacknack*. Pause. *Knack… knack, Knacknack, Knack… knack.*

»Nichts?«

»Nur so was wie ’n epileptischer Anfall. Gleich vorbei.« *Knacknack*. Pause. *Knack… knack, Knacknack.*

»Erik.« Das Wort kam gefährlich leise, zwischen Zähnen hindurchgepresst.

»Ja.« *Knack…*

»Wenn du nicht sofort aufhörst, dann…«

Knack. »Schon fertig.« Dreimal hatte er seine Initialen gesendet, was reichen sollte. Er sank gegen die Stuhllehne, blickte hoch zur Decke. Die zweite Zigarette war bis zum Filter abgebrannt, die Glut auf den Schreibtisch gefallen und zu Asche erstarrt.

Komm schon!, forderte Erik. *Antworte!*

Nichts geschah. Der Laserstrahl zeigte sich nicht mehr.

Erik schluckte hart. *Bleib ruhig! Wer auch immer dir gemorst hat, hat sicher deine Antwort erhalten und verstanden, dass du es bist*. Nur, wer war dort draußen? Wer wollte den Fuchs kontaktieren? Und wozu?

Erik wischte sich Schweiß von der Stirn, betrachtete einen Moment lang Noah Johanssons breiten Rücken. Der Hüne hatte sich wieder entspannt und offenbar von der eingegangenen Botschaft nichts mitbekommen. Gut. Erik kletterte zurück aufs Bett, um von dort ein weiteres Mal aus dem Fenster zu spähen.

Direkt vor dem Gebäude – einem Ende des achtzehnten Jahrhunderts errichteten dreigeschossigen Sandsteinquaderbau mit Walmdach – lag die von kniehohen Hecken begrenzte Rasenfläche. Von dort aus warfen drei Fassadenscheinwerfer das Licht herauf in den ersten Stock. Um nicht geblendet zu werden, schirmte Erik mit der Hand sein Gesicht ab. Hinter der schneebedeckten Rasenfläche verlief parallel zum JVA-Gelände die Fauststraße. Nicht ein Auto war darauf unterwegs, nur am gegenüberliegenden Straßenrand parkten hinter einer Absperrung einige Baustellenfahrzeuge im Lichtschein zweier Laternen. Das von Mutterboden befreite Eckgrundstück dahinter glich einem Krater, von Schnee- und Erdwällen begrenzt. Angeblich wurde dort ein JK's-Supermarkt errichtet. Ein gewaltiger Radlader stand wie ein Räumfahrzeug inmitten des Lochs. Von dort war der Laser nicht gekommen, der Winkel stimmte nicht. Er musste von noch weiter hinten, aus Richtung des Wohngebiets, gesendet worden sein.

Erik kniff die Augen zusammen, versuchte, in der Nacht Gestalten auszumachen, doch die Dunkelheit blieb nichts als Dunkelheit. Nur auf der gut einhundert Meter entfernten Hauptstraße, auf die man von der kreuzenden Martinstraße gelangte, huschten auf vier Fahrbahnen Pkws vorbei.

Er atmete tief durch. Welchen Sinn hatte es, ihn als Empfänger einer Botschaft zu adressieren, ohne einen Inhalt zu übermitteln? War dem Sender etwas dazwischengekommen? Musste er warten, bevor er weitersenden konnte?

Abermals ließ Erik seinen Blick über Fauststraße, Kreuzung Martinstraße und das Baustellengelände schweifen, bevor er sich zurück aufs Bett legte, um die Wand über der Zellentür zu fixieren. Sie war grau und trist, nicht tapeziert und bar jeder Verzierung. Der Putz war unregelmäßig aufgetragen.

Kein grüner Punkt erschien.

Er hielt es im Bett nicht aus, schwang die Beine über die Kante, ließ sich hinabgleiten und schlüpfte in seine Turnschuhe, um in der Zelle auf und ab zu gehen, immer die Wand über der Tür im Blick. Der Fuchs marschierte häufig, um zu grübeln.

Nach der zweiten Runde knarrte wieder Johanssons Matratze. Sein Gesicht glänzte wächsern, die Augen lagen in dunklen Höhlen. »Muss das sein?«

Erik sah nur kurz zu seinem Zellengenossen. Er kannte diesen Blick eines Leidenden, der einfach nur seine Ruhe haben wollte. »Mein Bein ist eingeschlafen«, log er. »Ich leg mich gleich wieder hin.«

Johansson ließ den Kopf zurück aufs Kissen sinken, musterte die Unterseite von Eriks Bett. Seine Hände drückten ungeniert auf seinem Unterbauch herum, bis er erneut furzte und erleichtert seufzte. »Warum beichtest du mich eigentlich nicht?«

»Soll ich?«, fragte Erik ohne innezuhalten. »Zweifelst du an deinem Platz im System? Zweifelst du am System selbst?«

Johanssons Lachversuch endete in einem Keuchen. Sein Magen gluckerte laut. »Ich weiß, wo mein Platz ist«, presste er hervor, »aber weißt du das auch?«

»Selbstverständlich.«

»Und warum pochst du dann nicht gegen diese verdammte Tür und schreist nach einem Wärter? Warum leide ich noch?«

»Weil du dich nie negativ gegenüber unserem Herren geäußert hast.«

»Und die Magenschmerzen? Die Fürze? Die riecht man sogar in der Knastschlosserei!«

Erik blieb ruhig, erklärte mit seiner Apothekerstimme: »Die können verschiedene Ursachen haben: Fäulnisflora, Candida albicans, Lebensmittelunverträglichkeit, Gallensteine. Alle vier Möglichkeiten sind bei unserer Ernährungsversorgung hochwahrscheinlich. Ich weiß, wovon ich rede.«

»Aber das glaubst du doch selbst nicht!«

Nein, das glaubte er selbst nicht, aber Ahnung hatte er auch keine. Er seufzte. »Soll ich dir ’nen Strick knüpfen?« Er sah wieder hoch zur Wand über der Zellentür, an der immer noch kein Laser zu sehen war. *Scheiße.*

Johanssons Stimme war leise. »Vielleicht wäre es das Beste.«

Erik drehte sich nun doch zu seinem Zellengenossen um. Der lag wieder in Embryonalstellung mit dem Gesicht zur Wand, eine Hand schützend um seinen Bauch geschlungen. *Vielleicht sollte ich ihn wirklich zum Schweigen bringen, bevor er mir gefährlich wird.* Aber Erik Krenkel war kein Mörder, und beichten wollte er auch nicht, nicht jetzt, wo er eine Laser-Morse-Botschaft in seine Zelle erhalten hatte. Da brauchte er kein Aufsehen, keinen neuen Zellengenossen, keinen Gardisten oder gar einen Konfessor, der ihm Fragen über Noah Johanssons Abwinde stellte.

Erik wollte wieder aufs Stockbett klettern, als sich wie der klagende Ruf einer Frau Sirenengeheul im Gebäude erhob. Es fuhr ihm durch Mark und Bein. Der Feueralarm.

Um 23.41 Uhr ging auch in der Einsatzzentrale der Berufsfeuerwehr Kronthal der Alarm los. Die Wachleute der Justizvollzugsanstalt meldeten per Telefon extrem starke Rauchentwicklung am Hauptgebäude, Verdacht auf Großbrand. Alarmstufe B4 wurde ausgerufen, Garde und Notarzt wurden verständigt. Die ersten Einsatzkräfte saßen wenige Minuten später in ihren Fahrzeugen. Da bei einem Brand in einer Justizvollzugsanstalt besondere Sicherheitsmaßnahmen samt Evakuierungsvorschriften griffen, wurden zur Verstärkung die freiwilligen Wehren der umliegenden Gemeinden angefordert. Insgesamt rückten elf Fahrzeuge und fast siebzig Kameraden aus.

Sie sammelten sich vor dem Gefängnis an der Kreuzung Martin- und Faustraße, direkt vor der Baustelle. Im ganzen Straßenzug und um die JVA herum erschwerte Qualm die Sicht. Die seit zwei Tagen anhaltende Inversionswetterlage ermöglichte es dem Rauch nicht, nach oben abzuziehen. Mit jeder Minute wurde es nebliger.

Zu diesem Zeitpunkt hatten die JVA-Beamten schon mit der Räumung des Haftbereichs begonnen und brachten die Gefangenen vor den möglicherweise giftigen Dämpfen in Sicherheit.

Überall in der JVA donnerten Häftlinge mit Fäusten gegen Zellentüren, schrien, was los sei, dass es brenne, dass man sie rauslassen solle, dass die Wärter verdammte Arschlöcher seien, die sie einfach im Feuer verrecken ließen. Die Wärter brüllten dagegen, beruhigten, schimpften, fluchten, schwere Schlüsselbunde klimperten, Stiefelsohlen pochten, Sicherheitsschleusen knackten, und über allem hing das klagende Heulen der Sirene.

Auch Erik stand an der Zellentür, musterte das taubengrau lackierte Metall, während sich seine Hände schlossen und öffneten. Klopfen war sinnlos. Es gab im Falle eines Brandes einen Evakuierungsplan; man würde sie in einer vorgegebenen Reihenfolge aus den Zellen holen und aus dem vom Feuer betroffenen Trakt in einen sicheren Bereich bringen. Nur wohin, wenn das einzige Gebäude brannte? In den Innenhof, in dem sonst der Hofgang stattfand?

Auf dem Bett hatte sich Johansson aufgerichtet und musterte ihn aus glasigen Augen, als Erik zu ihrem gemeinsamen Schrank trat. »Hat das was mit deinem epileptischen Anfall zu tun?«, fragte Johansson.

Erik sparte sich eine Antwort, zog seine Trainingsjacke hervor und schlüpfte hinein. Der Zipper surrte nach oben. Die von Johansson warf er ihm zu.

»Was wird das?«

»Vermutlich Hofgang. Ich würd Schuhe anziehen. Ist verdammt frisch draußen.« Erik kramte nach seiner Wollmütze der Marke *Knastmasche,* die von Insassen Kronthals unter Aufsicht gehäkelt und ihm gegen eine Flasche Fuchsspritz vermacht worden war. Der Wollstoff dämpfte den Lärm.

Die Stimmen und das Klimpern eines Schlüsselbunds hörte er trotzdem. Beides näherte sich, es folgte das Knacken des Zellenschlosses. Die Tür schwang auf. Die Wachmänner Kaimann und Gosig standen im Türrahmen, beide blass mit gehetzten Blicken. An ihren Gürteln hingen Funkgeräte, die knackten und kratzige Worte ausspuckten.

»Krenkel! Johansson!« Gosig schwenkte zwei Handschellen. »Raus! Beeilung! *Beeilung!* Und keine Faxen machen!«

Erik trat über die Schwelle, hielt Gosig folgsam die Hände hin. Die Handschelle schnappte zu. Dann war Johansson an der Reihe. Er hatte sich tatsächlich noch schnell Turnschuhe angezogen, die Schnürsenkel hingen ungebunden auf den Boden. Um seine Handgelenke schlossen sich ebenfalls Handschellen.

Flankiert von den Wärtern ging es Richtung Treppenhaus. Auch aus anderen Zellen wurden Häftlinge geholt und jeweils von zwei Wachmännern begleitet, alles lief korrekt nach Vorschrift.

Auch wenn er innerlich nervös wurde, lief Erik ruhig den Flur entlang, von dessen Wänden ihre Schritte zurückhallten. Je mehr Häftlinge aus den Zellen geholt wurden, desto mehr nahm der Lärm ab, bis auf die Sirene.

Auf dem Weg nach unten ins Erdgeschoss passierten sie eine Reihe Schleusen und Gittertore, und Kaimann sperrte immer eines vor ihnen auf und hinter ihnen wieder zu, auch wenn nur zehn Meter nach ihnen das nächste Paar hinausgeführt wurde. Ständig zeigte er seinen Ausweis an einer Kontrolle einem wartenden Beamten, als würde nicht gerade das Gebäude abfackeln.

Die letzte vergitterte Tür öffnete sich. Eisige Luft wallte ihnen entgegen, geschwängert mit Rauch und dem Geruch von Verbranntem. *Fast wie an Silvester oder im Stadion.* Die Stacheldrahtrollen auf den Mauern blitzten von Blaulichtern, selbst die neblige Luft schien zu glühen. Weitere Sirenen waren zu hören, Motoren brummten, Dieselgeneratoren ratterten – die Feuerwehr war vermutlich eingetroffen.

Ein weiterer Beamter der JVA wartete neben dem Ausgang und bestätigte Eriks Vermutung, indem er zu Kaimann sagte: »Die zwei müssen noch zum Sammelpunkt H3, dann fehlt von euch nur noch Zelle einhundertzwei. Beeilt euch! Die Feuerwehr will zum Löschen sicherheitshalber den Saft abdrehen.«

Kaimann nickte nur und deutete auf den hinteren Bereich des Hofs. Ein gutes Dutzend Gefangener wartete zwischen Tischtennisplatte und Klimmzugstange, bewacht von drei Wachleuten. Ähnliche Sammelpunkte gab es auch in den anderen Ecken des Innenhofs. Erik schätzte, dass bereits knapp 70 der 106 Inhaftierten in die Kälte gebracht worden waren.

Als sie sich zu den Männern gesellten, blickte Erik hoch zum Gebäude. An mehreren Stellen stieg zäher Qualm vom Walmdach auf, suchte sich jedoch sofort den Weg nach unten. Erik verzog das Gesicht. Inversionswetterlage. Das konnte ja heiter werden. Oder war das gerade ideal?

Neugierig sah er sich um. Hinter der Mauer, die sich direkt ans Gefängnisgebäude anschloss, lag die Fauststraße. Dort gingen grelle Strahler an, ausgerichtet aufs Dach. Feuerwehrleute brüllten Befehle. Weitere Gefangene wurden herausgeführt. Noch mehr Sirenen heulten mit ihren Brüdern und Schwestern.

Curtis Romanello trat neben Erik. »Endlich mal was los,

wa?« Begeisterung blitzte in den Augen des Mittdreißigers, der wegen räuberischer Erpressung und schwerer Körperverletzung zu acht Jahren verurteilt worden war.

Erik zuckte nur mit den Schultern, versuchte, sich auf alles gleichzeitig zu konzentrieren.

Offenbar wurden die letzten zwei Häftlinge herausgeführt, begleitet von Kaimann und Gosig. Ein dritter Wachmann verriegelte den Eingang und plärrte in sein Funkgerät, dass alle Insassen evakuiert seien. Einige Sekunden später erlosch die Beleuchtung des Hauptgebäudes, die Fenster wurden dunkel. Die Strahlen der Scheinwerfer und Blaulichter draußen auf der Straße schnitten schärfer durch die immer dichter werdende Luft. Einige Gefangene grölten vor Begeisterung, schlugen ihre Handschellen lautstark gegeneinander.

Erik wollte lieber die Hände in den Taschen seiner Trainingsjacke vergraben, was wegen der Handschellen nicht ging, also ließ er sie sinken. Sein Atem hing als grauer Dunst vor seinem Gesicht.

Plötzlich röhrte etwas. Entsetzensschreie folgten, ließen alle zur Außenmauer blicken. Zwei Lichtkegel näherten sich, angeschnitten von der oberen Mauerkante. Metall kreischte. Leute brüllten. Etwas splitterte. Dann erzitterte der Boden.

Erik suchte Halt an der Klimmzugstange, und das keinen Moment zu spät. Der Boden bebte abermals, es röhrte noch lauter, dann rumste es so ohrenbetäubend, als wäre Gottes Faust gegen die Mauer gesaust – und tatsächlich: Die Gefängnismauer mit den Stacheldrahtrollen obenauf neigte sich nach innen, weiter, weiter und weiter … und kippte. Mauersteine gaben nach, es knirschte, Mörtel platzte in alle Richtungen davon, und mehrere Tonnen Stein krachten in den Innenhof. Eine Staubwolke walzte Erik entgegen. Im letzten Moment drehte er ihr den Rücken zu, umklammerte das Metall des Sportgeräts und schloss die Augen. Wie Sandpapier schmirgelten Staub und Mörtel über seine Wangen, nahmen ihm den Atem, fanden den Weg in seine Augen.

Das Röhren kam näher. Jemand schrie vor Schmerz. Der Boden vibrierte heftiger.

Erik spuckte aus, keuchte, blinzelte. Ein gewaltiger Radlader walzte sich über die Mauerreste und quer über den Innenhof, das Schaufelmaul mit den handtellergroßen Zähnen weit aufgerissen. Staub wallte um das Ungetüm, einzelne Mauerbrocken fielen wie Krümel aus dem Schlund. Ein Wärter verschwand kreischend unter einem der Räder.

Erik riss sich von dem Anblick los, richtete seine Aufmerksamkeit auf die umgekippte Mauer. Die Freiheit war knapp sieben Meter breit, eingehüllt in wallenden Rauch. Feuerwehrfrauen und -männer standen auf der Straße, nur als Schemen zu erkennen, und verfolgten ungläubig die Amokfahrt des Radladers. Andere rannten bereits in den Innenhof, darunter Sanitäter und Gardisten, um Verletzten zu helfen und die Gefangenen an der Flucht zu hindern.

Erik stolperte auf die Freiheit zu, genauso wie etliche Mithäftlinge. Zum Glück hatte er Schuhe angezogen. Lose Backsteine und Mörtelbrocken wollten ihn zu Fall bringen. Einer heruntergerissenen Stacheldrahtrolle wich er aus. Ein Feuerwehrmann in Vollmontur, Atemmaske und heruntergeklapptem Visier eilte auf ihn zu. Erik wollte ihm ausweichen, doch der Kerl war unglaublich schnell. Seine behandschuhten Hände griffen nach ihm, packten ihn, doch statt ihn aufzuhalten, zerrten sie ihn weiter, legten ihm dabei eine Feuerwehrjacke um die Schultern. Aus einem Ausrüstungsrucksack zog der Kerl eine weitere Atemmaske, drückte sie Erik übers Gesicht. Das Visier war völlig mit Ruß verschmiert, sodass Erik nur noch schlierenhaft die Umgebung erkennen konnte. Viel musste er aber auch nicht sehen. Er spürte, wie der Feuerwehrmann ihm steife Handschuhe mit Unterarmschutz überstreifte, die die Handschellen verbargen, dann stützte er ihn, zischte etwas, das Erik wegen des Lärms nicht verstand, und brachte ihn aus dem Innenhof. Gemeinsam wankten sie an den versammelten Feuerwehrleuten vorbei, stiegen über Löschwasserschläuche, wichen Fahrzeugen, Strahlern und Gardisten aus. In Eriks Kopf pochte es – die Sirenen, der Lärm, die Schreie.

Ein Notarzt wollte ihnen helfen, doch sein Retter winkte ab, deutete auf den Gehsteig. Man ließ von ihnen ab, und unbehelligt erreichten sie erst die andere Straßenseite, dann die Kreuzung zur Martinstraße und dort einen geparkten schwarzen Mittelklassewagen. Die Blinker leuchteten auf. Sein Begleiter öffnete die Beifahrertür, drückte ihn in den Sitz, umrundete die Motorhaube und sank hinters Steuer. Die Atemmaske riss er sich vom Gesicht, warf sie achtlos auf die Rücksitzbank, genauso wie den Helm. Zum Vorschein kam ein bärtiges Gesicht, darüber feuchte Haare.

Der Wagen fuhr an, noch bevor Erik die Beifahrertür zugezogen hatte.

Die nächste Kreuzung war wenige Sekunden später heran. Der Pkw bog rechts ab, nahm die lang gezogene Auffahrt zur Hauptstraße mit der vorgegebenen Geschwindigkeit und reihte sich in den Verkehr ein. Auf der Gegenfahrbahn blitzten Blaulichter, und mehrere Gardefahrzeuge bogen von der Hauptstraße ab, um vermutlich die JVA anzusteuern.

Der Bärtige hinterm Steuer blieb ruhig. Er setzte den Blinker, wechselte auf die linke Spur und beschleunigte. Im Licht der vorbeihuschenden Straßenlaternen glänzte an seinem Handgelenk unter der Feuerwehrmontur eine silberne Armbanduhr.

Erik betrachte den falschen Feuerwehrmann, das verstrubbelte Haar, den sauber gestutzten Vollbart und die dünne silbrige Narbe parallel zur Nase. Er nahm sich selbst die Atemmaske ab. »Hätt ich mir denken können.« Er lachte, bekam Staub in den Rachen, hustete, dann schüttelte er den Kopf. »Ein Radlader. Wie kreativ!«

Ein grimmiges Lächeln huschte über das Gesicht des Fahrers.

»Und erst die Rauchbomben«, fuhr Erik fort. »Und der Laser-Morse-Code. Wie dämlich war der bitte? Ohne Inhalt.«

»Du warst vorgewarnt.«

»Super! Du hättest ruhig 'ne ganze Botschaft schicken können. Ich hätt sie schon entziffert. Ich bin nicht umsonst der Fuchs.«

»Das nächste Mal vielleicht.« Malek Wutkowski grinste, nahm die Rechte vom Lenkrad und hielt sie Erik hin.

Der schlug mit seinen gefesselten Händen ein. »Schön, dich zu sehen!«

Kapitel 2

Nahe Kronthal

Der schwarze Pkw glitt als einziges Fahrzeug auf der Landstraße dahin, schlängelte sich in sanften Kurven durch das hügelige Gelände. Laut der Uhr im Armaturendisplay waren siebzehn Minuten vergangen, seit Erik und Malek von der Martinstraße auf die Bundesstraße und nach einigen Kilometern auf die abgelegene Landstraße gefahren waren, die vermutlich parallel zur Bundesstraße, ohne nennenswerten Verkehr, Richtung München führte.

Seit der Begrüßung schwiegen sie. Erik blickte zur Seitenscheibe hinaus. So viele Fragen brannten ihm auf der Zunge, doch er brauchte erst einen klaren Kopf. Zum Glück hatte Malek keine Eile, verstand vermutlich sogar, dass Erik in den ersten Minuten nach der Flucht ein wenig Zeit benötigte.

Allerdings weigerte sich Eriks Kopf beharrlich, klar zu denken. Ihm fiel nur die wunderschöne Nacht auf. Der Mond stand prächtig zwischen den Sternen, warf sein silbriges Licht über mit Schnee bedeckte Felder, verschaffte ihnen einen geisterhaften Schein. Er stellte sich vor, über eines von ihnen zu rennen. Der gefrorene Schnee würde unter seinen Füßen knarren und bei jeder Bewegung funkeln. Dazu füllte frische Luft seine Lunge, die Kälte brannte auf der Haut, während der Schnee unter seinen Fingern schmolz.

»Halt an!«, sagte der Fuchs heiser.

Malek warf einen Blick herüber, runzelte die Stirn. »Ist dir schlecht?«

»Überhaupt nicht. Halt trotzdem an! Nur drei Minuten.«

Malek zuckte mit den Schultern und bog in den nächsten abzweigenden Feldweg ein. Den Motor ließ er im Leerlauf tuckern.

Erik hatte die Beifahrertür schon aufgestoßen. Nur mit seiner Wollmütze auf dem Kopf und dem Trainingsanzug am Leib eilte er aufs Feld und hinein in den Schnee. Der knarrte tatsächlich – und knackte und funkelte und rutschte in seine Turnschuhe. Erik beschleunigte seine Schritte, rannte, flog dahin, und mit jedem Schritt drängte es näher an die Oberfläche – ein unbändiges Lachen. Es ließ ihn erzittern, seine Nasenflügel beben, erfasste ihn ganz, ließ ihn brüllen und jubeln.

Schließlich sank er auf die Knie, grub die Hände in das harte Weiß und rieb es sich über die Wangen, die Nase, die Lippen. Er steckte sich einen Eisbrocken in den Mund, lutschte daran, schmeckte die Süße des gefrorenen Wassers und spuckte es wieder aus. Einige Herzschläge lang verharrte er so, atmete schwer, bevor er ein letztes Mal all seine Emotionen hinausschrie, sich aufrappelte und leichter ums Herz zurück zu Malek Wutkowski stapfte.

Der hatte die Feuerwehrmontur abgelegt und lehnte am hinteren Kotflügel, die Hände in den Hosentaschen der schwarzen Jeans vergraben. Neben ihm stand griffbereit ein Bolzenschneider.

»Puuuh! Das solltest du auch mal machen. Lockert auf.« Erik blieb grinsend vor Malek stehen, der gut zehn Zentimeter größer war als er, und hielt ihm die Handgelenke hin. »Dann mal los.«

Malek schnappte sich den Bolzenschneider und zwickte die Kette durch. Das zerstörte Glied fiel zu Boden.

»Ahh!« Erleichtert streckte Erik die Arme. »Das tut gut. Hast du auch Werkzeug dabei, um die Schellen abzukriegen?«

Malek schüttelte den Kopf.

»Wie?! Du holst mich aus dem Knast, ohne an das Entfernen von Handschellen zu denken?«

»Die Flex war mir zu sperrig.« Malek verstaute den Bolzenschneider auf der Rücksitzbank neben der zusammengefalteten Feuerwehrmontur, drückte die Tür ins Schloss, umrundete das Heck und schwang sich hinters Steuer.

»Die Flex war mir zu sperrig«, wiederholte Erik in Maleks Tonfall, schluckte und stieg ebenfalls ein.

Während Malek den Wagen zurücksetzte, fragte Erik: »Wohin fahren wir?«

»Richtung München.«

»Kommen wir da zufällig an 'nem Imbiss oder einer Tanke vorbei?«

»Hunger?«

»Natürlich hab ich Hunger! Du weißt doch, dass es im Knast die letzte Mahlzeit um achtzehn Uhr gibt. Das ist mehr als sechs Stunden her.«

»Und?«

»Ja, kannst du dir nicht vorstellen, was so eine Befreiungsaktion einen zart besaiteten Mann wie mich an Blutzuckerreserven kostet?«

»Du wirst nicht gleich sterben.«

»Vermutlich nicht.« Erik rieb sich mit den Händen übers Gesicht. »Aber wenigstens was zu trinken hast du dabei? Und sag ja nicht, das war dir zu sperrig! Ich hab noch den ganzen Staub von der Gefängnismauer im Mund. Fühlt sich an wie Baumwolle.«

Malek griff neben sich in das Fach der Türverkleidung und holte eine schmale Thermoskanne aus Edelstahl hervor. Erik nahm sie entgegen und schraubte sie auf. Dampf puffte ihm ins Gesicht, ließ ihn irritiert aufblicken.

»Ist das Grog?«

»Hast du jetzt Durst oder nicht?«

»Ja, Mann!«, zitierte Erik einen seiner ehemaligen Mithäftlinge und probierte. Tatsächlich war es eine Mischung aus heißem Wasser, Zucker und Rum, und sie schmeckte ausgezeichnet. Er trank die Hälfte, bevor er Malek die offene Thermoskanne reichte. Der nahm selbst einen kräftigen Schluck, was Erik grinsen ließ.

»Alkohol am Steuer. Keine Angst vor 'ner Polizeikontrolle?«

Malek reichte ihm die Kanne zurück und wischte sich einen Tropfen aus dem Bart. »Dann ist der Grog unser kleinstes Problem. Außerdem heißt das mittlerweile Gardekontrolle. Das müsstest du noch mitbekommen haben. Von einer neuen Militäreinheit hast du damals in Grauach gesprochen. Erinnerte dich an den Geschichtsunterricht.«

Und das tat es mehr als je zuvor. Damals hatte Erik täglich über die Änderungen in der Gesellschaft vor Malek und Tymon monologisiert. Über Johann Kehlis' Aufstieg, seine Machtergreifung, die Änderung der Verfassung, die Etablierung seiner Garde, seiner Konfessoren. Und dann hatte man ihn abgeholt.

Eriks Blick wanderte hinaus auf die Straße, er beobachtete die vorbeihuschenden Straßenbegrenzungspfosten mit ihren weißen Hauben aus Schnee. Leise sagte er: »Damals wart ihr auch skeptisch gegenüber Kehlis und dem Mist, oder? Nee, brauchst nicht antworten, ihr wart es. Ihr wart nur so schlau, euer Maul zu halten. Das hätt ich damals auch machen sollen.«

Malek schwieg, und Erik seufzte.

»Ja, ja, ich weiß, das habt ihr mir immer wieder gesagt: Reden ist Silber, Schweigen Gold. Mein Mundwerk war schon immer meine Schwäche. Wenn ich das besser im Griff hätte, würd ich heute noch unterm Ladentisch Rohypnol an Junkies verkaufen.«

»Glaub ich nicht.«

»Warum?«

»Weil Apotheken unter Staatsbeobachtung stehen.«

»Apotheken?«

»Deine grauen Zellen haben in Kronthal ganz schön gelitten. Zu viel Fuchsspritz?«

Erik winkte ab. »Liegt am Blutzuckerspiegel. Außerdem sind die Zellen nicht grau, sondern rosafarben. Aber im Ernst: Du weißt offenbar, was abgeht. Ich hab zwar 'nen ganzen Sack voll Vermutungen, aber wirklich wissen tue ich nur, dass der Karren ziemlich im Dreck steckt.«

»Ziemlich? Eher Unterkante Oberlippe.«

»Bringst du mich auf den aktuellen Stand?«

»Nicht jetzt.«

»Weil du mir nicht traust?«

Malek fixierte den Fuchs, der den Blickkontakt hielt. Ohne auf die Straße zu schauen, sagte Malek: »Traue niemanden. Jeder ist dein Feind.«

Erik hob eine Augenbraue. »Du auch? Du hast mich eben aus dem Knast geholt, hast dein Leben riskiert. Das sieht für mich nicht nach Feind aus. Natürlich machst du so eine Aktion nicht aus Spaß an der Freude. Vermutlich brauchst du mich für irgendeinen Plan. Ihr habt immer einen Plan. Wo steckt er eigentlich, der alte Gauner Tymon?«

Malek widmete seine Aufmerksamkeit wieder der Straße. Dabei verschloss sich sein Gesicht.

Erik war klar, dass sein Befreier die nächsten Minuten kein Wort mehr von sich geben würde. Irgendetwas war mit seinem Kumpel Tymon geschehen – und zwar nichts Gutes. Entweder war er tot oder … Für einen Moment dachte Erik wieder an die dreizehn Tage in der Gardedirektion 4 und erschauerte. Er schaltete das Radio ein, um die unangenehme Stille zu füllen, allerdings kam keine Musik aus den Boxen, sondern Johann Kehlis' sonore Stimme.

»... uns ist damit der Durchbruch gelungen, meine lieben Mitbürgerinnen und Mitbürger. Spätestens nächste Woche steht an allen mobilen Gesundheitsstationen, in jeder Gardedirektion und bei jedem Arzt eine kostenlose Impfung gegen den Amygdala-Grippevirus für Sie bereit. Lassen Sie sich gleich morgen früh gegen diese unsägliche Krankheit impfen. Sie brauchen nur Ihren Personalausweis mitzubringen, ansonsten sind keine Formalitäten notwendig. Wir helfen Ihnen einfach und unbürokratisch. Es sind keine Komplikationen mit anderen Medikamenten bekannt, die Forschungsgruppe *Gesundes Deutschland* hat eine einzigartige Leistung vollbracht. Meine lieben Mitbürgerinnen und ...«

Malek knipste das Radio aus. »Okay«, sagte er. »Bevor wir den Mist anhören, erkläre ich es dir. An sich ist die Sache recht einfach: Unser netter Herr Bundeskanzler, der früher Lebensmittelchemiker war, hat einen Weg gefunden, um unser Denken übers Essen und Trinken zu manipulieren. Er bestückt Nanopartikel mit Informationseinheiten, verbreitet sie flächendeckend übers Trinkwasser und seine Firma *JK's*, wir nehmen das Zeug auf und zack – in unseren Gehirnen speichert sich langsam ab, was auch immer Kehlis möchte.«

Eriks Stirn furchte sich, ganz tief, ganz tief.

»So sah ich auch aus, als ich es das erste Mal gehört habe. Aber je länger du darüber nachdenkst, desto mehr Sinn ergeben die Puzzlestücke und auch unsere damaligen Vermutungen. Lass es mal sacken.«

»Nanopartikel im Essen und Trinken«, wiederholte Erik, und sank in den Beifahrersitz. Er erschauerte, richtete sich wieder auf. »Aber warum sind wir dann anders? Das sind wir doch, oder? Du glaubst genauso wenig wie ich an diesen Allvater Kehlis und seine Propaganda. Du willst mich nicht beichten, nee, nee, nee, du bist anders, sonst hättest du mich nicht rausgeholt. Ganz klar. Und da draußen sind noch mehr Leute anders, so wie wir, die größtenteils gebeichtet werden, oder?«

Malek nickte. »Intolerante, wie das Regime sie nennt. Hat tatsächlich mit einer Intoleranz auf die Nanopartikel und das Trägermaterial, einen Lebensmittelzusatzstoff namens V.13, zu tun.«

»Aha. Und … die Intoleranten werden gebeichtet, weil diese Nanos es den manipulierten Menschen eingeben?«

Malek nickte.

Erik wusste nicht, ob er das wirklich glauben sollte. Schließlich fragte er: »Woher weißt du das? Hast du eine vertrauenswürdige Quelle? Und warum bist du überhaupt auf freiem Fuß? Müsstest du nicht noch so rund … einundzwanzig Jahre einsitzen?«

Malek klemmte das Lenkrad mit dem Oberschenkel fest, nahm die Thermoskanne aus der Mittelkonsole, wohin Erik sie gesteckt hatte, schraubte sie auf und trank. Als er sie zurückstellte, sagte er: »Wie war das mit Reden ist Silber und …«

Erik winkte ab. »Schon verstanden. Du bist immer noch kein Fan vieler Fragen. Außerdem soll ich's sacken lassen.« Er atmete tief durch und lümmelte sich in den Sitz.

Malek musterte einen langen Moment seinen alten Kumpel, dann kramte er aus der Mittelkonsole einen USB-Stick hervor, fummelte ihn in einen Port am Radio und drückte daran herum, bis US-amerikanische Musik der Fünfziger- und Sechzigerjahre erklang. Es war die Gruppe *Seventeen Seventy*, wenn sich Erik nicht täuschte, Tymon Króls Lieblingsmusik, doch sicher war er sich nicht. Da ihm die Musik gefiel, hätte er gern nachgefragt, doch angesichts des Glanzes, der sich in Maleks Augen schlich, überlegte es sich der Fuchs anders und konzentrierte sich lieber darauf, für den Rest der Fahrt seine Zunge im Zaum zu halten und die Neuigkeiten sacken zu lassen.

Sie erreichten eine der Satellitenstädte im Außenbezirk von München. NEUE WARTE stand auf einem Schild. Auf beiden Seiten der Straße erhoben sich Hochhaussiedlungen, ließen den Mond hinter sich verschwinden. In etlichen Fenstern brannte Licht, ein fröhlicher Flickenteppich gelber Lichtquadrate, doch für Erik war es ein trostloser Anblick. Er sah nur öde Großwohnsiedlungen, graue Steinwälle voller Dreck und Ruß und Staub, dazwischen winzige Grünanlagen hinter breiten Straßenzügen für eine autogerechte Großstadt, die die Wohnblöcke grabenartig durchzogen.

Das alles war keine zehn Jahre alt, hätte aber auch siebzig sein können. Als ob man die Erfahrungswerte aus den Neunzehnsechzigerjahren völlig ignoriert hätte. Oder war das ein weiteres Puzzleteil im Gefüge von Johann Kehlis' Größenwahn? Gefiel es den Menschen im Plattenbau, weil die Nanopartikel ihnen ein tolles Wohngefühl weismachten? War das ein Teil der Wohnraumlösung – einfach die Erwartungen der Bevölkerung herunterschrauben, statt die Bauvorhaben zu verbessern?

Je länger du darüber nachdenkst, desto mehr Sinn ergeben die Puzzlestücke. Es stimmte: die Verblendung der breiten Masse, die Anhimmelung Kehlis', die JK's-Supermärkte an jeder Straßenecke, der Schwarzhandel mit seinen Produkten im Knast, die Beichten, Eriks dreizehn Tage in der Gardedirektion, die vielen Fragen, die man ihm gestellt und die Gesundheitschecks, die man an ihm durchgeführt hatte. Und Noah Johanssons Abwinde. Alles passte zu Maleks Aussage – und doch war es schwer, diese Wahrheit zu schlucken, selbst für einen Apotheker, der sich das alles biochemisch vorstellen konnte.

An der nächsten Kreuzung setzte Malek den Blinker und

bog ab. Nach wenigen Metern neigte sich die Straße, führte auf einen grell erleuchteten Schacht zu: die Einfahrt in eine Tiefgarage.

»Wir sind wohl am Ziel.« Erik reckte noch einmal den Hals, um sich die Umgebung einzuprägen, doch da verschluckte die Tiefgarage sie bereits. Er sank zurück in den Sitz.

Malek steuerte den Wagen unter gelegentlich quietschenden Reifen eine spiralförmige Betonröhre hinab auf die Etage -2 und dort ein langes Stück geradeaus. Links und rechts reihten sich Pkws in allen Farben und Größen aneinander, eng geparkt und selten von einer leeren Parklücke oder einer Betonsäule unterbrochen. Erst gegen Ende des Parkdecks drosselte er die Geschwindigkeit und parkte in die Lücke mit der Nummer B72 ein. Links stand ein roter Kleinwagen, rechts ein weißer SUV.

Malek wandte sich Erik zu. »Du wartest noch.« Er zog den Schlüssel ab und stieg aus.

»Klar«, sagte Erik zu dem leeren Fahrersitz und beobachtete über die Schulter, wie Malek den Kofferraum öffnete und darin herumhantierte. Es klackerte und knackte, dann kam er vor an die Motorhaube. Er hatte ein Nummernschild in der Hand. Mit dem sank er in die Knie, das Klackern und Knacken ertönte abermals, und Malek richtete sich wieder auf, ging zurück zum Kofferraum. Blech schepperte leise, die Klappe schlug ins Schloss, dann öffnete er gentlemanlike die Beifahrertür.

»Komm.«

Während Erik seinem Befreier folgte, der sich eine Reisetasche am Tragegurt über die Schulter gehängt hatte, warf er einen letzten Blick zurück zum schwarzen Mittelklassewagen. Jetzt hingen Münchner Nummernschilder daran, vorher waren es Frankfurter gewesen, wenn er sich recht erinnerte.

Eine Metalltür führte aus dem Parkbereich in einen Gang

aus Beton. LED-Leuchtstreifen tauchten ihn in gleißenden Schein. Am Ende ging es durch eine weitere Metalltür in ein Treppenhaus, über Steinstufen mit Antirutschbeschichtung eine Etage nach oben in einen identisch aussehenden Flur. Mehr Türen zweigten von diesem ab. Alle waren hellgrau lackiert und mit schwarzen Nummern versehen. Vor der mit der 72 blieb Malek stehen. Ein Schlüssel klimperte in seinen Fingern. Er sperrte auf und winkte Erik ins Innere.

Beim Eintreten in den Kellerraum knirschte Sand unter seinen Turnschuhen, und es roch nach zitronigem Reinigungsmittel. Licht flammte auf, und Erik blieb überrascht stehen. Wände und Decke waren vollständig mit dunkelgrauem Noppenschaumstoff verkleidet. Zwischen einigen Fugen der Schaumstoffplatten und an den Rändern zur Deckenleuchte blitzte grasgrüner Kleber. Direkt unter der Lampe lag ein quadratischer Hochflorteppich in Mitternachtsschwarz auf dem Boden. Darauf standen sich zwei schlichte Gartenstühle aus Rattan und Metall gegenüber.

Einziges weiteres Einrichtungsobjekt war ein frei stehendes Regal aus Sperrholzplatten – wegen des Schallschutzes einige Zentimeter von der Wand abgerückt. Darin stapelte sich allerhand Werkzeug wie Zangen, Bohrer, Akkuschrauber neben Reinigungsmitteln, Konserven und Wasservorräten. Auch eine Kiste Bier bemerkte Erik. Und eine Flex, die im untersten Regal lag. Die Diamantscheibe funkelte im kühlschrankkalten Licht der LED-Leuchte.

»Hast es dir ja richtig schnuckelig eingerichtet.«

Malek sperrte hinter sich die Tür ab, deponierte die Sporttasche daneben und trat zum Regal. Dort schaltete er eine Stereoanlage ein, woraufhin Popmusik in angenehmer Lautstärke den Raum erfüllte. Zu Eriks Erleichterung griff Malek nicht nach der Flex, sondern nach einer Rolle stabil aussehenden Drahts. »Setz dich!«

Erik ließ sich auf einen Stuhl sinken. Das Rattan knarzte. »Immer noch nicht in Plauderlaune?«

»War ich das je?« Malek nahm ihm gegenüber Platz und hielt ihm den Draht vors Gesicht. »Wie gut bist du im Schlösserknacken?«

Erik blähte die Wangen auf. »War nie mein Lieblingsfach an der Uni.«

»Dann reich mir einen Arm und halt still.«

Maleks Hände waren warm und trocken. Er führte den Draht in das Schlüsselloch der Handschelle ein und begann, ihn fachmännisch in verschiedenen Winkeln hin und her zu biegen und zu formen.

»Und?«, fragte Erik, der neugierig dabei zusah. »Was ist das hier? Deine neue Homebase? Der Keller davon? Und warum schallgeschützt? Hast du mit dem Schlagzeugspielen angefangen?«

Malek hob nur kurz den Blick, drehte vorsichtig und geduldig den improvisierten Schlüssel hin und her.

»Hätt ich dir auch nicht abgenommen. Das ist, damit du dich ungestört mit anderen Intoleranten unterhalten kannst, nicht? Damit es keine unfreiwilligen Zuhörer gibt, die euch danach beichten.«

Das Schloss klackte, die Handschelle an Eriks rechtem Handgelenk sprang auf.

Ein Seufzer der Erleichterung entwich ihm. »Ahh. Das ist gut.« Er rieb sich kurz das Handgelenk, bevor er Malek das andere hinhielt. »Aber ernsthaft. Dafür ist das doch gebaut, oder?«

»Unter anderem.«

»Also noch für etwas anderes?«

Malek sah auf. »Ich hatte damals auch so viele Fragen und werde dir deine beantworten, aber in meinem Tempo, okay?« Er setzte seine Arbeit fort.

»Damals?«

»Vor sieben Monaten.«

»Was war da?«

Malek sah nicht noch einmal auf. »Da sind Tymon und ich aus Grauach ausgebrochen. Es hat ihn dabei erwischt. Bauchschuss. Wir konnten zwar entkommen, aber die Wunde ist nie ganz verheilt und hat sich drei Monate später entzündet. Er starb daran.«

Erik schluckte. »Das tut mir leid.«

Malek quittierte die Beileidsbekundung mit einem Nicken, fingerte weiter, und kurz darauf sprang auch die zweite Handschelle auf und fiel zu Boden.

Erik unterdrückte ein Seufzen. »Merci.« Er bückte sich und wollte die Handschelle aufheben, bemerkte dabei die Spuren auf dem Teppichboden: zu kleinen Büscheln verklebte Fasern, krustig und rötlichbraun schimmernd. Hier und da und unter seinem Stuhl – überall. Und da begriff er, warum eine feine Schicht Sand den Boden überzog. Gewalt war einfach nicht sein Jargon.

»Die Flecken gehen nicht mehr raus«, sagte Malek. Ganz gelassen saß er auf dem Stuhl, die Hände im Schoß gefaltet, die Rolle Draht dazwischen, und beobachtete Erik aus seinen braunen Augen.

Erik hob die Handschelle auf. »Hast du es mit einer Paste aus Salz und Zitronensaft versucht? Altes Hausmittel gegen eingetrocknetes Blut. Die Paste muss nur flüssig genug sein, damit sie in die Fasern eindringen kann. Lass sie lang genug einwirken, dann spülst du sie mit warmem Wasser aus und behandelst den Teppich mit Gallseife und Wasser.«

Ein Lächeln huschte über Malek Wutkowskis Gesicht. »Immer noch der alte Fuchs.«

»Immer noch der alte Wutkowski.«

Die beiden Männer blickten sich lange an, bis Malek die

Drahtrolle beiseitelegte und sich bequemer in seinen Stuhl lümmelte. »Was ist in den dreizehn Tagen in der Gardedirektion vier passiert? Warum hat man dich wieder in eine JVA gesteckt?«

Erik senkte den Blick, bedachte, wie das auf Malek wirken musste, und hob ihn wieder. »Woher weißt du davon?«

»Spielt das eine Rolle?«

»Nein, vermutlich nicht.« Erik platzierte die Handschelle auf seinem Oberschenkel und rieb sich die Hände. Sie waren eiskalt. Überhaupt fror er. Der Kalorienmangel schlug langsam durch. »Okay«, begann er. »Dieser Konfessor mit der Nummer acht hat mich damals direkt in die Gardedirektion vier gebracht. Unterwegs stellte er mir Fragen: Weshalb ich den Herrn als schmierigen Drecksköter bezeichnet habe? Warum ich von einem Regime sprach? Warum ich aufbegehrte?« Erik erschauderte. »Der Typ war so gefühlskalt, als rede man mit einer Maschine. Ein Automat war das. Ein Replikant. Ein T3000. Ich hab in diesem Kleinbus begriffen, dass mir nur eine Chance bleibt: Den findigen Verehrer von Kehlis zu mimen, der versuchte, auf die falsche Tour kranke Mithäftlinge zu entlarven und zu beichten.«

Malek hob eine Augenbraue. »Das hat er dir abgenommen?«

»Keine Ahnung. In der Gardedirektion übergab er mich einem Gardisten, und der steckte mich in eine Zelle. In der wurde ich dreizehn Tage lang wieder und wieder verhört, immer wieder mit Fragen bombardiert und medizinisch untersucht. Ich kam mir vor wie ein Objekt, nein, ich *war* ein beschissenes Objekt!«

»Mit was für Fragen?«

»Schwer zu sagen. Eine augenscheinlich sinnlose Aneinanderreihung von Belanglosigkeiten. Wie ich gewählt habe, was meine Lieblingspizza ist, wie ich zum Thema Abtreibung stehe, was ich studiert habe, mit welchem Notenschnitt und so weiter. Hunderte Fragen, in ständiger Wiederholung. Und immer wieder, wie ich das alles fände. Erinnerte mich an einen abgewandelten Turing-Test, als wollte man meine Empathie testen. Unter dem Gesichtspunkt deiner Nanotechniktheorie glaube ich aber, dass man überprüfte, ob die Nanos bei mir die entsprechenden Informationen eingespeist hatten oder nicht. Dazu passen auch die medizinischen Untersuchungen.«

Malek schwieg einige Sekunden, bevor er fragte: »Und was geschah dann?«

»Am letzten Tag gab es abermals eine solche Befragung. Der Gardist hakte bei jeder Frage auf seinem Klemmbrett ein Kästchen ab, dann folgte ein Stempel, und ich wurde abermals in einen Kleinbus verfrachtet. Der brachte mich direkt in die JVA Kronthal.«

»Du bist also für gesund erklärt worden.«

»Deiner Betonung nach hatte ich damit wohl Glück.«

Malek rieb sich mit beiden Händen übers Gesicht, legte den Kopf in den Nacken und strich sich durch den Bart. »Man hat dich dem CMT unterzogen«, sagte er zur Decke.

»Dem was?«

»Dem Commotest, kurz CMT. Wieder so ein lateinisches Gedöns von Kehlis.«

»Vom lateinischen commotus? Beeinflusst?«

»Keine Ahnung. Der Test war dazu da, die Wirkung der Nanos nachzuweisen.«

»War?«

»Der CMT wurde kurz nach deiner Befragung wegen Unzuverlässigkeit abgeschafft. Du hattest wirklich Glück.«

»Weil ich einem heutigen Test nicht standhalten würde?«

Maleks sah ihn wieder an. Die einzige Lampe spiegelte sich in Form zweier gleißender Punkte in seinen Augen. »Es gibt keinen Test mehr. Auch keine Prüfung im Sinne ›beeinflusst oder nicht‹. Das Regime sperrt einfach alle weg, die unter Verdacht geraten. Es kommt anschließend zur sogenannten Humankapitalprüfung, in der entschieden wird, ob die Person aus volkswirtschaftlicher Sicht genügend Wert hat, aufgehoben zu werden, oder nicht. Wenn ja, wird die Person eingesperrt, wenn nicht, wird sie *erlöst.*«

Erik schluckte und schluckte noch einmal. »Dann hatte ich wirklich verdammtes Glück – oder Pech …«

Malek blieb ganz ruhig, doch seine Finger spannten sich. »Wie meinst du das?«

»Schon mal daran gedacht, dass es mir in Kronthal gefallen hat?«

»Wärst du lieber dort geblieben?«

»Kann ich noch nicht beurteilen.« Erik beugte sich vor, bis sein Gesicht einen Meter von Maleks entfernt war. Die Narbe auf der Wange glänzte silbern. Er roch den Grog und etwas Knoblauch.

»Weißt du, Malek, du holst mich aus dem Knast und zerrst mich in eine Welt, die ich noch nicht begreife. Ich weiß nur, dass es draußen gefährlicher zu sein scheint als drinnen.«

»Die Freiheit hat ihren Preis.«

»Ja, nur wie hoch sind die Zinsen? Du hast mich nicht wegen meines knackigen Hinterns rausgeholt. Du brauchst mich. Wofür?«

Jetzt war es an Malek, sich vorzubeugen, den Abstand auf zwei Handspann zu verringern. »Wegen meines Bruders.«

»Dominik? Ich dachte, der ist damals bei eurer Festnahme gestorben.«

»Ist er auch. Er ist nur wiederauferstanden.«

»Auferstanden … im Sinne von man hat ihn wiederbelebt oder im Sinne von er war gar nicht tot?«

»Letzteres.«

»Okaaay … Und wo ist er jetzt?«

»Auf der Suche nach dir.«

»Nach *mir?*«

»Du hast am alten CMT teilgenommen und bist aus der JVA ausgebrochen. Schon vergessen?«

In Eriks Brustkorb breitete sich ein Kribbeln aus. Es kroch über seine Schultern, die Oberarme entlang, direkt unterhalb der Haut, lief mit tausend Ameisenbeinen über seine Unterarme bis zu den Fingerspitzen. Seine Stimme vibrierte, als er fragte: »Was tut dein Bruder heute?«

»Jagen.«

Kapitel 3

Südbayern, Justizvollzugsanstalt Kronthal

Steine und Mörtelreste knirschten unter Nummer Elfs polierten Lederschuhen. Bei jedem Schritt wirbelten sie Staub auf, der den schwarzen Glanz tilgte und sich einem roten Schleier gleich bis zu den Knien auf die Stoffhose legte. Der Wollmantel in Mitternachtsschwarz darüber blieb verschont, genauso wie das faltenfreie Hemd aus schwarzem Baumwolle-Seide-Mix. Einzig das Kollar blitzte im Herzschlag der Blaulichter abwechselnd metallisch grau und blau – genauso wie Nummer Elfs Augen.

Konfessorenanwärter Thomas Borchert trat neben ihn. »Ich habe eben mit Anstaltsleiter Berger gesprochen. Ein Wachmann namens Gersthof ist tot, wurde vom Radlader überrollt. Ein zweiter, mit Namen Kaimann, wird ins Krankenhaus gebracht, es sieht jedoch schlecht aus – ihn hat ein Teil der Mauer erwischt. Des Weiteren fehlt seit zwei Tagen ein Beamter namens Boit. Er hat sich weder krankgemeldet noch entschuldigt. Von den Inhaftierten sind zwei verstorben, vier verletzt und noch drei auf der Flucht: Erik Krenkel, Curtis Romanello und ein Sam Paganini. Noah Johansson, der Zellengenosse von Krenkel, sitzt für Sie in einem der Verhörräume bereit.«

Nummer Elf quittierte den Lagebericht mit einem Nicken.

Borchert wollte daraufhin etwas ergänzen, doch Nummer Elf hob die Hand, was seinen Begleiter verstummen ließ. Die Parallelen waren unübersehbar. Vor vier Monaten hatte er eine ähnliche Szenerie erlebt, in einem Wald neunzig Kilometer entfernt von Grauach und bei Tag: das Durcheinander, die brüllenden Gardisten, die Spurensicherer, die Toten in Zinksärgen und die Gerüche nach Chaos und Furcht. *Nicht ganz*, korrigierte er sich, *der Backsteinstaub war damals nicht gewesen …*

»Kümmern Sie sich um die weitere Beweissicherung«, sagte er.

Borchert neigte sein Haupt. »Wird gemacht, aber sagen Sie, das sieht doch stark nach dem Werk von Malek Wutkowski aus, oder?«

Nummer Elf zuckte mit den Schultern, ließ den Konfessorenanwärter stehen und überquerte den Innenhof der Justizvollzugsanstalt. Zwei JVA-Beamte öffneten den Haupteingang, damit er sein Tempo nicht reduzieren musste. Im Vorbeilaufen fragte er: »Johansson?«

»Sitzt im Verhörraum drei. Moment, ich bringe Sie hin!« Der junge Wärter eilte zackig den Flur voraus, um rechtzeitig die nächste Gittertür für ihn zu öffnen.

Nummer Elf folgte mit versteinerter Miene. Seine Schritte hallten von den Wänden wider. Es folgten vier Sicherheitsschleusen, die er alle ohne Unterbrechung passierte. Schließlich blieb der Beamte vor einer Stahltür stehen und sperrte sie ihm auf.

»Sie warten hier«, war alles, was Nummer Elf sagte, dann trat er ein und zog die Metalltür hinter sich ins Schloss.

In der Zelle war es warm und stickig. Ein blonder Hüne saß inmitten des Raums, die Hände mit Handschellen und einer Kette an einen angeschweißten Ring im Tischgestell gefesselt. Der Häftling sah krank und mitgenommen aus, voller Staub und Dreck und Schweiß. Seine Tränensäcke waren dick und dunkel. Er stank säuerlich.

Nummer Elf legte seinen Mantel ab, faltete ihn und hängte ihn über die Stuhllehne. Er setzte sich dem Gefangenen gegenüber. Für ihn bereit lag Noah Johanssons Akte. Ohne sie aufzuschlagen, fragte er ihn: »Wo ist er?«

»Wer?«

»Ihr Zellengenosse.«

»Woher soll ich das wissen? Seit der Radlader die Mauer umgeworfen hat, hab ich ihn nicht mehr gesehen.«

Nummer Elf musterte den Häftling, bevor er aufstand und die Hände locker in die Hosentaschen steckte. Der Schulterholster aus schwarzer Kunstfaser drückte ihm unter der Achsel ein wenig ins Fleisch. »Sie wissen vermutlich, dass er früher in der JVA Grauach einsaß. Hat er je von dieser Zeit erzählt?«

»Nein.«

Nummer Elf schlenderte durch den Raum, lehnte sich an die Wand gegenüber. »Überhaupt nichts?«

»Nein.«

»Sie lebten mit Erik Krenkel in einer Zelle, und er hat nichts erzählt?«

»Nein. Warum sollte er?«

»Er gilt als recht geschwätzig.«

Johansson pfiff abfällig durch die Zähne. »Der Mann hat ständig gelabert. Ich hab schon lange nicht mehr zugehört.«

»Hat er je den Namen Malek Wutkowski erwähnt?«

»Keine Ahnung, ich glaube, nicht.«

»Und den Namen Tymon Król?«

Johansson schüttelte den Kopf. »Wer soll das sein?«

Nummer Elf sah es in seinen Augen. *Er hat keine Ahnung, und doch*… Er löste sich von der Wand und trat neben Johansson. »Hat Erik Krenkel von seinem bevorstehenden Ausbruch erzählt? Eine Andeutung gemacht? Nur ein auffälliges Wort fallen gelassen?«

»Nein.«

»Ist Ihnen irgendetwas in der letzten Zeit aufgefallen? Eine Veränderung an ihm, seltsame Ereignisse, andere Verhaltensmuster?«

»Nein.« Doch es flackerte in den Augen des Blonden.

Nummer Elf beugte sich zu ihm herab, damit ihre Gesichter auf gleicher Höhe waren. »Was?«

Johansson presste die Lippen aufeinander, sodass für eine Sekunde ein bläulicher Strich in seinem Gesicht entstand, bevor er sagte: »Da war nichts.«

Nummer Elf überlegte, ob er Johanssons Kopf packen und auf die Tischplatte dreschen sollte, bis die Worte zusammen mit ausgeschlagenen Zähnen herauspurzelten, doch er richtete sich nur wieder auf, lief langsam um den Mann herum zu seinem Stuhl und setzte sich. Die Metallfüße knarrten. »Warum decken Sie ihn?«

»Ich decke niemanden.«

Nummer Elf schlug die Mappe aus Recyclingpapier auf, überflog Johanssons Akte. Es war so einfach. »Hier steht, dass Ihre damals fünfjährige Tochter – Saskia Maria Johansson – mehrfach sexuell missbraucht wurde, vorwiegend durch orale Penetration.«

Johansson wandte den Blick ab.

»Sie haben zufällig den Täter auf frischer Tat ertappt, als sie früher als geplant von der Arbeit nach Hause kamen, und ihn unter vorgehaltener Dienstwaffe gezwungen, sich mit einem Brotzeitmesser zu entmannen. Anschließend zwangen sie ihn, das abgetrennte Glied zu schlucken. Der Mann erstickte daran. Ihr Verteidiger plädierte auf Schuldunfähigkeit im Zuge einer Affekthandlung. Das Gericht erkannte das aufgrund Ihrer herausragenden psychischen wie physischen Belastbarkeit als Polizist nicht an. Sie hätten sich im Griff haben müssen.«

Die nächsten Worte kamen gepresst: »Hätten Sie sich im Griff gehabt, wenn so ein Drecksack Ihrer Tochter …«

»Ja.«

Johanssons Blick flatterte zu Nummer Elf. Seine Mundwinkel zuckten, doch kamen keine Worte über seine Lippen.

Nummer Elf tippte auf die Papiere in der Akte. »Hier steht außerdem, dass sich Ihre Frau nach Ihrer Verurteilung scheiden ließ und mit Saskia Maria nach Aschaffenburg zu ihren Eltern zog.«

Johansson rutschte auf seinem Stuhl nach vorn. Seine Kiefermuskeln spannten sich. »Und weiter? Was wollen Sie mit der Vergangenheit? Ich weiß nicht, wohin Erik Krenkel verschwunden ist.«

»Aber Sie wissen etwas. Und das verraten Sie mir jetzt.«

»Und wenn nicht?«

»Fahre ich nach Aschaffenburg und stecke Ihrer Tochter meinen Penis in den Mund.«

Johansson wurde blass, sein Kehlkopf hüpfte auf und ab. Die Kette klirrte am Metallring. »Das … das würden Sie nicht tun!«

Nummer Elf sah ihn nur an, bis Johansson den Blick abwandte, sich die Lippen mit der Zungenspitze befeuchtete und schluckte.

»Erik … er … er hat kurz vor Beginn des Feueralarms eine Botschaft mit der Schreibtischlampe zum Fenster raus gesendet.«

»Was für eine Botschaft?«

»Keine Ahnung, ich glaube, es war ein Morsecode. So genau hab ich nicht aufgepasst, ich wollte nur pennen. Es war auch nur eine kurze Nachricht, hat vielleicht eine halbe Minute gedauert, danach war er ganz aufgeregt, ist auf und ab getigert, bis der Alarm losging.«

»Und weiter?«

»Nichts weiter. Das war alles.«

Nummer Elf musterte sein Gegenüber, bis Johansson den Kopf zwischen die Schultern zog, als wäre er geschlagen worden. »Versprechen Sie mir, Saskia in Ruhe zu lassen?«

»Hängt von Ihnen ab.«

Hinter Johanssons Stirn arbeitete es, dann ließ er die Schultern und den Kopf endgültig hängen. Zu seinen Oberschenkeln sagte er: »Ich ... ich weiß, dass Erik krank ist. Unsagbar krank. Er glaubt nicht an Kehlis. Ich hätte ihn beichten müssen.«

»Genauso wie sich selbst.«

Johansson erwiderte nichts.

Die Scharniere der Verhörraumtür knackten, und herein kam Borchert, der wie Nummer Elf nur Schwarz trug. Allerdings prangte an seinem Hemdkragen kein Kollar.

Er sagte: »Das haben wir gefunden.«

Nummer Elf hob beide Augenbrauen. »Einen Backstein?«

»Und Klebeband. Das ist bereits unterwegs ins Labor bezüglich Fingerabdrücken und DNS-Spuren. Damit war dieser Stein auf dem Gaspedal des Radladers fixiert.«

»Sonst noch was?«

»Jein. Die Feuerwehr klettert gerade aufs Dach, um die vermutlichen Rauchbomben zu sichern. Und die Kollegen von der Garde sichten umgehend das Videomaterial der umliegenden Verkehrskameras. Wahrscheinlich können wir damit Rückschlüsse auf den oder die Verursacher ziehen.«

Ziemlich sicher sogar. Wie werden einwandfreie Spuren und nette Bilder von Malek und Krenkel in einem Fluchtwagen finden, doch am Ende werden alle im Sand verlaufen – wie in den letzten drei Monaten seit Maleks Flucht aus der Einundzwanzig.

Nummer Elf verspürte bei der Erinnerung an die Ereignisse in Berlin ein Kribbeln in der rechten Schulter, wo ihn die Rothaarige angeschossen hatte. Ob sie auch an Krenkels Befreiungsaktion beteiligt war? Sicher war sich Nummer Elf nur, dass er die Handschrift seines Bruders erkannte. Die ganze Aktion war ohne großen Schnickschnack durchgezogen worden. Malek hatte genutzt, was vorhanden war: sein Wissen über den Justizvollzug und mögliche Evakuierungspläne, den Radlader der Baustelle, die Schwachstelle in Form der Außenmauer und die Inversionswetterlage. Simpel, aber zielführend. Blieb die Frage, wie er herausgefunden hatte, wohin Erik Krenkel nach seinem Gastspiel in der Gardedirektion 4 gebracht worden war. An solche Informationen kam er nicht ohne Weiteres ran. Jeder Datensatz, der mit Malek Wutkowski zu tun hatte, worunter auch frühere Knastkumpel fielen, war auf Befehl des Konfessors mit einem Sperrvermerk versehen worden. Nur Konfessoren und einige autorisierte Persönlichkeiten wie Johann Kehlis hatten Zugriff. *Wahrscheinlich kam er über den Datenbaron Wendland heran.* Vitus Wendland war einer der wenigen, die zu einer solchen Informationsbeschaffung in der Lage waren, und er fuhr immer noch irgendwo dort draußen in seinem Rollstuhl herum, führte diese aberwitzige Rebellion an und hatte Carl Oskar Fossey in seiner Gewalt. Ob er mittlerweile kooperierte? Nummer Eins hatte zusammen mit dem Herrn in Fosseys Labor eine manuell zerstörte Festplatte gefunden, die aus Fosseys Notebook stammte. Eine IT-Expertin versuchte nun, nachdem alle herkömmlichen Wiederherstellungsverfahren gescheitert waren, die Daten zu retten, doch allein der Fund rückte eine Intoleranz des Nanoforschers in den Rahmen des Möglichen. Welche Konsequenzen das haben würde, war kaum abzuschätzen. *Staatsgefährdend* war untertrieben.

Nummer Elf wandte sich an Borchert und zeigte mit dem Finger auf Johansson: »Fertigen Sie bitte eine Humankapitalschätzung über ihn an.«

Johansson wrang seine Hände, blickte zwischen ihnen hin und her. »Was für ein Ding?«

»Hat er gebeichtet?«, fragte Borchert.

»Sich und den Flüchtigen Krenkel.«

Der Konfessorenanwärter schürzte die Lippen, nahm die Akte und begann im Stehen zu lesen. Seine Arme mit den hochgerutschten Mantelärmeln ruhten direkt auf Nummer Elfs Augenhöhe.

Beim Anblick der nackten Handgelenke wurde sich Nummer Elf wieder einmal seiner Lifewatch bewusst, die von der Hemdmanschette verborgen wurde. Er widerstand dem Drang, sich darunter zu kratzen. Immer wenn ihm bewusst wurde, dass er es tat, meinte er, Malek zu hören, der ihm in der Gardedirektion 21 gesagt hatte: »Ich weiß, wie sie abgeht!« Dieses nicht abnehmbare Teil. Und dann blitzte vor seinem inneren Auge Fosseys Lifewatch mit dem eingravierten F im Feuerschein, befestigt an einer ordinären Flasche Bier. *Er weiß es tatsächlich …*

Johansson sagte: »Kommen Sie! Ich habe Ihnen alles gesagt, was ich weiß! Sie brauchen keine Humanirgendwasschätzung an mir machen.« In seiner Stimme schwang Furcht mit.

Borchert klappte die Akte zu und legte sie zurück auf den Tisch. »Eindeutig Risikopersonengruppe zwei, Bundesbeamter, im Speziellen ehemaliger Polizist. Körperlich fit, aber verurteilt wegen Mordes. Die Einschätzung fällt klar aus: Erlösung.«

Nummer Elf nickte, zog seine Pistole aus dem Holster und reichte sie mit dem Griff voran Borchert. »Bitte.«

Der Konfessorenanwärter zögerte nicht. Er nahm die Pistole, entsicherte sie und schoss Noah Johansson in die Brust.

Der stieß einen erstickten Schrei aus. Die Kette an seinen Handgelenken rasselte, hinderte ihn am Aufstehen und brachte ihn aus dem Gleichgewicht. Er stürzte, keuchte, trat um sich, traf seinen Stuhl, der gegen die Wand krachte.

Nummer Elf betrachtete für einen Moment die beiden

Hände, die über der Tischkante schwebten und bebten und zucken und krampften. Die Handschellen rissen die Haut auf, ließen Blut schimmern. Dann erhob er sich und spähte zu Noah Johansson hinab. Ein Blutfleck breitete sich unterhalb des Pectoralis aus. Der Schuss hatte sein Herz um einige Zentimeter verfehlt. Das Projektil steckte in der Rückenlehne des umgestürzten Stuhls.

»Schlechter Schuss, Borchert. Daran müssen Sie arbeiten. Einen Lungendurchschuss kann er überleben, wenn keine Arterie oder Lungenvene getroffen wurde. Solange Sie mit der Pistole unsicher sind, rate ich zu zwei Schüssen. Der erste setzt den Kranken außer Gefecht, der zweite tötet ihn. Die Brustregion ist in Ordnung, besser als das Gesicht. Wenn Sie das zerstören, müsste er per DNS-Abgleich identifiziert werden, was unnötig Ressourcen kostet. Haben Sie das verstanden?«

Borchert nickte.

Johanssons Beine schabten über den Fliesenboden. Sein Atem pfiff wie ein Teekessel.

»Worauf warten Sie?« Nummer Elf schlüpfte in seinen Mantel und richtete den Kragen. »Wir haben zu tun.«

Borchert sah auf den am Boden liegenden Johansson.

Nackte Angst stand dem Intoleranten im Gesicht. Über seine blutbeschmierten Lippen kam: »Bitte nicht!«

Der Konfessorenanwärter schoss ein zweites Mal. Diesmal zielte er besser und traf das Herz.

Kapitel 4

München, Außenbezirk Neue Warte

»Ganz langsam!« Erik hob die Hände in einer abwehrenden Geste. »Dein Bruder ist einer dieser ... gefühlskalten, maschinenartigen, ungemein charmanten Konfessoren, und du willst ihn bekehren?«

Malek nickte.

Erik blähte die Wangen auf, ließ langsam die Luft entweichen. »Du hast auch schon einen Plan? Klar hast du 'nen Plan. Scheiße. Ich bin ein Teil davon.«

Malek Wutkowski stützte die Unterarme auf die Oberschenkel und sah ihn aus dunkelbraunen Augen an. »Du hast zwei Möglichkeiten, Erik.«

»Jaaa ... mitmachen oder sterben.« Erik deutete auf den Schallschutz, auf den Teppich, auf die Flex. »Du brauchst mir nichts vorzumachen, mir ist klar, was das hier ist: eine Folterkammer. Das Letzte, was ich sehe, wenn ich nicht kooperiere. Ich weiß doch jetzt schon viel zu viel. Als du mich rausgeholt hast, war es entschieden.«

Ein seltsamer Ausdruck trat in Maleks Gesicht. Traurigkeit war das Letzte, was Erik bei seinem Gegenüber erwartet hatte.

Malek erhob sich. »Komm!« Seine Stimme war ganz rau. »Du wolltest was essen.« Er trat an die Tür, schulterte die Reisetasche und sperrte auf.

Erik folgte nach kurzem Zögern. Beim Hinaustreten aus dem Kellerraum ignorierte er geflissentlich den Sand unter seinen Sohlen.

Schweigend ging es durch den betongrauen Flur ins Treppenhaus und von dort nach oben, Stufe um Stufe, Hunderte nackte Steintritte mit Antirutschbeschichtung in Form schwarzer Streifen. Nach achtundzwanzig Streifen erreichten sie das Erdgeschoss. Durch eine Glastür war ein hell erleuchteter Flur einsehbar, in dem zwei Aufzugtüren nebeneinander glänzten. Malek ignorierte den Gang und setzte unbeirrt den Weg zu Fuß nach oben fort.

Sie erreichten die Etage 1. Die Etage 2. Die Etage 3. In Etage 4 erfüllten Eriks Atemzüge das Treppenhaus. Er blieb stehen, die Hand auf das Metallgeländer gestützt, und blickte nach oben. Immer weiter wand sich die Treppe in die Höhe. Ein Ende war nicht in Sicht.

»Wollen … wir … nicht lieber … den Aufzug nehmen?«

Malek, bereits einige Stufen vorausgeeilt, verschwand hinter dem nächsten Treppenabsatz. Seine Stimme wehte um die Ecke. »Ist nicht mehr weit.«

Erik atmete tief durch und stapfte hinterher. »Das werd ich wohl noch öfter hören.«

In Etage 7 hielt ihm Malek die Glastür zum Flur auf. Als Erik an ihm vorbeiging, vermied der ehemalige Söldner den Blickkontakt.

Nicht so gut. Warum reagierte er so seltsam? In welche Wunde hatte er den Finger gelegt?

Erik trat in den Flur. Maleks Turnschuhe knarzten hinter ihm. Sonst herrschte Stille.

»Nach rechts«, diktierte Malek, als ein Seitengang abzweigte. Ein Schild an der Wand wies die Wohneinheiten 70 bis 79 aus.

Erik lief unbeirrt weiter, las die auf die Türen aufgedruckten Nummern und blieb vor der 72 stehen. Malek schloss zu ihm auf. Metall klimperte. Ein Sicherheitsschlüssel glitt ins Schloss. Für zwei Herzschläge schien es, als wollte der ehemalige Söldner etwas sagen, aber dann drehte er nur den Schlüssel und drückte die Wohnungstür auf.

Ein winziger Vorraum. Jacken in Weiß und Grau an einem knallroten Garderobenbrett mit fünf Haken. Gardistenjacken. Darunter mehrere Paar Männerschuhe nebeneinander.

Als Erik die Tür hinter sich schloss, gewahrte er auch hier giftgrüne Farbe und Noppenschaumstoff, jedoch nur auf der Innenseite des Türblatts.

Malek stellte die Reisetasche in den Wohnraum und schaltete das Licht ein. Im Schein von LED-Strahlern offenbarte sich ein Wohn- und Esszimmer, spärlich eingerichtet mit einem Sofa in Grau, einem Couchtisch aus weiß lackiertem Holz, einer Kommode mit Fernseher und einem Esstisch mit zwei Holzstühlen. Die Rollläden waren hinter kahlen Fenstern heruntergelassen. Ein blickdichter Vorhang teilte einen Bereich des Raums ab.

Malek verschwand davor in einer rechts liegenden Nische. Es war die Küche, ein Rechteck von zweieinhalb Metern auf einen. Auf dem Glaskeramikfeld stand ein Topf. Der Söldner schaltete gerade die Herdplatte ein, als Erik dazukam. Malek schaute auf, und diesmal stand keine Traurigkeit in seinen Augen.

»Ich weiß, ich weiß«, sagte Erik. »Wir müssen reden. Können wir das hier ungestört?«

»Nur zu.«

»Okay. Dann lass mich mal hypothetisieren: Dein Bruder ist in seiner Tätigkeit als Konfessor hinter dir her, also dein größter Feind. Und jetzt auch meiner. Er ist von Nanotechnik geblendet, Johann Kehlis hörig aufs Wort. Du willst ihn aber bekehren, also besteht eine realistische Möglichkeit. Wie?«

Malek lehnte sich mit verschränkten Armen an die Arbeitsfläche der Küche. »Durch Nanoentzug und klassische Konditionierung.«

»Okaaay. Klingt auf den ersten Eindruck plausibel und… nach 'nem Plan, den du alleine durchziehen kannst. Trotzdem steh ich hier. Warum? Du hast gesagt, dein Bruder würde uns just in diesem Moment jagen. Er ist also noch nicht in deiner Gewalt. Du hast mich lockerflockig im Alleingang aus einer JVA geholt. Du brauchst mich also, um ihn einzufangen oder zu überwältigen. Oder wegen des Nanoentzugs? Gibt es da unschöne Nebenwirkungen? Musst du ihn ruhigstellen? Sedieren? Mental gefügig machen?«

»Möglicherweise.«

»Okay, das scheint ein Job für einen Apotheker zu sein, aber dafür holst du mich nicht aus dem Knast. Was genau wäre mein Part an der Geschichte?«

Malek holte einen Esslöffel aus einer Schublade und nahm den Deckel vom Topf. Dampf wallte auf, und mit ihm verteilte sich ein angenehmer Duft nach Fleisch und Gemüse. Mit dem Löffel förderte Malek eine klare Flüssigkeit zutage, blies darüber und probierte. Daraufhin stellte er den Herd eine Stufe höher, trat an Erik vorbei, der im Eingang der Nische stand, und verschwand hinter dem blickdichten Vorhang. Erik erhaschte einen flüchtigen Blick auf einen Schreibtisch, über dem eine Menge Zettel an der Wand hingen. Als Malek zurückkehrte, legte er vor Erik zwei Gegenstände auf die Arbeitsfläche: ein weißes Uhrenarmband und ein dazu passendes quadratisches Display.

»So eine trug Nummer Acht, nur in Schwarz!«

»Eine Lifewatch, ein erstklassiges Kommunikationstool und gleichzeitig eine umfangreiche Überwachungsstation des Trägers und seiner Umgebung.«

Erik lupfte eine Augenbraue. »Konfessoren werden kontrolliert?«

Malek deutete mit einem Kopfnicken auf die zerlegte Uhr. »Im Inneren befindet sich ein Kontaktgift, das ausdiffundieren kann, wenn man will.«

»Man?«

»Das Gift kann bei den weißen Uhren, einer älteren Produktionslinie, nur vom Träger ausgelöst werden. Bei den schwarzen Uhren der Konfessoren allerdings auch von der Kommandozentrale. Es tötet bei fünfundachtzig Kilo Körpergewicht innerhalb von fünfzehn Sekunden.«

Erik musterte die Uhr genauer. »Um welches Gift handelt es sich?«

»Keine Ahnung. Es führt zum Herz-Kreislauf-Versagen.«

»Das ist alles, was du weißt?«

»Alles.« Malek widmete sich dem Topf, rührte mit dem Löffel und probierte. Daraufhin holte er Suppenteller aus dem einzigen Hängeschrank.

Erik fragte: »Man kann die Uhr aber abnehmen, wie man sieht. Wo ist also das Problem?«

»Nur die weißen lassen sich einfach abnehmen. Die schwarzen sind Spezialanfertigungen, von denen die Konfessoren nicht wissen, wie sie abgehen, und selbst wenn sie es wüssten, würden sie sie nicht freiwillig abnehmen.«

»Du musst Dominik also dazu zwingen?«

»Ja.« Malek schöpfte den ersten der beiden Teller voller Suppe. Bei dem Anblick kam Erik ein Gedanke.

»Wie willst du deinen Bruder eigentlich von den Nanos im Essen fernhalten? Das Zeug ist doch kontaminiert, oder? Schon allein das Leitungswasser.«

»Mithilfe einer Medikamentenmischung.« Auch in den zweiten Teller plätscherte Suppe.

»Krieg ich die auch, nur so zur Sicherheit?«

»Du bist permanent intolerant, sonst wärst du längst ein Kehlianer. Du brauchst nichts nehmen.«

»Trotzdem wär das vielleicht ganz nett.«

Malek holte eine Pfeffermühle aus dem Schrank, pfefferte beide Teller ordentlich.

Erik fragte: »Ist dieser Blockermedikamentencocktail dein Problem? Soll ich dir den herstellen?«

»Nein.«

»Ganz ehrlich? Langsam machst du mich wahnsinnig. Was willst du von mir?«

Malek nahm die Teller zur Hand. »Mir fehlt schlicht die Zeit. Das Abnehmen einer schwarzen Lifewatch dauert knapp eine Minute.« Ohne weitere Erklärungen bugsierte er das Essen in den Wohnraum.

»Eine Minute ... und das Gift wirkt in fünfzehn Sekunden.« Ein scharfes Luftholen erklang wie ein Peitschenhieb. »Mein Gott!«, stieß Erik hervor. »Dominik soll sterben! Du willst, dass die Chefetage ihn für tot hält, dass kein Zweifel an seinem Ableben entsteht. Und dann willst du, dass ich ihn zurückhole, mit einem Gegengift. Du willst, dass ich deinen Bruder von den Toten auferstehen lasse, damit er wirklich frei sein kann.«

Die Teller klapperten leise auf dem Esstisch. Ein Stuhl knarrte laut. »So langsam kommst du wieder auf Touren. Und jetzt setz dich! Die Suppe wird kalt.«

Das Essen war bis auf den letzten Rest vertilgt, und die beiden Männer schwiegen. Erik hatte das Ganze noch einmal aus verschiedenen Perspektiven beleuchtet; Malek Wutkowski musste wirklich verzweifelt sein, was bemerkenswert war.

»Und?« Malek lehnte sich im Stuhl zurück und verschränkte die Hände hinterm Kopf. Er gab sich alle Mühe, lässig zu wirken, doch Erik spürte die Unruhe seines Gegenübers.

»Schwierig.«

»Weil?«

»Du mir eine enorme Verantwortung aufbürden würdest. Du vertraust mir das Leben deines Bruders an, und du liebst deinen Bruder. Was passiert, wenn ich scheitere? Du weißt, dass man mir die Approbation als Apotheker entzogen hat und ich seit Jahren nicht mehr gearbeitet habe.«

»Wegen Gesetzen.«

»Trotzdem fehlt mir die Übung im Panschen, und wir wissen so gut wie nichts über das Gift.«

»Du wirst alles darüber herausfinden. Du bist der Beste in solchen Sachen.«

»Trotzdem. Ein Restrisiko bleibt.«

»Dessen ich mir durchaus bewusst bin.«

»Was nichts über mein Wohlergehen aussagt, sollte Dominik tot bleiben.«

Maleks Brustkorb hob und senkte sich deutlicher. »Dir wird nichts passieren. Das verspreche ich.«

Erik suchte in Maleks Augen nach dem Funken einer Lüge, fand jedoch nur Aufrichtigkeit. Die quittierte er mit einem Nicken. »Was bietest du mir für meine Hilfe?«

»Hängt davon ab, was deine Ziele sind.«

»Ziele … Über die hab ich mir noch keine Gedanken gemacht. Ich werde mir irgendwann einen Teil meiner Rücklagen beschaffen, aber danach …« Erik zuckte mit den Schultern.

»Die Gewinne aus deiner Drogenzeit?«

»Jo.«

»Brauchst du Hilfe, um sie zu beschaffen?«

Dass Malek nicht fragte, um welchen Betrag es sich handelte, rechnete Erik ihm hoch an. »Vielleicht. Gewaschen muss es auch werden. Wird schwierig.« *Bei zwei Komma sechs Millionen.*

»Kriegen wir hin.«

»Okay. Du bietest mir also neben der Freiheit und den

Informationen über die Nanos Unterstützung an, die ich wofür auch immer brauche? Eine Wildcard sozusagen?«

»Ja.«

»Und was noch?«

»Einen Ort, an dem du wirklich frei sein kannst.«

Das ließ Erik die Stirn runzeln. »Jetzt bin ich gespannt.«

Malek ließ die Arme sinken. »Bier?«

»Gekühlt?«

»Ja.«

»Gern.«

Malek stand auf, sammelte die beiden Teller ein und verschwand in der Küche. Erik musterte den dunkelblauen schweren Vorhang, der undurchdringlich bis zum Boden reichte. Was sich wohl dahinter verbarg?

Die Dichtgummis der Kühlschranktür seufzten. Glas klirrte. Zwei Kronkorken knackten. Mit zwei Pils kam Malek zurück, reichte eines Erik und nahm wieder Platz.

Eine Minute lang drehte der Söldner die grüne Glasflasche in den Fingern, bevor er mit einem Ruck trank und dann sagte: »Es gibt eine Organisation aus Intoleranten, die gegen Kehlis kämpfen und genug Potenzial haben, dass sie gegen ihn etwas ausrichten könnten. Jemand mit deinen Fähigkeiten würde sich bei ihnen gut machen. Ich würde dich zu ihnen bringen, wenn du willst.«

Erik probierte das Pils. Es war kühl und herb. Nach einem Rülpser fragte er: »Und du? Du willst nicht zu dieser Organisation?«

»Nicht, wenn wir Dominik erfolgreich befreit haben.«

»Weil sie ihn entweder töten oder quälen würden, um sein Konfessorenwissen zu benutzen?«

»Da kombiniert der Fuchs.«

Erik senkte den Blick. »Verstehe. Das ist also deine Bedingung: Alles über Dominik bleibt unter uns.«

»Es ist meine einzige Bedingung.«

Jetzt war es an Erik, seine Bierflasche in den Fingern zu drehen. In Gedanken klopfte er abermals seine Möglichkeiten ab und kam zu einem Entschluss.

Der Boden von Maleks Bierflasche pochte auf den Holztisch. Nur noch eine Neige war im Glas, und daneben ruhte Maleks Hand in der Luft, zum Handschlag bereit.

»Zeit, sich zu entscheiden«, sagte der Söldner.

Erik studierte die kräftigen Finger, die muskulösen Unterarme. Malek konnte ihm den Hals brechen, wenn er wollte, doch er würde es nicht tun. Dazu waren Eriks Fähigkeiten viel zu wertvoll. Er war Maleks Möglichkeit, seinen Bruder zu retten. Er konnte fordern, was er wollte, und Malek würde es liefern. Erik konnte nur gewinnen. Es bedeutete eine Herausforderung. Das Gegenteil von Langeweile.

Mit dem Flaschenhals zeigte er auf den Vorhang. »Verrätst du mir, was dahinter ist?«

Malek musterte ihn eine Weile, ließ dann die Hand sinken, stand auf und trat zum Vorhang. Mit einem Ruck schob er ihn zur Seite.

Langsam kam Erik auf die Beine. Beeindruckt betrachtete er den arbeitszimmergroßen abgeteilten Bereich.

Der war spartanisch mit einem Schreibtisch, einem Bürostuhl, einer Isomatte und einer vor dem Fenster stehenden Kamera mit Zoomobjektiv und Stativ ausgestattet. Jedoch zogen die Wände die Aufmerksamkeit auf sich. Sie waren vollständig mit Korkmatten verkleidet, und daran hingen Papiere, Ausdrucke und Zettel, angepinnt von Hüfthöhe bis zur Decke mit Hunderten bunter Reißnägel. Erik erkannte handschriftliche Tabellen, Notizen, Zeichnungen, ausgedruckte Grundrisse von Gebäuden, Mindmaps, schriftliche Zusammenfassungen, Abschriften, Zeitungsartikel und Hochglanzausdrucke. Letztere zeigten neben Fahrzeugen, Nummernschildern und Gebäuden überwiegend einen Mann in Schwarz: Eine etwas jüngere Ausgabe von Malek Wutkowski, ohne Bart, mit schütter werdendem Haar und hartem Blick.

»Da meint es einer wirklich ernst.«

Maleks Blick hing an den Notizen. Seine Hände verschwanden in den Hosentaschen. »Sind wir im Geschäft?«

Ein zaghaftes Lächeln legte sich über Eriks Gesichtszüge, doch war ihm überhaupt nicht nach Lächeln. Überhaupt war sein Hals plötzlich ganz trocken. Mit heiserer Stimme sagte er: »Wie könnte ich da Nein sagen?«

Kapitel 5

München, Schwabing

Aus den Kopfhörern rumsten Beats von Paul Kalkbrenner. Zusammen mit dem grünen Drei-Minuten-Sencha und einem Spritzer Orangensaft hauchten sie Reba Ahrens neue Power ein. Sie wiegte den Kopf im Rhythmus der Bässe, stellte die zur Hälfte geleerte Tasse zur Seite, streckte die Finger, bis sie knackten, und ließ sie wieder über Hunderte winziger Punkte gleiten, die aus der integrierten Kunststoffleiste der Tastatur ragten. Zeichen um Zeichen las sie die Brailleschrift.

Es war eine Mammutaufgabe, fast eine Sisyphusarbeit, die ihr Johann aufgehalst hatte, aber wenn Johann sie um etwas bat, tat sie es gern. Was er anpackte, wurde gut, und es fühlte sich noch besser an, ihren bescheidenen Teil dazu beizutragen. Sie hatte ihn im Frühjahr 2019 kennengelernt, als sie gerade anfing, ihre Bachelorarbeit über die Codierung von Daten in Zusammenarbeit mit dem Praxispartner SmartBrain anzufertigen. *Vor fast einem Jahrzehnt.*

Es war eine schwere Zeit für sie gewesen, als es im Sommer 2019 ihr zweites Auge erwischte. Schon in der Grundschule war sie stark kurzsichtig gewesen, als Zehnjährige hatte sie das linke Auge verloren. Die Netzhaut hatte sich gelöst. Der Verlust des zweiten war der Tiefpunkt gewesen, die Zeit, in der sie täglich an einen Suizid gedacht und mehr als eine

Narbe an ihren Unterarmen davongetragen hatte, aber Johann Kehlis, damals als Investor interessiert an SmartBrain, hatte sowohl von ihrem Schicksal als auch von ihrem Talent gehört, in Codierungen und Decodierungen zu denken, und ihr kurzerhand angeboten, sie durch einen Förderfond für Nachwuchsakademiker seiner Firma JK´s zu unterstützen. Dank Computertastaturen für Blinde, Hyperbraille und diversen technischen Hilfen konnte Reba ihr Bachelorstudium beenden und nicht nur das: Johann ermutigte sie sogar, direkt im Anschluss den Master zu absolvieren, und sicherte ihr weitere finanzielle Unterstützung während des Studiums samt einer anschließenden Festanstellung entweder bei JK's oder SmartBrain zu. Es war ein Angebot, das man nicht ausschlug. Außerdem gefiel Reba, dass Johann kein Mitleid wegen ihrer Blindheit zeigte, sondern nur das verschenkte Potenzial sah, sollte sie nicht weitermachen.

Reba rieb sich über das Gesicht, um ihre Gedanken zurück zu den Hexadezimalzahlen zu lenken.

Die Sequenz aus einigen 512 Bytes großen Sektoren der zerstörten Festplatte, die sie sich für heute Vormittag vorgenommen hatte, wollte einfach nicht enden. Und es war nur eine von Tausenden, aber Reba wäre nicht Reba, wenn sie es nicht schaffen würde.

Wieder glitten ihre Fingerspitzen über die Brailleschrift, als die Musik leiser wurde und sich ihr Computer meldete: »Reba, du hast eine neue Sprachnachricht. Soll ich sie dir abspielen?«

»Bitte.«

Sie stammte von Nummer Eins, was Reba angewidert das Gesicht verziehen ließ. Sie mochte den Obersten nicht. Er roch unangenehm, und seine Stimme war nüchterner als die Bandansage. So auch diesmal: »Frau Ahrens, bitte schicken Sie mir bis spätestens sechzehn Uhr ein Update über den Stand

Ihrer Untersuchungen.« Kein Dank, kein Abschiedsgruß, nichts. Erstaunlich, dass er *bitte* in den Satz implementiert hatte. *Und dass er nicht gedroht hat.*

Als er ihr vor einigen Wochen persönlich die Festplatte gebracht und ihr erklärt hatte, dass Fossey entführt und die Platte kurz vorher offenbar von ihm mechanisch zerstört worden war, hatte er mit den Worten geschlossen: »Finden Sie heraus, warum, und so schnell wie möglich. Enttäuschen Sie nicht den Herrn.« Dann war er gegangen und sie mit der Bemerkung auf der Zunge zurückgeblieben, als ob sie das je tun würde.

Die Zahlenreihe auf der Brailleleiste endete. Reba hatte die Sequenz durch. Sie bestand wieder aus einer ganzen Menge Text über Fosseys Forschungsarbeit – diesmal Notizen zu Nanowasser-Tropfen und Sauerstoffradikalen und Tabellen zu Fällungsreagenzen. Allerdings war ihr eine Interferenz aufgefallen. Mit den Cursorpointern der Tastatur navigierte sie zum entsprechenden Sektor und las ihn ein zweites und ein drittes Mal durch. Ihr Mundwinkel zuckte. Sie entschied, die Interferenz zu extrahieren. Der Inhalt offenbarte sich ihr noch nicht, es sah aber nach einer Funktionsdefinition aus, womöglich einem Teil eines Programms. Und sie meinte, im Rhythmus der Bezeichnungen eine Übereinstimmung mit anderen Interferenzen zu erkennen, die sie bereits extrahiert hatte.

Schnell kopierte sie die Interferenz mittels Shortcuts in ein eigenes Textdokument, legte es in einem Ordner namens INTERFERENZEN ab und druckte sie zusätzlich aus. Der Spezialdrucker auf dem Schreibtisch ratterte und spuckte den Text sowohl in gestanzter Braille als auch in herkömmlicher Textform aus, immer zweizeilig untereinander angeordnet, damit sie ihre Unterlagen bei Bedarf an den Bunker weitergeben konnte. Sie tastete nach dem Ausdruck und den Ablageboxen daneben. Ihre Finger glitten über die Plastikfelder, auf denen

Aufkleber angebracht werden konnten und auf denen bei ihr verschiedene Klebebänder hafteten – Tesa, Paketband, Malerkrepp. In das Fach mit dem Paketband schob sie den Ausdruck.

Danach öffnete sie am Computer ein Tabellenprogramm, das sie eigens für den Auftrag kodiert hatte, trug den untersuchten Sektorenbereich ein und die dazugehören Themen, in diesem Fall: Nanowasser und Fällungsreagenzen.

Danach schnaufte sie durch. Den ganzen Mist mit Sektorenbereichen und Zuordnungen hätte sie sich sparen können, nur leider hatte Carl Oskar Fossey nicht auf eine saubere Defragmentierung geachtet. Es war einfach nur über die Lebensdauer des Laptops wüst gespeichert worden. *Absichtlich?* Hatte Fossey eine Datenwiederherstellung von vornherein so gut wie unmöglich machen wollen? Warum sonst sollte er eine Festplatte mechanisch zerstören, wenn nicht, um deren Inhalt zu verbergen? Und dann wäre eine Fragmentierung im Vorfeld auch der richtige Weg gewesen. So krass, wie hier die Speicherblöcke verteilt waren, konnte es fast nur Absicht gewesen sein.

Reba würde schon herausfinden, was Fossey da getrieben hatte. Irgendetwas hatte er auf der Festplatte zu verbergen versucht. Und sie würde herausfinden, was.

Für Johann.

In Kehlis.

Kapitel 6

München, Außenbezirk Neue Warte

Noch herrschten die Schatten in den Straßenzügen. Die Scheiben der geparkten Fahrzeuge waren von einer milchigen Schicht Eis überzogen, glitzerten im Licht vorbeihuschender Fahrzeuge. Bald würde es schmelzen – über den Häuserschluchten zeigte sich bereits ein Hammerschlag Sonnenglanz. Es versprach, ein schöner Tag zu werden. Zumindest das Wetter betreffend.

Nummer Elf verfolgte regungslos das Geschehen auf dem Parkplatz und der angrenzenden Straße. Von seinem Apartment im vierten Stock mit der großzügigen Glasfront hatte er einen ausgezeichneten Blick hinab. Gardisten und Konfessoren verließen das Glaskollektivum, eilten in den Tag.

Ein Tropfen Wasser löste sich aus seinen feuchten Haaren, perlte ihm auf die Schulter. Der Tropfen verschmolz mit anderen und kroch ihm über den Pectoralis, an der Brustwarze vorbei, am Rippenbogen entlang bis zur Hüfte und trocknete schließlich irgendwo am Rand des Schamhaars. Bald würde der ganze Körper trocken sein. Im Apartment war es unangenehm heiß, was Nummer Elf daran erinnerte, dass er drei Nächte zuvor gerade in die Dusche hatte steigen wollen, als ihn die Nachricht vom Brand in der Justizvollzugsanstalt Kronthal erreichte. Die Heizung hatte er nicht mehr abgedreht.

Eine Kollegin – Konfessorin Nummer Siebenundvierzig, schlank, brünett, um die dreißig – überquerte den Parkplatz und blickte zu ihm hoch. Der Gruß war nur ein angedeutetes Neigen des Kopfes, was am Wippen des streng zusammengebundenen Haares zu erkennen war. Nummer Elf grüßte zurück. Ihr letzter Blick entging ihm nicht – ein kurzes Verharren auf dem hölzernen Rosenkranz, den er um den Hals trug.

Erst als Nummer Siebenundvierzig in ihren Dienstwagen gestiegen und davongefahren war, wandte sich Nummer Elf vom Fenster ab. Er ging in die Küche, um sich eine leichte Mahlzeit zuzubereiten. Seine nackten Füße verursachten keine Geräusche auf dem Vinylboden, der wegen der Fußbodenheizung zu kochen schien. Oder spielte sein Wärmeempfinden aufgrund des Schlafmangels verrückt? Der imaginäre Nagel in seinem Kopf, den er seit Jahren anstelle von Emotionen verspürte und der sonst kalt wie Eis war, schien zu heizen.

Nummer Elf entschied, dass er nicht länger um Schlaf herumkam. Der stechende Schmerz hinter seinen Augen war kaum mehr zu ertragen. Immer und immer wieder hatte er die Geschehnisse durchdacht und versucht, das Vorgehen seines Bruders zu begreifen, doch ihm wollte keine plausible Erklärung einfallen, warum Malek sich aus der Deckung gewagt hatte, nur um einen ehemaligen Apotheker und Drogenpanscher zu befreien. Wofür brauchte er Erik »den Fuchs« Krenkel? War er erkrankt und benötigte medizinische Hilfe? Wenn er noch mit den Rebellen zusammenarbeitete, war das unwahrscheinlich, da sie sicher unter der Führung des Datenbarons eine passable medizinische Versorgung genossen. Und so krank konnte Malek gar nicht sein, wenn er eine solche Befreiungsaktion durchzuführen vermochte. Dies war keine Spontanaktion gewesen. Sie hatten den nicht zur Arbeit erschienenen JVA–Beamten tot in seiner Wohnung gefunden. Gefesselt an einen Stuhl. Jemand hatte ihm mit einer Rohrzange vier Fingernägel gezogen. Von ihm kannte Malek vermutlich die Evakuierungspläne und die Lage von Erik Krenkels Zelle.

Blieb die Frage, was Malek mit Krenkel wollte. War es erneut ein Auftrag der Rebellen? Brauchten die Krenkels Fachkompetenz? Wollten sie vielleicht mit ihm und Fosseys Wissen über die Nanos ein Medikament gegen deren Wirkung entwickeln?

Krenkel wäre prädestiniert dafür. Er galt als hochbegabt – Abitur in Bayern mit einem Notendurschnitt von 1,3, anschließend Studium der Pharmazie in Regelstudienzeit an der Uni Erlangen-Nürnberg, Approbation im Jahr 2011, Einstieg in die Apotheke der Eltern direkt im Anschluss. Nachdem die sich zwei Jahre später nach Spanien in den Ruhestand zurückgezogen hatten, begann er seine kriminelle Karriere. Er betrog die Krankenkassen mit hochpreisigen Rezepten, die er von Junkies in Zahlung nahm und gegen Rohypnol tauschte. Damit finanzierte Krenkel die Erfindung und Herstellung einer neuartigen Droge, die er FOX taufte. FOX machte glücklich, putschte auf, steigerte die mentale Leistung, ohne so extrem abhängig zu machen wie Meth, Kokain oder Heroin. FOX verbreitete sich rasend schnell unter den Intellektuellen. Laut Staatsanwaltschaft stellte Krenkel bis 2021 über zweihunderttausend orangefarbene Pillen mit dem Fuchsgesicht darauf her, bis er aufflog und im Frühsommer 2024 nach intensiven Ermittlungen wegen bandenmäßigem Handel, Herstellung, gewerbsmäßiger Abgabe und leichtfertiger Todesverursachung zu sechs Jahren und sechs Monaten verurteilt wurde.

Wofür brauchte Malek Krenkel? Die bisher erdachten Möglichkeiten fühlten sich alle nicht richtig an.

Fühlten.

Der Boden schien heißer zu werden, und Nummer Elf verzog das Gesicht. Er schnitt Tomaten zu Vierteln, übergoss sie mit Olivenöl und reicherte sie mit Babymozzarella an. Es folgten Salz, Pfeffer, Oregano und getrockneter Thymian. Mit einem Esslöffel rührte er alles durch, um anschließend mit dem Frühstück an seinen Platz am Fenster zurückzukehren.

Der Himmel über dem gegenüberliegenden Plattenbau war bereits graublau, mit einer Andeutung von Azur. In etwa einer halben Stunde würden die Sonnenstrahlen sein Apartment erreichen und die weißen Wände des Wohn-, Ess- und Arbeitsbereichs erglühen lassen. Dann sollte er endlich schlafen. Ob sein Geist dem körperlichen Bedürfnis nachkam? Früher hatte er sich mit imaginärer Entspannungsmusik zur bilateralen Gehirnstimulation selbst überlistet, doch seit er Maleks Spur am Wohnwagen aufgenommen hatte, war auch dieser Trick wirkungslos.

Er würde es dennoch probieren, die melodischen Klangschalentöne durch seine Gedanken schwingen lassen, von links nach rechts nach links nach rechts nach links nach rechts …

Nummer Elf hatte keinen Hunger mehr. Er kehrte in den offenen Küchenbereich zurück, stellte die Reste der Mahlzeit in den Kühlschrank und ging ins Bad. Sein Haar war mittlerweile trocken. Er schlüpfte in den schwarzen Seidenmantel, der an einem der Handtuchhalter hing, und band ihn um die Hüfte zusammen. Am Herrendiener ruhte sorgsam aufgehängt seine Konfessorenkleidung samt Schulterholster aus schwarzer Kunstfaser. Er löste die Sicherheitsschlaufe, zog die Pistole heraus und kehrte mit ihr ins Wohnzimmer zurück.

Dort stand ein weißer Ledersessel mit hoher Lehne und seitlichen Kopfstützen, den er parallel zur Fensterfront ausgerichtet hatte, sodass er sowohl den Flur des Apartments als auch das Fenster im Blick hatte.

Nummer Elf ließ sich in das sündhaft weiche Leder sinken. Die Polsterung schmiegte sich seinem Gesäß an. Er richtete den Seidenmantel, schob die Ärmel bis zu den Handgelenken, positionierte die Pistole griffbereit zwischen seinem Oberschenkel und der Armlehne und schloss die Lider.

Hinter denen tobte das Chaos. Durch wallenden Qualm, blitzende Blaulichter, tosende Baumaschinen und knatternde Rotoren sah er die Silhouette seines Bruders. Malek rannte vor ihm davon. Oder lockte er ihn? Hielt er ihn gerade noch in Sichtweite, aber außerhalb seines Zugriffs?

Schüsse peitschten durch den Rauch, zogen Streifen aus schwarzem Ruß hinter sich her, pfiffen Dominik um die Ohren. Es stank nach verbranntem Fleisch, nach Blut, nach Eiter, und der Boden voller totem Laub war ganz schlüpfrig. Irgendwo flackerte ein Feuer, meterhohe Flammenzungen streckten sich in den Himmel, tauchten grimmige Bäume in höllischen Schein. Malek war immer noch in Sichtweite. Zwischen knorrigen Eichen blieb er stehen, lächelte über die Schulter zurück und verschwand in den Schatten. Wohin? Wohin? Wohin?

Dominiks Augenlider zuckten, seine Pupillen bewegten sich unruhig. *Von links nach rechts nach links nach rechts nach links nach rechts …*

Ein schrilles Läuten erfüllte den verqualmten Wald, drang durch Ruß und Rauch und geschwärzte Äste.

Dominik schlug die Augen auf. Sein Diensthandy klingelte ein zweites Mal, vibrierte auf dem Esstisch.

Ein drittes Mal würde es nicht klingeln – Nummer Eins ließ man nicht warten.

Geräuschlos erhob sich Dominik Wutkowski, um seinen Pflichten nachzukommen. Die Pistole ließ er hinter sich auf dem Sessel liegen.

Der Griff war von seiner Hand noch warm.

Kapitel 7

München, Außenbezirk Neue Warte

Da bist du wieder und siehst echt scheiße aus. Der Anblick von Dominik versetzte Malek einen Stich. Dünn war sein Bruder geworden, fast schon hager. Sein Gesicht wirkte blass und müde, aber wenn er die drei Tage seit Eriks Ausbruch unterwegs gewesen war, um ihnen nachzujagen, und das vermutlich ohne Schlaf, war das nicht verwunderlich. Malek klappte die Schutzabdeckung vor die Linse des Kameraobjektives und erhob sich von der Isomatte. »Er ist zurück.«

»Wirklich?« Stuhlbeine schabten über den Boden, und der Fuchs kam hinter den Vorhang. »Darf ich auch mal?«

Einladend deutete Malek auf die Kamera. »Aber verdeck danach die Linse wieder.«

»Wegen möglicher Reflexionen? Okay. Verstanden.« Der Fuchs ließ sich in den Schneidersitz nieder, um Dominik Wutkowskis Wohnung einzusehen, die auf der anderen Straßenseite im Glasbau hinter dem Parkplatz im vierten Stock lag.

Malek trat derweil zum Schreibtisch und schaltete einen Lautsprecher ein, der per USB-Kabel an ein älteres Smartphone angeschlossen war. Anschließend ging er in den Wohnraum. Dort hatten sie für Erik einen vorläufigen Arbeitsplatz eingerichtet; auf dem ehemaligen Esstisch lagen das abgenommene Display von Maleks Lifewatch, die ihm einst die Rebellen angelegt hatten, ein Vergrößerungsglas und ausgedruckte Makrofotografien, die sie von der Uhr angefertigt hatten. Außerdem hatte Erik in der letzten Stunde ein umfangreiches Mindmap zu Giften angelegt. Es sah aus wie die überdimensionierte Zeichnung eines fiesen Virus.

»Er steht da nackt!«, rief Erik erstaunt. »*Wow!* Der ist aber gut bestückt.«

Malek hob den Blick zur Decke und atmete tief ein.

»Und er trägt neben der Lifewatch einen Rosenkranz um den Hals. Hast du das schon gesehen?«

»Der gehörte Tymon. Marias Nachricht an ihren Bruder, dass sie noch lebt.« *Lebte.*

»Nostalgie? Bei einem Konfessor?«

Malek holte sich ein JK's-Coke aus dem Kühlschrank, riss sie auf und kehrte zu Erik zurück. »Das passt nicht. Überhaupt nicht.«

»Du glaubst, er empfindet doch was?«

»Möglich. Er sagte zwar, dass die Gehirnschädigungen durch Kehlis' und Fosseys Versuche irreparabel wären, aber sie könnten sich irren.«

Erik strich sich nachdenklich über das mit Stoppeln übersäte Kinn. Dort sprossen sie in Grau statt Braun. »Wäre der Super-GAU für Kehlis, nicht? Stell dir vor, was passiert, wenn er sich nicht mehr auf seine Konfessoren verlassen kann. Es wäre ein herber Schlag für die gesamte Staatsverwaltung und ein gefundenes Fressen für diese Organisation von dir. Schon allein die Propaganda …!«

Erik widmete sich wieder Dominiks Wohnung.

Nach einer Minute klappte er die Schutzkappe hinab und erhob sich. »Gruselig. Steht da einfach nackt am Fenster und schaufelt Essen in sich rein, als ob niemand zu ihm hochschauen würde. Keine Scham, nichts. Und erst die Wohnung … ich mein, dass du hier keinen Dekokram aufstellst, ist irgendwie klar, aber der *lebt* da drüben. Es ist sein Zuhause, und es ist einfach nur … nur …«

»Zweckmäßig«, schlug Malek vor.

Erik verzog das Gesicht. »Zweckmäßig ist ein Scheißhaus auch, und ich möchte nicht drin wohnen. Die Wohnung da drüben hat nichts Persönliches. Der ganze Glasbau hat nichts Persönliches. Da war meine Zelle in Kronthal heimeliger. Wofür kriegen die Konfessoren überhaupt einzelne Wohnungen bereitgestellt? Ein gefliester Gemeinschaftsraum mit 'nem Abfluss in der Mitte hätte es auch getan. Den könnte man wenigstens mit 'nem Dampfstrahler schnell ausspritzen.«

Malek lächelte matt. »Bist du bezüglich der Lifewatch weitergekommen?«

»Nicht wirklich. Da du sagst, dass eine Internetrecherche nichts bringt, weil die Informationen unter Verschluss sind, kann ich nur mutmaßen, und hochwirksame Gifte gibt es zahlreiche. Beispielsweise Maitotoxin oder Batrachotoxin. Ersteres ist ein Algengift und erhöht den Fluss der Kalziumionen im Herzmuskel, Zweiteres stammt von der Haut kleiner gelber Urwaldfrösche und führt ebenfalls zum Herztod. Dann gibt es noch die sogenannten Hämotoxine. Sie setzen die Gerinnungskaskade in Gang, was bedeutet, dass das Blut in Sekundenschnelle verklumpt und so die Blutgefäße verstopft – stell dir Erdbeermarmelade in deinen Adern vor. Was passiert, brauch ich dir nicht zu erklären, oder?«

»Schlaganfall?«

»Genau. Und dann gibt es noch Neurotoxine und anorganische Verbindungen. Lange Rede, kurzer Sinn: Die meisten tödlichen Gifte führen am Ende zum Herz-Kreislauf-Versagen – nur aus verschiedenen Gründen.«

»Könnten wir's testen?«

»Klar, die Wirkung auf eine Katze oder einen Hund wäre vermutlich aufschlussreich.«

»Ich kann dir einen Kehlianer liefern …«

»Ja, das wäre wohl noch besser, aber die Geschichte hat einen Haken: Wir wissen nicht, wie das Gift deiner schnuckeligen Uhr mit Sauerstoff reagiert. Verflüchtigt es sich? Trocknet es? In welchem Zeitintervall wird es unwirksam oder bleibt es toxisch? Da sind zu viele Unbekannte in der Gleichung. Wir haben im Extremfall nur einen Versuch …«

»Den wir zum Testen des Gegenmittels brauchen.«

»Genau.«

»Und was ist mit dem Gehäuse der Uhr? Die Fotos, die wir gemacht haben?«

»Bringen wenig. Du siehst in den Makroaufnahmen zwar eine haarfeine Gitterstruktur auf der Rückseite, aufgrund derer ich vermute, dass sich durch einen elektrischen Impuls innerhalb der Uhr die Metallplatte verändert und so das Gift durchdringen kann; aber es könnte auch mit Säure funktionieren, wofür die Grundbauweise einer Uhr spricht. Auf jeden Fall müssen diverse Stoffe irgendwie durchdrungen werden, falls jemand Plastikfolie oder Gummi oder was auch immer zwischen Handgelenk und Uhr schiebt. Säuren wären dafür prädestiniert, aber wirklich weiter bringt mich das auch nicht. Funktionsfähige Kombinationen aus Säure und Gift gibt es etliche.«

Malek ließ sich das durch den Kopf gehen und trank von der Coke. »Wie können wir weiterkommen?«

»Am besten wäre, wir wüssten die genaue Giftbezeichnung, zumindest die Klassifikation. Kommst du nicht über diese Organisation an Infos? Du hast doch von denen die Lifewatch, da könnten sie doch auch wissen, was für ein Gift verwendet wird.«

Malek betrachtete Erik lange, bevor er sich abwandte.

»Die sind nicht gut auf dich zu sprechen, was?«, hakte Erik nach. »Hätt ich mir denken können. Du solltest mal an so 'nem Lehrgang über zwischenmenschliche Beziehungen teilnehmen.«

»Erik.«

»Ja, ja, aber im Ernst: Die wissen, was da drin ist?«

»Höchstwahrscheinlich.« Malek erinnerte sich an Hendricks Erzählung während der Fossey-Mission: Vitus Wendlands Firma S. Y. D. hatte die Lifewatch entwickelt.

»Dann kontaktiere sie.« Erik trat neben ihn, suchte den Blickkontakt, diesmal ohne Schalk in den Augen. »Ich kann höchstwahrscheinlich ein Gegengift herstellen, aber mit den vorhandenen Informationen und nur einem Testversuch ist es unmöglich herauszufinden, um welches Gift es sich handelt. Es kommen einfach zu viele in Betracht, von neumodischen synthetischen Mischungen ganz abgesehen, die erst während meiner Inhaftierung auf den Markt kamen. Die einzige Alternative wäre, du besorgst mir weitere Uhren und… Testobjekte.«

Malek nickte und nickte ein zweites Mal und ging schließlich in die Küche, um die leere Coladose zu entsorgen. Die Mülltüte raschelte leise. Mit vor der Brust verschränkten Armen lehnte er sich gegen die Arbeitsplatte, um nachzudenken. Er hatte sowieso in Erwägung gezogen, den Rebellen einen Besuch abzustatten – aber ohne dass sie es mitbekamen. Zu seinem Dominik-Befreiungsplan gehörte unter anderem das Rebellenmedikament MMF, das er ihm verabreichen würde, um ihn vor weiterer Nanobeeinflussung zu schützen. Von Maria hatte er noch eine Dose mit zweiunddreißig Stück, was einen Monat reichte. Mehr davon lagerte im Keller der Rebellenbasis, und dank Jannah kannte er einen geheimen Weg hinein. Nur, wollte er das Risiko eines Einbruchs jetzt schon eingehen? Und wollte er dabei entdeckt werden? Wendland wusste höchstwahrscheinlich, welches Gift in der Lifewatch steckte, aber wie würde das Quartett auf sein Eindringen reagieren? Er hatte zwar streng genommen noch etwas von der Fossey-Mission auf der Habenseite, aber das war vor seinem Verschwinden gewesen. Er würde Wendland eine Gegenleistung anbieten müssen.

Er löste sich von der Küchenzeile und dachte an einen Spruch von Tymon: *Kommt Zeit, kommt Rat.* Nur wie viel Zeit blieb ihm?

Erik hatte es sich auf der Isomatte bequem gemacht und spähte mithilfe der Kamera zu Dominiks Apartment hinüber. Ohne sich umzudrehen, fragte er: »Wie hast du deinen Bruder überhaupt gefunden? Im Telefonbuch wird er kaum stehen.«

Malek ließ sich auf den Schreibtischstuhl sinken, stützte sich mit dem Ellbogen auf der Tischplatte auf. Zwischen Notizblöcken und Aufzeichnungen lag eine Billardkugel mit rotem Streifen und einer 11 darauf. »Ist 'ne langweilige Geschichte.«

»Für dich vielleicht. Mich interessiert brennend, wie du dort draußen unterwegs warst, an die Fersen eines Konfessors geheftet, ohne in die Hände der Garde zu fallen. Irgendwann muss ich vielleicht auch ohne einen Bodyguard wie dich dort raus. Jede Kleinigkeit kann dann wichtig sein.« Erik löste sich von der Kamera und sah Malek erwartungsvoll an.

Der schürzte die Lippen. »Da gibt's nur keine Kleinigkeiten. Ich bin einfach zu unserem früheren Stützpunkt gefahren, habe sichergestellt, dass er nicht beobachtet wurde, und bin dann eingedrungen. Ich war mir sicher, dass Dominik nach meinem und Tymons Ausbruch aus Grauach den Unterschlupf überprüft und im günstigsten Fall verwanzt hat. Und genau das hat er. Ich löste den Alarm aus, versteckte mich und wartete auf meinen Bruder. Und jetzt klapp die Linse zu, wenn du nicht mehr observierst!«

Erik seufzte. »Hat dir schon mal jemand gesagt, dass du ein Pedant bist?«

»Nein, nur dass ich ein komischer Kerl wäre.«

»Da hat jemand eine ausgezeichnete Menschenkenntnis bewiesen. Okay. Und dein Bruder kreuzte dann dort auf, woraufhin du dich an seine Fersen geheftet hast?«

Malek lächelte freudlos.

Erik schien weniger nach Lächeln zumute zu sein. »Schon mal daran gedacht, dass er genau das beabsichtigt hat? Vielleicht lässt er dich gewähren, um im richtigen Moment zuzuschlagen.«

»Er hatte genug Momente. Er tappt im Dunkeln.«

Erik hob beide Augenbrauen. »Und jetzt? Wirst du versuchen, die Infos über das Gift zu besorgen?«

»Heute nicht.«

»Und morgen vermutlich auch nicht. Verstehe schon: Du musst erst an deinen zwischenmenschlichen Beziehungen arbeiten.« Erik erhob sich und gähnte. »Dann werde ich mir die Lifewatch noch einmal anschauen und eine Liste mit Labormaterial erstellen, das ich in jedem Fall benötige. Und einen Testraum brauchen wir auch, hmmm… vielleicht das Bad? Oder doch den Kellerraum? Ich schau mir beides mal genauer an. «

»Mach das.« Auch Malek erhob sich.

In dem Moment wurde das Display des an den Lautsprecher angeschlossenen Smartphones hell. Gedämpftes Telefonläuten ertönte, es klingelte zweimal.

Erik wollte etwas sagen, doch Malek hielt ihn mit einer Geste davon ab, und schon war Dominiks Stimme zu hören, leise, aber gut verständlich.

»Wie erwartet, nichts, das uns auf ihre Spur bringt«, sagte er.

Es folgte Stille, in der Eriks Augen riesengroß wurden, bis Dominik sagte: »Ganz sicher. Seine DNS ist am Klebeband des Radladers.«

Erik suchte Maleks Blick. *Deine!*

Dominik fuhr fort: »Unwahrscheinlich, sieht eher nach einem Fehler aus. Ein verirrtes Barthaar. Ich bin ziemlich sicher, dass er nicht mit uns spielt. Spielen ist nicht seine Art.«

Stille.

Dominik: »Bisher nicht. Die Aktion passt nicht ins Bild. Noch nicht.«

Kurze Pause.

»Selbstverständlich. Der erschließt sich nur noch nicht.«

Erik kniff die Augen zusammen, wollte wieder etwas sagen, doch Malek schüttelte nur harsch den Kopf, horchte angestrengt.

»Gibt es Neuigkeiten?« Dominik wartete. »Welcher Art? Suchanfragen? Metadatenrecherche?«

Es folgte eine längere Pause, in der der Anrufer offenbar eine Erklärung abgab.

Daraufhin sagte Dominik: »Sie hätten zulassen sollen, dass die Rebellen sich einhacken, um zu sehen, welche Daten sie abgreifen. Sie scheinen die Angriffe auf Gardedirektionen ausweiten zu wollen. Es hätte vielleicht Aufschluss gegeben, was sie genau vorhaben, so bleiben uns nur Spekulationen.«

Leise Schritte tönten durch die Lautsprecher, verstummten. Und wieder Dominik: »Nein, das würde sie jetzt stutzig machen. Wir werden sie auf andere Weise aufspüren müssen. Gibt es anderweitig Möglichkeiten, um die Daten des Bundesamtes für Bauwesen anzuzapfen?«

Eine Antwort folgte, bis Dominik meinte: »Dann lassen wir die Architekturbüros überwachen, genauso wie das Bundesamt an sich.«

Wieder Schritte.

»Nein. Ich kümmere mich darum.« Und kurz darauf sagte Dominik noch: »In Kehlis, Oberster. In Kehlis.«

Das Klackern von Plastik auf einer harten Unterlage war zu hören, gefolgt von leiser werdenden Schritten. Stille breitete sich aus, schwappte in Maleks Wohnung, bis nach zwanzig Sekunden das Handydisplay automatisch dunkel wurde und mit einem Piepton indizierte, dass es aufgrund des niedrigen Geräuschpegels nichts mehr zu übertragen gab.

Erik stand der Mund offen. Sein Zeigefinger kam langsam hoch, deutete hinter sich auf das mit blickdichten Vorhängen verhangene französische Fenster. »Du warst wirklich in diesem Wespennest und hast es verwanzt?«

»Was meinst du, woher ich wusste, dass du noch am Leben bist?«

»Er hat über mich gesprochen?«

»Nein, aber sein Laptop stand herum.«

»Auf dem du Infos über mich gefunden hast?«

»Wie zu allen ehemaligen Knastbekanntschaften. Dominik ist gründlich.«

Ungläubig schüttelte Erik den Kopf und schien den Kommentar, den er eigentlich loswerden wollte, hinunterzuschlucken. Stattdessen sagte er: »Und? Waren die Infos wertvoll? Ein Hackerangriff auf das Bundesamt für Bauwesen. Sie gewähren lassen. Oberservieren. Angriffe auf Gardedirektionen. Sie sprachen über deine Organisation, oder? Über die Rebellen. Du hast mit den Mundwinkeln gezuckt.«

Malek marschierte in den Flur, um seine Jacke zu holen.

»Okay, okay! Das muss ich mir merken: Immer wenn du abhaust, hab ich ins Schwarze getroffen. Es geht um deine Leute. Fährst du zu ihnen? Nimmst du Kontakt auf?«

»Nein.« Malek schlüpfte in die Jacke und wollte die Tür öffnen, überlegte es sich jedoch anders, ging zurück zum Stativ, sank in die Hocke und klappte die Abdeckung der Kamera beiseite. Sein Bruder ließ sich gerade in den Sessel sinken. Er würde einige Stunden schlafen, mindestens drei, wie Malek von seinen Beobachtungen wusste.

»Was machst du dann?«

»Ich fülle die Lebensmittelvorräte auf, solange mein Bruder pennt. Bin in 'ner Stunde zurück.«

»Hmm … kannst du solange das Internet für mich entsperren?«

Malek ging zum zweiten Mal zur Ausgangstür. »Wofür?«

»Ich würd gern 'nen Termin bei 'ner kleinen schnuckeligen Thaimasseurin ausmachen.«

Malek bedachte Erik dabei mit einem kritischen Blick.

Erik lehnte sich grinsend an die Küchennische. »Aber nicht für das, woran du schon wieder denkst, sondern für deine Kiefermuskulatur, Junge. Solange die so verspannt ist, dass du kaum ein Wort rausbringst, wird das nie was mit den zwischenmenschlichen Beziehungen.«

Malek verließ die Wohnung.

Im Flur sank er mit dem Rücken gegen das Türblatt. In seinem Kopf schrien zu viele Gedanken gleichzeitig um Aufmerksamkeit, da konnte er Eriks Gelaber nicht auch noch gebrauchen. Sicher war zumindest, dass es in dem Gespräch zwischen seinem Bruder und dem Obersten Nummer Eins um die Rebellion gegangen und dass man ihr auf der Spur war. Nur wie nah war man dran? Und was kümmerte es ihn? Er brauchte Lifewatches und Versuchskaninchen, um den Wirkmechanismus des Gifts zu verstehen, oder noch besser: detaillierte Informationen über das Gift selbst.

Und eines von beidem würde er besorgen. Bald.

Kapitel 8

Bei München, Kehlis' Bunker

Von unten nach oben zogen die einzelnen Kellergeschosse vorbei, sichtbar durch die Aufzugtüren aus Glas. Darin spiegelten sich schwach ihre beiden Silhouetten.

»Und Sie sind sich sicher?«, fragte Johann Kehlis. Er trug heute Weiß, was seine gebräunte Haut positiv betonte.

»Hundertprozentig«, antwortete Nummer Eins.

»Das Bundesamt für Bauwesen … Ich gehe davon aus, dass die IT jegliche Lücke, Daten abzugreifen, dichtgemacht hat?«

»Digital ja.«

Der Bundeskanzler hob die Augenbraue. »Sie erwarten einen ordinären Einbruch?«

»Es liegt im Rahmen des Möglichen.«

»Welche Gegenmaßnahmen wurden ergriffen?«

»Alle nötigen. Nummer Elf hat in Korrespondenz mit mir die Leitung übernommen.«

Das Gesicht des Bundeskanzlers verfinsterte sich. »Nummer Elf. Sie wissen, dass er nur noch im Dienst ist, weil Sie Ihre schützende Hand über ihn halten.«

»Und das tue ich auch weiterhin. Er liefert erstklassige Arbeit, weswegen es aus ökonomischer Sicht keinen Sinn ergibt, ihn zu erlösen.«

»*Erstklassige Arbeit* … er liefert nichts als tote Spuren!

Immer noch rennt sein mörderischer Bruder da draußen rum und führt uns vor. Ein Witz ist das, *ein Witz!*«

»Malek Wutkowski ist eben verdammt gut.«

»Dann müssen Sie besser werden! Die Konfessorenriege gegen einen einzelnen Mann. Sie werden doch wohl in der Lage sein, ihn endlich einzufangen, genauso wie diese lächerliche Rebellion niederzuschlagen.«

»Beides werden wir.«

»Und wann? Seit Wochen reden Sie von *das werden wir*. Liefern Sie Ergebnisse, bevor ich eine weitere Sondereinheit ins Leben rufe! Hörige gibt es bald mehr als genug.«

Nummer Eins verschränkte die Hände hinterm Rücken und spürte den Stumpf seines abgetrennten Fingers zucken. »Manchmal wünschte ich, Sie könnten genauso frei von Emotionen sein wie wir Konfessoren«, sagte er sanft. »Ungeduld ist eine nicht gerade konstruktive menschliche Eigenschaft. Wir sind dank der Augen Gottes bald nah am Datenbaron.«

»Die Augen sind im Prototypstadium!«

»Was uns nicht daran hindert, sie zu nutzen.«

»Sie haben konkrete Pläne? Warum weiß ich nichts davon?«

»Weil auch Ihr Tag nur vierundzwanzig Stunden hat. Warum sollten Sie sich um Probleme kümmern, die andere für Sie lösen? Ich schaffe den Datenbaron aus dem Weg. Und Wutkowski.«

Der Aufzug erreichte die unterste Laborebene des Bunkers, wo die neueste Technik an Probanden getestet wurde. Die Türen glitten zur Seite. Der Bundeskanzler wandte sich seinem engsten Vertrauten zu. »Dann beeilen Sie sich.«

Und damit tauchte Johann Kehlis ins grelle Licht des reinweißen Flurs. Es schien, als schwebe er davon wie ein Engel, bis ein Schrei in die Aufzugskabine wehte, ein äußerst gequälter Schrei, den die sich schließenden Fahrstuhltüren in zwei Hälften teilten.

Kapitel 9

Bayern

Malek drang aus östlicher Richtung in das Waldstück ein, in dem die Rebellenbasis lag, und lief parallel zum Forstweg durch den mondlichtbesprenkelten Schatten. Der Boden war von Moos bedeckt, federte seine Schritte ab und schluckte die meisten Geräusche. Nur ab und an raschelte der Stoff seiner Jacke, oder ein Ästchen knackte, weil es seinen Rucksack streifte.

Nach einem mehrminütigen Marsch erreichte er das Sperrgebiet. Eine etwa drei Meter hohe Mauer mit Stacheldrahtrollen auf dem Mauerkopf erhob sich vor ihm. Der für ungefähr vier Pkws ausreichende Platz vor dem eisernen Tor war verlassen.

Malek wandte sich nach rechts und folgte der Mauer bis zu einer Trauerweide, die den ewigen Kampf gegen anderes Gehölz gewonnen hatte. Prächtig streckte sie sich in die Höhe, reckte ihre Arme in alle Himmelsrichtungen.

Malek betrachtete den Baum. Er hatte ihn damals für eine mögliche Flucht in Betracht gezogen. Seine Finger berührten die raue Rinde, suchten nach Spalten und Verwachsungen, und dann kletterte er hinauf, zwei Meter, drei Meter, vier Meter.

An kahlen Zweigen und herabhängenden Ästen vorbei erhaschte er einen Blick auf den etwa einhundertfünfzig Meter entfernten Gebäudekomplex. Die Glasfassaden waren dunkel, genauso wie der Ostausgang – und das um Mitternacht? Nirgends leuchtete ein Licht, nur der Mond erhellte die Rebellenbasis.

Sie wirkte verlassen.

War man zu einer umfangreichen Mission ausgeflogen, oder hatte man sie in den letzten drei Monaten schlichtweg aufgegeben? Er hätte es an ihrer Stelle getan. Erstens wusste er, wo die Basis lag und könnte deren Standort verraten, und zweitens würde das Regime nach der Festnahme der Kindergartenleiterin Marlene Petri-Holden und der Befreiungsaktion in der Gardedirektion 21 wissen, dass hinter der Rebellion der Datenbaron steckte. Ein früheres Rechenzentrum von ihm als Stützpunkt zu betreiben, war da weniger schlau. Offenbar waren die Rebellen zur gleichen Erkenntnis gelangt.

Ein Windstoß ließ die Weidenruten sanft hin und her schaukeln und einen dickeren Ast knarren. Von Osten wehten Geräusche heran – das Rattern eines Zuges, gefolgt vom Bremsen innerhalb des Bahnhofs, der keine halbe Stunde zu Fuß entfernt lag.

Malek kletterte weiter in die Höhe, bis ein massiver Ast einen guten Meter quer über die Mauer ragte. Ein Sicherheitsrisiko, doch kam es ihm gerade recht. Er befestigte daran ein Kletterseil und ließ sich innerhalb der Mauern herabgleiten.

Von Busch zu Busch huschend, umging er die Sicherheitskameras, deren Aufnahmebereiche er sich während seiner Zeit bei den Rebellen eingeprägt hatte. Fünf Minuten später erreichte er den Helikopterlandeplatz. Zwischen zwei Sträuchern verharrte er. Auch von hier aus lag das Gebäude still und dunkel vor ihm. Er wartete, bis die Februarkälte sich einen Weg durch die Jacke und die Funktionsklamotten gesucht hatte, dann eilte er zur Hausfassade. Wie vor Monaten – nur ohne Jannah – lief er daran entlang bis zum Treppenabgang ins Kellergeschoss. Er stieg die Stufen hinab, schaltete unten seine Taschenlampe ein und fand das defekte Bedienfeld. Wie Jannah es ihm gezeigt hatte, versuchte er, es zu aktivieren, und tatsächlich erblühten die Zifferntasten in sanftem Grün. Mit dem Standardcode öffnete sich die Feuerschutztür.

Im Flur brannte die Notbeleuchtung, alle zehn Meter eine Insel grünen Lichts an der Decke. Lautlos bewegte sich Malek von Dunkelheit zu Dunkelheit und hielt dazwischen an den Glastüren, um in die Räume dahinter zu leuchten. Geflieste Wände und mit Vinyl versehene Böden huschten durch den Lichtkegel. Die vierte und letzte Tür führte in Doktor Jörg Imholz' Seziersaal. Malek trat ein. Der Lichtstrahl schnitt durch die Dunkelheit, wanderte über blanken Edelstahl, Chrom und Glas und noch mehr Fliesen. Es fehlten die Werkzeuge in den Regalen und jegliche Laborgerätschaften. Nur der am Boden festgeschraubte Seziertisch war noch vorhanden, so blank geschrubbt, dass sich Maleks bärtiges Gesicht darin spiegelte.

Nicht gut. Gar nicht gut.

Durch eine zweite Tür im hinteren Teil des Labors drang er tiefer in den Keller vor. Von einem weiteren Flur zweigten einige Räume ab. Hier hatten Vitus und Jörg unter anderem einen Vorrat der Blocker-Tabletten MMF gelagert. Da der Bereich Sonderzone gewesen war, vermutlich auch die Lifewatches, die die Rebellen bei Außenmissionen anlegten, um untereinander ortbar und kontaktierbar zu sein.

Allerdings standen alle Türen offen, und die Regale aus weiß lackiertem Metall boten nichts als eine dünne Schicht Staub an.

Mit leeren Händen stand er schließlich vor der Tür am Ende des Flurs. Dahinter lag der Abstellraum der Reinigungskräfte. Die grauen Spinde, die Regale voller abgepackter Papiertücher und Flaschen sahen genau so aus wie damals. Selbst der Reinigungswagen mit der eingespannten Mülltüte stand noch da.

Seitlich verbarg ein Vorhang einen Durchgang. Der schwere Stoff flüsterte von Geheimnissen, von vergangenen Tagen, von vergessenen Unterhaltungen, denen er gelauscht hatte. Malek schob ihn beiseite und betrat den dahinterliegenden Pausenraum. Auch hier hatte sich nichts verändert; nicht die vier mit narbigem Leder überzogenen Stühle, nicht der Tisch mit der Plastikdecke, nicht der Wandkalender, der an den absichtlich abisolierten Versorgungsrohren hing, nicht der kleine Kühlschrank mit der Nachttischlampe darauf und nicht das Sofa.

Lange verharrte der Strahl der Taschenlampe auf Letzterem, und Malek sah sie beinahe. Wie sie sich aufs Sofa geworfen und zum Kühlschrank gestreckt hatte. Wie sie ihr Bier mit einem Feuerzeug aufknackte. Wie sie lächelte. Wie ihr Knie ganz beiläufig ihn streifte. Wie sie sagte: »Wollen wir dann endlich?«, und sich dabei voller freudiger Erwartung auf die Oberschenkel klopfte.

Maleks Schritte erfüllten die Kammer. Die Taschenlampe fand einen Liegeplatz auf dem Tisch. Das Sofa knarzte. Seine Finger strichen über den verschlissenen Stoff. Er war rau und grob und kalt, so kalt. Sogar sein Atem schwebte als grauer Dunst durch den Lichtstrahl.

Sein Blick suchte die Versorgungsleitungen, die den Raum mit angenehmer Wärme erfüllt hatten. Abermals knarzte das Sofa, drei Schritte, eine einzige Berührung, und da war sicher, was er schon ahnte: Die Rebellen waren ausgeflogen, und nicht nur zu einer Mission.

Er zog eine Grimasse. Damit hätte er rechnen müssen. Jetzt blieb ihm nur noch seine Lifewatch, die er bei der Fossey-Mission getragen hatte, um mit Vitus Wendland in Kontakt zu treten *und ihn um Hilfe zu bitten.* Die Vorstellung gefiel ihm nicht, aber angesichts der Sackgasse, in der er mit Erik steckte, blieb ihm keine Alternative. Wie Wendland wohl reagieren würde?

Ein Summen ließ ihn herumfahren und in derselben Bewegung seine Beretta ziehen.

Es war der Kühlschrank, der angesprungen war.

Malek starrte auf den kleinen Kasten und steckte die Pistole wieder weg. *Vielleicht…*

Er öffnete die Tür. Im Schein der Innenbeleuchtung glänzte eine einzelne Flasche; grün, schlank, 0,33 Liter. Auf dem Etikett stand: EXTRA HERB, DOPPELT GEHOPFT.

An der Flasche lehnte ein Briefumschlag.

Malek holte ihn heraus und las darauf: *Cowboy*.

Seine Finger brauchten zwei Versuche, um ihn zu öffnen. Im Inneren befand sich ein schlichter Zettel. Mit einem Kugelschreiber war darauf geschrieben worden:

Die Zeit drängt, der Zug fährt ab – diesmal ohne dich. Aber bekanntlich sieht man sich zweimal im Leben.

Es bestand kein Zweifel, von wem die Botschaft stammte. Er kannte ihre Handschrift.

Malek las die Worte ein zweites Mal, schnaubte, drehte dann den Zettel um. Am unteren Rand auf der Rückseite stand: *Ach ja, ich hab dir an der Rezeption eine Nachricht hinterlassen.*

Malek prüfte nochmals den Umschlag, doch das war alles. »An welcher Rezeption, bitte?«

Er legte Botschaft und Umschlag auf die Couch und holte das Bier hervor. Es war kühl wie alles in der Basis. An der Tischkante knackte er den Kronkorken auf, genau wie damals, dann setzte er an und trank und trank und verschluckte sich.

In einem Schwall spritzte das Bier aus seinem Mund, er hustete, und dann lachte er schallend. »An *der* Rezeption! Nein!«

Er schüttelte den Kopf, leerte den Rest des Biers und stellte die Flasche auf den Tisch. Den Brief samt Umschlag steckte er ein. Mit der Hand am Vorhang, in der anderen die Taschenlampe, sah er nochmals zurück. Dann fiel der Vorhang und war um eine Beobachtung reicher.

Kapitel 10

München, Außenbezirk Neue Warte

Die Lüftungsschlitze waren mit Staub verkrustet, ebenso wie das Gitter der Zwangsbelüftung im Fußbereich der Badezimmertür.

Erik blickte zwischen dem Ventilator über der Badewanne und der Tür hin und her. Wenn er nur wüsste, in welchem Aggregatszustand sich das Gift im Inneren der Uhr befand. Er tippte auf flüssig. Konnte es ihn dann zu gasförmig ändern? Würde es verdampfen oder kondensieren und über die Atemwege wirken? Viel würde es vermutlich nicht sein, es sollte ja nur den Träger der Lifewatch und keine umstehenden Personen töten, und dennoch … in einem viereinhalb Quadratmeter großen Badezimmer betrug das Luftvolumen gerade einmal sieben Kubikmeter – nicht viel, wenn man mit hochtoxischen Substanzen hantieren wollte. Die Gefahr war, dass es durch die Ritzen der Tür in den Flur und von dort in den Wohnraum kroch und ihn und Malek still und heimlich vergiftete.

Er würde also die Zwangsbelüftung in der Tür mit einem Schlauch versehen, um für Frischluftzufuhr von außen zu sorgen und die Wahrscheinlichkeit des Eindringens in den Wohnraum zu minimieren. Die zentrale Lüftungsanlage erzeugte sowieso einen Unterdruck – solange sie also lief, würde die womöglich toxische Badluft irgendwo in den Schächten des Plattenbaus verschwinden. Er musste nur die Tür weitestgehend abdichten.

Das klang nach einem Plan. Erik holte seine Kippen hervor und steckte sich eine an. Was wohl die Behörde zu seinem provisorischen Laborraum sagen würde? Die Vorstellung gefiel ihm.

Dass Malek immer noch nicht zurück war, behagte ihm weniger. Nach dem Abendessen war er aufgebrochen, um *Arbeitszeug* zu besorgen, was auch immer er damit meinte. Mittlerweile graute der Morgen, und von Malek fehlte jede Spur. Erik war nach vier unruhigen Stunden Schlaf aufgestanden, hatte sich einen starken Kaffee gebraut, sich ein Nusshörnchen vom Vortag einverleibt und sich wieder seiner Aufgabe gewidmet. Ob Malek was passiert war? Ob er zurückkam? Oder war er in die Hände der Garde gefallen, hatte gezwitschert, und draußen vor der Wohnungstür stand schon ein Spezialeinsatzkommando und gab die Handzeichen zum Sturm?

Erik nahm einen tiefen Zug von seiner Kippe. Nein, Malek würde nicht zwitschern. Er würde zurückkommen, brummig und müde, aber er würde kommen. Wenn sich der gebürtige Pole etwas in den Kopf gesetzt hatte, hielt ihn nichts auf – *nicht einmal der Tod.*

Beim Gedanken an Maleks Plan schüttelte Erik zum tausendsten Mal den Kopf. Wie irre musste man sein, das Leben des eigenen Bruders zu riskieren, um ihn zu retten?

Egal, es ging ja nicht um seinen Bruder, und Erik war im schlimmsten Fall fein raus, so fein, wie man angesichts des Vorhabens nur sein konnte. Aber er würde es schaffen. Er würde Dominik Wutkowski von den Toten auferstehen lassen. Er würde das Unmögliche möglich machen. Und dazu brauchte er jetzt Panzertape und die Gummilippe der Einbauküche, um die Tür dicht zu kriegen.

Eine halbe Stunde später schwitzte Erik. Er hatte die Bodenleiste der Küchenzeile demontiert, die Gummilippe zurechtgeschnitten, an der Badezimmertür befestigt und aus einem robusten Plastikmüllbeutel einen Adapter für einen Lüftungsschlauch gebastelt. Wie ein schwarzer Urinbeutel hing das Provisorium an der Außenseite der Tür. Es würde Malek gefallen.

Erik stand gerade in der Badewanne und reinigte mit einem Spüllappen das Ventilatorgitter, als im Wohnraum das zur Abhörstation umfunktionierte Smartphone vibrierte. Ein schrilles Klingeln drang aus dem Lautsprecher. Erik sah überrascht auf. Was trieb Dominik Wutkowski so früh am Morgen? Er eilte in die Observationskammer, sank dort auf die Isomatte, lüpfte den Vorhang und klappte die Abdeckung der Kameralinse zur Seite.

In Dominiks Appartement brannte Licht, doch der Konfessor war nirgends zu sehen. Das Klingeln war verstummt. Was ging da vor sich? Es hatte sich fast wie die Türglocke angehört. Erik irrte sich nicht: Das Geräusch ertönte ein zweites Mal, dann surrte etwas, und ganz leise war Dominiks Stimme zu vernehmen: »Vierter Stock, Apartment vierhundertelf. Ja, kommen Sie rauf.«

»Besuch«, murmelte Erik. Wer da wohl kam?

Es war ein schlaksiger Jüngling, vielleicht Mitte zwanzig, mit rotem Haar und blassem Gesicht. Er schien nur aus Ellbogen zu bestehen. Hätte er nicht wie Wutkowski Schwarz mit Stehkragen getragen, hätte Erik über den Kerl geschmunzelt, doch so erkannte er Konfessorenanwärter Borchert, von dem Malek einige Bilder angefertigt hatte. Borchert trat an die breite Fensterfront und spähte kurz hinab auf den Parkplatz, bevor er sich Dominik zuwandte. Hinter ihm schwebte eine weiß glänzende Logistikdrohne mit einem Karton in der Größe einer Bierkiste an der Unterseite.

»Schön haben Sie es hier«, sagte Borchert. »Nette Wohnung.«

Dominik erschien neben dem Jüngling. Er sah wie frisch durch den Fleischwolf gedreht aus. »Geht so«, brummte er. »Was haben Sie da dabei?«

»Eine Drohne.«

»Verarschen kann ich mich selbst.«

Borchert schluckte. »Nein, im Ernst. Im Karton ist eine Drohne. Präziser: eine abgestürzte Drohne.« Und mit lauterer Stimme diktierte er: »Paket auf dem Tisch abstellen!«

Die Drohne reagierte sofort, schwebte an den beiden Männern vorbei und setzte den Karton ab, bevor sie wieder zur Seite flog. Borchert klappte ihn auf. Hervor holte er wirr aussehende Plastikteile.

Dominik trat näher heran. »Ein Profigerät?«

»Ohne Zweifel. High-End. Zwei HD-Kameras, intelligente Akkus samt Batteriemanagementsystem, aktiv gekühlte Motoren, duale Antennen. Die Drohne ist eindeutig für den Industrieeinsatz konzipiert, kann starken magnetischen Interferenzen standhalten und verfügt über zentimetergenaue Steuerpräzision trotz metallischer Strukturen in der Umgebung. So ein Teil kostet ein paar Tausender.«

Wutkowski schien wenig beeindruckt. »Wo ging sie runter?«

»Das ist das Entscheidende. In Düsseldorf. Am Bundesamt für Bauwesen.«

Drei Sekunden Schweigen. »Wann?«

»Vor acht Stunden.«

Dominik fixierte Borchert. »Und warum erfahre ich erst jetzt davon?« Erik meinte, Ärger in der Stimme des Konfessors zu hören. Das war höchst interessant. Vielleicht hatte Malek recht mit seiner Theorie, dass die Hirnschäden nicht irreparabel waren.

Borchert senkte unterwürfig das Haupt. »Weil Nummer

Eins zufällig vor Ort war. Die Order kam direkt von ihm. Die Drohne ging sofort zur kriminaltechnischen Untersuchung ins Labor und wurde vorhin erst freigegeben. Ich weiß auch erst davon, seit man mich beauftragt hat, sie zu Ihnen zu bringen.«

Dominik nahm einen abgebrochenen Rotor zur Hand, besah ihn sich genauer. »Konnte das Labor feststellen, warum sie runterging?«

»Wegen eines Defekts im Steuerelement. Anscheinend die Achillesferse bei den Teilen.«

»Gab es sonst Auffälligkeiten? Fingerabdrücke, DNS-Spuren, Hinweise jeglicher Art auf den oder die Besitzer?«

»Der Bericht kommt im Lauf des Vormittags.«

»Wir wissen also nicht, wohin die Kameras sendeten?«

»Nein, war offenbar derb verschlüsselt.«

Dominik legte den Rotor zurück, stand schweigend da, bis er sagte: »Kommen Sie!«, und aus Eriks Blickfeld verschwand.

Borchert folgte, ebenso wie die Logistikdrohne. »Wohin?« Schritte wurden leiser.

»Das werden Sie schon sehen.«

Eine Tür ging, das Licht in Dominiks Wohnung erlosch, und die Übertragung wurde beendet.

Erik richtete sich auf und kratzte sich am Kopf. Wieder die Baubehörde. Dazu eine Profidrohne. Wenn das kein Zufall war. Ging es abermals um die Rebellen? Spähten sie die Location aus, nachdem der Hackerangriff fehlgeschlagen war? Wollten sie einbrechen?

Malek würde es vermutlich wissen. Wo er nur blieb? Es war kurz vor sieben. Scheiße.

Erik notierte stichpunktartig das Gespräch, auch wenn das Smartphone alles aufzeichnete, und kehrte zurück ins Bad, stieg in die Wanne und griff nach dem Spüllappen im Eimer. Als er mit der Reinigung des Ventilators fertig war und das dreckige Wasser ins Klo kippte, verzog er beim Anblick des braunen Wassers das Gesicht. Wo sollten Malek und er eigentlich ihre Notdurft verrichten, wenn das Badezimmer samt Toilette kontaminiert war? Zähne putzen konnten sie in der Küche, aber ganz ordinär scheißen?

Lange betrachtete Erik den roten Putzeimer, und der dabei erblühende Gedanke hatte wenig Reiz.

Das Klimpern eines Schlüssels, gefolgt vom Knacken der Tür rissen ihn aus seinen Grübeleien. Mit dem leeren Eimer in Händen trat er in den Flur.

Malek schloss hinter sich die Wohnungstür und sperrte ab. Für einen Moment erinnerte er Erik an den durch den Fleischwolf gedrehten Dominik, nur mit Bart. Die Ähnlichkeit der Brüder war zuweilen frappierend.

»Morgen«, grüßte Erik.

Malek nickte nur, müde und grimmig, so, wie Erik es erwartet hatte. Dann bedachte er den schwarzen Müllsack an der Badezimmertür mit einem kritischen Seitenblick, genauso wie den Eimer in Eriks Händen. »Was treibst du schon wieder?«

»Ich stelle unser temporäres Scheißhaus auf.« Erik positionierte den Eimer im Flur und grinste. »Wird 'ne spannende Geschichte – geruchstechnisch, wenn du verstehst.«

Malek runzelte die Stirn stärker, dann ging er in den Wohnraum. Seinen Rucksack packte er aufs Sofa. Aus der Küche holte er sich ein Bier und warf sich damit in das Polster.

Erik sah auf ihn herab. »War dein Ausflug erfolgreich?«

»Geht so. Die Rebellen sind ausgeflogen.«

»*Ausgeflogen*? Bedeutet?«

»Dass die Basis verlassen ist und ich weder Lifewatches noch Informationen für dich habe. Dafür fand ich eine Packung MMF. Wir haben also genügend Blockermedikamente.«

Erik brauchte einen Moment, um zu begreifen, dann hob er eine Hand. »Du erzählst mir gerade, dass dein Kontakt zu den Rebellen abgebrochen ist?«

»Nein. Nur die Basis ist verlassen.«

»Was …«

»… ein Unterschied ist.« Malek ließ seinen Kopf gegen die Nackenlehne sinken. Die Flasche kam hoch, Blasen stiegen darin auf.

Erik wusste, dass Malek nichts erklären würde. Genervt stemmte er die Hände in die Hüften. »Du kannst einen ganz schön in den Wahnsinn treiben!«

Malek stellte die geleerte Bierflasche auf den Couchtisch, erhob sich, schnappte sich sein Smartphone, das er wegen möglicher Ortungen während seines nächtlichen Ausflugs im Apartment gelassen hatte, und trat zur Wohnungstür.

Erik folgte ihm. »Wo willst du jetzt schon wieder hin?«

»Deinem Rat folgen.«

»Welchem Rat?«

»An meinen zwischenmenschlichen Beziehungen arbeiten.« Hinter Wutkowski schloss sich die Tür, und Erik fluchte lautstark.

Kapitel 11

Neues Hauptquartier der Rebellen

Jannah Sterling leerte zum Frühstück drei Magazine. Einundfünfzigmal knallte die Glock 17, einundfünfzigmal flog eine leere Patronenhülse zur Seite, und neunundvierzigmal leuchtete die Trefferanzeige am Deckenmonitor grün auf, zweimal rot.

Einen Moment verharrte sie, mit breitbeinigem Stand, die Zielscheibe mit den Kreisen und der schwarzen Mitte schwebte zitternd über Kimme und Korn, dann verzog sie das Gesicht. Nicht, weil zwei Schuss in die Sieben gegangen waren, sondern weil jemand den Schießstand betreten hatte. Sie spürte Blicke im Rücken.

»Gute Quote«, sagte Hendrik, Rebellenweggefährte der ersten Stunde, nachdem sie sich den Gehörschutz vom Kopf gezogen hatte. »Vierhundertsiebenundfünfzig Punkte. Schlechtester Schuss eine Sieben. Respekt.«

Jannah schenkte den Werten auf dem Monitor einen flüchtigen Blick, bevor sie das Magazin aus der Pistole klickte und beides zusammen neben den Gehörschutz vor sich auf die Ablage legte. »Geht besser.«

»Besser? Hallo! Das sind fast neunzig Prozent!« Die zweite Männerstimme ließ Jannah überrascht aufsehen. Sie wandte sich zu Hendrik um. Neben ihm standen Karim und Susanna, zwei ihrer Falken. Da fiel ihr die anstehende Morgenpräsentation von Carl Oskar Fossey wieder ein.

»Ach ne!«, stöhnte sie. »Der Mist ist ja heute.«

»Genau.« Hendrik lächelte schief. »Du hättest es vergessen, nicht?«

»Scheint so. Das Gelaber bringt ja auch nichts. Aber egal.« Sie winkte ab. »Wie läuft's bei euch?«

»Ganz passabel«, antwortete Susanna. »Wir kriegen einen Serverraum in unter zwei Minuten auf.«

»Und ein Fenster in zwanzig Sekunden«, ergänzte Karim stolz.

Das gefiel Jannah. Ihr gefiel jeglicher Fortschritt ihrer Falken. Vor drei Monaten hatte sie die Sondereinsatztruppe innerhalb der Rebellion ins Leben gerufen. Es war nach ihrer Rückkehr aus Berlin ihre Bedingung gewesen, um überhaupt bei den Rebellen zu bleiben. Seitdem versetzten die Falken den Kehlianern schmerzhafte Nadelstiche. Bisher hatten sie erfolgreich drei Überfälle auf Gardedirektionen in Berlin, Hamburg und Köln durchgeführt. Als Nächstes stand der Einbruch auf das Bundesamt für Bauwesen bevor, nachdem Vitus' Hackerangriffe auf das interne Datennetz fehlgeschlagen waren. Johann Kehlis hatte offenbar die Datensicherheit erhöht. Es wurde Zeit zu signalisieren, dass sie das nicht aufhalten würde.

»Können wir?« Hendrik trat zur Tür und hielt sie ihnen auf. »Wir sind eh schon spät dran, eigentlich schon zu spät.«

»Was auch keinen Unterschied macht.« Jannah strich sich eine widerspenstige Strähne aus der Stirn und trat zu ihm. »Ich prophezeie: Die erzählen uns, wie toll es vorangeht, welche Erfolge sie erreicht haben und was bald geschafft sein wird.«

»Motivationsgesülze«, pflichtete Susanna bei.

»Genau. Davon brauch ich unbedingt noch viel mehr.«

»Ach, ihr zwei wieder.« Hendrik schüttelte den Kopf.

»Motivation tut den meisten Rebellen gut, nicht alle sind so optimistisch wie ihr.«

»Ich bin nicht optimistisch. Ich habe ein Ziel.«

»Das Regime stürzen, ich weiß. Das will ich auch, nur …«

»… wird es ohne Bums nicht gehen, Hendrik.«

Der Rebell zuckte mit den Schultern. »Deine Meinung. Ich finde immer noch, dass Vitus einen weiteren Versuch starten sollte, ins System einzudringen, anstatt uns einbrechen zu lassen. Die Garde ist doch durch die Versuche vorgewarnt. Die warten nur auf uns. Die werden Spalier stehen.«

»Glaub ich nicht«, kam der Einwand von Susanna. »Da wird maximal ein ITler registrieren, dass jemand versucht hat, sich einzuhacken, und das war's.«

»Glaub ich auch«, fügte Karim hinzu. »Da vermutet doch keiner, dass wir es darauf abgesehen haben. Woher auch? Wir gehen rein, zapfen die Baupläne an und spazieren wieder raus.«

Hendrik sah nicht überzeugt aus, hatte aber offenbar keine Lust, weiterzudiskutieren. »Hoffen wir, dass ihr recht habt.«

Tatsächlich kamen sie zu spät. Im großen Saal stank es schon nach zu vielen Menschen. Mehr als einhundert Rebellen saßen in den Stuhlreihen und lauschten den Worten des Forschers Carl Oskar Fossey. Am Rand der vordersten Reihe waren für die Falken vier Stühle freigehalten worden.

»Aktiviert wird die Kapsel automatisch durch die Körperwärme«, erklärte Fossey. Er stand hinter einer Tischreihe vor den Versammelten, flankiert von Vitus, Barbara, Sean und Jörg, und hielt eine reiskorngroße Kapsel zwischen Daumen und Zeigefinger ins Licht, die zusätzlich in seinem Rücken als Großaufnahme an die Wand projiziert wurde. Jannah marschierte schnurstracks auf die leeren Stühle zu und ließ sich auf den äußersten davon fallen.

»Im Temperaturbereich zwischen sechsunddreißig und zweiundvierzig Grad emittiert sie konstant Eisennanopartikel, die über das Muskelgewebe in den Blutkreislauf gelangen und dort ihre Arbeit verrichten: Johanns Nanos neutralisieren. Solange Sie also nicht in eine Wanne voller Eis steigen, sind Sie geschützt, und selbst eine vorübergehende Unterkühlung stellt kein Problem dar. Zum einen reicht die Sättigung im Blut einige Stunden, zum anderen schüttet die Kapsel erneut Antipartikel aus, wenn sie wieder temperiert.«

»Wie lange?«, fragte Jan, den Jannah in der zweiten Reihe erspähte. Auf seinem Schoß saß Maria Müllers fünfjähriger Sohn Paul, den sie zusammen mit Malek aus der Gardedirektion 21 befreit hatten. Der Junge hatte sich sofort den jungen Kruse als Bezugsperson ausgesucht, und Jan hatte die Rolle als Vaterfigur kommentarlos angenommen. Da er aufgrund des Beinschusses, den er bei Fosseys Befreiungsmission davongetragen hatte, immer noch hinkte und für Außeneinsätze nicht infrage kam, schien das Duo perfekt zu sein. Sie lümmelten die meiste Zeit im Aufenthaltsraum herum; Jan spielte Billard, und Paul sah schweigend zu. Der Junge sah immer nur schweigend zu. Er hatte noch kein einziges Wort gesprochen, seit er hier war.

»Dauerhaft«, gab Fossey zurück. »Rund um die Uhr.«

»Das ist klar«, sagte Jan, »ich mein aber, irgendwann ist die Füllung an Partikeln aufgebraucht, oder?«

»Ach so, ja.« Fossey nickte unbestimmt in die Runde. »Die Ladung reicht circa ein Jahr, plus minus einiger Tage. Ganz exakt lässt sich die Emissionsmenge nicht bestimmen, da sie abhängig ist von Faktoren wie dem körpereigenen Stoffwechsel, den Blutfetten und anderen Blutwerten. Wir haben uns aber ganz bewusst für diesen Zeitraum entschieden, denn bis dahin wird Johann vermutlich seine zweite Generation im Einsatz haben, gegen die wir damit leider machtlos sind.« Fossey legte die Kapsel vor sich in eine Schale.

Jannah unterdrückte ein Schnauben. Ein Jahr gefühlte Sicherheit klang für viele der nicht permanent intoleranten Rebellen nett, aber Fossey, Vitus und Jörg hatten fast zwei Monate in die Entwicklung der Kapsel und deren Herstellungsreife gesteckt, obwohl mit dem Medikamentencocktail *Make Me Free*, den Jörg schon vor über drei Jahren zufällig entdeckt hatte, eine wirksame Alternative zur Verfügung stand. Und mit der Entwicklung der Kapseln allein war nicht Schluss; in den nächsten Tagen begann die eigentliche Produktion, wofür Vitus noch eine spezielle Gerätschaft für Fossey besorgen wollte, und danach folgte die Implementation durch Jörg – bei jedem Rebellen ein medizinischer Eingriff, wenn auch nur ein kleiner.

In Anbetracht der neuesten Meldungen eines Impfstoffs gegen die Intoleranz und der bevorstehenden Fertigstellung von Kehlis' zweiter Nanogeneration, die wie eine Guillotine über ihren Köpfen schwebte, hätte Jannah die zwei Monate lieber anderweitig genutzt und das wirkliche Ziel – den Sturz Johann Kehlis' – stärker vorangetrieben. Ihre drei Überfälle auf die Gardedirektionen erschienen ihr ein größerer Schritt in die richtige Richtung zu sein als die Blockerkapsel. Zweiundsiebzig intolerante Frauen und Männer hatte sie aus den Klauen des Regimes gerettet, die nun in den Diensten der Rebellion standen und Manpower und Know-how einbrachten. Das war Gold wert.

Der blasse Forscher mit dem grau melierten Haar setzte sich, und an seiner statt erhob sich Jörg.

»Gibt es Fragen?«

Eine Frau aus einer der hinteren Reihen meldete sich. »Besteht die Kapsel rein aus Eisen?«

Fossey schüttelte den Kopf. »Nur zum Teil. Die Partikel werden mit der sogenannten Botton-up-Methode hergestellt, konkret durch Fällung aus einer Metallionen enthaltenden

Lösung. Wir haben in der Folge neben Eisen verschiedene Metalloxide als eine Art Gerüst innerhalb der Kapsel. Stellen Sie sich ein Regal vor, in dem die Partikel lagern. Dann ist auch Silber enthalten, vorwiegend in der Außenmembran, um möglichen bakteriellen Entzündungen im Muskelgewebe vorzubeugen. Ebenso sind Tonpartikel implementiert, die mit der Zeit zerfallen und so die Eisennanopartikel verzögert ausschütten. Salopp gesagt: Die Kapsel besteht aus einer Vielzahl von Materialien, überwiegend jedoch Metallen. Weshalb fragen Sie?«

»Ich leide an einer Metallallergie. Ist das ein Problem?«

Fossey blickte zu Jörg auf, der sagte: »Allergie ist ein gutes Stichwort. Offen gesagt, können wir nicht vorhersagen, ob Sie allergisch reagieren werden. Wir müssen das testen. Daher bitte ich jeden, der bekannterweise an irgendeiner Allergie leidet, sie mir vor der Implementation mitzuteilen, damit wir individuell darauf eingehen können.«

Die Frau bedankte sich, und Jörg sah in die Runde. »Gibt es weitere Fragen?«

Jemand meldete sich zu Wort: »Gibt es schon Informationen, was es mit den Meldungen über den Impfstoff gegen den Amygdala-Grippevirus auf sich hat? Könnte das schon der Nanobot sein? Also die zweite Generation der Nanos?«

Vitus sagte: »Das ist ausgeschlossen.«

Fossey fügte hinzu: »Kurz bevor ich von Ihnen befreit wurde, war der Entwicklungsstand des Nanobots noch weit im Prototypstadium. Von dort aus vergehen normalerweise mehrere Jahre bis zur Marktreife. Johann kann diese Zeit sicher verkürzen, aber nicht so drastisch. Mit unserer Jahresfrist nehmen wir das Worst-Case-Szenario an. Wir haben also noch Zeit.«

»Und was soll die Impfung dann sein?«, hakte der Rebell nach, dessen Name Jannah nicht einfallen wollte.

Jörg ergriff das Wort: »Wir wissen, dass die Intoleranz durch eine Fehlzündung der Nanopartikel im Magen-Darm-Trakt entsteht. Möglicherweise hat man ein Mittel entwickelt, um die Fehlzündungen zu unterbinden und alles in die richtigen Wege zu leiten. In der Konsequenz wird das heißen, dass der Prozentsatz an Intoleranten sinken wird. Da aber offenbar eine Injektion nötig ist – warum sonst sollte Kehlis die Bevölkerung zur Impfung bitten –, sind zumindest wir sicher. Machen Sie sich also keine Sorgen.« Jörg sah in die Runde. »Sonst noch Fragen?«

Niemand meldete sich zu Wort.

»Gut. Dann habe ich noch einen Hinweis zum Zeitablauf: Wir werden in den nächsten Tagen auf Sie zukommen und einen Termin wegen der Implementation vereinbaren. Das wird wirklich keine große Sache – ein Vitaminpräparat zusammen mit einer Injektion. Insgesamt fünf Milliliter. Sie werden nur einen kleinen Einstich spüren, im Extremfall einen blauen Fleck für ein oder zwei Tage haben. Dafür werden alle von Ihnen, die nicht permanent free sind, kein MMF mehr nehmen müssen und trotzdem vor Kehlis' Manipulationen sicher sein.« Er lächelte. »Das wäre es für heute. Sie dürfen gehen.«

Unterhaltungen brachen los, und Stühle wurden gerückt.

Jannah rührte sich nicht. »Das war alles?«

»Scheint so.«

»Großes Kino.«

Hendrik zuckte mit den Schultern. »Hunger?«

»Jo!«, sagte Karim.

Jannah verzog den Mund. »Lasst uns lieber trainieren. Ihr könntet einen Serverraum in eins dreißig knacken, und ich könnte auf über neunzig Prozent kommen.«

»Und ich könnte versuchen, ob ich noch ein paar Gramm bei der Leiter einsparen kann, indem ich ein paar Löcher bohre«, ergänzte Hendrik. »Okay. Dann erst mal noch eine Session Arbeit, bevor wir was essen.«

Er wollte sich erheben, als Vitus mit seinem elektrisch betriebenen Rollstuhl vor Jannah und ihn surrte.

»Bleibt ihr beiden bitte noch.«

Jannah versteifte sich. Ihr war sein flüchtiger Blick voller Unbehagen nicht entgangen … und wie er ihrem ausgewichen war.

»Neuigkeiten von Malek?«, fragte Hendrik, der offenbar dieselben Schlüsse aus Vitus' Verhalten zog.

»Auch«, war alles, was der Datenbaron antwortete. Er rollte davon, zurück zu Jörg, Sean, Fossey und Jannahs Mutter Barbara, die wie die Orgelpfeifen hinter der Tischreihe sitzen geblieben waren.

Jannah und Hendrik tauschten einen Blick, und Susanna sagte: »Geht nur. Karim und ich haben genug zu tun.« Sie packte den schwarzhaarigen Deutschen mit türkischen Wurzeln am Arm – man munkelte, dass die beiden ein Paar waren, aber offiziell war das nicht – und zog ihn mit sich. Er folgte ihr kommentarlos.

Auch Jannah und Hendrik erhoben sich.

Trotz der Fortschritte der letzten Monate herrschte miese Stimmung innerhalb der Führungsriege. Alle sahen grimmig drein, und Jörg, der bei der Präsentation noch gelächelt hatte, musterte nun seine im Schoß gefalteten Hände.

Jannah spürte beim Anblick der fünf die Spannung, die ihr entgegenschlug. Es war immer so, wenn es um ihre Wenigkeit ging; ihr Verhalten und ihre Entscheidung – vor allem in Hinsicht auf Malek – trafen nicht auf Wohlwollen, auch wenn man ihre Erfolge mit den Befreiungen anerkannte.

Sie zog sich einen der frei gewordenen Stühle aus der ersten Reihe heran und setzte sich. Hendrik tat es ihr gleich. »Und?«, fragte sie. »Was ist passiert?« *Wurde er gefangen? Ist er tot?* Furcht nistete sich in ihren Eingeweiden ein.

»Drei Dinge sind vorgefallen.« Vitus strich sich über das

Gesicht, das von Woche zu Woche magerer erschien. »Erstens gab es letzte Nacht eine Razzia in meiner Firma. Glücklicherweise sind meine Sicherheitsvorkehrungen gut genug, man hat das Team in der Separation nicht entdeckt. Trotzdem ist spätestens jetzt eindeutig, dass Kehlis mich hinter der Rebellion vermutet. Digitale Aktivitäten werden ab jetzt schwieriger, wie man am gescheiterten Versuch sieht, in die Server des Bundesamts einzudringen. Wir müssen noch vorsichtiger sein.«

»Was mehr Ressourcen für die Sicherheit statt für Angriffe bedeutet.«

»Korrekt, Hendrik. Unentdeckt agieren wird zu einer Mammutaufgabe. Außerdem ist wegen des Umzugs immer noch nicht alles einsatzbereit, und das Thema Notunterkunft geht wieder von vorne los. Wir haben bereits ein zweiköpfiges Team beauftragt, nach geeigneten Locations zu suchen, sollten wir auch von hier verschwinden müssen.«

Hendrik schien das wenig zu gefallen. »Mit Verlaub, Chef – war das klug? Dann wissen jetzt wieder zwei Personen dort draußen, wo sich unsere Basis befindet.«

»Die wissen es genauso wenig wie Sie, Herr Thämert.« Jannahs Mutter verschränkte die Arme vor der Brust. »Das Team besteht aus zwei ehemaligen Scouts, die keine Ahnung haben, wo wir sind. Und das wird auch für Sie und die anderen Falken so bleiben. Sie werden für die Bundesamtmission von mir persönlich zum Ausgangspunkt gebracht und dort wieder abgeholt. Wir halten den Standort diesmal so geheim wie möglich, und sollte ich einen Eingeweihten erwischen, der darüber plaudert, schneid ich ihm eigenhändig die Zunge raus.«

Jannah stieß die Luft aus. »Mutter! Dein Anliegen ist angekommen.«

Barbara Sterling musterte ihre Tochter, sagte jedoch nichts. Wie so oft in den letzten drei Monaten, seit sie sich nach Maleks Befreiungsaktion am Kleinkunstflughafen in Potsdam gegenübergetreten waren.

Barbaras Gesicht war hinter der Scheibe des Helikopters geschwebt; grimmig, angespannt und voller Blutspritzer ermordeter Gardisten. Und ihr Blick war noch grimmiger geworden, als sie nur Jannah, Hendrik und den Jungen auf dem Landeplatz erblickt hatte – keinen Malek Wutkowski und keine Maria Müller.

Noch bevor die Kufen des Helikopters das Gras berührten, flog die Tür auf, und Barbara sprang heraus, stapfte im fauchenden Wind der Rotoren auf die drei zu.

»Wo sind sie?«, brüllte sie über den Lärm hinweg.

Jannah hob das Kinn – trotzig und entschlossen. »Nicht mehr hier.«

»Wo sind sie?«

»Maria ist tot.«

»Und er?«

»Wäre nicht geblieben«, sagte Hendrik, der sich den apathischen Paul an die Schulter drückte und neben Jannah trat.

»Wäre nicht geblieben?« Barbara hatte die Hände zu Fäusten geballt, die neben ihren Hüften zitterten. »Das war nicht eure Entscheidung!«

»Und genauso wenig deine.«

Jannah hielt den Blickkontakt mit ihrer Mutter noch eine Sekunde aufrecht, dann trat sie an ihr vorbei zum Hubschrauber. Der eiserne Griff der Majorin schraubte sich um ihren Oberarm, zwang sie zu einem erneuten Blickkontakt.

Kein Wort fiel zwischen Mutter und Tochter, kein einziges Wort.

Dann riss sich Jannah los.

Hendrik folgte ihr stumm mit Paul auf dem Arm zum Hubschrauber.

Barbara war hinter ihnen auf der Landebahn zurückgeblieben. Jannah hatte die Blicke ihrer Mutter heiß im Nacken gespürt und ignoriert. Nie wieder würde sie sich von ihr herumkommandieren lassen wie ein Kleinkind. Nie wieder. Und Jannah brauchte es auch nicht länger. Barbara schien damals begriffen zu haben, dass sich ihre Tochter endgültig abgenabelt hatte.

»Wie dem auch sei«, sagte Vitus, »es gibt ein zweites Problem, und das betrifft konkret euch. Meine Spähdrohne ging am Bundesamt runter.«

Jannah richtete sich auf. »Wie das?«

»Ein Kurzschluss im Steuerelement. Sehr ärgerlich.«

»Und jetzt?«

»Werden wir die Planung modifizieren. Über das Bundesamt wissen wir genug, die übertragenen Daten sind ausreichend.«

»Nur ist der Garde spätestens jetzt klar, dass wir da reinwollen.« Hendrik atmete tief durch. »Scheiße! Ich hab es ja gesagt. Den Bruch können wir vergessen.«

»Eben nicht.« Vitus lächelte kalt. »Wir müssen das Malheur nur für uns nutzen.«

»Und wie, bitte?«

»Das werdet ihr heute Nachmittag erfahren«, sagte Barbara. »Lagebesprechung um siebzehn Uhr. Raum 210.«

»Okay«, sagte Hendrik.

Jannah sah zwischen ihrer Mutter und Vitus hin und her. »Und was ist noch passiert? Du sprachst von drei Dingen.« *Von Malek.*

Vitus erwiderte erstmals den Blickkontakt. »Es gab einen Ausbruch. Ein Häftling floh aus der Justizvollzugsanstalt Kronthal.« Er zog eine Akte aus einem Seitenfach seines Rollstuhls und legte sie auf den Tisch. Auf dem braunen Recyclingpapier stand KRENKEL, ERIK. »Der Geflohene ist ein ehemaliger Knastkumpel von Wutkowski, und er ist nicht aus eigener Kraft geflohen. Jemand hat von außen nachgeholfen.«

»Mit Rauchbomben und einem manipulierten Radlader«, ergänzte ihre Mutter staubtrocken.

In Jannahs Brust klopfte es freudig. *Der Cowboy.* »Wann war das?«

»Vor sechs Tagen.« Vitus verschränkte die knochigen Finger. »Mein Team bei S. Y. D. registrierte vermehrte Konfessorenaktivitäten und Untersuchungen. Alles mit Sperrvermerken versehen.« Abermals lächelte er kalt, und sein Gesicht glich dem eines Totenschädels. »Fast alles. Die Spurensicherung schickte glücklicherweise eine unverschlüsselte E-Mail an den Konfessorenanwärter Thomas Borchert, der unseren Informationen nach direkt Nummer Elf unterstellt ist. Das wäre schon Indiz genug, dass es um Wutkowski geht, aber der Radlader war tatsächlich mit seiner DNS versehen. Das stand in der E-Mail. Neunundneunzig Prozent Übereinstimmung.«

Jannah schob die Finger zwischen die Unterschenkel und die Sitzfläche des Stuhls. »Und jetzt? Wissen wir, wo er sich aufhält?«

»Nein, sollten wir aber. Sein Schritt aus der Passivität zieht Aufmerksamkeit auf sich. Wir sollten ihn finden, bevor es sein Bruder ein zweites Mal tut.«

Jannah lachte. »Schon daran gedacht, dass er vielleicht genau das will? Möglicherweise stellt er seinem Bruder eine Falle, um endlich an ihn ranzukommen.«

»Umso schlimmer, dass er sich dafür offenbar Unterstützung geholt hat. Wir müssen an ihn ran.«

»Warum? Was ist jetzt anders als in den letzten drei Monaten? Unserer Gefährdungslage durch ihn hat sich doch verbessert, seit wir umgezogen sind.«

»Ja und nein«, mischte sich Sean in die Unterhaltung ein. »Wutkowski kennt zu viele von uns. Einige haben dort draußen noch Familie, nicht free, aber trotzdem für Erpressungen geeignet. Und er kennt unsere Absichten, weiß von der zweiten Nanogeneration, weiß, dass Carl selbst free ist. Wenn er dieses Wissen nun aus welchen Gründen auch immer mit diesem Krenkel teilt, wird es für uns scheißgefährlich. Wutkowski würde vermutlich nicht plaudern, sollte er gefangen genommen werden, aber der andere … Außerdem werden wir mit Sicherheit auf lange Sicht von S. Y. D. abgeschnitten, und dann kriegen wir solche Ereignisse gar nicht mehr mit. Wenn wir ihn finden wollen, dann jetzt, denn jetzt hat er Spuren hinterlassen, die wir verfolgen können.«

»Kehlis kann uns nicht von S. Y. D. abschneiden, Sean«, fuhr Vitus dazwischen. »Das ist technisch für ihn unmöglich.«

»Warum? Er kann deine ganze Firma abschalten. Alle Rechenzentren. Einfach den Stecker ziehen. Radikal. Ich an seiner Stelle würde das tun.«

»Auf unseren Servern hängen große Teile seiner Gardekommunikation. Er nutzt Dienstleistungen von S. Y. D. Die kann er nicht einfach deaktivieren.«

»Nicht heute oder morgen, aber in absehbarer Zukunft. Er weiß jetzt, dass du sein Antichrist bist, da wird er eine Lösung finden und dich schnellstmöglich abschalten. Und dann sind wir blind.«

Jannah sah zwischen dem ehemaligen Unternehmensberater, der heute nach Oliven stank, und Vitus hin und her. Das Gezanke nervte sie. Sie deutete auf die Aktenmappe. »Darf ich?«

»Nur zu.« Vitus schob die Akte über den Tisch. »Du kannst sie auch mitnehmen, wenn du willst. Vielleicht findest du einen Hinweis, was Wutkowski vorhaben könnte. Jede Hilfe wäre willkommen, und du kennst ihn am besten. Es wäre wirklich wichtig, dass er wieder bei uns wäre. Er hatte seine Zeit dort draußen.«

Die noch nicht zu Ende zu sein scheint. Jannah ertrug den an ihre Vernunft appellierenden Blick nicht länger. Sie schlug die

Mappe auf, überflog die erste Seite. Krenkel war Apotheker. Verurteilt wegen Drogenherstellung und -verkauf. *Spannend.* Sie sah auf. Vitus musterte sie immer noch.

»Ich werde mir das anschauen«, versprach sie. »Gibt es sonst noch was? Brauchen wir überhaupt noch den Einbruch trainieren, oder fällt der eurer Planmodifikation zum Opfer?«

»Nein, ihr brecht ein. In drei Tagen.«

»Gut.« Jannah klappte die Mappe zu und erhob sich. »Wäre schade um die harte Arbeit. Wir sind alle heiß und eingeschossen.«

Sie bemerkte noch, wie die Mundwinkel ihrer Mutter bei den Worten *heiß* und *eingeschossen* zuckten, dann verließ Jannah den großen Saal.

Kapitel 12

München, Innenstadt

Die Sonne stand tief über den Hausdächern, schien Malek mitten ins Gesicht und blendete ihn trotz der Sonnenbrille. Immerhin waren die Strahlen angenehm warm auf seiner Haut.

Er sah zur Seitenscheibe hinaus und erhaschte zwischen den Gebäuden hindurch einen Blick auf den Leuchtenbergring, wo die Wagen in der Rushhour auf vier Spuren standen, bevor die Aussicht von blassen Gesichtern abgelöst wurde. Die S-Bahn ruckelte in den Bahnhof. Dutzende warteten, dass die Stammstrecke sie einsaugte und hoffentlich pünktlich wieder ausspie.

Malek konzentrierte sich auf die einsteigenden Fahrgäste. Er hatte noch vier Stationen; am Marienplatz wollte er aussteigen. Es wurde also Zeit, und die Ausgangslage schien nicht besser sein zu können: Die Menschen drängten sich herein, standen wie die Orgelpfeifen im Gang, rotteten sich vor den Türen zusammen. Ideal, um sich ein Handy zu beschaffen, ein Handy, um Jannah zu kontaktieren.

»Ständig hinterlassen hier irgendwelche Kirschen ihren Sugardaddys nette Worte«, hatte der Rezeptionist des Berliner Hotels *Poseidon* erklärt, als Malek am Morgen nach dem Gespräch mit Erik dort angerufen und sich nach einer Nachricht von seiner Freundin erkundigt hatte. Vor der Befreiungsaktion in der Gardedirektion 21 waren Malek und Jannah dort abgestiegen. »Du musst mir schon sagen, für welchen Daddy was hinterlegt sein soll.«

Bei der Antwort »Für den Cowboy« hatte der schmierige Rezeptionist gelacht. »Klar. Für wen sonst. Den Cowboy.« Und kurz darauf hatte er ihm eine Handynummer durchgegeben.

Sollte er sie anrufen? Er hatte vieles von Jannah erwartet, die Aufforderung zu einer Anzeige in irgendeiner Tageszeitung zum Beispiel, so, wie Maria das getan hätte, oder das Öffnen eines Postfachs, einer Packstation, irgendetwas Oldschool-Unpersönliches, aber sicher keine Handynummer.

Hatte Jannah ihm wirklich ihre hinterlassen? Hatte sie an die Risiken einer Ortung gedacht? Hatte sie Vorkehrungen für einen solchen Fall getroffen? Sie musste wissen, dass das ein Spiel mit dem Feuer war, auch für ihn. Oder war das ein abgekartetes Spiel der Rebellen, um ihn zurückzulocken? Nein, das konnte sich Malek nicht vorstellen, nicht bei Jannah.

Egal. Es war an der Zeit zu handeln.

Malek versicherte sich, dass die dünnen Lederhandschuhe perfekt saßen, dann erhob er sich und signalisierte einer älteren Dame, dass sie sich auf seinen Platz setzen konnte. Sie musterte ihn erstaunt, bevor sie lächelnd Platz nahm. »Vergelt's Gott!«, sagte sie. Malek quittierte das mit einem Nicken und schob sich zwischen die Stehenden.

Bis zur nächsten Haltestelle nahm er sich Zeit, beobachtete die Fahrgäste. Der Ostbahnhof kam in Sicht, die S-Bahn hielt. Frauen und Männer stiegen aus und ein, schwappten um Malek herum wie Wasser um einen Felsen. Die Türen schlossen sich, und es ging weiter.

Am Rosenheimer Platz verspürte er eine leichte Unruhe. Bisher hatten alle entweder ihr Handy in der Hand oder ließen sich per Kopfhörer beschallen. Auf unzähligen Displays blitzten Infomercials von Johann Kehlis' Partei oder Werbefilme von *JK's*. Alle verfolgten gebannt die Übertragungen.

Dann bemerkte er einen Geschäftsmann im dunkelblauen Zwirn mit hellblauem Hemd, cognacfarbenem Gürtel und passenden Lederschuhen. Er trug keine Kopfhörer und holte gerade sein Handy aus der Außentasche seines Sakkos hervor, entsperrte es mit einer Zickzackbewegung seines Daumens, las etwas und steckte das Handy wieder ein.

Malek schob sich neben ihn. Mit einer Hand hielt er sich an einer der herabhängenden Schlaufen fest.

An der Haltestelle Isartor stolperte er, rempelte den Kerl an, presste ein »Sorry!« raus und verließ mit einem Handy im Jackenärmel die S-Bahn, kurz bevor sich die Türen schlossen.

Er eilte die Stufen zum Zwischengeschoss empor und wandte sich nach rechts Richtung Thomas-Wimmer-Ring. Noch bevor er den zweiten Absatz in die anbrechende Abenddämmerung hinaufstieg, hatte er das Mobiltelefon mit einer Zickzackbewegung des Daumens entsperrt, Jannahs Nummer eingegeben und presste sich das Handy ans Ohr. Es klingelte.

Während es zwei weitere Male schellte, stieg sein Puls auf gefühlte fünfundachtzig. Oben angekommen, schlug Malek den Weg nach links Richtung Hofbräuhaus ein, drängte sich an Reihen von Leihfahrrädern und Passanten vorbei. Beim fünften Klingeln sagte er: »Komm schon!«, und beim siebten fluchte er still und legte auf.

Griffen bei ihr nun Vorsichtsmaßnahmen? Routinen? Würde sie von einem anderen Telefon aus zurückrufen? Musste sie vielleicht erst die Basis verlassen und den Standort wechseln?

Ein Blick auf die silberne Analoguhr verriet ihm, dass in dreizehn Minuten ein Bus fuhr. Er würde spätestens den übernächsten nehmen.

Mit dem Telefon in der Hand folgte er der Marienstraße bis zum Hofbräuhaus.

Honiggelb erstrahlten die halbrunden Fenster, illuminierten Stuhlreihen voller Gäste und ließen Gläsergeklirr, Geschirrklappern und das Summen Hunderter Unterhaltungen nach außen dringen. Malek trottete vorbei, wandte sich nach rechts. Trotz der Kälte saßen hier einige Hartgesottene im Außenbereich, gehüllt in Winterjacken und warme Decken. Sie verfolgten auf einer Leinwand eine Liveübertragung. Johann Kehlis war zu sehen – wie auf den Handys in der S-Bahn mit breiter Brust und im perfekt sitzenden zartblauen Hemd ohne Krawatte. Immer wieder gestikulierte er mit den Armen, wobei die hochgekrempelten Ärmel zu sehen waren. Ein Macher eben. Jemand, der anpackte.

Malek fragte sich, ob wirklich der Bundeskanzler vor den Kameras sprach, oder ob nur eine täuschend echte 3-D-Nachbildung versehen mit seiner Stimme die vielen Reden schwang, gefüttert und programmiert von Medienexperten und Psychologen mit Expertise in der Beeinflussung der Masse. Technisch wäre das möglich, und es würde zu ihm passen – während die nanobeeinflusste Bevölkerung dem Gesülze eines Bots lauschte, hockte Kehlis in irgendeinem Labor und tüftelte an seinem Nanobot. Wie sollte er sonst die Entwicklung einer solchen Perversion mit dem Tagesgeschäft unter einen Hut bekommen?

Malek überquerte die Maximilianstraße und blickte auf der anderen Straßenseite auf das gestohlene Smartphone. 17.27 Uhr. Kein Anruf, keine Nachricht. Jannah blieben noch sechzehn Minuten.

Was sie wohl gerade tat? Konnte sie überhaupt zurückrufen, oder steckte sie mitten in einer Mission? War tatsächlich das Bundesamt für Bauwesen das nächste Ziel der Rebellen? Erik hatte ihm von Borcherts Besuch bei Dominik erzählt, und Malek hatte sich die automatische Aufzeichnung des Gesprächs dreimal angehört, um kein Detail zu verpassen. Tatsächlich sah es danach aus, dass die Rebellen nach den gescheiterten Hackerangriffen nun den analogen Weg suchten und dort einsteigen wollten. Wozu sonst die Location ausspähen? Ob ihnen klar war, wie heiß das Pflaster war? Ob er Jannah warnen sollte?

Dafür musste sie erst einmal zurückrufen.

Als er neben der Residenz den Hofgarten betrat, waren es nur noch elf Minuten.

Unter den Alleen verlangsamte er seine Schritte, passierte die entlaubten Hecken und hielt direkt auf den Dianatempel zu, den Pavillon im Herzen des Renaissancegartens. Lange war er nicht mehr hier gewesen, das letzte Mal vermutlich vor einem Jahrzehnt mit Dominik, Maria und Tymon, als sie noch ab und an in die Stadt zum Relaxen gefahren waren. Dominik hatte den Hofgarten gemocht, die geradlinige Architektur, die acht strahlenförmig verlaufenden Wege, die akkurat gestutzten Hecken. Ob Dominik auch heute noch einen Blick für solche Dinge hatte? Oder war er nur von seinem momentanen Befehl getrieben, ihn zu schnappen? War das alles? Und was käme danach? Gab ihm Nummer Eins einfach den nächsten Auftrag, und für Dominik ging es nahtlos weiter?

Noch acht Minuten.

Malek blieb an einem der vier Brunnen stehen. Wegen des Frosts war das Wasser abgelassen, und ohne dies wirkte der Brunnen nur wie eine trostlose Betonschale, da half der Anblick des dahinterliegenden Pavillons mit dem von Grünspan prächtig gefärbten Dach wenig.

Wie Dominik wohl reagieren würde, wenn sie ihn schnappten und von den Toten zurückholten – und er registrierte, dass die verdammte Lifewatch weg war, genauso wie die Bürde eines Konfessors? Würde er die Chance eines Neuanfangs zu schätzen wissen? Wie würde dieser aussehen? Würde Malek darin eine Rolle spielen?

Und wenn nicht, was dann? Wie wäre sein Alltag ohne Dominik? Was, wenn Erik versagte und Dominik nicht zurückkehrte? Oder Dominik sich trotz allem nicht bekehren ließ, wenn er die fleischliche Maschine ohne Emotionen blieb, zu der ihn Kehlis und Fossey gemacht hatten?

Noch fünf Minuten.

Malek besah sich ein weiteres Mal die prächtige Kuppel des Pavillons mit den Statuen darauf, spürte das Handy in seiner rechten Hand und die Kälte in seinem Gesicht, in der Nase, im Rachen und in seinen Lungen. Er wandte sich zum Hofgartentor der Westseite. Dahinter lag der Odeonsplatz.

Ihre Zeit war bald um, und dann würde die Kontaktmöglichkeit vermutlich erlöschen, wenn sie nicht sowieso schon erloschen war. Dann blieb nur noch Vitus Wendlands Lifewatch. Und wenn er über die auch keinen Kontakt herstellen konnte …?

Mit einem Ruck marschierte er los. Erreichte kurz darauf die Bushaltestelle stadtauswärts. Sah aufs Handy, obwohl er wusste, dass kein Rückruf und keine Nachricht eingegangen waren.

Es blieben zwei Minuten und dreißig Sekunden.

Er gab ihr eine letzte Chance, betätigte die Wahlwiederholung.

Es klingelte und klingelte und klingelte.

Beim neunten Mal ging die Mailbox ran, nicht Jannahs angenehmer Alt, sondern die Standardsprachansage mit weiblichem Charakter, gefolgt vom Piepton, dass er nun eine Nachricht hinterlassen konnte.

Malek schwieg und schwieg und schwieg. Sein Herz pochte. Dann wollte seine Zunge Worte formen, doch der Bus tauchte auf, und so kamen sie nie über seine Lippen.

Er legte auf, trat zwischen die Wartenden.

Als der Bus anfuhr, das geklaute Smartphone mit an Bord

in der Handtasche einer älteren Dame, eilte Malek Wutkowski mit gesenktem Haupt in die entgegengesetzte Richtung davon.

Seine Brust war enger, als sie sein sollte.

Kapitel 13

Neues Hauptquartier der Rebellen

Die Wörter tanzten vor Vitus Wendlands Augen und verschwammen zu einem unleserlichen Brei. Der Datenbaron rieb sich über das Gesicht, überlegte, ob er eine ordinäre Aspirin einwerfen sollte – oder gleich zwei –, entschied sich aber dagegen. Bei Überlastung halfen auch Tabletten nichts.

Außer vielleicht FOX.

Ob die Droge immer noch im Umlauf war? Oder war sie mit Krenkels Inhaftierung vom Markt verschwunden? Vitus hätte es nachlesen können, eine Kopie von Erik Krenkels Akte lag irgendwo in einem der Stapel loser Notizen und Tabellen, jedoch trieb ihn genau dieser Wust an Unterlagen noch mehr um als irgendeine Droge, die vor Jahren in Deutschland kursierte. So viele neue Rebellen mussten versorgt, ihren Fähigkeiten nach in Arbeitsgruppen eingeteilt und mit neuen Aufgaben versehen werden. Dazu die Bundesamtmission, die noch nicht abgeschlossenen Arbeiten des Umzugs, die Fällungsreagenzen für Carl, und, und, und… Einen Teil der Arbeit hatte Vitus delegiert, doch blieben zu viele Dinge auf diesen zwei Quadratmetern Kirschholz liegen.

Vielleicht würden Drogen wirklich helfen. Vitus stieß ein undefinierbares Geräusch aus, das irgendwo zwischen Schnauben und Lachen rangierte. Was wohl Jörg zu diesen Gedankengängen sagen würde? »Selbstverständlich helfen die, alter Freund, sie bringen dich auf schnellstem Weg ins Grab.«

Vitus schob Blätter auseinander und packte die historischen Baupläne der Burg Waltenstein zur Seite, bis die Aktenkopie aus Recyclingpapier zum Vorschein kam. Er stützte die Ellbogen auf den Schreibtisch, bettete sein Kinn in die Hände. *Rasieren wäre auch mal wieder was, und wann hast du das letzte Mal geduscht? So richtig?* Zwanzig Minuten unter heißem Wasser? Ihm wollte es nicht einfallen.

Fox. Der Fuchs. Krenkel.

Jannah würde nichts verraten, sollte sie Wutkowskis Absichten durchschauen. Das Mädchen war zu sehr Rebellin, machte ihr eigenes Ding seit ihrem Trip nach Berlin. *Und außerdem ist sie vernarrt in den ehemaligen Söldner.* Ein Grund mehr, warum Wutkowski besser wieder bei ihnen war als dort draußen in freier Wildbahn. Barbara würde zwar durchdrehen, aber lieber das als noch so eine Hauruckaktion wie in der Gardedirektion 21. Dass sie dabei nur einen Mann verloren hatten, grenzte an ein Wunder.

Vitus bemerkte, dass er die Augen bereits geschlossen hatte, und öffnete sie wieder. Die Uhranzeige des Laptops zeigte fünf Minuten vor halb zwei an. Eigentlich keine Zeit, aber …

Ein Klopfen an der Tür ließ ihn zusammenzucken. Er schüttelte die Müdigkeit leidlich ab und richtete sich auf. »Ja?«

Die Tür sprang einen Spalt auf, und das feiste Gesicht von Sean schob sich herein. »Ich sah noch Licht und dachte …«

»Komm rein.« Vitus bemühte sich um ein Lächeln.

Während Sean seinen üppigen Körper zum Schreibtisch manövrierte und ihn unaufgefordert auf den Hocker niedersinken ließ, auf dem sonst immer Jörg saß, fragte Vitus: »Wo drückt der Schuh?« *Hoffentlich geht's nicht wieder um die Razzia.*

»Überall. Am meisten aber am großen Zeh.« Der ehemalige Unternehmensberater musterte Vitus. »Offen gesagt bin ich wegen dir hier. In Carls Präsentation und der 17-Uhr-Lagebesprechung ist mir aufgefallen, wie mies du aussiehst. Du gleichst einem Skelett.«

»Danke für die Blumen.«

»Nein, im Ernst. Ich weiß nicht, womit du Jörg bestochen hast, dass er stillhält, aber ihm als unser aller Arzt muss klar sein, dass du dich überarbeitest. Er hätte dich längst zur Ruhe verdonnern müssen. Jetzt sag ich's dir: Du musst pausieren und regenerieren.«

»Er spritzt mir ein Multivitaminpräparat.«

»Wahnsinn.«

»Ich wusste gar nicht, dass du dich um das Wohl anderer sorgst.«

»Mir geht es allein um das große Ganze. Und du kennst den Grundsatz: Fällt der Häuptling, fällt der Stamm. Bei uns ist das nichts anderes, und da können wir uns noch so oft ›das Quartett‹ oder wie auch immer nennen, du bist unser Häuptling. Auf deinen Ressourcen und deiner Infrastruktur basiert das alles. Ohne dich gäbe es keine Rebellion, maximal einen lustigen kleinen Aufstand. Deswegen muss ich in meiner Beraterfunktion deutlich werden: Schone dich! Wir brauchen dich gesund und munter.«

»Wie liebevoll.« Vitus hob die Hand, um einen weiteren Widerspruch zu unterbinden. »Du hast ja recht. Es ist zu viel momentan.«

»Kann ich dir was abnehmen?«

Vitus überlegte nicht lange. »Logistik. Die ganzen Neuen brauchen sinnvolle Aufgaben. Wir müssen sie nach ihren Fähigkeiten einteilen. Schau!« Vitus suchte nach einer der Listen auf seinem Schreibtisch und legte sie Sean vor. »Besonders Leute, die kochen können oder sich anderweitig gut mit Lebensmitteln auskennen, wären wichtig für die Kantine. Da stoßen wir an personelle Grenzen. Das Problem ist, dass wir solche Fähigkeiten noch nicht erfasst haben. Wir haben bisher nur die Namen der Neuen aufgenommen, mehr nicht. Wir müssen sie also erst mal interviewen, auch was zum Beispiel medizinische Fähigkeiten angeht. Leute mit solchen Qualifikationen müssen dringend …«

»… Jörg unterstellt werden. Und der könnte auch gleich Allergien erfragen und in die Liste eintragen.« Sean nahm die Blätter, überflog sie und raffte sie zu einem Stoß zusammen. »Ich weiß, wie so etwas geht, Vitus. Ich werde mich darum kümmern. Ich bin nicht umsonst sehr erfolgreich Unternehmensberater gewesen.«

»Ja, vermutlich.« Vitus sank zurück in seinen Rollstuhl. Sein Blick fiel auf seinen aufgeklappten Laptop. Irgendwelche wahrscheinlich wichtigen Nachrichten seines Kernteams bei S. Y. D. huschten über das Display und verschwammen.

Seans Stimme klang wie durch Watte. »Übrigens: reife Leistung heute.«

»Fandest du?«

»Schon. Wie überzeugend du den Plan mit den Häusern des Herrn präsentiert hast. Hätte fast ein TED Talk der späten Zwanzigzehner sein können.«

»Ja? Soll ich mich jetzt geschmeichelt fühlen?«

»Lieber nicht, sonst wirst du noch größenwahnsinnig.« Sean zeigte sein undeutbares Schmunzeln, dem immer eine Spur von Arroganz und Verschlagenheit innewohnte. »Soll ich dich auf dein Zimmer bringen?«

»Nein, ich werde hier nächtigen.« Vitus zeigte auf die zum Bett umfunktionierte Arztliege, die neben der Tür stand. Das Bettzeug darauf war zerwühlt. Es roch ein wenig muffig, was aber auch von Sean stammen konnte.

»Vitus …«

»Schon in Ordnung. Ich werde für heute Schluss machen. Hilfst du mir noch auf die Liege?«

»Klar.«

Fünf Minuten später knipste Sean das Licht aus und schloss die Tür hinter sich. Dunkelheit senkte sich über Vitus Wendland und seine Gedanken.

Die schnüffelten augenblicklich wieder los wie ein bayerischer Gebirgsschweißhund, der eine Fährte zum nächsten ungelösten Problem aufnimmt. Die misslungenen Hackerangriffe auf das Bundesamt zum Beispiel. Waren sie wegen Kehlis gescheitert, dessen Leute einfach besser wurden, oder wegen seines eigenen Unvermögens? Ließ er nicht nur körperlich, sondern auch geistig nach? Anfangs hatte ihn sein Versagen gewurmt, weil nun Hendrik, Jannah, Susanna und Karim ins Bundesamt einbrechen mussten, um Pläne, AutoCAD-Zeichnungen und 3-D-Visualisierungen zu stehlen, die man auch übers Netz hätte ziehen können, dann hatten sich zwei Gehirnwindungen berührt und ihm einen Geistesblitz beschert, den Wutkowski wahrscheinlich mit einem anerkennenden Nicken quittiert hätte.

Das war ein Geschenk, das der Söldner den Rebellen versehentlich gemacht hatte: Vitus hatte sein Denken verändert, er war nun geradliniger, mehr Rebell – *nein, mehr Verbrecher. Ich folge nur noch meinem eigenen Gesetz.*

Vitus wälzte sich auf die andere Seite, zerrte an der Decke, schob den Arm unter den Kopf. Blieb die Frage, ob sein Plan aufging. Die Besprechung mit den Falken war schon mal wie erhofft verlaufen.

»Ihr brecht nicht wie angedacht zu viert ein, um die Baupläne über Kehlis' geheime Rückzugsorte zu stehlen«, hatte er seinen Plan erläutert, »sondern in Zweierteams. Team eins geht voran, wird entdeckt, weil man wegen der Drohne alarmiert ist und auf einen Einbruch wartet, und flieht.«

»Eine forcierte Flucht als Ablenkungsmanöver?«, hatte Hendrik zweifelnd nachgefragt.

»Genau. In all dem Trubel, den Team eins erzeugt, bricht Team zwei still und heimlich im Rücken der Garde ein, zapft die Daten an und verschwindet unbemerkt. Für Kehlis und Co. wird es wirken, als ob sie erfolgreich den Einbruch vereitelt haben, wenn auch die Einbrecher nicht gestellt.«

»Während wir trotzdem die Daten über die Häuser des Herrn haben.« Jannah bleckte die Zähne und grinste boshaft. »Hört sich gut an.«

»Eher riskant, oder?« Hendrik blickte in die Runde. »Ich meine, Team eins fährt ein extrem hohes Risiko, geschnappt zu werden. Wir wissen alle, wie das Altstadtterrain um das Bundesamt beschaffen ist. Selbst eine forcierte Flucht kann schnell in die Hose gehen.«

»Schon richtig«, sagte Vitus, »aber welche Alternativen bleiben? Wir könnten mit einem großen Sturmtrupp reingehen, das Leben von zwanzig oder dreißig Rebellen riskieren, und wissen trotzdem nicht, ob wir am Ende erfolgreich sind. Wir haben keine Ahnung, was uns erwartet, ob uns *überhaupt* etwas erwartet. Mit zwei zeitversetzten Einbrüchen rechnen sie aber am wenigsten. Wir riskieren also ein Minimum.«

»Es könnte nur einer reingehen«, schlug Jannah vor. »Ich könnte …«

Vitus winkte sofort ab. »Sollte es zu einer Flucht kommen, und davon müssen wir ausgehen, sind Zweierteams das Mittel der Wahl. Man kann sich gegenseitig Feuerschutz geben und im Notfall helfen. Alleine ist das unmöglich.«

»Seh ich auch so.« Susanna verschränkte die Arme vor der Brust und lehnte sich auf ihrem Stuhl zurück. »Also ich wäre bei Team eins dabei. Für mich ist das Risiko, nachdem die Drohne runter ist, nicht viel größer als beim alten Plan. Lieber riskieren wir nur zwei Leben anstatt vier oder dreißig.«

»Meine Rede.« Auch Karim lehnte sich zurück, als wäre es entschieden. »Ich bin auch bei Team eins dabei.«

Hendrik war der Einzige, der nicht überzeugt war. »Kommt mir trotzdem arg leichtsinnig vor.«

»Und warum?«, wollte Jannah wissen. »Weil wir sterben könnten? Du kannst immer sterben, Hendrik, selbst wenn du ab morgen im Bett liegen bleibst. Nur, vom Bett aus stürzt du kein Regime.«

Und damit war der Plan um das Stehlen der Daten über die Häuser des Herrn besiegelt.

Genauso wie du jetzt deine Gedanken besiegelst, Vitus! Nicht mehr denken! Keinen Gedanken mehr verfolgen. Lass sie einfach kommen und gehen! Kommen und gehen! Er zwang sich, sich nur auf seine Atmung zu konzentrieren, das Einströmen der Luft in seine Lunge zu spüren, das Ausströmen, das sanfte Kitzeln dabei in der Nase und den Moment der absoluten Ruhe, bevor die Luft von ganz allein einströmte.

Vitus schlief ein, bevor er dreimal eingeatmet hatte.

Allerdings drang wenig später ein Geräusch in sein Bewusstsein. Im ersten Moment dachte er an einen Anruf, doch der Klingelton seines Smartphones klang anders, oder?

Vitus brummte und hob den Kopf. Er lag auf dem Bauch, sein Nacken schmerzte. Er hatte wohl länger geschlafen als gedacht. Aus dem Augenwinkel bemerkte er ein Licht. Auf dem Schreibtisch pulsierte das Display seines Laptops in sattem Rot.

Seine Augen schlossen sich wieder – dann riss er sie auf und schnellte keuchend in eine aufrechte Position. Sein Herz jagte eine Gewehrsalve Adrenalin in seine Venen.

»Eine Lifewatch!«, kam es über seine Lippen.

Nur war keine im Einsatz. Außer eine, die ihm vor drei Monaten gestohlen worden war.

Mein Gott!

Malek Wutkowski nahm Kontakt mit ihm auf.

Scheiße!

Der Cowboy hatte versucht, Kontakt mit ihr aufzunehmen.

Jannah starrte auf das Prepaidhandy, das sie sich bei der Befreiungsaktion in Köln heimlich beschafft hatte. Eigentlich hätte sie gar keines besitzen dürfen, schon weil sie dank diesem den Standort der neuen Rebellenbasis bestimmen konnte, aber sie hatte Malek eine Kontaktmöglichkeit hinterlassen müssen – und er hatte sie gefunden. Er war in der alten Basis gewesen, in ihrer Kammer.

Zwei entgangene Anrufe zeigte das Handy an, beide von der gleichen Nummer im Abstand von nicht ganz dreißig Minuten. Dazu eine Voicemail.

Ihre Hände vibrierten, als sie die Nachricht startete und sich das Telefon ans Ohr hielt.

Verkehrsgeräusche waren leise zu vernehmen, dazu Schritte und ein stetes Atmen. Maleks Atmen. Sie würde es unter Tausenden erkennen.

Dann endete die Aufzeichnung.

Jannah ließ das Handy sinken.

Er hatte es versucht, und sie hatte es wegen der Besprechung nicht mitbekommen. Sollte sie zurückrufen? Nein, sicherlich besaß er das Handy schon nicht mehr. Malek machte keine halben Sachen.

Scheiße!

»Wutkowski!« Vitus hatte sich von der Liege in den Rollstuhl bemüht und endlich seinen Laptop auf dem Schreibtisch erreicht. Seine Finger huschten über die Tastatur, um die Galileodaten der Lifewatch einzusehen und die Videoübertragung zu aktivieren. »Das ist ja eine Überraschung. Schön, sie wiederzu…«

»Sparen wir uns das.« Der Söldner klang unnahbar und abgeklärt wie immer. »Ich habe Informationen für Sie.«

»Informationen sind immer gut.« Auf dem Monitor erschien in einem Fenster ein Landkartenausschnitt von Bayern; Wutkowski bewegte sich mit Richtgeschwindigkeit von einhundertdreißig Stundenkilometern auf der A9 Richtung Norden. In einem zweiten Fenster erschien der Söldner; er saß hinterm Steuer eines Wagens, bärtig und in Schatten getaucht. Vitus lehnte sich zurück. »Schießen Sie los!«

»Es geht um Ihre geplante Mission.«

»Welche Mission?«

»Um den Einbruch ins Bundesamt für Bauwesen.«

Vitus musste sich zwingen, nicht zu überrascht zu wirken. *Woher zum Teufel …?*

»Ihre Hackerangriffe sind registriert worden. Man weiß auch, dass Sie der Kopf der Rebellion sind. Man hat Sie seit der Fossey-Mission auf dem Schirm. Man kennt Ihr Kryptosystem, hat es aber noch nicht geknackt. Trotzdem kann man Ihre digitalen Spuren sehen. Und dann ist da so eine Drohne runtergegangen, High-End-Spielzeug, ganz nach Ihrem Geschmack, Wendland.«

»Und weiter?«

»Nichts weiter. Man wird Ihnen am Bundesamt eine Falle stellen.« Wutkowski blickte beim Wort *Falle* in die Lifewatch. Dabei fiel der rote Schein der Armaturenbeleuchtung in eines seiner Augen, ließ es schwelen wie eine Kohle.

Vitus schauderte. »Eine Falle? Welcher Art?«

»Das weiß ich nicht. Man lässt das Bundesamt samt aller Architekturbüros überwachen. Was auch immer Sie vorhaben, denken Sie noch mal scharf darüber nach.«

Das musste Vitus nicht. Die Informationen waren nichts Neues, er rechnete so oder so mit einem Hinterhalt am Bundesamt, doch den bestätigt zu wissen, nahm die Hoffnung, dass es für Susanna und Karim ein Spaziergang würde.

»Okay«, sagte er. »Danke für den Tipp.«

Der Söldner quittierte es mit einem angedeuteten Nicken und sah wieder hinaus auf die Straße, machte keine Anstalten, eine Gegenleistung zu fordern.

Das überraschte Vitus. Umsonst war im Leben nichts außer der Tod, und der kostete bekanntlich das Leben. Wenn Wutkowski keine Gegenleistung forderte, wartete er wohl darauf, dass Vitus von sich aus etwas anbot, und das wiederum bedeutete, dem Söldner war klar, dass seine Informationen wenig wert waren. Der Söldner hatte mehr Anstand, als man glauben wollte.

Sanfter sagte Vitus: »Sie erwarten eine Gegenleistung, ein kleines Dankeschön.«

»Ich hab noch was gut.«

»Ja? Wir haben Sie in Berlin aus der Gardedirektion geboxt, war das nicht genug? Wie würden Sie es formulieren: Wir haben Ihnen damals den Arsch gerettet.«

»Und Ihren eigenen auch.«

»Das stimmt.« Vitus seufzte. »Okay, lassen wir das. Was wollen Sie von mir?«

»Informationen über die Lifewatch, die Sie und Ihre Firma damals entwickelten.«

»Und welche Informationen speziell?«

»Wie zum Beispiel die Exekutionsfunktion von extern initialisiert wird. Per Funk? Per Radiowellen? Per Satellitensystem? Kann man den Empfang unterbinden? Und wie diffundiert im Exekutionsfall das Gift aus? Per Säure oder mechanisch, zum Beispiel über einen Dorn? Um welches Gift handelt es sich? Und gibt es ein Gegengift?« Maleks suchte kurz den digitalen Blickkontakt, bevor er sich wieder auf die Straße konzentrierte. »Am besten wären die Baupläne.«

Jannah hatte also recht: Wutkowski war immer noch an seinem Bruder dran.

»Sie werden es nicht schaffen, Ihrem Bruder die Uhr abzunehmen«, hörte sich Vitus sagen. »Zumindest nicht rechtzeitig! Das Auslösesignal wird per Satellit auf mehreren Frequenzen versandt. Ein Abschirmen ist praktisch unmöglich. Sie bräuchten einen von dickem Metall umgebenen Raum in einem Atombunker mehr als einhundert Meter tief in der Erde.«

»Den lassen Sie meine Sorge sein.«

»Nein, im Ernst! Bei Fossey hatten wir einfach Glück, dass Kehlis ihn wegen seines Wissens nicht sofort geopfert hat. Bei Ihrem Bruder wird man nicht zögern. Sie können nichts machen.«

»Wie funktioniert die Exekutionsfunktion im Detail?«

»Hat Ihnen schon mal jemand gesagt, dass Sie …«

»Ja.«

»Okay. Zum Einsatz kommen zwei Säuren, die Teile der rückseitigen Metallplatte zusammen mit Streifen des Armbandes auflösen, genauso wie die Kapsel mit dem Kontaktgift, und es so ausschütten.«

»Welche Säuren?«

»Eisentrichlorid und Fluorwasserstoff. Das ist so konzipiert, dass man keine Schutzfolien oder Ähnliches verwenden kann. Das Armband zieht sich beim Auslösen aufs Maximum zusammen, um Hautkontakt zu garantieren.«

»Welches Gift kommt zum Einsatz?«

Vitus schüttelte den Kopf. »Es reicht, Wutkowski. Sie haben mich gewarnt, und ich habe Sie gewarnt. Mehr als fair, meinen Sie nicht?«

»Hmmm …«

»Die Infos reichen Ihnen nicht?«

Es war nur ein Seitenblick von Wutkowski auf die Lifewatch. Und da begriff Vitus dessen Strategie. Es war so einfach, so geradlinig: Der Söldner brauchte die Rebellen, und die Rebellen wollten ihn zurück in ihren Reihen haben. Er baute also darauf, dass Vitus ihn nicht vergraulen, sondern locken würde. Gleichzeitig konnte Vitus aber auch fordern, und das tat er.

»Okay, Herr Wutkowski. Sie bekommen die Infos, die Sie wünschen, aber nicht, weil Sie noch etwas guthaben, sondern weil Sie ehrlich zu mir waren und unsere Sache nicht verraten haben.«

»Unter welcher Bedingung?«

Vitus unterdrückte ein Lächeln. »Wir treffen uns. Ich will mit Ihnen reden.«

»Tun wir schon.«

»Von Angesicht zu Angesicht.«

Malek schwieg. Im Hintergrund war das Brummen des Motors zu hören, das Rauschen der Reifen auf Asphalt und Maleks Atmung. Sein Puls, den die Lifewatch aufzeichnete, war von vormals achtzig auf einhundertzehn Schläge pro Minute geklettert, trotzdem blieb der Söldner äußerlich ruhig, blickte mit starrer Miene auf die Straße.

Dann sah er nochmals direkt in die Kamera der Uhr. Die Glut war wieder da.

Und er fragte: »Wann und wo?«

TEIL 2

Präparation

Kapitel 14

Düsseldorf, Altstadt

Das Bundesamt für Bauwesen residierte in einem modernisierten und erweiterten Gebäude aus dem neunzehnten Jahrhundert. Moderne traf Geschichte. Die historische Fassade mit ihren Bögen und hohen Fenstern im Neorenaissancestil wurde nachts von Scheinwerfern prächtig illuminiert, um das Altstadtbild zu unterstreichen. Der hintere Teil des Gebäudes – überwiegend aus Glas und Stahl – lag in Dunkelheit. Altehrwürdige Platanen und immergrüne Thujahecken säumten den daran anschließenden Parkplatz und die Grünbereiche und wurden von einer mannshohen Mauer umgeben. Im Norden begrenzte die Fritz-Roeber-Straße das Gelände der Baubehörde, im Süden die Eiskellerstraße.

Drei Tage nach Malek Wutkowskis Kontaktaufnahme mit Vitus Wendland, exakt um 16.32 Uhr, suchte ein himmelblauer Kleintransporter in der Ritterstraße, einer Parallelstraße zur Eiskellerstraße, einen Parkplatz. Die Schiebetüren zierten die Kontaktdaten eines etwa fünfzig Kilometer entfernten Haustechnikbetriebs in Familienhand. Auf der Heckklappe stand gut lesbar: 24-STUNDEN-NOTDIENST. Darunter eine Mobilfunknummer.

Der Kleintransporter fand eine Parklücke vor einem mehrgeschossigen Altstadtbau, etwa einhundert Meter Luftlinie entfernt vom Bundesamt. Zwei Männer in hellblauen Overalls stiegen aus und marschierten zielstrebig mit einer Werkzeugkiste zum Wohngebäude. Sie klingelten und verschwanden im Inneren.

Eine halbe Stunde später verließ ein Mann in Leggings, Sportjacke und einem Handtuch um den Hals das Haus.

Eine weitere Stunde später folgte ihm eine Frau im Pelzmantel. Sie stöckelte in die andere Richtung, ein wenig wackelig auf den Beinen.

Um 18 Uhr parkte der Kleintransporter immer noch vor dem Haus, genauso wie um 19, um 20 und um 21 Uhr. Um 21 Uhr allerdings ertönte ein leises Brummen aus dem Inneren des Wagens. Ein motorisiertes Dachfenster glitt zur Seite. Es folgte Stille, dann ein Surren, und eine Drohne stieg senkrecht in den Himmel.

Zu selben Zeit stieg ein Pärchen am Busbahnhof aus einem Fernbus. Beide trugen Joggingklamotten, Turnschuhe und Winterjacken, sie zusätzlich eine schwarze Strickmütze mit Bommel, unter der ihr blondes Haar hervorlugte, er eine Fellmütze in Tarnfarbe. Bei sich hatten sie zwei Sporttaschen, sie eine kleine handliche, er eine große ausladende.

Zusammen nahmen sie ein Taxi, das sie direkt in die Ritterstraße brachte. Auf die Frage des Fahrers, wo sie genau aussteigen wollten, sagte er: »Einfach weiter, ich sage es Ihnen schon.« Und kurz darauf: »Dort vorn. Sehen Sie den himmelblauen Kastenwagen? Dort lassen Sie uns bitte raus.«

Der Fahrer tat, wie ihm geheißen.

Es wurde bar bezahlt, man bedankte sich, der Mann mit der Fellmütze bot seiner Begleitung den Arm an, in den sie sich einhakte, und gemeinsam liefen sie am Kleintransporter vorbei zum Hauseingang. Davor unterhielten sie sich kurz, bis das Taxi verschwunden war, dann setzten sie ihren Weg fort, bogen in die Eiskellerstraße ein und schlenderten bis zu einem Fitnessstudio, das auf gleicher Höhe mit dem Bundesamt für Bauwesen auf der gegenüberliegenden Straßenseite lag.

Davor blieben sie abermals stehen, diskutierten wieder, dann trennten sich ihre Wege; sie überquerte die Straße, um direkt neben dem Bundesamt in einen Fußweg einzubiegen. Dort verschwand sie in der Dunkelheit. Er hingegen betrat das Fitnessstudio, führte am Tresen mit dem Besitzer ein mehrminütiges Gespräch, bekam eine Infobroschüre über die verschiedenen Vertragsoptionen und verließ es dann wieder. Auch er überquerte die Straße und nahm denselben Fußweg wie seine Begleiterin zuvor. Die Reisetasche an seiner Seite schien einiges zu wiegen, denn er hatte trotz seiner sportlichen Statur Schlagseite, ein Detail, das von der hochauflösenden HD-Kamera der Industriedrohne erfasst wurde.

Die schwebte mittlerweile in siebzig Meter Höhe über dem Bundesamt, hoch genug, um nicht gesehen und gehört zu werden. Verbunden war sie mit den zwei Lifewatches der Personen, die um das Bundesamt herumschlichen. Außerdem übertrug die Drohne ihre Aufnahmen auf zwei Computerterminals in die etwa vierhundertfünfzig Kilometer entfernte Rebellenbasis. Vor einem saß Carsten Plarr, bei Außeneinsätzen Barbara Sterlings Vertreter, die in der Nähe der Altstadt in einem weißen Lieferwagen zusammen mit Jörg als Backup saß. Vor dem anderen thronte Vitus Wendland in seinem elektrischen Rollstuhl und verfolgt gebannt das Geschehen der Livestreams beider Drohnen auf dem Monitor. Zwischen ihnen lümmelte Sean und nippte an einer dampfenden heißen Schokolade mit Sahnehaube.

Neben Vitus' Monitor stand ein Laptop, mit dem er per Chat mit seinem Kernteam bei S. Y. D. verbunden war. Vitus hatte es zwar mithilfe seiner Leute nicht geschafft, ins Datensystem des Bundesamtes einzudringen und die Baupläne runterzuladen, aber er war immerhin bis zur Firewall vorgedrungen und hatte dort einen Trojaner platziert. Über ihn konnten sie die Alarmanlage steuern, und just in diesem Moment gab er seinem Team den Befehl, sie mitsamt aller Sicherheitskameras zu deaktivieren. Zugleich wurde Videomaterial eben jener Sicherheitskameras eingespeist, das in der Nacht zuvor aufgenommen worden war.

Prompt kam die Bestätigung, dass alles erledigt sei.

Vitus blickte einige Sekunden lang auf die Nachricht, bevor er den gemeinsamen Funkkanal auf einer simpel verschlüsselten Frequenz aktivierte, in der Hoffnung, dass die Garde mithörte. »Wendland an alle. Wendland an alle.« Seine Stimme zitterte, und sein Mund war voller klebrigem Speichel. Er zwang ihn hinab und sagte: »Es kann losgehen. Sie sind blind und ohne Schutz.«

Darauf hatten sie gewartet. Susanna und Karim glitten von der Mauer in den Grünbereich des Bundesamtes. Karim brachte sofort einen zigarettenschachtelgroßen C4-Sprengsatz an der Innenwand an. Ihre Exit-Tür. Zumindest die offensichtliche.

Als der Zünder aktiviert war, gab er sein Okay, Susanna atmete tief durch und signalisierte ihrerseits per Handzeichen, dass sie vorausgehen würde. Mit Nachtsichtgeräten ausgestattet, die sie in ihrer Sporttasche verborgen hatte, schlichen sie hintereinander über den verlassenen Parkplatz und dann an der dunklen Glasfassade entlang. Die Nachtsichtbrillen ließen ihre grünlichen Spiegelungen in den Scheiben wie die von Cyborgs aus einem Science-Fiction-Film aussehen.

Sie erreichten den Übergang von Neubau zu Altbau. Der Reißverschluss von Karims Sporttasche ratschte leise, und zum Vorschein kam eine Teleskopleiter aus Aluminium. Deren Sicherheitsriegel klickten bei jeder Sprosse, während sie sie gemeinsam auf ihre Maximallänge von zwei Meter und zehn Zentimetern auszogen. Unterhalb eines Fensters im ersten Stock lehnten sie sie an die Fassade. Mit einem Brecheisen, das ebenfalls in der Tasche verstaut gewesen war, kletterte Karim die Leiter nach oben, um das Fenster aufzuhebeln. Lediglich die Fenster im Erdgeschoss waren vergittert.

Mit einem Fuß auf der untersten Sprosse sicherte Susanna die Leiter. Im Grün des Restlichtverstärkers war Karim nur ein schwach erleuchteter Schatten und sah ziemlich geisterhaft aus, doch was er tat, war deutlich zu hören: Es klopfte und pochte zweimal, dann knackten die Verriegelungen, einmal, zweimal, dreimal, und das Fenster schwang nach innen auf. Sechzehn Sekunden. Rekordleistung.

Trotzdem hielt Susanna den Atem an. Aus dem Funk hörte sie Karims beschleunigte Atmung und von der Fritz-Roeber-Straße her die Geräusche zweier vorbeifahrender Pkws. Ansonsten blieb alles ruhig.

»Abschnitt eins geschafft«, sagte Karim. »Tut sich irgendetwas?«

»Nein«, gab Wendland zurück. »Alles ruhig. Bis auf die zwei Wagen gerade sind beide Straßen wie verwaist.«

»Dann … gehen wir rein.«

Susanna war sich nicht sicher, ob Karim es als Frage meinte. Wendland wohl auch nicht. Eine Sekunde verstrich, bevor er sagte: »Okay.«

Karim verschwand im Bundesamt, und Susanna verlor ihre Wette. Sie war sich sicher gewesen, dass man sie jetzt schon abfangen würde. Warum sollte man sie auch einbrechen lassen? Das Regime brauchte gegenüber Intoleranten keinen erfüllten Tatbestand irgendeiner Straftat, da wurde kurzer Prozess gemacht. Warum passierte also nichts? Wo waren die näher kommenden Sirenen? Wo war ihr Empfangskomitee, vor dem sie fliehen wollten?

»Susanna!«, wehte es von oben herab und gleichzeitig aus

dem Ohrstöpsel. »Komm endlich!« Karim hatte die Leiter sichtbar an den Holmen gepackt, um sie für sie zu sichern.

Susannas Finger berührten das kalte Aluminium. Es strahlte im sanften Grün des Nachtsichtgeräts. Ihr zweiter Fuß hob sich auf die erste schmale Sprosse. Gerade einmal sieben Tritte, dann wäre sie oben.

Etwas ließ sie zögern und einen Blick über die Schulter zum Parkplatz, den Büschen und den Platanen werfen. Da war niemand. Trotzdem hatte sie das Gefühl, beobachtet zu werden und das nicht von der Drohne über ihren Köpfen. Irgendwie sah jemand zu. *Und derjenige lässt uns erst mal rein, um uns damit die Flucht zu erschweren.* Wendland hatte also wieder mal richtiggelegen. Zum Glück hatte der Datenbaron auch einen erstklassigen Plan für diesen Fall aus dem Hut gezaubert.

Susanna packte die Leiter fester und kletterte nach oben.

»Sie sind drin.« Thomas Borchert ballte begeistert die Hand zur Faust. »Jetzt haben wir sie!«

Nummer Elf verfolgte aufmerksam eine der Wärmebildkameras, die ein als Gärtner verkleideter Gardist um die Baubehörde herum installiert hatte. Der zweite, Wärme abstrahlende Körper verschwand in einem Fenster im ersten Stock. Der Silhouette nach zu urteilen war es eine Frau. Auf der Leiter verblassten ihre Handabdrücke.

»Zwei Personen«, sagte Borchert. »Das ist ein Witz.«

Ja, ein schlechter Witz …

»Wann erfolgt der Zugriff?«, fragte Rosemeyer, der Einsatzleiter des Gardespezialeinsatzkommandos Alpha. Insgesamt waren vierzig Frauen und Männer im Einsatz, warteten auf Nummer Elfs Befehle.

»Vorerst nicht.«

»Und warum nicht?«, wollte Borchert wissen. »Jetzt sitzen sie in der Falle!«

»Wir lassen sie gewähren.«

Der Konfessorenanwärter suchte Nummer Elfs Blick, aber der schüttelte den Kopf, ohne sich von der Kameraübertragung abzuwenden. »Warten Sie ab, Borchert. Die Stärke eines Konfessors ist Geduld.« *Zumindest sollte sie es sein.* Er erwischte sich, wie er die Lifewatch an seinem Handgelenk durch die Hemdmanschette hindurch hin und her schob. Er ließ von ihr ab, verschränkte die Finger ineinander und sagte zu der Gardistin zu seiner Linken, dass sie auf die Wärmebildkameras im Inneren der Behörde umschalten solle.

Schnell machte die Gardistin im ersten Stock zwei gelborange glühende Gestalten ausfindig; die Eindringlinge schlichen den Flur entlang Richtung Treppenhaus. Ihre Silhouetten glommen vor dem dunklen lilafarbenen Hintergrund.

Und du bist nicht dabei, großer Bruder.

Nummer Elf war sich sicher, dass der Eindringling nicht Malek war. Ihn hätte er anhand seiner Bewegungen erkannt. Aber vielleicht war er irgendwo in der Nähe, um bei einer möglichen Flucht zu helfen.

Ich krieg dich schon noch.

Trotzdem spürte er die klammen Finger der Enttäuschung in seinem Inneren, als er sich auf seinem Stuhl zurücklehnte und die Arme vor der Brust verschränkte.

Susanna folgte Karim durch die Stille der Behörde. Hin und wieder quietschten die Sohlen seiner Turnschuhe, und die Ärmel seiner Jacke rieben über den Stoff an seinen Hüften, doch ansonsten war es völlig still.

Ihr Blick glitt aufmerksam nach links und rechts, doch entdeckte sie nichts Ungewöhnliches. Dunkel und verlassen lagen die Büros zu beiden Seiten des Flurs, einsehbar durch Glastüren ohne Rahmen. Auf ihrem Weg passierten sie zwei Großkopiergeräte, einen Wasserspender, ein paar Sitzgelegenheiten und Pflanzen in überdimensionierten Übertöpfen. Auch Vitus' warnende Stimme drang nicht aus den Funkohrhörern. Trotzdem wurde Susanna das Gefühl nicht los, dass etwas nicht so lief, wie es sollte.

Sie erreichten das Treppenhaus. Die Tür hätte einen Tropfen Öl vertragen können.

»Abschnitt zwei geschafft. Statusmeldung!«

»Immer noch alles ruhig.«

»Alles klar. Dann dringen wir weiter vor in den Kaninchenbau.« Das war das Stichwort, bei dem Wendland die Frequenz des Funks änderte und verschlüsselte.

»Okay«, sagte er, »wir können kurz offen reden. Wie ist euer Gefühl?«

»Keine Ahnung«, antwortete Karim. »Hier passiert einfach nichts. Sollen wir abwarten oder runtergehen?«

Der Plan war, in dem im Keller gelegenen Serverraum die Daten anzuzapfen, sollte es zu keiner Flucht kommen. Und die sollte entweder oberirdisch oder ab Betreten des Kellers über einen zugemauerten historischen Zugang zur Kanalisation vonstattengehen. Auch den würden sie sprengen müssen, aber im dahintergelegenen Labyrinth der Abflussrohre und Schächte konnten sie leicht verschwinden.

»Runtergehen«, sagte Susanna. »Wenn wir jetzt zögern, checken die doch, dass unsererseits was im Busch ist. Außerdem ist unten der Zugang zur Kanalisation. Hier sitzen wir wie auf dem Präsentierteller.«

Karim nickte. »Dann gehen wir runter!«

»Alles klar, seid vorsichtig. Ich ändere die Frequenz wieder.« Es knackte in der Leitung, dann herrschte Stille.

Als sie weitergingen, bemerkte Susanna, dass ihre Finger arbeiteten, dass sie unruhig trommelten, dass sie zitterten. Sie presste sie an den Körper.

Auf dem vorletzten Treppenabsatz zum Keller zückte Karim

seine Taschenlampe und erhellte steingraue Stufen. Susanna hielt die Anspannung nicht mehr aus und öffnete ihre Jacke, um die Beretta, die sie in einem Schulterholster trug, griffbereit zu haben. Die Geste brachte ihren aufgekratzten Nerven keine Linderung. Überhaupt sollte sie im Falle einer Flucht die Beretta gar nicht brauchen. Sie hatten sogar Rauchgranaten zur Ablenkung dabei. Es war alles bestens vorbereitet und trotzdem … Etwas stimmte nicht.

Karim schien davon nichts zu merken. Er trippelte leichtfüßig die letzten Stufen hinab und öffnete ihr die Tür. Sogar ein Zwinkern brachte er zustande, und da wusste sie es. *Er spürt die Unruhe genauso, nur kaschiert er sie mit Lockerheit.*

Im Kellerflur teilten sie sich auf, um den Serverraum und den Zugang zur Kanalisation schnellstmöglich zu finden. Susanna hatte wie Karim die Nachtsichtbrille auf die Stirn geschoben und ihre Taschenlampe gezückt. Der Strahl huschte von Tür zu Tür, bis auf einem Schild stand: TECHNIK.

»Hier! Der Serverraum.« Susanna stellte die Sporttasche ab und sah sich nach Karim um, der die restlichen Türschilder überprüfte und dann zu ihr kam. Auch sein Taschenlampenstrahl richtete sich auf den weiß lackierten Stahl.

»Jo, das muss er sein. Die anderen Türen sind anderweitig beschriftet und nicht aus Stahl. Und dort hinten ist die alte Kammer, vorletzte Nische rechts.«

»Okay.« Susanna blickte kurz den dunklen Flur entlang, der sich wie ein Schlund in die Ferne zu erstrecken schien, ging in die Hocke, öffnete den Reißverschluss der Tasche und holte den hydraulischen Türspreizer hervor, der normalerweise von Feuerwehr und ehemals Polizei benutzt wurde. Er bestand aus einem massiven Eisenzylinder mit einer Art Harke am Kopfende und einer separaten Fußpumpe, beides miteinander verbunden durch einen flexiblen Stoffgeflechtschlauch. Karim klemmte die Harke auf Höhe des Schließzylinders zwischen

Türblatt und Rahmen und klopfte sie mit einem Gummihammer bis auf Anschlag. Dann stellte er sich breitbeinig auf, packte den Spreizer fest und spannte die Muskeln, während Susanna zu pumpen begann.

Mit jedem Tritt erhöhte sich der Druck der Harke auf den Schließzylinder. Es zischte, knirschte und knackte, der Stahl ächzte, und Karim ächzte.

»Weiter!«, presste er durch die Zähne. »Pump!«

Und Susanna pumpte, bis der Spalt Millimeter um Millimeter größer und schließlich der herausgehebelte Schließzylinder sichtbar wurde. Sie hielt inne. »Ich glaub, du kannst.«

Karim sammelte sich und warf sich mit der Schulter gegen das Türblatt, wie er es in der Rebellenbasis trainiert hatte. Knackend gab es nach und schwang ein Stück nach innen auf, abgebremst von einem automatischen Schließmechanismus. Kühle Luft strömte ihnen entgegen, und ein Schimmer matten Blaus erhellte die Türöffnung.

»Wir haben den Serverraum gefunden und geknackt«, gab Susanna per Funk durch und wischte sich Schweiß von der Stirn. »Wie sieht's aus?«

»Immer noch alles ruhig.« Es knackte in der Leitung, der Wechsel auf die sichere Frequenz. »Da passiert gar nichts. Ich glaube, wir probieren es.«

»Okay«, sagte Karim. »Dann ziehen wir's durch. Statusmeldung folgt, wenn das Festplatten-RAID-System steckt.«

»Verstanden. Ihr habt jetzt noch eine Stunde und neun Minuten, bis der Sicherheitsdienst seine nächste Runde dreht. Wenn sonst niemand aufkreuzt, also alle Zeit der Welt.«

Oder auch nicht. Susanna schüttelte den Gedanken ab und folgte Karim in die Kühle des Serverraums.

»Sie versuchen es direkt im Serverraum!«, rief mit gedämpfter Stimme der anwesende IT-Spezialist.

Nummer Elf war sofort neben dem Mann. »Was genau tun sie?«

»Ich sehe, dass … ein Speichermedium an den Zentralrechner gesteckt wurde. Sie benutzen offenbar einen Bug im OS-Kernel, um den Log-in zu umgehen. Schlau! Verdammt schlau.« Er nickte anerkennend.

»Könnten die versuchen, die Daten übers Netz zu versenden? Oder über ein Smartphone? «

Der Mann, dessen Name Nummer Elf entfallen war, schüttelte das schüttere Haar. »Das schließe ich aus. Ein Senden so großer Datenmengen nach draußen dauert Tage. Durch die Abschirmung des Serverraums hat man nur reduzierte Leistung.«

»Also werden sie die Daten aufs Speichermedium kopieren?«

»Mit Sicherheit. *And here we go.*« Er klopfte mit der Fingerspitze auf den Monitor vor sich, wobei sich feinste Verfärbungen auf dem Display um seinen Finger herum ausbreiteten. »Die Datenübertragung läuft.«

Nummer Elf beugte sich näher zum Monitor und dem Mann herab, sodass er dessen Eau de Toilette – herb, erdig, salzig – roch, und versuchte, die Codezeilen zu verstehen. Die vorbeihuschenden Befehle ergaben für ihn keinen Sinn. »Was übertragen sie?«

Der Mann gab zwei Befehle in die Konsole ein, dann runzelte er die Stirn. »Das ist allerdings komisch. Sie haben direkt bei den Projektordnern mit Buchstaben A angefangen, sind schon bei B, nein C.« Er runzelte die Stirn und sah auf. »Sie übertragen alles.«

Damit wir nicht wissen, worauf sie es abgesehen haben. »Wie lange dauert die Übertragung noch?«

»Bei der aktuellen Übertragungsgeschwindigkeit etwa … sieben Minuten und dreißig Sekunden.«

Nummer Elf verschränkte die Hände hinter dem Rücken und wandte sich ab.

Stoff raschelte, und Rosemeyer trat neben ihn. »Auch wenn ich jetzt meine Kompetenzen überschreite, Konfessor«, sagte er, »wir sollten zugreifen. In weniger als einer Minute sind wir unten im Serverraum. Er liegt nur eine Etage tiefer.«

»Ich weiß, wo der Serverraum liegt.« Nummer Elfs Stimme war frei von Groll.

Er sah in die Runde, zu Borchert, zur Gardistin, zum IT-Spezialisten, zu den anderen Männern des SEK Alpha, das sich in voller Montur und aufgerüstet wie zum Krieg im Erdgeschoss des Bundesamtes in einem Besprechungsraum eingebunkert hatte. Die Aufmerksamkeit aller ruhte auf ihm. Sie warteten auf seinen Befehl, genauso wie die anderen Teams Beta und Gamma in Eiskeller- und Fritz-Roeber-Straße.

Er fragte: »Wie ist der Fortschritt? Restdauer?«

»Fünf Minuten und elf Sekunden.«

Nummer Elf nickte und schwieg.

»Konfessor?«

Nummer Elf schüttelte den Kopf. »Wir warten!«

Die Balkenanzeige auf dem Display hypnotisierte Susanna. Dreiundsechzig Prozent waren übertragen, blieben noch knapp drei Minuten, drei endlose Minuten.

»Susa?« Karims Hand berührte ihre Schulter.

Sie riss sich von der Anzeige los. In seinen dunklen Augen schimmerte das Blau der Serverraumbeleuchtung. »Was ist?« Ihre Stimme klang barsch, doch nicht wegen ihm.

Zu ihrer Erleichterung war ihm das klar, aber dann sagte er sanft: »Wir spazieren mit den Daten raus, versprochen.«

Das ließ sie beinahe explodieren. *Und wie willst du das versprechen?*, wollte sie schreien. *Was, wenn die Eier haben und uns bis zum Schluss machen lassen?* Doch Susanna brachte keinen Ton hervor. Sie wusste nicht, wer da gerade wen beruhigte. Er sie oder er sich selbst.

»Restdauer?«

»Eine Minute und elf Sekunden.«

»In Kehlis!«, zischte Rosemeyer. »Wir müssen zugreifen! Jetzt!«

Nummer Elf hatte nur Augen für die Balkenanzeige auf dem Monitor des IT-Spezialisten. »Kein Zugriff«, wiederholte er. »Kein Zugriff!«

Rosemeyer stöhnte. Er hatte seine Stimme kaum im Griff. »Mit Verlaub, Konfessor, wie viele Zugriffe dieser Art haben Sie in Ihrem Leben durchgeführt? Fünf? Zehn? Ich schon mehr als einhundert. Wir müssen zuschlagen, solange sie noch im Serverraum sind. Da gibt's keinen Ausweg.« Und lauter sagte er: »Rosemeyer an Team Alpha! Rosemeyer an Team Alpha! Zugriff in zehn Sekunden. Fertig machen! Fertig machen!«

Nummer Elf fuhr herum, während Geschäftigkeit losbrach, Handzeichen gegeben und Nachtsichtgeräte aktiviert wurden. »Das werden Sie nicht!«

Der Teamleiter funkelte ihn nur an und trat zur Tür, legte die Hand auf den Griff.

»Ich sage, kein Zugriff!«

Rosemeyer blieb unbeeindruckt. »Damit die zwei Kranken entkommen? Sind Sie selbst krank, Konfessor? Ihr Handeln lässt mich zweifeln.« Er schüttelte den Kopf und rief: »Team Alpha, GO! GO! GO! Team Beta, Fluchtweg abriegeln! GO!« Damit stieß er die Tür auf, und seine Männer huschten lautlos in den Flur, die Pistolen und Maschinengewehre schussbereit.

Nummer Elf konnte nur zusehen, wie die acht Männer geisterhaft verschwanden. Er fluchte, zog seine Waffe und signalisierte Borchert, ihm zu folgen.

»Noch fünf, vier, drei, zwei, eins, und … *fertig!*« Karim zog das USB-RAID-1-System mit den zwei externen 2,5-Zoll-Festplatten vom Server ab, auf denen die Daten gespiegelt worden waren. »Wir haben alles und machen uns auf den Rückweg. Wie sieht es draußen aus?«

»Weiterhin alles ruhig«, meldete Vitus. »Keinerlei Vorkommnisse.«

»Gut, dann kommen wir raus.« Karim entnahm dem Gehäuse die beiden Festplatten und steckte sich eine davon in die Jackentasche. Die andere reichte er Susanna.

Beide hatten die Hand noch am Gehäuse, als sie es hörten: das Zwitschern einer Schuhsohle im Flur.

Karim wich jegliche Farbe aus dem Gesicht. »Jemand kommt«, wisperte er in den Funk.

»Wie?« Carsten Plarr war sofort in der Leitung. »Im Gebäude dürfte keiner sein! Wir haben es seit zwei Tagen observiert!«

»Und von außen ist niemand rein«, ergänzte Wendland. Auch er klang angespannt.

Das charakteristische Knarzen eines Ledergürtels wehte zur Tür herein, die vom Feuerwehrspreizer zwei Handspann weit aufgehalten wurde.

Susanna zog ihre Beretta. »Und trotzdem kommt jemand«, presste sie hervor. »Karim! Weg von der Tür!« Sie schlich drei Schritte rückwärts bis zur nächsten Serverschrankreihe.

Ihr Freund rührte sich nicht, sah unschlüssig zwischen ihr und dem Eingang hin und her. Seine Lippen formten ein lautloses *Ich geh mal nachsehen*. Mit der Pistole in der Hand schob er sich in die andere Richtung.

Susanna wollte fluchen, doch da war Carsten wieder in der Leitung: »Warnung! Warnung! Da passiert was! Ein SEK stürmt aus dem gegenüberliegenden Gebäude und hält direkt auf das Bundesamt zu. Acht Mann! Die haben wirklich bis zuletzt gewartet! Ihr müsst da raus! Hört ihr? Ihr müsst da raus! *Sofort!* Durch den Keller. Durch den …«

Die Tür des Serverraums flog nach innen auf, und herein stürzten die Dämonen. Sie brüllten etwas, was Susanne nicht verstand, da Karim sofort das Feuer eröffnete. Seine SIG Sauer knallte, dröhnte blechern zwischen den blau erleuchteten Serverracks. Durch Lüftungsschlitze blitzte sein Mündungsfeuer.

»Verschwinde!«, schrie er. »Ich halte sie auf!« Und wieder zog er den Abzug durch, weitere ein, zwei, drei Mal.

Susanna hatte bereits die Rauchgranate gezückt, zog den Ring und warf sie Richtung Tür. Auf dem Absatz machte sie kehrt und rannte den Quergang entlang, weg von der Schießerei. »Du verdammter Scheißkerl!«, schrie sie ins Mikro. *»Du verdammter Arsch!«* Am liebsten wäre sie umgekehrt, aber was brachte es, wenn er ihr in einem Anflug von Heldentum ein Zeitfenster verschaffte und sie es in einem eigenen Anflug von Heldentum verstreichen ließ?

Sie erreichte das Ende des Gangs. Hinter sich hörte sie im Zischen der Rauchgranate und im Dröhnen weiterer Schüsse mehr Schreie, darunter einen unartikuliert brüllenden Karim.

Eine Stimme erhob sich darüber: »Stehen bleiben!«

Es knallte, und Funken stoben neben Susanna aus einem der Racks.

»Ihr Wichser!« Über die Schulter schoss sie zurück, leerte die Hälfte ihres Magazins, bevor sie sich hinter die nächsten Serverschränke warf.

Aus ihrem Headset drang eine Stimme, von Vitus oder Carsten, doch Susanna riss sich den Ohrstöpsel heraus, weil der Lärm sie wahnsinnig machte. Ihr Brustkorb pumpte. Mit den Schultern presste sie sich gegen das Rack, hielt die Waffe schussbereit auf Kopfhöhe. Die Männer hatten vollständige Kampfausrüstung getragen, aber unterhalb der Nachtsichtgeräte keinen Gesichtsschutz. *Keinen Gesichtsschutz!*

»Hier rum!« Ein vor Schweiß glänzendes Männergesicht tauchte vor ihr auf. Susanna feuerte zweimal. *»Ah!«* Der SEK-Mann taumelte rückwärts in die Arme seines Kollegen. Susanna fand einen festen Stand und schoss auch auf den zweiten Mann. Dann nochmals auf den ersten, auf Beinhöhe. Einer von beiden feuerte zurück, doch der Schuss ging in den Boden und von dort als Querschläger in die Decke. Staub rieselte herab. Der Vordere brach zusammen, der andere warf seine Waffe weg, riss sich die Nachtsichtbrille herunter und stattdessen die Hände vors Gesicht. Er brüllte vor Schmerz. Zwischen seinen Fingern quoll Blut hervor.

Am Ende des Gangs erfüllte mittlerweile dichter Rauch den Serverraum und breitete sich aus. Aus ihm heraus stürzten zwei weitere Männer, umwallt von zähen Rauchschwaden.

Susanna sprang zurück hinter den Serverschrank und aus der Schusslinie. Diesmal hatte sie kein Überraschungsmoment mehr. Sie rannte an einem dritten Gang vorbei, doch wohin? Ein Serverraum hatte im Normalfall nur einen Zugang. Und was war mit Karim? Sie hörte nichts mehr, keine Schreie, keine Schüsse, nur das Jammern des Mannes, dem sie ins Gesicht geschossen hatte.

Unvermittelt blieb sie stehen. Zwischen zwei Schränken glänzte in einer zurückgesetzten Nische ein weiteres Türblatt. *Doch ein zweiter Ausgang!* Mit einem Satz war sie dort. Unverschlossen. *Ja! Jaaa!* Sie drückte die Tür auf, stürzte in den dahinterliegenden Raum und fand sich in einer Abstellkammer wieder, besenschrankgroß, ohne Fenster und ohne einen zweiten Ausgang.

Ihr Herzschlag stolperte. Susanna fuhr herum, links Regale voller Werkzeug, rechts voller leerer Computergehäuse, *Scheiße!*, sie wich rückwärts bis an die hintere Wand, packte die Gehäuse und schleuderte sie vor die Tür. Wenn sie richtig mitgezählt hatte, blieben ihr noch zwei Schuss und acht weitere im Ersatzmagazin. Sicherheitshalber wechselte sie es und positionierte sich breitbeinig mit dem Rücken an der Wand. Sie hob die Pistole höher.

Sie wusste, dass sie sich entscheiden musste.

Draußen polterten Schritte, und an ihrem Handgelenk glänzte die Lifewatch.

INIT EXIT.

INIT EXIT.

INIT EXIT.

Die Warnung blinkte in sattem Rot auf dem Bildschirm, und Vitus Wendland war unfähig, den Blick abzuwenden. Es war eine Sache, Menschen in den Krieg zu schicken, und eine andere, ihnen beim Sterben zuzusehen. Er hatte sowohl Karims als auch Susannas Lifewatch-Kamera auf dem Schirm. Eben verfolgte er die von Karim, der sie selbst ausgelöst hatte.

INIT EXIT.

Hinter den blitzenden Buchstaben sah er dichten Qualm, durch den Arme und Beine wie die Tentakel eines Oktopus in trübem Wasser stießen. Vitus hörte drei laute Silben, türkisch, vermutlich ein Gebet, gefolgt von einem Keuchen, und Karims Puls sprang auf einhundertfünfundachtzig Schläge pro Minute, und sein Blutdruck schoss über die Zweihunderter-Marke, als das Kontaktgift von seiner Haut absorbiert wurde.

Augenblicklich würgte er, saugte entsetzt Luft in seine Lungen und stieß dazwischen ein »Allahhhh!« aus.

Die Bildübertragung zitterte heftiger. Karim schlug mit den Armen um sich, bis plötzlich das Bild fixiert wurde und sich das Gesicht einer SEK-Frau aus dem Rauch vor die Kamera schob. »Eine Lifewatch!«, keuchte sie und verschwand wieder.

Karims Puls kletterte weiter in die Höhe, bis knapp über zweihundert, und Vitus' Hände zitterten so stark, dass die Tastatur unter seinen Fingerspitzen klapperte.

»Nicht«, sagte eine sanfte Stimme neben ihm. Sean schob seinen massigen Oberarm ins Blickfeld und schloss die Übertragung von Karims Lifewatch.

Vitus sah trotzdem die Herzrhythmuskurve, die bei 216 abrupt endete und auf 0 sprang. Er hob den Kopf. Sean roch nach heißer Schokolade, Zwiebeln und Pastinake.

»Lass es nicht an dich ran!«, sagte der ehemalige Unternehmensberater. »Nicht jetzt! Alle kannten das Risiko.«

Vitus sah zurück zum Monitor. Susannas Lifewatchübertragung war noch aktiv. Sie kreischte, feuerte Schüsse ab, acht an der Zahl, und schleuderte etwas – vermutlich die Pistole – von sich. Auch ihre Hand ging zur Lifewatch, verdeckte verschwommen das Display, und auf dem Monitor leuchtete eine Warnung auf.

INIT EXIT.

Auch ihr Puls begann zu rasen, doch er verharrte bei einhundertsiebzig.

INIT EXIT.

Dann waren zwei SEK-Männer über ihr, rangen sie zu Boden.

Susanna kreischte: »*Nein! Nicht!* NEEEIN!

INIT EXIT.

Es blinkte und blinkte, und doch blieb der Puls konstant bei hundertsiebzig.

Als Handschellen aufblitzten, stieg er auf einhundertachtzig, und Susanna kreischte aus Leibeskräften und schlug um sich, und dann sah Vitus das blasse Gesicht eines Mannes mit schütterem Haar und einem anthrazitfarbenen Kollar am Hals. Der Konfessor blickte in die Kamera. Hinter seinen Augen rauschte die Nacht. Dann wurde das Display abgedeckt und der Ton gedämpft.

Kapitel 15

Düsseldorf, Altstadt

»Das war's.«

Der Kaugummi war schon völlig ausgelutscht, und doch kaute Jannah wie eine Weltmeisterin. Auf ihren Knien ruhte ein Laptop, das Display seit mehreren Minuten dunkel. Die Datenübertragung war gekappt worden, von Vitus oder Jörg oder ihrer Mutter.

Hendrik neben ihr, seitlich über die Mittelkonsole gebeugt, sagte ein zweites Mal: »Das war's.« Und: »Jetzt können wir's vergessen.« Seine Stimme brach weg, und er sank zurück in den Sitz.

Jannah erwiderte nichts. Sie starrte einfach nur das schwarze Display an, während sie immer noch darauf sah, wie Karim brüllte, feuerte und neben ihm eine Rauchgranate zischte.

Die Schiebetür des Back-up-Wagens glitt zur Seite. Jörg stieg aus dem Heck des Kleinbusses, eine Hand an die B-Säule gestützt. Er war bettlakenbleich. Zwei Schritte schaffte er, bevor er taumelte und sich im letzten Moment fing. Die Hände auf die Oberschenkel gestützt, den Kopf herabhängend, verharrte er und atmete schwer.

Hendrik öffnete seine Tür. »Doc?«

»Geht schon.« Der Arzt richtete sich wieder auf. »Es ist …« Er schüttelte den Kopf und wandte sich ab.

Hinter ihm stieg Barbara aus dem Bus. Sie wirkte gefasster und suchte sofort den Blickkontakt mit ihrer Tochter.

Hendrik schwang sich aus dem Wagen. Den ersten Schock hatte er überwunden. »Ich hab's gleich gesagt! Die Aktion war von vornherein zum Scheitern verurteilt! Eine forcierte Flucht! Das konnte ja nur schiefgehen!«

Barbara erwiderte nichts, sah nur Jannah an.

Hendrik schien das noch mehr auf die Palme zu bringen. »Da fällt euch auch nichts mehr ein, was? Zwei Falken.« Er hob Zeige- und Mittelfinger. »Zwei *erstklassige* Falken! Haben beide die Reißleine gezogen? Ja? Haben sie es geschafft, sich für nichts und wieder nichts das Leben zu nehmen?« Er blieb vor Barbara stehen. Seine Schultern bebten.

»Beruhig dich, Hendrik.« Jörg trat zu ihnen. »Es ist, wie es ist, auch das mit …« Er senkte den Blick.

»Mit was? Mit wem?«, bohrte Hendrik nach.

»Susannas Lifewatch hat nicht ausgelöst.« Die Erklärung der Majorin kam frei von Emotionen.

Hendrik kniff die Augen zusammen. »Heißt … sie ist jetzt in deren Hand?«

Das Wackeln von Jörgs Locken war Antwort genug.

»Ja, großartig! Was für ein riesengroßes Stück Scheiße! *Scheiße!*« Hendrik winkte ab, ging zur Front des Sprinters und trat kräftig gegen den Reifen.

»Ja, das trifft den Nagel auf den Kopf.« Jörg atmete tief durch. »Wir müssen abbrechen. Wir müssen sofort zurück …«

Jannah hatte genug gehört. Sie schwang sich nach draußen in die Februarkälte. »Nein!«

Barbara sah sie immer noch an.

»Wie nein?«

»Nein, wir werden nicht abbrechen!« Mit drei Schritten war sie bei Jörg und baute sich vor ihm auf, auch wenn sie kleiner war. »Auf keinen Fall!«

Die Parkplatzbeleuchtung blitzte in seinen halbglasförmigen Brillengläsern. »Du willst trotzdem da rein? Bei so viel Gardeaufgebot? Das ist Irrsinn.«

»Da muss ich dem Doc einmal recht geben.« Hendrik. »Das ist verrückt. Susanna könnte unseren Plan verraten, wenn sie es nicht schon getan hat.«

»Hat sie nicht! Ich kenne Susanna. Und was heißt *verrückt?* Es *war* doch der Plan, dass sie und Karim entweder die Daten kriegen oder für ein Ablenkungsmanöver sorgen. Das haben wir jetzt. Par excellence! Jetzt rechnet niemand von denen mehr damit, dass direkt danach noch jemand kommt.«

»Aber da wimmelt es von SEK, und es war sogar ein Konfessor vor Ort.«

»Na und?« Jannah hob die Hände. »Was interessiert mich ein Konfessor? Der kriegt 'ne Kugel zwischen die Augen und fertig. Ich werd da auf jeden Fall reingehen und die Daten beschaffen, alleine oder mit dir.« Sie blickte von Hendrik zu Jörg und schließlich zu ihrer Mutter.

Majorin Barbara Sterling sah sie unverwandt an.

»Wir ziehen es wie geplant durch«, wiederholte Jannah. »Nur nicht erst um vier, sondern jetzt sofort.«

Und Barbara Sterling nickte.

Der einsatzleitende Konfessor hatte Susanna aus dem Serverraum in ein Zimmer im Erdgeschoss gebracht und an einen Stuhl gefesselt. Ihre Lifewatch hatte er mit einer Mullbinde aus einem Erste-Hilfe-Set umwickelt. Warum er sie nicht abgenommen hatte, war ihr schleierhaft. Vielleicht wusste er nicht, dass das ging? Wendland und Co. waren somit blind und taub, würden aber noch ihre Vitalfunktionen registrieren. Ob sie eingriffen, um sie zu retten? Wo sie sich befand, wussten sie. Dass es hier von SEK und Gardisten wimmelte, auch. Susanna gestand sich ein, dass die Wahrscheinlichkeit einer Rettung gegen null tendierte. Trotz der vielen neuen Rebellen würde man keine überhastete Rettungsaktion anleiern. Warum musste auch die Lifewatch im entscheidenden Moment versagen? Warum ausgerechnet ihre?

Das war nicht fair. Karim hätte das, was ihr bevorstand, genauso wenig verdient. Niemand hatte das verdient. Blieben einzig Jannah und Hendrik, die ihr das ersparen konnten, aber ob die beiden überhaupt noch ins Bundesamt geschickt wurden, war fraglich. Die Scheißer Wendland und Imholz waren doch viel zu vorsichtig.

Wieder traf sie seine Faust, ihr Kopf ruckte herum, und Susanna entfuhr ein weiterer Schrei. Sie war bereits heiser, obwohl sie sich vorgenommen hatte, nicht ein einziges Mal zu mucken.

»Welche Daten wolltet ihr abgreifen?«, fragte der Konfessor zum wiederholten Male.

Susanna schmeckte Blut und spuckte es ihm vor die Füße. »Fick dich!«

Er ignorierte den schaumigen Blutfleck, betrachtete sie fast traurig, und doch hätten seine Augen Glasmurmeln sein können. »Du wirst reden«, prophezeite er.

Irgendwie erinnerte sie dieser Blick an jemanden. »In deinen Träumen vielleicht.« Abermals spuckte sie aus.

Sein Gesicht schwebte heran. »Träume sind die Spiegel der Seele. Was wirst du mir also in ihnen erzählen? Wie schön das Leben ist? Wie gern du ein Bier trinkst? Wie gern du sonntags lang im Bett liegst? Wie gern du mit dem Hund Gassi gehst?« Er zwinkerte kein einziges Mal. »Du könntest es leichter haben.«

»Ach ja? Will ich das? Seh ich aus wie 'ne Pussy?«

»Eher nicht.« Sanft packte er ihren Kiefer, zwang sie, ihm direkt in die Augen zu sehen. »Trotzdem werden wir herausfinden, wer du bist und ob du noch Familie hast. Wir werden alles über dich herausfinden und irgendetwas wird dabei sein, was dir etwas bedeutet. Vielleicht sogar ein Hund. Und darauf werden wir uns konzentrieren.«

Susanna dachte für einen Moment an ihre große Schwester, die mit ihrem Mann Holger und der gemeinsamen Tochter Sandra in Kiel wohnte – von den Nanos beeinflusst –, und beinahe konnte sie die drei in der Spiegelung seiner dunklen Augen sehen, wie sie vor Qualen schrien.

Um seine Mundwinkel zuckte es. »Genau das werden wir herausfinden, genauso wie alles andere.« Er ließ von ihr ab und ging zur Tür. Sogleich löste sich der junge Kerl in der schwarzen Konfessorenkluft aus der Ecke des Raums und trat zu seinem Vorgesetzten.

»Und jetzt?«, fragte er leise.

»Sie wird reden«, wiederholte ihr Peiniger, während er ihr Blut von seinen Knöcheln an ein Taschentuch wischte. »Jeder redet früher oder später.«

Fragt sich nur was, du Arschloch. Sie würde ihm das Blaue vom Himmel herunterlügen. Die Rebellion war ihre neue Familie, und die würde sie mit aller Kraft beschützen.

Der Konfessor pochte an die Tür, und ein SEK-Beamter steckte den Kopf herein. Hass huschte über das bärtige Gesicht, als sein Blick sie traf. »Sie wünschen, Konfessor?«

»Eine Gießkanne.«

Ein Lächeln blitzte auf. »Voll Wasser, vermute ich.«

»Selbstverständlich voll Wasser! Und besorgen Sie eine Säge und zur Sicherheit noch Frischhaltefolie.«

»Vielleicht auch eine Beißzange?«

Der Konfessor schloss die Augen. »Keine Beißzange, nur was ich verlangt habe. Und wenn Sie jetzt noch eine dumme Frage stellen, schnalle ich Sie mit auf den Tisch.« Ohne eine Reaktion abzuwarten, wandte sich der Konfessor wieder Susanna zu. Obwohl er die Stimme gehoben hatte, lag in seinem Blick keine Emotion. Er musterte sie einfach wie Vieh, das sich seinem Besitzer widersetzte.

»Mein Gott«, flüsterte Vitus. »Was tun sie nur mit ihr?« Auf dem Bildschirm spielten Susannas Vitalfunktionen völlig verrückt. Der Puls raste, der Blutdruck schwankte, und selbst ihre Körpertemperatur stieg.

»Sie foltern«, schlug Sean vor. »Ich an ihrer Stelle würde das.«

Vitus wandte langsam den Kopf. »Du hörst dich an, als fändest du es gut.«

»Es wird unser …«

»*Vitus!*« Jörgs Stimme tönte aus den Lautsprechern. »Vitus? Hörst du mich?«

»Laut und deutlich.«

»Gut. Jannah und Hendrik sind jetzt auf dem Weg zum Bundesamt. Ich konnte sie nicht davon abbringen.«

»Wieso abbringen?« Seans Stirn schob sich zu speckigen Ringen zusammen. »Sie führen den Plan aus.«

»Den Plan, den Plan … Sie laufen mitten in ihr Verderben!«

»Nein, sie schaffen das.« Das war Barbara Sterlings Stimme, leise, wie aus dem Off von Jörg. »Sie wissen, worauf sie sich einlassen.«

»Und Susanna und Karim? Die wussten auch, worauf sie sich einlassen, oder nicht?«

Vermutlich nicht mit allen Konsequenzen. Vitus blickte zum Laptop. Susannas Herzrhythmuskurve tanzte auf und ab. Er erschauerte. »Sie werden es schaffen, Jörg.« *Um unser aller willen.*

Und Sean fügte hinzu: »Besser gesagt, sie müssen.«

Nur Jörgs Atmung war zu hören und dann ein gedämpfter Schrei von Susanna.

»Jörg«, begann Vitus. »Ich werde die beiden nach besten …«

»Das war das letzte Mal!«, fuhr ihm Jörg dazwischen. »Das letzte Mal!« Er beendete die Verbindung und ließ offen, was er damit meinte.

Susanna ertrank. Wasser füllte ihre Nase, ihren Mund, ihre Nebenhöhlen, und immer noch schoss ihr der Strahl aus der Gießkanne ins Gesicht.

»Worauf hattet ihr es abgesehen?«, hörte sie ihn fragen.

Ihre Beine schlugen gegen die Tischplatte, genauso wie ihre Hände. Mehr Bewegungsfreiheit gestatteten sie ihr nicht; zwei SEK-Beamte pressten sie auf den Tisch. Den hatten sie vorher mit einer Säge auf einer Seite um drei Handspann tiefer gelegt, sodass ihr Kopf den tiefsten Punkt bildete.

Waterboarding.

Sie hatte es geahnt, als er eine Gießkanne verlangt hatte, und es gewusst, als sie die Tischbeine kürzten, und sie hatte geglaubt, es durchstehen zu können. Sie war so fit wie noch nie in ihrem Leben und früher sogar bei der DLRG gewesen, hatte mehr als zwei Minuten die Luft anhalten können, aber als das Wasser ihre Atemwege füllte, brachen in ihrem Kopf alle Dämme der Vernunft. Panik erfasste sie, fegte jeglichen klaren Gedanken zur Seite. Sie konnte nur noch heftiger mit den Händen auf den Tisch trommeln, die Muskeln spannen, sich wie wild gebärden. Sie wollte das Wasser aus ihrem Rachen ausstoßen, doch ihre Lunge war leer, da konnte nichts mehr das Wasser hinaustreiben, *hinaus, hinaus, nur hinaus und atmen, Susanna, atmen!*

Sie starb und tat es doch nicht.

Er befahl etwas, und Hände rollten sie auf die Seite. Jemand riss ihr das nasse Handtuch vom Gesicht, und das Wasser spritzte aus ihrem Mund, tropfte aus ihrer Nase.

Jemand rief: »Atmen, Schlampe!«

Und Susanna atmete und zitterte und spürte warme Feuchtigkeit an ihren Beinen. Sie konnte aus eigener Kraft nicht einmal mehr knien und sank zu Boden. Die Fliesen waren rau, und da lagen Staub und Dreck und ein einsames Pommes frites, halb zertreten von einer Stiefelsohle.

Da packte sie jemand an den Haaren und zwang sie so harsch herum, dass es in ihrer Halswirbelsäule knirschte. Ein verschwommenes Gesicht schob sich in ihr Blickfeld, eingerahmt von schwarzen Schlieren. Er war es, der Konfessor mit den dunklen Augen, die ihr bekannt vorkamen. »Worauf hattet ihr es abgesehen?«

»Auf deinen Arsch!«, keuchte sie und atmete und atmete.

Er seufzte nur. »Zurück auf den Tisch. Und Borchert: Geben Sie mir die Klarsichtfolie.«

»Nein!«, schrie Susanna, während sie sie zurück auf den Tisch manövrierten. »Nicht die Klarsichtfolie!«

Doch der Konfessor war unerbittlich. Seine Männer fixierten sie wieder mit stahlharten Fingern, einer packte zusätzlich ihr Kinn, der andere den Schädel. Dann knisterte vor ihrem Gesicht das dünne Plastik und legte sich stramm über ihren aufgerissenen Mund. Und dann kam wieder das Wasser.

Vierzehn Sekunden, fünfzehn, sechzehn, siebzehn, achtzehn, neunzehn, zwanzig. Nummer Elf musste anerkennen, dass sie es lange aushielt. Bei der Klarsichtfolie brach aber früher oder später selbst der härteste Hund.

Die Folie vor dem Mund erzeugte eine Barriere, sodass das Wasser die oberen Atemwege durch die Nase vollständig auffüllte, aufgrund der schrägen Position aber nicht in die Lunge vordringen konnte. Das erzeugte die Gewissheit zu sterben, da konnte niemand aus, das waren archaische Reflexe, reiner Überlebensinstinkt.

Bei vierundzwanzig Sekunden verkrampfte sich die Rebellin wie noch nie, ging so stark ins Hohlkreuz, dass ihre Wirbelsäule zu bersten schien. Die Sehnen an ihrem Hals traten wie Stahlseile hervor.

Nummer Elf stoppte den Wasserstrahl. Borchert nahm die Klarsichtfolie weg, und die Männer rollten sie über die Seite auf den Boden.

Dort sank sie nieder, blieb liegen, während sie Wasser hustete und zitternd nach Atem rang.

Wieder wollte einer der SEK-Beamten sie an den Haaren packen, doch Nummer Elf gebot ihm mit einer Geste, es zu lassen. Neben ihr ging er in die Hocke, strich ihr feuchtes Haar aus dem Gesicht. »Worauf hattet ihr es abgesehen? Welche Daten wolltet ihr abgreifen?«

Ihre Lippen bewegten sich, doch kam nur Wasser darüber. Die Augen hatte sie geschlossen.

»Du musst lauter reden«, sagte er sanft und beugte sich weiter zu ihr hinab.

»Die … Häuser …«, wisperte sie gegen die Fliesen. »Die Häuser.«

»Welche Häuser?«

»Die Häuser des Herrn. Bitte! Bitte kein Wasser mehr, kein …« Die Rebellin wurde ohnmächtig.

Nummer Elf betrachtete sie noch einen Moment, bevor er sich erhob. Zu einem der SEK-Männer sagte er: »Stabile Seitenlage und wach machen. Anschließend bringt ihr sie wohlbehalten in den Bunker. Nummer Eins wird sie persönlich in Empfang nehmen.«

»Verstanden, Nummer Elf! In Kehlis!«

»In Kehlis«, wiederholte Nummer Elf und bedeutete Borchert, ihm zu folgen. Auf dem Weg hinaus in den Flur rief er den Obersten an, der sofort das Gespräch entgegennahm.

»Und?«

»Es waren nur zwei Personen.«

»Zwei? Das ist ein schlechter Witz.«

»Ja, ein schlechter Witz.«

»Was ist mit den beiden?«

»Sie sind dem SEK in die Falle gegangen, wovon einer bei der Festnahme den Freitod wählte. Die andere aber lebt, eine Frau Anfang oder Mitte dreißig. Alpha bringt sie zu Ihnen in den Bunker.«

»Na immerhin. Das hört sich doch nach einem Erfolg an, wie ihn sich Johann wünscht. Haben Sie sie schon verhört?«

»Ein wenig, sie plaudert jedoch ungern.«

»Aber sie plaudert?«

»Über die Häuser des Herrn, angeblich das Ziel der Mission.«

»Die Häuser des Herrn«, wiederholte der Oberste nach einer Minute des Schweigens. »Das wird dem Herrn nicht gefallen. Geht es um ein Attentat? Hat sie sonst noch etwas gesagt?«

»Nur dass ich mich ficken soll.«

»Ach, wie nett. Das werde ich dann wohl auch zu hören bekommen.«

»Höchstwahrscheinlich, sie wiederholte es mehrere Male.«

»Womit ich leben kann. Gut. Alles Weitere bezüglich der Rebellin übernehme ich. Ich werde die Infos schon aus ihr herauskitzeln.«

»Daran zweifle ich keine Sekunde.«

Stimmengewirr zog Nummer Elfs Aufmerksamkeit auf sich. Die beiden Männer trugen die Rebellin aus dem Pausenraum. Wie ein Sack hing sie zwischen den schrankbreiten Hünen. Strähnen ihres nassen Haars pendelten hin und her, klatschten gegen ihre Wangen, während ihre Fußspitzen über den Boden schabten.

Ärger flackerte in ihm auf. Er hatte gesagt, wach machen, nicht ohnmächtig transportieren. Er wollte eine entsprechende Bemerkung anbringen, doch da registrierte er das Blitzen in den Augen der Gefangenen.

»Achtung!«, schrie er noch und stürzte vorwärts.

Susanna hörte ihn noch »Achtung!« schreien, doch ihre schlaffe Hand befand sich schon auf Höhe des Waffengurts des SEK-Beamten. Mit einem Ruck versteifte sie sich, verlagerte ihr Gewicht nach links und griff zu. Ihre Finger fanden den geriffelten Griff der Glock. Die Pistole sprang ihr in die Hand.

Sie drückte sofort zweimal durch und ballerte dem Kerl die Eier weg. Es brüllte los und ließ sie fallen, worauf Susanna spekuliert hatte. Der Aufprall war härter als erwartet, vermutlich war sie zu ausgelaugt von den Panikattacken. Sie klatschte unsanft auf den Boden, was ihr die Luft aus dem Lungenflügel presste, doch sie stemmte sich ein Stück hoch und hob mit der anderen Hand die Glock, um auf den Wichser in Schwarz zu zielen. Ihren ganzen Hass brüllte sie ihm entgegen, während die Kimme und das Korn Zentimeter um Zentimeter in die Höhe stiegen.

Da erfüllte das Krachen eines Pistolenschusses den Flur. Ein eisiger Schnitt erfasste ihren Rücken, und eine unsichtbare Kraft presste sie zurück auf den Boden. Ihr entwich ein Pfeifen, und sie gab zwei Schüsse ab, sah aber nicht mehr, wohin. Ein zweiter Schnitt folgte, kälter und tiefer als der erste, und Susanna fühlte, wie er bis zu ihrem Brustbein glitt und noch weiter. Jemand schrie »Nicht!«, doch was kümmerte es sie? Überall flackerte es, kurz und bunt, wie Stroboskopblitze auf einer wilden Party, und dort tanzte Karim! Er lächelte, bewegte die Schultern und den Kopf rhythmisch zum Beat, wie John Travolta in *Pulp Fiction*, und winkte ihr. *Komm zu mir, Baby!*, formten seine Lippen. *Komm und tanz mit mir! Komm! Susa! Tanz!*

Der Ruf war zu verlockend.

Kapitel 16

Düsseldorf, Bundesamt für Bauwesen

Überall um ihn herum brüllten sie; der getroffene SEK-Beamte wegen seiner Eier, sein Kollege nach Hilfe, Nummer Eins nach Auskunft, Männer vom Haupteingang voller Verwirrung und Borchert einfach aus Kollegialität.

Nummer Elf kniete zwischen ihnen, die Hand am Hals der toten Rebellin. Sie war die Einzige, die schwieg und es nicht sollte. Seine blutverschmierten Finger ballten sich zur Faust.

»Konfessor! *Konfessor!*« Es war der unverletzte Beamte. »Ich brauche Unterstützung! Er verblutet!« Der Mann wischte sich Schweiß von der Stirn und hinterließ eine leuchtend rote Kriegsbemalung, bevor er seine Hand wieder in den Schritt seines Kollegen presste.

Der lachte bei der Berührung, obwohl ihm Tränen über die Wangen rannten. »Nicht da, nicht da! *Hörst du nicht, Bernd? Nicht da!*« Er strampelte mit den Beinen wie ein kleiner Junge.

Nummer Elf drückte sich den Mittelfinger gegen die Schläfe. Ein heißer Schmerz schoss ihm bis ins Hirn, wurde jedoch augenblicklich besser. »Borchert!«

Der Konfessorenanwärter verschluckte sich beim Luftholen. »Jahaa?«

»Hören Sie mit dem Kreischen auf, und kriegen Sie sich in den Griff. Sind Sie verletzt?«

»I-i-ich glaube nicht, die Schüsse gingen knapp an mir vorbei. Scheißknapp.«

»Gut, dann treten Sie zur Seite. Und Sie auch.« Die letzten Worte galten dem SEK-Beamten namens Bernd.

»Warum zur Seite?«, fragte der entgeistert. »Wenn ich beide Hände wegnehme, verblutet Gerald.«

»Zur Seite!«

Der Tonfall wirkte; Bernd nahm ganz langsam die Hände von der Schusswunde seines Kollegen und sank auf die Hacken. Sofort quoll das Blut heftiger hervor und vergrößerte die Lache zwischen Geralds Beinen.

Als pisse er Blut. Nummer Elf zog seine Pistole aus dem Holster.

»Nein!« Bernd keuchte, stemmte sich hoch. »Das können Sie nicht …«

Die Mündung erblühte hell, und die Beine des dummen Jungen erschlafften. Vom Haupteingang näherte sich schweres Stiefelpochen, doch war es weit entfernt, und so breitete sich für einen Moment Stille aus.

Endlich. Nummer Elf schloss für ein, zwei, drei Sekunden die Augen, bevor er sich des Murmelns aus dem Handy bewusst wurde. Er hatte es in der anderen Hand und hob es ans Ohr. Nummer Eins war noch dran, und als er Nummer Elfs Atmung hörte, verlangte er sofort nach Aufklärung: »Statusmeldung, Nummer Elf! Was ist bei Ihnen los?«

»Kollektivversagen«, antwortete er ruhig. »Die Rebellin ist tot.«

»Das ist nicht Ihr Ernst?«

»Sie wissen, wie gern ich scherze.«

»Wie konnte das passieren?«

»Indem sich ein angeblicher Vollprofi aus Team Alpha seine Pistole wegnehmen hat lassen, und sein Kollege daraufhin die Rebellin mit zwei Schüssen in den Rücken niederstreckte, obwohl ich ausdrücklich befohlen hatte, sie *lebendig in den Bunker zu bringen!*« Nummer Elfs Stimme war mit jedem Wort lauter und schärfer geworden. In seinem Kopf pochte es. Vielleicht waren es auch nur die Schritte der drei Männer, die den Flur entlanggerannt kamen.

Bernd funkelte angriffslustig auf ihn herab. »Sie Scheißkerl! Ich hab das gemacht, um Schlimmeres zu verhindern, genauer genommen, damit *Ihnen* nichts passiert! Sie hat auf Sie gezielt. *Auf Sie!*«

»Aber nicht getroffen.« *Im Gegensatz zu mir.* Nummer Elf hob die Pistole und jagte auch dem zweiten Beamten eine Kugel in den Kopf, und während dessen Hirn an die Wand spritzte, wurde es wieder still im Flur. Sogar die heranstürmenden SEKler blieben in einiger Entfernung stehen. Nur der Oberste gackerte weiter ins Telefon.

Nummer Elf kniff die Augen zusammen, als überfiele ihn ein Migräneanfall. Er ließ die Pistole sinken und hob zum zweiten Mal das Telefon ans Ohr. »Entschuldigen Sie, aber ich musste für Ruhe sorgen.«

»Für Ruhe? Haben Sie gerade einen SEK-Beamten erschossen?«

»Es war die zielführendste Methode.«

»Um für *Ruhe* zu sorgen?« Dem Obersten fehlten die Worte. »Haben Sie die jetzt? Können Sie nun ungestört mit Ihrem Vorgesetzten sprechen?«

Wieder polterten Schritte, und jetzt mischten sich sogar Rufe der SEKler dazu, was Nummer Elf »Nein« sagen und auflegen ließ. Sein Blick fokussierte die drei Männer. Die stoppten abermals und verstummten. »Haut ab!« Er wedelte mit der Pistole. »Haut einfach nur ab!« Und tatsächlich trollten sie sich.

Mit ihnen ging die Anspannung. Nummer Elfs Handy sank auf den blutüberströmten Rücken der Toten. Es war vorbei, und doch hämmerte es in seinem Kopf, als triebe ein Schmied eine Klinge aus einem Stück Eisen.

Ihm entwich ein lauter Atemzug, dann stemmte er sich hoch, steckte Handy und Pistole weg. Für einen Moment betrachtete er seine blutverschmierten Hände, bevor er sie an der schwarzen Hose abwischte. Die war noch feucht vom Waterboarding oder vom Blut, die Hosenbeine klebten von der Wade abwärts an seiner Haut, und selbst in seinen Schuhen schmatzte es.

»Borchert«, sagte er erschöpft. »Leiten Sie alles in die Wege, damit die beiden toten Rebellen bis auf die Knochen untersucht werden. Und dann treiben Sie ein Reinigungsteam für diese Sauerei hier auf.«

»Und Team Alpha? Drei der Männer sind … na ja, Sie haben sie eben weggeschickt.«

»Und weiter?«

»Die werden wissen wollen, was mit ihren Kollegen geschah. Zumindest … warum.«

Nummer Elf betrachtete die beiden Toten. »Ja, vermutlich. Sagen Sie, dass sie das nachher in einer Besprechung von mir persönlich erfahren, aber erst mal brauche ich frische Luft.«

Die fand er auf dem Dach des Bundesamtes. Er hätte auch direkt im Erdgeschoss aus dem Haupteingang hinaus auf die Straße treten können, doch wäre er dort irgendjemandem in die Arme gelaufen, also war er die Stufen nach oben ins dritte Stockwerk gestiegen und hatte die Tür zum Flachdach des Neubaus aufgestoßen. Die Kiesschicht knirschte unter seinen Sohlen. In der hintersten Ecke urinierte er in die Dachrinne, dann stapfte er ans andere Ende des Dachs.

Auf der Straße unter ihm wimmelte es von Menschen. Die SEK-Teams waren mit fünf Bussen vorgefahren, um ihre Ausrüstung zu verstauen. Einige waren noch damit beschäftigt, während die anderen einen größer werdenden Kreis bildeten und miteinander tuschelten. Es war klar, worüber: dass er zwei ihrer Kollegen erschossen hatte. Nummer Elf interessierte es nicht. Er repräsentierte das Gesetz, und die beiden hatten sich seinen Anweisungen widersetzt.

Sein Blick glitt weiter zu drei Notarztwagen, in denen die vier angeschossenen Beamten aus dem Serverraum verarztet wurden, und zu drei geparkten Gardefahrzeugen, auf denen Blaulichter zuckten. Mehrere Gardistinnen und Gardisten eilten geschäftig hin und her, rollten Flatterbänder ab und sperrten die Straße. Zwischen ihnen bemerkte er auch Borchert, der sich ein Handy ans Ohr presste und offensichtlich lautstark diskutierte. Von dem kurzen mädchenhaften Kreischanfall war nichts mehr übrig. Er war wieder ganz der Konfessorenanwärter.

Nummer Elf wusste nicht so genau, was er von dem jungen Mann halten sollte und warum er ihn mit sich herumschleppte. Ja, Borchert war zuverlässig, hatte Hirn, war aber auch häufig verpeilt. Vielleicht erinnerte er ihn ein wenig an sich selbst in jungen Jahren. Er war auch schlank und schlaksig und randvoller Tagträumereien gewesen. Dazu launisch und impulsiv. Erst durch harte Führung war es besser geworden. *Durch Tymons Führung.* Jetzt führte er. *So wie vorhin, mit bestem Beispiel voran, ha ha.* Er musste sich eingestehen, dass die beiden toten SEKler völlig überflüssig waren. Zumindest Bernd. Der andere wäre vermutlich so oder so einem hypovolämischen Schock erlegen, aber sicher war auch das nicht. Jetzt war es auch egal.

Unvermindert hämmerte der Schmied in seinem Kopf auf dem Eisen herum. Es musste ein großes Eisen sein. Vielleicht wurde es ein Beidhänder. Nummer Elf massierte sich die Schläfen, was diesmal keine Linderung brachte. Vermutlich brauchte er eine Dosis Schmerztabletten.

In seinen Hosentaschen fand er neben seinem Diensthandy tatsächlich eine abgepackte Aspirin. Er schluckte sie ohne Wasser, dann rief er Nummer Eins an. Diesmal ließ der Oberste ihn warten, bis er nach dem siebten Klingeln abnahm und rundheraus sagte: »Sie haben Eier.«

»Die Situation war außer Kontrolle.«

»Die Situation? Nicht Sie?«

Nummer Elf antwortete nicht sofort, doch als er es tat, war er völlig ruhig: »Kennen Sie das, Nummer Eins? Sie wissen, dass Sie Ärger verspüren müssten, gewaltigen Ärger, aber da ist nichts und trotzdem … es geht Ihnen besser, wenn Sie sich … Luft verschafft haben?«

Zu seiner Überraschung seufzte der Oberste. »Ich weiß sehr genau, was Sie meinen. Wir alle hatten ein Leben vor der Erleuchtung, in dem Basisemotionen und Überzeugungen ausgeprägt wurden. Ihr Körper würde gern reagieren, doch ihr Geist versteht die Primäraffekte nicht mehr. Das ist für uns Konfessoren völlig normal. Mich wundert, dass Sie erst jetzt nach all den Jahren diese Beobachtung machen. Aber selbstverständlich ist das keine Entschuldigung für Fehlverhalten. Was genau ist passiert?«

Nummer Elf erklärte es seinem Vorgesetzten.

Der schwieg daraufhin einige Zeit, bevor er ein zweites Mal seufzte. »Doppeltes Versagen samt eigenmächtigem Handeln des Spezialeinsatzkommandos. Der Fall ist klar, Nummer Elf, trotzdem sollten Sie an Ihrer mentalen Stabilität arbeiten. Die anhaltende Jagd auf Ihren Bruder scheint Sie langsam zu zermürben. Brauchen Sie Unterstützung?«

»Ich habe Borchert.«

»Einen Anwärter. Wollen Sie nicht einen weiteren Konfessor an Ihrer Seite? Im Glaskollektivum wohnt Nummer Siebenundvierzig. Ich könnte sie für Sie abstellen.«

»Nein, danke, ich komme zurecht.«

»Wie Sie meinen. Dann werde ich jetzt Johann informieren.«

»Der Herr wird vor Wut schäumen.«

»Nein, der Herr wird voll des Dankes sein, wenn er erfährt, dass wir Plänen über ein mögliches Attentat auf die Spur gekommen sind.«

»Wir haben zwei tote und vier schwer verletzte Beamte, dazu einen aus Dummheit vereitelten Plan.«

»Und welchen Mehrwert haben diese Informationen für ihn? Am Ende verlangt er nur nach Köpfen, und ich halte nichts von diesem Jemand-muss-die-Verantwortung-übernehmen-Prinzip. Irgendjemand baut immer irgendwo Mist, was einen anderen in höherer Position den Kopf kosten würde, der dafür nichts kann. Früher brauchte man das vielleicht, um nicht ewig die gleichen Gesichter in den gleichen Positionen zu haben, aber so viele Führungsköpfe haben wir nicht mehr geschweige denn Konfessoren erster Generation. Und jetzt genug davon. Versuchen Sie herauszufinden, wer die beiden Rebellen waren. Durchleuchten Sie jedes Detail. Einen Blick dafür haben Sie. Irgendwelche Zusammenhänge muss es geben. Wenn wir solche finden, können wir vielleicht das Spitzelnetz des Datenbarons infiltrieren und ihn schnappen. Und damit auch Ihren Bruder. Also, machen Sie sich an die Arbeit, und ich informiere derweil den Herrn über unseren Erfolg.«

Und ernten die Lorbeeren. Nummer Elf schiss auf Lorbeeren. Er steckte das Telefon weg und rieb sich über das Gesicht. Langsam entfaltete die Kopfschmerztablette ihre Wirkung. *Oder dem Schmied werden die Arme schwer.*

Gerade als er auf dem Absatz kehrtmachen wollte, bemerkte er aus dem Augenwinkel ein Gardefahrzeug, das sich langsam dem Bundesamt näherte. Die Reflexionen der Straßenlampen krochen über die Frontscheibe. Das irritierte Nummer Elf. Warum fuhren die so langsam? Er stieg bis auf die Mauerkrone, um besser sehen zu können, und beobachtete neugierig das sich nähernde Fahrzeug.

Wenn er sich nicht täuschte, saßen zwei Personen darin, eine Frau und ein Mann. Sie am Steuer. Der Wagen fuhr bis an die geparkten Gardefahrzeuge heran, wendete und parkte abfahrbereit in vorderster Reihe, an der dunkelsten Stelle zwischen zwei Laternen. Eine Gardistin und ein Mann im dunkelblauen Anzug stiegen aus. Im Gegensatz zum Auto bewegten sie sich zielstrebig auf den Eingang des Bundesamts zu, vorbei am telefonierenden Borchert. Dabei grüßte die Frau Kollegen des Spezialeinsatzkommandos, während der Mann starr geradeaus blickte. Nur ein einziges Mal hob sie den Kopf zu den dunklen Fenstern im ersten Stock.

Nummer Elfs Augen weiteten sich vor Unglaube.

Es war die zierliche Rothaarige, die ihn in der Einundzwanzig angeschossen hatte. *Und die mir meinen Bruder vor der Nase weggeschnappt hat.*

Der Blick des blassgesichtigen Jünglings in Schwarz kreuzte für die Dauer eines Herzschlags den ihren, dann wandte er sich ab und schnauzte ins Telefon: »*Ja!* Und zwar sofort. Nein, nicht morgen, *jetzt sofort* hat er gesagt!«

Jannah schloss zu Hendrik auf. »Langsamer!«, presste sie zwischen den Zähnen hervor. »Du rennst fast.«

Er brummte nur eine unverständliche Antwort. Seine Pupillen bewegten sich von links nach rechts, scannten alles und jeden.

Jannah war nicht weniger nervös. Sie meinte, ein breites, rotes Schild auf der Stirn kleben zu haben, worauf in blinkenden Lettern stand: REBELLIN. Jeder Blickkontakt, jedes Nicken, jeder Ruf konnte ihr Auffliegen bedeuten. Die simple Berührung einer Dienstwaffe die Eröffnung eines Schusswechsels, das Erheben der Stimme ein Warnruf. Außerdem fühlte sie sich beobachtet. Die imaginären Blicke durchdrangen mühelos den Stoff ihrer weiß-grauen Gardeuniform, kribbelten auf ihrer Haut wie Ameisenpisse und krochen überallhin. Einer schien stärker als alle anderen zu sein. Er kam von oben.

Flüchtig hob Jannah den Kopf, suchte so beiläufig wie möglich die dunklen Fenster ab, entdeckte jedoch nichts. *Einbildung. Völlig normal in dieser Situation.* Sie fokussierte den offen stehenden Haupteingang, straffte die Schultern, streifte flüchtig die Glock an ihrer Seite und stieg die drei Stufen zum Portal hinauf.

Innen herrschte kein Trubel. Nur zwei Männer in der Kluft des Spezialeinsatzkommandos standen direkt hinter der Tür und diskutierten miteinander. Es roch nach Ärger, Schweiß und Schießstand.

»Das geht so nicht!«, klagte der eine. Sein Gesicht war flammend rot. »Ich werde ihn melden!«

»Das wirst du nicht«, entgegnete der andere. »Er leitet den Einsatz. Er entscheidet!«

»Er kann mich mal, Erwin! Er hat zwei Mann meines Teams erschossen. Ich hab sechs Mann Ausfall! *Sechs Mann!*«

Der Ruhigere namens Erwin wollte etwas erwidern, doch da bemerkte er die Neuankömmlinge und kniff die Augen zusammen. »Hey! Wohin wollt ihr zwei?«

»Zum Serverraum«, erwiderte Jannah kühl, ohne ihr Tempo zu verlangsamen. »Ich muss den netten Herrn hier runterbringen.« Ihre Stimme klang passabel.

»Wozu?«

»Operative Auswertung Cybercrime«, sagte Hendrik so gelangweilt, dass es arrogant daherkam. »Ich wurde hinzugezogen, weil wir davon ausgehen müssen, dass man Schadsoftware in den Serverkennel eingespeist hat. Alarmstufe zwei.«

»Zwei gleich! Na, dann gehen Sie runter, ich melde Sie an.« Er schnippte sein Funkgerät vom Gürtel, sprach hinein, dass zwei Personen wegen Cybercrime runterkämen, und wandte sich wieder seinem Kollegen zu. »Und du wirst es lassen, Casper. Von mir aus reiche eine Dienstaufsichtsbeschwerde über ihn ein, aber ich sag dir, die ist sinnlos. Er ist einer von der ersten Generation. Da steht nur noch einer über ihm. Was glaubst du, macht der mit deiner Beschwerde? Zerreißen.«

Ihre Stimmen wurden leiser, und Jannah spürte Hendriks Hand auf ihrem Arm. Er deutete mit einem Kopfnicken nach vorn. Sein Kehlkopf zuckte auf und ab.

Dann sah sie es auch: Hinter einer hoch aufragenden Zimmerzypresse, von denen mehrere den Flur optisch aufteilten, kamen drei Gestalten auf dem Boden in Sicht. Zwei Männer des SEKs lehnten an der Wand. Zwischen den abgespreizten Beinen des einen gerann ein See aus Blut, hinter dem Kopf des anderen ein breiter Streifen an der Wand. Dazwischen lag Susanna auf dem Bauch in noch mehr Blut. Ihre Hand mit der Lifewatch war dick verbunden, ihr Rücken zerfetzt, ihr Haar nass, und ihre Augen starrten seitlich zur Wand, und trotzdem … Jannah hatte den Eindruck, als liege ein zufriedener Zug um ihren Mund.

Hendrik schluckte hörbar, seine Hand ballte sich zur Faust, und Jannah schob ihn weiter. »Nichts anmerken lassen!«, murmelte sie. »Einfach weitergehen!« Und lauter sagte sie: »Haben Sie die Tussi erwischt, sauber!«

Dann war die Tür zum Treppenhaus heran. Jannah zog sie auf und schubste Hendrik hindurch. Sein Gesicht war genauso rot wie das des wütenden SEKlers. Er wollte etwas sagen, doch sie schüttelte den Kopf. »Nicht jetzt!«

Zwei Treppenabsätze ging es nach unten, insgesamt achtzehn Stufen. Die Tür zum Keller war geöffnet und mit einem zweckentfremdeten Feuerlöscher fixiert. Das grelle Licht der Deckenbeleuchtung ließ überall Blutflecken aufleuchten, Blutflecken aus Wunden, die Karim und Susanna geschossen hatten. Vor der zerstörten Tür des Serverraums standen zwei Gardisten.

»Cybercrime?« Einer von ihnen musterte sie argwöhnisch. Er war hochgewachsen und grobknochig und hatte zu viele Kilos auf den Rippen. Das Haar war blond und so kurz geschnitten, dass die Kopfhaut durchschimmerte. Zusammen mit den glatt rasierten rosa Wangen wirkte er wie ein überdimensionierter Junge, der gern Ärger machte.

Hendrik hatte sich wieder im Griff und zückte seinen Ausweis. Der Gardist betrachtete ihn und prüfte die Übereinstimmung mit dem Foto. »Okay, Herr Holzer. Sie dürfen rein.«

Hendrik nickte und trat ins blaue Licht der Serverraumbeleuchtung. Jannah wollte folgen, doch der Gardist versperrte ihr den Weg. »Nur der Fachmann.«

Jannah hob eine Augenbraue. »Weil …?«

»… er der Fachmann ist.«

»Und nur ein Fachmann darf in ’nen Serverraum? Generell? Ist das ’ne neue Richtlinie mit den Fachmännern? Von der hab ich noch gar nichts gehört. Gab’s dafür ’nen Leergang? Doppel-E-zertifiziert?«

Sein Kollege begann zu lachen. »Da bist an die Falsche geraten, Ben. Die ist nicht aufs Maul gefallen.«

»Und auch nicht als Baby auf ’n Kopf.« Ihr Blick wurde eisig. »Mein Befehl lautet, Herrn Holzer auf Schritt und Tritt zu begleiten und für seine Sicherheit zu sorgen. Sogar wenn er aufs Klo geht, steh ich daneben und halte ihn im Notfall, sollte er ihm zu schwer werden. Also werde ich jetzt da mit reingehen und auf den Anzugträger aufpassen. Verstanden?«

Der feiste Gardist starrte sie an, doch sein Kollege zog ihn zur Seite. »Schon in Ordnung. Halten Sie Ihrem Schlipsträger den Schwanz, wenn es sein muss.«

Jannah fand Hendrik in einem Nebengang des Serverraums. Er hatte das RAID-0-System bereits an einem der Racks angeschlossen und die Datenübertragung gestartet.

»Probleme?«, fragte er leise.

»Idioten«, antwortete sie deutlich hörbar.

Er lächelte matt. »Es sieht gut aus. Das Scanprogramm läuft, geschätzte Restdauer etwa fünfeinhalb Minuten. Wenn es nicht anschlägt, sind die Server sauber.«

»Na, dann hoffen wir's.«

Während sich Hendrik wieder der aufgeklappten Konsole und der Datenübertragung widmete, sah sich Jannah um. Die Spuren des Kampfes waren unübersehbar. Allein in der Wand neben ihr prangten knapp zwanzig Einschusslöcher. Karim und Susanna hatten sich ordentlich gewehrt. Trotzdem lag Karim vermutlich schon in einem Zinksarg und Susanna oben im Flur mit diesem irritierend zufriedenen Ausdruck im Gesicht. Woran hatte sie kurz vor ihrem Tod gedacht? An Karim? An ihre Familie?

Jannah musste zugeben, dass sie zwar das Gefühl gehabt hatte, Susanna zu kennen, aber in Wahrheit keine Ahnung hatte, wer sie wirklich gewesen war. Sie wusste kaum etwas Privates über die Rebellin und würde auch nicht mehr über sie erfahren. Susanna hatte sich stets bedeckt gehalten, wenn es um ihr Leben vor der Rebellion ging. Irgendetwas mit Sportwissenschaften hatte sie in Köln studiert und daraufhin einige Jahre in einem Fünf-Sterne-Hotel gearbeitet, in dem sie das hauseigene Fitnessstudio betreute, aber privater waren Susannas Erzählungen nie geworden. Wissen über Freunde und Verwandte konnte schnell zur Gefahr werden. Das Regime hatte mit Angehörigen ein ausgezeichnetes Druckmittel, da war es am besten, wenn man nicht zu viel quatschte, falls man nicht ungebunden war.

Ungebunden. Was der Cowboy wohl gerade tat? Saß er mit diesem Drogenpanscher zusammen, tranken sie Bier, stopften sich Chips rein und sahen sich einen Actionthriller an? Oder trugen sie Schutzanzüge und mischten in irgendeinem Geheimlabor ein Gegengift? Ihr war schleierhaft, warum das

Quartett nicht dahinterkam, was er mit diesem Erik vorhatte. Ihr war es beim Lesen seiner Akte sofort wie Schuppen von den Augen gefallen: Malek wollte seinen Bruder. Der trug eine Lifewatch, die musste also weg, damit Malek mit Dominik untertauchen konnte. Wie er sie abbekam, wusste er, jedoch würde man Malek nie die Zeit gewähren, seinem Bruder die Lifewatch abzunehmen. Vorher würde INIT EXIT blinken. Und da kam dieser Krenkel ins Spiel. Er sollte ein Gegengift für Malek mischen, was sonst? Blieb die Frage, warum Malek bei ihr angerufen hatte. Aus reiner Sentimentalität sicher nicht – er brauchte irgendetwas, was er in der Basis gesucht und nicht gefunden hatte. Nur was? MMF vielleicht, um seinen Bruder nach einer Befreiung von den Nanos fernzuhalten?

»Noch drei Minuten.«

»In Ordnung.« Jannah vertrieb den Gedanken an Malek, was nicht ganz gelang, lehnte sich neben Hendrik an das Serverrack und schob die Hände in die Hosentaschen. »Und? Heute noch was vor?«

Hendrik runzelte die Stirn. Lautlos formulierten seine Lippen: *Was wird das?*

Jannah zuckte mit den Schultern, deutete mit einem Kopfnicken zur offen stehenden Tür des Serverraums. *Idioten verarschen.*

Hendrik winkte jedoch ab. »Ja, ich hab noch was vor. Ins Bett gehen, wenn wir hier fertig sind.« Das zigarettenschachtelgroße Display des angesteckten RAID-0-Systems zog seine ganze Aufmerksamkeit auf sich.

Dann halt nicht. Jannah rieb sich über das Gesicht und stellte fest, dass ihr Schweiß auf der Stirn stand, obwohl aus den Gittern im Boden kalte Luft emporstieg, um die Racks zu kühlen. Auch versuchte die Lüftungsanlage fleißig, die Gerüche nach Kordit und Rauch zu vertreiben, was ihr nicht gelang. *Die Überreste der Schießerei.* Jannah hoffte, dass sie heute nicht auch noch gezwungen war, die knapp siebenhundert Gramm an ihrer Hüfte mit den siebzehn Schuss im Magazin zu ziehen. Sie hätte zwar gern ein paar Idioten des Regimes ausgeschaltet, aber es wäre ihr sicherer Tod, und bevor das Regime, das ihren Vater zerstört hatte, nicht vernichtet war, würde sie nicht gehen. Erst das System, dann sie. *Und dann sehen wir uns wieder, Vater.*

»Noch eine Minute«, sagte Hendrik, »dann bin ich hier fertig.«

»Womit?«

Jannah und Hendrik sahen gleichzeitig zur Tür. Ein Gardist mit schütterem Haar und einer Laptoptasche unterm Arm stand im Türrahmen.

Hendrik suchte nur kurz Jannahs Blick, dann zückte er seinen Ausweis. »Operative Auswertung Cybercrime«, wiederholte er. »Holzer mein Name. Und Sie sind?«

»Konstantin Böhm, der zuständige IT-Spezialist für das Bundesamt.« Seine Stiefel klackerten über die Lüftungsschlitze im Boden. »Wer hat Sie herbestellt? Der Konfessor?«

»Ich weiß nicht, wer mich herbestellt hat«, antworte Hendrik. »Das müssen Sie meinen Chef fragen. Ich weiß nur, dass diese nette Gardistin vor meiner Tür stand und mich abholte.«

Böhms Blick flatterte kurz zu Jannah, fokussierte aber sofort wieder Hendrik. »Und was prüfen Sie hier genau?«

»Den Befall mit Schadsoftware. Ich lasse unseren hauseigenen Virenscanner laufen.«

Der Gardist kam näher, beäugte die angesteckten Festplatten. »Mit einem Raid 0?« Da weiteten sich seine Augen, und Jannah schlug ihm mit aller Kraft die Handkante gegen den Kehlkopf.

Seine Augen quollen beinahe aus den Höhlen. Er hustete halb erstickt, griff sich an den Hals und versuchte, Luft in seine Lungen zu saugen, doch Jannah war schon hinter ihm und presste ihm die Hände über Mund und Nase, damit er nicht schreien konnte. Hendrik zückte zeitgleich sein Messer, das er im Gürtel versteckt bei sich getragen hatte, und stieß auf Höhe des Solarplexus zu und gleich noch einmal. Der Gardist versteifte sich und grub seine Fingernägel in Jannahs Handrücken, dann erschlaffte er.

»Schnell!«, presste sie hervor. »Ich kann ihn kaum halten.«

Das Messer glitt aus dem Leichnam. Zusammen setzten sie die gut achtzig Kilogramm auf den Boden. Hendrik wischte die Klinge an der Jacke des Toten ab, sah dann über die Schulter zum Raid-System. Laut sagte er: »Der Scan ist fertig.« Seine Stimme zitterte.

»Wunderbar«, schob Jannah nach, während sie sich versicherte, dass Herr Böhm nicht zur Seite kippte. »Dann wär's das hier.«

Hendrik zog die Festplatten ab, steckte eine ein und reichte ihr die andere. Da sah sie die blutige Kratzspur auf ihrem Handrücken. Der Kerl hatte sie stärker erwischt als gedacht. Sie wischte die Hand an seiner Uniform sauber, dann traten sie gemeinsam aus dem Serverraum.

Der dicke Ben beäugte sie missmutig. »Fertig?«

»Jep.« Hendrik lächelte charmant. »Alles in bester Ordnung, kein Schadsoftwarebefall. Den Rest klärt der andere ITler.«

»Alles klar«, sagte Bens Kollege. »Dann 'nen schönen Feierabend.«

»Ihnen auch.«

Auf dem Weg zum Treppenhaus kam es Jannah vor, als dehne sich der Flur mit jedem zurückgelegten Meter wie eine wirre Drogenhalluzination in der Länge aus, in der jeder Schritt wie ein Donnerschlag von den Wänden widerhallte. Sie mussten es doch gehört haben, das erstickte Husten, die Stiche, das Sterben.

Doch ohne Zwischenfälle erreichten sie den Treppenaufgang, ein kurzer Blick zurück, die beiden Gardisten standen immer noch vor der Tür. Sie sprachen gelangweilt miteinander. Keiner spähte ins Innere des Serverraums.

Achtzehn Stufen waren es bis ins Erdgeschoss. Jannah spürte, dass ihr Blut über den Handrücken zum kleinen Finger rann. Sie vergrub die Hand in ihrer Hosentasche, hoffte, dass auf ihrer Uniform keine Flecken geblieben waren. *Rot auf Weißgrau. Spitze.*

Hendrik stieß die Glastür zum Erdgeschoss auf. Schweiß glänzte auf seiner Stirn.

Susanna lag immer noch auf dem Boden, die beiden toten SEK-Beamten hingegen waren verschwunden, genauso wie die beiden Männer an der Ausgangstür.

Zimmerzypressen in baumstammdicken Terrakotta-Übertöpfen säumten ihren Weg. Dann das Hauptportal, zuckende Blaulichter auf finsteren Fassaden, Reflexionen in Fenstern, überall SEK, Gardisten, Sanitäter. Mehrere Leichenwagen mit gefalteten Vorhängen im Inneren.

Jannah ballte die Hand in der Hosentasche zur Faust. Die andere presste sie gegen den Körper, damit ihre Finger nicht ständig zur Pistole zuckten. Nebeneinander schoben sie sich durch die Menge auf ihren Wagen zu. Dreißig Meter.

Ein Bestatter rief: »Wo ist eigentlich der Konfessor hin?«

Jemand antwortete: »Keine Ahnung, vorhin war er noch da.«

Fünfundzwanzig Meter.

Hendrik wischte sich mit dem Ärmel über die Stirn. Sein Sakko schimmerte feucht an der Knopfleiste. *Blut. Oh Gott. Das muss man doch sehen!*

»Herr Holzer!«

Ein ertapptes Zucken. Nur Jannah. »Ja?«

»Sie sind da ein wenig … schmutzig geworden.« Ihre Blicke zeigten an, wo. Er senkte den Kopf, schluckte, nickte, überdeckte die Stelle mit dem Arm und sah wieder geradeaus.

Zehn Meter.

Vor ihrem Wagen parkte ein Leichenwagen mit geöffneten Heckklappen. Ein Zinksarg stand darin, ein Fremdkörper in all dem beigefarbenen Samt, wo nur Holz hingehörte.

Jannah hatte den Wagenschlüssel schon in der verletzten Hand. Die Blinker flammten auf, Hendrik umrundete das Heck, öffnete die Wagentür und schwang sich ins Innere.

Auch sie öffnete ihre Tür und sank in den Sitz. Der Schlüssel wehrte sich beim ersten Versuch, glitt erst beim zweiten ins Schloss. Der Motor sprang an, Jannah legte den Rückwärtsgang ein, setzte zurück und fuhr aus der Parklücke, ganz langsam, weil der Leichenwagen sie fast zugeparkt hatte.

Dann beschleunigte sie unauffällig auf zwanzig, dreißig und schließlich vierzig Kilometer pro Stunde. Warum kam so lange keine Abzweigung?

Hendrik spähte über die Schulter nach hinten. »Ich glaub, keiner hat's gemerkt. Wahnsinn! Wir haben's geschafft!«

Jannah wollte es noch nicht glauben, wagte aber ebenfalls einen Blick. Alles blieb ruhig, niemand folgte ihnen, keiner schien Notiz von ihnen zu nehmen. Nur im vordersten Leichenwagen saßen die Schemen zweier Gestalten, vermutlich die Bestatter, die darauf warteten, ihren schweigenden Gast zur letzten Ruhestätte zu geleiten.

Thomas Borchert schüttelte zum fünfundzwanzigsten Mal den Kopf. »Ich kann nicht glauben, dass wir sie entkommen lassen.«

Nummer Elf saß hinterm Steuer des Leichenwagens, die Hände über dem Lenker gefaltet, und blickte den kleiner werdenden Rücklichtern des Gardefahrzeugs hinterher. Es war an der Zeit, ihn einzuweihen. »Schon die ersten beiden hätten entkommen sollen.«

»Wie bitte?«

»Sie haben richtig gehört. Es war nie ein Zugriff geplant gewesen.«

»Warum nicht? Jetzt haben sie die Daten!«

»Korrekt. Sie sollen sich erfolgreich wähnen.«

»Das … versteh ich nicht. Wir fahren hier ein Großaufgebot mit Spezialeinsatzkommando und allem Drum und Dran auf für nichts? Nicht zu vergessen, dass Sie vorhin zwei Männer erschossen haben.«

»Aus anderen Gründen. Und das Großaufgebot war nie vorgesehen gewesen, aber nachdem die Späherdrohne runtergegangen ist, wussten zu viele in der Garde, dass man es auf das Bundesamt abgesehen hatte. Keinen Großeinsatz durchzuführen wäre aufgefallen.«

»Wem wäre das aufgefallen? Den Rebellen?«

»Möglicherweise. Wir hatten vor der Fossey-Mission schon ein Datenleck und müssen in Erwägung ziehen, dass es immer noch besteht.«

»Aber … aber warum lassen wir sie entkommen? Welchen Nutzen haben wir davon?«

Inzwischen war das Gardefahrzeug an der erstbesten Kreuzung nach rechts verschwunden, und Nummer Elf öffnete die Wagentür. »Das werden Sie bald sehen. Vorher dürfen Sie aber Ihre Fähigkeiten unter Beweis stellen.« Er stieg aus.

Borchert folgte. »Welche Fähigkeiten?«, fragte er über das Dach des Wagens hinweg.

»Die als Spurensicherer.«

»Okaaay. Und welche Spuren soll ich sichern?«

»Fingerabdrücke, Haare, Hautschuppen. Von den beiden.« Nummer Elf deutete die leere Straße hinab und lächelte zum ersten Mal, seit Borchert ihn kannte. »Ich will ihre genetischen Fingerabdrücke, Borchert. Ich will ihre DNS.«

Vor allem die der Rothaarigen.

Kapitel 17

München, Schwabing

Kalt und klar dämmerte der Morgen, erfüllte das Fenster mit Sonnenlicht und Rebas Gesicht mit Wärme. Sie saß, die Beine zum Körper gezogen, die Arme um die Knie geschlungen, auf ihrem Lieblingsplatz, dem breiten Fensterbrett im Wohnzimmer Richtung Garten. In wenigen Wochen würde sie die Läden den ganzen Tag lang offen lassen und die Gerüche der Natur hereinlassen. Im Garten wuchsen Duftjasmin und Edelflieder, Sommerflieder, echter Thymian, Winterschneeball und Rote Heckenberberitze. Wie sehr sie die Düfte vermisste. Gut, der Winterschneeball würde bald blühen, aber der Rest … Nie hätte sie gedacht, dass ihr solche Kleinigkeiten wichtig werden könnten, doch mittlerweile trank sie auch trockenen Sauvignon Blanc anstatt Spätlese. Es veränderte sich einfach alles mit der Zeit, und das war in den meisten Fällen gut.

Nur nicht in allen.

Vor drei Stunden war sie auf Fosseys Festplatte über eine digitalisierte Version eines vermutlich handschriftlichen Briefs gestolpert, und die Zeilen hatten sie zutiefst berührt. Sie hatte gewusst, dass Fosseys Frau ihn schon vor der Gründung von SmartBrain verlassen hatte, aber sie hatte nicht gewusst, dass es endgültig gewesen war. Endendgültig.

Bitte weine nicht um mich!, hatte sie geschrieben. *Lächle lieber, dass ich bei dir sein durfte, und freue dich, dass ich jetzt an einem besseren Ort sein kann. Auch wenn es mir das Herz zerreißt, dich so unvorbereitet zurückzulassen, mir wird es dort besser gehen und dir hier. Außerdem sehen wir uns wieder. Irgendwann.*

Lydia.

Durch Reba lief ein Zittern. Wie musste es sich anfühlen, nach Hause zu kommen und einen geliebten Menschen tot aufzufinden oder einen Anruf zu erhalten, dass er nicht mehr nach Hause kommen würde? Sie hatte immer geglaubt, dass Fossey einfach ein Nerd und deswegen seine Ehe in die Brüche gegangen war. Dass sich Lydia Fossey-Schnur das Leben genommen hatte – einfach nur schrecklich.

Ein Seufzen kam über ihre Lippen. Sosehr sie auch Mitleid für den Forscher verspürte und erahnte, warum er sich so in die Arbeit mit SmartBrain gestürzt hatte, blieb da trotzdem ihr Auftrag für Johann. Zweiundsechzig Prozent der Sektorsequenzen hatte sie durch, die letzte vor drei Stunden decodiert, bevor sie den Brief fand, und die hatte ihr Gewissheit gebracht. Carl Oskar Fossey hatte neben seiner Forschung an einer Software gearbeitet, spezieller, an einem schlanken Programm. Die Funktionsdefinitionen folgten einem Benennungsmuster, einer Mischung aus Deutsch und Englisch, wie er es schon bei SmartBrain für selbst programmierte Hilfstools benutzt hatte. Zum Glück hatte er mit einem Editor programmiert und anschließend kompiliert, sonst hätte sie den Code wohl nie gefunden.

Nur wofür war das Programm da? Welchen Nutzen brachte es ihm?

Reba fehlten noch die Kernstücke der Funktionen, insofern konnte sie nur spekulieren, was nicht ihrer Natur entsprach. Sie würde erst die restlichen achtunddreißig Prozent durchackern, wofür sie noch Wochen brauchen würde. *Schadsoftware* zuckte als Begriff durch ihre Gedanken, doch so weit wollte sie ohne konkrete Anhaltspunkte nicht gehen. Nichtsdestoweniger musste sie Nummer Eins informieren. Dass Fossey an einer Software gearbeitet hatte, die er hatte verstecken wollen, war spannend.

Und dann war da noch Fosseys Forschung, die sie fachlich reizte. Neben den ganzen technischen Themen waren in diversen Textdokumenten etliche Verweise auf mögliche *nanotransive Disharmonien* aufgetaucht. Reba hatte noch nie davon gehört, obwohl sie seit Jahren an den nanotransiven Überzeugungen der Konfessoren arbeitete. Nanotransive Disharmonien. Irgendwie brachte der Begriff etwas in ihr zum Schwingen, wie eine angeschlagene Stimmgabel.

Sie hatte dafür einen gesonderten virtuellen Ordner und ein Ablagefach auf dem Schreibtisch angelegt, in das sie alle Verweise ausgedruckt einsortiert hatte. Wann hatte man schon mal die Gelegenheit, in die persönlichen Unterlagen der Nanokoryphäe zu spitzen?

Reba seufzte abermals und genoss noch für einen Moment die Wärme der Sonne. Anschließend kletterte sie vom Fensterbrett, um Nummer Eins über die Software zu informieren.

Kapitel 18

Nürnberg

Dass Wendland einen Friedhof als Treffpunkt vorgeschlagen hatte, amüsierte Malek. Sie trafen sich dort, wo niemand von ihnen hinwollte, aber ihr Feind Kehlis sie am liebsten sehen würde – einen Meter achtzig tief unter der Erde. So bald würde das aber nicht passieren. Zumindest nicht ihm.

Malek nahm den Kaffeebecher zur Hand, der neben ihm auf der Holzbank stand, und wärmte sich daran die Finger. Dunkelbraun glänzte das *JK's*-Logo auf sandfarbenem Grund, sogar fühlbar durch eine 3-D-Prägung. Selbstverständlich aus Recyclingpapier und ohne Plastik. Ein Statement an die Konsumenten: Johann Kehlis denkt an Nachhaltigkeit. Johann Kehlis sorgt für die Natur. Johann Kehlis verschafft euren Kindern eine Zukunft auf diesem schönen Fleckchen Erde. Und vielleicht war das sogar sein Ziel mit den Nanos. Einfach alle Menschen zu gutem Verhalten zwingen, wobei lediglich fraglich blieb, ob seine Definition vom Guten richtig war. Der gute König, so sah sich Kehlis vermutlich in seinem Wahn selbst.

Malek nippte am Kaffee, stellte den Becher wieder neben sich und ließ den Blick schweifen.

Die Morgensonne warf lange Schatten über die schmalen Fußwege und die Grünflächen dazwischen. Schatten von kahlen Birken, Ulmen, Linden und Weiden, Schatten von braun belaubten Eichen und Rotbuchen, Schatten von immergrünen Sträuchern, von Kirschlorbeer und Buchs und den Schatten eines hageren Mannes im Rollstuhl.

»Malek Wutkowski.« Wendland war allein. Er surrte mit seinem elektrisch betriebenen Gefährt direkt vor die Bank und lächelte. »Gut sehen Sie aus.«

»Sie umso schlechter.«

Das Lächeln auf dem altersfleckigen Gesicht wurde breiter, spannte die Haut über hervortretende Wangenknochen. »Direkt und undiplomatisch wie immer.«

»Tja.«

»Sie haben ja recht. Die Wahrheit ist nun mal nicht immer nett.« Wendlands Blick trübte sich für einen Moment, dann sah er sich um. »Schön ist es hier, nicht?«

Malek hob eine Augenbraue.

»Nein, so mein ich das nicht, sondern generell. Der Tag heute. Sonnig und klar, fast der erste Frühlingstag in diesem Jahr. Wissen Sie, ich komme ja kaum mehr raus, bin in meiner Mobilität aus den ein oder anderen Gründen doch beschränkt, da wirkt eine andere Umgebung direkt... belebend. Auch wenn es ein Friedhof ist.«

»Wenn Sie das sagen.«

»Ja, wenn der Wendland das sagt.« Ein schwermütiger Atemzug. »Wissen Sie, Wutkowski, wenn man die siebzig einmal überschritten hat, setzt man sich unweigerlich mit der eigenen Vergänglichkeit auseinander. In Ihrem Alter hatte ich die nicht auf dem Schirm, da ist man unsterblich. Jetzt jedoch« – er klopfte sich auf die Oberschenkel, die unter einer Wolldecke mit Rautenmuster verborgen waren – »fühle ich, wie meine Tage kürzer werden.«

»Worauf wollen Sie hinaus?«

»Dass ich des Kämpfens müde bin. Jeden Tag gegen *den Herrn* ins Feld ziehen. Jeden Tag von Neuem Pläne schmieden.

Jeden Tag dieselbe Chose. Ich bin es satt. Auch jetzt mit Ihnen. Worauf wird dieses Treffen hinauslaufen?«

»Sagen Sie es mir.«

»Ja, das mach ich sogar. Es wird wie folgt laufen: Wir werden uns belauern, wir werden uns mit Worten abklopfen, versuchen, verwertbare Informationen dem anderen aus der Nase zu ziehen, die für uns wichtig sein könnten. Distanziert betrachtet eine Lächerlichkeit, weil eigentlich wollen wir beide dasselbe: in Frieden in der Sonne sitzen und nicht mehr kämpfen müssen. Das Leben könnte so schön sein, wenn es keine Menschen gäbe.«

»Netter Ansatz.«

»Der uns leider Gottes nicht weiterbringt, ich weiß.« Wendland seufzte für Maleks Geschmack zu oft, doch zum Glück kam er zum Punkt. »Ich versprach Ihnen weitere Informationen über die Exekutionsfunktion der Lifewatch. Sie wollten wissen, welches Gift zum Einsatz kommt.«

Wutkowski nickte.

»Es handelt sich um Neodiamin, eine Neuentwicklung auf Basis der Nervenkampfstoffe Sarin, Tabun und Soman. Es ist hochtoxisch, Wutkowski. Sie als Laie können das nicht handhaben. Auch nicht mit einem Apotheker an der Seite und in Schutzanzügen.«

»Bei Fosseys Befreiung hatte ich weder noch.«

»Das waren andere Umstände. Wir hatten keine Zeit und nur diese eine Chance. Außerdem kannten Sie das Risiko.«

»Wirklich?« Bevor Vitus etwas entgegnen konnte, winkte Wutkowski ab. »Gibt es ein Gegenmittel?«

»Nein, was damals der Sinn der Sache war.«

»Wofür haben Sie die Uhr ursprünglich entwickelt?«

»Für den BND. Ich vermute, Agenten sollten damit ausgestattet werden. So gelangten die Baupläne später vermutlich auch in Kehlis' Hände, nachdem er die Macht ergriffen hatte.«

»Könnte die Uhr unter seiner Führung für die Konfessoren weiterentwickelt worden sein?«

»Unwahrscheinlich. Die Uhren, die wir bisher an Konfessoren gesehen haben, sind baugleich mit der damals entwickelten. Außerdem hatte Johann genug mit seinen Nanos zu tun. Sie müssen wissen, das Zusammenspiel von Säuren und Gift innerhalb der Uhr ist sehr diffizil. Die Funktionsfähigkeit und die Sicherheit der Uhr kosteten ein Team bei S. Y. D. mehrere Jahre. Außerdem funktioniert sie hervorragend. Dass Kehlis daran herumgebastelt hat, schließe ich eigentlich aus.«

Malek nickte nachdenklich. »Gibt es sonst noch etwas, das ich darüber wissen muss?«

»Eigentlich nur eines: Lassen Sie die Finger davon! Von der Uhr und Ihrem Bruder. Beides bringt Sie nur hierher.«

»Danke für den Rat.«

»Den Sie geflissentlich ignorieren werden, ich weiß, aber haben Sie schon an die Option gedacht, Ihren Bruder zu retten, indem Sie mit uns zusammen das Regime stürzen? Geht es unter, werden Konfessoren überflüssig. Sie werden dann Ihrem Bruder einfach so die Uhr abnehmen können.«

»Das glauben Sie doch selbst nicht. Die Konfessorenriege wird kollektiv Suizid begehen, wenn ihr System untergeht.«

»Nein, werden sie nicht. Der Mensch hängt am Leben, auch die Konfessoren. Sie werden sich nicht selbst terminieren, und wenn niemand mehr da ist, der es tun könnte …« Wendlands Blick wurde beschwörend. »Kommen Sie zu uns zurück, Wutkowski, und bringen Sie diesen Krenkel mit. Wir haben in den letzten drei Monaten entscheidende Fortschritte gemacht. Wir werden Johann stürzen. Dafür brauchen wir aber jeden Mann. Und eine von uns braucht Sie besonders.«

Die Worte schmerzten, auch wenn er die Anspielung auf Jannah erwartet hatte. Vielleicht lag es an Wendlands Wortwahl. *Außerdem brauche ich dich aus einem anderen Grund,* hatte sie ihm damals durch die Blume gesagt, kurz bevor sie ihn hatte gehen lassen.

»Sie bedeutet Ihnen mehr, als Sie zugeben.« In Wendlands Gesicht stand keine Genugtuung, kein freudiger Glanz, dass er ins Schwarze getroffen hatte. »Ist es ihre Natürlichkeit? Ihr Idealismus? Ihre Frohnatur? Oder der Umstand, dass sie Sie wie einen Menschen ansieht und nicht wie einen Verbrecher? Verstehe. Es ist schwer, jemanden zu finden, der einen akzeptiert, wie man ist.« Er klopfte sich wieder auf die Oberschenkel. »Auch wenn Ihre Einschränkungen anderer Art sind und mehr in der Vergangenheit liegen, weiß ich genau, wie es sich anfühlt. Und aus Erfahrung prophezeie ich Ihnen: Ehe Sie sich's versehen, sind Sie wie ich alt und grau … und immer noch alleine.« Wendlands Blick wurde traurig. »Es tut mir leid, auch mal direkt und undiplomatisch zu sein, aber Sie müssen sich irgendwann zwischen Ihrem Bruder und Jannah entscheiden. Darauf läuft es hinaus. Auf Jannah können Sie zählen, aber Ihr Bruder wird nicht einfach die Waffe erheben und an Ihre Seite springen.«

Malek erhob sich. Das Gesicht des alten Mannes schwebte auf Höhe seiner Brust. »Vielen Dank für die offenen Worte.«

Ein müdes Lächeln kroch über Wendlands Antlitz. »Also entscheiden Sie sich für Ihren Bruder. Schade, aber wenigstens können Sie noch frei entscheiden.« Er hob die Hand. »Ich wünsche Ihnen eine gute Heimreise, Wutkowski.«

Malek schlug ein. »Ihnen auch. Ich hoffe, Sie haben es nicht allzu weit.«

Der Datenbaron lachte. »Ein bisschen plump, oder? Wir sind schon einmal wegen Ihnen umgezogen, das reicht mir vorerst. Machen Sie es gut, Wutkowski, und falls Sie Ihre Meinung ändern, Sie wissen ja, wie Sie mich erreichen.«

Der Motor des Rollstuhls surrte, und Wendland rollte davon, ohne zurückzusehen.

Malek hingegen verfolgte den Abzug des alten Mannes und wusste, dass er dieses Duell mit Worten verloren hatte. Er hatte zwar die Infos bekommen, die er brauchte, aber Wendland hatte Zweifel gesät.

Neben ihm stand noch der halb volle Kaffeebecher. Malek ließ ihn stehen. Ihm war die Lust auf Kaffee vergangen, der schmeckte wie die Niederlage – schwarz und ohne Zucker.

Auf dem Weg zum Ausgang wartete bei den Kriegerdenkmälern jemand auf ihn. Malek blieb stehen. »Irgendwie hab ich ja fast mit Ihnen gerechnet.«

»Ich mit Ihnen ehrlich gesagt nicht. Ich dachte, Sie nicht lebend wiederzusehen.«

»So täuscht man sich.«

Die Majorin löste sich von der Sandsteinmauer des Denkmals und kam federnden Schritts bis auf Armeslänge heran. Sie trug nicht den braunen Blazer mit dem goldenen Stern am Kragen, sondern schlichte schwarze Kleidung, bestehend aus Lederschuhen, Jeans und einem Rollkragenpullover. Einzig die Jacke war gefärbt, ordinär braun, und es passte alles zu ihr wie die Faust aufs Auge. Die Schlichtheit unterstrich ihre harte Eleganz.

»Ja, so täuscht man sich«, wiederholte sie. Ein anerkennender Zug spielte um ihre Mundwinkel.

»Und jetzt? 'nen Kaffee hatte ich eben schon.«

Die Majorin rümpfte die Nase. »Verschonen Sie mich mit dem Nanodreck.«

»Wie Sie meinen.« Malek wollte an ihr vorbeigehen, doch da sagte sie: »Sie fragen sich sicher, warum ich hier bin.«

»Nicht ohne Grund.«

Die Majorin wandte sich in die Richtung, aus der Malek gekommen und Wendland verschwunden war. »Ich weiß nicht, wie er Sie überzeugen will, wieder zu uns zu kommen, aber ich weiß, dass er das vorhat. Oder täusche ich mich?«

»Nein.«

»Dacht ich mir.« Die Majorin fixierte einen imaginären Punkt in der Ferne, machte keine Anstalten, mehr zu sagen, stand einfach nur da. Ein sanfter Wind spielte mit ihren roten Haaren, ließ eine lose Strähne um ihre Wangen tänzeln.

»Keine Drohung?«, fragte Malek.

Ihre smaragdgrünen Augen richteten sich auf ihn. »Diesmal nicht, Wutkowski. Ich bin ganz offen: Die Vorstellung, Sie wieder bei uns aufzunehmen, erfüllt mich als Mutter mit Grauen, aber andererseits … Was Sie für die Rebellion geleistet haben, ist bemerkenswert. Überhaupt, dass Sie noch leben. Aber verstehen Sie das nicht falsch. Das ist keine Einladung meinerseits.«

»Wie ist es dann zu verstehen?«

Ein Schritt, und sie war ganz nah da, fast wie Jannah, doch ihr Körper berührte ihn nicht. Nur ihre Hand fasste ihn sanft an der Schulter, während sie ihm ins Ohr flüsterte: »Dass ich Sie nicht hinterrücks ermorden werde, falls Sie zurückkommen.«

Sie löste sich von ihm, die Augen hart und unergründlich wie immer, und machte auf dem Absatz kehrt.

»Frau Sterling.«

Die Majorin wandte sich abermals zu ihm um. »Ja?«

Drei schnelle Schritte seinerseits, und er richtete den Kragen ihrer Jacke, der nicht hundertprozentig saß. »Würden Sie ihr etwas ausrichten?«

Die Majorin schnaubte. »Auf keinen Fall.« Und damit ließ sie ihn endgültig stehen.

Malek wartete, bis ihre Schritte zwischen den Gräbern verklungen waren, dann öffnete er seine Jacke und zog sie aus. An der Schulternaht fand er einen vier Mal vier Millimeter kleinen, selbst klebenden Peilsender. Er pflückte ihn vom Stoff, ließ ihn auf den geteerten Weg fallen und zertrat ihn mit der Stiefelsohle.

Dann zückte er sein Handy, aktivierte die Peilsendersoftware aus alten Tagen von Król Security und wartete.

Ein Ladebalken füllte sich, dann erschien ein Landkartenausschnitt Nürnbergs, mit dem Südfriedhof mittig auf dem Display. Ein roter Punkt blinkte im Rhythmus eines schlagenden Herzens.

Malek zoomte die Karte bis auf das Maximum auf und sah den Friedhof als stilisiertes Dreieck. Der rote Punkt bewegte sich in Laufgeschwindigkeit zwischen den Gräbern hindurch bis zum Ausgang im Norden, verharrte dort, schlug und schlug und … erlosch.

Malek Wutkowski lachte schallend.

Kapitel 19

Neues Hauptquartier der Rebellen

Jannah zupfte Wundschorf vom Kratzer auf ihrem Handrücken. Er war rot gerändert und juckte fürchterlich. »Mein Gott, wo bitte bleiben die? Die sind doch sonst so überpünktlich.« Sie riss ein Stück Grind ab. Darunter glänzte es.

Hendrik zuckte mit den Achseln. »Die waren heute draußen.«

»Wer?«

»Vitus und deine Mutter.«

»Davon hab ich gar nichts mitbekommen.«

»Weil du im Schießstand warst.«

»Super. Und warum waren sie unterwegs?«

»Wegen Vitus' Gesundheitszustand. Hat er zumindest gesagt. Haben irgendetwas in Nürnberg besorgt. Frag mich nicht.«

»Hätten Lebkuchen mitbringen können.«

Hendrik pfiff durch die Zähne. »Dass du noch ans Essen denken kannst.«

»Ich bin ja auch im Gegensatz zu dir permanent free.« Jannah ließ von ihrer Verletzung ab, verschränkte die Finger ineinander. »Genauso, wie dieser Krenkel es sein muss.« Vor ihr auf dem Tisch lag die Akte, die ihr Vitus geliehen hatte und die sie heute zurückgeben wollte.

»Wie kommst du darauf?«

»Na, wenn Malek das Risiko eingeht, einen alten Knastkumpel rauszuholen, dann muss er doch sicher sein, dass der ihm helfen wird. Und dazu muss er free sein.«

»Was, wenn er ihn zurückkonditionieren will? Wenn er das Prozedere testen will, bevor er sich an seinem Bruder versucht?«

»Dann hätte er den erstbesten Kerl von der Straße nehmen können.«

»Nicht unbedingt. Krenkel wäre ihm danach – sollte es gelingen – mehr als dankbar.«

»Ja, aber nein … dieser Krenkel ist free!«

Das Knacken der Besprechungsraumtür unterbrach ihre Unterhaltung. Vitus kam als Erster herein, gefolgt von Sean, Fossey und Barbara. Eine circa eineinhalb Meter lange Kartonröhre steckte in der Rückenlehne des Rollstuhls. *Die Baupläne der Häuser des Herrn.*

»Und, waren sie zwei Leben wert?« Hendrik war sofort im Sarkasmusmodus.

Jedoch ließ sich niemand darauf ein. Nur Sean sagte: »Wird sich zeigen«, und sank auf einen der Stühle. Es war nicht genau feststellbar, ob er oder der Stuhl dabei ächzte.

Barbara schloss die Tür hinter sich.

»Wo ist der Doc?«, fragte Jannah. Jörg ließ sich normalerweise keine Besprechung entgehen, schon gar nicht, wenn es um die Zukunftsplanung der Rebellion ging.

Zu ihrer Verwunderung sagte Vitus: »Jörg kommt nicht mehr. Er hat seinen Posten im Quartett abgegeben.«

»Unvereinbarkeit von ärztlichem Berufsethos und unseren Entscheidungen«, präzisierte Barbara.

Sean pfiff durch die Zähne. »Im Krieg sterben nun mal Menschen. Das war schon immer so und wird auch immer so bleiben.«

»Ja, ja, ist ja gut.« Vitus hob die Hände, um eine Diskussion abzuwehren, und richtete sich an Jannah und Hendrik. »Er hat sich, noch während ihr ins Bundesamt eingedrungen seid, zurückgezogen und uns gestern Abend seine Entscheidung mitgeteilt. Er bleibt uns zwar als Arzt erhalten, allerdings möchte er mit den Entscheidungen des Quartetts nichts mehr zu tun haben. Wir vier haben uns daraufhin abgestimmt und beschlossen, dass Carl ab sofort Jörgs Platz einnimmt.«

Der Forscher nickte andeutungsweise in die Runde, und Jannah dachte: *Von Kehlis' engstem Vertrauten direkt in die Führungsriege der Rebellion. Ob das so gut ist?*

»Für euch bleibt damit alles beim Alten«, fuhr Vitus fort. »Und jetzt zu den wichtigen Punkten.« Er packte die Röhre auf den Tisch, holte großformatige Ausdrucke hervor und strich sie auseinander. Zu sehen waren Grundrisse, die stark nach einer historischen Burganlage aussahen, doch das Papier rollte sich von selbst wieder zusammen. Mit gefurchter Stirn griff Jannah danach. Knisternd gab das Gerollte unter ihren Händen nach.

»Was ist das?«

»Burg Waltenstein.«

»Und… was hat die mit den Häusern des Herrn zu tun?« Niemand antwortete. »Hallo? Was ist das? Wo sind die Pläne der Häuser des Herrn?«

»Noch nicht gesichtet«, sagte Sean.

»Und warum nicht?«

»Das würde mich auch interessieren.« Hendrik lehnte sich steif auf seinem Stuhl nach vorn und blickte mit zusammengekniffenen Augenbrauen in die Runde.

»Es ist so«, sagte Vitus, »dass die Häuser des Herrn nie das Ziel der Mission waren.«

Es dauerte einen Moment, bis die Worte ihre gesamte Bedeutung entfalteten. Dann ließen sie Jannah scharf die Luft einsaugen und Hendrik laut werden.

»Ihr habt uns angelogen«, stellte er aufgebracht fest. »Ihr habt uns mit den Häusern des Herrn geködert, damit wir für euch da einbrechen.«

»Die besten Lügner wissen nicht, dass sie lügen«, entgegnete Sean. »Wir haben einzig für den Fall vorgesorgt, dass jemand von euch vier gefangen genommen wird und nicht den Mumm hat, seine Lifewatch zu benutzen. Und wie sich herausstellte, war es nur richtig, auch wenn Susanna den Mumm hatte.«

Hendrik ließ sich gegen die Lehne sinken, verschränkte die Arme vor der Brust. »Das glaub ich jetzt nicht.«

»Es war nur eine Notlüge, Hendrik«, verteidigte sich Vitus. »Wir mussten für diese Eventualität vorsorgen! Wenn wir euch gesagt hätten, worauf wir es wirklich abgesehen haben, und einer vor euch wäre in Kehlis' Hände gefallen, dann hätten wir einpacken können!«

»So haben wir sogar einen Vorteil daraus gezogen«, ergänzte Sean.

Hendrik wollte abermals etwas erwidern, doch Jannah legte ihm die Hand auf den Oberschenkel.

»Okay«, sagte sie. »Ihr habt uns benutzt, ihr habt uns Falken instrumentalisiert.«

»Was ihr auch seid«, sagte Sean. »Ein Instrument im Dienste der Rebellion.«

Jannah heftete ihren Blick auf den feisten Unternehmensberater. »Ja, das sind wir …«

»Aber wir sind auch *Menschen*, keine Bauern beim Schach!« Hendrik zitterte vor Ärger. »Das geht gar nicht! Wir sollen unser Leben riskieren, während ihr hier auf euren fetten Ärschen sitzt und schlemmt? Wisst ihr, wie sich das anfühlt? Scheiße fühlt sich das an. Einfach nur scheiße!«

Jannah klopfte ihm abermals aufs Bein. »Lass gut sein, Hendrik.« Dann wandte sie sich an Sean. Ihre Stimme klang genau so, wie sie es wollte: gefährlich kalt. »Als Anführerin der Falken verurteile ich eure Entscheidung auf Schärfste, aber ich kann sie auch verstehen, mit Blick auf das große Ganze. Deswegen werde ich dieses eine Mal darüber hinwegsehen. Dieses *eine* Mal.« Bestimmt nickte sie in die Runde. »Und jetzt zu den Fakten: Gehen wir also davon aus, dass Kehlis jetzt glaubt, wir hätten es auf die Häuser des Herrn abgesehen, um an ihn ranzukommen? Wissen wir, ob Susanna etwas verraten hat?«

»Leider nicht«, antwortete ihre Mutter, der offensichtlich gefiel, dass Jannah professionell reagierte. »Wir haben keine Ahnung, ob sie etwas gesagt hat oder nicht.«

Und Sean ergänzte, wenn auch säuerlich: »Wir können es nur hoffen. Es wäre eine erstklassige falsche Fährte, in deren Schatten wir in die Burg der Scienten vorgehen können.«

»Die Burg der Scienten?«, fragte Hendrik.

»Genau.« Vitus klopfte auf die Ausdrucke. »Historisch benannt Burg Waltenstein, eine von Johann Kehlis sanierte Festungsanlage aus dem dreizehnten Jahrhundert. Er kaufte sie vor seiner politischen Karriere, angeblich um sie als Wohnsitz zu nutzen.«

»Was er früher auch zeitweise tat«, ergänzte Fossey. »Johann lud mich einmal in die Burg ein, als wir 2021 über seinen Einstieg bei SmartBrain verhandelten. Teile der Oberburg waren damals bereits saniert, und wir dinierten im Feuerschein eines gewaltigen Kamins in einem Saal voller Rüstungen und prächtiger Waffen.«

»Wie idyllisch.«

Der Forscher schien Hendriks Seitenhieb nicht zu verstehen. »Ja, war es. Johann versteht es erstklassig, die Menschen für sich zu gewinnen und von seinen Standpunkten zu überzeugen. Entscheidend aber ist, was unterhalb der Burg in den Kellergewölben liegt.«

»Man muss dazu wissen, dass die Feste auf einem etwa

zweihundert Meter langen und etwa neunzig Meter breiten Bergsporn erbaut und zum Großteil unterkellert wurde«, erklärte Vitus. »Und dort liegt heute ein Hochsicherheitstrakt, direkt unter dem Westbollwerk.«

»Ein Hochsicherheitstrakt wofür?«, fragte Jannah.

»Für die Software der *Scienten.*« Fossey räusperte sich. »Um die zu verstehen, muss man erst wissen, was die Scienten sind und was sie tun, und das wiederum setzt voraus, dass man weiß, wie die Nanos im Detail funktionieren.«

»Na, dann schießen Sie mal los.« Hendrik lud den Forscher mit einer einladenden Geste ein, dies alles zu erklären.

Der überging den spöttischen Tonfall. »Es war so, dass Johann und ich bei der Testreihe CY, aus der die Konfessoren erster Generation hervorgingen, feststellten, dass zwar die Informationsvermittlung durch die Nanopartikel bei allen Probanden funktionierte, aber für gleich intensive Ausprägungen verschiedene Quantitäten an Impulsen nötig waren. Laienhaft erklärt: Um Proband A zu überzeugen, zum Beispiel Sellerie zu lieben, waren zehn Partikel, bei Proband B jedoch eintausend Partikel nötig, wobei beide vorher Sellerie verabscheuten.«

»Heißt, bei manchen wirken die Nanos besser als bei anderen?« Das war Jannah neu.

»Genau. Da Johann und ich die Nanopartikelmenge aus technischen, medizinischen und wirtschaftlichen Gründen so gering wie möglich halten wollten, sind wir dem Phänomen nachgegangen, und Johann war schnell der Meinung, dass diese Differenzen von den verschiedenen Lerntypen beeinflusst werden müssten, also von der Präferenz der persönlichen Reizverarbeitung. Weiß jeder, wie das menschliche Gehirn funktioniert?«

»Erklären Sie es lieber kurz«, sagte Barbara.

»Okay. Also: Auf uns Menschen prasseln ja ständig diverse

Reize ein; visuelle, auditive, haptische, olfaktorische und gustatorische. Jeder ankommende Reiz trifft zuerst auf eine Sinneszelle, die ihn in Form eines Erregungsimpulses an eine Nervenzelle und die Nervenfaserendung, die Synapse, weitergibt. Danach beginnt dieser Impuls zwischen den Synapsen zu kreisen, was unserem Kurzzeitgedächtnis entspricht. Auf sich wiederholenden Bahnen kreist der Impuls also im Netzwerk der Nervenzellen und hinterlässt molekulare Spuren, die sich chemisch im Gehirn einprägen. Am Ende entsteht so eine solide Verbindung, ein Engramm, an das wir uns lange erinnern können. Ein Teil des Langzeitgedächtnisses.« Fossey sah zu Barbara, zu Jannah und schließlich zu Hendrik. »So weit alles klar?«

Er glaubt, wir sind zu doof dafür. Jannah verbiss sich einen Kommentar und nickte, während sie ein wenig dümmlich lächelte. Sie hasste solche Männer.

»Okay«, fuhr Fossey fort. »Unser Problem war also, dass unsere ersten Nanopartikel rein auf visuelle Informationsvermittlung ausgelegt waren, auf Textform, wenn man es vereinfacht ausdrücken möchte, wie eine Gravur auf einem Reiskorn. Die Informationseinheit wurde durch chemische Prozesse direkt als Erregungsimpuls an die Synapsen abgegeben, aber codiert als visueller Reiz, und sprach somit nur den visuellen Lerntyp an. Wir untersuchten diese Vermutung und wurden sehr schnell bestätigt; bei allen visuellen Lerntypen wirkten die Nanos hervorragend, bei allen anderen eher mau. Daraufhin war klar: Wir mussten die Nanopartikel modifizieren, sodass sie auch den auditiven und den kinästhetischen oder haptischen Lerntyp ansprachen. Einer meiner Mitarbeiterinnen, Reba Ahrens, an die Sie mich im Übrigen erinnern« – er deutete auf Jannah –, »gelang schließlich der Durchbruch. Sie schaffte es, eine Informationseinheit in einen programmierten, haptischen Spike umzuwandeln. Als analysiert war, was sie da eigentlich getan hatte, konnten wir schlussendlich für alle Lerntypen ein spezielles Nanopartikel auf Basis einer generellen Informationseinheit erzeugen und verabreichten sie einer neuen Probandengruppe – mit herausragenden Ergebnissen. Es war so schlicht wie genial: Effektive Informationsvermittlung plus erweiterte Konditionierung. Erst dieser Meilenstein brachte für uns den Durchbruch.«

»Und was hat das nun mit dem Begriff der Scienten und dieser Burg zu tun?«, fragte Hendrik. »Wo kommt das eigentlich her? Und warum haben wir noch nie davon gehört?«

»Letzteres liegt daran, dass die Scienten unter dem Mantel des Schweigens operieren. Nur eine Handvoll Menschen weiß überhaupt von deren Existenz. Aber es sind ganz normale Menschen, die dort draußen leben und meist von zu Hause aus arbeiten. Johann hat schnell gelernt, dass eine Verschleierung effektiver ist, als wie bei uns Nanoforschern alle zusammenzurotten.« Es folgte ein Moment fast trauriger Stille, bevor Fossey fortfuhr: »Und die Begrifflichkeit ist ganz einfach erklärt: Die Codierung einer Information in die verschiedenen Spikes, sei es nun visuell, auditiv oder haptisch, nannte Johann zuerst *übersetzen*, was ihm aber nicht gefiel. Er ist da sehr eigen. Irgendwann kam er mit dem Kunstbegriff *scientieren* daher. Eine Eindeutschung des lateinischen Wortes scientia, übersetzt Kenntnis, Einsicht in eine Sache, Wissen. Es gefiel ihm, dass wir Wissen in die Nanopartikel packen. Entsprechend wurden die Leute, die diese Codierung vornahmen, *Scienten*.«

Jannah kniff die Augen zusammen. »Heißt, dass jede Information von Menschen umgewandelt wird?«

»Richtig. Das Ganze funktioniert zwar softwaregestützt, aber die initiale Übersetzung erledigt ein Individuum. Ich zum Beispiel kann die meisten Informationen mittlerweile visuell aufbereiten, genauso wie Johann. Man kann das begrenzt lernen, aber an haptischer oder auditiver Übersetzung scheitern wir beide. Dazu braucht man einfach ein gewisses Talent. Johann sucht deswegen ständig nach Leuten, die diese Begabung mitbringen. Ein paar wenige Konfessoren sind nur damit beschäftigt, durch Deutschland zu tingeln und solche Leute aufzugreifen. Aber das ist ein anderes Thema. Um den Kreis zu schließen und auf die Burg der Scienten zurückzukommen: Dort liegt das Herzstück der Nanotechnik, der zentrale Rechnerknoten. Die Scienten agieren zwar deutschlandweit und sind ortsungebunden, aber ihre Übersetzungen fließen in der Burg zusammen, werden dort vom geschlossenen System verarbeitet und als Laseranweisungen für die Schreiberterminals ausgegeben. Stellen Sie sich eine Kaffeemühle vor: Die gerösteten Bohnen, die Übersetzungen, kommen rein, werden in der Burg gemahlen und dann als Pulver wieder distribuiert. So kann zum Beispiel in Hamburg die Trinkwasserversorgung vor Ort mit Nanos bestückt werden, aber die Informationsdaten dazu stammen aus der Burg der Scienten.«

»Eine zentrale Verwaltungsstelle«, sinnierte Hendrik und klopfte sich mit den Daumennägeln gegen die Schneidezähne. »Ist das nicht wahnsinnig gefährlich bei einem System, das eine ganze Nation manipuliert?«

Vitus schüttelte den Kopf. »Im Gegenteil, Hendrik. Man hat nur eine Stelle zu sichern und kann die nach allen Regeln der Kunst abschirmen. Viel gefährlicher wäre es, wenn jedes Nanoschreibergerät sabotierbar wäre.«

»Genau. Deswegen hat Johann die Burg initiiert.«

»Wo vermutlich die allerhöchsten Sicherheitsstandards gelten«, mutmaßte Jannah.

»Richtig.« Fossey lächelte. »Deswegen brauchten wir diese Pläne, die wir nun nach Schwachstellen absuchen. Irgendeine wird es geben, und durch die dringen wir ein.«

»Mit welchem Ziel?«

»Die Software der Nanoschreiber zu modifizieren. Bildhaft gesprochen: Wir verändern das Mahlwerk.« Das Lächeln des Forschers spannte seine Wangen. »Wir spielen einen Virus ein, genauer genommen einen Exploit, *Freedom*, an dem ich seit Monaten arbeite und den ich mit Vitus' Hilfe in den nächsten Tagen fertigstellen werde. Er wird Johann und seinen Scienten suggerieren, dass das Mahlwerk wie gehabt funktioniert. In Wahrheit jedoch werden die Nanos einfach nicht mehr beschrieben, bleiben Idles, also inaktiv. Das führt mittelfristig dazu, dass die breite Masse nicht mehr mit Johanns Ideologie geimpft wird und zu zweifeln beginnt.«

»Der perfekte Nährboden für einen groß angelegten Aufstand«, fügte Vitus hinzu.

»Eine Revolution«, sagte Sean.

Und die Majorin nickte grimmig.

Jannah und Hendrik tauschten einen Blick.

»Ihr habt das also schon eingetütet«, sagte sie. »Sauber. Wozu braucht ihr uns überhaupt noch?«

»Wahrscheinlich um den Virus einzuspielen, Jannah. Sie wollen ihre breitgesessenen Ärsche nicht erheben.«

»Thämert!« Barbaras Stimme peitschte durch den Raum. »Zügeln Sie sich etwas.«

»Ja, ja.«

Jannah sah zwischen allen Anwesenden hin und her. »Okaaay, netter Plan, aber trotzdem haben wir auch die Baupläne der Häuser des Herrn und müssen in Betracht ziehen, dass Susanna etwas verraten hat. Wenn ich mir nun vorstelle, dass die Garde glaubt, dass wir es auf Kehlis direkt abgesehen haben …« Jannah ließ den Satz unvollendet.

»Worauf willst du hinaus?«, fragte ihre Mutter.

»Dass wir daraus Profit schlagen sollten, und zwar mehr als nur eine falsche Fährte, in deren Schatten wir agieren. Wir wissen jetzt, wo Johann Kehlis seine Nächte verbringt. Wir kennen jedes seiner Häuser, jede seiner Wohnungen. Warum nutzen wir das nicht, so, wie ihr uns das eigentlich suggeriert habt?«

»Und was genau schlägst du vor?«, fragte Vitus. »Wieder ein Ablenkungsmanöver? Wir haben erst zwei Falken verloren. Da bin ich definitiv dagegen.«

Jannah schüttelte den Kopf. »Niemand redet von einem Ablenkungsmanöver.«

»Was dann?« Es war bezeichnend, dass der konstruktivste Tonfall von ihrer Mutter kam.

»Na, ich rede von einem echten Attentat. Malek sagte, dass es möglich wäre. Also: Lasst uns Johann Kehlis umlegen.«

Kapitel 20

München

»Keine Y-Chromosomen vorhanden. Das, meine Herren, ist die DNS einer Frau.«

Nummer Elf und Thomas Borchert saßen dem Leiter des rechtsmedizinischen Instituts gegenüber. Doktor Michael Freytag, ein kultivierter Mann Mitte sechzig mit einem Kranz aus Lachfältchen um die Augen, schob ihnen mehrere Ausdrucke samt eines USB-Sticks über den Tisch. »Interessant daran ist: Wir haben dieselbe DNS schon einmal für den Herrn untersucht und als nicht identifiziert katalogisiert.«

Das überraschte Nummer Elf. »In welchem Zusammenhang?«

Der Rechtsmediziner zuckte mit den Schultern. »Das kann ich Ihnen leider nicht beantworten, die Probe wurde uns von Ihrem Vorgesetzten in Form einer Männerleiche zugesandt, oder sagen wir in Form dessen, was noch übrig war. Sah nach einem üblen Autounfall aus. Vor gut dreieinhalb Monaten, vielleicht auch vor vier. An dem Toten hafteten Blutspuren dieser Frau.«

Fosseys Befreiungsaktion. Nummer Elf erinnerte sich. *Der Tote im Jeep.* Nummer Eins hatte ihm damals erzählt, dass im Wagen definitiv noch jemand gesessen habe und spurlos verschwunden sei. Also war es die Rothaarige gewesen. Eine interessante Information. Spannender war allerdings, dass Malek sie da schon gekannt haben musste, da er ebenfalls an der Aktion beteiligt gewesen war. In welchem Verhältnis standen die beiden zueinander? Freunde, Geschäftspartner, Liebende? Die Harakiri-Rettungsaktion in der Einundzwanzig war ein Indiz für Letzteres. Wie sie ihn angesehen, wie sie sich für ihn eingesetzt hatte. War sie der Schlüssel zu ihm?

Borcherts Stimme riss ihn aus seinen Grübeleien. »Und wie sieht es mit den anderen Proben aus?«

»Alle eindeutig zuzuordnen.« Freytag schob die Ausdrucke auseinander, je ein Blatt pro DNS. »Wir haben Spuren von Konstantin Böhm, IT-Spezialist der Garde, von Maximilian Seifert und Peter Hahnke, zwei Mitarbeitern des Bundesamtes, und von den drei SEK-Beamten. Und natürlich von den beiden Toten, die Sie mir geliefert haben.«

»Keine weitere Fremd-DNS?«

»Nein.«

»Also hat der angebliche Beamte von der Abteilung Cybercrime keine Spuren hinterlassen«, schlussfolgerte Borchert, an Nummer Elf gewandt.

»Oder Sie haben nicht sauber gearbeitet.«

Der Anwärter zuckte. »Wie bitte? Sie waren doch dabei, als ich …«

Der Rechtsmediziner räusperte sich dezent. »Meine Herren, haben Sie noch Fragen? Wenn nicht, würde ich Sie gern verabschieden. Termine blonder Natur warten auf mich. Und bezüglich der Ergebnisse der Obduktionen erhalten Sie die Berichte in den nächsten Tagen.« Er lächelte freundlich, aber bestimmt, und damit war alles gesagt.

Der Weg zurück zum Parkplatz zog sich, genauso wie Nummer Elfs Gedanken. Wieder kehrten sie zu seinem Bruder und der Rothaarigen zurück. Die Idee, dass zwischen den beiden etwas laufen könnte, brachte etwas in ihm zum Schwingen.

Es musste nicht einmal Liebe sein, sie brauchte nur ein Verantwortungsgefühl in Malek entfacht haben. Malek, der Beschützer, der Aufpasser, der große Bruder. Dafür war er empfänglich. *Oder anfällig?* Nummer Elf wusste das aus eigener Erfahrung. Nachdem ihre Eltern früh verstorben waren, hatte Malek mehr oder weniger die Verantwortung für seinen kleinen Bruder übernommen. Er trug das Kümmerer-Gen in sich. *Nur wie kann ich daraus etwas stricken, um ihn zu fangen?* Dazu wollte ihm nichts einfallen. *Noch nicht.*

Sie erreichten den Parkplatz, und Borchert fragte: »Verraten Sie mir endlich, wozu Sie die DNS der Rebellen brauchen?«

»Nein.«

»Na, super.«

Nummer Elf blieb vor ihrem Wagen stehen. »Dafür müssen Sie sich erst entscheiden.«

»Wofür?«

»Für den lebenslangen Dienst im Namen des Herrn.«

»Sie … Sie meinen, ich … ich …?«

»Ich habe Sie als lernwillig, engagiert und zuverlässig deklariert. Man würde dieser Empfehlung folgen, gerade weil Sie mit Ihrer Vorgeschichte als Kriminaltechniker Fähigkeiten mitbringen, die ein Konfessor gut gebrauchen kann.«

Borchert schluckte. »Wann könnte ich …?«

»In meinem Büro. Alles ist vorbereitet.«

Den Rest der knapp fünfundvierzig Minuten dauernden Fahrt bis zum Bunker schwiegen sie, und auch im Büro startete Nummer Elf zuerst seinen Laptop, wählte sich ins Intranetz ein und prüfte die Synchronisation mit seiner Lifewatch. Borchert verhielt sich in all der Zeit ruhig, aber Nummer Elf bemerkte dessen Aufregung und verstand sie. Als Konfessor stellte man sein ganzes Leben in den Dienst eines Mannes, war vierundzwanzig Stunden an dreihundertfünfundsechzig Tagen im Jahr abrufbereit und begab sich unter Kontrolle durch die

Lifewatch. Jederzeit konnte jemand einem beim Kacken zusehen. Es gab auch Nachteile, die das Amt mit sich brachte.

»Und?«, fragte er schließlich, während er die Daten des USB-Sticks auf seinen Rechner und seine Lifewatch kopierte und sich für den geschützten Bereich autorisierte. »Sind Sie bereit?«

»Ich denke.« Borcherts Stimme zitterte.

»Schön.« Nummer Elf holte ein mattweißes Päckchen aus der obersten Schublade des Schreibtischs. Es war seitlich mit je einem silbernen Aufkleber versiegelt. Darauf war eine Zahl in Grau gedruckt: 397.

Borcherts Finger berührten den glatten Karton, strichen über das glänzende Siegel, dann setzte er den Daumennagel daran an. Knisternd brach es, dann das zweite auf der gegenüberliegenden Seite. Der Karton ächzte leise und enthüllte drei optisch ansprechend arrangierte Gegenstände in ausgestanzten Formen: oben quer eine Lifewatch, links darunter ein anthrazitfarbenes Kollar und rechts daneben eine silbrig glänzende Kapsel in der Größe eines Nahrungsergänzungsmittels zur oralen Einnahme.

»Ist das alles?«

»Es ist Ihre Zukunft.«

Borchert atmete tief durch. »Und die muss ich nur schlucken.« Er deutete auf die Kapsel. Im Licht sah es aus, als schwebten feinste Silberpartikel darin wie in einer Schneekugel.

»Ja.«

»Mehr nicht?«

»Und die Lifewatch anlegen. Der Kollar ist optional, aber praktisch, und eine Dienstwaffe erhalten Sie von der Vergabestelle.«

Borchert griff nach der Kapsel. Als er sie aus der Vertiefung nahm, bewegten sich darin tatsächlich flockige Schlieren, wie

Pulver in einer Quecksilberlösung, und als er sie sich in den Mund steckte, schloss er die Augen. Sein Kehlkopf hüpfte.

Stille. Ein Seufzen. »Das war's? Sollte ich etwas spüren?«

»Was erwarten Sie?«

»Keine Ahnung. Irgendetwas … Spektakuläres.«

»Da muss ich Sie enttäuschen. Die Wunder des Herrn kommen im Stillen daher. Sie werden maximal an Kopfschmerzen leiden. Ein gut gemeinter Rat: Nehmen Sie in dem Fall keine schmerzlindernden Medikamente. Sie werden nichts bringen, Ihr Gehirn muss erst die Informationen der Kapsel verarbeiten. Und jetzt die Uhr.« Nummer Elf nahm für Borchert die Lifewatch aus der Packung, klappte die aneinanderliegenden Armbänder auseinander und hielt sie ihm hin. Da durchzuckte ihn eine Erinnerung: Zum dreiundzwanzigsten Geburtstag hatte er Malek eine Armbanduhr geschenkt. Ein schlichtes Edelstahlgehäuse, mattiert in Dunkelgrau mit Echtlederarmband, drei Drücker und ein deutlich lesbares Ziffernblatt. Unkompliziert und funktional, genau wie Malek. Und als ihm jetzt Borchert den rechten Arm hinhielt, hätte es auch der seines Bruders von damals sein können, nur stand in den Augen des jungen Mannes vor ihm eine Spur von Furcht – in Maleks hatte nur Freude gestanden.

Surrend schloss sich die Lifewatch um das Handgelenk von Nummer 397, und der Moment war dahin.

»Schön«, sagte Nummer Elf, »dann können wir weitermachen.« Er löste sich vom Anblick der schwarzen Lifewatch und widmete sich wieder seinem Laptop, um ein Programm zu öffnen.

Nummer 397 rieb sich das Handgelenk mit der Uhr und rückte näher an den Schreibtisch heran. »Was ist das für eine Software? Sieht sehr rudimentär aus.«

»Ist sie auch noch. Direkt aus der Softwareentwicklung ohne Interfacedesign. Alphaversion.«

»Und wozu dient sie?«

»Das, Nummer 397, werden Sie gleich sehen. Es ist ein Teil der real werdenden Vision des Herrn. Oder wie es Nummer Eins ausgedrückt hat: die Augen Gottes.«

Nummer 397 runzelte die Stirn. »Sieht für den Namen wenig spektakulär aus.«

Damit hatte er recht. Unter einer Textbedienleiste waren nur zwei graue Rechtecke dargestellt, die je mit einem Namen versehen waren. Daneben befand sich ein drittes Rechteck mit einem großen Pluszeichen in der Mitte. Darauf klickte Nummer Elf, um einen dritten Datensatz anzulegen. Er nannte ihn: DIE ROTHAARIGE.

»Ohh«, stieß Nummer 397 hervor, nachdem Nummer Elf die DNS-Daten aus der Rechtsmedizin mit dem Datensatz verknüpft hatte und die Software automatisch losratterte. Ein stilisierter DNS-Strang wurde abgebildet mit einer danebenliegenden Deutschlandkarte. Inmitten derer blinkte: PERSON WIRD LOKALISIERT. »Ist es das, was ich glaube?«

»Keine Ahnung, woran Sie glauben, aber das ist die Zukunft der Überwachung. Personentracking anhand von DNS.«

Auf dem Bildschirm änderte sich der Text: PERSON KONNTE NICHT LOKALISIERT WERDEN. NÄCHSTE LOKALISIERUNG IN 59 MINUTEN UND 59 SEKUNDEN. 58. 57. 56.

»Scheint nicht zu klappen«, stellte Nummer 397 überflüssigerweise fest.

»Nur mit der Ruhe. Das System braucht Zeit.«

»Inwiefern?«

»Es funktioniert über eine neue Generation von Nanopartikeln, die einen sogenannten Nanobot bilden. Der wiederum besteht aus einem *Core* und kann verschiedene Module ausbilden. Das Tracking ist das allererste der geplanten Adaptionen. Langkettige Eisennanopartikel bilden eine Art Antenne, werden von Radiowellen, Ultraschallwellen, Handystrahlung et cetera in Schwingung versetzt, was wir wiederum registrieren können. Es dauert allerdings einige Zeit, bis die aufgenommenen Partikel an die Blut-Hirn-Schranke gewandert sind und sich an der Schnittstelle zusammensetzen. Wenn also die Antenne noch nicht groß genug ist, kann das Signal zu schwach sein, um es zu registrieren. Außerdem sendet die Antenne nicht dauerhaft. Die Software hier nutzt öffentliche Handynetze, Sendemasten, Radiostationen und schickt stündlich einen speziell auf die gesuchte DNS angepassten Pingimpuls aus. Stündlich ist zwar in der heutigen Zeit ein Witz, aber die Techniker möchten die Nanoantennen nicht überstrapazieren. Einer der Entwickler sprach von unnötigem Polling und Reduzierung der Systemlast. Wie auch immer – sobald der Ping also auf die entsprechende Antenne trifft, die über Nanosensoren bestimmte Marker der DNS erkennt, reflektiert sie den Impuls und damit die Geodaten der gesuchten Person.«

Im Gesicht von Nummer 397 arbeitete es. »Wie eine Art Sonar? Nur in der Luft und deutschlandweit?«

»So ungefähr.«

»Okay… und wie werden diese Nanobots ausgeliefert? Auch über…« Er fasste sich an die Stirn, als hätte er bereits Kopfschmerzen. »… die Lebensmittel?«

Die Kapsel beginnt zu wirken. »Das ist der Plan. Noch ist das nicht der Fall, aber es wird in absehbarer Zukunft kommen.«

»Aber wie hat die Rothaarige den Bot abbekommen?«

Nummer Elf deutete sich auf die Nase.

»Über die Luft?«

»Im Bundesamt für Bauwesen. Wir wussten, sollte ein Einbruch durchgeführt werden, dass sie es über den Serverraum versuchen würden; die einzige Option für die Rebellen, ins Datensystem zu gelangen. Entsprechend haben wir ihn präpariert. Speziell gefilterte Luft, um die Racks zu kühlen. Die Voraussetzungen waren ideal.«

Die Augen von Nummer 397 weiteten sich. »Also… hab ich ihn auch intus?«

»Sie haben als Konfessor noch viel mehr intus. Sehen Sie es als ersten Dienst am Herrn. Sie sind Teil eines wichtigen Feldversuchs. Wenn der Test erfolgreich ist, steht den Augen Gottes die Welt offen.« *Und spätestens dann kriege ich dich, Malek. Dann krieg ich euch alle.*

Kapitel 21

München, Außenbezirk Neue Warte

»Was ist das?« Erik betrachtete argwöhnisch den schlichten Karton aus Recyclingmaterial in der Größe einer Bierkiste. Er stand zwischen ihnen auf dem Esstisch, die Klebebänder waren zum Teil abgerissen und standen wie Fetzen ab. Die oberen Klappen waren hingegen säuberlich ineinandergesteckt, um den Karton zu verschließen.

Malek hob eine Augenbraue. »Das ist offensichtlich, oder?«

»Schon, aber was ist drin?«

»Schau halt rein.«

»Schau halt rein«, wiederholte Erik und wackelte mit dem Kopf. *Hoffentlich kein Scheiß.* Trotzdem faltete er ganz langsam die Klappen auseinander und starrte einige Sekunden auf den Inhalt. Dann kam sein Blick hoch. »Dafür warst du den ganzen Tag unterwegs?«

»Unter anderem.«

Ein zweites Mal musterte Erik den Inhalt. »Eine Schwarzwälder Kirschtorte.«

»Dein Lieblingskuchen, oder?« Malek grinste durch seinen Bart. »Wenn ich mich recht erinnere, hast du in Grauach immer davon geschwärmt. *Wie gern würd ich mal wieder eine essen, richtig schön getränkt mit Kirschbrand.*«

»Äh ja, aber nicht getränkt mit Nanopartikeln …«

»Ach, zier dich nicht!« Malek klopfte mit beiden Händen auf den Tisch, erhob sich und verschwand in der Küche. Mit Besteck und Geschirr kehrte er zurück und schnitt zwei große Stücke heraus, packte sie auf die beiden Teller.

Erik sah ihm dabei zu und fand die gute Laune, die Malek ausstrahlte, mehr als irritierend. Für gewöhnlich versteckte er Gefühle lieber hinter Bart, Brille und Bescheidenheit.

»Was verschafft mir eigentlich die Ehre?«, fragte Erik vorsichtig.

Malek stellte ihm einen Teller vor die Nase. Saftig schimmerte der kakaobraune Tortenboden, und die Kirschen darüber glänzten prächtig. *Gut sieht sie aus, aber…*

»Eine Erklärung wäre mir lieb. Du weißt, wie sehr ich Ungewissheit hasse.«

»Dein Problem. Übrigens: Ich hab noch mehr für dich.«

»Noch mehr Torte?«

»Depp.«

»Na, im Ernst: Was ist los?«

Malek setzte sich auf einen Stuhl, zog sich sein Kuchenstück heran und stach mit der Gabel einen großen Bissen ab. Anstatt sich jedoch Sahne, Kirschen und Teig in den Mund zu schaufeln, seufzte er und ließ die Gabel wieder sinken.

»Okay«, sagte er. »Du scheinst heute nicht ganz auf der Höhe zu sein.«

»Biet mir jetzt ja nicht 'nen Kaffee zum Kuchen an! Ich hatte schon drei Espressi.«

»Umso schlimmer.« Malek stand auf und verschwand im Flur.

»Wo willst du hin?«

»Dir was zeigen! Komm!« Ein Schlüsselbund klimperte, und die Wohnungstür ging.

Erik blieb noch einen Moment sitzen, die Sahnetorte im Karton musternd. »Hat ihm eigentlich schon mal jemand gesagt, dass er es unnötig spannend macht?« Er schüttelte selbst zur Antwort den Kopf, dann folgte er Malek hinaus in den Flur. Am Treppenhaus schloss er auf.

»Wohin gehen wir?«

»In den Keller.«

»Wollen wir nicht doch lieber die Torte …«

Malek stieg die Stufen hinab.

Eine Etage tiefer kam ihnen ein junges Paar mit zwei Kindern entgegen, und Erik wich in Maleks Kielwasser aus. Dessen breiter Rücken und die ausladenden Schultern wogten bei jedem Tritt unter dem Bundeswehrparka. Kräftig waren sie, das hatte Erik schon in Grauach gesehen, und in den letzten zwei Jahren hatte Malek an Muskeln zugelegt und war um den Bauch schlanker geworden. Er trainierte fast täglich, Liegestützen, Kniebeugen und mit Hanteln, die wohl schon in der Wohnung gewesen waren. *Mittlerweile hat er die Figur eines Gottes.* Erik fiel spontan Atlas ein, ein Titan der griechischen Mythologie, der das Himmelsgewölbe auf den Schultern trug. Wie viel Last trug Malek? Und wie lange würde er durchhalten? Erik hatte schon nach den ersten Tagen gemeinsam mit ihm in der kleinen Wohnung gemutmaßt, dass den ehemaligen Söldner mehr umtrieb als die Rettung seines Konfessorenbruders. Es ging ein Riss durch seinen Freund. Mit irgendetwas haderte er, kämpfte er. Besonders in stillen Momenten, wenn er glaubte, allein zu sein, saß Malek auf dem Sofa oder am Esstisch, drehte ein Bier in den Händen und starrte auf die grüne Pilsflasche, als wäre sie eine Kristallkugel. Was er wohl darin zu sehen glaubte? Oder wen?

Sie erreichten den Keller, Malek schloss die Tür auf, und nachdem er sich umgesehen hatte, schob er Erik ins Innere.

Der blieb wie angewurzelt stehen. In der Mitte des schallgedämmten Raums saß ein Mann, mit Kabelbindern an einen Stuhl gefesselt. Er trug das Weißgrau eines Gardisten, sein

Kopf hing ihm schlaff auf die Brust, und unter seinem Kinn leuchteten ein paar Blutspritzer auf der Brust.

»Wer ist das?«, fragte Erik.

»Wer?«

»Na der!«

»Ach so … das ist ein Niemand.«

»Ahh, verstehe.« Ganz langsam drehte Erik den Kopf, um Malek zu mustern. »Du hast heute endlich etwas in Erfahrung gebracht, nicht?«

Ein Nicken.

»Und so, wie deine Augen leuchten, etwas, das uns weiterbringt. Du kennst endlich das Gift, und der da ist zum Testen da.« Es war keine Frage.

Maleks Mund verzog sich zu einem Lächeln. »Doch auf der Höhe. Wobei …«

»*Wobei?*«

»Das Wichtigste an dir vorbeigegangen ist.« Das Lächeln erreichte endlich auch seine Augen. »Heute ist der vierte März. Happy Birthday, Erik.«

Kapitel 22

München, Schwabing

»Wie war das Tontaubenschießen, Frau Ahrens?«

Reba lachte und rückte ihre Sonnenbrille zurecht, die sie aufsetzte, wann immer sie das Haus verließ. »Ausgezeichnet, Fränky. Wie immer habe ich alle vom Himmel geholt.«

Sie hörte, wie er die Wagentür öffnete, und spürte, wie er ihr die Hand anbot. Er tat es immer, wenn er sie im Auftrag des Herren irgendwohin fuhr, und wie immer trug er dabei weiche Lederhandschuhe. Frank »Fränky« Willner war in erster Linie Franke und erst in zweiter Chauffeur und Bodyguard, zwar nicht ihr persönlicher, doch fuhr er neunzig Prozent ihrer Touren. Er war für einige Scienten in Süddeutschland zuständig und besaß Charme und gute Laune; Reba mochte beides.

»Jetzt Obacht!« Seine Hand schützte ihren Hinterkopf, damit sie sich nicht beim Einsteigen stieß.

Als sie saß, nahm sie ihren Blindenstock zwischen die Beine und schnallte sich an.

»Passt alles?«

»Wie immer, Fränky. Danke.«

»Gern geschehen.« Er schloss vorsichtig die Tür und stieg auf der Fahrerseite ein. Etwas piepte, der Motor sprang an, und er sagte: »Heute geht's nur zum Bunker. Schade. Wenig Zeit zum Plaudern.«

»Dann muss man sie gut nutzen.«

Er lachte. »Wahre Worte, Frau Ahrens. Wie waren Ihre vergangenen Wochen? Ich sehe im Logbuch, dass unsere letzte Fahrt fast drei *Monate* zurückliegt. Ich dachte schon, Sie wären erkrankt, aber Sie sehen blendend aus. So viel zu tun?«

Reba schlich die Röte ins Gesicht. »Wie immer. Ein diffiziler Auftrag des Herrn.«

»Verstehe. Aber welcher Auftrag des Herrn ist das nicht?«

Als er losfuhr, spürte Reba die sanfte und doch kraftvolle Beschleunigung der Limousine. Frank hatte Feingefühl in den Füßen, mehr als eine Automatik. Er fuhr allerdings aus anderen Gründen manuell; bei einer der ersten Fahrten hatte sie ihn gefragt, warum er das tat, und er hatte geschnaubt und gemeint: »Glauben Sie, der Herr hat die Zeit, sein Leben der Technik und irgendwelchen Verkehrsregeln anzupassen? Wenn er jemanden sprechen möchte, dann am besten gestern.« Und so brausten sie auch heute handgesteuert und sicherlich zu schnell durch den frühnachmittäglichen Münchner Stadtverkehr.

»Haben Sie schon das Neueste gehört?«, fragte Frank.

»Ich denke nicht, aber Sie werden es mir gleich erzählen, oder?«

»Hundert Punkte!« Seine Stimme wurde ernst. »Zwei unsagbar Kranke haben versucht, ins Bundesamt für Bauwesen einzudringen. Wahnsinn, oder? Wollten Daten stehlen.«

»Und ist es gelungen?«

»Natürlich nicht! Die zwei wurden von einem Gardespezialeinsatzkommando gestellt. Thorsten, einer der beteiligten Gardisten, ging mit mir zur Schule, wohnt hier in München und hat mir alles brühwarm gestern bei einem Bier erzählt. Aber das ist ja gar nicht so das Spannende.«

»Sondern?«

»Der einsatzleitende Konfessor – Nummer Elf oder Zwölf – soll angeblich voll ausgerastet sein.«

Das überraschte Reba. »Ein Konfessor? Ausgerastet?«

»Ja. Mein Kumpel meinte, dass er zwei Gardisten des anderen Spezialeinsatzkommandos erschossen hat. Er hat wohl dabei rumgebrüllt, weil die beiden nicht so wollten wie er. Der Typ hatte anscheinend einen ganz beschissenen Tag.«

»Ja … vermutlich.« Für einen Moment flatterte ein Gedanke durch Rebas Geist wie eine Fledermaus durchs Licht einer Straßenlaterne, doch er verging so schnell, dass sie keinen Blick darauf erhaschen konnte. Zurück blieb nur die Laterne der Logik, und die sagte ihr, dass Konfessoren keine beschissenen Tage hatten, weil sie *beschissen* gar nicht wahrnahmen. Deswegen rasteten sie auch nicht aus. Ihr Befinden spielte keine Rolle, sie agierten wie Automaten nach ziemlich starr vorgegebenen nanotransiven Überzeugungen. *Was Johann Kehlis will, willst du. Was Johann Kehlis will, fühlt sich richtig und gut an. Was Johann Kehlis sagt, glaubst du, und es erfüllt dich mit Wärme.* Reba hatte die meisten davon ab der zweiten Konfessorengeneration selbst in haptische Spikes übersetzt, und vor ihrem Auftrag mit Fosseys Festplatte hatte sie sogar an einer Optimierung des Prüfsystems für die Überzeugungsarchitektur der neuesten Werdungskapseln für Konfessoren mitgewirkt. Bis zu einem gewissen Punkt waren die nanotransiven Überzeugungen ziemlich klar, aber mit ansteigender Verzweigung konnten in der Architektur schon mal Konflikte entstehen, wofür das Prüfsystem da war, vor allem, weil mittlerweile auch gesellschaftsadäquate Überzeugungen mit einflossen: Konfessoren hatten sich eher zurückzuhalten, hatten vor dem Handeln für eine weitestgehend eindeutig Entscheidungsgrundlage zu sorgen, hatten …

Reba stutzte. Das war sie wieder, die Fledermaus. Konflikte. Disharmonien. Das war doch synonym. Und dann angeblich ein Konfessor, der ausrastete. Hatte Fossey in diese Richtung geforscht? Sie hatte noch mindestens zwanzig weitere Hinweise auf seiner Festplatte darauf gefunden, konnte aber keinen Kontext herstellen. Es waren mehr abstrakte Gedankenspiele und Überlegungen, keine postulierten Theorien.

Aber dass ein Konfessor ausrastete und zwei Gardisten erschoss, weil er einen *beschissenen* Tag hatte, nein … das war schlicht und ergreifend undenkbar. Wobei … bei der ersten Generation wusste man nicht so wirklich, was damals alles in deren Gehirnen passiert war.

Am wahrscheinlichsten aber war, dass Franks Erzählung die Geschehnisse stark überzeichnete. Über zwei Ecken Flüsterpost kamen genug Ausschmückungen hinzu. Wahrscheinlich hatte Nummer Elf nur zwei Beamte scharf zusammengestaucht.

»Interessiert Sie nicht so, was?«, fragte Fränky nach hinten. »Kein Ding. Haben Sie schon gehört, dass in Haidhausen ein neues JK's-Restaurant eröffnet hat, das einen veganen Ochsen am Stück grillt? Soll großes Kino sein. Die Leute sehen dem Imitat bei seinen Runden am Spieß zu. Nettes Konzept.«

So ging es für den Rest der Fahrt. Schließlich hielt der Wagen, Frank stieg aus und schützte wieder ihren Kopf. Er brachte sie sogar noch bis zur ersten Sicherheitsschleuse. »Wenn Sie fertig sind, lassen Sie nach mir rufen. Ich bringe Sie sicher nach Hause.«

Sie schenkte ihm ein Lächeln. »Wie immer. Danke, Fränky.«

Den restlichen Weg durch die Sicherheitsschleusen fand sie selbst, und ein Mann vom Empfang brachte sie bis zu einem Besprechungsraum in der zweiten Etage, den sie noch nicht kannte.

Zum Glück hatte jemand ein Fenster geöffnet, durch das kühle Luft hereinströmte. Wegen des Luftzugs und des Stimmengewirrs linker Hand wusste Reba, dass sie sich dorthin wenden musste, um zur Stirnseite zu gelangen. Auch wenn sie sich in letzter Zeit seltener im Bunker aufhielt, fiel ihr die Orientierung in diesem klar strukturierten Gebäude leicht, und das war gut. Orientierung war immer gut. Orientierung bedeutete Leben.

Als ihr nach links und rechts huschender Stock gegen ein Hindernis prallte, streckte sie die Finger voller Narben aus und ertastete die Wand. Aufgrund des Halls schätzte sie die Breite des Raums auf etwa fünf Meter. Entsprechend ging sie vier Schritte parallel zur Wand, wandte sich dann an die Anwesenden und räusperte sich.

Sofort verstummten sie.

»Ich hoffe, dass alle anwesend sind, denn zählen werde ich Sie nicht.«

Leises Gelächter.

»Gut.« Auch Reba lächelte. »Dann gehen wir gleich ans Eingemachte. Sie wurden von Nummer Eins ausgewählt, um mich bei einer wichtigen Aufgabe im Namen des Herrn zu unterstützen. Dabei handelt es sich um die Decodierung einer mutwillig zerstörten Festplatte. Die Kollegen vom Data Recovery haben es hinbekommen, einen großen Teil der Daten wiederherzustellen, leider roh in Hex.«

»Na großartig!«, rief ein Mann.

Reba neigte den Kopf in die entsprechende Richtung. »Immerhin. Der Vorbesitzer versuchte sogar, die Festplatte mittels TRIM-Befehlen zu löschen, was glücklicherweise nur teilweise gelang. Wir haben also einen Sack voller Sektoren, die analysiert werden müssen.«

»Auch defekte?«, fragte jemand.

»Jap, auch defekte.«

Ein Stöhnen.

»Ganz so schlimm ist es nicht, wie es sich anhört. Alles, was per Software analysiert werden konnte, wurde analysiert und entsprechend aussortiert. Außerdem habe ich bereits einen Teil der Restsektoren entschlüsselt und bin dabei auf Codefragmente gestoßen, die ziemlich sicher Teile einer Software sind. Meine Aufgabe besteht nun darin herauszufinden, was das für eine Software war, und Ihre Aufgabe besteht darin, mir die restlichen Codefragmente decodiert zu liefern. Wir wissen also, wonach wir suchen.«

Mehrere Personen begannen miteinander zu flüstern, und jemand fragte laut: »Von welchen Datenmengen reden wir?«

Die Unruhe störte Reba, weil sie die Stimmen nicht genau lokalisieren konnte. »Ruhe, bitte, Ruhe! Immer nur einer! Also es sind noch knapp zehn Gigabyte an Sektoren übrig.«

»Zehn Gig!«, rief jemand. »Das sind rund neunzehn Millionen Sektoren.«

»Weiß jemand, wie viel Sektoren die Bibel hätte?«

Jemand drittes antwortete: »Die Bibel hat viereinhalb Millionen Zeichen. Das wären also rund achteinhalb Tausend Sektoren.«

Eine Frau lachte. »Bei allem Respekt, Frau Ahrens, wie sollen wir in einem dreißigköpfigen Team das entschlüsseln? Wir sollen insgesamt über zweitausendmal die Bibel lesen.«

Reba schüttelte den Kopf. »Keine Panik. Wir reden von vielen defekten Sektoren. Ihnen reicht ein Blick in einen HEX-Editor, um beurteilen zu können, ob der Sektor die gesuchten Inhalte bietet oder nicht. Es lässt sich machen.«

Dieselbe Frau, die vorhin gesprochen hatte, schnaubte. »In einem Jahr vielleicht.«

Reba wollte etwas erwidern, doch da meinte jemand: »In einem Jahr ist es zu spät.«

Ganz still wurde es, und umso lauter pochten die Schritte des Sprechers, der sich Reba nährte. Zu den Versammelten sagte Johann Kehlis: »Frau Ahrens hat diesen Job in den letzten drei Monaten allein gestemmt und mehr als zehn Gigabyte analysiert. Und Frau Ahrens ist zu bescheiden; die Daten liegen nur deswegen in HEX-Form vor, weil sie ein entsprechendes Tool entwickelte, das überhaupt erst mit der Festplatte umgehen konnte. Vielleicht sollten Sie außerdem wissen, dass die Platte verschlüsselt war. Frau Ahrens knackte zuallererst den Code.«

Die Schritte stoppten direkt neben ihr. Sie spürte die ungeteilte Aufmerksamkeit wie ein Knistern auf ihrer Haut.

Johann sagte: »Bei dieser ausgezeichneten Vorarbeit werden Sie es als Team also in einem Bruchteil der Zeit schaffen. Wer trotzdem meint, mit dem Job überfordert zu sein: Dort vorn ist die Tür, meine Damen und Herren. Sie können gehen oder bleiben und sich meines Dankes gewiss sein, sollten Sie herausragende Leistungen abliefern.«

Sein Aftershave roch erdig, nussig und doch erfrischend.

»Und nun, meine Damen und Herren, haben Sie einige Minuten Zeit, darüber nachzudenken, denn ich entführe Ihnen kurz Ihre Vorgesetzte.« Viel leiser und mit einem warmen Unterton in der Stimme sagte er zu ihr: »Reba, meine Liebe, würden Sie mir folgen?« Seine starke Hand berührte ihren Unterarm.

»Selbstverständlich«, hauchte sie.

Wie ein Gentleman führte er sie aus dem Besprechungssaal, und ihr Herz pochte mit jedem Schritt stärker. Weshalb kam er persönlich? Was wollte er von ihr? Er, ihr Retter, ihr Heiland?

Draußen im Flur sagte er: »Darf ich Ihnen ein Kompliment machen?«

»Wenn Sie mögen.«

»Oh, natürlich mag ich.« Sie spürte, wie er lächelte. »Gut sehen Sie aus, Reba. Wirklich, außerordentlich vital und lebendig. Das freut mich.«

»Vielen Dank. Ich hoffe, Ihnen geht es ebenso gut.«

Dass er nicht sofort antwortete, verriet ihr mehr als tausend Worte, und ihm war das bewusst. »Wissen Sie, Reba«, gestand er schließlich, »jeden Tag einer Nation zu sagen, was gut für sie ist, ist langfristig ermüdend. Aber dank Ihrer Hilfe und den Nanos wird es von Tag zu Tag besser. Und nun Vorsicht, Stufe!«

Er führte sie in einen Raum, vermutlich ein Büro. Innen war es klimatisiert, trotzdem war der Geruch eines weiteren Mannes allgegenwärtig. Reba kannte dieses Odeur: Johanns Schatten roch so.

Hinter ihr schloss sich die Tür. »Nun, meine Liebe, jetzt sind wir unter uns und können offen miteinander reden. Ich würde gern wissen, woran Carl gearbeitet hat.«

»Überwiegend an Forschungsfragen.« Sie dachte an die vielen Themen, die sie in ihren Tabellen katalogisiert hatte. Und an diese Disharmonien. Aber das war nichts, was Johann hören wollte. Er hatte Fossey früher die Aufgaben vorgegeben, war also bezüglich der Forschung bestens im Bilde.

»Das sagte mir Nummer Eins bereits. Aber er sprach auch von einer Software. Was für eine Software? Konkretisieren Sie das bitte, denn dass es wichtig ist, wissen Sie selbst.«

Ja, das ist mir durchaus bewusst, und trotzdem würde sie nicht vorpreschen. Reba atmete tief durch. »Dazu möchte ich zum jetzigen Zeitpunkt noch keine Aussage treffen.«

Sie spürte sein Zucken. »Weil Sie es nicht wissen oder nur Vermutungen haben?«

»Vermutungen sind das falsche Wort. Ich habe bei der Software nüchtern betrachtet keinerlei Anhaltspunkte, worum es sich handeln könnte. Ich weiß einzig, dass Doktor Fossey versuchte, die Platte zu zerstören und zu verstecken, und das wiederum eröffnet den Rahmen, die Software in einem negativen Kontext zu betrachten. Faktisch kann ich das aber noch nicht bestätigen.«

Stille. »Eine professionelle Antwort, meine Liebe. Dann frage ich anders: Könnte es sich um eine Kommunikationssoftware handeln? Ein Chat vielleicht oder ein eigener E-Mail-Client.«

Die Frage erstaunte sie. »Hmm … grundsätzlich wäre das denkbar, ja. Eine Funktion konnte ich extrahieren, die den Umgang mit Strings organisiert, also die Verarbeitung von Textmengen. Aber das braucht man in fast jeder Software, und Kommunikationswege nach außen fand ich bisher keine. Wie vorhin gesagt, es kann alles oder nichts sein.«

Sie spürte seine Enttäuschung, und es tat ihr im Herzen weh.

»Na gut, das wäre es dann auch schon«, sagte er. »Nummer Eins wird Sie zurück in Ihre Besprechung bringen. Vielen Dank für Ihre Offenheit und viel Erfolg bei der weiteren Suche.« Der Windstoß der sich öffnenden Tür strich ihr über die Wange, und dann war er auch schon gegangen.

Dafür trat der Oberste an ihre Seite. »Frau Ahrens.«

»Ja?«

»Was schätzen Sie, wie lange Sie mithilfe des Teams noch brauchen werden?«

»Vielleicht vier bis sechs Wochen.«

»Sie haben zwei.«

Reba ließ sich nicht unter Druck setzen. »Mit Verlaub, Nummer Eins, erst müssen die restlichen Sektoren analysiert und dann die Software rekonstruiert werden, wobei auch bedacht werden muss, dass Bruchstücke fehlen. Zwei Wochen sind …«

»Ihre Vorgabe, Frau Ahrens.« Seine Hand berührte sie am Ellbogen, und Reba spürte sogar durch das Langarmshirt die Kühle seiner vier Finger. Sie streifte sie ab und stemmte die Hände in die Hüften.

»Druck ausüben ist leicht, vor allem in Ihrer Position. Manche Arbeit aber …«

»… erfordert ein Mindestmaß an Zeit. Ist mir bewusst, Frau Ahrens. Wir haben nur nicht mehr.«

»Weshalb?«

Plötzlich war er ganz nah und sagte: »Weil wir in Betracht ziehen müssen, dass Carl Oskar Fossey mittlerweile mit einer Gruppe von Intoleranten zusammenarbeitet. Und nachdem wir eine der Intoleranten festnehmen und verhören konnten, erfuhren wir, dass sie einen Anschlag auf den Herrn planen. Mit Fosseys Wissen über Johann ist dies eine äußerst ernstzunehmende Angelegenheit. Deswegen müssen wir wissen, was er getrieben hat. Schon zwei Wochen sind eine lange Zeit.«

Reba schluckte. *Ein Anschlag auf den Retter, den Heiland!* »Ich liefere Ihnen die Ergebnisse so schnell wie möglich.«

»Das will ich hoffen, Frau Ahrens. Für Johann. Für Kehlis. Aber darum mache ich mir wenig Sorgen. Eine treuere Dienerin als Sie kann sich der Herr nicht wünschen.«

Und dann waren seine Finger wieder da, und der Oberste führte sie zurück zu ihrem Team.

TEIL 3

Exekution

Kapitel 23

München, Außenbezirk Neue Warte, 12 Tage später

Gute Laune und Betriebsamkeit herrschten im JK's-Schnellrestaurant an der Ecke Neutegernseer- und Althaidhauserstraße. Ein Wagen nach dem anderen polterte über die Fahrbahnschwellen und fuhr in den Drive-in. Auf dem Parkplatz schlugen Türen in Schlösser, Motoren brummten, Menschen lachten. Aus dem Innenraum wehte lautes Stimmengewirr herüber, eine Mischung aus angeregten Unterhaltungen, noch mehr Lachen und Gegröle. Hinter den hell erleuchteten Scheiben huschten Bedienstete geschäftig zwischen den Gästen hin und her, trugen Holztabletts davon oder servierten Bestellungen. Es war an diesem Freitagabend gegen 21 Uhr so viel los, dass sogar etliche Leute draußen unter den aufgespannten Sonnenschirmen saßen – diese hielten die Wärme glühender Heizpilze bei den Gästen und sahen beleuchtet recht einladend aus.

Beim Anblick des Trubels überlegte Nummer Elf, ob er nicht lieber nach Hause fahren und in der Abgeschiedenheit seiner Wohnung ein Mahl einnehmen sollte, doch wahrscheinlich war sein Kühlschrank nicht aufgefüllt, und er hatte schlichtweg Hunger. Außerdem sollte man nicht mit Ritualen brechen – seit ihm ein Apartment im Glaskollektivum zugewiesen worden war, kam er Freitagabend hierher, sofern er nicht im Auftrag des Herrn woanders unterwegs war. Zum Wochenende hin hatte er meist nicht mehr allzu viel Energie, um sich selbst etwas zu kochen, und die zu einhundert Prozent aus Bio-Rindfleisch bestehenden Burger mit den frischen Soßen und knackigen Salaten schmeckten ordentlich. Und so drückte Nummer Elf die Wagentür hinter sich zu und überquerte den Parkplatz.

Eine Traube Jugendlicher hatte sich neben dem Haupteingang zusammengerottet. Einige saßen auf mitgebrachten Klappstühlen, rauchten und tranken und gackerten und wurden still, als sie ihn bemerkten. Ein großer Kerl, der ihm im Weg stand, trat hastig zur Seite und hielt die äußere Tür auf. »Konfessor.«

Nummer Elf ließ sich zu einem Nicken herab, dann war er im gläsernen Windfang. Die zweite Tür in den Innenraum öffnete er selbst.

In drei langen Schlangen warteten Menschen an den Kassen darauf, ihre Bestellung aufzugeben, und auch hier verebbten die Unterhaltungen, sobald man ihn bemerkte. Selbstverständlich bat man ihn nach vorn. Schweigend kam Nummer Elf der Bitte nach, schritt an den Wartenden vorbei und bestellte an einer der Kassen: einen feurigen Chili-Burger aus Bio-Rindfleisch mit glutenfreiem Brötchen aus Vollkornmehl, dazu Süßkartoffelpommes mit Kräuterquark und eine Holundersaftschorle. Außerdem verlangte er ein Erfrischungstuch zur anschließenden Handreinigung. Innerhalb weniger Sekunden bekam er alles akkurat arrangiert auf einem Holztablett überreicht.

Dass im Inneren alle Tische belegt waren, kam ihm gelegen. Außen war es ruhiger, die Luft nicht so dämpfig und stickig. Zügig durchquerte er das Schnellrestaurant, verließ es durch den Nebenausgang, hörte das unterdrückte kollektive Seufzen hinter ihm und ließ sich an einem freien Tisch neben einem Heizpilz nieder. Nachdem er die Ärmel seines Mantels zurückgeschoben hatte, um sie nicht zu bekleckern, widmete er sich dem Burger. Die weinroten Lichter der Leuchtreklame vor dem Schnellrestaurant spiegelten sich in seiner Lifewatch.

Als ihm die klebrige Chilisoße über die Finger rann, klingelte sein Handy. Nummer Elf zwang den Bissen hinunter und sagte laut: »Rückruf in fünfzehn Minuten.« Die Sprachsteuerung terminierte den Anruf und gab eine entsprechende Mitteilung ans andere Ende der Leitung durch.

Immerhin nicht Nummer Eins. Den hätte er am Spezialklingelton erkannt und nicht warten lassen. Wahrscheinlich war es wieder Borchert … halt, Konfessor Nummer 397. Der Junge hatte sich eifrig an sein neues Amt gemacht und wollte nochmals alle Spuren von Rebellenkontakten kleinlichst auf mögliche DNS-Hinterlassenschaften untersuchen. Damit hatte er sich einiges vorgenommen. Da war der Wohnwagen in der Nähe von Grauach, wo sie Tymons Leiche gefunden und Maleks Spur aufgenommen hatten, da waren ein Jeepwrack und ein Transporter, die bei der Entführung von Fossey im Rohrbachtal zum Einsatz gekommen waren, zwei Lkws, mit denen Malek und Maria in die Gardedirektion 21 gedonnert waren, Marias und Tymons verbrannte Leichen samt Fosseys Lifewatch, die er in einem Waldstück bei München gefunden hatte, und diverse Spuren von drei Überfällen auf weitere Gardedirektionen und dem Einbruch ins Bundesamt. Aber Eifer sollte man nicht bremsen, und wenn Nummer 397 noch eine verwertbare DNS fand, könnten sie diese nach flächendeckender Auslieferung des Nanobots tracken, sollte dies mit der Rothaarigen nicht funktionieren. Viele Alternativen blieben ihnen erstaunlicherweise auch nicht. Sie hatten Maleks und Krenkels DNS, und Nummer Elf hatte nach der des Datenbarons gesucht, doch die Praxis dessen Hausarztes war vor Jahren geschlossen worden und nirgends, in keinem Krankenhaus, keinem Labor, keiner anderen Praxis, gab es verwertbares Material. Weise Voraussicht? Zufall? Glück?

Sie hatten zwar auch Fosseys Genmaterial, doch das bedeutete nicht zwangsläufig, dass sie ihn irgendwann tracken konnten. Der entführte Nanoforscher hatte laut Nummer Eins schon vor Jahren einen eigens für ihn erzeugten Nanococktail verabreicht bekommen, der als einhundertprozentig wirksam galt, und trotzdem schien er immun dagegen gewesen zu sein. *Weil er sich irgendwie geschützt hat.* Der Mann war mehr als schlau, auf seinem Fachgebiet ein Genie und wusste, dass sich der Nanobot in der Entwicklung befand. Etliche der Ideen für den Bot hatte er mit dem Herrn zusammen entwickelt. Sie mussten also in Erwägung ziehen, dass Fossey es schaffte, sich und die restlichen Rebellen auch gegen das Tracking zu schützen.

Nüchtern betrachtet war das Überraschungsmoment ihre größte Chance.

Nummer Elf schob sich den letzten Bissen des Burgers in den Mund und saugte sich die Chilisoßenreste von den Fingern. Dann widmete er sich den außen knusprigen und innen weichen Süßkartoffelpommes, als laute Stimmen ihn aufblicken ließen. Sie wehten von der Gruppe Jugendlicher am Eingangsbereich herüber. Eine Meinungsverschiedenheit? Ein Streit? Was kümmerte es ihn?

Aus dem Augenwinkel bemerkte er einen schwarzen Wagen, der im Schritttempo aus dem Drive-in fuhr und auf die Ausfahrt zuhielt.

Die Süßkartoffelpommes verharrte direkt vor seinem Mund. »Malek?« *Nein, das kann nicht sein.* Malek hatte zwar in Berlin Bart und zurückgekämmtes Haar getragen, aber er fuhr sicher nicht in München in Gardeuniform herum und kaufte an einem JK's-Drive-in einen Burger. *Oder doch?*

Der Pkw verschwand hinter dem Schnellrestaurant.

Jemand rempelte gegen seinen Tisch, murmelte »'tschuldigung« und eilte weiter.

Nummer Elf löste seinen Blick vom Drive-in und sah dem Störenfried nach. Ein Mann mittleren Alters, der auf den Seiteneingang des Restaurants zueilte. Er trug Jeans und Jacke und eine schwarze Wollmütze, dann war er im Inneren zwischen den Menschen verschwunden.

Nummer Elf schüttelte den Kopf und griff nach der Schorle. Er trank einen großen Schluck aus dem Glas – Wegwerfpappe und -plastik hatte Johann Kehlis längst verbannt – und widmete sich wieder seinen Süßkartoffelpommes. Während der restlichen Mahlzeit glitt sein Blick noch einige Male zum Drive-in und der Gebäudeecke, doch der schwarze Pkw tauchte nicht mehr auf.

Erik Krenkels Finger spannten sich um das Glasfläschchen, und sein Herzschlag pochte ihm in den Ohren, als er auf den Seiteneingang des Schnellrestaurants zuhielt. Es kostete ihn seine ganze Selbstbeherrschung, nicht über die Schulter zum Konfessor zu blicken, um sich zu versichern, dass dieser ihm nicht folgte. Nun wusste er annähernd, wie sich Orpheus auf dem langen Weg aus dem Hades heraus gefühlt haben musste. Zum Glück war Dominik Wutkowski nicht seine Eurydike.

Erik erreichte die Tür und trat ins hell erleuchtete Innere. Dort beschleunigte er seine Schritte unauffällig, schlängelte sich durch die Massen, an Tischen vorbei Richtung Kasse, an drei Schlangen entlang und wandte sich dann nach rechts zum Ausgang. Durch den schlüpfte er hinaus in die Kühle des Abends. Wie besprochen stand Maleks Wagen abfahrbereit am Rand des Parkplatzes, außerhalb des Sichtbereichs der Terrasse. Die Rückleuchten glommen in sattem Rot, die Reklame glänzte im schwarzen Lack. Einzig eine Gruppe Jugendlicher war noch zu überwinden.

»Hey Mo, hast du nicht die Nummer vom Max?«, fragte einer von ihnen und wischte auf einem Handy herum. »Kann ja nicht sein!«

»Freilich. Nummer achtundsiebzig im Telefonbuch.«

Jemand lachte. »Warum speicherst du den Max unter 'ner Nummer?«

»Is' 'ne PLU.«

»Und welche?«

»Für Lauch.«

Sie grölten.

Erik erreichte den Wagen und schwang sich auf den Beifahrersitz. Leise Musik erfüllte den Innenraum, irgendein alter Crossover-Hit.

»Meine Fresse, das ist ja schlimmer als bei uns früher. Die Kids geben sich schon PLU-Nummern.«

»Hast du es reingekippt?«

»Klar.« Erik zeigte das leere Fläschchen. »Bin doch kein Amateur.«

Malek legte den Gang ein. Im Schritttempo fuhr er über eine der Fahrbahnschwellen. Das Handy, das in einer Halterung vor den Lüftungsschlitzen steckte, wackelte hin und her.

»Und du?« Erik deutete auf das Mobiltelefon, auf dessen Display eine Navigationsapp mit einem blinkenden Punkt den Parkplatz des Schnellrestaurants markierte. »Hast du den Peilsender an seinem Wagen angebracht?«

»Bin ja kein Amateur.«

»Hat auch keiner behauptet.«

Langsam ging es vom Parkplatz, dann nach links und keine einhundert Meter weiter erneut nach links. Mit fünfunddreißig Kilometern pro Stunde fuhr Malek die Straße entlang und steuerte den Wagen schließlich in einen Parkplatz am Seitenstreifen. Hinter einem Zaun und Büschen war der Außenbereich des Schnellrestaurants zu sehen. Hell erleuchtet erhob sich der Kinderspielbereich mit Türmchen und Kletterseilen in die Nacht, schräg daneben glühten die aufgespannten Sonnenschirme.

Die Mittelkonsole klapperte, und Malek holte seine Kamera mit Teleobjektiv hervor. Er nahm die Kappe ab und richtete das Tele auf das Restaurant. Seine Finger justierten an der Brennweite.

»Und? Siehst du ihn? Trinkt er?« Erik reckte den Kopf hin und her, konnte ohne Hilfsmittel aber nichts erkennen.

Ein grimmiges Lächeln zeigte sich auf Maleks Zügen. »Wie immer bis auf den letzten Tropfen.« Und sein Tonfall sagte: *Gut machst du das, kleiner Bruder, sehr gut.*

Erik sank in seinen Sitz. »Zum Glück. Ich dachte vorhin schon, er springt auf und rennt mir hinterher.«

Malek ging nicht darauf ein. »Wie viel Uhr ist es bei dir?« Er hielt ihm sein Handgelenk mit der silbernen Analoguhr vor die Nase. Sie zeigte 21.22 Uhr.

Erik schob seinen Jackenärmel zurück, entblößte eine Uhr mit einer bunten Micky-Mouse auf dem Ziffernblatt. Er hatte sie am Morgen in einem Supermarkt gekauft. Die gute Laune der Maus gefiel ihm. »Auf die Minute gleich.«

»Gut.« Malek nahm die Kamera wieder aus dem Schoß zur Hand. »Dann haben wir etwa dreißig Minuten, bis der Kreislaufstabilisator wirkt und sich unser Zeitfenster öffnet, von 21.50 Uhr bis 22.50 Uhr.«

»Lieber nur bis 22.40 Uhr. Sicher ist sicher. Dein Bruder hat eine üppige Mahlzeit vertilgt, das könnte die Wirkungsweise verkürzen. Ideal wäre es gewesen, wenn er den Stabi und das Benzodiazepin auf nüchternen Magen genommen hätte.«

»Weswegen du beides höher dosiert hast.«

»Schon. Trotzdem hat gerade das orale Sedativum eine hohe interindividuelle Streubreite. Aber es wird wirken. Plus minus ein paar Minuten.«

»Du bist der Apotheker.« Dann setzte er erneut die Kamera vor die Augen und fokussierte seinen Bruder.

Nummer Elf leerte seine Holundersaftschorle bis auf den letzten Tropfen und unterdrückte den aufsteigenden Rülpser. Stechendes Zitronenaroma verdrängte den Chili-Burger-Dunst, als er sich mit dem Erfrischungstuch die Finger reinigte. Ganz gewissenhaft ging er vor, fuhr in jeden Fingerzwischenraum und unter jeden Nagel. Am Ausgang schob er das Holztablett in einen der aufgestellten Behälter.

Die Jugendlichen waren immer noch da. Sie lümmelten im Kreis herum, aßen und tranken und laberten Scheiße. *Was vermutlich nicht einmal so verkehrt ist.* In dem Alter waren er und Malek bereits in die Kriminalität abgerutscht. Er erinnerte sich, wie sie auf einem Rastplatz im insektenschwirrenden Licht zweier Taschenlampen einen geparkten Laster geknackt und ausgeräumt hatten, während sich der Fahrer in der Raststätte eine Currywurst mit Pommes reinzog. Nur ein Bruchteil der Ladung hatte in ihren Fiat Punto gepasst, und doch hatte es sich gelohnt; Elektrogeräte im Wert von knapp zehntausend Euro hatten sie abgestaubt, womit sie einige Zeit ausgekommen waren. Er erinnerte sich auch, wie sie auf seine Idee hin in eine Lottoannahmestelle eingebrochen waren, um mit nicht einmal fünfhundert Euro und ein paar Illustrierten voller Titten und Ärsche abzuziehen. Wie jung und dumm sie damals gewesen waren, bevor sie ihren Mentor Tymon und dessen Schwester Maria kennengelernt hatten. Jetzt waren beide tot. Sie niedergestreckt von seiner Hand, wobei er eigentlich auf ihren Sohn gezielt hatte, um Malek zu einer Dummheit zu reizen.

Ein Schaudern erfasste Nummer Elf, doch es ging so schnell vorbei, wie es gekommen war.

Malek, der bedachte Malek. Nummer Elf hätte es sich denken können. Menschen änderten sich nicht, und gerade bei Malek hatte Nummer Elf den Eindruck, dass er nur noch vorsichtiger und umsichtiger handelte. Mehr als ein halbes Jahr jagte er ihn jetzt, wobei er selbst zunehmend einem lahmen Wolf ähnelte. Einem Wolf, den mittlerweile sogar die Schafe ins Visier nahmen.

Bevor er in seinen Wagen stieg, sah er sich nochmals um. Den schwarzen Pkw mit dem bärtigen Gardisten entdeckte er nirgends. Nummer Elf schüttelte den Kopf und stieg ein.

»Ins Glaskollektivum«, wies er die Sprachsteuerung an, »und Rückruf einleiten.« Der Autopilot übernahm die Kontrolle, und während der Wagen vom Parkplatz rollte, war Nummer 397 über die Freisprecheinrichtung hörbar.

»Nummer Elf! Gut, dass Sie zurückrufen.«

»Weshalb haben Sie angerufen?«

»Ich gehe gerade die Berichte aus der Einundzwanzig durch. Leider hat man damals nach der Befreiung Ihres Bruders keine kriminaltechnische Untersuchung eingeleitet, insofern sind Spuren längst beseitigt und die Toten beerdigt. Da wird es schwer, neue genetische Abdrücke zu finden, aber dafür fand ich in der Aussage eines Gardisten einen Hinweis auf einen Jungen, fünf oder sechs Jahre alt. Von dem steht sonst nirgends etwas. Wissen Sie da mehr?«

Und ob. Er hätte mein Sohn sein können … Bei dem Gedanken spürte Nummer Elf erneut einen Schauder und den Rosenkranz auf seiner Haut prickeln. »Der Junge wurde von den Rebellen befreit.«

»Und was für ein Junge war das?«

»Maria Müllers Sohn. Ich benutzte ihn als Druckmittel, um sie dazu zu bringen, mir Malek zu liefern. Wie Sie wissen, war Maria Müller Tymon Króls Schwester. Sie und Malek waren gut befreundet.« *Und in mich war sie vernarrt.*

»Ja, ich erinnere mich, dass Sie das erzählten.« Nummer

397 schwieg einige Sekunden, bevor er leise fragte: »Ist es eine Option, nach der DNS des Jungen zu suchen? Vielleicht hat ein Krankenhaus oder eine Kinderarztpraxis noch Blutwerte.«

»Netter Gedanke, Konfessor 397, aber vergebliche Mühe. Ich habe den Jungen bereits auf dem Schirm.«

»Sie haben seine DNS schon? Super.« Ein Moment der Stille. »Heißt, ich brauche seine Spur nicht weiterverfolgen?«

»Korrekt.«

Nummer 397 schien enttäuscht. »Okay. Na dann suche ich in den Berichten nach anderen Hinweisen.«

»Machen Sie das, Borchert, aber überarbeiten Sie sich nicht. Ein müder Konfessor ist kein leistungsfähiger Konfessor. Auch Pausen gehören dazu.« Nummer Elf wusste, wie sich der Rat aus seinem Mund anhörte – *wie ein schlechter Witz*.

Nummer 397 schien dafür keine Antennen zu haben, denn er versicherte, dass er auf sich aufpassen würde, und wünschte noch einen schönen Abend.

Stille breitete sich im Fahrzeug aus. Einzig die Reifen verursachten beim Rollen über den Asphalt ein leises Surren.

Nummer Elf gähnte und gähnte ein zweites Mal. Ausladende Plattenbauten säumten die Hauptstraßen der Neuen Warte. Gemächlich zogen Straßenlaternen vorbei, und in deren Lichtkegeln spazierten ein paar Passanten dahin.

Er hingegen saß im Fahrersitz, die Hände im Schoß verschränkt, die Füße bis zu den Pedalen ausgestreckt, und tat nichts. Er war zum Warten verdammt. Das Tracking der Rothaarigen funktionierte nicht, da der Bot sich vermutlich noch nicht vollständig zusammengesetzt hatte, von Malek und Krenkel fehlte jede Spur, und dem Hinweis mit den Häusern des Herren ging Nummer Eins höchstpersönlich nach, worüber Nummer Elf nicht unglücklich war. Der Herr war nicht gut auf ihn zu sprechen, und sich um eine Überwachung aller Wohnungen und Häuser des Herrn zu kümmern erschien ihm wenig sinnvoll. Die Verantwortung war besser in den neuneinhalb Fingern von Nummer Eins aufgehoben. Doch überhaupt nichts tun zu können, machte Nummer Elf müde. Dass er sich schon seinen Bruder in Gardeuniform beim Herumcruisen einbildete, sprach Bände.

»Rechts ranfahren!«, befahl er, und das Auto wurde unverzüglich langsamer. »Ich gehe den Rest zu Fuß. Brauche frische Luft. Wagen in der Tiefgarage abstellen, Parkbuchtnummer vierhundertelf.«

Der Wagen bestätigte seine Anweisung und hielt. Nummer Elf versicherte sich, dass kein Verkehr von hinten kam, und stieg aus. Als die Rücklichter seines Wagens vorbeiglitten, schlug er den Mantelkragen hoch und ließ die Märzluft tief in seine Lunge strömen. Vielleicht half sie gegen die Müdigkeit, die sich hartnäckig in ihm ausbreitete.

»Er hält an!«

Das sah Malek selbst auf dem Handy.

»Mitten auf der Hauptstraße. Was will er da?«

»Keine Ahnung.« Malek drosselte die Geschwindigkeit. Sie waren etwa vierhundert Meter hinter Dominik; bei fünfzig Kilometern pro Stunde würden sie ihn in etwa dreißig Sekunden erreichen.

»Und jetzt?«, fragte Erik.

»Ruhig bleiben.« Malek achtete gleichzeitig auf Verkehr und Peilsendersoftware und bremste weiter ab. Hinter ihm setzte ein Wagen den Blinker und überholte.

»Da!«, stieß Erik hervor. »Jetzt fährt er wieder an!«

»Vielleicht eine Baustelle oder ein Unfall.« Malek beschleunigte ebenfalls, versuchte, in der Ferne etwas zu erkennen, doch da waren nur die Lichter des Abendverkehrs. Weder ein Unfall noch eine Baustelle.

»Nichts«, meinte Erik kopfschüttelnd. »Warum hat er hier

angehalten?« Er betrachtete die hoch aufragenden, Spalier stehenden Gebäude und den Flickenteppich aus Fensterquadraten und Dunkelheit.

»Kann es an unserem Cocktail liegen? Nebenwirkungen?«

Erik zuckte mit den Schultern. »Möglich wäre es. Einen allergischen Schock schließe ich aus, den hätte er sofort bekommen. Vielleicht war ihm kurzzeitig schlecht und – *mein Gott! Da!*« Erik fuhr auf seinem Sitz herum, reckte den Hals nach hinten und streckte den Finger aus. »Das war er! Hundertprozentig!«

Malek spähte in den Rückspiegel und dann in den Seitenspiegel und tatsächlich: Auf dem Gehsteig schlenderte Dominik dahin, den Kopf gesenkt, den Kragen der Jacke hochgeschlagen, die Hände in den Jackentaschen vergraben.

»Was macht er da?« Erik blickte immer noch nach hinten, doch Malek riss ihn nach vorn.

»Nicht schauen! Nicht auffallen!« Er ließ Erik los. Es war 21.37 Uhr. Noch dreizehn Minuten bis zum Zeitfenster des Kreislaufstabilisators. Ein Blick aufs Navi: noch knapp ein Kilometer bis zu Dominiks Wohnung. Eine Minute Fahrtzeit. Wie lange würde Dominik zu Fuß brauchen? Knapp zehn. Nicht gut. Die Wirkung der Sedierung sollte ungefähr einsetzen, wenn Dominiks Wagen in die Tiefgarage des Glaskastens steuerte. Sie hatten vorgehabt, dem Wagen in den Bauch des Wespennests zu folgen; neunzig Sekunden hatten sie dafür Zeit, bevor das Tor sich nach der Durchfahrt von selbst wieder schloss. Und unten, in der Abgeschiedenheit der Tiefgarage, hätten sie Dominik eingesammelt und wären mit ihm direkt wieder hinausgefahren. Wenn sie jetzt jedoch dem Wagen folgten, würden sie minutenlang in der Tiefgarage auf Dominik warten müssen und liefen Gefahr, ihn nicht einmal anzutreffen, wenn er den direkten Weg durch den Haupteingang in seine Wohnung nahm. Aber was waren die Alternativen? Ihn auf offener Straße kidnappen, wo jeder sie sehen konnte? Am Haupteingang? In seiner Wohnung?

»Malek!?« Eriks Stimme überschlug sich.

»Ja, Herrgott, ich weiß!« Es brauchte eine Entscheidung. *Nur welche?* Malek, in dem Moment seines Lebens, wo man es bringt oder nicht.

Dominiks Wagen bog rechts ab, würde die Tiefgarageneinfahrt in circa dreißig Sekunden erreichen.

»Malek!«

»Ja!«

Scheiße.

Und dann stieg Malek in die Eisen und kurbelte mit aller Kraft am Lenkrad.

Nummer Elf hörte in der Ferne das Quietschen von Reifen. Auch hupte jemand kurz und dann laaang. Er blieb stehen und sah von seinen Fußspitzen auf. »Was bitte…« Sein Blickfeld bewegte sich zu langsam, hinkte hinterher, zog Streifen und Schlieren. Auch waren die Lichter zu grell, blendeten, ließen ihn die Augen zusammenkneifen und die Hand zum Abschatten heben.

Da registrierte sein Gehirn, dass die Lichter auch deshalb so grell leuchteten, weil sie direkt auf ihn gerichtet waren. Und sie wurden größer, kamen rasend schnell näher. Auf dem Gehsteig.

»Fuck!« Nummer Elf wollte nach seiner Pistole im Schulterholster greifen, doch er hatte den Mantel wegen der Kälte geschlossen und so stießen seine Finger nur gegen den rauen wollenen Stoff.

Der Amokwagen war keine fünfzig Meter mehr entfernt. Die Lichter ruckten zur Seite, wichen irgendetwas aus, ruckten zurück, ein Schatten huschte durch die Helligkeit, und es knallte. Irgendetwas wurde durch die Luft geschleudert,

Rauch oder Pulver oder Dreck stieb wie schwarze Gischt davon, und Scheibenwischer johlten. Dann wurden die Lichter gleißend grell. *Fernlicht.* Und da war laute Musik, Gitarre, Schlagzeug und eine Männerstimme. *In the end,* brüllte sie Nummer Elf entgegen. *Linkin Park.*

Den Kühlergrill zierten vier Ringe unter schwarzem Dreck.

Irgendwie warf er sich zur Seite.

Wieder kreischten Reifen, und das Heck des Wagens brach aus. Es stank nach Gummi.

Vom Boden sah Nummer Elf, dass die Fahrerscheibe heruntergelassen war. Hinterm Steuer saß sein Bruder. Bärtig, mit zurückgekämmtem Haar und in Gardeuniform. Sein Blick heftete sich auf ihn, ein kurzer Moment des Kontaktes.

Jemand schrie.

Ein Motor röhrte.

Chester Bennington schmetterte *In the end.*

Nummer Elf versuchte mit einem Kopfschütteln den Nebel zu vertreiben, riss den Zipper seines Mantels auf und seine Dienstwaffe aus dem Holster, doch da war schon jemand über ihm, schlug sie ihm aus der Hand, packte ihn an den Armen und verdrehte sie ihm über den Kopf. Ihm entwich ein Stöhnen, und er krümmte sich, schlug mit den Beinen aus, doch der Griff war eisenhart, und weißgrauer Stoff verdeckte seine Sicht, und dann traf ihn etwas an Nase und Stirn. Der explodierende Schmerz schickte ihn in Dunkelheit.

Kapitel 24

München, Außenbezirk Neue Warte

»Zum Glück war's nicht mein Knie, das ihn ausgeknockt hat«, sagte Erik vom Steuersitz aus.

»Sei froh.« Malek saß neben seinem Bruder auf der Rücksitzbank, auf die sie ihn in eine stabile Seitenlage gelegt hatten. Dominiks Kopf hing über die Kante. Aus seiner Nase zog sich ein Blutfaden nach dem anderen in den Fußraum.

Erik sah nach hinten. »Blutet ganz schön. So brauchst du ihn nicht knebeln. Sieht verdammt nach 'nem Nasenbruch aus.«

»An dem er nicht sterben wird.«

»Das nicht, aber man kann dadurch eine Menge Blut verlieren. Schwächt den Kreislauf.«

»Erik!« Maleks Stimme kroch scharf nach vorn. »Komm auf den Punkt! Ist das ein Problem oder nicht?«

»Eher nicht.«

»Gut. Dann fahr einfach!«

»Aye, aye, Sir!« Erik wandte sich wieder nach vorn und sofort wieder nach hinten. »Ein Tipp vielleicht noch: Kühlen wäre bei 'nem Bruch ganz gut.«

Malek schloss die Augen. »Hast du Eis dabei?«

»Nee, ich glaub nicht.«

»Merkst was?« Die Worte waren mehr ein Knurren, und Erik hob sofort die Hände.

»Schon okay.«

In Maleks Kopf pochte es. Am liebsten hätte er Erik geknebelt und danach die Musik abgedreht, denn Linkin Park schrien immer noch aus den Lautsprechern, aber Erik kanalisierte mit dem Gelaber nur seinen Stress, und die Musik würde eine mögliche Lifewatch-Übertragung im besten Fall überlagern, im schlechtesten zumindest stören und der Konfessorenüberwachung suggerieren, dass Nummer Elf sich einfach nur Musik reinpfiff. Ob es nötig war? Malek war sich nicht sicher, ob jeder Konfessor rund um die Uhr überwacht wurde. Früher wurde für die 24-Stunden-Überwachung eines Verdächtigen im Schichtdienst 20 bis 36 Polizisten benötigt. Bei einer reinen Onlineüberwachung war das sicher reduzierbar, aber trotzdem … Dass es die Möglichkeit der Kontrolle gab, hieß nicht, dass sie genutzt wurde. Bei Missionen vermutlich schon, aber im Alltag? Egal. Sie hatten Dominik sicherheitshalber zwei Schweißbänder über die Lifewatch geschoben. So war wenigstens die Videoübertragung blind und der Sound gedämpft. Mehr konnten sie nicht unternehmen.

Erik wechselte von der Hauptstraße auf eine lang gezogene Ausfahrt. »Ich glaube, uns folgt tatsächlich niemand.«

Malek blickte über die Schulter zurück. Die Plattenbauten der Neuen Warte waren nur noch in der Ferne zu erahnen und verschwanden dann vollends hinter grauen Rückseiten von Straßenschildern. Für einen Moment herrschte flirrende Helligkeit, als es unter einer beleuchteten Brücke hindurchging. Die Ausfahrt zog sich weiter dahin, gewährte ihnen einen ausgezeichneten Blick auf die Kehre hinter ihnen. Kein Wagen hing an ihren Fersen, nicht einmal in größerer Distanz.

»Gut.« Malek wandte sich wieder nach vorn und sah auf seine Armbanduhr. 21.48 Uhr. In circa fünf Minuten würden sie am Ziel sein, und in zwei öffnete sich das Zeitfenster. Besser hätte es in Anbetracht der Improvisation nicht laufen können. Er verspürte eine grimmige Zufriedenheit, und trotzdem keimten Zweifel in ihm. Sie hatten einen Konfessor in aller Öffentlichkeit von der Hauptstraße entführt, und nicht wenige Autos waren währenddessen an ihnen vorbeigefahren. Blieb die Frage, wie schnell jemand den Vorfall melden und wie schnell die Garde eins und eins zusammenzählen würde. Begreifen würden sie es auf jeden Fall; er hatte Dominik die Dienstwaffe aus der Hand geschlagen und keine Zeit mehr gehabt, sie in der Dunkelheit zu suchen.

»Da kommt was!«, warnte Erik.

Malek schob sich in die Mitte zwischen die Kopfstützen. Blaulichter zuckten auf sie zu und donnerten auf der Gegenfahrbahn vorbei. Für einen Moment war das Heulen einer Sirene zu vernehmen, bevor es in der Ferne wie ein lang gezogener Entsetzensschrei verklang. »Könnten auf dem Weg zum Tatort sein.«

»Solange sie nicht umkehren.« Eriks Finger trommelten auf das Lenkrad.

»Bleib einfach ruhig. In ein paar Minuten haben wir es geschafft.«

Dominik stöhnte. Sein Kopf rollte nach links, seine blutverschmierten Lippen öffneten sich, er atmete geräuschvoll ein und erschlaffte wieder.

Malek suchte nach Dominiks Puls und fand ihn. Kräftig und stetig wie ein Uhrwerk.

»Wahrscheinlich knallt das Sedativum jetzt richtig.« Erik spähte wieder nach hinten. »Dass du ihn ohnmächtig schlägst, stand nicht auf dem Plan.«

»Ja, ja.« Mit einem Taschentuch wischte Malek seinem Bruder den roten Schnauzer weg. Seine Hand ließ er nur für einen Moment auf dessen Stirn liegen. Noch war Dominik Konfessor und würde keine Sekunde zögern, ihn zu töten. Weichheit war nicht angebracht.

»Der Parkplatz!«, rief Erik. Rechts neben der Straße schimmerten Laternen durch kahle Hecken und Sträucher, hinter denen sich Wagen aneinanderreihten.

Die erste Einfahrt kam in Sicht, und Malek sagte: »Nimm die hintere.« Eine beleuchtete Säule zog vorbei. P+R stand in großen Lettern darauf. Und daneben: NEUE WARTE SÜD. LANGZEITPARKPLATZ. Eine identische Einfahrt folgte zweihundert Meter weiter. Erik fuhr seitlich an den quietschgelben Automaten heran. Die Seitenscheibe surrte herunter, und kalte Luft drängte herein. Fiepend spuckte das Gerät ein Ticket aus, welches Erik in die Mittelkonsole steckte, dann ging es unter der sich öffnenden Schranke hindurch.

»Vorne links.« Malek hielt sich an den Kopfstützen fest, während der Wagen über Abwasserrinnen und aufgedruckte Zahlen rollte. »Und jetzt geradeaus. Da hinten. Zum Wohnmobil. Reihe K.«

Erik fuhr schweigend weiter. Maleks Herz klopfte beim Anblick des Gefährts schneller. Er war zwar erst vor ein paar Tagen hier gewesen, um das Parkticket zu erneuern und das Wohnmobil für ihren Trip vorzubereiten, aber auf einem öffentlichen Parkplatz wusste man nie, was innerhalb einer Woche geschah. Jetzt stand es schon seit zwei Monaten hier, und niemand hatte es angerührt. Vermutlich war es schlicht zu alt. Mit Erstzulassung 1993, über zweihundertfünfzigtausend gefahrenen Kilometern und einigen Roststellen entsprach es nicht den aktuellen Vorstellungen, aber sein Zustand war gut, dicht und trocken. Der Motor lief wie eine Eins, und es hatte sogar vor knapp einem Jahr noch einen TÜV bekommen. Auch die Ausstattung war spitze. Es gab einen Warmwasserboiler mit 15 Litern Fassungsvermögen, ein festes WC mit Fäkalienbecken, einen 120-Liter-Frischwassertank, ein großes Bett im Alkoven, Pilotensitze, ein Doppelstockbett und einen Außengasanschluss für einen Grill. Was brauchte man mehr?

Erik brachte den Wagen direkt daneben zum Stehen. Anstatt auszusteigen, blickte er mit offenem Mund und der Hand am Zündschlüssel zum Wohnmobil hinaus.

Malek klopfte ihm auf die Schulter. »Wir müssen.«

Der Kopf des Apothekers drehte sich wie der einer Schildkröte. Seine Stirn war tief gefurcht. »Wo bitte hast du *das* ausgegraben?«

»Gekauft.« Malek stieg aus.

»*Gekauft?* Klar. Von irgendwelchen zwielichtigen Gestalten unter Vorlage deines gefälschten Passes und bezahlt mit Geld, das nicht dir gehört.«

»Erik!«

»Was denn?«

»Nimm einfach seine Beine!«

Gemeinsam trugen sie Dominik ins Innere und legten ihn auf die zum Bett umfunktionierte Sitzecke. Während Erik ihn aus der Jacke schälte, holte Malek seine Kamera, die zwei Reisetaschen mit ihren Habseligkeiten und die Defibrillatorbox aus dem Kofferraum, warf die Taschen achtlos zwischen die Pilotensitze und stellte die Box samt Kamera auf die Küchenzeile. Dann ging er wieder hinaus und wechselte die Nummernschilder. Ein letzter Blick auf die Frankfurter Kennzeichen an der schwarzen Limousine, ein Klopfen aufs Dach, und die Blinker blitzten in der Dunkelheit.

Nachdem er – zurück im Wohnmobil – ein Radio angeknipst hatte, fragte er: »Wie sieht's aus?«

Erik hatte Dominik Hemd und Schulterholster ausgezogen und eine Blutdruckmanschette über den Arm gestülpt. Eine beachtliche Anzahl alter Narben überzogen die blasse Haut. Der Anblick versetzte Malek einen schmerzhaften Stich; zu den meisten konnte er eine Geschichte erzählen. Die längliche Narbe an der Schulter stammte von einem ungewolltem Crash mit dem Sprungturm im Freibad. Die wulstige über dem Gürtel von einer Stichverletzung im Rahmen einer Puffschlägerei. Die flache am Rippenbogen von einem Sturz aus dem ersten Stock infolge einer Verfolgungsjagd mit der Polizei. Und dann war da noch der abgewetzte hölzerne Rosenkranz um seinen Hals. So greifbar nah raubte er Malek fast den Atem.

»Seine Werte sind ideal«, sagte Erik mit einem Blick auf den Blutdruckmesser. »Einhundertzweiundzwanzig zu vierundachtzig. Puls zweiundsiebzig. Der Stabi wirkt.«

Der große Moment war also da. »Dann lass uns starten.« *Und ihn sterben.*

Erik sah zu ihm auf.

»Was?«

Der Apotheker sagte mit ruhiger Stimme: »Wir packen das.«

Wir. Packen. Das. Die Worte hallten nach, brauchten einige Augenblicke, bis sie zu Malek durchdrangen. Er nickte nur.

Und sie legten los. Malek fesselte Dominik mit metallverstärkten Kabelbindern die Beine. Erik öffnete die Box und packte alle benötigten Utensilien auf die Küchenzeile. Dabei murmelte er vor sich hin: »Handschuhe, Schere, Gegengift.« Er schluckte und hantierte weiter. »Adrenalinspritzen, sollte sein Herz versagen, und der Defi, sollte auch das Adrenalin versagen. Aber das wird es nicht. Nein, nein.« Die Klebeelektroden landeten ebenfalls auf der Arbeitsfläche, die grauen Kabel daran rollten sich. *»Gott! Wir müssen wahnsinnig sein.«* Dann trat er zum Bett, begutachtete den liegenden Dominik und meinte: »Das geht so nicht. Der blutet immer noch wie eine läufige Hündin. So läuft ihm der ganze Schmodder in den Rachen.«

Wie zur Bestätigung hustete Dominik und spuckte Blut auf die braunen Polster.

Malek fasste seinem Bruder unter die Achseln und hievte ihn vom Bett. Erik begriff, schob die Polsterteile zur Seite und kurbelte den Tisch, der in der Bettfunktion als Lattenrost diente, nach oben. Quietschend rastete das Gestänge ein, und Malek setzte seinen Bruder wieder ab, lehnte ihn mit dem Rücken gegen die Holzwand zur Nasszelle. Das Handgelenk ohne Lifewatch band er mit Kabelbinder auf Kopfhöhe an eines der oberen Regale, die andere Hand fixierten sie mit jeder Menge Panzertape auf der Tischplatte. Schräg, wie der Konfessor nun auf der Sitzbank hing, kippte sein Kopf zur Schulter.

Erik schien zufrieden zu sein. »Ja, so ist es gut. So können wir …«

Ein Klingeln drang aus dem schwarzen Stoffhaufen, der Sammlung von Dominiks Oberkörperbekleidung.

Sofort wühlte sich Malek durch die schwarze Wolle und fand das Handy, bevor es ein drittes Mal klingelte. Auf dem Display stand eine 1. *Der Oberste höchstpersönlich.* Sollte er rangehen? Sollte er dem Wichser sagen, was er von ihm hielt? Sollte er ihm eine Ansage machen? Im gleichen Atemzug verwarf Malek den Gedanken. Machogehabe brachte nichts.

Er drückte den Anrufer weg und trat zur Tür.

»Wer war's?«

»Nummer Eins.« Malek stieß sie auf, schob sich hinaus und schleuderte das Handy ins Gebüsch. Klackernd rastete die Tür wieder ins Schloss.

»Nummer Eins?« Erik starrte ihn mit großen Augen an. »Dir ist klar, was das bedeutet? Du kannst Nummer Eins nicht einfach wegdrücken – kein Konfessor würde das wagen. Jetzt weiß er, dass was faul ist, und über die Lifewatch kennt er Dominiks Position. Jeden Moment werden sie nach uns suchen.«

»Und … auch … finden.« Dominik Wutkowski hatte den Kopf gehoben und musterte sie aus dunklen, trüben Augen. »So … sieht man sich also wieder. Schön.« So wie er die Wörter lallte, war er mental noch nicht auf der Höhe.

Maleks Gesicht wurde hart. »Freu dich nicht zu früh.«

»Nicht? Warum nicht? Keine … ehrbaren Ziele?«

»Malek!« Erik packte ihn am Arm. »Der will nur Zeit schinden. Wir müssen weg, verdammt! Nummer Eins!«

Malek riss sich los. »Nummer Eins kann mich mal. Wir ziehen es durch.« Er trat auf seinen Bruder zu.

Der sah zwischen ihnen hin und her. »Wen wollt ihr durchziehen? Nummer Eins? Das ist doch Bullshit.« Er verzog das Gesicht vor Schmerz. »Fuck. Was ist nur los mit mir?« Sein Blick fiel auf seine fixierte Hand, was ihn innehalten ließ. »Ihr … ihr wollt mir die Uhr abnehmen? Klar! Du weißt, wie sie abgeht. Das … das war doch deine Botschaft mit Fosseys Lifewatch? Geschickt gemacht, aber es wird nicht funktionieren.« Dominiks Kopf wackelte hin und her. »Sie werden mich vorher opfern, ja … opfern werden sie mich … und das willst du nicht. Nein, das willst du nicht … Meinen Tod hättest du längst haben können.«

»Wirklich?«

Dieses eine Wort aus Maleks Mund schien Dominik vollends zu irritieren; sein Blick flatterte zur Küchenzeile, zur geöffneten knallorangefarbenen Box des Defibrillators mit dem grünen Herz darauf. »W-w-was habt ihr vor? W-w-was wird das hier?«

Malek antwortete nicht, nahm ein Paar Gummihandschuhe, streifte sie über, griff zur Schere und zur Gegengiftspritze und reichte sie Erik.

Der nahm sie jedoch nicht entgegen. »Hörst du mir eigentlich zu? Die Garde kann jede Minute da sein. Wir müssen weg! Mit oder ohne ihn, aber jetzt.«

»Dann mach hin, Erik.« Malek drückte ihm die Spritze in die Finger und nahm gegenüber von Dominik am Tisch Platz. Ein Scherenblatt glitt unter das Band der Lifewatch.

Dominiks Unterarm spannte sich, die Sehnen traten hervor. »Ganz schlechte Idee. Du wirst sie auslösen und mich damit umbringen. Und wo wollt ihr dann hin? Es ist sinnlos. Ihr könnt nicht fliehen. Wir tracken euch früher oder später. Hört ihr? Wir tracken euch!«

Malek, die Schere schon bis zur Hälfte unter das Armband geschoben, hielt inne. »Tracken?«

»Jaaa. Mit eurem Blut. Die Augen Gottes werden euch sehen. *Die Augen Gottes werden euch alle sehen!*«

Erik, die Spritze in der Hand, wischte sich mit dem Ärmel der anderen Schweiß aus dem Gesicht. »Der ist ja völlig übergeschnappt. Vielleicht war das Sedativum doch nicht so ideal.«

»Sedativum?« Dominiks Pupillen rollten herum, bis Erkennen in ihnen flackerte. »Sie waren das am Schnellrestaurant. Sie! Deswegen ist alles so verzerrt und langsam.« Er schüttelte sich, als ob das die Wirkung vertreiben könnte.

Malek schob die Schere tiefer. Die obere Schneide zitterte. »Wie wollt ihr uns mit unserem Blut tracken?«

Dominiks Blick fand ihn wieder. »Das täte dich jetzt interessieren, was? Du musst nur wissen, dass wir es bald können. Und vorher schnappen wir uns dein Liebchen. Die Rothaarige, den Rotschopf.« Plötzlich lächelte er, kalt wie ein Sonnenstrahl, der auf einen Fluss aus Eis trifft. »Da zucken deine Mundwinkel. Sie ist deine Flamme, nicht wahr? Rothaarige haben dir schon immer gefallen.«

Malek antwortete nicht, doch Dominik konnte er nichts vormachen.

»Wusst ich's doch. Aber … wusstest du, dass ich sie bereits infiziert habe? Mit dem Nanobot der zweiten Generation? Der erste Feldversuch sozusagen. Jahaha, da schaust du. Sie hat ihn im Bundesamt … inhaliert. Eingeschnauft. Bis in die Lungenbläschen. So wie ich auch. Wir hatten den Serverraum extra für Besucher präpariert. Jetzt ist es nur noch eine Frage von Tagen, bis er sich in ihrem Körper zusammengesetzt hat und ihre Geodaten auf unsere Pings hin reflektiert. Die Augen Gottes. Niemand kann sich mehr verstecken, nein, vor uns nicht mehr, in keinem verfickten Wald und keinem verfluchten Wohnwagen. Sobald die Technik ausgereift und flächendeckend distri…«

Eine gedämpfte Stimme ließ Dominik verstummen und auf sein Handgelenk blicken. Von dort tönten wattige Worte unter den Schweißbändern hervor.

»Nummer Elf! Was treiben Sie dort draußen in der Neuen Warte? Warum drücken Sie mich weg? Was ist los?«

Nummer Eins.

Erik, Dominik und Malek sahen gleichzeitig von den Schweißbändern auf, und Malek reagierte als Erster. Er ließ die Schere los, griff über den Tisch und presste Dominik die Hand auf den Mund.

Erik, der die Luft angehalten hatte, entwich erleichtert der Atemzug.

Nummer Eins schwieg noch einen langen Moment, bevor er sagte: *»Okay, Nummer Elf. Ich habe keine Ahnung, was bei Ihnen los ist, aber ich muss los. Sobald Sie das hier hören, melden Sie sich! Unverzüglich! Wir haben vor wenigen Minuten ein Gespräch der Rebellen über Funk abgefangen. Sie planen heute Nacht einen Anschlag auf Kehlis' Penthouse am Tegernsee. Der Herr wird bereits in Sicherheit gebracht, und wir stellen eine Falle. Wenn Sie das also hören, machen Sie sich unverzüglich auf den Weg nach Gmund. Wir koordinieren den Einsatz vom örtlichen Garderevier aus, Untere Seestraße. Und rufen Sie mich von unterwegs aus an! Ich will Sie vor Ort haben! Vielleicht ist Ihr Bruder ebenfalls…«*

Dominik verdrehte die Augen und wurde schlaff, was Malek den Druck lockern ließ. Zu spät begriff er, dass es eine Finte war. Sein Bruder biss zu, und Malek zog reflexartig die Finger zurück.

»HILFEEE!«

Malek griff erneut zu, härter als zuvor, so hart, dass Dominiks Hinterkopf gegen das Holz krachte, doch es war zu spät. Unter dem Schweißband drang ein Fluch hervor, dann Befehle und schließlich Stille.

In die hinein wisperte Erik: »Spätestens jetzt kommen sie uns holen.« Panik kroch über sein Gesicht. Dann richtete er sich mit einem Ruck auf und wollte zur Tür springen, doch Malek hielt ihn zurück.

»Bleib!«, zischte er. »Es dauert nur zwei Minuten!«

»Die wir nicht haben!«

Malek schüttelte vehement den Kopf. »Ich bin nicht bis hierher gekommen, um ihn jetzt zurückzulassen.«

Die Worte ließen Erik entgeistert die Luft ausstoßen. »Hast du ihn nicht gehört? Die haben diesen Nanobot schon im Einsatz, verabreicht über die Atemluft. Und er hat sich selbst infiziert. Selbst wenn wir ihm die Lifewatch abnehmen, wird man ihn tracken. *Malek!* Schalte jetzt nicht deinen gesunden Menschenverstand aus, der dich bis hierher gebracht hat! *Wir müssen ihn zurücklassen!*«

Müssen …

Zurücklassen …

Dominik …

Wie haushohe Wellen stürzten die Worte über Malek zusammen, rissen ihn mit sich in einen Strudel widerstreitender Gefühle. Da war sein Bruder, so nah, dass er seinen Atem auf seinen Händen spürte – einen Atem, in dem möglicherweise Nanobots schwebten. Dann war da Erik, der verdammt noch mal mit jedem seiner Worte recht hatte. Und zuletzt Jannah, vermutlich keine Stunde entfernt am Tegernsee, auf dem Weg in einen Hinterhalt und ebenfalls mit diesem Nanobot im Körper, über den man sie bald tracken konnte. Würde das geschehen, war sie erledigt. Das Regime würde sie einfangen und ausquetschen. Die Rebellion würde auffliegen und untergehen und mit ihr die Hoffnung auf Freiheit und eine Zukunft. Eine Zukunft ohne Dominik.

Und ohne Jannah. Wendlands Stimme in seinem Kopf.

Wenn sie sie nicht sogar in ihre Dienste zwingen! Es blitzte ein Bild vor ihm auf, von ihr in Schwarz und Schwarz und Schwarz. An ihrem Hals glänzte ein anthrazitfarbener Kollar mit einer Nummer. Mit einer eingravierten Nummer …

»*Scheiße!*« Mit einem Ruck ließ Malek Erik und seinen Bruder los, sprang auf und schlug mit den Fäusten gegen die Oberschränke. Es krachte, irgendwo splitterte Holz.

Erik wich diesmal nicht vor dem ehemaligen Söldner zurück. Er blieb neben der Wohnmobiltür stehen und sagte: »Malek.«

»Ja, verdammt! Wir hauen ab!«

»Was völlig sinnlos ist.« Dominik ließ die Wirbel in seinem Nacken knacken, das Gesicht vor Schmerz verzogen. »Ihr könnt auch einfach warten. Erspart uns allen viel Zeit und Ressourcen.«

Wieder fuhr Malek herum, diesmal zog er seine Waffe unter der Jacke hervor und drückte den Lauf an die Stirn seines Bruders. »Wozu haben sie dich nur gemacht?«

Dominik zeigte angesichts des kalten Kusses keine Regung. »Drück doch ab, wenn es dir nicht gefällt.«

Tatsächlich spannte Malek den Hahn und legte seinen Finger zurück auf den Abzug. Der Gummihandschuh knarrte. Sein Blick ruht auf dem blassen Oval mit den dunklen, emotionslosen Augen.

Dann spürte er, wie Dominik sich dem Lauf entgegenschob. »Komm schon!«, flüsterte der Konfessor. »Mach ein Ende!«

Malek drückte ab, der Abzug klickte, sein Daumen jedoch hielt den Hahn gespannt. Ganz sanft ließ er ihn zurück in die Ausgangsposition gleiten. Im Rückraum atmete Erik durch.

»Noch nicht.« Malek Stimme zitterte, halb vor Zorn, halb vor Trauer. Mit einem Schritt drängte er an Erik vorbei und hinaus in die Nacht. Dort zuckten in der Ferne Blaulichter über tief hängende Wolken und Sirenengeheul wurde lauter.

Kapitel 25

München, Außenbezirk Neue Warte

»Nicht gut.« Erik biss sich auf die Unterlippe. Dem Parkplatz näherten sich mehrere Wagen. »Gar nicht gut.«

Malek drückte ihm den Wagenschlüssel in die Hand. »Hol die Taschen!«

»Okay. Und ich park auch schon mal aus, damit wir schnell wegkommen. Und was… was machen wir mit ihm?« Erik deutete mit dem Daumen über die Schulter.

In Maleks Augen glänzte nur Dunkelheit.

»Okay. Einfach so sitzen lassen. Und was machst du?«

Malek war schon wieder an der Wohnmobiltür. »Mach einfach, was ich sage!« Seine breiten Schultern verschwanden im Inneren.

Erik schluckte. »Wie immer.« Trotzdem parkte er zuerst den Wagen aus, stellte ihn mit laufendem Motor, geöffneten Türen und Heckklappe direkt vor das Wohnmobil, bevor er Malek ins Innere folgte.

Der Anblick trieb ihm klebrigen Speichel in den Mund. Der ehemalige Söldner hatte sich die Gardejacke ausgezogen und neben dem Schulterholster ein zusätzliches Gürtelholster aus schwarzem Nylon umgeschnallt. Auf der linken Seite steckten in Halterungen mehrere Magazine für seine Pistole, auf der rechten welche mit größerem Kaliber. Das dazugehörige

Sturmgewehr, so ein Teil, das die Soldaten im Krieg benutzen, holte er gerade aus einem Fach über der oberen Etage des Stockbetts. Die Vertäfelung lag achtlos auf dem Boden.

»Wusst ich's doch! Direkt aus dem Zwielicht!«

Malek schenkte ihm einen grimmigen Blick. »Die Taschen und das andere Zeug!« Eines der gebogenen Kurvenmagazine rastete ins Sturmgewehr ein.

»War das eine SIG fünfhundertfünfzig?« Dominik, der von der Sitzecke aus das Geschehen in seinem Rücken nicht sehen konnte, wand sich in seinen Fesseln.

Malek hängte sich das Sturmgewehr um die Schulter und zog seine Pistole, um auch sie zu prüfen.

Erik schluckte Speichel hinab und beeilte sich, alles zusammenzuraffen; den Defi, das Gegengift, die Kamera und die Adrenalinspritzen. Fertig gepackt, schloss er die Box, schob den Arm unter den Griff und holte die beiden Reisetaschen zwischen den Sitzen hervor. Sein Atem kam stoßweise. »Wir können.«

Malek nickte, schnappte sich seine Jacke und verließ den Wohnwagen.

Erik folgte ihm, und Dominiks kalte Stimme klang ihm nach: »Auch ein Gewehr wird euch nicht retten.«

»Ich hoffe, doch.« Dann war Erik draußen und die Garde heran. Am anderen Ende des Parkplatzes, jenseits der Büsche und Bäume, blitzten Blaulichter. Zwei Wagen kamen direkt vor der ersten Einfahrt mit quietschenden Reifen zum Stehen. Weitere Blaulichter zuckten in der Ferne.

Malek hatte das Gewehr in den Wagen geschoben und nahm Erik die Reisetaschen ab, warf sie in den Kofferraum und wuchtete die Heckklappe zu. »Du fährst!«

»Ich?«

»Einsteigen!«

»Okay.« Erik packte die Box in den Fußraum hinter dem

Fahrersitz, schwang sich hinters Steuer, schloss die Tür und ergriff das Lenkrad. Er schwitzte wie Sau.

Der Wagen wackelte, als sich Malek in den Beifahrersitz fallen ließ. »Zur Ausfahrt! Gib Gas!«

Mit einem Ruck ging es los.

»Schneller!«

Erik drückte das Pedal durch, der Motor überdrehte, schoss vorwärts. Sofort kurbelte Erik am Steuer, um die Kurve zur Ausfahrt zu kriegen. Mit quietschenden Reifen kam der Wagen herum, schlingerte, pendelte sich ein. Direkt vor ihnen, in fünfzig Metern Entfernung, leuchtete quietschgelb der Automat und weiß und rot gestreift die Schranke.

»Das Ticket steckt hier in der Mittelkonsole, aber wo du Geld hast, weiß ich …«

»GAS!«

Noch dreißig Meter.

»Wie? Einfach durch?«

»FAHR!« Maleks Blick ging an Erik vorbei zur ersten Einfahrt. Gardisten rannten dort herum, schwärmten auf dem Parkplatz aus, und jemand hatte sie entdeckt. Es wurde wild in ihre Richtung gestikuliert. Seine Finger packten das Sturmgewehr.

»Okay.« Erik fixierte die Schranke. »Einfach Augen zu und durch.« Seine Finger gruben sich ins Lenkrad, und er stemmte seine knapp fünfundsiebzig Kilo aufs Gaspedal.

Die Schranke flog die letzten Meter auf sie zu, und anstatt sie frontal zu treffen, schob sie sich kreischend über die Motorhaube, knallte gegen die Scheibe, hinterließ knackende, glitzernde Risse und schoss über sie hinweg.

»*Nach rechts!*«, brüllte Malek, und Erik kurbelte, und das Heck brach aus. Noch bevor er sich über das gelungene Manöver freute, hämmerten ihm Donnerschläge ins Ohr, und Flammen zuckten Richtung Heck. Malek feuerte eine Salve durch die Heckscheibe.

»*Schneller!*« Das erste geleerte Magazin flog achtlos auf die Rücksitzbank. Malek klippte ein frisches vom Gürtel und ins Sturmgewehr.

Um sie herum pockte es dumpf. *Ponck! Ponck! Ponckponck!*

»GOOOTT!«, kreischte Erik, dem die Ohren klingelten. »Die schießen auf uns!«

Ponckponck! Ponck!

Malek antwortete mit drei Feuerstößen.

Als das Rattern verklungen war, bemerkte es Erik. »Scheiße! Vor uns!« Zwei Gardewagen blockierten auch hier die Straße. Vier Mann hatten dahinter Position bezogen und griffen nach ihren Waffen. Fünfmal blitzte es, *Ponck! Ponck! Ponck! Ponck! Ponck!*, die Frontscheibe sackte in sich zusammen, und Erik schrie vor Schmerz, als ihn etwas in den Oberarm traf. Trotzdem behielt er die Kontrolle über die Limousine und sah durch das Spinnennetz der Frontscheibe die Lücke seitlich neben dem rechten Gardewagen. Mit knirschenden Zähnen steuerte er darauf zu.

Malek hatte das dritte Magazin in die SIG geklippt, brachte den Lauf nach vorn und zog den Abzug durch. Wieder röhrte der Gott aus Kunststoff und Stahl, und der Lauf zuckte nach links und rechts, und das Spinnennetz verschwand, und Erik hatte wieder freie Sicht. Gardewagen wurden durchsiebt, Glas splitterte, einer der Scheinwerfer erlosch, jemand schrie, und jemand anderes sprang in Deckung und *Ponck! Ponck! Ponck!*

Den Kopf zwischen die Schultern geklemmt, mit Druck auf den Füllungen, dass sie beinahe platzten, peilte er die Lücke zwischen Wagen und Parkplatzbegrenzung an. Es waren keine zwanzig Meter mehr, und Malek wechselte zum vierten Mal das Magazin. Irgendetwas schrie er, doch Erik hörte nur ein schrilles Klingeln in seinen Ohren. Blut rann ihm den Arm hinab. Er ignorierte es, fokussierte nur die Lücke, breit wie ihr Wagen und exakt vor ihnen.

Doch er verschätzte sich. Mit voller Wucht traf die Motorhaube das Heck des Gardewagens, rote Heckleuchtensplitter erfüllten die Luft, Erik hob es aus dem Sitz, er stieß sich den Kopf am Dach, und Malek riss es zur Seite. Mit einem Poltern krachte der Wagen in die Federn, und Erik, halb benommen, stieß ein Stöhnen aus. Der Motor blubberte und erstarb.

»Zugriff! Zugriff!«, brüllte jemand.

Und ein anderer: »Wagen siebenundvierzig an Zentrale. Siebenundvierzig an Zentrale! Wir brauchen einen Rettungswagen! Mehrere Verletzte! Auch Tote! *Auch Tote!*«

»Kopf runter!« Malek schob sich über Erik, dann knallten wieder Schüsse, *Ponck! Ponck! Ponck!*, nur viel lauter, *aus seiner Knarre!*, »ahhh!«, und jemand fluchte.

»Schnell! Rüber!« Hände schoben Erik unsanft über die Mittelkonsole. In seinem Kopf dröhnte es, doch er riss sich zusammen, krabbelte vom Fahrersitz.

Eine der hinteren Seitenscheiben barst. *Ponck! Ponck!* Jeder Treffer jagte ein Zittern durch den Wagen.

Malek duckte sich, spähte über die Schulter und hob die Pistole. Einen einzigen Schuss gab er ab, auf den ein Stöhnen und dann Stille folgten.

Erik war auf dem Beifahrersitz zusammengesunken. Malek sah sich um, ließ die Waffe sinken, murmelte irgendetwas, nestelte am Schlüssel herum, brachte den Motor zum Schnurren und fuhr mit einem Zuckeln an. Metall kreischte, Glas splitterte, dann ein weiteres Rucken und – Freiheit!

Als sie beschleunigten, rieselten Glasscherben wie Diamanten von der Armatur ins Innere, und Wind wirbelte Staub auf, doch ansonsten füllte nur Dunkelheit das zerstörte Fenster. Auch das Sirenengeheul verklang, und da begriff Erik, dass sie es wohl irgendwie geschafft hatten zu entkommen.

Vorläufig. Mit dem Gedanken sank seine Schläfe gegen die noch intakte Seitenscheibe der Beifahrertür, eine Welle der

Benommenheit umspülte ihn, Erschöpfung, ein tiefes Gefühl von Schwere, bis er sich an seine Wunde am Arm erinnerte und nach ihr sah.

Es schien sich um eine Fleischwunde zu handeln. Eine Kugel war ihm seitlich des Bizeps in den Oberarm gedrungen und hinten am Trizeps wieder ausgetreten. Glatter Durchschuss. Er konnte den Arm bewegen, ein gutes Zeichen. Was Erik allerdings zu schaffen machte, war die Blutung. Sein Ärmel war feucht und rot, und er spürte den Blutfluss, nicht stark, aber stetig. Auch so konnte man sterben.

»Hier.« Malek hielt ihm eine Packung Taschentücher vor die Nase. »Auf die Wunde drücken und fest abbinden.«

»Da spricht jemand aus Erfahrung, was?« Eriks Stimme zitterte.

Malek hob nur die Taschentücher ein wenig höher, und Erik griff zu.

Während er versuchte, sich einen provisorischen Druckverband anzulegen, drehte Malek die Heizung auf volle Pulle und erhöhte das Tempo. Eisig fauchte der Wind durch die zerstörten Scheiben herein, von vorn im Flirt mit heißen Luftschwällen aus der Lüftung.

»Wohin fahren wir?« Erik biss die Zähne zusammen. Die Taschentücher saugten fleißig.

»Auf die Autobahn.«

»Auf die Autobahn? Dort schnappen sie uns doch gleich weg.«

»Nicht, wenn wir schneller sind.« Der ehemalige Söldner konzentrierte sich auf die Straße, die Augen gegen den Fahrtwind zusammengekniffen.

Erik fragte: »Bist du dir sicher mit der Autobahn? Improvisation ist schön und gut, aber nicht, wenn es um mein Leben geht. Ich hänge noch daran, im Gegensatz zu dir.«

Die Antwort war nur ein Seitenblick. Das ärgerte Erik noch mehr.

»Scheiße, Mann! Red mit mir! Ich vertrau dir, aber ich will wissen, was du vorhast. Die Autobahn können sie doch easy going sperren, und dann sitzen wir in der Falle. Also warum die verschissene Autobahn, Malek?«

Der scharfe Ton schien zu ihm durchzudringen. Kühl sagte der ehemalige Söldner: »In ein paar Kilometern folgt ein Rastplatz. Dort tauschen wir den Wagen.«

»Aha.« Immer noch blutete es, und Erik drückte fester. Der Schmerz ließ ihn für einen Moment die Augen schließen.

Als er sie wieder öffnete, hielt ihm Malek abermals etwas vor die Nase – eine Rolle Paketklebeband.

»Wo hast du die hergezaubert?«

»Aus'm Handschuhfach. Kleb's drüber. Du wirst es überleben.«

»Oh ja, da bin ich mir sicher. Unkraut vergeht nicht.« Erik nahm die Rolle. »Aber es tut verdammt weh und war völlig überflüssig.«

Malek wandte sich wieder ab. *In ihm brodelt es, weil es mit seinem Bruder nicht geklappt hat.*

Erik kam es recht, sie brauchten beide eine Auszeit. Also widmete er sich seiner Wunde, suchte mit dem Daumennagel den Anfang des Klebebandes, kratzte die Kante hoch und zog gute zwanzig Zentimeter runter. Mit einem frischen Taschentuch als Puffer klebte er es über Einschuss- und Austrittsloch und wickelte es stramm um seinen Arm, einmal, zweimal, dreimal. Das Klebeband ratschte bei jeder Wicklung. Als es straff saß und sich nicht von selbst lockern konnte, biss er es am Rand an und riss es ab.

Sie hatten die dreispurige Autobahn erreicht und brausten auf der mittleren Spur Richtung Süden. Die Geräusche, die der Wagen von sich gab, klangen wenig vielversprechend: Irgendwo schleifte etwas, und eine Seite des Kotflügels schien herabzuhängen und bei jeder Bodenwelle aufzuschlagen. Im

Motorraum zischte es. Malek hatte den Fuß voll auf das Pedal gesenkt, doch mehr als achtzig Sachen machte der Wagen nicht mehr. Als auch im vierten Gang nicht mehr kam, reihte er sich hinter einem Lkw ein, damit wenigstens der Fahrtwind nicht so schneidend war. Es half.

Groß und grau ragte die Rückwand vor ihnen auf und nahm den Luftzug aus ihren Gesichtern. Dafür brummten die Reifen des Vierzigtonners monoton auf dem Asphalt, erzeugten bei Erik eine Welle plötzlicher Müdigkeit. Gähnend sah er hinaus. Pkw um Pkw zog vorbei. Einer von ihnen fuhr keine fünf Kilometer pro Stunde schneller; blasse Gesichter spähten zu ihnen herüber, Vater, Mutter und Sohn, ein Kopfschütteln, und dann beschleunigte der Wagen. Im Heck war noch länger das Gesicht des Sohns zu sehen, den Mund zu einem O geformt.

Der wundert sich, was wir hier in diesem Wrack machen. Dass es überhaupt noch fährt. Und dass jemand Lebendes drinsitzt! Erik begriff es auch nicht. Wieso waren nur vier Gardefahrzeuge gekommen? Und wo blieb die Verstärkung?

Auf die Fragen zuckte Malek mit den Achseln. »Wahrscheinlich waren es die, die uns entgegenkamen, und die sind sofort umgekehrt. Aber keine Sorge, lange wird die Verstärkung nicht auf sich warten lassen.«

Erik blickte über die Schulter zurück. Keine Blaulichter. Dann musterte er den wolkenverhangenen Himmel. »Erwartest du einen Heli?«

Ein Nicken.

»Und wie willst du dem entkommen? Hast du ein Fässchen Energiedrink im Handschuhfach dabei?«

»Wir entkommen.« Malek deutete nach vorn. Die Beschilderung des Rastplatzes schob sich über dem Lastwagen in Sicht und zeigte noch einen halben Kilometer bis zur Ausfahrt an.

Fünfhundert lange Meter, die sie in Schweigen zurücklegten.

Schließlich bog Malek von der Autobahn ab und steuerte zielstrebig auf das Ende des Rastplatzes zu, wo Bäume im Sommer Schatten spendeten. Um diese abendliche Uhrzeit waren etliche Parklücken frei. Malek wählte eine unter ausladenden Ästen und neben einem weißen Kombi. Mit quietschenden Reifen und ächzendem Fahrwerk rollten sie darauf. Der Motor erstarb. Irgendetwas zischte noch.

Ein älterer Herr mit schütterem weißem Haar, vielleicht Mitte oder Ende sechzig, stand neben dem Kombi, einen Kaffee in der Hand, und starrte sie wie der Junge aus dem Wagen an.

»Elektro oder Verbrennungsmotor?«, fragte Malek durch die zerschossene Seitenscheibe, zog die Handbremse an und stieg aus. Glasreste rieselten zu Boden.

»Ähhh … Diesel.«

»Vollgetankt?«

»Ja. Warum fragen Sie? Was ist mit Ihrem …«

Ein Kinnhaken ließ ihn verstummen. Malek fing den Kerl auf. »Erik!«

Der schloss für einen Moment die Augen. »Ich glaub's nicht.«

»Komm!«, wehte es durchs Fenster.

»Klar. Ich weiß schon: seine Beine!« Seufzend schwang er sich hinaus und packte mit an, und keine neunzig Sekunden später verließ ein weißer Diesel-Kombi mit einem Bewusstlosen im Kofferraum den Rastplatz Richtung Süden. In der Ferne knatterten zeitgleich Rotoren, doch die Geräusche blieben hinter ihnen zurück und waren nach wenigen Kilometern nicht mehr zu hören.

Kapitel 26

München, Schwabing

Reba saß am Schreibtisch und klopfte sich mit dem Diktiergerät mehrmals sanft gegen die Schneidezähne, dann drückte sie die Aufnahmetaste, um die Aufzeichnung fortzusetzen: »Untersuchungen sollten schnellstmöglich eingeleitet werden, denn wenn Carl Oskar Fossey mit seinen Thesen recht hat, müssten wir eine weitere Distribution der Nanopartikel umgehend und vollständig infrage stellen. Jede emotionale Entladung könnte sich auch negativ entladen und sich somit gegen ein unschuldiges Individuum richten. Flächendeckende Schäden an der Bevölkerung wären …«

Das Klingeln ihres Telefons ließ sie zusammenzucken. Ärger flog sie an. Wenn sie konzentriert arbeitete, wollte sie nicht gestört werden, aber wegen möglicher Anrufe von Nummer Eins oder ihrem Retter, ihrem Heiland, wagte sie nicht, es stumm zu stellen. Dem Klingelton nach war es keiner der beiden, also ignorierte sie es und kehrte zu ihrem Gedankengang zurück.

Sie hatte in den letzten Stunden endlich Licht in Fosseys Forschungsmysterium der nanotransiven Disharmonien gebracht und sprach für sich selbst eine Zusammenfassung ein. Es ging um eine hochinteressante These, die der Nanoforscher schon vor Monaten postulierte. Er vermutete Reibungspunkte bei geschichteten Überzeugungen mit ambivalenten Inhalten. Sogar antagonistische Reaktionen seien seines Erachtens im Rahmen des Möglichen. *Antagonistische Reaktionen!* Überlagerungsinterferenzen wäre das treffendere Wort.

Besonders spannend an der Sache fand sie, dass man sie als Scientin nicht darüber in Kenntnis gesetzt hatte. Diese Interferenzen konnten ihre Arbeit an der Überzeugungsarchitektur grundlegend beeinflussen! Gar beenden! Warum also hatte man sie nicht informiert? Nummer Eins und Kehlis hatte Fossey seine Überlegungen schon vor Monaten mitgeteilt – sie hatte am Nachmittag in einer Sektorsequenz seiner Festplatte E-Mails mit entsprechender Korrespondenz entdeckt. Darin verlangte ihr Retter, ihr Heiland, umgehend tief greifende und interdisziplinäre Untersuchungen, die daraufhin vom Obersten veranlasst worden waren. Und später bestätigte Nummer Eins, dass nach Probandenversuchen anzunehmen sei, dass es zu möglichen Übersprunghandlungen, ausgelöst durch Konflikte von ursprünglichen mit nanotransiven Überzeugungen, kommen könnte, gerade bei antagonistischen Deklarationen. Man würde die Untersuchungen ausweiten und nach möglichen Betroffenen Ausschau halten.

Sollte das alles stimmen, würde es erklären, was …

Das Telefon schon wieder. Es schien doch wichtig zu sein. Reba seufzte, legte das Aufnahmegerät auf den Schreibtisch und griff nach dem Handy. Sie zwang sich zu einem Lächeln, denn wer auch immer am anderen Ende der Leitung war, würde es merken. »Ahrens. Wer da?«

»Orestis hier.« Arthur Orestis war einer der Informatiker aus ihrem Team. Seine Stimme vibrierte vor Aufregung. »Ich glaube, ich hab etwas gefunden.«

Seine Aufregung steckte sie an. Schon seit drei Tagen war es trotz aller Bemühungen ihres Teams mit dem Softwarefund nicht vorangegangen, und bald würde sie Nummer Eins ihre finalen, unbefriedigenden Ergebnisse präsentieren müssen. »Und das wäre?«

»Etwas Sonderbares. Damals bei SmartBrain arbeitete ich noch mit an einer Fallbacksteuerung für Fossey, und vorhin fand ich in einem Fragment einen Code, der meiner Meinung nach identisch mit der Fallbacksteuerung von damals ist.«

Die Worte hallten wie ein Echo nach: *identisch ist, identisch ist, Fallbacksteuerung, Fallbacksteuerung.*

Das kann nicht sein … »Sie sind sich sicher?«

»Zu neunundneunzig Komma neun Prozent, Frau Ahrens.«

»Haben Sie das gegengeprüft?«

»Leider nein. Ich habe keine Zugriffsrechte mehr auf das damalige Projekt. Ich wurde schon vor Jahren in die Abteilung Datensicherheit versetzt. Trotzdem bin ich mir ziemlich sicher, was den Content angeht, die benutzten Variablen, die temporären, bis hin zu den Tabstops in der Codierung. Nein, ich *bin* mir sicher.«

Reba glaubte ihm, und doch durfte es nicht sein. Wie konnte Orestis Teile der Labelfunktion – denn nirgendwo anders wurde jene Fallbacksteuerung benutzt – auf Fosseys Festplatte finden?

»Allerdings«, fuhr Orestis fort, »sind die Funktionsaufrufe umbenannt worden, was mich zuerst irritierte. Damals hießen die definitiv nicht so. Vielleicht können Sie eine Prüfung veranlassen. Ich haben Ihnen eben alle Daten über das VPN-Tunnel rübergeschickt.«

Umbenannt auch noch … Reba atmete langsam aus. »Okay, Herr Orestis. Vielen Dank. Ich werde das überprüfen.«

»Alles klar. Wenn ich weitere Fragmente finde, melde ich mich wieder.«

»Ja, tun Sie das.«

Reba sank in ihrem Bürostuhl zurück. Die Fallbacksteuerung der Labelfunktion auf Carl Oskar Fosseys Festplatte. Modifiziert. Die Bedeutung dieser Erkenntnis drang nur langsam zu ihr durch.

Die Labelfunktion war nichts anderes als das Kernstück aller Nanoschreibergeräte. Die Labelfunktion erhielt als Input einen Spike, den Inhalt eines Partikels, wandelte ihn in technische Angaben um, prüfte sie nochmals mithilfe der Fallbacksteuerung auf ungewollte Eingaben und gab sie bei grünem Licht an die Technik weiter, damit das Partikel auch physikalisch modifiziert wurde.

Wofür hatte Fossey die Funktion auf seinem Computer? Wie hatte er sie modifiziert? Dafür müsste er ein Duplikat erzeugt haben. Hatte er damit experimentiert? War das Bestandteil seiner Arbeit gewesen? Diesbezüglich gab es keinen einzigen Hinweis. Überhaupt… die ganze Software passte nicht zu den übrigen Themen, die er bearbeitet hatte. Aber wozu eine Softwarevariante entwickeln, die Nanopartikel beschriften konnte, wenn es schon eine ausgereifte Technik gab? Das ergab nur Sinn, wenn man am Ende eine gesonderte Beschriftung durchführte. Nur bei identischer Funktion würde sie nichts anderes in die Nanopartikel prägen, wieso auch? *Außer man füttert die Funktion mit anderem Input.*

Das musste sie checken.

Sie legte ihr Handy beiseite, lud die Daten von Orestis per geschützter Verbindung auf ihren Rechner und öffnete sie. Er hatte recht. Die Daten waren eindeutig Fragmente der Labelfunktion, leider bruchstückhaft wegen defekter Sektoren. Um die Fallbacks zu prüfen, würde sie erst eine Datenzusendung beantragen oder persönlich in die Burg fahren und es vor Ort am Terminal checken müssen.

Wieder sank Reba in ihrem Bürostuhl zurück. Beides dauerte Stunden, und um diese Uhrzeit erreichte sie vermutlich niemanden mehr, der eine Datenzusendung in die Wege leitete. Blieb ihr bis zum Morgengrauen nur ihre Logik.

Und was sagte ihr die? Hatte Fossey einen eigenen Nanoschreiber programmiert? Aber was nutzte ihm eine modifizierte Software, wenn er keine Hardware zur Verfügung hatte? Die Schreiber waren geschützt, versiegelt und verplombt und bewusst nicht nachträglich mit Software bespielbar. Einzig die Software in der Burg konnte aktualisiert werden, die dann die Daten an die Schreiber übermittelte, und auch das nur von autorisiertem Personal, wozu Fossey nie gehört hatte. Was also hatte der Forscher da getrieben?

Ihr Kopf schmerzte. Sie saß schon viel zu lange in ihrem Bürostuhl, ihre Muskulatur war verspannt. Ein wenig Druck auf die Triggerpunkte am Schädel konnte vielleicht Abhilfe schaffen. Sie griff sich ins Haar und verzog das Gesicht. Es fühlte sich fettig und strähnig an. Sie sollte unter die Dusche, aber der Auftrag für Johann …

… kommt nicht voran, wenn deine Gedanken einen riesigen Haufen Spaghetti bilden. Du brauchst unbedingt eine Pause, etwas Abstand zu den zu vielen Informationen. Die Labelfunktion in den Händen von Fossey. Das ergibt einfach keinen Sinn!

Reba überlegte, ob sie Johann darüber informieren sollte, und entschied sich dagegen. Noch fügte sich Orestis' Fund nicht ins Bild, und bevor sie das Gesamte nicht erkannte, würden auch Johann und Nummer Eins nichts mit der Information anfangen können. Reba verabscheute wilde Spekulationen. Sie würde erst den Knoten in ihren Gedanken lösen und die Frage beantworten, wofür Fossey die Labelfunktion modifiziert hatte, und sich dann an Johann wenden. Sie würde ihn mit einer glasklaren Information zufriedenstellen, die keine andere Deutung zuließ – eine Eins oder eine Null, kein dazwischen.

Reba nickte sich selbst zu, stieß sich samt Bürostuhl nach hinten ab und erhob sich.

Duschen. Ganz eindeutig. Und nichts dabei denken. Nur

das Olivenölshampoo mit Sheabutter riechen, die Weichheit und den rückfettenden Film spüren. Und den Kopf freikriegen. *Distanz* war das Zauberwort. Nur so konnte sie die Knoten in ihren Gedanken lösen, den Teller Spaghetti in einzelne nebeneinanderliegende Stränge ordnen. Und erst dann würde sie den tieferen Sinn erkennen. Hoffentlich.

»Nein!«, kam es über ihre Lippen. »Mit Sicherheit!«

Kapitel 27

Am Tegernsee

Acht Grad über null maßen die Thermometer, während sich an den Nordhängen der Alpen die Wolken stauten. Ein sanfter Wind trieb einige wie Schäfchen durchs Tal und ließ die acht Grad sich wie vier anfühlen.

In der Kälte dampfte der ganzjährig beheizte Außenpool. Dahinter thronte das Haus des Herrn auf dem Leeberg, unweit des Ostufers am Tegernsee. Trotz der zwei Etagen, der Tiefgarage und dem ausladenden Pool kam die Villa zwischen altem Baumbestand ziemlich unscheinbar daher; die mit Holz und Natursteinen verkleidete Fassade fügte sich wunderbar ins Landschaftsbild ein, viel besser als so manche ältere Immobilie. Einzig die Panoramafenster zum Tal hin waren zu groß geraten, ermöglichten aber den Ausblick auf See, Rottach-Egern und den heute wolkenverhangenen Gipfel des Wallbergs. Entsprechend gab es keine Vorhänge, die die Sicht hätten trüben können, und so erstrahlten die Fenster in sattem Honiggelb.

Doch wo Licht ist, sind auch Schatten. In ihnen warteten sie, kauerten an dunklen, strategisch sinnvollen Positionen auf dem weitläufigen Grundstück und harrten der Dinge, die in dieser Nacht geschehen sollten. Die Frauen und Männer von Kehlis' Leibgarde waren von Nummer Eins handverlesene Elitesoldaten oder Gardisten mit besonderer Personenschutzausbildung und einer abgespeckten Konfessoren-Nanokapsel intus. Jeder von ihnen würde ohne zu zögern sein Leben für den Herrn geben. *Für Kehlis. In Kehlis. Immer Kehlis.* Weiterhin waren Dogo Argentinos und Presa Canarios im Einsatz, weiße und gestromte Teufel, die wie Geister und Dämonen auf dem Grundstück herumschlichen.

Niemand konnte sich unbemerkt durch diesen Ring aus Aufmerksamkeit der Villa nähern, niemand würde aus nächster Nähe durch die Fenster einen Blick auf den Herrn werfen, der in dunkler Anzughose und blütenweißem Hemd an einem Stehtisch lehnte und seinen allabendlichen Espresso mit Zucker schlürfte.

Und der gar nicht der Herr war, sondern ein überaus talentierter Doppelgänger.

Die Falle war gestellt.

Es musste nur noch jemand hineintappen.

»Sie warten nur auf uns«, sagte Hendrik Thämert ins Mobiltelefon, während er mit einem erstklassigen Feldstecher hinter zwei Büschen auf einem Parkplatz in Rottach-Egern hervor zum Penthouse des Herrn hinaufschaute. »Auf den ersten Blick sieht alles wie immer aus, aber auf den zweiten sieht man das erhöhte Aufgebot.«

»Inwiefern?«

»In den benachbarten Häusern und Grundstücken wimmelt es ebenfalls von Gardisten. Außerdem parken seit Kurzem auf der Zufahrtsstraße mehrere Wagen. Ausgestiegen ist jedoch niemand.«

»Also haben sie den Funk trotz Verschlüsselung geknackt«, schlussfolgerte Wendland am anderen Ende der Leitung.

»War doch zu erwarten, Chef.« Hendrik ließ seinen Blick zurück zum Penthouse schweifen. Etwas Milchigweißes schlich zwischen zwei Bäumen hindurch und ließ ihn erschauern.

»Ja, leider. Bleibt die Frage, wie lange sie noch brauchen, um auch meine Mobilfunkübertragung zu entschlüsseln. Erst heute gab es weitere Angriffe und Versuche der Rückverfolgung. Kehlis' Leute kommen uns immer näher.«

Der Anflug von Resignation in Vitus' Stimme fachte Hendriks Ärger an. »Sollen Sie nur, Chef! Am Ende werden wir siegen. Die Freiheit wird siegen!«

»Ja, das wird sie.« Ein langer Atemzug. »Okay, Hendrik, ich glaube, du hast genug gesehen.«

»Hier zumindest.« Der Rebell beendete das Gespräch, steckte den Feldstecher in seinen Rucksack zu seinen Füßen und schulterte ihn. Ein letztes Mal hob er den Kopf Richtung Leeberg, doch ohne optische Hilfsmittel glitzerten nur ein paar Lichter in der Ferne.

»Und jetzt?« Erik drückte sich in den Beifahrersitz und spähte über die Armatur des Kombis. »Irgendeine grandiose Idee?« Sie parkten seit wenigen Minuten inmitten von Gmund am Rand einer Kreuzung, von der aus das Garderevier zu sehen war. Es lag keine dreihundert Meter eine der abzweigenden Straßen hinab in einem zweigeschossigen Bau zwischen älteren Wohnhäusern und war früher wahrscheinlich einmal das örtliche Polizeirevier gewesen. Vier Gardefahrzeuge parkten davor am Straßenrand. Zwei Gardisten mit Maschinenpistolen flankierten die Eingangstür aus geriffeltem Glas.

Malek linste durch das Teleobjektiv. »Abwarten.«

»Auf den Weihnachtsmann?«

Malek drehte nur am Tele.

Erik atmete tief ein und aus und strich sich mit den Fingern durch die Locken. Schmierig und klebrig waren sie vom getrockneten Schweiß der Flucht. Genauso fühlte sich sein Mund an. »Auch Durst?«, fragte er, während er eine Wasserflasche von der Rücksitzbank angelte.

»Nein.«

»Hast ja auch kein Blut verloren.« Der Schraubverschluss zischte, als die Kohlensäure entwich. In tiefen Schlucken rann es kühl seine Kehle hinab.

»Es tut sich was.«

Erik setzte die Flasche ab. Tatsächlich kam jemand in weißgrauer Uniform aus dem Gebäude, nickte den beiden Wachen zu und schlenderte zehn Meter vom Eingang weg in ihre Richtung. Eine Flamme erhellte ein Gesicht, dann stieg eine Rauchwolke in die Höhe.

»Ein Raucher. Toll.« Erik juckte es auch nach Nikotin, aber weder wollte er durch Rauchschwaden aus einem offenen Fenster auf sie aufmerksam machen, noch wollte er Maleks Augen reizen – vielleicht musste er abermals ein paar Gardisten umschießen, da waren brennende Augen weniger von Vorteil. Trotzdem rief die Sucht, und Erik merkte, dass er am Etikett der Wasserflasche herumzupfte. Er ließ sie in den Fußraum gleiten, doch seine Finger fanden sofort etwas anderes: das Klebeband seiner Schusswunde. Es pochte darunter, und ein lästiger Juckreiz breitete sich aus. Vermutlich schwitzte die Haut. Klebeband war nicht das beste Verbandszeugs.

Malek ließ die Kamera sinken. Drei Sekunden rührte er sich nicht, dann reichte er sie herüber und öffnete die Wagentür.

»Was wird das jetzt, bitte?«

»Zigarettenpause.«

»Du und – nicht wirklich, oder? Du willst mit den Typen plaudern?«

»An meinen zwischenmenschlichen Beziehungen feilen.«

»Meine Rede … super … und mich lässt du sitzen? Schon mal daran gedacht, dass mich ein aufmerksamer Passant mit diesem Profiverband entdecken könnte?«

Malek griff unter seine Jacke und zog eine seiner beiden

Pistolen hervor. Mit dem Griff voran reichte er sie Erik. Das Metall war kühl. »Du weißt, wie man schießt?«

»In der Theorie.«

»Reicht.«

Die Tür fiel ins Schloss, und Erik sah dem ehemaligen Söldner mit offenem Mund hinterher. Er legte die Knarre beiseite und hob die Kamera ans Auge. Während er am Objektiv drehte, um die Schärfe herzustellen, wiederholte er: »Reicht. Ich schwör's dir: Wenn du nicht bald anfängst, auch auf meine Bedürfnisse in dieser einseitigen Beziehung einzugehen, werd ich fuchtig. Scheiße, Herrgott noch mal! *Du weißt, wie man schießt*. Ja! Klar! Jeder Apotheker weiß, wie man schießt!«

Malek konnte sich vorstellen, wie Erik im Wagen fluchte, schimpfte und Verwünschungen ausstieß. An anderen Tagen hätte es ihn amüsiert, aber heute fühlte er keine Freude. Er spürte ja kaum den eisigen Wind, der ihm von Norden her mit klammen Fingern durch Haar und Bart strich. Nachdem die heiße Wut mit jedem Kilometer zum Tegernsee mehr abgekühlt war, hatte eine gespannte Stille von seinem Körper Besitz ergriffen, eine Stille, die auch über einem zugefrorenen See hätte hängen können, dessen Eisschicht jeden Moment nachgab und die Unachtsamen darauf in die dunkle Tiefe stürzte.

So nah war er seinem Bruder gewesen, so nah! Sie hatten ihn gehabt, hätten ihm nur die verdammte Uhr abnehmen und ihn wiederbeleben müssen. Und dann kam dieser verfluchte Nanobot daher. Ein paar Worte. Tracking übers Blut.

Malek spürte, wie das Eis bedrohlich knackte, aber es würde halten. Er kannte diese kühle Nüchternheit, mit der er das Unmögliche möglich machen konnte. Und jetzt soufflierte sie ihm, dass er viel zu angespannt war, um einen lockeren Plausch mit einem Gardisten zu führen, um an Infos zu gelangen. Also atmete er mehrmals tief durch, ließ die Nackenwirbel knacken und schüttelte die kalten, steifen Finger. Vielleicht brauchte er sie weich und geschmeidig, sollte er den rauchenden Kerl und die beiden Wachen kurzfristig und lautlos ausschalten müssen.

Als er auf fünf Meter heran war, bemerkte man ihn. »Servus«, grüßte der Kerl zwischen zwei Zigarettenzügen.

Mit Genugtuung registrierte Malek den süddeutschen Akzent. »In Kehlis.«

Der Gardist hob lax zwei Finger. »Scho' recht.«

Malek trat neben ihn, deutete auf die Kippen. »Schnorren erlaubt?«

Der Kerl zog kommentarlos seine Kippen aus der Jackentasche. Malek nahm sich eine. »Danke.« Feuer hatte er selbst.

Als sich der Tabak in knisternde Glut verwandelte und zäher Qualm zwischen ihren Gesichtern aufstieg, nickte er auch den beiden Wachen zu. »In Kehlis.«

»*In Kehlis!*«, grüßten sie zackig zurück.

Geschulte Soldaten, keine Amateure. Locker wandte er sich wieder an den Gardisten: »Und? Wie sieht's aus?«

Der Gardist pfiff einen Rauchstrahl aus. »Wir warten.« Und leiser, mit dem Rücken zu den Wachen, fügte er hinzu: »Wie die Deppen. Ein Quatsch ist das. Ich würde jeden Stein im Tal umdrehen, bis wir diese Kranken gefunden haben, aber sag das mal dem Obersten.«

»Wird er nicht hören wollen.«

»Nee, der weiß alles besser. Und dann telefoniert er die ganze Zeit. Unmöglich.«

»Wenn es der Herr ist und ihn erleuchtet …«

Der Gardist rollte mit den Augen. »Trotzdem nervig. Und fachlich würd ich's auch anders machen. Ich würd mit Straßensperren alles abriegeln. So viele Wege führen ja nicht ins Tal. Einfach überall Passkontrollen. Jedes Fahrzeug filzen.«

»'ne Art Quarantäne.«

»So in der Art. Aber wie g'sagt, ich hab ja nichts zu melden.« Er kaute auf seinem Filter herum und inhalierte tief, dann musterte er Malek genauer. »Woher kommst du? Minga? Bist aber nicht gebürtig aus Bayern.«

»Migrationshintergrund.«

»Und jetzt bist hier stationiert? Ich hab dich noch nie gesehen.«

»Eigentlich in München.«

»Schutz des Herrn?«

Malek schüttelte den Kopf und erinnerte sich an eine Erläuterung von Jannah. »Dedu-Team.«

Das ließ den Kerl eine Augenbraue heben. »Vom Geleitschutz. Werdet ihr jetzt schon zu Sondereinsätzen hinzugeholt? Wahnsinn. Als ob nicht schon genug Leute hier vor Ort sind. Stehen uns eh schon gegenseitig auf den Füßen.«

Malek zuckte mit den Achseln, paffte von der Kippe. Wie graue Schlangen wanden sich die Schwaden in die Höhe. »Für den Schutz des Herrn kann es doch nie genug sein.«

»Stimmt.« Ein verqualmter Seufzer, und die ausgerauchte Kippe des Gardisten fiel zu Boden. »Gemma rein? Der Oberste wird hoffentlich fertig sein.«

Malek hob seine noch halbe Kippe.

»Is' 'n Argument.« Der Gardist schob sich die Hände in die Hosentaschen, zog die Schultern hoch, dass es den oberen Rücken dehnte, und sah die Straße hinauf, aus der Malek gekommen war. Seine Stirn furchte sich, dann schüttelte er den Kopf, als hätte er für einen Moment etwas gesehen und es als Sinnestäuschung abgetan. Sein Fokus ging wieder auf Malek. »Was hast eigentlich da hinten getrieben?«

»Was aus'm Wagen geholt.«

Der Blick war ein Nachhaken.

»Traubenzucker.« Malek klopfte sich auf die seitliche Tasche an seinem Bein. »Blutzucker war etwas niedrig.«

»Soll vorkommen.«

Malek nickte und rauchte. Ein Zentimeter Tabak war bis zum Filter noch übrig. Nicht mehr viel Zeit.

»Und der Herr?«, wagte er den Vorstoß. »Ist er noch hier?«

»Ne … is' schon lange in Sicherheit gebracht worden.«

»Schade. Hätte ihn gern mal kennengelernt.« *Um ihm eine Kugel in den Kopf zu jagen.*

Der Gardist winkte ab. »Da lernst nicht viel kennen. Der hat ja nie Zeit, und obwohl er öfters hier am Tegernsee ist, hab ich ihn nur einmal kurz gesehen, oben an seinem Penthouse. Ach so, du bist ja nicht von hier. Das steht oben am Leeberg, paar Kilometer Richtung Rottach-Egern. Aber näher kommt man an den als Normalsterblicher nicht ran. Die Leibwache und die ganzen Sicherheitsmaßnahmen. Irre.«

»Volles Programm?«

»Aber hallo! Der wird in 'ner Limousine raufgekarrt, die ist mehr ein Panzer, und dann geht's direkt rein in die Tiefgarage und von dort ins Haus. Alles mit schusssicherem Glas verkleidet. Die haben das beim Bau sogar getestet. Ein Scharfschütze is' extra auf'n Wallberg raufmarschiert und hat bei klarer Sicht rübergeschossen. Knapp drei Kilometer Entfernung. Für 'nen Profi kein Ding, aber da war nicht mal ein Kratzer im Glas. Und selbst der Swimmingpool vorm Haus ist auf zwei Metern Höhe mit Glas umgeben. Da könntest nur mit 'ner Rakete von oben reinballern. Oder mit 'ner Drohne, aber dafür gibt's ein Abwehrsystem. Deswegen sag ich ja: Lass uns jeden Stein umdrehen, bevor auch diese Kranken checken, dass es keine Schwachstelle gibt, und das Weite suchen.«

Geht doch. Malek wollte eine weitere Frage stellen, spürte aber die Hitze der Glut an seinen Fingern. Er ließ den Stummel fallen und trat ihn mit der Stiefelsohle aus. »Wenn wir halt was zu sagen hätten …«

»Ja, wenn wir was zu sagen hätten.« Der Gardist wandte

sich dem Eingang zu. »Komm! Gemma rein, bevor es Stunk gibt.«

Da hob Malek entschuldigend die Hand und klopfte sich mit der anderen auf die Jackentasche. »Sorry.« Er kramte darin herum, beförderte sein Mobiltelefon hervor. »Mit Sicherheit das andere Team, das noch auf'm Weg hierher ist.«

Der Gardist winkte verstehend ab und signalisierte, dass er schon mal vorgehen würde. Mit ein paar großen Schritten war er am Eingang, passierte die Wachen und verschwand im Inneren.

Erik beobachtete, wie der Gardist im Garderevier verschwand.

Er beobachtete auch, wie eine schwarz gekleidete Gestalt mit dunkler Mütze keinen Meter entfernt an dem Kombi vorbeihuschte, immer von Schatten zu Schatten eilend, kurz verharrte, Richtung Malek spähte und mit der Dunkelheit zwischen zwei Häusern verschmolz.

»Der schwarze Mann.« Seine Finger fanden von selbst die Pistole auf dem Fahrersitz. Zitternd schlossen sie sich darum. »War ja irgendwie klar, dass der auftaucht.«

Erik sah wieder nach vorn. Malek machte sich gerade auf den Rückweg zu ihrem Wagen.

»Und was mach ich jetzt?« Er sah kurz auf die Pistole in seinen Händen. »Wie war die Theorie? Entsichern.« Der schwarze Hebel sprang nach oben, entblößte den roten Punkt. »Laden.« Er zog knackend den Schlitten zurück und ließ ihn in die Ausgangsposition springen. »Und dann schießen.« *Nee! Dann kann ich gleich den beiden Wachen zurufen, dass wir da sind.*

Malek hatte die Hälfte des Wegs zurückgelegt. Gleich würde er den von Schatten erfüllten Spalt zwischen zwei Häusern erreichen, in dem der schwarze Mann verschwunden war. Er musste ihn warnen. Nur wie? Schreien kam nicht infrage, das war wie Schießen. Wild mit den Armen rudern kam auch nicht infrage – die Wachen. Blieben stumme Zeichen. Der schwarze Mann hatte ihn mit Sicherheit übersehen, das war der entscheidende Vorteil. *Das Überraschungsmoment. Das muss ich …*

Seine Finger verkrampften sich um die Pistole.

Sein Herz pochte schmerzhaft.

Und er sagte: »Fuck.«

Maleks Stiefelsohlen pochten auf dem Gehsteig. Er stapfte zum Wagen zurück und verband die Informationen, die der Gardist so bereitwillig ausgeplaudert hatte, mit denen aus dem Monolog von Nummer Eins: schusssicheres Glas. Panzerwagen. Leibgarde. Der Herr bereits in Sicherheit. Zig Gardisten vor Ort. Selbst der Oberste. Wenn sich da nicht ein Anschlag nach Harakiri anhörte. Aber suizidär waren die Rebellen nicht. Wenn sie einen Mordversuch planten, dann gab es auch eine Schwachstelle, nur welche? Oder gab es gar keinen Anschlag? War das alles ein inszeniertes Ablenkungsmanöver, dem auch er auf den Leim gegangen war? Hatte Wendland wider Erwarten hinzugelernt?

Das leise Knacken einer Autotür alarmierte ihn. Zu seiner Verblüffung schwang sich keine zwanzig Meter entfernt Erik aus dem Kombi. Selbst auf die Distanz erkannte Malek, dass das Gesicht des Apothekers bleich wie ein Fischfilet war und er die Knarre in der Hand hielt. Etwas musste …

Eine Bewegung rechts von ihm. Er fuhr herum, doch die Bewegung war nur eine Spiegelung in einem geparkten Wagen am Straßenrand. Eigentlich kam sie von links in Form eines schwarzen Handschuhs, der aus dem Schatten zweier Häuser nach seinem Kopf griff. Das Licht einer Straßenlaterne glänzte daneben kalt und stumpf auf dem Lauf einer Knarre.

Das Metall küsste seinen Hinterkopf. Ein gezischtes »Still!«, und die Hand legte sich über seinen Mund, zerrte ihn zwei Schritte nach hinten in den Schatten, zwischen die eng stehenden Häuser. »Keine Regung!«

Malek dachte gar nicht daran – er sank in die Hocke, schlug mit der Rechten nach rechts oben und damit die Hand von seinem Mund, mit der Linken nach links oben und bekam das Handgelenk des Schussarms zu fassen. Mit einer halben Drehung federte er aus der Hocke, zwang den Angreifer am Arm gepackt herum, reckte die Pistole in die Luft, und zwängte seinen Kopf in die Armbeuge seines anderen Arms. So grotesk verknotet vollführten sie eine halbe Pirouette, dann hatte Malek ihn fest im Griff.

»Schlechte Idee!«, raunte er und erhöhte den Druck.

Der andere stöhnte. »Nicht, *Cowboy*! Ich bin's!«

»Ich weiß.« Malek hielt die Spannung noch für eine Sekunde, bevor er den Griff lockerte und Hendrik Thämert frei ließ.

Der Rebell ächzte, griff sich an den Nacken, drückte den Trapezmuskel und wandte sich um. Ein gequältes Grinsen stand in seinem Gesicht. »Nette Begrüßung.«

»Ganz deinerseits.«

»Was hätte ich sonst tun sollen?«

»Daheim bleiben.« Hinter Hendrik bewegten sich die Schatten, und etwas pochte dumpf. Der Rebell verdrehte die Augen und sank vorwärts in Maleks Arme.

Eriks Silhouette erschien, die kurzen Locken wie schwarze Flammen vor dem erleuchteten Straßenzug zu erkennen. Er ließ die Pistole sinken, mit deren Griff er zugeschlagen hatte.

»Tolle Aktion«, presste Malek hervor und hielt den schlaffen Hendrik aufrecht. »Der gehört zu uns!«

»Sein Problem. Was schleicht er bitte im Dunkeln herum? Außerdem wollte ich auch mal.«

»Was?«

»Dir Anweisungen geben.« Eriks Silhouette entblößte unter den beiden glänzenden Augen den Schimmer eines Grinsens. »Und jetzt komm endlich und nimm seine Beine! *Los!*«

Kapitel 28

In der Nähe des Tegernsees

Unbehelligt hatten sie es bis zum Wagen geschafft, Gmund hinter sich gelassen, waren Richtung Irschenberg abgebogen und kurz vor der Autobahn auf einen verlassenen Rastplatz gefahren, bestehend aus ein paar Bäumen und Büschen, vier Bänken, zwei Tischen und einem Mülleimer. Dort hatten sie den ohnmächtigen Hendrik auf eine der Holzbänke gepackt, und Malek hatte ihm Wasser aus einer ihrer Trinkflaschen ins Gesicht gespritzt, bis er prustend die Augen aufschlug, um sich stierte und schließlich Malek registrierte.

»Gooott!«, stöhnte er. »Was zum Teufel war das?« Mit schmerzverzerrtem Gesicht rieb er sich den Hinterkopf und sah sich in der Dunkelheit um. »Und wo sind wir?«

»Außerhalb des Gefahrenbereichs«, antwortete Malek.

Hendrik schien die Antwort zu genügen. Er kniff die Augen zu schmalen Schlitzen zusammen und rubbelte erneut die Stelle, wo Erik ihn getroffen hatte. »Alter! Mir brummt der Schädel.«

»Und womit?« Erik kam hinter dem offen stehenden Kofferraumdeckel hervor, wo er nach dem Wagenbesitzer gesehen hatte. »Mit Recht!«

Hendricks typischer Argwohn trat in sein Gesicht. »Du bist dieser Apotheker, nicht?«

»Schlaues Bürschchen.« Erik gesellte sich zu ihnen an den Tisch und streckte die Hand zum Gruß aus. »Du darfst auch Reineke zu mir sagen.«

Hendrik schnaubte und wandte sich an Malek. »Ist ja schlimmer, als in der Akte steht. *Loses Mundwerk*. Da hast du dir ja 'nen richtigen Spaßvogel angelacht.«

Malek konnte sich den Anflug gelupfter Mundwinkel nicht verkneifen.

Erik entgingen sie nicht. »So siehst du das also! Erst mit mir flirten und dann fremdgehen. Pfff…« Der Fuchs wandte sich ab und trottete zum Wagen zurück.

Malek hatte dafür keinen Nerv. »Lass das Gelaber stecken, Erik.« Und zu Hendrik sagte er: »Was wolltest du in Gmund?«

»Dasselbe frage ich dich.« Der Blick des Rebellen wanderte an ihm auf und ab. »Sogar in Gardeuniform. Bestens vorgesorgt. Wofür?«

Vom Wagen rief Erik herüber: »Um euch den Arsch zu retten, genauer gesagt dieser rothaarigen Blondine.« Ein Feuerzeug ratschte leise.

Hendrik blickte irritiert zurück zu Malek. »Rothaarige Blondine? Meint er Jannah?«

»Vermutlich.«

»Und wieso?«

Wieder antwortete Erik: »Weil wir hörten, ihr würdet ein Attentat durchziehen. Und das hörten auch andere Leute…«

Hendrik öffnete den Mund und schloss ihn wieder. »Woher wisst ihr das schon wieder?«

»Lange Geschichte«, sagte Malek so scharf, dass es Erik nicht entgehen konnte.

Hendrik dagegen schon. »Die mich brennend interessiert!«

»Ich erzähl sie dir später. Zuerst müssen wir Dinge klären.«

»Die wären?«

»Wo ist Jannah?«

Hendriks Blick wurde hart. »Bist du nur wegen ihr hier?«

»Nein.«

»Es ist kompliziert«, flötete Erik.

»Das glaub ich sofort«, erwiderte Hendrik. »Also, warum suchst du sie?«

Malek musste erst den Ärger über Erik herunterschlucken. »Sie ist nicht hier?«

»Nee, tatsächlich mal nicht. Ich bin alleine unterwegs.«

»Und weshalb?«, wollte Erik wissen.

Hendrik zögerte mit der Antwort. »Weil ich am Tegernsee einen Funkspruch abgesetzt habe.«

»Über das geplante Attentat auf Kehlis?«

»Richtig.«

»Und? Findet es statt?«

»Nein, natürlich nicht. An den kommt man nie und nimmer ran!«

»Also eine Inszenierung?«

»Jo. Einzig der Funkspruch musste lokal abgesetzt werden, damit es glaubwürdig wirkt. Außerdem wollte ich die Garde oberservieren, um zu sehen, was wir mit einem Funkspruch so lostreten, wie ihre Abläufe sind, ob sie überhaupt unsere Funkverschlüsselung geknackt haben. Und dann steh ich an der Kreuzung und seh, wie niemand anderes als Malek Wutkowski persönlich in Gardeuniform rumspaziert.«

»Tja«, sagte Erik, »das kann er: zur richtigen Zeit am richtigen Ort sein.«

»Und dann bist du mir gefolgt, um mich zu überwältigen?«

»Was hätt ich sonst machen sollen? Ich konnte ja schlecht rufen.«

»Du hättest mir länger folgen können.«

»Klar. Und wie lange wäre mir das wohl gelungen? Du bist seit Monaten ein Geist. Ich musste handeln, wenn ich dich abpassen wollte.«

Auf dem Parkplatz wurde es still. Nur der Wind ließ die Bäume um sie herum rauschen, und in der Ferne gesellte sich der Lärm der Autobahn hinzu.

Hendriks Worte kamen kaum hörbar. »Warum suchst du uns, Malek?«

Der Schein der Autobahn erhellte in der Ferne die bauchigen Wolken. »Weil es Probleme gibt.«

»Tolle Antwort. Geht's präziser?« Eine gefurchte Stirn. »Okay, dann anders: Für wen gibt es Probleme? Für dich?«

»Für uns.«

»*Uns?* Was bedeutet das aktuell bei dir? Die Rebellion?«

»Wo ist Jannah?«

Hendrik atmete tief durch, wich Maleks Blick aus. »Ich bin nicht befugt, mit dir über sie zu reden.«

»Es ist wichtig.«

»Sonst wärst du nicht hier, klar.« Hendrik schüttelte den Kopf. »Trotzdem. Ich darf nicht und werde nicht, und du verstehst das sicher. Befehl ist Befehl.«

Erik stöhnte. »Ein Kleinkarierter!«

Doch Malek nickte. »Das versteh ich tatsächlich. Dann bleibt nur einer: Wendland.«

Das erstaunte Hendrik. »Du willst mit ihm reden?«

»Ich *muss* mit Jannah sprechen.«

»Das wird schwer werden.«

»Warum?«

Hendrik hob entschuldigend die Schultern.

»Okay, dann ruf ihn an.«

Hendrik zückte sein Mobiltelefon, zögerte jedoch, seinen Chef anzurufen. »Er wird dir auch nicht mehr verraten als ich, zumindest nicht, solange du dich nicht wieder in den Dienst der Rebellion gestellt hast.« Und stumm fügte er hinzu: *Willst du das?*

Das wusste Malek auch nicht so genau, aber angesichts des

Trackings gab es keine Alternative. Allein mit Erik an seiner Seite konnte er seinem Bruder nicht mehr helfen. *Und Jannah auch nicht*.

Der Gedanke bescherte ihm ungewollte Heiserkeit, und so kamen die Worte kratzig: »Ist mir bewusst.«

Hendrik nickte, wählte eine lange Nummer und schaltete auf Lautsprecher. Unheilvoll erfüllte das Tuten die Dunkelheit des Parkplatzes.

Kapitel 29

München, Außenbezirk Neue Warte

»Sie haben Ihren Bruder ein zweites Mal entkommen lassen?« Die Worte stockten wie saure Milch.

»Ich war nicht in der Lage, Druck auszuüben.« Nummer Elfs Worte kamen sarkastisch, aber es war ihm egal. Er begriff das alles noch nicht, sein Hirn war wie Brei, auch wenn es von Minute zu Minute besser wurde. Sicher die abklingende Nebenwirkung des Sedativums. Und so stand er einfach nur auf der Straße vor dem Parkplatz zwischen zwei durchsiebten Gardefahrzeugen. Zwei Leichen lagen zu seinen Füßen, und Scherben knirschten unter seinen Sohlen, wenn er sein Gewicht verlagerte. Seine vermutlich gebrochene Nase pochte.

»Nicht in der Lage!«, wiederholte der Oberste. »Sie sind Konfessor erster Generation. Es ist Ihre Pflicht, in der Lage zu sein und Ergebnisse zu liefern. Zumindest hin und wieder!«

Nummer Elf ließ den Kopf sinken. Hülsen des Kalibers 5,56 × 45 mm lagen auf dem Asphalt, zahllose goldene Sprenkel im Laternenlicht. Es sah beinahe ästhetisch aus. »Ich übernehme selbstverständlich die Verantwortung.«

»Verantwortung, Verantwortung, das habe ich schon öfter von Ihnen gehört. Von der kann ich mir auch nichts kaufen.«

»Mehr habe ich momentan nicht zu bieten.«

Stille breitete sich in der Leitung aus, bevor der Oberste

sagte: »Das ist wohl wahr, mehr haben Sie nicht zu bieten, und das seit Monaten.«

Der Vorwurf prallte an Nummer Elf ab. Ihn selbst ärgerte es am meisten, dass sein Bruder schneller und schlauer war als er. »Und jetzt?«, fragte er leise.

»Tragen Sie die Konsequenzen. Ich habe alles getan, um Sie im Dienst zu halten, weil ich sehr viel von Ihnen halte, aber irgendwann zählen Ergebnisse.«

Nummer Elf nickte, als könnte der Oberste es sehen, und blickte zum wolkenverhangenen Himmel auf, weg von der Uhr an seinem Handgelenk, an dem immer noch das Klebeband die Haut spannte, mit dem Malek ihn am Tisch fixiert hatte. »Dann aktivieren Sie die Lifewatch.«

»Nein.«

»Wie *nein?*«

»Sie sind mit sofortiger Wirkung und bis auf Weiteres suspendiert.«

Suspendiert? Nummer Elf hatte noch nie gehört, dass ein Konfessor suspendiert worden war. »Aber …«

»Kein Aber. Gehen Sie nach Hause, und warten Sie auf weitere Anweisungen. Möglicherweise war es unsinnig, Sie auf Ihren Bruder anzusetzen. Ja, als Konfessor sollten Sie emotionsfrei an einen Auftrag herangehen, und doch sind Vorprägungen vorhanden. Wir sprachen bereits darüber. Ich dachte damals, dass wir daraus einen Nutzen ziehen könnten, aber diese Einschätzung war offensichtlich falsch. Insofern liegt eine Teilschuld bei mir, weswegen ich die Suspendierung ausspreche.«

Nummer Elf wusste nicht, was er darauf erwidern sollte, also sagte er gar nichts.

»Gehen Sie nach Hause«, wiederholte der Oberste. »Schlafen Sie, essen Sie, nehmen Sie ein Bad. Keine Ahnung, was Sie persönlich entspannt. Regenerieren Sie, bis ich eine neue Verwendung für Sie gefunden habe.« Mit diesen Worten beendete der Oberste das Gespräch.

Dominik Wutkowski, erster suspendierter Konfessor, ließ das Handy sinken, das er sich von einem Gardisten hatte geben lassen, betrachtete es und steckte es in seine Hosentasche. *Regenerieren Sie, bis ich eine neue Verwendung für Sie gefunden habe. Eine neue Verwendung. Eine …* Wie in Trance sah er sich um, die Straße hinab in die Dunkelheit, wo laut Aussage der Gardisten Malek und Erik verschwunden waren, die Straße hinauf zur zweiten Straßensperre, und hinter sich zum Parkplatz, zum Wohnmobil, aus dem man ihn befreit hatte.

Er hatte dem Obersten nicht gesagt, dass er in seiner mentalen Umnachtung Malek von den Augen Gottes erzählt hatte. Er hatte dem Obersten auch nicht gesagt, dass Malek wusste, dass die Mission an der Baubehörde dafür genutzt worden war, um diese ins Feld zu schicken. Und er hatte dem Obersten nicht gesagt, dass Malek deswegen vermutlich auf dem Weg zum Tegernsee war, um seinen Rebellenfreunden den Arsch zu retten. Er hatte dem Obersten eine ganze Menge nicht gesagt, aber der hatte ihm auch nicht zugehört.

Dominik beschloss, auch nicht zugehört zu haben. Nur, wie weit konnte er seine Befugnisse dehnen? Der Oberste hatte gesagt, er solle nach Hause gehen, aber er hatte nicht gesagt, wann.

An sich müsste er schnellstmöglich zum Tegernsee, denn Malek fuhr ziemlich sicher dorthin, doch dort war der Oberste. Außerdem würde Malek vermutlich nicht allzu lange dort verweilen, sondern schnellstmöglich wieder untertauchen. Wohin, nachdem sein Plan mit dem Wohnmobil gescheitert war? Gab es einen Plan B? Malek hatte meistens einen Plan B, also galt es, den zu finden.

Dominik kratzte sich am Kinn. Wo sollte er mit der Suche beginnen? Bei Plan A? Das Wohnmobil selbst war hinter

Büschen nicht zu sehen, aber das Zucken von Blaulichtern verriet den Standort. Dominik entschied, sich dort nochmals umzusehen. Der Oberste hatte ihm einmal den Rat gegeben, die Dinge von hinten aufzurollen, sollte man nicht weiterkommen. Also: Wie war es überhaupt zu diesem Abend gekommen? Wie hatte Malek so frei agieren können?

Abermals knackten Scherben unter seinen Sohlen, und eine Patronenhülse sprang klackernd zur Seite.

Dominik blieb stehen. *Waffen*. Darüber hätte er Malek finden müssen. Wie war es ihm gelungen, an Pistolen und sogar an ein Sturmgewehr zu gelangen? Über die Rebellen? Über alte Kontakte? Über neue Vertriebswege, von denen nicht mal er als Konfessor etwas wusste?

Er lief weiter, erreichte die Reste der Schranke in Rot und Weiß, brutal abgesprengt von der Kraft eines Wagens.

Mobilität. Darüber hätte er Malek ebenfalls kriegen müssen. Die schwarze Limousine, abgelichtet auf Verkehrsüberwachungsbildern rund um die JVA Kronthal. Warum hatten sie den Wagen im Nachhinein nirgends aufgespürt? Klar, es war ein Allerweltswagen in Schwarz mit gestohlenen Kennzeichen, und doch Maleks Wagen! Wie konnte er ihnen vor der Nase herumgefahren sein, ohne aufzufallen?

Das Wohnmobil schob sich hinter einigen Büschen in Sicht. Auch wenn es alt und vorgestrig wirkte, war es doch erstklassig in Schuss. Ein paar Hunderter hatte es in jedem Fall gekostet.

Finanzen. Wie war Malek an das Geld dafür gekommen? Und an Geld für Waffen und überhaupt? Von ihrer gemeinsamen Zeit bei Król Security gab es keine Rücklagen, zumindest hatte er nie etwas Derartiges gehört. Blieb der Fuchs. Aus den Akten wusste Dominik, dass der größte Teil von Krenkels Drogengewinnen – ein Millionenbetrag – nie aufgetaucht war. Hatten sie es besorgt und sich so liquide gehalten? Oder hatte der Datenbaron Malek unterstützt? Oder hatte der das Geld einfach irgendwo gestohlen? Wie auch immer, alle Optionen hatten eine Gemeinsamkeit: Wieso hatten sie keine auffälligen Zahlungen registriert? Hatten Sie überhaupt an den Kauf eines Wohnmobils gedacht?

Dominik erreichte die beiden Gardefahrzeuge, die das Wohnmobil flankierten und in zuckendes Blau tauchten. Ein Gardist bemerkte ihn und sagte, während er einladend mit einer Hand wedelte: »Der Tatort gehört Ihnen, Konfessor!«

Dominik nickte nur mechanisch, berührte die kühle Außenwand und trat ins Innere. Er registrierte die herausgebaute Holzabdeckung, die dahinterliegende Halterung für das Sturmgewehr, die leere Küchenzeile, wo der Defibrillator gestanden hatte, die Pilotensitze, die Stoffüberzüge, die Vorhänge in Wurstfarbe und schließlich den Sitzplatz. Noch klebte ein Teil des Klebebands auf dem Tisch, der andere an seinem Unterarm. Hälftig geteilt. Wie ein Liebesanhänger.

Grimmig verzog er das Gesicht, ballte die Hand zur zitternden Faust. Malek hatte alles minutiös vorbereitet, um ihn im entscheidenden Moment zu schnappen. Und dann war ihm der Nanobot über die Lippen geflutscht und hatte ihn gerettet.

Aber das half ihm nicht weiter. Nüchtern betrachtet ging es hier um Aktivität. Wieso war die niemandem aufgefallen? Wo hatte Malek gearbeitet, woher hatte er Material bezogen, Werkzeug, all das Equipment? Sogar einen Defibrillator! War irgendwo einer geklaut worden? In einer Apotheke, einem Bahnhof, einer Bank? Und dann das orale Sedativum und die Spritzen. Was genau hatten Malek und Erik da zusammengepanscht? Woher stammten die Inhaltsstoffe?

Ich weiß, wie sie abgeht.

Das war der Schlüssel, das war Maleks Ziel: ihm die Uhr abzunehmen. Und Malek war klar, dass die Regierung ihn nicht am Leben lassen würde, sobald sie es bemerkte. Er hatte also seinen Tod eingeplant. Wofür sonst der Defi? *Um mich zurückzuholen.*

Der Gedanke verursachte Dominik Herzklopfen, heftige Schläge, als wollte sein Herz sich zwischen seinen Rippen hindurchpressen. Seine Beine wurden weich, und er musste sich aufs Polster niederlassen, auf dem er vorher gefesselt gesessen hatte. Sein Bruder hatte ihn töten wollen, um ihn zu befreien. Er hatte ihn töten wollen! Aus Liebe. Mit der Erkenntnis faltete sich Maleks Plan auf wie ein Buch: ein echter Tod, registriert von der Garde, die Abnahme der Uhr, eine Wiederbelebung, und dann echte Freiheit. In einem Wohnmobil.

Ich weiß, wie sie abgeht…

Dominik begann unkontrolliert zu zittern, seine Arme bebten, seine Füße klopften auf den Boden. Er ballte eine Hand zur Faust, schloss die Augen, zwang sich zur Bauchatmung. Einatmen. Ausatmen. Einatmen. Ausatmen. Ein…atmen. Aus…atmen.

Es half. Das Zittern ließ nach, und der Konfessor wurde ruhig.

Schließlich schlug er die Augen auf und wusste, dass er sich keine Vorwürfe machen musste. Hinterher sah man immer klarer. Ohne hier im Wohnmobil gelandet zu sein, wäre er nie und nimmer auf die Idee gekommen, dass Malek sich eines angeschafft hatte. Das galt für all die neuen Erkenntnisse. Was blieb, war die Verbindung zwischen ihnen, genau die, wegen der Nummer Eins ihn überhaupt auf diesen Auftrag angesetzt hatte. Und um die zu nutzen, musste er wirklich an den Anfang der Geschichte.

Da war Fosseys Lifewatch gewesen, aktiviert und positioniert um eine ordinäre Flasche Bier in einem Waldstück, beschienen vom brennenden Scheiterhaufen Marias und Tymons.

Ich weiß, wie sie abgeht…

Und dann war Malek in den Überresten ihres alten Lebens aufgetaucht, in einer Lagerhalle unweit von München. Die Lagerhalle hatte ausgesehen wie vor acht Jahren, nur noch heruntergekommener. Moos bedeckte mittlerweile das Blechdach, der Außenputz blätterte ab, das Mauerwerk darunter war regengrau, der mit Schotter befestigte Hof aufgeweicht und voller Schlaglöcher. Am breiten Tor, durch das man mit einem kleineren Lastwagen hineinfahren konnte, hing eine rostige Kette.

Dominik konnte sich vorstellen, wie Malek den ehemaligen Stützpunkt ihrer Firma *Król Security* und das umliegende Gelände beobachtet hatte, bis er sicher war, dass sich niemand in dem Bau aufhielt. Überwachungskameras konnte man trotzdem installiert haben, aber was scherten Malek Kameras?

Dominik sah es ganz genau vor sich. Wie sich Malek leise von seinem Posten – vermutlich in der gegenüberliegenden leer stehenden Mechanikerwerkstatt – löste. Wie er mit schnellen Schritten auf der Straße war und an den schlammigen Pfützen vorbei zur Schmalseite der Lagerhalle eilte. Ein Nebeneingang führte hinter einer mit Graffiti beschmierten Mülltonne ins Innere. Auf Augenhöhe war zwischen Tür und Rahmen ein silbriges Siegel angebracht. Darauf prangte eine 11. Darunter stand: AMTLICHES SIEGEL. WER EIN DIENSTLICHES SIEGEL BESCHÄDIGT, ABLÖST ODER UNKENNTLICH MACHT, WIRD GEMÄSS §136 STGB (SIEGELBRUCH) STRAFRECHTLICH VERFOLGT. Dreck hatte sich darauf angesetzt.

Malek betrachtete es einige Sekunden, bevor er es mit dem Daumennagel brach. Es war nur logisch, dass Dominik nach seiner und Tymons Flucht aus Grauach hier aufgeschlagen war, um diesen möglichen Unterschlupf zu kontrollieren. Außer ihnen beiden, Maria und Tymon, kannte ihn niemand, und Maria und Tymon waren mittlerweile tot.

Mithilfe eines öligen Drahtstücks aus der Mechanikerwerkstatt knackte er das Schloss und öffnete die Tür. Sie quietschte gotterbärmlich, und es stank Übelkeit erregend nach Schimmel und Moder, doch Malek schreckten keine Gerüche. Er prüfte den Innenrahmen der Tür, um eine mögliche Lichtschranke oder einen gespannten Draht aufzuspüren, fand keines von beidem und schlüpfte ins Innere.

Neben einer zweiten Tür, die in den Lagerbereich führte, ging es über eine schmale Treppe ohne Geländer in das Stockwerk unter dem Dach. Dort lag das Büro neben einem Aufenthaltsraum mit Billardtisch und einer Toilette. Malek spähte nur kurz durch das angelaufene Türfenster in die leere Halle, bevor er nach oben stieg.

Trotz des Halbdunkels war sofort ersichtlich, dass hier höchstwahrscheinlich Jugendliche gehaust hatten. Leere Bierflaschen, Chipstüten und benutzte Kondome auf dem Boden ließen kaum einen anderen Schluss zu. Die Sofas von früher gab es noch, auch wenn die Polster aufgeschlitzt oder so abgewetzt waren, dass an mehreren Stellen die Schaumstofffüllung hervorquoll wie Gedärm aus einer Bauchwunde. Malek durchquerte das Chaos, checkte vorsichtshalber die Toilette (völlig verschissen) und blieb schließlich vor der Bürotür stehen. Sie war zugezogen, doch das Schloss hing halb heraus. Holzsplitter ragten in alle Richtungen. Mit der Hand am Holz zögerte er, doch schnell überwand er die nostalgischen Gefühle und drückte die Tür auf.

Dahinter grüßte die Vergangenheit. Auf den ersten Blick war alles noch wie früher; die Schränke und Kommoden mit den verschließbaren Schiebetüren, die Rollcontainer seitlich der Schreibtische mit den wichtigsten Unterlagen und der Billardtisch, platziert unter den zwei herabhängenden Industrielampen. Die Jugendlichen hatten es offenbar nicht für nötig gehalten, die Schränke aufzubrechen. Eine Schändung des Billardtisches hatte ihnen gereicht.

Mit flachem Atem – was Malek der widerlichen Luft zuschrieb – streifte er durch den Raum, der ihre Einsatzzentrale gewesen war, und blieb schließlich vor den Schreibtischen stehen.

Routiniert begann er, den Raum zu durchsuchen. Innerhalb weniger Minuten war er fertig. Er hatte die Schlüssel für die Schränke und Kommoden in ihren damaligen Verstecken gefunden, überall hineingeschaut und in seinen Rucksack gepackt, was er brauchte. Die Pumpgun, die Tymon unter seinem Schreibtisch mit Metallklammern befestigt gehabt hatte, fehlte leider. Den Rest überließ er der Zeit.

Mit einem letzten Blick auf den Arbeitsbereich wollte er den Raum verlassen, doch der Billardtisch zog ihn magisch an, und schon glitten seine Finger über die hölzerne Randleiste. Das grüne Tuch war von einer Schicht Staub bedeckt und der Länge nach aufgeschlitzt. Die Barhocker lagen umgestürzt am Boden, genauso wie zwei der vier Queues. Die waren in der Mitte auseinandergebrochen. Was für eine Ironie.

Im Fach unterhalb der Platte fand Malek die Kugeln. Er packte sie auf den Tisch, entdeckte in einer Ecke des Zimmers das Holzdreieck. Mit wenigen Handgriffen hatte er eine Partie 8-Ball aufgebaut und platzierte die weiße Kugel für den Break. Er nahm einen der intakten Queues, kontrollierte die Spitze (passabel) und brachte sich selbst in Position. Vornübergebeugt visierte er die Weiße an, ließ den Queue über Daumen und Zeigefinger gleiten, vor und zurück, vor und zurück… und ihn wieder sinken.

Unverrichteter Dinge stellte er ihn in einen vorgesehenen Halter. Den zweiten intakten stellte er daneben, gesellte ihn zu seinem hölzernen Bruder. Dann schulterte er seinen Rucksack und trat zum Treppenabgang. Er hielt inne, warf einen letzten Blick zurück und probierte den Lichtschalter. Tatsächlich flammten die beiden Industrielampen auf und illuminierten die ungespielte Partie 8-Ball.

Malek blickte einen langen Moment auf die glänzenden Kugeln, bis er den Kopf in den Nacken legte und die Decke absuchte. Zwischen einer Deckenverstrebung und einem Abluftventilator fand er sie schließlich: eine daumengroße Kamera, ausgerichtet auf den Billardtisch.

Während Dominik damals aus einer Besprechung im Bunker gestürzt war, um sich von seinem Wagen zur Lagerhalle fahren zu lassen, hatte er auf seinem Handy die Kameraübertragung verfolgt – wie Malek die Partie aufbaute, nicht breakte, ging, das Licht einschaltete, zurückkam, die weiß-rote Halbe mit der Nummer Elf vom Spielfeld nahm und endgültig verschwand.

Dominik hatte keine halbe Stunde später an jenem Tisch gestanden, auf die Stelle gestarrt, wo die Kugel fehlte, und war nach einer Kontrolle der Halle zurück ins Glaskollektivum gefahren. Er hatte gespürt, dass sein Bruder nicht mehr hier war.

Er hatte etwas gespürt!

Dominik lachte, ein raues, trockenes Lachen, wie das Brechen von Zweigen. Es erfüllte das Wohnmobil, schüttelte ihn, ließ ihn schließlich prusten. Da hatte Malek ihn verarscht, aber so was von. Er war einfach in der Nähe geblieben, hatte auf seine Dummheit gebaut, und sich dann an seine Fersen geheftet. Malek hatte ihn in seine eigene Falle gelockt.

Observation.

Das war der Schlüssel.

Dominik wischte sich die Tränen von den Wangen, stemmte sich auf die Beine, griff sich seinen Mantel, der als Haufen auf dem Boden lag, schüttelte ihn aus, strich ihn glatt, zog ihn an und verließ das Wohnmobil, um sich auf den Weg in sein Apartment zu machen, wie es der Oberste angeordnet hatte. Er würde sich aber weder ins Bett noch in die Wanne legen. Er würde den Ausgangspunkt für dieses Fiasko finden, er würde Maleks Versteck aufspüren. Es konnte nicht allzu weit weg vom Glaskollektivum liegen. Nein, es musste ganz nah sein. In allernächster Nähe, denn nur so konnte Malek in Erfahrung gebracht haben, dass er freitags immer ins Schnellrestaurant ging.

Einer der Gardisten wartete draußen auf ihn. »Ihre Dienstwaffe!«, verlangte Dominik und bekam eine SIG überreicht. »Und Ihren Wagenschlüssel!«

Als er sich in das Gardefahrzeug schwang, spürte er zum ersten Mal seit Monaten wieder eine Verbindung zu seinem Bruder – und mit der würde er all seine Verstecke finden. Er witterte jetzt seine Spur, und diesmal würde er sie nicht wieder verlieren, sondern ihr bis zum Ende folgen.

Bis zum bitteren Ende.

Kapitel 30

In der Nähe des Tegernsees

Gespannt standen sie um das Mobiltelefon herum, das Hendrik in ihrer Mitte hielt, und endlich erstarb das Telefonläuten. »Hendrik! Ich dachte, du wolltest erst …«

»Wendland«, unterbrach Malek die scharrende Stimme des Datenbarons.

Stille. »*Wutkowski?* Das gibt es nicht.« Der Datenbaron pfiff durch die Zähne. »Was machen Sie an Hendriks Telefon?«

»Alles gut, Chef! Ich sitz daneben. Ich habe den Kontakt hergestellt.«

»Okaaay. Und wozu?«

Malek kam Hendrik zuvor: »Ich muss mit Jannah reden.«

Wieder Stille. »Unmöglich.«

»Ein seltsames Wort aus Ihrem Mund.«

»Ja, vielleicht, aber es geht wirklich nicht.«

»Weshalb?«

»Das werde ich Ihnen sicher nicht sagen! Wie kommt es überhaupt, dass ihr euch getroffen habt?«

»Lange Geschichte, Chef.«

»Für die gerade keine Zeit ist.« Malek nahm Hendrik das Telefon aus der Hand, schaltete die Freisprecheinrichtung aus und presste es sich ans Ohr. »Hören Sie, Wendland, es geht hier um Ihr Werk.«

»Haben Sie gerade den Lautsprecher deaktiviert?«

»Ja, aber das spielt keine Rolle. Ich muss mit Jannah sprechen.«

»Sie sind aufgeregt«, stellte der Datenbaron überrascht fest. »Malek Wutkowski geht der Arsch auf Grundeis.«

»Und wenn. Es ist mein Arsch.«

»Zweifelsohne. Sonst würden wir nicht so schnell wieder miteinander sprechen.«

Die Ruhe des Datenbarons ließ Maleks Puls weiter ansteigen. »Wendland«, sagte er scharf. »Dafür ist jetzt …«

»Zeit.« Ein Seufzen. »In Nürnberg habe ich zu Ihnen gesagt, dass ich Sie gern wieder bei uns haben würde. Das will ich immer noch, aber es gibt Regeln, Wutkowski. Sie können nicht kommen und gehen, wie es Ihnen beliebt. Sie können nicht fordern und erwarten, dass wir alle springen, wenn Sie rufen. Sie tauchen auf und verschwinden wieder und tauchen auf und verschwinden wieder. Jetzt wollen Sie mit Jannah reden, gut, der Wunsch ist bei mir angekommen, aber was ist morgen? Übermorgen? In zwei Wochen? Ich kann Ihnen nicht ohne Zugeständnisse Ihrerseits entgegenkommen.«

»Was wollen Sie?«

»Zum einen Ihr Ehrenwort, und zum anderen Sie wieder bei uns, und zwar endgültig.«

Endgültig. »Sie wissen, dass ich mich nicht mehr einsperren lasse. Nie mehr.«

Wendlands Stimme wurde sanfter. »Niemand redet von einsperren. Sie sollen sich nur uneingeschränkt in unsere Dienste stellen, ohne Wenn und Aber. Und dazu gehören Auflagen, zum Beispiel, dass Sie nicht wissen, wo sich die neue Basis befindet. Sie werden von einer autorisierten Person blind dorthingebracht. Davor geben Sie Ihr Handy ab, Ihre Lifewatch, jegliches Peilsendermaterial und sonstige Sperenzchen. Wir kappen alle Rettungsleinen. Sollten Sie also meinen, uns abermals verlassen zu müssen, können Sie das tun – wir bringen Sie sogar vor die Tür –, aber es wird in einem solchen Fall nie wieder einen Weg zurück geben. Es ist sozusagen Ihre letzte Chance, die wir Ihnen bieten, zwar mit Freude – von meiner Seite aus zumindest aber es ist wirklich die letzte.« Wendlands Stimme wurde stechend. »Ist das angekommen?«

Das Wort sperrte sich, kam aber irgendwie doch über Maleks Lippen: »Ja.«

»Und? Sind Sie dazu bereit?«

»Ja.«

Die dritte Pause. »Keine Forderungen Ihrerseits?«

»Mein Bruder.«

Malek konnte sich vorstellen, wie Wendland irgendwo in seiner Basis die Augenbrauen lupfte. »Können Sie das konkretisieren?«

»Ich alleine bestimme über sein Schicksal.«

»Nur solange es nicht mit den Zielen der Rebellion kollidiert.«

»Nein, nicht mit den Zielen, sondern mit existenziellen Nöten. Ein Veto Ihrerseits muss verdammt triftige Gründe haben.«

»Einverstanden! Dann werde ich Sie und Hendrik abholen lassen.«

»Und den Fuchs.«

»Ach ja … Krenkel. Gut. Für ihn gilt dasselbe wie für Sie. Und jetzt geben Sie mir Hendrik wieder. Alles andere klären wir in der Basis.«

»Nein. Ich muss mit Jannah sprechen. Jetzt sofort. Stellen Sie den Kontakt her.«

»Das kann ich nicht.«

»Weshalb?«

Der Widerwille war zu hören, aber auch das Wissen, dass er Malek nach der Übereinkunft nicht länger hinhalten konnte.

»Jannah ist auf einer Mission, und wir haben jeglichen Kontakt eingestellt, damit sie nicht auffliegen kann. Selbst wenn ich wollte, kann ich sie nicht kontaktieren. Aber sagen Sie, warum ist es so wichtig? Sie klingen so, als ginge es um alles oder nichts.«

Malek sah zu Hendrik, dessen weiße Augenhaut in der Dunkelheit leuchtete. Er hing an seinen Lippen, genauso wie Erik, nur wusste der Bescheid, auch wenn ihm vielleicht die Tragweite seines Wissens nicht ganz bewusst war. Es gab keinen Grund, die Katze länger im Sack zu lassen.

Ruhig sagte er: »Der Nanobot der zweiten Generation ist bereits im Einsatz.«

Zwei langsame Atemzüge, dann scharf: *»Wie bitte?«*

»Eine erste Adaption ist im Umlauf, *die Augen Gottes*, eine Art Personentracking übers Blut. Es ist der erste Feldversuch.« Malek spürte, dass der Datenbaron nicht verstand. »Mit diesem Nanobot können Infizierte deutschlandweit geortet werden, möglicherweise sogar weltweit. Vorausgesetzt, der Bot hat sich nach einer Initiierungsphase im Blut zusammengesetzt.«

Wendlands Stimme zitterte. »Woher wissen Sie das?«

»Von meinem Bruder. Er hat den Feldversuch selbst eingeleitet.«

»Klar … von Ihrem Bruder. Heiliger Strohsack!«

»Und was hat das mit Jannah zu tun?« Die Frage kam von Hendrik und war nur ein Flüstern.

Malek blickte ihm direkt in die Augen und zögerte, doch dann antwortete er: »Sie hat den Bot bereits intus. Genauso wie mein Bruder. Seit der Baubehördenmission. Der Serverraum war über die Lüftungsanlage kontaminiert.«

Hendriks Augen weiteten sich, und er griff sich an die Brust, als bekäme er keine Luft mehr. Er begann zu japsen.

Erik sprang ihm an die Seite, klopfte ihm auf den Rücken

und zischte: »Ausatmen, Junge! Ausatmen! Nicht einatmen, sonst wird das eine erstklassige Hyperventilation!«

Hendrik tat genau das Gegenteil – er sog pfeifend noch mehr Luft hinein, als wollte er sie nie wieder hergeben.

Erik fluchte. »Scheiße, Mann! Ausatmen!« Und zu Malek sagte er: »Da hast du dir ja tolle Revoluzzer angelacht. Der hier hält ja noch weniger aus als ich!«

Kapitel 31

München, Außenbezirk Neue Warte

Dominik Wutkowski stand vor der breiten Fensterfront in seinem Apartment und blickte hinaus in die Nacht. Um etwas draußen erkennen zu können, hatte er das Licht nicht eingeschaltet, und so zeigte sich der Parkplatz vor dem Glaskollektivum partiell in nieselregenfeuchtes Laternenlicht getaucht. Die Autos waren glänzende Käfer aus Blech und Glas. Dahinter zog sich parallel die Straße als anthrazitfarbenes Band zwischen schwarzen Streifen niedrig wachsender Bepflanzung dahin. Und dahinter erhob es sich: Ein Hochhaus modernster Bauart, energieeffizient, ein Zuhause für Hunderte, aber genauso hässlich wie die Plattenbauten der Sechzigerjahre – ein rechteckiger Kasten, aufgeteilt in überdimensionierte Schuhkartons von Wohnungen, deren Fenster um diese Uhrzeit zum Großteil schwarz waren.

»Da drüben warst du also die ganze Zeit.« Dominik ballte die Hände zu Fäusten. Das Klebeband spannte an seinem Unterarm. Malek konnte sich nur dort versteckt haben. Es war die einzige Möglichkeit, um ihn unbemerkt zu observieren, die einzige Option, an die er nie gedacht hatte, weil sie zu naheliegend war. Dominik schnaubte über sich und seine eigene Blindheit. *Was hast du alles beobachtet, Bruder? Meine schlaflosen Nächte, Stunden im weißen Ledersessel, die Pistole in den*

Händen? Mein Grübeln darüber, wo du steckst? Hast du dich amüsiert?

Der Gedanke verursachte ihm ein Stechen in der Brust. So nah war sein Bruder gewesen, und er hatte ihn deutschlandweit gesucht, in Berlin, in Kronthal, in München, im Netz und über Metadatensuchen, und dabei hatte er fast jeden Abend an diesem Fenster gestanden und hinausgeblickt, bestens positioniert, um sich selbst beobachten zu lassen.

Er wandte sich ab, wollte es jetzt ganz genau wissen.

Schnellen Schrittes verließ er seine Wohnung, angelte seinen Wahrnehmer vom Schuhschrank, knipste beim Gehen das Licht an, eilte den Gang entlang, das Treppenhaus hinab und hinaus in die Nacht. Über den Parkplatz trabte er, schlängelte sich zwischen den glänzenden Karren hindurch, ein Blick links, ein Blick rechts, kein Verkehr, ein paar Schritte, und schon war er auf der anderen Straßenseite.

Grellweiß leuchtete die Fensterfront seines Apartments, der lederne Sessel war trotz des feinen Regens bestens zu erkennen mit den Schränken der offenen Küche dahinter.

Dominik geißelte sich noch einige Atemzüge lang mit dem Anblick, bevor er sich aufmachte, um den Eingang zum Plattenbau zu suchen, der sich auf der anderen Seite des Grundstücks erhob. Die Klingelanlage war ausladend, ein Feld von einem Meter Breite und einem halben Höhe, unterteilt in Hunderte beschrifteter Namen. *Wutkowski* würde er unter ihnen vergeblich suchen, also patschte er mit der ganzen Hand in deren Mitte, schreckte zig Menschen aus dem Schlaf. Als die erste Stimme in der Gegensprecheinrichtung verschlafen fragte, wer da sei, knurrte er nur: »Konfessor!«, und die Tür öffnete sich summend.

Im Flur roch es nach der Erinnerung von Reinigungsmitteln und einem Hauch zentraler Belüftungsanlage. Einen der beiden Aufzüge rief er. Während er wartete, entschied er, mit dem

Idealfall zu beginnen: Viertes Stockwerk und gleiche Höhe zu seiner Wohnung. Von dort würde er sich einige Wohneinheiten nach links und rechts arbeiten, bis der Blickwinkel auf sein Apartment zu schräg wurde, dann ein Stockwerk nach oben und eines nach unten, wie eine Spinne, die ein Netz von innen nach außen spinnt. Irgendwann würde er Maleks Versteck finden.

Der Aufzug kam, Dominik trat ein und stand einem Konfessoren gegenüber. Egal, wohin er sah, der Mann in Schwarz erwiderte den Blick, die Wangen hohl und von Stoppeln grau, die Nase irgendwie nicht ganz gerade und geschwollen, die Mundpartie grimmig, die Augen umschattet, als hätten sogar die Augenringe schon Augenringe.

Dominik wandte sich von den verspiegelten Wänden ab, sah einzig auf die mattierten Metalltüren der Kabine. Dort reflektierte sich der Konfessor nur als Schemen und war ertragbar.

Die Kabine erreichte die vierte Etage.

Wenn er sich nicht verschätzte, müsste die Wohnung seiner exakt gegenüber rechter Hand liegen. Tatsächlich zweigte dort ein Flur ab, die Wohneinheiten nummeriert von 40 bis 49. Bei der 44 klingelte er als Erstes. Auf dem Namenschild stand kein Name.

Er wollte bereits den Wahrnehmer aus der Jackentasche holen, als es in der Wohnung rumorte und ein Zwei-Meter-Hüne die Tür öffnete.

»Salve!«, grüßte der bleiche Bärtige mit dem Rotstich im Haar. Unter einem über die Augen fallenden Pony linste er zu Dominik herab. »Kann ich behilflich sein?«

»Ja. Mit einem Blick zu Ihrem Fenster hinaus.«

Eine Augenbraue hob sich. »Die Aussicht ist nicht so prickelnd.«

»Das liegt im Auge des Betrachters.« Dominik drängte sich an dem großen Kerl vorbei, durchquerte den Flur und betrat den Wohnraum. Ein Fernseher mit Standbild tauchte ein Sofa in matten Schein, ein Computermonitor den hinteren Teil in grelles Weiß – eine Art Bürobereich. Ein Textverarbeitungsprogramm zeigte auf dem Monitor Zeile um Zeile. Ein blickdichter Vorhang verhinderte die Sicht hinüber zum Glaskollektivum.

Dominik riss ihn zur Seite, entblößte das grelle Rechteck seiner Wohnung gegenüber, nur leicht schräg versetzt.

»Und, zufrieden mit der Aussicht?« Der Große lehnte im Türrahmen des Flurs, den Kopf zwischen die Schultern gezogen, um ihn sich nicht zu stoßen.

»Ja.« Dominik schob den Vorhang zurück.

»Ihre Wohnung, nicht?«

»Ja.« Dominik blieb vor dem Kerl stehen, der den Weg in den Flur versperrte. »Sagen Sie: Ich suche einen neu Zugezogenen, männlich, Mitte dreißig, bärtig, maximal seit drei bis vier Monaten hier. Jemanden gesehen, auf den die Beschreibung passt?«

»Puhhh … hier ziehen ständig Leute ein und aus, ist ein Kommen und Gehen, aber ein Bärtiger ist mir tatsächlich aufgefallen. Der nimmt immer die Treppe anstatt den Aufzug.«

»Wie sieht er aus?«

Ein Zucken der Schultern. »Sportlich, kräftig, breit. Hat die prallen Einkaufstüten raufgetragen, als würden sie nichts wiegen.«

Das klang nach Malek – keinen Aufzug nutzen und immer schön in Bewegung bleiben. »Wohin rauf?«

»Höher als in den vierten zumindest, weil da bieg ich immer ab. Sie wissen schon: Unnötig muss man auch kein Fett verbrennen.« Ein Zwinkern unter dem Pony.

»Danke.«

»Dafür nicht.« Der Hüne vollführte einen laxen, militärischen Gruß und gab den Weg frei. »Ich helf gern.«

»Dann kommen Sie mit.«

»Ähh ... okay.«

Gemeinsam verließen sie die Wohnung. Dominik ging voraus. Statt dem Aufzug nahm er das Treppenhaus, immer zwei Betonstufen auf einmal in den fünften Stock. Unschlüssig blieb er vor der Nummer 50 stehen, doch kam er trotz des Wahrnehmers nicht um ordinäres Klingelputzen herum. »Sie warten«, sagte er zum Hünen, »und halten sich im Hintergrund.«

»Das kann ich gut.«

»Na dann.« Dominik beachtete den Kerl nicht länger und machte sich an die Arbeit.

In den Wohnungen 50, 51 und 52 öffneten relativ zügig die jeweiligen Bewohner und gewährten ihm einen Blick in ihre Privatsphäre. Nirgends eine Spur von Malek und Krenkel.

In der Wohnung 53 regte sich auch nach mehrmaligem Klingeln nichts. Dominik zückte den Wahrnehmer. Das Gerät sah aus wie ein zu dick geratenes Smartphone mit einem Display auf der Vorderseite. Die Rückseite presste Dominik gegen die Tür und aktivierte den Scan. Der Wahrnehmer sandte WLAN-Signale im Frequenzbereich von einem bis zehn Gigahertz aus und registrierte wie bei Radarwellen deren reflektierte Echos. Dominik musste etwa eine Minute warten, bis der Scan abgeschlossen war, dann zeigte der Wahrnehmer auf dem Display den groben Grundriss der Wohnung vor ihm mit eingezeichneten, lebenden Objekten. Es waren drei, davon einer ein Hund oder ein Baby. Dominik sparte sich ein drittes Klingeln und ging weiter zu Wohnung 54.

Eine gute halbe Stunde später standen sie zwei Stockwerke höher vor der Wohnungseinheit 72. Auf dem Klingelschild stand DERREK. Es öffnete niemand. Auch auf ein zweites Klingeln nicht. Es blieb ganz still. Dominik holte abermals den Wahrnehmer hervor und initiierte den Scan. Während er wartete, trommelten seine Finger gegen seinen Oberschenkel. »Komm schon!«, murmelte er, und endlich zeigte sich der Grundriss – bruchstückhaft. Hatte man die Wohnung durch Spezialtapete oder -farbe abgeschirmt?

Das Türblatt war relativ massiv, moderner Standard, nicht hübsch, aber zweckdienlich. Auftreten würde er sie nicht können, da brach er sich eher den Knöchel. Oder der Hüne die Schulter.

»Herkommen!«, befahl Dominik und steckte den Wahrnehmer ein.

Der Große trottete heran, sah zwischen ihm und der verschlossenen Tür hin und her. »Und jetzt?«

»Sie wiegen doch mindestens neunzig Kilo, oder?«

»Fünfundneunzig. Sag ja, paar Kilo too much.«

»Gerade richtig.« Dominik deutete auf die Tür. »Öffnen!«

»Haben Sie einen Schlüssel?«

Dominik schüttelte den Kopf und tippte dem Hünen auf die Schulter. »Sie kriegen die schon auf.«

Der Große schluckte. »Sollen wir nicht lieber den Hausmeister rufen?«

»Öffnen! Jetzt!« Dominik zückte die Pistole des Gardisten. Die Geste half; der Hüne winkte eiligst ab, besah sich die Tür, nahm Anlauf und warf sich dagegen. Es krachte laut, das Türblatt ächzte, hielt aber.

»Mehr Schwung!«

Mit schmerzverzerrtem Gesicht gehorchte der Hüne und warf sich ein zweites Mal dagegen. Diesmal legte er sein ganzes Körpergewicht in den Schultercheck. Unter lautem Bersten gab das Türblatt nach. Sogar das Schloss brach aus. Holzsplitter regneten herab, die Tür schwang nach innen, und der Hüne stolperte keuchend zwei Schritte hinein und stürzte auf die Knie. Sonst passierte nichts. *Zumindest keine Sprengfalle.*

Irgendwo weiter den Flur hinab, wo Dominik noch nicht

gewesen war, ging eine Tür auf, ein Kopf erschien und verschwand wieder.

Der Hüne rappelte sich auf. Seine Hose war zerrissen, und Blut schimmerte am Knie, doch er sagte nur: »Kann ich sonst noch behilflich sein?«

»Nein. Sie dürfen gehen.«

»Okay. Gut.« Der Hüne warf einen Blick in die dunkle Wohnung, schien fast erleichtert zu sein, nicht hineinzumüssen, und trottete davon. Dabei hielt er den Arm seltsam angewinkelt am Körper. Auch hinkte er, doch kein Kommentar kam über seine Lippen. Bevor er in den Aufzug trat, spähte er verstohlen zurück, bemerkte, dass Dominik ihm immer noch hinterhersah, und senkte hastig das Haupt. Dann war er verschwunden.

Dominik widmete sich der aufgebrochenen Wohnung. Ihm wallten etliche Gerüche entgegen: kalter Zigarettenrauch, Fäkalgestank, die Ausdünstungen alter Pizzaschachteln und allzu bekannte Schweißnoten, eindeutig von Malek.

Sicherheitshalber hob er die Pistole höher, obwohl er ausschloss, dass sein Bruder hierher zurückgekehrt war. Schussbereit drang er in die dunkle Wohnung vor, die identisch geschnitten war wie die von dem Hünen. Rechts zweigte eine geschlossene Zimmertür ab ins Bad. Daran hing ein sackartiges Gebilde aus Folien, aus dem ein Schlauch ins Wohnzimmer führte. Mit einer Gummilippe war der Türspalt abgedichtet. Die Umsicht gebot ihm, den Raum zu prüfen, um sicherzugehen, nicht plötzlich jemanden im Rücken zu haben, doch die Konstruktion zusammen mit dem Wissen, dass hier Malek und Erik Krenkel hantiert hatten, ließ ihn Vorsicht walten. Das war ein Fall für die Fachleute.

Also folgte Dominik dem Schlauch, Schritt für Schritt, und schob die Tür zum Wohnraum mit der Fußspitze auf.

Der Schlauch verschwand irgendwo hinter einem Sofa. Auf

einem flachen Couchtisch davor glänzten leere Bierflaschen neben zwei Suppentellern im Licht, das vom Flur hereinfiel. Daneben – auf einem Esstisch – standen Fläschchen, Destillen und Reagenzgläser. Es gab einen Gaskocher und einen Haufen glänzendes Chrom, dazu in einer Schale Nadeln und Spritzen, einen ganzen Haufen Spritzen. Von der Decke hing ein weiterer Plastikschlauch herab, mindestens zehn Zentimeter im Durchmesser, der an der Decke entlang in einen dunklen Durchgang führte, vermutlich in die Küche. *Und dort zum Dunstabzug.* Dominik brauchte kein Licht, er konnte sich auch so eine ähnliche sackartige Konstruktion aus Panzertape und robusten Müllbeuteln wie an der Badezimmertür vorstellen. Trotzdem schlich er zur Küchennische und spähte hinein. Eindeutig verlassen.

Wieder fokussierte er den Wohnraum. Es gab noch einen Bürobereich, abgetrennt mit einem Vorhang, und eine letzte Tür, die offen stand und den Blick in ein Schlafzimmer gewährte. Über ein Oberlicht drang Helligkeit vom Glaskollektivum herein, zeigte ein zerwühltes Bett, aber keinen Menschen. Die Wohnung war verlassen worden, das spürte er jetzt, *ohne geplant zu haben, jemals wieder zurückzukehren.*

Blieb der schwere schwarze Vorhang. Irgendwie Maleks Handschrift. Dominik erahnte, dass sich dahinter etwas verbarg, das ihm galt und nur schwer zu ertragen sein würde.

Seine Finger fanden den Lichtschalter. Das Plastik knackte. Aus dem Schwarz des Vorhangs wurde Dunkelblau. Er lockte ihn wie eine entfernte Stimme im Wald.

Dominik steckte die Pistole weg. Seine Ledersohlen knarrten auf dem Boden. Seine Finger berührten den groben Stoff. So verharrte er, atmete aus und ein, spürte die trocken werdenden Lippen vom Luftstrom und zog den Vorhang wie in der unteren Wohnung mit einem Ruck zur Seite.

Eine Isomatte, ein Stuhl, ein Schreibtisch und …

Seine Brust wurde eng, seine Beine weich. Drei Herzschläge lang schwankte er, begriff nicht, dann krallte er sich an den Vorhang, riss ihn halb aus den Plastikösen, als er taumelte und nur mit Mühe auf den Beinen blieb.

Sein Leben der letzten Monate tat sich vor ihm auf. Sein Bruder hatte es fast liebevoll bis ins Detail gesammelt, dokumentiert und visualisiert; das Leben eines Konfessors, nüchtern wie die Inhalte auf den krakelig vollgeschriebenen Notizzetteln, Ausdrucken und Bildern, die die Wände vom Boden bis zur Decke bedeckten. Ein Leben in Schwarz-Weiß. Ein Leben in Zahlen, in Tabellen, in Uhrzeiten. Ein Leben voller Routinen: um 6.45 Uhr aufstehen, um 6.55 Uhr einen Kaffee trinken, um 7.00 Uhr scheißen, um 7.10 Uhr mit dem Wagen in den Bunker fahren, differierend zurückkehren, duschen, essen, telefonieren und im Sitzen einschlafen. Ein Leben ausgedruckt in Tintenpisserqualität auf miesem 80-Gramm-Büropapier: er in einem weißen Sessel, in einem schwarzen Dienstwagen, in einer weißen Wohnung und in einem schwarzen Bademantel. Er mit der Pistole in der Hand, den Kopf auf die Brust gesunken. Sabberfäden.

Dominik stöhnte, so schmerzte es in seiner Brust. Er zwang sich trotzdem, sich aufzurichten und tief durchzuatmen. Dabei bemerkte er einen Farbklecks auf dem Bürotisch voller weiterer Zettel und Zeilen.

Mit zwei wackeligen Schritten war er dort, griff nach dem blutroten Streifen. Eine Billardkugel mit einer schwarzen Elf in der Mitte. Dominiks Finger schlossen sich um das glatte, kühle Phenolharz. Es wog mehr, als er in dem Moment halten konnte. Polternd fiel die Kugel zu Boden und rollte davon.

TEIL 4

Infiltration

Kapitel 32

München, Schwabing

Zum vierzehnten Mal glich Jannah die Uhrzeit ihrer Armbanduhr mit der in der Wagenarmatur ab und kam zum vierzehnten Mal zum selben Ergebnis: Das Supportteam war zu spät, mittlerweile siebzehn Minuten.

Das war so typisch.

Sie blickte hinaus in den Regen. Bindfadendick kam es seit einer guten Viertelstunde herunter, so massiv, dass sie durch die Frontscheibe überhaupt nichts mehr und durch die Seitenscheibe kaum mehr etwas sah. Immerhin hatte es auch etwas Gutes: Man bemerkte sie von außen ebenfalls kaum.

Von der feuchten, kühlen Luft lief ihr die Nase. Sie schniefte. Räusperte sich. Rieb sich über das Gesicht.

Achtzehn Minuten.

Wie lange sollte sie noch warten? Wie lange *konnte* sie noch warten? Das Zeitfenster war nicht unendlich. Irgendwann würde die Ablenkung durch den angekündigten Mordanschlag auf Kehlis vorbei sein, und auch ihre Zuversicht konnte bröckeln. Es war nur eine Frage der Zeit. Alles bröckelte irgendwann, selbst Stahlbeton.

Drei Tage lang hatte sie das Haus von Reba Ahrens beobachtet, war mehrmals mit dem Wagen vorbeigefahren oder per pedes vorbeispaziert und sogar einmal – als Mitarbeiterin eines Paketdienstes verkleidet – bis zur Haustür aufs Grundstück vorgedrungen. Sie war vorbereitet, soweit man sich auf eine solche Mission vorbereiten konnte, trotzdem hatte sie mehrfach den Zweifler in ihrem Ohr vernommen, unangenehm wie ein Tinnitus, nur eben in Form einer Stimme. Immer wenn sie nach einer Observationssession in das nahe gelegene Hotel zurückgekehrt war und sich in dem stillen Zimmer mit Bett, Sessel, Schrank und Allerweltskaufhausbild (Sonnenuntergang am Meer mit Palme) wiederfand, hatte sie besonders gern losgelegt: *Das ist doch Irrsinn! Jannah! Ich bitte dich, lass das! Denk noch mal darüber nach, ja? Dich zwingt doch keiner dazu. Man wird eine andere Lösung finden. Es gibt immer eine andere Lösung. Warum willst du das tun? Wo ist der Sinn darin? Du musst niemandem etwas beweisen! Du bist doch auch sonst eine harte Frau. Hart im Nehmen. Also, geh nochmals in dich, ja?* Und jedes Mal, wenn die Stimme zu penetrant wurde, hatte Jannah die Augen fest zusammengepresst, Daumen und Zeigefinger gegen die Nasenwurzel gedrückt und sich dann mit den Knöcheln der rechten Hand gegen die Schläfe gepocht.

Daraufhin war die Stimme verstummt, zumindest eine Zeit lang. Heute hatte sie zum Glück noch gar nichts gesagt. Das erleichterte das Bevorstehende. Fehlte nur ihr verdammtes Team. Wo blieben die?

Neunzehn Minuten.

»Und dann hat man natürlich auch kein Handy dabei.« Jannah lehnte den Kopf gegen die Nackenstütze, packte das Lenkrad mit beiden Händen und ließ die Schultern herabsinken, um die Muskulatur zu dehnen. Was sollte sie tun, wenn ihr Team nicht kam? Es konnten hundert Dinge passiert sein; ein Stau, ein Motorschaden, ein geplatzter Reifen, Blitzeis, eine Gardekontrolle. Bei letzterem Gedanken lief es ihr kalt den Rücken hinab. Wenn ihr Team aufgeflogen war, würde hier jeden Moment die Post abgehen. Sie konnte nicht länger warten.

Aber sie würde. Zumindest noch ein wenig. Sie entschied sich für insgesamt sechzig Minuten Wartezeit, dann würde sie den Plan durchziehen. Sie hatte alles Nötige dabei und konnte es allein schaffen. Sie konnte zwar danach nicht mehr aufräumen, was unter anderem das Team hätte tun sollen, aber *fuck it*.

Wirklich? Warum hast du dann vorhin im Hotel die Bettdecke glatt gestrichen? Warum hast du die geleerte Wasserflasche in den Mülleimer gestellt? Warum den feuchten Duschvorleger an die Heizung gehängt?

Jannah schloss die Augen. »Ruhe!«

Ja, das würde dir gefallen, aber hast du das alles wirklich durchdacht? Alle Konsequenzen durchgekaut? Alle Szenarien durchgespielt? An die anderen gedacht? Ich mein, irgendwo da draußen ist noch Malek auf der Jagd nach seinem Bruder. Malek. Ich mein, Malek Wutko…

Jannah verzog wie bei einem Migräneanfall das Gesicht, um sich gleichzeitig mit den Knöcheln hart gegen den Schädel zu klopfen, knapp oberhalb der Schläfe. Es pochte laut. Hallte nach. Hallte nach. Hallte nach.

Sie atmete aus, lauschte, hörte nichts, packte wieder das Lenkrad mit beiden Händen, drückte so fest zu, dass ihre Knöchel weiß hervorstachen.

So blieb sie sitzen, bis die Kälte an ihren Fingern unangenehm wurde. Sie nahm die Hände vom Kunststoff und hauchte in die hohle Hand. Öffnete die Augen. Blickte hinaus in den Regen, und obwohl da nur Schlieren über das Fenster krochen, sah sie doch die mit Efeu überwucherte kleine Villa – und sich selbst mit dem Rucksack und der Kühlbox durch das Gartentor schlüpfen und den schmalen Weg bis zur Haustür laufen. Eine einsame Frau in der regenschweren Dunkelheit der Nacht, mit am Kopf klebendem Haar, kaum zu erkennen vor der dusteren Hausfassade.

Lichter erregten ihre Aufmerksamkeit. Ein Wagen näherte sich, fuhr langsam an ihrer Parkbucht vorbei, doch es war nicht der Transporter des Supporteams, sondern ein roter Sportwagen. Er glitt noch einige Meter weiter, wendete in einer Einfahrt und kam zurück. Direkt gegenüber von Jannah hielt er am Straßenrand.

»Nein. Du wirst nicht ausgerechnet heute Besuch bekommen.«

Die Wagenlichter erloschen, die Fahrertür wurde aufgestoßen, und eine Gestalt stieg aus.

Jannah versuchte, durch die regennasse Scheibe mehr zu erkennen, aber die menschliche Gestalt blieb nur eine Gestalt. Sie riskierte es und ließ die Scheibe ein paar Zentimeter herab. Sie musste wissen, wer das war und wohin er wollte.

Es war ein älterer Herr, der sich eine Jacke über den Kopf hielt und hastig eine Lehrertasche von der Rücksitzbank holte. Während Regen zum Fensterschlitz hereinspritzte, beobachtete Jannah, wie er damit zum Gehsteig eilte und zwei Grundstücke weiter durch ein Gartentürchen verschwand.

Das ließ sie durchatmen. Dort konnte er schön bleiben. Nicht auszudenken, um wie vieles ein Gast den Plan erschwert hätte. Reichte schon, dass ihr verdammtes Team nicht da war.

Sie ließ die Scheibe wieder nach oben gleiten und strich sich Regenspritzer zusammen mit einer Haarsträhne aus der Stirn, die sofort wieder zurückfiel und ihr ins rechte Auge pikste. Sie brummte. Die neue Frisur war furchtbar, aber was sein musste, musste sein. Sie sah auf die Uhr.

Noch achtunddreißig Minuten.

Zu viel Zeit für Gedanken.

Kapitel 33

Unterwegs in Bayern

Auf dem Weg nach Norden öffnete der Himmel seine Schleusen – erst erfüllte feiner Sprühnebel die Luft, dann klatschten dicke Tropfen auf die Scheibe, und schließlich wehten Wassersalven vom Himmel herab, denen die Scheibenwischer kaum beikamen. Sie hätten eh ausgetauscht gehört, quietschten hin und her, verschmierten die Rücklichter der Autos vor ihnen zu roten Schlieren.

Malek regelte an der Heizung herum. Von der Rücksitzbank ertönte leises Schnarchen; Erik hatte seine Jacke zusammengerollt, sie sich wie ein Nackenhörnchen um den Hals geschlungen und war eingeschlafen. Hendrik blickte vom Beifahrersitz hinaus in die Nacht. Er hatte tatsächlich hyperventiliert, bis Erik eine JK's-Fastfoodtüte im Wagen gefunden und sie ihm mit dem Kommentar vors Gesicht gehalten hatte, er solle schön in die prächtige Papierrosette atmen. Hendrik hatte geatmet, und während sich das Papier raschelnd blähte und zusammenzog, war die Panikattacke abgeebbt und der blonde Rebell ruhiger geworden. Seitdem wirkte er ein wenig blass, schwieg und war mit den Gedanken sicher bei einem Objekt in seinem Körper, das gerade einmal ein paar Milliardstel Meter groß war und seinen Untergang bedeuten konnte.

Außer Wendland findet eine Lösung. Malek war mit ihm verabredet, knapp vierzig Kilometer vor Nürnberg auf einem Rastplatz. Dann würden sie weitersehen.

Endlich kam es wärmer aus den Lüftungsschlitzen. Malek justierte den Luftstrom nach, damit er ihn ins Gesicht traf, und bemerkte, dass Hendrik ihn über die Spiegelung im Glas beobachtete. »Geht's wieder?«, fragte er leise.

Hendrik zuckte mit den Schultern. »Wie würde es dir gehen, wenn du so 'nen Dreck da drin hättest?« Er tippte sich gegen die Brust.

Wahrscheinlich genauso beschissen. »Die finden eine Lösung.«

»Ja? Mit *die* meinst du Vitus und Fossey? Die haben doch gar keine Zeit dafür. Der Bot ist schon da drin! *Da drin!*« Hendrik schlug sich mit der Faust gegen das Brustbein, bevor er den Kopf gegen die Nackenstütze sinken ließ. »Ach scheiße, Mann! Da dachte ich, mit der Blockerkapsel endlich safe zu sein, und dann das. War klar, dass es mich früher oder später erwischt, aber doch nicht so!«

»Wie hast du's dir vorgestellt?«

»Keine Ahnung. Sinnvoller irgendwie. Heroischer. Früher hätte man gesagt: mit 'nem Schwert in der Hand.«

»Ich würde lieber mit meinem Pimmel in der Hand sterben, voll erigiert und sechsundachtzig Jahre alt.« Eriks Kopf schob sich zwischen den Nackenstützen nach vorn. Offenbar hatten sie ihn geweckt. »Aber ich will niemandem seine edlen Absichten madig reden. Leute wie dich muss es auch geben.«

»Was bin ich denn für einer?«

»Ein Patriot? Zumindest einer, der für seine Überzeugungen einsteht.«

Hendrik schnaubte. »Ist das dein Motto? Irgendjemand anderes richtet es schon?«

»Nicht *jemand* anderes, sondern die *Richtigen*. Jeder hat eigene Fähigkeiten, und meine liegen nicht unbedingt im Kampf an vorderster Front gegen ein Regime. Genauso wenig wie im Sozialen. Ich könnte keinem alten Knacker die Kacke vom Hintern wischen, aber auch solche Leute braucht es.«

»Und was hat das eine mit dem anderen zu tun? Das ist doch völliger Schwachsinn!«

»Er redet gern«, ging Malek dazwischen.

»Ja, ja.« Erik winkte ab. »Ich weiß schon: ich und meine Schnauze. Aber so viel Geschwätz kommt da gar nicht raus, wie ihr immer glaubt. Ich mein's ernst: Eine Aufgabe sollte im Idealfall die dafür am meisten geeignete Person übernehmen, denn dann erzielt man das bestmögliche Ergebnis. In der Realität ist das nur meistens nicht so, da landen Vollpfosten in Positionen, wo sie völlig fehl am Platz sind: Landschaftsgärtner werden Friseure, Metzger Chirurgen und Sadisten Lehrer. In eurer tollen Rebellion könnt ihr das anders angehen. Versteht ihr? Da können Fachleute auf ihren Spezialgebieten tätig werden. Ihr könnt *effizient* arbeiten.«

»Und was ist dein Spezialgebiet?«, fragte Hendrik spitz. »Drogen panschen und dumm daherlabern?«

Erik lächelte. »Mag so aussehen, Junge, aber in Wahrheit durchschaue ich komplexe Systeme und löse kniffelige Aufgaben. Und entweder kommst du mir jetzt noch mal dumm und ich verliere die Lust, dir zu helfen, um meine Ruhe zu haben, oder wir reden über dein Problem.«

»Über den Nanobot?«, fragte Hendrik vorsichtig.

»Den du wohl oder übel eingeschnauft hast. Das ist gegeben. Wie bei den Transferaufgaben früher in der Schule. Da hat man zuerst aufs Papier geschrieben: *gegeben*, und darunter: *gesucht*. Was ist bei dir gesucht? Was ist dein Kernproblem mit dem Bot?«

Malek antwortete an Hendriks Stelle: »Das Tracking.«

»Und in der Folge?«

»Bewegungsunfähigkeit«, sagte Hendrik. »Ich werde auffliegen und von der Garde geschnappt.«

Erik nickte zufrieden. »Bevor das aber passiert, muss der Bot deine Position melden. Und das ist laut Dominik das Einzige, was der Bot kann. Er bringt dich nicht selbst um, er vergiftet dich nicht oder sonst irgendeinen Mist. Nüchtern betrachtet trägst du ein paar Atome mehr mit dir rum. Es bleibt das Tracking. Ein Fokus. Super. Wie lösen wir das Problem? Rausbekommen werden wir den Bot vermutlich nicht so schnell aus deinem Körper, okay, dann bleibt er eben drin. Es gibt aber noch eine andere Option: das Tracking unterbinden.«

Hendrik musterte Erik mit gefurchter Stirn. »Und wie bitte?«

»Keine Ahnung, aber überleg mal logisch: Der Bot ist tausendmal kleiner als ein Mückenschiss, kann also keine Sendeleistung wie ein Handymast haben. Außerdem sprach Dominik von *reflektieren* und einem *Ping*. Vermutlich sendet das Regime irgendwie ein Signal aus, das der Bot reflektiert und das dann empfangen wird. Er kann möglicherweise gar nicht selbst senden. Und da tut sich eine klare Lösungsmöglichkeit deines Problems auf: Dich in irgendeiner Weise abschirmen, sodass der Ping dich entweder nicht trifft, oder es so anstellen, dass die Reflexion nicht empfangen werden kann. Okay? Verstanden?«

Hendrik nickte langsam.

»Dann ist ja gut.« Erik lächelte zufrieden. »Über alles Weitere kannst du selbst sinnieren oder mit Fachidioten reden, da bin ich technisch nicht versiert genug. Aber bitte mach das leise. Ich hab Kopfschmerzen von dem ganzen Abend, von dem Geballere, den berstenden Scheiben, dem Blutverlust, dem Drecksklebeband und dem Regen – und euer Gesülz macht's nicht besser. Ich würd gern noch pennen, bis wir bei dem Rastplatz angekommen sind. Wie weit ist es noch?«

»Knapp hundertfünfzig Kilometer«, antwortete Malek.

»Gut. Mindestens noch eine Stunde, eher mehr. Also: *Pssst!*«

Mit dem Zeigefinger über den Lippen verschwand Eriks Kopf, Stoff raschelte und schon schnarchte es wieder nach vorn.

Malek und Hendrik tauschten einen Blick. Etwas wie Hoffnung glänzte in den Augen des Rebellen.

Vielleicht lässt es sich wirklich lösen, sagte Malek stumm, hoffte es, glaubte es aber nicht, und konzentrierte sich wieder auf den Verkehr, auch wenn der lachhaft war.

So spulten sie in Schweigen gehüllt die Kilometer herunter, bis sich die Ausfahrt zum vereinbarten Treffpunkt hinter einer lang gezogenen Kurve zeigte.

Der Rastplatz war überschaubar. Mittig gab es ein quadratisches Toilettenhäuschen, die Türen für Frauen und Männer wurden von zwei nackten Glühlampen erhellt, in deren Lichtkegeln der Regen Streifen zog. Links und rechts davon reihten sich Parkplätze für Pkws aneinander, gegenüber der Einfahrt größere für Lkws. Nur drei Vierzigtonner parkten darauf. Zu sehen war niemand.

Malek steuerte den Kombi an den Rand der Pkw-Parkplätze und stellte den Motor ab.

»Sind wir da?«, fragte Erik schläfrig von hinten und gähnte ungeniert.

»Ja.«

»Nur unser Taxi nicht.« Hendrik musterte die Lkws und schüttelte den Kopf. »Werden schon bald aufschlagen.«

»Mit einem Lieferwagen?«

»Ich denke. Die sind hinten komplett dicht, damit man nicht rausschauen kann. Wegen der Lage der Basis. Zumindest haben wir es bisher so gehandhabt.«

Das erstaunte Malek. »Du weißt also auch nicht, wo sich die neue Basis befindet?«

»Tatsächlich nicht. Ich bin auf einem öffentlichen Parkplatz ausgesetzt worden, wo mein Wagen stand. Sicherheitsmaßnahme. Nur ganz wenige kennen die Lage der neuen Basis.«

»Klingt wenig praktikabel.«

»Ist auch nicht leicht zu handhaben, aber so schnell findet sich einfach keine Ausweichbasis mit der nötigen Infrastruktur mehr. Ich war erstaunt, dass das beim letzten Mal funktionierte. Vitus hat uns alle mit der neuen Location überrascht.«

Ja, Wendland ist nicht zu unterschätzen. Malek deutete zur Auffahrt, wo sich zwei Lichtkegel zeigten, die durch den Regen schnitten. »Vielleicht sind sie das.«

Hendrik sah über die Schulter. »Ja, vielleicht.«

Ein weißer Lieferwagen näherte sich dem Toilettenhäuschen, wurde langsamer, rollte im Schritttempo die letzten Meter heran und hielt drei Parkbuchten neben ihrem Kombi. Das Fahrtlicht erlosch, das Standlicht blieb. Einige Sekunden passierte gar nichts.

»Und?«, fragte Erik angespannt. »Brauchen wir die Schießeisen?«

Das Innenraumlicht im Transporter ging an. Hinterm Steuer saß eine Frau mittleren Alters mit kupferrotem Haar und blickte grimmig zu ihnen heraus.

Malek ließ die Hand sinken, die zur Pistole in seinem Holster gewandert war. »Nein.«

»Die wird sich freuen, dich zu sehen«, sagte Hendrik, während er die Hand zum Gruß hob.

Und Malek sagte: »Dito.«

Die Majorin nickte ihnen entgegen und stieg aus. Sie rannte nicht über den Parkplatz, sie beeilte sich nicht einmal, obwohl es immer noch kräftig regnete. Ganz gelassen kam sie zum Beifahrerfenster, beugte sich zu ihnen herab. Hendrik ließ es nach unten surren.

»So sieht man sich wieder.« Regen tropfte von ihren nassen Haarsträhnen. Barbara Sterlings Blick gehörte nur Malek.

Der nickte.

»Ihr könnt schon mal drüben einsteigen«, fuhr sie fort. »Hinten rein. Ihr werdet erwartet. Ich sichte derweil euer Gepäck und sortiere aus.«

»Wie besprochen«, entgegnete Malek.

Die Majorin nickte. »Keine Handys, keine Lifewatch, keine Peilsender. Der Rest ist mir ziemlich egal.«

Malek deutete mit dem Daumen über die Schulter. »Im Kofferraum liegt der Besitzer des Wagens. Vermutlich mittlerweile wach. Keine Ahnung, ob intolerant. Nur zur Info.«

»Ich kümmere mich um ihn. Und jetzt aussteigen, einer nach dem anderen! Antreten zur Leibesvisitation!«

Malek runzelte die Stirn, hielt den Blickkontakt noch einen Moment aufrecht, dann stieg er als Erster aus. Der Regen war eisig und durchnässte seine Schultern bis auf die Haut, während die Majorin ihn filzte. Trotzdem wartete er, bis auch die anderen beiden fertig untersucht worden waren, dann machten sie sich zu dritt zum Heck des Lieferwagens auf.

Im Inneren war es angenehm warm. Der einzige Anwesende, Vitus Wendland, schien trotzdem zu frieren. Er saß verloren in seinem fixierten Rollstuhl am Kabinenende neben einer Sitzbank mit vier leeren Plätzen, dick eingepackt in eine Daunenjacke und mit einer Wolldecke über den Beinen. Als sie hereinkletterten, lächelte er, wenn auch müde, verhalten und ohne Freude. »Weitere Schäfchen kehren zur Herde zurück.«

Erik stieg gerade als Letzter ein und sagte: »Da kann ja noch jemand so dumme Sprüche klopfen wie ich. Guter Gott, steh uns bei!« Er schloss die Tür.

Die Mundwinkel des Datenbarons kletterten marginal höher. »Das kann nur Erik Krenkel sein.«

»Und Sie sind dieser Datenbaron. Hab Sie mir irgendwie … anders vorgestellt.«

»Ich mir den Fuchs auch.« Wendland wandte sich Hendrik zu, die Augen voller Sorge, und fokussierte zuletzt Malek. »Jedes Ihrer Worte ist wahr, oder?«

»Wenn mein Bruder nicht gelogen hat.«

»Was unwahrscheinlich ist bei einem Konfessor erster Generation.« Sein Blick glitt wieder zu Hendrik. »Dann kannst du vorerst nicht mit zurück.«

Der blonde Rebell schluckte schwer, nickte aber, als hätte er es geahnt. »Wohin soll ich dann?«

»Du hast zwei Möglichkeiten: eine Wohnung in Nürnberg, die als geheimer Unterschlupf zur Verfügung steht, oder unsere alte Basis.«

Der blonde Rebell überlegte nicht lange. »Die alte Basis. Dort kann ich mich in den Kelleretagen am ehesten abschirmen.«

»Abschirmen?«

Hendrik erklärte knapp, was sie wussten, und fügte Eriks Lösungsansatz hinzu. Daraufhin herrschte Stille, untermalt vom Trommeln des Regens auf dem Wagendach.

»Dann ist die alte Basis tatsächlich die beste Wahl. Du fährst direkt dorthin – kannst du euren Fluchtwagen nutzen? Ja? Okay. Dann kommst du problemfrei hin. Die Notfallversorgung läuft, Strom hast du also, und alles andere lasse ich dir liefern; Verpflegung, Medikamente, Klamotten, Technik. Stell dich auf einen längeren Aufenthalt ein, möglicherweise können wir keine schnelle Lösung finden, aber …«

»Schon klar, Chef.«

Wendland lächelte väterlich. »Wenn du was brauchst, du weißt, wie du mich erreichst.«

»Ja.«

»Gut. Eine Sache noch.« Er winkte seinen Schützling zu sich und bat ihn, sich zu ihm herunterzubeugen, damit er ihm etwas ins Ohr flüstern konnte.

Es dauerte nur kurz, doch als Hendrik sich wieder aufrichtete und seinem Chef einmal zur Bestätigung zunickte, schimmerte es feucht in seinen Augenwinkeln. Dann ging er zur Heckklappe. Mit der Hand am Griff verharrte er und sagte zu Malek: »Vielleicht hast du mir schon wieder das Leben gerettet. Toll. Ich dachte, wir wären quitt.«

Malek zuckte mit den Schultern. »Du wirst dich sicher revanchieren können.«

Der blonde Rebell nickte, öffnete die Tür und verschwand hinaus in den Regen. Das Schloss fiel klackernd in die Verriegelung.

Einige Sekunden blieb es still, bis Wendland seufzte und sagte: »Nun denn, meine Herren, wir werden aufbrechen, sobald Barbara euer Gepäck gesichtet hat.«

»Dürfte nicht lang dauern.«

»Mag sein, trotzdem wird sie es penibel tun. Da uns Kehlis immer mehr bedrängt, müssen wir vorsichtig sein. Extrem vorsichtig. In allen Belangen.«

»Weswegen auch Jannah nicht kontaktierbar ist?«

»Unter anderem.« Ein ausweichendes Kopfsenken.

Malek ließ das nicht durchgehen. »Geht's genauer?«

Wendlands Kopf kam wieder hoch. »Was wollen Sie hören? Ordinärer Funk ist mittlerweile unbrauchbar, und selbst die geschützten Handygespräche werden gefährlich. Unsere Verschlüsslung ist zwar noch sicher, aber es ist nur eine Frage der Zeit, bis Kehlis' Team auch die geknackt hat.«

Malek musterte den Datenbaron unverhohlen. »Sie wissen aber, wo sie ist. Sie haben ihren Einsatz mitgeplant wie jeden anderen auch. Wir können direkt zu ihr fahren.«

»Werden wir aber nicht.«

Weil Sie es nicht wollen. Es stand so klar in Wendlands Gesicht, als hätte er es sich mit Filzstift auf die Stirn geschrieben. Malek fragte sich, warum. Weshalb könnte Vitus Wendland nicht wollen, dass man Jannah, die Tochter der Majorin, rettete? War die Mission so wichtig, dass man das Risiko eines Trackings einging? Welche Mission konnte so existenziell sein, dass sogar Jannahs Mutter das Wohl ihrer Tochter riskierte? Oder wusste sie noch gar nichts davon?

»Vergessen Sie es, Wutkowski«, sagte Wendland abermals. »Ich sehe, wie es in Ihrem Hirn rattert, aber die Entscheidung steht fest.«

»Tut sie das?«

»Ja.«

»Man kann Entscheidungen revidieren. Hängt von den Bedingungen ab.«

Der Datenbaron hob eine Augenbraue. »Ach kommen Sie, Wutkowski. Wollen Sie mir eine Knarre an den Kopf halten? Nur zu! Ich werde Ihnen trotzdem Jannahs Aufenthaltsort nicht verraten. Die Sache ist größer als Sie, größer als ich, bedeutender als unser aller Leben hier in diesem Transporter. Wir haben eine einzigartige Chance, und die werden wir nicht leichtfertig vergeuden, auch nicht wegen dieses eventuellen Trackings.«

Hinter Malek und Erik knackte die Tür. Zwei regennasse Reisetaschen wurden hereingeschoben, dann folgte Barbara Sterling. Das Haar hing ihr tropfnass ins Gesicht, wirkte wie feuchter Rost. In den Händen hielt sie das Gegengiftetui.

»Was ist das?« Sie klappte es auf und zeigte die beiden Spritzen im Inneren.

»Ein Vitaminkomplex«, log Erik.

Die Majorin furchte die Stirn, suchte Maleks Blick. »Wir fahren erst ab, wenn das geklärt ist, oder ich werfe alles draußen in eine der Toiletten und spül es runter.«

Malek antwortete nicht, dafür Vitus Wendland: »Ach, nein! Ist es das, was ich denke? Sie beide haben es trotz meiner eindrücklichen Warnung angegangen und geschafft?«

»Und wenn?«

Der Datenbaron lachte. »Tatsächlich! Ein Gegengift zu Neodiamin. Unglaublich! Haben Sie es schon getestet, Wutkowski? Vermutlich, wenn Sie Ihren Bruder schon in Ihrer Gewalt hatten! Wie sonst wären Sie an die Infos mit dem Anschlag und dem Tra*cking* ge…« Der Datenbaron verstummte plötzlich.

Malek folgte Wendlands Blick zu Barbara Sterling. »Er hat es Ihnen nicht gesagt?«

Das Flackern von Unverständnis und Argwohn in den Augen der Majorin war an sich schon Antwort genug, das kurze »Was?« bestätigte seine Vermutung.

»Tun Sie das nicht, Wutkowski!«, warnte Wendland.

Doch Malek musste gar nichts mehr tun; die Majorin legte das Etui beiseite und fixierte Wendland. »Was wird hier gespielt, Vitus?«

»Überhaupt nichts. Ich kümmere mich nur um den Erfolg der Rebellion.«

»Ohne Zweifel.« Die Worte hätten Galle sein können. Ihr Blick heftete sich auf Malek. Wie grünes Feuer loderte es um ihre Pupillen. »Was hat er mir nicht gesagt?«

»Dass sich Jannah und Hendrik bei der Baubehördenmission einen Prototyp des Nanobots der zweiten Generation über die Atemluft eingefangen haben. Beide sind in absehbarer Zeit ortbar – über den Bot in Verbindung mit dem eigenen Blut.«

Die Majorin zeigte keine Regung, blinzelte nicht einmal.

»Barbara!«, flüsterte Wendland. »Mach jetzt keine Dummheiten. Wir haben das Problem unter Kontrolle.«

»Deswegen hat Thämert gerade gesagt, es müsse noch was erledigen«, sagte sie zu sich selbst, dann musterte sie Wendland. Ihre Stimme war gespannt wie ein Stahlseil kurz vorm Reißen. »Wann hattest du vor, mir von dieser *Kleinigkeit* zu erzählen?«

»In der Basis. Ich hab es auch erst vor gut zwei Stunden am Telefon von ihm erfahren. Ich hatte noch keine Zeit, alles zu durchdenken!«

»Vor zwei Stunden … und du hast das Problem unter Kontrolle?« Das Stahlseil ächzte.

»Ja! Wir bekommen es unter Kontrolle.«

Oder auch nicht. Malek sah die Worte deutlich auf Wendlands Lippen, auch wenn der Datenbaron sie nicht aussprach.

»Bekommen. Das Problem.«

»Ja! *Barbara!* Lass uns erst mal zurückfahren und alles im Rahmen einer Quartettsitzung besprechen. Ich brauche Carls Meinung dazu, er kann sehr schnell einschätzen, wie gefährlich dieser Bot wirklich ist. Danach entscheiden wir. Gemeinsam! So, wie wir das vereinbart haben.«

»Das Problem, von dem du redest, ist *meine* Tochter!«

»Und an ihr hängt der Erfolg der Mission! Wir dürfen jetzt nicht panisch werden und den Kopf verlieren. Gib uns die Zeit, in Ruhe darüber zu reden! Von mir aus mit den beiden hier, die die Infos aus erster Hand haben.«

Barbara funkelte Wendland für die Dauer dreier Herzschläge an, dann wandte sie sich wieder an Malek. Ohne die Galle in der Stimme fragte sie: »Was bedeutet *in absehbarer Zeit?*«

»Mein Bruder sprach von Tagen, bis sich der Bot zusammengesetzt hat. Wie lange ist diese Baubehördenmission her?«

»Zu lange.« Die Majorin sah kurz auf ihre Uhr, bevor sie zum Datenbaron sagte: »Ich gebe dir zwei Stunden, dann werde ich tätig. Als Mutter. Also: Ruf Sean und Carl an und warne sie vor, dass wir uns zusammensetzen, sobald wir zurück sind!« Ihre Stiefelabsätze pochten auf dem Boden, die Heckklappe knallte hinter ihr in die Verriegelung, und der Motor startete keine zehn Sekunden später.

Wendlands Stimme war in dem Brummen nur ein Wispern: »Was haben Sie da wieder angerichtet, Wutkowski?«

»Ich?« Malek sank gelassen auf die Sitzbank, verschränkte die Hände hinterm Kopf. »Das haben Sie sich selbst zuzuschreiben.«

Kapitel 34

München, Schwabing

Noch sechs Minuten.

Jannah rutschte von der linken Arschbacke auf die rechte und wieder zurück. Sie sah in den Außenspiegel links, in den Rückspiegel, in den Außenspiegel rechts, und zurück zum Haus. Ihre Hände formten sich zu Fäusten und öffneten sich wieder. Sie waren kalt und hätten jemand anders gehören können.

»Okay«, sagte sie laut. »Dann ohne euch. Ich zieh's jetzt durch!« Sie hatte fünfundfünfzig Minuten gewartet, was angesichts ihrer Geduld einem Wunder glich. Ihre persönliche Grenze war überschritten, und je länger es dauerte, desto mehr Raum für Zweifel gab es, und davor musste sie sich schützen. Musste realistisch bleiben. Was auch immer das Supportteam aufgehalten hatte, schien gravierend zu sein. Vielleicht würde es gar nicht mehr kommen.

Der Regen stürzte sintflutartig vom Himmel und rauschte laut auf dem Wagendach. Jannah fand, dass das nur positiv für sie war. Das Wetter dämpfte ungewollte Geräusche, verbarg und verschleierte ihr Tun.

Sie schloss den Reißverschluss ihrer Jacke, angelte ihren Rucksack vom Rücksitz und verharrte mit ihm vor der Brust, eine Hand am Griff der Wagentür. Der Moment erinnerte sie an die Beerdigung ihres Vaters. Sie hatten ihn auf dem Gelände der alten Rebellenbasis bestattet, irgendjemand hatte eine Grube ausgehoben, hinten an der Trauerweide. Ein Kreuz gab es nicht, dafür gleich drei dicke rote Grabkerzen. Warum es drei waren, hatte sie nie hinterfragt, aber es war eines der Details, die sich fest in ihren Erinnerungen eingegraben hatten. Auch dass es zum Leichenschmaus Königinnenpasteten mit Kalbsragout in der Kantine gegeben hatte – das Lieblingsessen ihres Vaters. Richtig cremig, mit viel Weißwein, Zwiebeln, Champignons und Erbsen. Den Geschmack konnte sie heute noch beschwören, nur hatte er etwas Bitteres bekommen. Genauso wie das Gefühl des Alleinseins. Es war in ihrem damaligen Zimmer gewesen, sie allein, die Hand am Türgriff, bevor sie hinausmusste, um die Beerdigungszeremonie nicht zu verpassen. Dieser kurze Moment, in dem man sich fragt, ob man das wirklich will, und man Ja und Nein gleichzeitig antwortet. In dem man wegrennen will, sich verstecken und doch die Tür öffnet und sich dem Unausweichlichen stellt.

Im Fußraum bemerkte Jannah die Verpackung eines Müsliriegels, den sie vorhin gegessen hatte, um überhaupt etwas zu tun. Das beschichtete Papier war aus der Mittelkonsole gefallen. Jannah bückte sich danach und schob es in den leeren Kaffeebecher, der in der Getränkehalterung steckte.

Dann nickte sie und stieg aus.

Die Limousine war geräumig, das Sitzbankleder samtig, die Musik dezent – Chill-out, ein wenig Neunziger, aber irgendwie modern interpretiert. Reba gefiel es. Noch mehr gefiel ihr, allein mit Johann zu sein, ihrem Retter, ihrem Heiland. Weniger jedoch, was sie zu besprechen hatten.

»Carl hat die Schreibersoftware dupliziert?«, fragte Johann und klang fast wie Nummer Eins.

»Eindeutig. Daran besteht kein Zweifel.«

Stille, das Rauschen der Räder auf dem Asphalt, eine Bodenwelle. »Auch modifiziert?«

»Zumindest hat er die Fallbacks unbenannt.«

»Was eine Modifikation darstellt.«

»Ja.«

»Weshalb könnte er das getan haben?«

Reba senkte den Kopf. »Ich dachte …«

»Dass ich es Ihnen sagen könnte.« Johann seufzte, wobei das Leder knarrte, als er sein Gewicht verlagerte. »Carl hat schon immer experimentiert. Er ist von Neugierde getrieben wie ich, aber das wissen Sie selbst aus Ihrer Zeit bei SmartBrain. Insofern verwundern interdisziplinäre Forschung und andere Tätigkeitsfelder seinerseits nicht, aber … Wie würden Sie auf einer Skala von null bis zehn seine Programmierkenntnisse einschätzen? Zehn entspricht Ihren Fähigkeiten.«

Reba blies die Wangen auf. »Eine sechs. Er hat die Software fehlerfrei kompiliert, er hat ordentlich gearbeitet, an einer Stelle sogar bei der Algorithmik auf die Performance geachtet. Das war gut gemacht.«

»Gut gemacht«, wiederholte Johann leise. »Was sagt uns das?«

»Dass er sich umfassend in die Materie eingearbeitet hat.«

»Genau. Das ist beängstigend.«

Vorsichtig fragte sie: »Weshalb?«

»Betrachten Sie es logisch: Auch Carls Tag hat nur vierundzwanzig Stunden. Er schläft zwar meist nur drei bis vier und hat keine äußeren Störfaktoren wie Haushalt, Lebenspartnerschaft oder Sonstiges, aber wann hatte er neben seiner Nanoforschung die Zeit, sich so umfangreich mit Codierung zu beschäftigen? Er muss sie von anderen Arbeiten abgezweigt haben, was bedeutet, er hat seine Pflichten mir gegenüber vernachlässigt.« Johanns Stimme wurde schärfer. »Und das ist nicht zu tolerieren, entspricht einem Vertrauensbruch sondergleichen. Er hat mich hintergangen! Er hat …«

Bevor Johanns berühmtes Temperament überschäumte, folgte Reba ihrer Intuition, setzte sich direkt neben ihn und sagte: »Ihre Konfessoren werden ihn fassen.« Ihr Knie berührte seines. »Sie werden ihn einfangen und vor Sie schleifen. Dann werden Sie ihn zur Rechenschaft ziehen. Sie haben völlig recht: Einen solchen Vertrauensbruch kann man nicht durchgehen lassen.« Ihre Hand lag plötzlich auf seinem Oberschenkel. Der Anzughosenstoff war glatt wie Seide, und ihre Stimme ein Flüstern: »Sie werden ihn kriegen, und ich werde Ihnen beweisen, dass er Sie hintergangen hat.«

Er hatte ihr den Kopf zugewandt und musste sie direkt ansehen. Sein Atem strich ihr über das Gesicht. »Reba.«

Seine Hand berührte ihre. Seine Hand berührte ihre! Was kam als Nächstes? Würde er sich zu ihr herüberbeugen und sie küssen? Wenn sie ihn doch nur sehen könnte!

Der lautstarke Fluch des Fahrers – gedämpft bei ihnen im Heck zu hören – zerstörte den Moment. Gleichzeitig bewegte sich die Limousine seitwärts. Rebas Magen krampfte sich zusammen, und sie suchte instinktiv Halt in der zur Seite gleitenden Dunkelheit. *Das Heck bricht aus,* realisierte sie. *Wir kommen ins Schleudern!*

Johann keuchte neben ihr. Seine Muskeln spannten sich. »Willner!?«, schrie er nach dem Fahrer. »Was ist los?«

»Festhalten!«, brüllte der nach hinten. Ein Beben ging durch die Limousine – vermutlich steuerte Fränky gegen, seine einzige Hoffnung, das Fahrzeug wieder unter Kontrolle zu bringen.

Ein Bocken folgte, und für einen Augenblick fühlte es sich an, als würden sie in die andere Richtung schleudern, aber dann ging es noch schneller weiter, schwindelerregend schnell. Die Limousine schleuderte herum wie ein Karussell auf dem Rummel. »Hey! Festhalten, Leute! Let's go! Ab geht die Post! Volle Pulle! WOOOW!«

Reba spürte das Ziehen in ihrem Magen und hörte Fränky stöhnen. Sie hörte Johann, ihren Retter, ihren Heiland, neben sich kreischen. Und dann hörte sie das Ächzen von Metall, gefolgt von einem Scheppern. Die Limousine wurde wie durch eine Explosion zur Seite geschleudert. Aus der Rotation wurde eine Drehung. Reba spürte, wie sie abhoben. »Wooow! Jetzt bringen wir Schwung in die Kiste!«

Sie verlor den Kontakt zur Sitzbank und bekam Johanns Arm zu fassen. Im selben Moment wurden sie beide herumgerissen. In Rebas eigener Dunkelheit verloren oben und unten, links und rechts ihre Bedeutung. Mit dem Kopf schlug sie irgendwo so hart an, dass sie beinahe ohnmächtig wurde, und etwas klemmte ihre linke Hand ein. Der Schmerz war atemberaubend, ein heißes Glühen, das ihr Handgelenk erfasste und bis in die Fingerspitzen pulsierte.

Und immer noch ging es rundherum, rundherum, begleitet vom Krachen und Scheppern und Bersten von Stahl und Stein und Plastik, bis die sich überschlagende Limousine mit einem Zittern vermutlich auf dem Dach liegen blieb.

Reba ächzte. Sie spürte nichts als Schmerz. Und doch fragte sie: »Johann?«

Irgendwo links hinter ihr stöhnte er.

Sie wollte zu ihm kriechen, aber es ging nicht. Sie konnte sich nicht bewegen.

Rechts neben ihr klirrte Glas. Etwas knackte. Kühle Luft strich Reba übers Gesicht. Kam schon Hilfe? »Hier!«, rief sie heiser. »Hier! Der Kanzler! Schnell!«

»Ja, der Kanzler«, antwortete eine raue Männerstimme. »Genau wegen dem sind wir hier.« Jemand feixte. Etwas knackte. War das der Schlitten einer Pistole?

Reba kroch von der Stimme weg. »Was soll das? Wer sind sie?«

»Die Intoleranten.« Mit den zwei Worten kroch eine Präsenz zu ihnen in den Wagen, eine dunkle, hässliche, alles erdrückende Präsenz. »Und jetzt übernehmen wir das Ruder!« Sie lachte laut und dröhnend. »Wir übernehmen! Mit voller Pulle. WOOOOW! Super!«

Reba erzitterte. Mit nur einer Hand tastete sie hektisch umher und fand Johanns Bein hinter sich. Daran hielt sie sich fest, am weichen Baumwollstoff der Anzughose. »Johann! Johann! Was wollen die von dir? So sag doch was!«

»Der sagt nichts mehr.« Die Präsenz war so nah. Ein Schuss krachte. Etwas zerriss Fleisch und Knochen. Feucht klatschte etwas. Johann erschlaffte unter ihren Fingern.

»NEIIIIN!«

»Doch«, wisperte die Präsenz. »Und jetzt du. Immer schön sauber arbeiten. Keine Zeugen, nein, nein, keine Zeugen! Und dann heißt es wieder: abheben, Leute! Volle Power, volle Pulle. Was für ein Upgrade!«

Reba spürte heißkalte Klauen an ihrem Hals und einen metallenen Ring an ihrer Stirn. Sie schrie und wich zurück durch warme Feuchtigkeit, *sein Blut! sein Blut!*, und fuhr in absoluter Schwärze hoch. Ihr Herz barst beinahe. Ihre Zunge war ein geschwollenes Etwas. Ihre Hände tasteten wild herum und berührten Weiches statt Feuchtes. Im ersten Moment war es wieder der Stoff von Johanns Hose, bevor sie die Struktur des gewobenen Sofabezugs erkannte. *Ihres* Sofas in *ihrer* Wohnung in *ihrem* Schwabing.

»Gooott!« Reba sank schwer atmend zurück ins Polster. »Nur ein Traum! Nur ein Traum, Reba!« Sie schluckte die Furcht hinunter, strich sich eine feuchte Haarsträhne aus der Stirn und hielt inne. Abermals strich sie sich durchs leicht feuchte Haar, und da kam die Erinnerung zurück: Sie hatte nach dem Fund der duplizierten Schreiberfunktion heiß geduscht, zu heiß, war daraufhin von einer Welle der Müdigkeit übermannt worden und hatte sich im Wohnzimmer auf die Couch gelegt, um nachzudenken. Dabei musste sie eingeschlafen sein.

»Um so einen Schmarrn zu träumen.« Beinahe hörte sie die Präsenz lachen und sagen: »Volle Power, volle Pulle. Was für ein Upgrade!«

Upgrade.

Substantiv, Neutrum [das]

Begriff der EDV

Erweiterte, verbesserte neue Version einer Software

Ein Upgrade!

Reba klappte hoch wie ein Springmesser und rutschte an die Sofakante. *Natürlich!* Fossey hat keinen eigenen Nanoschreiber programmiert, warum auch, an einen solchen kam er überhaupt nicht ran, nein, er hatte an einem *Upgrade* für die Schreiber gearbeitet. Ein Upgrade für die Burg!

Ihre nackten Füße fanden ihre Schaffellpantoffeln. Sie musste das prüfen! Sie brauchte Gewissheit! Und wenn ihre Vermutung stimmte, dann musste sie umgehend mit Johann sprechen! Nicht auszudenken, was passierte, wenn Fossey eine modifizierte Schreibersoftware einspeiste. Damit konnte er alles durcheinanderbringen!

Mit einem Ruck stand sie auf. Ihr wurde schwindelig. Sie verharrte halb stehend, halb sitzend, bis sich die Drehbewegung gelegt hatte, dann eilte sie durchs Wohnzimmer, den Flur entlang, stieß sich irgendwo das Schienbein, fluchte und erreichte halb hinkend den Arbeitsplatz in ihrem Schlafzimmer.

Ihre Finger erweckten den Computer zum Leben und glitten sofort über die Brailletastatur, suchten, suchten, suchten und fanden etwas, nein, die falsche Funktion, weiter, weiter, hier, *function init, for, i plus plus, i kleiner Null, if, nein, nein, else, ja, return e punkt …*

Reba stieß ein Keuchen aus. Zwei Buchstaben der Rückgabefunktion in Orestis' Datensatz waren vertauscht. Ein Tippfehler, den man ganz schnell überlas, aber nein! Die Software kompilierte doch! Es wurde also eine ganz andere Funktion aufgerufen, eine Funktion, die sie noch nicht gefunden hatte.

Was in der wohl stand?

Reba suchte nach der Funktion, fand sie aber nicht. Sie rief die Onlinedatenbank auf, in der ihr Team alle noch nicht gesichteten Funktionsfunde und Fragmente für sie hinterlegte. Darin suchte sie nach dem Tippfehler, fand ihn tatsächlich in einem Datensatz und öffnete die entsprechende Textstelle.

Wie wild zuckten ihre Finger über die Erhebungen ihrer Tastatur, hin und her und hin und her und hin und her.

»Gooott!«, stieß sie ein zweites Mal aus. »Das kann nicht sein!«

Abermals checkte sie die Funktion, langsamer jetzt und um Ruhe bemüht, Zeichen für Zeichen, aber das Ergebnis blieb dasselbe. Was hatte Nummer Eins gesagt? Fossey arbeite mittlerweile mit Intoleranten zusammen, die ihren Johann stürzen wollten, ihren Retter, ihren Heiland.

Nur wollten sie ihn nicht nur stürzen, sondern sie wollten das ganze System zerstören!

Carl Oskar Fossey wollte *alles* zerstören!

Ihr Herz klopfte so sehr, dass sie Angst hatte, einen Herzinfarkt zu erleiden, bevor sie jemanden über ihren Fund informieren konnte. Laut, aber zittrig, sagte sie zu ihrer personalisierten Sprachsteuerung: »Chucky! Nummer Eins anrufen!«

Nichts geschah.

»Chucky?«

Die Sprachsteuerung antwortete nicht, was nur eines bedeuten konnte: Die Internetverbindung war abgerissen. Das sollte eigentlich nicht passieren, denn ihre IT-Ausstattung war erstklassig, damit sie von zu Hause aus uneingeschränkt arbeiten konnte. *Aber über die mobilen Daten meines Handys müsste es doch funktionieren?*

Sie tastete nach dem Telefon und entsperrte es per Fingerprint. »Chucky?«

Keine Reaktion.

Wie konnte beides gleichzeitig ausfallen?

Ein leises Quietschen wehte vom Flur herein. Die Kellertür? Hatte sie sie nicht geschlossen? Reba erhob sich, trat zur Schlafzimmertür und lauschte. Erst jetzt registrierte sie das Rauschen des Regens. Sonst hörte sie nichts. Auch der typische feuchte Kellergeruch wehte nicht vom Flur heran, wie er es tat, wenn sie die Tür vergessen hatte zu schließen. Wahrscheinlich nur ein Geräusch des Unwetters.

Sie kehrte an ihren Arbeitsplatz zurück, als sie ein leises Knarren des Parkettbodens vernahm. Die Haare an ihren Unterarmen stellten sich auf. War jemand in ihrer Wohnung?

Mit dem Handy in der Hand schlich sie zum Nachttisch. Ganz vorsichtig zog sie die oberste Schublade auf und fand neben ihrem Vibrator den Elektroschocker. Der gebogene Griff mit dem Schalter am Zeigefinger schmiegte sich in ihre Hand.

Einige Sekunden lauschte sie wieder, bewegungslos und still, bevor sie zurück zur Tür schlich. Erneut war alles ruhig. Hatte sie sich die Geräusche nur eingebildet? War sie wegen der Entdeckung auf Fosseys Platte überspannt? Paranoia lässt grüßen? *Scheiße, Reba, du musst das endlich melden!* Mit dem Daumen entsperrte sie abermals das Handy und hielt es sich ganz nah vor den Mund, flüsterte: »Chucky?«

Immer noch keine Reaktion.

»Was soll der Mist?«

Im Wohnzimmer sprang plötzlich das Home Sound System an, und Paul Kalkbrenner rumste los. Moby – *Wait for me* im Remix. Die stampfenden Bässe hallten durch die Wohnung.

Reba hob den Elektroschocker höher. Er zitterte in ihren Fingern. Es war also jemand da, nur wo? Wie sollte sie den Eindringling mit nur drei Sinnen lokalisieren?

Etwas zischte. Eine Woge süßlichen Geruchs strömte ins Schlafzimmer. Der Duft nach Wiesenfrische wurde intensiver und intensiver, bis er alle anderen Gerüche überlagerte.

Da begriff sie, was geschah: Man nahm ihr die restlichen Sinne.

Man machte sie rundum blind.

Jannahs Herzschlag glich dem Trommeln einer Taiko und kam ihr lauter vor als die Bässe aus dem fetten Speaker. Sie nahm den Finger von der Raumduftdose und stellte sie neben sich auf eine der Kommoden im Wohnzimmer. Vorsichtig spähte sie um den Türstock in den Flur. Reba Ahrens zeigte sich nicht mehr im Türrahmen des Schlafzimmers, aber das hatte sie auch nicht erwartet; niemand war so bescheuert wie in den Filmen und rannte dem Mörder direkt in die Arme.

Der muss schon zu ihr kommen.

Aus der Jacke zückte Jannah ein Fläschchen mit Chloroform, schraubte es auf und drückte einen Baumwolllappen auf die Öffnung. Ein letzter Blick den Flur entlang, dann hastete sie los, schnell vorwärts, auf leisen Sohlen, den Gestank ignorierend, die erleuchtete Tür vor sich im Blick.

Auf halber Höhe knarrte hörbar zwischen zwei Bässen das Eichenparkett unter ihrem Gewicht.

Jannah erstarrte, und Reba Ahrens kreischte los. Wie eine Irre sprang die Scientin in Jogginghose und Sweater um die Ecke. Ihr feuchtes Haar stand in alle Richtungen ab, fast wie das von Jannah. Sie hielt irgendetwas in den Händen und rannte auf sie zu. *Weil ich meinen Standort verraten habe.*

Jannah wollte in den Türrahmen ausweichen, doch Reba Ahrens war schon heran, und blau zuckten Lichter in ihrer Hand, stießen auf sie zu. *Ein Elektroschocker!*

Jannah warf sich zur Seite, stieß mit der Schulter schmerzhaft gegen die Wand, weil sie das Chloroform nicht loslassen wollte. Das Geräusch des Zusammenstoßes genügte der Scientin. Sie zischte etwas, das Gesicht zornesrot, und stieß abermals mit dem blau funkenden Elektroschocker in Jannahs Richtung. Und traf.

Ein heißes Pulsieren ließ sie erzittern, und ein Regenbogen blitzte grell vor ihren Augen. Sie ließ sich fallen und schleuderte das Chloroform in Reba Ahrens' Gesicht.

Das trennte die beiden Frauen voneinander, die eine würgend und spuckend, die andere mit bunten Schlieren vor den Augen. Reba Ahrens taumelte gegen eine Kommode, was sie aus dem Gleichgewicht brachte. Polternd stürzte sie zu Boden.

Jannah sah das durch den Lichternebel, witterte ihre Chance und kroch zu ihr, roch trotz der Wiesenfrische den süßlichen Dunst des verschütteten Chloroforms, hielt die Luft an, riss die Scientin zur Seite und versuchte, ihr den Elektroschocker zu entwenden. Immerhin bekam sie den Unterarm der Frau zu fassen, hielt ihn mit aller Kraft fest und stieß ihr die andere Hand gegen die Kehle, wie sie es im Bundesamt für Bauwesen bereits praktiziert hatte.

Sofort ließ Ahrens Elektroschocker und Handy los und schnappte nach Luft.

Indes griff Jannah nach der Waffe, um sie selbst zu verwenden – hatte allerdings nicht mit Reba Ahrens' Hartnäckigkeit gerechnet. Die bekam wieder Luft, zog sie rasselnd und pfeifend in die Lungen und trat gezielt mit den Beinen nach ihrer Peinigerin.

Der Schafsfellpantoffel traf sie in die Magengrube und schickte sie wieder zu Boden. Ein zweiter Tritt zischte nur Zentimeter an ihrer Nase vorbei.

»Chucky!?« Ahrens' Stimme nur ein raues Flüstern. »Chucky!« Sie versuchte aufzustehen, doch Jannah rappelte sich abermals auf, packte Ahrens' Knöchel und zog ihn nach hinten. Die Scientin verlor das Gleichgewicht, stürzte zurück auf das

Parkett, fing den Sturz mit der rechten Hand ab, etwas knackte, und sie schrie vor Schmerz und rollte wimmernd zur Seite.

»Genug!« Jannah schob sich schwer schnaufend über ihr Opfer und schlug ihr wie beim Boxen die Faust seitlich gegen das Kinn. Ahrens' Kopf ruckte zur Seite, ein »Uhh!« kam über ihre Lippen, und dann erschlaffte sie.

Jannah ließ keuchend den Kopf hängen, atmete mehrmals tief durch, wurde sich des süßlichen Chloroformgestanks bewusst und des seltsamen Ziehens in ihrem Hinterkopf und stemmte sich auf. »Frischluft«, murmelte sie. *Und zwar schnell.*

Wie angetrunken wandte sie sich um, schwankte den Flur entlang und fand sich im Wohnzimmer wieder. Sie touchierte einen Schrank, stolperte, fing sich irgendwo ab und erreichte die Terrassentür. Dann dachte sie an die laute Musik und die Nachbarn. Sie schwenkte herum, fiel beinahe über die Couch und schaltete die Musik aus. Zurück an der Tür, zog sie sie auf, sah sich Fensterläden gegenüber und stieß auch die auf. Endlich umfing sie die Kühle der Nacht, und Feuchtigkeit füllte ihre Lunge mit angenehmer Frische. Sie atmete tief, ganz tief. Und noch mal und noch mal und noch mal.

Mit den Händen auf die Oberschenkel gestützt, verharrte sie und wartete, bis das Ziehen in ihrem Kopf nachließ und sie wieder klar denken konnte. Dann strich sie sich die verdammten Haarsträhnen aus der Stirn und schüttelte den Kopf. Beinahe hätte sie sich selbst betäubt, aber zum Glück wirkte Chloroform nicht so schnell, wie in den Filmen immer suggeriert wurde.

Jannah rieb sich noch einmal über das Gesicht, gab sich selbst drei Ohrfeigen, spuckte aus und ging zurück in die Wohnung. Die Terrassentür schloss sie hinter sich.

Reba Ahrens lag noch auf dem Boden. Ihr Gesicht schwoll am Kinn an, und die rechte Hand, mit der sie den Sturz abgefangen hatte, sah dick aus. Wichtiger war aber zunächst der Elektroschocker. Jannah fand ihn zusammen mit Ahrens' Handy am Ende des Flurs.

Sie steckte ihn ein und begutachtete das Handy. Gesperrt, aber mit PIN oder Fingerabdruck aktivierbar. Gut. Sie hatte Letzteres. Mit angehaltenem Atem kniete sie neben Ahrens nieder, griff nach deren linker Hand – Ahrens war Linkshänderin – und drückte den Daumen auf das Sensorfeld. Das Smartphone entsperrte mit einem hörbaren *Klick,* und Jannah zog sich damit aus dem Dunstkreis des Chloroforms zurück. In der Kontaktliste fand sie den gesuchten Eintrag – Frank Willner, Reba Ahrens' Fahrer. Die Nummer passte zu den von Vitus abgefischten Daten. Ein Symbol indizierte, dass es dazu einen Nachrichtenverkehr gab. Es waren mehrere Korrespondenzen, die jüngste drehte sich um eine Fahrt vor etwa zwei Wochen in den Bunker. Jannah überflog sie, genauso wie einige der älteren. *Geht doch!* Da Reba Ahrens und Frank Willner sich regelmäßig geschrieben hatten, würde er bei einer Textnachricht keinen Verdacht schöpfen. Schade nur, dass Vitus diese Nachrichten nicht hatte abgreifen und entschlüsseln können, denn dann hätte sich Jannah das Überwältigen der Scientin mittels Chloroform sparen können. Sie hätte es sich überhaupt sparen können, wenn das Supportteam gekommen wäre …

Aber es war, wie es war. Jannah kehrte ins Wohnzimmer zurück, holte den Störsender für mobile Daten aus dem Rucksack und deaktivierte ihn. Sie kopierte Ahrens' letzte Nachricht, fügte sie in eine neue ein, passte sie an und versah sie mit DRINGEND! und der Bitte, dass Willner sich umgehend melde. Bevor sie die Nachricht abschickte, rief sie ihn an, ließ es aber nur zweimal klingeln. Mit dem Handy in der Gesäßtasche blickte sie schließlich zu Reba Ahrens hinüber. Leise sagte sie: »Und wir beide legen jetzt los.«

Mehrere Minuten später hatte sie der Ohnmächtigen den chloroformgetränkten Sweater ausgezogen, sie ins Bad geschleift und in die Badewanne gehievt. Zeitgleich kam eine Antwort von Willner an. Er bestätigte den Erhalt der Nachricht, dass er die Fahrt selbstverständlich übernehme und in circa einer Stunde bei ihr sei. Schneller ginge es nicht, weil er außerhalb der Stadt bei Freunden übernachte und eigentlich keine Bereitschaft habe.

Jannah kam das ganz gelegen. Eine Stunde war ausreichend. Sie antwortete ihm genau das und legte das Handy weg.

Dann stand sie abermals vor Reba Ahrens, mit trocknendem Schweiß auf der Stirn und einer schmerzenden Brandstelle an der Schulter, und hatte zum ersten Mal Zeit, die Ohnmächtige aus nächster Nähe zu betrachten. Tatsächlich sah sie ihr ähnlich, wie Fossey gesagt hatte. Gleicher Typ zumindest, wobei Jannah durchtrainierter war. Und schlankere Hüften hatte. Dafür eine höhere Stirn. Wenn sie allerdings die Haare wie Ahrens frisierte und sich eine Sonnenbrille aufsetzte – wie sie vorhin eine im Flur auf einer Kommode hatte liegen sehen –, dann könnte sie flüchtige Bekanntschaften schon täuschen, zumindest einen Wachmann an der Burg oder einen Techniker im Inneren. Aber ob es für diesen Frank Willner reichte?

Jannah griff abermals zu Ahrens' Handy und las seine Antwort ein zweites Mal. Dann die älteren Nachrichten. Sie verzog das Gesicht. Der Nachrichtenverkehr klang freundschaftlich, und es schwang eine seltsame Intimität mit. Es überraschte sie nicht. Wenn ein Fahrer langfristig für eine Person zuständig war, konnte sich da schon was entwickeln, vor allem wenn die Person blind war und vermutlich mehr Hilfe benötigte als eine nichtblinde. *Liebe Reba,* hatte er geschrieben. *Selbstverständlich fahre ich Sie!* Da war mehr zwischen den Zeilen. Willner würde sie nicht täuschen, Willner würde sie zwingen müssen.

Aber zuallererst standen die Vorbereitungen an, und die hatten es ohne das Supportteam in sich. Alles machbar, aber sie durfte keine Zeit mehr verlieren. Jannah nahm die linke

Hand der Ohnmächtigen in Augenschein. Mit dem Daumen hatte sie vorhin das Handy entsperrt, aber erst jetzt fielen ihr die vielen kleine Narben und Schwielen auf. Zig Kratzer zierten die abgestoßenen Nägel. Es war eine Hand, die viel ertastet hatte, mehr als eine Hand der meisten anderen wahrscheinlich. Und jetzt musste sie sie abnehmen.

Beim Gedanken an die bevorstehende Amputation hielt Jannah inne, hustete, und noch einmal, und dann würgte sie trocken, was ihr Tränen in die Augen trieb. *Das ist doch Irrsinn, das ist…*

Jannah Sterling ballte die Hände zu Fäusten, klopfte sich mit den Fingerknöcheln gegen die Schläfe und rief sich ins Gedächtnis, dass Reba Ahrens zwar wie ein unscheinbares Rad in Kehlis' Maschinerie daherkam, aber eines war, ohne das die Nanos wahrscheinlich nie so effizient geworden wären. Vielleicht würde sogar ihr Vater ohne diese Frau noch leben. Ja. Er könnte noch da sein und nicht unter einer Trauerweide verrotten, wo er doch eh nichts sah außer dumme Wurzeln von unten. Malek hatte behauptet, die Nanos seien nicht direkt für seinen Tod verantwortlich, aber ihr Vater hatte die Zusammenhänge begriffen und sich deswegen umgebracht. Um nicht gegen seine Familie vorgehen zu müssen. Er war *wegen* der Nanos gestorben, ob direkt oder indirekt, spielte keine Rolle. Tot war tot.

Und da war er wieder, dieser stille Hass. Heute schmeckte er rauchig und säuerlich, nach verbrannter Petersilie und tot gegartem Kalbfleisch.

Das gab ihr einen Ruck. Noch einmal betrachtete sie die ohnmächtige Scientin in der Wanne, bevor sie sich die Tränen von den Wangen wischte. Dann verließ Jannah Sterling das Badezimmer, um aus dem Auto die schlichte weiße Kühlbox mit der Knochensäge zu holen.

Kapitel 35

Neues Hauptquartier der Rebellen

Vitus saß in einem Kettenkarussell. Immer schneller bewegte sich der Drehkranz, und entsprechend hoch stieg der Sitz, in den er geschnallt war. Wind zauste sein Haar und schnitt ihm eisig ins Gesicht. Und noch schneller wurde es. Schneller und höher und schneller. Die Zentrifugalkräfte zerrten an ihm, verursachten Schmerzen – ein Ziehen in der Magengegend, ein Drücken im Gehirn. Vitus krallte sich an den Ketten fest, fühlte unter sich den Abgrund und malte sich bereits aus, wie die vier Metallösen mit einem hellen *Pling!* auseinandersprangen, die Ketten davonpeitschten und er samt Sitz in die Nacht geschleudert wurde. Es würde ein ungebremster Aufprall folgen, irgendwo sehr viel tiefer.

In Wahrheit war er schon am Boden angelangt, es ging im Schritttempo geradeaus, und der Sitz war sein elektrisch betriebener Rollstuhl. Trotzdem krallte er sich fest. Außerdem war ihm schlecht. Warum musste dieser Bot gerade jetzt zum Einsatz kommen? Auf den letzten Metern! Und ausgerechnet bei Jannah! Er konnte alles zerstören, alles! Die nächsten Minuten würden entscheiden.

Vitus wagte einen Seitenblick. Wutkowski lief neben ihm her, hatte seit dem Geplänkel kein Wort mehr gesprochen. Er hatte während der Fahrt und Vitus' Telefonat mit der Basis sogar gedöst, wie es nur ein Söldner konnte, aber jetzt sog er stumm jedes Detail in sich auf. *Er sucht nach Hinweisen, wo sich die Basis befindet. Er analysiert, er registriert Schwachstellen, plant für Eventualitäten*. Im Gegensatz zu Krenkel – der hatte auch geschwiegen und sah sich jetzt um, allerdings eher so, als suche er ein Scheißhaus.

Und Barbara. Allein, dass sie jetzt schon die Basis erreicht hatten – es war gerade einmal vier Uhr; Vitus hatte wegen des strömenden Regens mit halb fünf oder später gerechnet –, sagte alles über ihren Gemütszustand aus. Dass Jannah ihr rotes Tuch war, war allen klar, aber Barbara war nicht grundlos Majorin und Rebellin geworden. Hatte sie sich im Griff? Während einer Stunde Fahrt konnte man sehr viele Szenarien ersinnen, besonders als besorgte Mutter.

Sie ist jetzt schon auf Konfrontationskurs, so, wie sie vorneweg marschierte, die Schultern straffte und die Doppelflügeltüren aufstieß, die aus dem zur Garage umfunktionierten Hochregallager führten. Vitus brauchte sich nichts vorzumachen: Barbara Sterling stand kurz vor der Explosion, und sie würde in die Luft gehen, wenn sie keine Lösung für Jannahs Problem fanden. Nur würde es keine Lösung geben. Sie konnten also nur den Zeitpunkt der Explosion bestimmen. *Und wo die Bombe hochgeht*.

Krenkels Stimme riss ihn aus seinen Gedanken: »Man kann doch hier sicher irgendwo austreten?«

»Klar. Bei den Besprechungsräumen finden Sie Toiletten. Wir sind gleich da.«

Krenkel bedankte sich und trottete weiter. Kurz darauf erreichten sie eine Abzweigung und bogen rechts ab. Zehn Meter weiter flankierte eine junge Rebellin namens Svenja zusammen mit Ole und zwei Elektroschockpistolen die Tür zu einem Besprechungsraum, in dem Barbara gerade verschwand.

»Zeig ihm bitte die Toilette und bring ihn dann zu uns«,

wies Vitus den stiernackigen Rebellen mit einem Fingerzeig auf Krenkel an. Er selbst blieb schräg vor der Tür mit seinem Rollstuhl stehen und lud Wutkowski ein, vor ihm einzutreten.

Der ehemalige Söldner und der ehemalige Apotheker tauschten einen flüchtigen Blick, dann trennten sich ihre Wege. *Eingespielter als erwartet.* Das gefiel ihm nicht. Er folgte Wutkowski ins Innere.

Der Rest des Quartetts wartete bereits. Wie immer hatte Sean etwas zu essen dabei, heute ein mit Käse, Schinken und hart gekochtem Ei belegtes Baguette. Carl umklammerte eine Tasse dampfenden Kaffees. Und Barbara hatte sich an die Wand gelehnt, die Arme vor der Brust verschränkt, und hielt das Handgelenk so, dass sie ihre Armbanduhr sehen konnte. Die goldene Brosche an ihrem braunen Blazer funkelte.

»Sie schon wieder!« Carls Augenbrauen ruckten zusammen. »Mir scheint, immer wenn Sie auftauchen, gibt es Ärger.«

Wutkowski zuckte mit den Schultern und zog sich einen Stuhl heran.

Vitus rollte neben ihn. »Tatsächlich gibt es Ärger, Carl, aber nicht wegen ihm. Im Gegenteil. Er hat uns sogar gewarnt.«

»Ganz selbstlos, nehme ich an.« Sean lächelte kühl.

»Nicht ganz, aber das tut jetzt nichts zur Sache. Viel wichtiger ist, was ich schon am Telefon sagte: Der Nanobot ist bereits im Umlauf.«

»Und *in* meiner Tochter!«

Vitus blickte in Barbaras Richtung. »Und in Hendrik. Und in Herrn Wutkowskis Bruder, der den Feldversuch einleitete und jetzt allen auf den Fersen ist. Das Problem ist also deutlich komplexer, Barbara. Am besten warten wir, bis unser Neuzugang Erik Krenkel da ist, und hören uns in Ruhe an, was die beiden zu erzählen haben.«

Sean schluckte ein Stück Baguette herunter. »Da bin ich schon sehr gespannt darauf.«

»Und ich erst.« Carl fixierte Wutkowski. »Vitus hat angedeutet, dass Sie Ihren Bruder in Ihrer Gewalt hatten. Stimmt das? Haben Sie von … von Nummer Elf sonst noch Dinge in Erfahrung gebracht, die wertvoll für uns sein könnten?«

Wutkowski antwortete mit einem knappen »Nein«.

Eine gefurchte Stirn. »Sind Sie sicher? Kein Hinweis, wie nah man uns auf der Spur ist oder dergleichen?«

»Nein.«

»Okaaay.« Fossey nippte an seinem Kaffee und sagte nichts mehr.

So warteten sie. Vitus nutzte die Zeit, um eine Nachricht über sein Smartphone zu versenden. Als er fertig war und aufsah, rieb sich Barbara übers Gesicht. Dreißig Sekunden später atmete sie hörbar aus und wandte sich an Wutkowski. »Wo bleibt Ihr Kumpel?«

»Keine Ahnung.«

»Der Fuchs?«, fragte Sean. »Auf den bin ich wirklich gespannt. Seine Akte liest sich … amüsant.«

»Sie werden sicher Ihre Freude mit ihm haben.« Wutkowski verschränkte die Arme im Nacken.

Einige Sekunden verstrichen, und Barbara wurde unruhiger, bis endlich die Tür aufschwang. Krenkel kam herein, wischte sich die feuchten Hände an den Oberschenkeln ab und blickte in die Runde. Ein schiefes Lächeln breitete sich auf seinem Gesicht aus und hob die geröteten Wangen. »Ach nein! Ihr habt auf mich gewartet? Wenn ich das gewusst hätte, hätte ich vorher gesagt, dass ich 'nen Bob in die Bahn lege.«

Niemand lachte.

»Alles klar.« Krenkel hob entschuldigend die Hände und nahm neben Wutkowski Platz.

Kaum saß er, forderte Sean: »Dann erzählen Sie mal! Wir sind ganz Ohr, was es mit dem Bot auf sich hat. Mit dem *Bot*, nicht dem *Bob*.«

Erik sank ein Stück in sich zusammen.

»Viel ist es nicht«, sagte Wutkowski. »Wir erfuhren von meinem Bruder, dass die Augen Gottes, wie Kehlis den Nanobot nennt, bereits getestet werden.«

»Die Augen Gottes!« Carl lachte fast. »So hat er das Tracking getauft. Reizend.«

Vitus fragte: »Weißt du mehr darüber?«

»Jein«, antwortete Carl. »In die Entwicklung war ich nicht involviert, aber einiges beruht auf früheren Ideen von Johann und mir. Und das ein oder andere hab ich auch mitbekommen. Der Bot soll sich an einer Tight Junction der Blut-Hirn-Schranke einnisten. Dann können Adaptionen sowohl in die eine als auch in die andere Richtung andocken, im Falle des Trackings ist das eine Antenne, die sich auf der Blutseite befindet. Über Nanosensoren wird die DNS erkannt, und die Antenne bildet sich entsprechend aus, sodass sie auf ein Radiowellen- oder Handysignal mit der entsprechenden DNS in Schwingung versetzt wird. Hört das Signal, auch Ping genannt, auf, resoniert die Antenne einige Sekunden weiter, was wiederum empfangen werden kann, indem das Signal von zum Beispiel Handys verstärkt wird.«

»Es ist also für sich allein zu schwach, um es zu empfangen?«

»Ja. Ein Verstärker irgendeiner Art ist notwendig, wobei sich in der heutigen Zeit fast überall Verstärkermedien befinden.«

»Aber ein Keller tief unter der Erde …«

»Reicht ziemlich sicher aus, damit kein Signal ankommt oder zumindest nicht reflektiert wird.« Carl nickte auf Barbaras Einwand hin. »Zumindest so lange, wie der Träger des Bots nicht gerade zum Handy greift.«

»Kann der Bot zerstört werden?« Die Frage kam von Wutkowski.

»Man kann alles zerstören, die Frage ist nur, wie. Spontan

fällt mir dazu nichts ein. Ich tendiere eher zu einer Neutralisation, wie ich es mit den Nanos praktiziere. Man könnte Nanopartikel entwickeln, die an die Antenne andocken und so ein Resonieren verhindern oder verfälschen. Aber da reden wir von einer monatelangen Entwicklungszeit.«

»Also kurzfristig nicht praktikabel.« Vitus schürzte die Lippen. »Würde ein einfacher Stromkreislauf schon als Verstärker reichen?«

»Nein. Davon habe ich noch nicht gehört.«

»Gut. Dann haben wir eine vorläufige Lösung für Hendrik … und Jannah. Wir quartieren sie irgendwo in einem Keller ein.« Bei den Worten spürte er Carls und Seans Blick, doch er ignorierte sie.

Barbara hielt die Arme vor der Brust verschränkt. Zufrieden sah anders aus. Sie sagte: »Jannah ist trotzdem noch dort draußen, und wir wissen nicht, ob sie nicht schon trackbar ist. Weiß jemand, wann der Mist aktiv wird?«

Carl schüttelte den Kopf. »Schwer zu sagen. Die Antenne bildet sich aus vielen Nanopartikeln, um die Genom-Sequenzierung nachzustellen. Die variiert von Mensch zu Mensch.«

»Und ist zum Glück einzigartig.« Krenkel hob abermals die Hände. »Sorry, ich wollte nur auch was beitragen.«

Carl musterte den Apotheker einen langen Moment, dann nahm er den Faden wieder auf. »Man muss sich das so vorstellen: Das menschliche Genom besteht aus ungefähr drei Milliarden Basenpaaren, von denen etwa fünf Prozent kodierte DNS darstellen. Dazwischen liegen die anderen fünfundneunzig Prozent in Form nichtkodierter Bereiche. Diese Abschnitte werden sequenziert und bilden so eine Art Strichcode für kodiert und nichtkodiert. Diese vereinfachte Visualisierung wird von der Antenne simuliert. Je nach persönlichem Genom-Aufbau variiert der logischerweise von Person zu Person, ist bei Person A einfach zu rekonstruieren, bei Person B komplexer.«

»Heißt hypothetisch: Jannah kann jetzt schon trackbar sein, während Hendrik es nicht ist?«

»Korrekt.«

Barbaras Kaumuskeln traten hervor, dann löste sie sich von der Wand. »Dann müssen wir sofort handeln. Wir brechen ab und holen sie raus.«

»Ah ah ah, nicht so schnell!« Sean wedelte mit dem Zeigefinger. »Eine solche Entscheidung müssen wir als Quartett fällen, und ich bin schon einmal strikt dagegen!«

»Ich auch«, sagte Carl. »Die Chance ist einmalig.«

Barbaras Blick verharrte auf den beiden, bis er wie ein Dolch auf Vitus zuglitt, bereit zum Stoß. »Und du?«

Ja, und ich. Wenn du wüsstest… »Ich … ich …«

Die Majorin nickte. »Alles klar.« Sie trat zur Tür.

Wutkowski fragte: »Worin genau besteht Jannahs Mission?«

»Sie soll eine Scientin überwältigen und mithilfe derer Erkennungsmerkmale in die Burg der Scienten eindringen.« Der Ausdruck auf dem Gesicht des Söldners war eindeutig: Er verstand kein Wort. Die Majorin holte weiter aus: »Jannah soll sich als eine wichtige Angestellte der Regierung ausgeben und sich in einen Hochsicherheitstrakt des Regimes einschleusen, um dort…«

»Barbara!«

»… einen Virus von Carl und Vitus einzuspielen, der die Nanopartikel generell modifiziert und als unwirksam deklariert.«

Wutkowski nickte wie in Zeitlupe. »Und das kann nur sie?«

»Ja.« Die Majorin öffnete die Tür.

»Bleib!« Vitus Stimme peitschte durch den Raum. »Wir können nicht mehr abbrechen. Jannah und ihr Team sind mitten im Übergriff, und im Falle eines Abbruchs würden wir Kehlis unsere Pläne verraten. Das käme Selbstmord gleich. Es gibt nur diese eine Chance, Barbara! Die Burg hat keine andere Schwachstelle.«

»Ihr würdet sie also opfern?« Barbaras Worte troffen vor Bitterkeit.

»Güterabwägung, Barbara. Zu viel steht auf dem Spiel.« Zwei weitere Männer im Raum nickten bestätigend.

Eine Mutter ballte hingegen die Hände zu Fäusten. »Ihr egoistischen Arschlöcher! Das Leben anderer könnt ihr opfern, um eures zu retten.« Anklagend kam ihr Zeigefinger hoch. »Wenn Jannah die Tochter von einem von euch wäre, hättet ihr auch so gestimmt? Ja? Hättet ihr das?« Aus ihren grünen Augen sprühten Funken.

An Sean prallten sie ab. »Die Frage ist doch, Barbara: Wenn Jannah nicht deine Tochter wäre, sondern meine oder seine oder seine, hättest du dann anders gestimmt?«

Stille breitete sich aus, eine knisternde Stille wie vor einem Sturm.

»Und überhaupt«, sagte Carl, »muss man immer die Relation betrachten. Was ist schon ein Leben gegen das von Hunderttausenden?«

Vitus stöhnte innerlich, doch es war zu spät – die Majorin fixierte den Nanoforscher. »Was soll das heißen? Ein Leben gegen das von Hunderttausenden? Wieso hört sich das so *absolut* an?« Ihr Blick glitt zu Sean, dann zu Vitus. »Was ist das hier für eine Kacke?!«

»Krieg, Barbara.« Vitus zwang sich wenigstens zu so viel Anstand, den Blickkontakt zu erwidern. »Wir mussten Jannah versprechen, es dir nicht zu sagen.«

»Was nicht sagen?«

»Dass sie nicht zurückkommen wird.«

»Wie bitte?«

»Es war von vornherein ein Himmelfahrtskommando.« Vitus drückte auf sein Handy, und keine Sekunde später ging die Tür des Besprechungsraums auf, und Ole und Svenja traten ein. Draußen im Flur waren noch weitere Stiefelschritte zu hören.

Ole baute sich vor Barbara auf. »Kommen Sie, Frau Sterling.«

Die Majorin rührte sich nicht, atmete nur hörbar ein und aus, dann schlug sie unvermittelt zu. Ihre Handkante traf den stiernackigen Rebellen an der Halsschlagader und ließ ihn geräuschlos in sich zusammensinken. Ein Tritt mit dem Stiefel schickte im selben Atemzug die junge Rebellin zu Boden. Dann war Barbara an der Tür.

Mein Gott, ist sie schnell. *»Haltet Sie!«*, rief Vitus und rupfte am Steuerknüppel seines Rollstuhls. Hoffentlich würden die anderen sie aufhalten, wie er es ihnen per Kurznachricht aufgetragen hatte.

Tatsächlich drang das Kreischen einer Frau herein, gefolgt von zwei dumpfen Schlägen, einem Schmerzensschrei und einem Stöhnen. Wutkowski war ebenfalls aufgesprungen und stürzte hinaus, Krenkel folgte ihm wie ein Schatten. Sean stemmte sich hoch, und Carl blickte nur entgeistert drein.

Vitus fluchte, als sein Rollstuhl an Oles Körper hängen blieb. Sein Blick hing an der Tür. Dunkelbrauner Stoff huschte draußen vorbei, jemand schrie wieder, und dann knallten zwei Schüsse, *zwei Schüsse!*

Vitus entglitt der Steuerknüppel. Der Rollstuhlantrieb stoppte abrupt.

Auf dem Flur folgte Stille, nur schweres Atmen war zu hören.

Vitus schluckte, sammelte sich und vernahm, wie Barbara zischte: »Die Tür!«

Dann sah er Erik Krenkel, der sich in den Besprechungsraum lehnte, die Tür packte und sie mit einem entschuldigenden Lächeln auf den Lippen hinter sich zuzog.

Zuletzt war noch das Schaben eines Schlüssels im Schloss zu hören, gefolgt von zwei Umdrehungen der Schließmechanik. Man hatte ihn, Sean und Carl eingesperrt.

Malek und die Majorin brauchten nur einen Blickkontakt, um zu klären, dass sie vorübergehend zusammenarbeiten würden.

Sie löste ihre Finger von der Halsschlagader eines Rebellen und deutete in die Richtung, aus der sie vor der Besprechung gekommen waren. »Zu den Fahrzeugen! Vorne links!« Ihr Gesicht war vor Wut und Schmerz verzerrt.

»Verwundet?« Malek joggte bereits los.

»Nur die Schulter. Dem anderen geht's schlechter.«

»Tot?«

»Wofür halten Sie mich? Und jetzt schnell! Lange wird Vitus nicht brauchen, um Verstärkung zu rufen.« Die Majorin überholte ihn.

»Brauchen wir Ausrüstung?«

»Vorerst nicht.«

Sie erreichten eine Abzweigung und bogen links ab.

Erik in ihrem Rücken keuchte: »Ihr zwei passt ja zusammen!«

Die Majorin warf ihm einen Blick zu, dann Malek. »Ist er brauchbar?«

»Mehr, als Sie denken.«

»Ha!« Erik gluckste. »Endlich sagt's mal einer!«

Sie erreichten die Doppelflügeltür. Die Majorin winkte sie durch und schloss die Türblätter, zog einen Schlüssel an einem Gummiband aus der Hosentasche und sperrte ab. Mit einem Ruck brach sie den Schlüssel hernach ab, sodass der Halm stecken blieb, dann ging es weiter ins Hochregallager. Der weiße Transporter, mit dem sie gekommen waren, stand noch genauso da wie vorhin, geparkt in einer Reihe mit vier weiteren. Die Heckklappe stand noch offen. Regenwasser sammelte sich um die Reifen.

Zielstrebig eilte die Majorin zur Fahrerseite. »Ich fahre!«

Malek widersprach nicht, rannte zum Heck. Mit einem Blick versicherte er sich, dass ihre Taschen, die Defibrillatorbox und das Gegengiftetui noch da waren, dann knallte er die Klappe ins Schloss.

Erik stieg auf der Beifahrerseite ein. Malek quetschte sich neben ihn auf die schmale Sitzbank für zwei Personen.

»Oh ha!« Erik rutschte so weit wie möglich zur Seite. »Jetzt wird's kuschelig.«

»Du wirst es aushalten.« Malek schloss die Tür, und die Majorin ließ den Motor röhren.

Erik grinste. »Mit Sicherheit. Ich hatte nur so ein Blitzen im Kopf: Wir drei nebeneinander in einer Fischdose, du weißt schon – eingelegt wie die Sardinen in Öl. Und natürlich nackt.«

Die Majorin knallte den Rückwärtsgang ein, schoss aus der Parklücke. Sie kurbelte am Steuer, stöhnte vor Schmerz, brachte den Wagen aber elegant herum. Die Reifen quietschten über den Estrich.

Da erloschen die Lichter in der Halle. Nur noch die Scheinwerfer des Wagens huschten über leere Regalwände.

»Der alte Lügner.« Die Majorin brachte den Wagen zum Stehen, knüppelte den ersten Gang ein.

»Was hat er vor?«

»Die Tore. Sind elektrisch betrieben.« Und dann gab sie Gas.

»Ach nee!« Erik stemmte sich in die Sitzbank, suchte mit den Händen Halt. »Nicht wieder mittendurch!«

Der Transporter schoss auf das Tor zu, aber die Majorin brachte ihn mit quietschenden Reifen davor zum Stehen. »Die Kette!«, zischte sie.

Malek begriff sofort. Neben dem Rolltor hing eine Kettenschlaufe herab, um das Tor von Hand zu bedienen, sollte die Elektrik ausfallen. Er schwang sich aus dem Wagen, sprang hoch, packte die Kette und zerrte sie mehr als eineinhalb Meter herunter. Das Tor kam ratternd ein Stück weit hoch – *ratttatatatataa*. Regen prasselte draußen herab, spritzte von unten herein. Malek sprang wieder, *rattttatatatataa, rattttatatatataa.*

»Noch zweimal!«

Eher dreimal. Rattttatatatataa. Jo, dreimal.

Irgendwo in der Halle knallte eine Tür. Schreie wurden laut. »Dort vorn! Sie fliehen!«

»Los jetzt! Höher!« Erik.

Malek sprang so hoch, wie er konnte, bekam die Kette ein gutes Stück weiter oben zu fassen, das untere Ende schlug ihm gegen den Brustkorb. Trotzdem packte er zu, und die Schwerkraft zog ihn herab und das Tor nach oben. *Ratttttaattaattaatttatatatataa.*

»Reicht!«

Von seinem eigenen Schwung verlor Malek das Gleichgewicht, taumelte und fiel auf die Knie.

Die Majorin gab Gas, glitt mit dem Wagen unter dem Tor hindurch und schrie: »Kommen Sie, Wutkowski! *Los!*«

Malek rappelte sich auf. Schemen rannten auf ihn zu. Vor ihm erblühte es fahlgelb, und etwas zischte an ihm vorbei.

Großartig. Malek sprang zur Seite und sprintete los. Wieder fielen Schüsse, doch trafen sie weder ihn noch den Transporter. »Fahren Sie!«, schrie er.

Der Transporter schoss vorwärts und vollführte eine Kurve nach rechts, um aus dem direkten Schussfeld zu kommen. Malek schwenkte in dieselbe Richtung, gab noch mal alles und erreichte die Beifahrertür, bekam die B-Säule zu fassen und schwang sich ins Innere.

Wieder knallte ein Schuss, doch das befürchtete *Tock!* blieb aus.

Die Majorin gab Bodenblech, ließ die Reifen quietschen und manövrierte den Transporter haarscharf an der Außenwand entlang. Das geriffelte Blech der Lagerhalle schoss vorbei, ging in kahle Betonmauern über, dann bogen sie einmal links und einmal rechts ab, bevor sie unter einem einzelnen Flutlichtstrahler auf einer Verbindung zwischen zwei Gebäuden hindurchfuhren. Der Lichtkegel schnitt hart durch den Regen.

Malek suchte im Seitenspiegel nach Anzeichen von Verfolgern, fand aber keine. Dafür tauchte eine weitere Lagerhalle vor ihnen auf. »Gehört das alles zur neuen Basis?«, fragte er.

»Jein.« Die Majorin bremste abrupt und bog vom Weg ab, steuerte zielstrebig zwischen alte Container, die sich gegenüber der zweiten Halle auf einer gepflasterten Fläche auftürmten. Sie schaltete die Lichter des Wagens aus und fuhr in der abrupten Düsternis langsamer weiter, bis eine Containerreihe fehlte. Dorthin steuerte sie den Transporter und hielt an.

Nur das Klatschen des Regens auf dem Dach war zu hören.

»Und jetzt?«, fragte Erik angespannt.

»Warten wir.« Der Finger der Majorin zeigte auf einen Spalt zwischen zwei Reihen von Containern, während sie sich mit der anderen Hand die Schulter massierte. Jenseits der Container war im Schimmer eines weiteren Flutlichtstrahlers der Weg zu erkennen, den sie genommen hätten. »Vitus kaufte in den Neunzigern das Gelände als Investment«, erklärte sie, während sie hinausspähte. »Er machte einen guten Deal mit der Stadt, siedelte Firmen an, hauptsächlich Industrie wie Metallbearbeitung und solche Dinge, verdiente einen Haufen Kohle und verkaufte schließlich alles an diverse Firmen, die aber alle irgendwie ihm gehörten. Steuertricks. Wenn man mal reich ist, wird man kaum mehr arm, außer man ist ein Vollidiot.« Sie nickte in Richtung des Spalts. »Da kommen sie.«

Tatsächlich rauschten mehrere Wagen und Kleintransporter vorbei. Malek zählte sechs Fahrzeuge. Die Rücklichter verschwanden in der Dunkelheit.

»Wir warten noch kurz, dann folgen wir ihnen.«

»Mit welchem Ziel?«

»Uns abzusetzen. Wir sind nördlich von Nürnberg. Sobald wir das Stadtgebiet erreichen, finden sie uns nie wieder.«

»Und dann?«

»Fahren wir zu Jannah.« Das Gesicht der Majorin wurde grau vor Sorge. »Hoffentlich sind wir nicht zu spät. Himmelfahrtskommando. Diese Wichser!«

»Was genau hat sie eigentlich vor?«, fragte Malek. »So ganz kapiert habe ich das mit den Scienten nicht.«

»Verständlich. Die Scienten sind überaus talentierte Informatiker, die mit der Informationsbestückung der Nanopartikel betraut sind. Und einige wenige dieser Scienten haben Zugang zum zentralen Rechnerknoten, der im Inneren einer alten Burganlage liegt.«

»Und in die soll Jannah rein?«

»Genau. Fossey hat seit Langem an einem Virus gearbeitet, mit dem er das gesamte Nanosystem so modifizieren will, dass keine Informationen mehr vermittelt werden. Das wäre der ideale Nährboden für eine öffentlich angelegte Revolte.«

»Und den Virus kann man nur persönlich einspielen?«, fragte Erik.

»Ja. Die Burg ist ein Inselsystem.«

»Aber warum kann das nur Jannah machen?«

»Weil sie und eine Scientin einige körperliche … Übereinstimmungen haben.«

»Sie sehen sich ähnlich?«, fragte Erik.

»Mehr oder weniger.«

»Ein Rollentausch sozusagen«, schlussfolgerte Malek. »Jannah undercover. Aber wo ist dabei die Himmelfahrt?«

»Ich weiß es nicht. Wir haben auch ihre Flucht geplant, aber offenbar war das alles nur Show für mich. Und jetzt Ruhe.« Die Majorin spähte wieder durch den Spalt.

Malek war überrascht, wie viel sie preisgegeben hatte. Jetzt verstand er auch, weshalb Vitus und Co. keinen Abbruch wollten. Wenn der Hochsicherheitstrakt so abgesichert war, dass Jannah die einzige Option darstellte hineinzugelangen, machte ein Abbruch den ganzen Plan und möglicherweise den Sturz des Regimes zunichte.

Ein siebter Wagen zog vorbei, dann passierte länger nichts.

»Wutkowski.« Die Stimme der Majorin.

»Ja?«

»Ach ... vergessen Sie es.« Sie musterte die dunkle Straße jenseits des Spalts. »Ich glaube, da tut sich nichts mehr.« Ihre Finger fanden den Schlüssel, und sie startete den Wagen.

Keine Minute später fuhren sie zwischen den Containern hervor. Sie erreichten das Ende des Industriegebiets und nahmen den Weg Richtung Nürnberg. Weder die Majorin noch Malek blickten zurück. Nur Erik reckte den Hals und sah mittels des Seitenspiegels dem spärlich erleuchteten Industrieareal hinterher.

»Tja«, sagte er. »Das war's wohl schon mit mir und den Rebellen.«

»Traurig?«, fragte Malek.

»Eher amüsiert.«

»Weshalb?«

»Na, das Einzige, was ich denen dortgelassen habe, war ein großer Haufen Scheiße.«

Kapitel 36

München, Außenbezirk Neue Warte

Der Coladosenverschluss knackte laut, die Kohlensäure entwich zischend und spritzte Dominik ein paar Tropfen über den Daumen. Er saugte den flüssigen Zucker weg und trank ausgiebig. Er hatte die Dose im Kühlschrank entdeckt und bei ihrem Anblick gemerkt, dass er trotz des üppigen Fastfoodmenüs vor Stunden bald unterzuckern würde.

Mit der halben Dose intus ging er zurück ins Wohnzimmer. Auf dem Sofa lagen die Gegenstände, die er in Maleks Unterschlupf gefunden hatte und die ihm wichtig erschienen. Es waren nicht viele: die Billardkugel mit der Nummer elf, ein scheinbar leeres Blatt Papier, durch das sich einige Notizen in Erik Krenkels Handschrift gedrückt hatten, ein einzelner Schlüssel an einem Schlüsselring, ein deutlich älteres Modell eines Handylautsprechers, das ihm vage bekannt vorkam, und ein aufgeschlagenes Lederetui mit zwei Spritzen und einem Fläschchen darin; die eine war unbeschriftet, mit einer Flüssigkeit im Inneren in der Farbe von frischem Urin, und sah genau so aus wie die Spritze, die Malek im Wohnmobil Krenkel in die Hand gedrückt hatte. Die andere war nicht aufgezogen. Das Etikett des Fläschchens wies den Inhalt als fünf Milligramm Adrenalin und eine Chargennummer des Herstellers aus.

Alles andere hatte er aussortiert. Die Mühe, im Bürobereich alle Zettel, Bilder und Notizen, die Malek über ihn angefertigt hatte, abzuhängen, hatte er sich nach dem Sichten gespart. Da ging es um ihn, nicht um Malek. Insofern ließ der ganze unnütze Kram keine Rückschlüsse auf mögliche Pläne seines Bruders zu. *Wenn es überhaupt welche gibt. Vielleicht wollten die beiden immer nur mit dem Wohnmobil herumfahren und ständig in Bewegung bleiben. Oder sich wieder in irgendeinem Wald verkriechen.*

Dominik stellte die Coladose zur Seite, nahm das leere Blatt Papier zur Hand und hielt es schräg ins Licht. Er entzifferte einige Zeilen, wobei er etliche Passagen nicht lesen konnte; es schien sich um eine Verabreichungsanleitung zu handeln. Er schüttelte den Kopf. »Was für eine Sauklaue.«

Er legte das Blatt zurück und nahm den ramponierten Lautsprecher zur Hand. Er war so groß wie die Coladose, ringsherum aus feinstem Gitter, damit er rundherum Schall abgeben konnte. Dominik verzog das Gesicht. Er konnte es nicht benennen, aber da war etwas mit diesem Lautsprecher, eine Assoziation, die ihm fast auf der Zunge lag. Hin und her drehte er das Teil, stellte es neben die Dose, betrachtete es, nahm es wieder zur Hand und untersuchte es genauer. Auf der Unterseite fand er schließlich die Herstellerinformationen in winzigen Buchstaben: Produziert in China im Jahr 2018. *Also während unserer Zeit bei Tymon.* Und da klickte es in seinem Kopf. *Abhörlautsprecher! Dafür haben wir sie benutzt, angeschlossen an ein Handy, das wiederum per Funk mit einer Wanze verbunden war.*

Mit vier schnellen Schritten war er am Fenster, riss zum zweiten Mal den Vorhang zurück, den er zunächst ordentlich als Blickschutz zugezogen hatte, weil ihm der Anblick seines grell erleuchteten Wohnzimmers in den Eingeweiden schmerzte. Am Rande registrierte er, dass es aufgehört hatte zu regnen. Wassertropfen zierten die Scheibe, reflektierten seine hell erleuchtete Wohnung in Hunderten Lichtpunkten. Viel wichtiger war aber die Distanz bis hinüber. »Fuck.« Natürlich passte sie! War Malek so dreist gewesen? War er wirklich bei ihm eingebrochen?

Dominik spürte schon wieder ein Zittern in den Fingern. Wenn es stimmte, würde er die Wanze finden. Aber was bedeutete es? Malek konnte all seine Telefonate mitgehört haben, alle mit Nummer Eins. Auch das Gespräch mit Nummer 397, als der bei ihm gewesen war. Was alles hatte Malek erfahren?

Dominik rieb sich über das Kinn, die Bartstoppeln kratzten hörbar. Dann schüttelte er entschieden den Kopf. Er konnte beim besten Willen nicht alle Telefonate rekonstruieren. »Und es ändert auch nichts an den Tatsachen.« Er sagte es laut, vielleicht um sich selbst zu beruhigen, und lief zurück zum Sofa.

Der dritte Gegenstand war der Schlüssel. Er klimperte gegen den Metallring. Das Deckenlicht glänzte auf Vertiefungen, Rillen und Bohrungen – eindeutig ein Sicherheitsschlüssel. Um so einen nachmachen zu lassen, brauchte man ein Zertifikat. Dominik blickte zum Flur, wo die vom Hünen aufgebrochene Tür schief in den Angeln hing. Erst jetzt fielen ihm der grüne Kleber und der abstehende Noppenschaumstoff auf. Malek hatte an alles gedacht.

Die Schließmechanik fand er auf dem Boden. Der Schlüssel passte. Vermutlich auch an der Haustür unten, zentrales Schließsystem. Gab es auch einen Keller? Der Bau hatte eine Tiefgarage, also vermutlich auch Kellerräume. Vielleicht hatte Malek dort noch Spuren hinterlassen …

Er würde es prüfen, doch wollte er die Wohnung nicht unbeaufsichtigt lassen. Wo blieben überhaupt die Chemiewaffenexperten? Er hatte ein Team angefordert, nachdem er doch einen Blick ins Badezimmer gewagt hatte.

Mit dem herausgebrochenen Schließzylinder in der Hand trat er aus der Wohnung in den Flur. Keine Männer in Schutzanzügen in Sicht.

Zurück im Wohnzimmer widmete er sich wieder seinen Funden. Blieben das Lederetui und die Billardkugel. Das Lederetui hatte er neben ein paar Coladosen im Kühlschrank gefunden. War es dort vergessen oder absichtlich deponiert worden? So, wie die Wohnung hinterlassen worden war, glaubte Dominik nicht, dass sein Bruder eine Portion Was-auch-immer-er-mir-injizieren-wollte einfach so zurückließ. War es also Absicht gewesen, eine Botschaft an ihn? Oder an Nummer Eins und den Kanzler nach dem Motto: Schaut her, was wir können?

Nein, das passte nicht zusammen. Wenn Malek ihn töten und dann zurückholen wollte, würde er keinen Hinweis zurücklassen, der genau das verriet. Am wahrscheinlichsten war, dass sie es schlicht und ergreifend vergessen hatten.

Stiefelschritte ließen ihn aufblicken. Im winzigen Flur der Wohnung erschien ein Ungetüm von Mann, eingehüllt in einen weißen Schutzanzug, bei dem die Finger wie fette Gummiwürste abstanden. Den Helm mit den scheibenartigen Luftfiltern trug er bereits über dem Kopf.

»Da schau an!«, stieß der Kerl beim Anblick der Badezimmertür mit der dranhängenden sackartigen Abluftkonstruktion dumpf hervor und atmete wie Darth Vader. »Das sieht ja abenteuerlich aus.« Er kam ins Wohnzimmer, sein Blick folgte dem Schlauch und blieb erstaunt auf Dominik haften. »Konfessor? Wa-wa-was machen Sie hier?«

»Meine Arbeit.« Dominik trank von seiner Cola.

»A-a-aber Sie sollten doch außerhalb des Gefahrenbereichs bleiben.«

»Außerhalb des Bads.« Dominik deutete auf die geschlossene Tür. »Das hier ist das Wohnzimmer.«

Der Helm nickte, die Augen hinter der spiegelnden Scheibe riesengroß. Dann wandte er sich dem Bad zu und öffnete vorsichtig die Tür. Ein geräuschvolles Würgen drang aus dem Anzug. Die Tür ging wieder zu.

»Haben Sie … da drin was … angefasst?« Die Worte kamen matt.

»Nein. Nur reingeschaut. Aber würden Sie bitte Ihre Arbeit machen, und ich mache meine? Können wir uns darauf verständigen? Danke.«

Dominik betrachtete wieder die Gegenstände auf dem Sofa. Irgendwie brachte ihn das alles nicht weiter. Wie sollte er damit seinen Bruder finden? Es gab keine expliziten Hinweise auf eine neue Unterkunft, ein Versteck oder einen Fluchtplan. Hatte Malek wirklich alles auf das Wohnmobil gesetzt? Wenn Dominik im Keller und in der Tiefgarage nichts mehr fand, war die Spur kalt.

»Außer du verrätst mir, wo er hin ist.« Dominik nahm die Billardkugel zur Hand und betrachtete sie. Das Rot leuchtete wie frisches Blut. *Das Rot, das Rot, immer wieder die Farbe Rot. Zufall? Natürlich, die Halbe Elf im 8-Ball ist immer rot, und trotzdem. Rot.* So wie der Rotschopf. Immer wieder der Rotschopf – bei Fosseys Befreiungsaktion, in Berlin, im Bundesamt für Bauwesen. Und fast immer war Malek in der Nähe.

Dominik spürte beim Gedanken an die Rebellin ein Ziehen in seiner Schulter, wo sie ihn angeschossen hatte. Über sie konnte es funktionieren. Bei ihrer Erwähnung hatte es in Maleks Gesicht freudig geblitzt. *Oder sorgenvoll, weil die Worte aus meinem Mund kamen?* Wie auch immer, wenn er ihn nicht fand, würde er sie finden und dann vielleicht auch ihn.

Kurz rieb er sich die Eintrittswunde, die gelegentlich noch zwickte, dann schob er den Ärmel seiner Jacke zurück und entblößte die Lifewatch. Er rief die Augen Gottes auf und darin ihre DNS. Immer noch kein Treffer. Und der nächste

Ping in zwei Minuten würde vermutlich auch keinen bringen.

Dominik betrachtete wieder die Kugel. In der glänzenden Oberfläche spiegelte sich sein Gesicht, durch die Kugelform völlig verzerrt – seine Stirn war riesig vorgewölbt, die Geheimratsecken Spitzen ins Nirgendwo. Seine gebrochene Nase sah schrecklich aus.

»Wo bist du?«

Zur Antwort piepte seine Lifewatch und meldete, dass sie Geodaten empfangen hatte.

Kapitel 37

München, Schwabing

Erik war durch die monotone Fahrt wieder einmal eingeschlafen. Er träumte von einem Rollstuhlfahrer mit rasselnden Ketten anstatt Armen, die wie Tentakel durch die Luft peitschten. Es war ein seltsam skurriler Traum, und die Bilder waren Furcht einflößend: Das Gesicht des Mannes war vom Wahnsinn verzerrt, auf seinem Haupt saß eine goldene Krone, in die pechschwarze Speicherchips eingelötet waren, und die Räder des Rollstuhls waren riesenradgroß. Der Lärm der Ketten dröhnte in den Ohren. Aber Erik störte das alles nicht, denn er wusste, dass er träumte, dass sein Gehirn versuchte, das Erlebte der letzten Stunden zu verarbeiten. Dieses Wissen ließ ihn ganz entspannt beobachten, wie die Ketten durch die Luft pfiffen, klirrten und Schreie der Agonie zu übertönen versuchten.

Allerdings war da ein hartnäckiges Rütteln an seiner Schulter. Erik seufzte, drehte dem Mann mit den Ketten den Rücken zu und schlug die Augen auf.

Malek sagte zu ihm: »Wir sind fast da.«

Erik gähnte, schüttelte die Traumweben ab und streckte sich, so gut es auf der schmalen Sitzbank neben dem ehemaligen Söldner möglich war. »Oh, es hat aufgehört zu regnen. Cool. Wo sind wir gerade? Ein Gutenmorgenkäffchen in Mailand wäre jetzt ganz nett. Das haben wir als Jugendliche mal gemacht. Einfach zum Kaffeetrinken runtergefahren.«

»Da muss ich Sie enttäuschen. Es ist nur Schwabing.« Die Majorin steuerte den Transporter in eine Allee. Altehrwürdige Bäume streckten ihre regenfeuchten Äste in den Himmel, zwischen den Stämmen parkten je zwei Wagen. Dahinter zeigten sich die Fassaden allein stehender Häuser in ausladenden Gärten.

»Zwar nicht Mailand, aber auch ’ne nette Gegend«, stellte Erik fest. »Sieht teuer aus.«

»War es auch mal.« Die Majorin drosselte das Tempo. »Durch die Neue Warte wurden die Mietpreise in München aber halbwegs moderat. Das zumindest kann man Kehlis nicht vorwerfen. Dort!« Sie zeigte auf einen schwarzen Kleinwagen in einer der Parklücken. »Jannahs Wagen!«

Während sie im Schritttempo daran vorbeirollten, sagte Malek: »Steht schon länger hier.«

Erik reckte den Hals. »Ihr hört euch an, als wäre das schlecht. Wäre doch gut, wenn sie noch da ist.«

Die Majorin schüttelte den Kopf. »Jannah sollte nur damit herkommen, nicht wieder wegfahren.«

»Wieso? Sie wollte doch von hier aus weiter zu dieser Burg.«

»Schon, aber auf das Burggelände kommt man nicht so einfach. Es gibt ausgewiesene Fahrer mit Spezialfahrzeugen, und nur die dürfen die Burg anfahren. Erster Sicherheitsring.«

»Also muss Ihre Tochter schon einen dieser Fahrer als Miss Undercover überzeugen?« Für Erik klang das nicht gerade easy going.

»Oder zwingen, ja.« Eine Parklücke kam in Sicht, die Majorin steuerte den Wagen darauf. Die Handbremse ratschte, der Motor ging aus. Ihr Blick hing an einem schmucken Haus auf der anderen Straßenseite. Es war eine eingeschossige Villa aus dem letzten Jahrhundert mit roten Schindeln und hölzernem

Schnitzwerk. Efeu wucherte auf der Fassade zur Straße hin, und nur ein vorstehendes Fenster ragte aus dem graugrünen Blättermeer hervor. Die andere Seite des Hauses war schlecht einzusehen; ein mit Moos bewachsener Holzzaun und eine Hecke versperrten zum größten Teil die Sicht.

»Ist das das Haus der Scientin?«, fragte Malek.

»Ja. Und es brennt Licht.« Angespannt trommelten die Finger der Majorin auf das Lenkrad.

»Gab es eine konkrete Uhrzeit für den Übergriff?«

»Vier Uhr. Seit Berlin ist Jannah ein Fan davon.«

Ein Lächeln blitzte auf Maleks Gesicht. »Ist auch eine gute Zeit.«

Erik wandte sich wieder der Majorin zu. »Sie haben sich eben wenig erfreut angehört. Was stimmt nicht?«

»Ihr Wagen. Er sollte nicht mehr hier sein.«

»Ähh, vorhin haben Sie noch gesagt …«

»Ich weiß, was ich gesagt habe, Krenkel! Es ist nur so: Jannah sollte von hier aus mit dem Fahrer weiterfahren, woraufhin das Supportteam aufräumen und dabei auch ihren Wagen verschwinden lassen sollte, damit keine Spuren bleiben. Da er aber noch hier ist und ich nirgends den Transporter des Teams sehe, muss etwas schiefgegangen sein.«

»Hmm …« Malek strich sich in einer nachdenklichen Pose durch den Bart. »Eigentlich können wir nur nachsehen, oder?«

Die Majorin nickte, und Erik fragte: »*Wir?* Soll ich nicht lieber hier Schmiere stehen? Oldschool?«

Malek schüttelte den Kopf. »Das hatten wir schon mal.« Unter seiner Jacke zog er wie in Gmund eine Pistole hervor und reichte sie Erik.

Der nahm sie entgegen und sagte zu ihr: »Schön, dass wir uns so schnell wiedersehen. Ich bin höchst entzückt.«

Die Majorin betrachtete das alles mit gefurchter Stirn. »Haben Sie noch eine zweite Waffe, Wutkowski?«

»Schon.« In seiner Hand erschien eine zweite Pistole, schwarz und unheilvoll wie die Nacht. Er nickte zur Villa. »Gehen wir?«

»Ja, aber ich voraus. Damit eines klar ist: Ich führe diese Aktion an, nicht Sie. Es geht um das Leben meiner Tochter.«

Zu Eriks Überraschung zuckte Malek nur mit den Schultern. »Klar.«

»Gut.« Sie stieg aus, Malek folgte ihr, und zuletzt verließ Erik den Wagen. Halb geduckt huschte er hinter den beiden über die Straße, an einem geparkten Porsche vorbei bis zu einem Tor im Zaun. Leise quietschend bewegte es sich in den Angeln. Sie huschten an geschlossenen Fensterläden vorüber, deren Schlitze hell leuchteten. Dann waren sie an der Haustür. Die Butzenscheiben waren dunkel.

»Werkzeug dabei?«, fragte Malek leise.

Die Majorin verneinte. Dafür zeigte sie Richtung Garten und formte mit den Lippen: *Terrasse*. Lautlos ging es über vom Regen schwarz wirkende Pflastersteine weiter, an einem prächtig blühenden und stark duftenden Winterschneeball vorbei in den hinteren Teil des Grundstücks. Dort gab es tatsächlich eine Terrasse. Die Fensterläden der Tür mit Fensterkreuzen standen offen. Die Majorin spähte vorsichtig ins Innere.

»Okay«, sagte sie. »Wir gehen rein! Ich schlag die Scheibe ein.«

Malek nickte, und schon klirrte das Glas, als sie es mit dem Ellbogen durchstieß. Ein paar Scherben zerbarsten auf dem Boden, aber alles in allem war es nur ein kurzer Laut des Splitterns. Trotzdem hielt Erik den Atem an, doch weder schlug eine Alarmanlage an, noch regte sich irgendetwas.

Vorsichtig griff die Majorin durchs Fenster, klappte den Griff in die Mittelstellung und drückte die Tür auf. Schmerzen zuckten dabei über ihr Gesicht, und sie hielt ihre Schulter ein wenig nach oben gezogen, doch sie murrte nicht.

Hintereinander traten sie ein.

Im Gegensatz zu draußen roch es im Inneren massiv nach Kunstfrühling. Sie befanden sich in einem stinknormalen Wohn- und Essbereich mit einer Couch, einem Tisch mit vier Stühlen, einem Schrank und zwei Sideboards. Auf einem stand ein fettes Home Sound System eines namhaften Herstellers. Auffällig war, dass es keinen Fernseher gab und nirgends etwas herumlag oder -stand. Er herrschte penible Ordnung.

»Wohnt hier wirklich jemand?«, fragte Erik leise. Als Antwort erntete er nur einen Zeigefinger über den Lippen der Majorin.

An der Wohnzimmertür zum Flur blieben sie abermals stehen. Zu hören war immer noch nichts. Mit Handzeichen signalisierte sie Malek etwas, woraufhin er nickte, dann drangen sie wie ein eingespieltes Team vorwärts – sie mit erhobener Pistole voraus, er direkt dahinter. Erik folgte in zwei Metern Abstand als Back-up, wie er es in Filmen oft gesehen hatte: den Zeigefinger am Abzug, die Arme gestreckt, die Waffe semischussbereit im Fünfundvierzig-Grad-Winkel nach unten haltend.

So erreichten sie die erste Tür, die offen stand, die Majorin schwenkte mit der Pistole hinein und sofort wieder heraus. Kommentarlos schlich sie weiter. Als Erik drei Schritte später ins Zimmer spähte, entdeckte er eine Küche. Er wollte schon weiter, doch dann blickte er genauer hin. Irgendetwas störte ihn. War es die penible Ordnung, die auch hier herrschte? Wie Soldaten bei einer Parade hingen die Küchenmesser an einem Magnetstreifen, exakt in aufsteigender Größe von links nach rechts sortiert, und in den offenen Regalen darüber reihten sich die Lebensmittel in verschiedensten Verpackungen aneinander. Generell erschien es ihm, als gäbe es auch viel mehr Ablageflächen als in anderen Küchen. Und dann war da eine Schwallkante an der Arbeitsplatte, wie er sie noch nie gesehen hatte.

Das Knarren einer Holzdiele ließ ihn herumfahren, doch es war nur die Majorin, die im Flur neben einer schief stehenden Kommode verharrte und mit verzogenem Gesicht auf eine Stelle im Parkett zeigte.

Erik wandte sich nochmals der Küche zu. Was stimmte nicht? Ihm wollte es nicht einfallen, und so folgte er seinem Team. Das hatte den Zugang zu einer durch Glas abgetrennten Diele erreicht, von der man aus dem Haus und vermutlich in den Keller kam. Gegenüber der Diele ging ein weiteres Zimmer ab. Davor positionierten sie sich. Die Tür war geschlossen, doch der Spalt am Boden glühte gelb.

Während die Majorin ihre Pistole auf den Innenraum richtete, griff Malek zum Türgriff, wartete auf ein Zeichen von ihr, dann stieß er sie auf.

Erik sah von seiner Position aus nur ein paar Fliesen, aber Maleks Augen weiteten sich. Irgendetwas musste …

»Scheiße!« Die Majorin ließ ihre Waffe auf Halbmast sinken.

Auch aus Malek wich die Spannung. Mit dem Pistolenlauf zeigte er ins Bad. »War das so geplant?«

»Nicht ganz.« Sie wandte sich ab und war mit drei schnellen Schritten an der letzten Tür des Flurs und checkte das dahinterliegende Zimmer.

Erik schob sich derweil an die Badezimmertür. »Was war nicht ganz geplant? Darf ich auch mal …« Auf der Schwelle verstummte er. Vor ihm offenbarte sich eine Folterkammer aus einem Splatterfilm. Auf dem Boden gerann eine Lache Blut, es glänzte in Sprenkeln an den Wänden und sogar als lang gezogene Spritzer an der Decke. Das meiste jedoch besudelte die Frau in der Badewanne. Ihr Gesicht war leichenblass, ihr Haar rot, die Stirn zierte ein drittes Auge, und ihr fehlte die linke Hand, abgetrennt knapp unter dem Handgelenk. Aus dem Stumpf tropften zähe Blutfäden, obwohl der Arm mit einer Druckmanschette abgebunden war.

»*Nicht ganz?*«, fragte er, ohne sich abzuwenden.

»Ja, nicht ganz.« Die Majorin kam zurück und steckte ihre Pistole ein. »Eigentlich sollte man keinen Tatort finden und schon gar keine Leiche. Das Supportteam war nicht hier. Deswegen steht auch noch Jannahs Wagen draußen.«

Malek legte die Stirn in tiefe Furchen. »Sie hat es alleine durchgezogen?«

»Sieht so aus.«

»Na, da haben Sie ja grandiose Gene vererbt«, bemerkte Erik trocken. Irgendetwas störte ihn beim Anblick des Blutbades ganz enorm. Die Szenerie war zwar ähnlich der, die sie in Maleks Versteck hinterlassen hatten, aber um vieles blutiger. Aber es war nicht das Blut, was ihn verstörte. Es war der stumpfe Blick der Erschossenen in der Wanne. In ihm lag nicht die Stumpfheit des Todes, sondern die Stumpfheit der Erblindung. Und da fügte sich alles zusammen: kein Fernseher, die Tropfkante in der Küche, die penible Ordnung. Hier hatte man eine Behinderte ermordet, nicht einen Soldaten wie bei ihrem Versuch mit dem Gegengift. Und das sagte er auch.

Die Majorin sah das anders. »Es war die einzige Option, Krenkel. Jannah hat den Schlüssel zur Burg besorgt.«

»Und was bitte ist der Schlüssel? *Die Hand?*«

»Ja.«

»Das ist ein Witz, oder?«

»Nein. Die Burg ist mit einem Handvenenscanner ausgestattet, einem biometrischen Verfahren zur Personenidentifi…«

»Ich weiß, was ein Handvenenscanner ist!« Erik verstand selbst nicht, warum es ihn so aufregte. Wahrscheinlich war seine Aufnahmefähigkeit für Brutalität und Gewalt und Adrenalin für eine Nacht erreicht.

Malek hingegen blieb ruhig. »Kann man mit einer abgetrennten Hand einen Handvenenscanner täuschen?«

»Ja und nein. Die Handvenenerkennung basiert auf der verstärkten Absorption von Infrarotstrahlen im sauerstoffarmen venösen Blut. Es kommt zu einer Art Durchleuchtung, die Adern sehen entsprechend anders aus, wie eine Marmorierung, und so ergibt sich ein eindeutiges Bild zur Identifikation. Allerdings wird auch die Blutzirkulation geprüft, um eben Replikationen auszuschließen.«

»Tolle Idee«, stichelte Erik. »Und wie soll das Blut zirkulieren? Die Hand ist ab!«

Das Gesicht der Majorin wurde noch ein Stück härter. »Wir haben das im Vorfeld bedacht, Herr Superschlau. Jannah wird sich einen Zugang zu einer Vene legen und die Hand für kurze Zeit mit ihrem Blut versorgen.«

»Das geht?« Malek klang skeptisch.

»Wir haben das mit einem baugleichen Gerät überprüft. Ein Grundfluss in der Hauptvene reicht, um dem System Leben vorzugaukeln.«

»Aber Jannah wird dadurch Blut verlieren? Es wird sie schwächen?«

»Nicht wirklich. Sie wird sich vorher eine aufputschende Infusion legen, um mehr Kraft und verdünntes Blut zu haben. Sabine, Jörgs Assistentin, hat sie gecoached. Und die beiden Scans dauern auch nur jeweils ein paar Sekunden. Alles in allem hat sie höchstens zwei Minuten lang Blutverlust. Kritisch wird es erst ab zehn aufwärts.«

»Okay«, sagte Malek. »Irrer Plan.«

»Und mit einem Denkfehler«, sagte Erik. »Das wird es sein. Die Himmelfahrt.«

»Was meinen Sie?«

»Die zwei Scans. Vermutlich einer zum Eintreten in die Burg und einer zum Exit.«

»Richtig.«

»Und wie viel Zeit liegt dazwischen? Daran gedacht, dass

das Blut in einer abgetrennten Hand irgendwann gerinnt? Normalerweise beginnt der Prozess innerhalb von Minuten, und wenn er weit genug fortgeschritten ist, wird ein Zugang nicht mehr reichen, um einen Blutfluss zu erzeugen. Außerdem ziehen sich bei Kälte die Gefäße zusammen, erschweren den Blutfluss. Sie kann die Hand also nicht ewig weit runterkühlen. Eine Krux!«

»Wir haben auch daran gedacht. Jannah wird die Hand auf etwa vier Grad runterkühlen, um den Prozess zu verzögern, zumindest bis zur Burg. Dann wird sie sie oberflächlich wieder erwärmen und zeitgleich mit Heparin behandeln.«

»Gut, das blockiert die Gerinnung, wirkt aber nur kurzzeitig, und dann? Ich seh schon, sie haben keine Ahnung von der Materie. Da spielen so viele Faktoren mit rein, das funktioniert nicht nach 'nem Schema F. Ich sag Ihnen: Ihre Tochter kommt mit dem Plan vielleicht rein, aber nie wieder raus. Ohne Hilfsmittel und ohne weitere, aufwendige Präparation geht das nicht, und die wird sie vermutlich nicht durchführen können, oder hat sie 'ne Laborausstattung dabei?«

»Nein. Sie kann nichts Metallisches mit in die Burg nehmen. Es gibt Scanner. Alles, was Jannah dabeihat, ist der Stick mit dem Virus, ein Blindenstock, die Hand und der Zugang aus Plastik.«

»Dann ist das das One-Way-Ticket. Straight to hell.«

Die Majorin sah Erik lange an, bis der Nachdruck in seinem Gesicht sie zu überzeugen schien, denn plötzlich kämpfte sie mit ihrer Beherrschung. Die klar abgegrenzten Facetten in ihrer Iris verschwammen ineinander.

Malek sagte: »Völlig idiotisch! Da schleust sie sich ein, um einen Virus einzuspielen, und wird danach gestellt. Damit weiß das Regime doch, was sie getan hat, und kann den Virus vernichten.«

»Jein.« Die Stimme der Majorin zitterte. »Vitus und Fossey

haben den Virus so konzipiert, dass er sich selbst nach dem Einspielen modifiziert. Er erzeugt einen augenscheinlichen Schaden, der erkannt werden darf, im Verborgenen aber nistet er sich woanders ein und tut seine eigentliche Arbeit. Ein richtiges Drecksstück. Mir sagten sie, das wäre ein Fallback, falls Reba Ahrens' Verschwinden irgendwann auffliegt. Kehlis sollte dann glauben, dass wir gescheitert sind. Diese Arschlöcher, das war alles nur eine riesige ausgeklügelte Lüge für mich.« Mit einem Ruck wandte sie sich ab, starrte zur Leiche in der Wanne.

Erik tauschte mit Malek einen Blick. »Okay. Und jetzt? Fahren wir zu dieser Burg, um Jannah abzupassen? Schaffen wir das noch?«

»Vermutlich nicht. Wenn sie hier schon weg ist, sitzt sie längst bei diesem Willner im Wagen.« Die Stimme der Majorin war tränenschwer.

»Dem Fahrer?«

»Ja.«

»Und wo genau liegt die Burg?«

»Bei Mannheim, Rheinland-Pfalz. Das sind von hier etwa drei Stunden. Ohne Hubschrauber holen wir die nie ein. Verdammt! Ich hätte doch gleich handeln sollen! Ich hätte …«

Malek berührte sie sanft am Arm. »Wir können immer noch versuchen, die Aktion zu unterbinden und Jannah rauszuholen.«

»Wobei das diesen tollen Plan der Rebellion zunichtemacht und die ganze Menschheit in der Sklaverei lässt«, gab Erik zu bedenken. »Ein Leben für Hunderttausende oder wie war das?«

Die Majorin atmete hart. Ihre Hände ballten sich zu Fäusten, gingen auf und ballten sich wieder. »Kann man das ertragen?« Die Frage galt Malek. »Das Opfer eines geliebten Menschen für die Freiheit einer Nation? Könnten Sie es ertragen, Ihren Bruder zu verlieren?«

Malek antwortete nicht, dafür Erik und das voller Sarkasmus. »Dafür muss sie es überhaupt schaffen, den Virus einzuspielen, und das halte ich für absolut unwahrscheinlich. Hallo! Dieser Fossey sagte doch, dass Verstärkermedien für das Tracking nötig seien. Und was bitte ist ein Hochsicherheitstrakt?«

»Ein einziger riesiger Verstärker«, antwortete Malek.

Die Erkenntnis ließ die Majorin scharf die Luft einziehen. »Deswegen ist Jannah bisher nicht aufgeflogen, weil sie die letzten Tage während Ahrens' Observation immer ohne Technik unterwegs war. Wir hielten Funkstille. Aber in der Burg …«

»… ändert sich das.« Erik lächelte kühl. »Ich mein, ich bin der Letzte hier in der Runde, der etwas gegen die Rettung der Menschheit hat, wenn sich andere dafür opfern. Aber in diesem Fall tendiert die Wahrscheinlichkeit dafür – nüchtern betrachtet – gegen null. Also könnte ich verstehen, dass Sie Ihre Tochter retten wollen. Wahrscheinlich machen Sie das alles hier sowieso nur für sie, um ihr eine Zukunft zu gewährleisten. Aber was bringt eine Zukunft ohne sie?«

»Nichts.« Mit der Erkenntnis wanderte die Unschlüssigkeit irgendwo anders in ihr hin, und es blieb nichts als Entschlossenheit zurück. »Wir holen sie raus!«

»Sie könnte sich dagegen wehren«, sagte Malek leise. »Wenn sich Jannah etwas in den Kopf gesetzt hat, dann zieht sie es auch durch.«

Erik war nicht so überzeugt. »Seid ihr euch da so sicher? Ich mein, ich will niemanden diskreditieren, aber eine Suizidmission macht man ja mal nicht so aus der Hüfte raus. Weiß sie überhaupt, dass sie nicht mehr aus der Burg rauskommt?«

»Vitus meinte, dass sie ihr versprechen mussten, mir nichts zu sagen.«

»Stimmt.« Erik rümpfte die Nase. »Aber das könnte auch

eine Lüge gewesen sein, damit Sie respektive wir nicht eingreifen.«

»Das glaub ich nicht«, sagte die Majorin. »Jannah trau ich das zu. Der Tod meines Mannes, ihres Vaters, hat sie stark verändert. Sie sucht seitdem das Risiko, bringt sich regelmäßig in Lebensgefahr, vor allem wenn es darum geht, Kehlis zu schaden.«

»Gibt's da einen Zusammenhang?«

»Schon … Henry hat sich beim Versuch der Rückkonditionierung das Leben genommen.«

Erik atmete durch. »Also handelt Ihre Tochter aus Rache. Ist 'ne starke Motivation.«

»Ja, aber das ist es nicht alleine. Sie hat oft gesagt, dass sie ihr Schicksal anderen ersparen möchte.« Barbara Sterling nickte seltsam gerührt. »Die Nanos haben unsere Familie zerstört, Krenkel. Wie vielen Familien wird es noch so gehen? Das will sie verhindern.«

»Weswegen sie vermutlich eben nicht will, dass wir ihr dazwischenfunken«, gab Malek zu bedenken.

Die Majorin drehte sich ganz langsam zu Malek: »Und was ist die Alternative, Wutkowski? Nein, das kann ich nicht ertragen, nicht auch noch mein Kind … Irgendwann wird sie es verstehen. Und für die Nanos findet sich eine andere Lösung. Es gibt immer eine Lösung.«

Die Worte stiegen fast greifbar bis zur Decke auf.

»Okay«, sagte Malek. »Dann brauchen wir Ausrüstung, Waffen, Funk, am besten einen zweiten fahrbaren Untersatz als alternatives Fluchtfahrzeug. Und alles zügig. Jemand 'ne Idee, wie wir da rankommen?«

Erik deutete mit dem Daumen über die Schulter. »Draußen stand ein Porsche.«

»Und ich hab den Rest.«

Malek musterte die Majorin. »Wo?«

»Das werden Sie sehen. Ich habe sogar mehr, als Sie denken.«

Für einen Moment hielten die beiden noch Blickkontakt, und Erik beschlich das Gefühl, dass gerade etwas Wichtiges passiert war, doch dann hetzte er schon wieder hinter den beiden her nach draußen.

Kapitel 38

München, Schwabing

Dominik hatte die Geoposition des letzten Pings fast erreicht – das Navi seines Wagens meldete noch drei Minuten bis zur Ankunft. Er hoffte, dass die Rothaarige noch dort war, und fragte sich, warum man die Augen Gottes so unpraktisch programmiert hatte. Eine stündliche Suchanfange … in einer Stunde konnte sie längst über alle Berge sein.

Der Ping hatte inmitten eines alten Wohngebiets in Schwabing angeschlagen, wo Einfamilienhäuser und Villen standen. Das sprach dafür, dass sie dort jemanden aufsuchte oder irgendwo unterkam. Für eine Basis der Rebellen waren die Häuser definitiv zu klein, blieb allenfalls ein Unterschlupf. Die Geoposition verwies auf ein Haus, und dessen Adresse hatte er durch die Metadatenrecherche gejagt. Ergebnislos. Lag ein Sperrvermerk auf dem Datensatz? Dieser müsste von ganz oben verhängt worden sein, von Nummer Eins oder dem Bundeskanzler höchstpersönlich, sonst könnte Nummer Elf ihn einsehen. Und das hieße, dass dort irgendetwas ganz Besonderes zu finden war – nur was?

Noch zwei Minuten.

Dominik drosselte den Wagen auf die erlaubte Geschwindigkeit und aktivierte den Autopiloten. Er wollte vorbereitet sein; dafür holte er unter seinem Mantel die Pistole des

Gardisten hervor. Routiniert drückte er mit der offenen Hand auf den Lauf, schob ihn zurück und arretierte ihn. Eine Patrone lag in seiner Hand. Er ließ das Magazin herausgleiten. Golden glänzten die anderen in Reih und Glied. Bis auf die eine voll aufmunitioniert. Zufrieden drückte er die Patrone zu ihren Schwestern und Brüdern und steckte das Magazin in den Griff, entsicherte den Verschluss, was den Schaft zurückschnellen ließ, und lud durch.

Als er aufsah, rauschte auf der Gegenfahrbahn ein Kleintransporter gefolgt von einem Porsche vorbei.

Dominik steckte die Pistole ein und widmete sich erneut seiner Umgebung. Er fuhr eine der Hauptverkehrsadern Schwabings entlang. Hinter hoch aufragenden Bäumen erstreckten sich die altehrwürdigen Fassaden mit ihren Türmchen und Erkern, die in Walmdächer übergingen. Es war nett anzusehen. München – die nördlichste Stadt Italiens. Früher zumindest.

Eine Kreuzung kam in Sicht, an der sein Wagen abbog. Eine schmale Seitenstraße führte durch die vorderste Häuserreihe der Hauptstraße. Dahinter begann eine Allee. Einige Pkws parkten am Straßenrand. Dominik fiel nichts Besonderes auf. Hundert Meter weiter blieb der Wagen vor einer mit Efeu bewachsenen Villa stehen. »Sie sind am Ziel angekommen. Soll geparkt werden?«

Dominik betrachtete den trockenen Asphalt der Parklücke vor dem Haus. Bis vor Kurzem hatte dort ein Wagen gestanden. »Ja.«

»Verstanden.« Der Rückwärtsgang klickte ein, und schon glitt die Limousine elegant auf den freien Parkplatz. Das Surren des Elektromotors verstummte.

Nur sein eigener Atem war zu hören, während Dominik das weitere Vorgehen abwog. Zuerst Nummer Eins über die Ereignisse informieren, trotz seiner Suspendierung, oder erst selbst prüfen? Vielleicht gab es auch gar keinen Sperrvermerk, und der Datenbaron hatte es irgendwie geschafft, eine Leerstelle in den Metadaten zu erzeugen, um einen Unterschlupf zu verschleiern. Dominik entschied sich erst mal für eine Kontrolle der Augen Gottes, doch die Software hatte nach dem Fund die Suche abgebrochen. *Klasse.* Dominik initiierte eine neue, denn sollte der Rotschopf noch hier sein, müsste der erneute Ping zügig ein Ergebnis liefern. Doch nichts geschah, und die Software brach schließlich mit der Meldung ab, dass der nächste Suchlauf in einer Stunde durchgeführt wurde.

Dominik blickte zum Haus hinüber. Ein paar Sekunden verstrichen, dann stieg er aus. Die Pistole sprang ganz von selbst in seine Finger.

Am Grundstückseingang hing ein Briefkasten. Auf dem Schild stand: REBA AHRENS. Der Name sagte ihm nichts, also weiter, vorbei an geschlossenen Fensterläden zur Haustür, abgeschlossen, ein Blick zurück zur Straße, ein Blick Richtung Garten, und schon eilte er geräuschlos an einem Winterschneeball vorbei zur Rückseite des Hauses. Seine Pistole kam höher, als er die offen stehende Terrassentür mit gesplitterter Scheibe entdeckte. Vorsichtig schob er sich in den Türrahmen, prüfte die linke Seite des Raums, dann die rechte, das Wohnzimmer leer, huschte hinein. Beim ersten Schritt knackte Glas unter seiner Sohle, drei weitere in den Flur, Rechtsschwenk, eine leere Küche, Linksschwenk, weiter, weiter, weiter. Der Geruch von Blut wehte ihm entgegen. Dominik blieb stehen, packte die Pistole mit beiden Händen und schob sich an die nächste Tür heran.

Der Geruch kam aus dem Zimmer. Die Tür offen. Fliesen.

Dominik lauschte, dann trat er entschlossen um die Ecke und bekam eine Gänsehaut.

Der Rotschopf lag mit einem Kopfschuss in der Wanne.

Seine Verbindung zu Malek.

Das konnte nicht sein! Das konnte …

Dominik schwenkte zurück in den Flur. Erst den Tatort sichern! Er schlich seitlich an der Wand zum letzten Zimmer. Die Tür stand offen, zeigte anthrazitfarbenen Teppich, der in der Dunkelheit verschwand. Vorsichtig schob er sich bis zum Türstock, dann schnell rein, alles gleichzeitig erfassen und noch um das breite Bett herum und niemand dahinter.

Er ließ die Pistole sinken, kratzte sich an der Nase, schüttelte den Kopf.

Zurück im Bad. Mit gefurchter Stirn betrachtete er sie, den asymmetrisch geschnittenen Pony, den münzgroßen Einschuss zwischen den Augen, den Schwung der Brauen, die wenigen Sommersprossen, ihre offenen Augen. Was war mit ihnen? Sie starrten blind zu ihm auf. Der Rotschopf war aber nicht blind gewesen und auch nicht so … weiblich. Sportlicher war sie am Bundesamt in der Gardeuniform dahergekommen, fast burschikos. Und das Gesicht, irgendwie hatte es frecher gewirkt.

Weil sie es nicht ist!

Die Erkenntnis war wie ein kurzer Blick hinter die Kulissen, allerdings zu kurz, damit er begriff. Es blieben Fragen. Wer lag da vor ihm in der Wanne? Diese Reba Ahrens? Warum kreuzte der Rotschopf hier auf, und kurz darauf fand er eine Tote, die ihr ähnlich sah? Hatte sie sie umgebracht? Hatte man hier etwas gesucht? Und warum hatte man der Toten eine Hand amputiert? Wo waren die Zusammenhänge?

Ihm war, als betrachte er ein Penrose-Dreieck und müsse ständig seinen Bezug zum Raum neu interpretieren.

Etwas gurgelte in der Wanne.

Dominik wusste, dass Tote aufgrund erschlaffender Muskulatur manchmal Geräusche von sich gaben und dass durch Verwesungsprozesse Fäulnisgase entwichen. Das Gurgeln hatte sich aber irgendwie … lebendig angehört. Unmöglich, die Tote lag genauso leblos da wie in den Minuten davor. Allerdings zitterten die Haarspitzen am Pony.

Dominik legte den Kopf schief, sah genauer hin. Die Haare zitterten eindeutig, und das in einem kaum wahrnehmbaren Takt.

Ganz langsam sank er auf den Wannenrand und streckte die Hand aus. Der Hals der Toten war noch warm. *Zu warm.* Dominiks Finger begannen hin- und herzugleiten, hier mal zu verweilen und mal dort, und dann fand er ihn, schwach, aber er war da: Puls.

Fünfzehn Minuten später stand Dominik mit blutverschmierten Händen auf dem Gehsteig vor dem Haus. Zwei Sanitäter schoben Reba Ahrens auf einer Liege in den Krankenwagen. Es sah äußerst schlecht für sie aus – das hatte zwar keiner der beiden gesagt, aber ihre Gesichter logen nicht. Sie erwarteten, mit einer Toten im Krankenhaus anzukommen.

Dominik hoffte, dass es anders kam. Ihn interessierte, was Reba Ahrens erzählen könnte.

Ein Sanitäter schloss eine der beiden Heckklappen und eilte nach vorn zur Fahrerseite. Der zweite stieg hinten ein, suchte Dominiks Blick, nickte ihm zu – *wir versuchen unser Menschenmögliches* – und schloss das Heck. Das Heulen des Martinshorns gesellte sich zu den dazugehörigen Blaulichtern, und der Krankenwagen brauste davon.

Dominik prüfte seine Lifewatch – noch eine gute halbe Stunde bis zum nächsten Ping. Wo war die Rothaarige hin? Und wer war Reba Ahrens? Er aktivierte die Metadatensuche und gab ihren Namen ein. Die stilisierte Sanduhr begann zu rotieren und hörte nicht mehr auf. Nach zwanzig Sekunden war klar, dass es einen Sperrvermerk geben musste.

Er könnte bei Nummer Eins nachfragen, aber der war vermutlich noch am Tegernsee und versuchte den Anschlag auf den Herrn zu vereiteln. Ihn zu erreichen würde schwer werden, da Dominik bei der Aktion mit Malek sein Diensthandy mit priorisierter Verbindung zum Obersten eingebüßt hatte. Außerdem hatte der ihn suspendiert und nach Hause geschickt; Dominik sollte gar nicht hier sein. Wenn er Kontakt zum Obersten aufnahm, dann nur mit handfesten Ergebnissen.

Dafür musste er aber wissen, wer Reba Ahrens war, und das würde er jetzt herausfinden.

Zurück im Haus knipste er zuerst im Wohnzimmer das Licht an und ließ den Blick schweifen. Es gab keinen Fernseher, keine Bücher, keine Zeitschriften, überhaupt nichts Besonderes – bis auf ein hochwertiges Home Sound System mit einem Funkkopfhörer bester Qualität auf einer Halterung daneben. Auf leisen Sohlen umrundete er das Sofa, nahm den Kopfhörer vom Ständer, drehte ihn in den Fingern und schaltete das Sound System ein. Stampfende Bässe und eine Frauenstimme plärrten ihm entgegen, allerdings nicht aus den Kopfhörern, sondern aus der Box. Mit gefurchter Stirn gab er sich einige Sekunden dem Techno hin, bevor er die Musik wieder ausschaltete. Mit einer Drehung um die eigene Achse ließ er alles auf sich wirken, die Aufgeräumtheit, das Raumduftspray, die Nüchternheit, die zerstörte Tür, und entschied, dass ihn sonst nichts ansprang.

Im Türrahmen der Küche blieb er stehen und wiederholte die Prozedur erster Eindrücke. Da gab es in verschieden großen Glasbehältern Zwiebeln, Knoblauch, Chili, Ingwer und Galgant. In kleineren Dosen diverse Gewürze, wobei jede Dose mit verschieden dicken Schnüren umwickelt war. Auf der Arbeitsplatte darunter standen ein Wasserkocher und eine Holzbox mit Glaseinsatz, durch die er Teebeutel erspähte. Dominik klappte sie auf und sog das Aroma von Süßholzwurzel, Orange und wilden Beeren in sich auf. Einem Impuls folgend aktivierte er den halb vollen Wasserkocher. Aus dem Schrank nahm er eine Tasse, und ein Teebeutel Grüner Sencha landete darin. Während er auf das Aufkochen wartete, prüfte er nacheinander alle Schubladen, fand jedoch nur Kochutensilien. Schade, er hatte eine Schublade mit privaten Dingen erwartet, wie es sie in den meisten Küchen gab.

Mit einer dampfenden Tasse Tee verließ er schließlich die Küche. Das Bad ließ er außen vor, und am Vorzimmer überlegte er kurz, entschied, dass der Keller als Letztes drankam, und betrat das Schlafzimmer. Dort gab es einen ausladenden Büroarbeitsplatz direkt gegenüber dem zerwühlten Bett, vor dem er einige Zeit mit der Tasse in der Hand verweilte. Zum eigentlichen Arbeitszubehör lagen diverse Handys, Tablets und Notebooks herum, alle mit dem Zentralrechner durch einen Wust an Kabeln verbunden. Das irritierte ihn, denn solche Geräte kommunizierten mittlerweile kabellos. Und dann dieses Durcheinander. Wo im Rest der Wohnung penible Ordnung herrschte, gab es hier die blanke Unordnung. *Kreatives Chaos?*

Dominik zog sich den Bürostuhl heran und stellte seinen Tee auf einen fleckigen Untersetzer vom Hofbräuhaus. Dahinter gab es Ablagen, in denen Stapel von Ausdrucken lagen. Den obersten nahm er heraus, blätterte durch die losen Blätter. Auf jedem waren Zeilen in Braille und in herkömmlichem Text abgebildet.

E-Mail-Fragment aus Sektor 12AB38-4
Betreff: Gefährdungspotenzial bestätigt.
Die Nachricht: *Bezugnehmend auf Ihre Theorie wurde nun seitens der Expertengruppe bestätigt, dass ausgeprägte Disharmonien in Entladungen gipfeln können. Querverweis: antagonistische Deklarationen! Diesbezüglich erweitern wir in der nächsten Instanz das Expertengremium. Alle nötigen Informationen finden Sie in der Datenbank unter dem Decknamen* Outburst. *Ihr Authentifizierungscode dazu lau-*

tet: LCCrcMgB. Gehen Sie sorgfältig mit dem Authentifizierungscode um, und verhindern Sie einen Zugriff durch Dritte.

Textfragment aus Sektor 27TL99-0
Lydia! Wenn sich meine Theorie mit den Disharmonien als wahr herausstellen sollte, dann gnade uns Gott.

Textfragment aus Sektor 67KT00-4
Wie hoch muss die Diskrepanz sein? Wann eskaliert es, wann kommt es zum Ausbruch? Reichen Berührungen oder muss es ernste Reibung sein?
Die nächsten To-dos: Überlegung zu Überzeugungen anstellen. Neue Deklaration für die ursprünglichen finden. Erste Assoziationen: wahre *Überzeugungen. Neues Fragengebiet eröffnen: Löst sich das Problem vielleicht irgendwann von selbst(Stichwort: Generationswechsel)? Könnte das getestet werden? An Kindern?*

Textfragment aus Sektor 03XX56-1 | Transkript einer Sprachaufzeichnung
Nachtrag: Kann eine Disharmonie generalisiert werden? Eine zentrale Frage, wie mir heute im Meeting aufging. Da die stochastischen Berechnungsversuche des Gefahrenpotenzials in der Gesamtbevölkerung sowohl seitens Herrn Asimovs als auch Frau Ehrlichs scheiterten, und das soll was heißen, bleibt für eine Einordnung der Problematik eigentlich nur eine Generalisierung. Mit dieser könnte man Wahrscheinlichkeiten errechnen. Daraus ergibt sich nur eine Konsekutivfrage: Wäre dann auch ein direktes Provozieren möglich? Mist. Mist. Mist. Da sind zu viele Unbekannte in der Gleichung.

Dominik blätterte noch weiter durch den Stapel und las die Texte, bevor er ihn zurück in die Ablage schob. Davor lag ein Diktiergerät. Es war speckig von aberhundert Stunden in einer Hand. Gerade als er es aktivieren wollte, klapperte etwas irgendwo in der Wohnung. Er hob den Kopf und legte das Diktiergerät zurück. Wieder klapperte etwas. Er zückte seine Pistole. Mit dem Daumen entsicherte er geräuschlos. Stand auf. An die Wand neben der Schlafzimmertür gepresst verharrte er.

»Riechst du das?«, fragte ein Mann leise. Der Parkettboden im Flur knarzte.

»Blut, oder?«, entgegnete eine Frau.

»Ja! Scheiße, 'ne Menge Blut.«

»Wahrscheinlich hat Jannah schon losgelegt.«

»Darauf kannst du einen! Wir hätten vor drei Stunden hier sein sollen. Drei Stunden! Verdammte Vollsperrung.« Wieder knarrte Parkettboden, dann sog jemand scharf die Luft ein. »Alter Verwalter!«

Und die Frau pfiff durch die Zähne. »Sie hat es durchgezogen.«

»Und wie!«

»Aber wo ist die Leiche?«

»Keine Ahnung. Vielleicht gab es Probleme mit der Amputation, und sie hat sie mitgenommen.«

»Eine Tote? Das glaubst du doch selbst nicht. Wie soll das gehen, zwei Ladys Arm in Arm?«

»Bei Jannah glaub ich alles.«

Die Schritte näherten sich dem Schlafzimmer. »Vielleicht ist sie hier drin.« Der Oberkörper der Frau schob sich durch den Türrahmen und erstarrte, als Dominiks Pistole ihre Stirn berührte. »Oh!«

»Was oh?«

Dominik legte den Zeigefinger über die Lippen.

»Annette? Was ist?«

Annettes Kehlkopf hüpfte, die Pupillen zuckten hin und her, dann öffnete sie doch den Mund und krächzte: *»Konfessor!«*

Dominik seufzte innerlich und drückte ab. Verteilte Annettes Hirn am Türrahmen.

Der andere stieß einen Laut des Schreckens aus und ballerte wild drauflos, dem Sound nach mit einer P99. Aus dem Türrahmen splitterte Holz, und an der gegenüberliegenden Wand stoben Staubwolken in die Luft.

Dominik verzog angesichts des Lärms das Gesicht, trotzdem zählte er mit: eins, zwei, drei, vier. Scharfe Atemzüge, zum dritten Mal Knarren von Parkett. Fünf, sechs, sieben, acht. Stille.

Dominik griff neben sich zu einer Kommode und bekam eine Tube Handcreme in die Finger. Er warf sie in die Tür. Wieder knallten Schüsse, neun und zehn, und ein Fluch.

Eindeutig P99 – 9 × 19 mm – mit zehn Schuss im Magazin. Dominik rotierte um den Türstock, fixierte den entsetzten rückwärtsstolpernden Rebellen und schoss ihm in den linken Oberschenkel, gleich danach in den rechten. Der Kerl ging in die Knie, doch seine Hände fingerten nach einem Ersatzmagazin an seinem Gürtel.

»Lass es!«, presste Dominik hervor.

Der andere hörte nicht, und Dominik schoss ihm die Pistole aus der Hand, was den Kerl noch lauter schreien ließ.

Bei dem Gebrüll überschlug sich der Schmerz in Dominiks Kopf, trotzdem näherte er sich langsam dem Verwundeten. »Letzte Warnung! Keine Bewegung mehr!«

Der Kerl griff sich mit der unverletzten Hand in die Jackentasche. Etwas Metallisches kam zum Vorschein, was Dominik keinen Spielraum mehr ließ – er gab zwei weitere Schüsse ab, ins Herz und in den Magen, und der Kerl kippte wie in Zeitlupe hintenüber.

Noch bevor er stilllag, registrierte Dominik laute Rufe vor dem Haus. Zwei Autotüren knallten. Ein Motor röhrte. Reifen quietschten. Er sprintete los, den Flur entlang, riss die Tür zum Vorzimmer auf und stürzte zur Haustür. Er zerrte auch sie auf und sprang hinaus. Über das Gartentürchen hinweg sah er noch, wie auf der Straße ein weißer Transporter verschwand, von dem er die Nummernschilder allerdings nicht lesen konnte.

Er knurrte, sprintete weiter, flog über das Pflaster und erreichte den Gehsteig in weniger als fünf Sekunden. Die Lichter des Wagens verschwanden bereits um die nächste Kurve. Für einen Moment überlegte er, ob er ins Auto springen und die Verfolgung aufnehmen sollte, dann aber zückte er nur das Handy des Gardisten und rief die Einsatzzentrale an. Er spürte, dass Reba Ahrens' Identität wichtig war, gerade in Verbindung mit dem Rotschopf. Jannah hatte die Rebellin sie genannt. Endlich hatte sie einen Namen. Einen Namen. Einen Namen. Sein Kopf schmerzte höllisch. Er drückte sich die abgerundete Kante des Pistolengriffs gegen die Schläfe, während er wartete, dass sein Anruf entgegengenommen wurde.

Die Zentrale ging ran, und Dominik presste hervor: »Nummer Elf hier. Flüchtiger Transporter, weiß, unterwegs in der Untersteinerallee Richtung Schwabing Mitte. Verdacht … Verdacht auf Intolerante, mindestens zwei Personen. Bitte um Übernahme, anderweitige … Probleme.«

In der Übertragung knackte es. »Verstanden, Konfessor. Ein Team übernimmt. Brauchen Sie Verstärkung?«

»Nein.«

»Verstanden.«

Dominik ließ das Handy sinken, blinzelte, rieb sich übers Gesicht und sah die Straße entlang, dann steckte er seine Pistole weg und kehrte in die Wohnung zurück. Die Kopfschmerzen ignorierend durchsuchte er routiniert den ersten Toten.

In der Jackentasche fand er nur eine Packung Zigaretten samt Metallfeuerzeug. *Weswegen du gestorben bist.* Ein kurzes Stechen zwischen den Augen. Er stemmte sich hoch und ging zur anderen. Auch sie tastete er ab und fand nichts; keine Ausweise, keine Geldbörsen, nichts. Er hatte nur ihre Pistolen, die er einsteckte.

Da bemerkte er im Wohnzimmer an der Terrassentür einen Schatten, der vorher nicht da gewesen war. Er stieg abermals über die Toten hinweg und fand Reinigungsutensilien; neben Wischmopp, Eimer und jeder Menge Lappen einen Koffer zur professionellen Tatortreinigung. Die zwei waren also ein Aufräumkommando gewesen, das hinter Jannah hätte putzen sollen. *Kleine Lichter.*

Auf dem Weg ins Schlafzimmer bemerkte er, dass die Kopfschmerzen tendenziell abflachten und nur noch einmal kurz aufflackerten, als er zum dritten Mal über die beiden Toten hinwegstieg. Abermals setzte er sich an den Schreibtisch, atmete tief durch. Wo war er vorhin gewesen? Bei Reba Ahrens' Arbeit. Genau. Bei diesen ausgedruckten Texten. Er griff nach dem Tee. Der roch mittlerweile nach Bitterstoffen, hatte zu lange gezogen, war aber noch warm. Dominik wärmte sich die Finger und nippte daran. Als er die Tasse zurück auf den Untersetzer zwischen all dem Kabelwust und Technikkram stellte, ging ihm auf, warum er hier einen Ping erhalten hatte – bei der Menge an Verstärkermedien war das kein Wunder. Das hieß, diese Jannah war vor einer guten Stunde hier gewesen und vor seiner Ankunft wieder verschwunden. Und sie hatte sich maximal zwei Stunden hier aufgehalten, sonst hätten die Augen Gottes eine Stunde früher schon einen Treffer gemeldet. Was war in diesen maximal zwei Stunden passiert? Und wozu brauchte eine Blinde so viel Technikkram? Neben einer Tastatur mit Brailleleiste gab es sogar einen Monitor, an den eine Stiftplatte angeschlossen war, die Computergrafiken über

Tausende winziger Plastikstifte visualisierte. Bisher hatte er von derlei nur gehört.

Eine speckige Maus ruhte auf einem Mousepad. Dominik berührte sie, und der Monitor erwachte zum Leben. Auf dem Display erschienen Textzeilen, unterbrochen von Absätzen und geschweiften Klammern, Strichpunkten und Tabstopps. Programmcode. Hatte Reba Ahrens programmiert?

Sein Versuch, etwas davon zu verstehen, scheiterte. Dafür entdeckte Dominik am unteren Bildschirmrand ein ihm nur allzu bekanntes Symbol: das Kommunikationsprogramm der Regierung. Er öffnete es und fand Hunderte E-Mails, Sprachnachrichten und Kurztexte von zig verschiedenen Personen. Ein Absender sprang ihm sofort ins Auge: Nummer Eins.

»Nicht gut.« Er öffnete die zuletzt eingegangene Nachricht des Obersten. Sie stammte von vor zwölf Tagen.

Betreff: Terminvereinbarung
Die Nachricht: *Frau Ahrens! Der Herr verlangt eine Beschleunigung Ihrer Untersuchungen. Ich habe ein Team für Sie zusammengestellt. Ich erwarte Sie diesbezüglich heute Nachmittag im Bunker zu einer Lagebesprechung. Ihr Fahrer wird Sie mittags abholen. Halten Sie sich bereit.*

Lange saß Dominik so da und betrachtete die Nachricht. Ahrens hatte mit Nummer Eins zu tun. Bekam sogar ein Team unterstellt. Zusammen mit dem ganzen Technikkram und den Ausdrucken über Fachkauderwelsch ließ das eigentlich nur einen Schluss zu: Sie war in die Nanoforschung involviert.

Er scrollte zur jüngsten Nachricht. Vor knapp zwei Stunden, von einem Frank Willner, der zusagte, Reba Ahrens schnellstmöglich abzuholen. *Vor zwei Stunden* …

Dominik öffnete die Suche seiner Lifewatch, gab *Frank Willner* ein, und das System spuckte aus: Fahrer, Division A.

Wie ein Tropfen auf dem heißen Stein zischte es, als die Verbindung in seinem Gehirn zustande kam – ein Sperrvermerk, Programmcode, Untersuchungen, ein Fahrer höchster Authentifikation, Kontakt mit Nummer Eins, Nanoforschung.

Reba Ahrens war Scientin!

Die Erkenntnis ließ ihn aufstehen. Dass Reba Ahrens Scientin war, machte sie zwar wichtig, aber noch nicht zu etwas Besonderem. Warum ausgerechnet sie? Langsam senkte sich sein Blick auf die Stapel Ausdrucke, dann auf das Diktiergerät. Womit hatte sie sich als Scientin beschäftigt? Hatte sie als Blinde ihre Arbeit eingesprochen?

Dominik setzte sich wieder und ergriff das Diktiergerät. Seine Finger hinterließen But darauf. Kurz darauf erfüllte Reba Ahrens' Stimme die Stille, und Dominik Wutkowski lauschte angestrengt ihren Erläuterungen.

Kapitel 39

Unterwegs

Der Fahrer schwitzte wie in der Sauna. Und er stank. Wahrscheinlich hatte er sein Deo vergessen, *oder der Angstschweiß überlagert einfach alles.*

Während der Autopilot sie gen Nordwesten brachte, warf Jannah ihm vom Rücksitz einen flüchtigen Blick zu. Verkrampft und vermutlich noch benebelt saß er im Fahrersitz, Hände und Füße gefesselt, den Oberkörper an der Rückenlehne mit einigen Wicklungen Polymer-Kraftband fixiert. Seinen Anzug hatte sie am Rücken aufgeschlitzt, damit man die Fixierung von außen nicht erkennen konnte. Die Beule an seiner Schläfe war leider zu sehen. Sie hatte fest zuschlagen müssen.

Er spürte ihren Blick, denn seiner glitt in den Rückspiegel. »Was auch immer Sie vorhaben, Sie kommen da nicht rein.«

Jannah zuckte mit den Schultern. »Das werden wir sehen.«

»Nein! Sie werden scheitern!«

»Vielleicht, vielleicht auch nicht.« Jannah widmete sich wieder ihren Vorbereitungen und zog das Abbindeband um ihren freigelegten linken Oberarm straff. Sabine hatte gesagt, sie hätte tolle Armvenen, aber leider nur rechts. Als Rechtshänderin war das unvorteilhaft, wenn man sich selbst eine Infusion legen wollte. Und wieder sah es in der linken Armbeuge mau aus. »War klar«, murmelte sie und zog das Band noch fester, um das Blut besser zu stauen. Mit der Faust pumpte sie außerdem. Ihre Mühe wurde belohnt: Es zeigte sich eine Vene, wenn auch wie ein scheues Reh.

Was dem Jäger ausreicht. Schnell griff sie nach dem Desinfektionsmittel und reinigte die Armbeuge, brach dann die sterile Verpackung des Katheters auf, prüfte ihn und setzte die Teflonnadel über der Vene an.

Eine Bodenwelle ließ sie innehalten, kurz aufsehen, dann atmete sie tief durch – und stieß sich die Nadel in die Haut. Sofort zeigte sich ein Blutrückstoß in der Katheternabe. Jannah verzog angesichts des Treffers beim ersten Versuch anerkennend das Gesicht und schob die Nadel samt Schlauchummantelung tiefer in die Vene. Zum Glück kollidierte sie nicht wie so oft beim Üben mit einer Venenklappe. Das war jedes Mal unschön gewesen, sie musste abbrechen, die Blutung stoppen, neu punktieren, aber diesmal klappte alles. Vorsichtig entfernte sie die Nadel aus dem Schlauch und fixierte den Katheter mehrfach mit medizinischem Klebeband und speziellen Pflastern. Bewegen konnte sie den Arm so noch ganz gut. Als Nächstes hängte sie einen Infusionshalter an den Griff über dem Wagenfenster, schob das Fläschchen mit dem von Sabine zusammengestellten Medikament hinein und verband den Schlauch mit dem Katheter. Zuletzt öffnete sie die Klemmrolle. Die Infusion begann zu tropfen.

»Drogen?«, fragte Frank Willner nach hinten. »Auch die werden Sie nicht reinbringen.«

Jannah rieb sich einen dünnen Schweißfilm von der Stirn. »Wie wäre es, wenn Sie den Mund halten?«

»Wird schwer.«

»Probieren Sie es. Alternativ wartet der Knebel.« Jannah prüfte, ob alles festsaß, bevor sie sich zurücklehnte und für einen Moment die Augen schloss. Als sie sie wieder aufschlug, hing sein Blick wieder per Rückspiegel an ihr.

»Was haben Sie mit Reba gemacht? Lebt sie noch?«

»Herr Willner …«

»Ich weiß, ich soll die Fresse halten, aber das können Sie sich abschminken. In Kehlis! *In Kehlis!* IN KEHLIS!« Er begann zu brüllen, zerrte an seinen Fesseln und trat mit den Beinen gegen die Pedale. Bewirken würde er damit nichts, denn Jannah hatte ihn vor dem K.-o.-Schlagen unter vorgehaltener Waffe gezwungen, den Autopiloten auf die Burg der Scienten einzustellen, und danach sowohl die manuelle Wagensteuerung deaktiviert als auch die Sprachsteuerung auf ihre Stimme eingestellt. Trotzdem würde sie es keine zwei Stunden mit einem Irren aushalten.

Sie zog ihre Pistole aus dem Holster und drückte ihm den Lauf des aufgeschraubten Schalldämpfers in die Nierengegend. »Ruhe jetzt!«

Zumindest hörte er auf zu brüllen. »Und was, wenn nicht? Was wollen Sie dann machen? Mich erschießen? Ich weiß zwar nicht, wie Sie in die Burg kommen wollen, aber um auf das Gelände zu kommen, brauchen Sie mich. Sie werden also nicht schießen. Sie wer…«

»Aber danach«, fuhr ihm Jannah in die Parade. »Das können Sie noch beeinflussen, Herr Willner. Wenn Sie jetzt Ihre Schnauze halten und an der Burg kooperieren, überleben Sie.«

»Wirklich?«

»Jaaahaa… wirklich!« Die Infusion begann zu wirken. Eine angenehme Wärme breitete sich in ihr aus. »Wissen Sie, ich mache das hier, weil es keine Alternative gibt.« Und es stimmte: Willner war einfach nur ein von den Nanos beeinflusster Fahrer, kein Gardist, der gegen die Bevölkerung vorging, kein Konfessor, keine Reba Ahrens. Gegen ihn persönlich hegte sie keinen Groll. »Ich will Sie nicht unbedingt erschießen, aber ich werde es tun, außer, Sie kooperieren.«

Die Wiederholung schien ihn zum Nachdenken zu bringen.

Er schürzte die Lippen, legte den Kopf in den Nacken, sah zur Decke, dann wieder in den Rückspiegel. »Okay. Wenn Sie mir das versprechen, bin ich ruhig.«

»Guter Mann!« Jannah nahm die Pistole von seiner Nierengegend und entspannte sich. »Sie werden leben.«

Er richtete den Blick auf die vorbeihuschenden Fahrzeuge auf der Gegenfahrbahn.

Auch Jannah sah hinaus. Lügen war so einfach geworden. *Genauso wie das Töten.* Die Stimme. *Du wirst langsam zur Maschine, Jannah. Zu einer Rebellenkonfessorin, ganz ohne das Zutun von Nanopartikeln.*

Mit einhundertfünfzig Stundenkilometern glitten sie auf der Überholspur dahin. Die Sonne ging gerade auf und warf erste Lichtspeere durch die Reste der Regenwolken. *Ein schöner Morgen,* stellte Jannah fest. *An dem sich zeigt, ob wir den entscheidenden Schritt zum Umsturz schaffen oder auf der Zielgerade straucheln. Letzteres werde ich nur nicht mehr erleben.*

Jannah …

Der Sonnenaufgang war wirklich prächtig: Weißgelb lugte die Sonne am Horizont hervor, sandte eine feurige Korona um die blaugrauen Wolken und verlieh dem Stahl der Nacht darüber einen Touch Gold.

Jannah wandte den Blick ab, betrachtete die blasse Haut des freigelegten Arms, das weiße Medizinklebeband und den Katheter in ihrer Armbeuge. Er brannte ein wenig, aber Schmerz war seit dem Tod ihres Vaters Teil ihres Lebens.

Ein großer Teil.

Malek hätte ihn vielleicht lindern können, aber auch er hatte sie verlassen. War gegangen, hatte andere Prioritäten gesetzt. *Was du nicht mit Bestimmtheit sagen kannst! Du redest dir das ein, weil es sonst zu schwer wäre zu gehen.*

Bevor jene ätzende Stimme ihr noch mehr ins Gewissen redete, verbat sie sich jeden weiteren Gedanken. Die Knöchel brauchte sie dazu diesmal nicht. Sie verschränkte nur die Finger im Schoß, konzentrierte sich auf ihre Atmung und versenkte sich in mentale Leere.

Daraus hervor tauchte sie erst, als der Wagen von der Autobahn abbog. Sie waren fast am Ziel; das Navi – von ihrem Platz aus gut in der Mittelkonsole erkennbar – zeigte noch knapp dreißig Minuten bis zur Ankunft an. Da hieß es wach werden, Sinne schärfen, hundertprozentig bereit sein. Und das war sie. Jannah fühlte sich seltsam schwerelos und voller Tatendrang. Sie ließ sich noch eine Minute Zeit, bevor sie die mittlerweile leere Infusion vom Katheter nahm und das Fläschchen samt Halterung in eine Tüte packte. Den Katheter ließ sie in der Vene stecken – sie würde ihn gleich brauchen.

Frank Willner schien ihre Aktivität zu bemerken und fragte nach hinten: »Beantworten Sie mir eine Frage?«

»Kommt drauf an.«

»Lebt sie noch?«

Jannah sah nicht auf. Sie hatte recht gehabt; Willner stand auf Reba Ahrens. Nüchtern betrachtet, vereinfachte das die Dinge möglicherweise. »Ja.« Es ging ihr so locker von den Lippen. *Obwohl er nichts dafür kann!*

Willner hatte den Kopf ein wenig nach hinten gewandt und ließ ihn jetzt mit dem Kinn zur Brust sinken. Eine Haarsträhne fiel ihm in die Stirn. Er wirkte erleichtert. »Dann werde ich kooperieren.«

»Schön.« Jannah lächelte nach vorn. »Das freut mich.«

»Sobald ich sie sehe, werde ich ihr endlich sagen, dass ich sie mag. Ich hätte das schon längst tun sollen, aber … egal. Ich halt schon meinen Mund.« Er atmete tief durch und sah hinaus auf die Straße.

Seine Hoffnung tat ihr weh, und Jannah ließ dem Schmerz seinen Raum. Es war nur fair.

Mit zittrigen Fingern holte sie eine Flasche Mineralwasser aus dem Rucksack und trank ausgiebig. Es folgte ein Vollnuss-Müsliriegel, wie sie schon einen beim Warten verspeist hatte, doch beim Anblick des Essens überlegte sie es sich anders und steckte den Riegel zurück. Stattdessen kramte sie ein weiteres, steril verpacktes Päckchen hervor und riss es auf. Es enthielt einen etwa fünfzig Zentimeter langen, transparenten Schlauch, wie er beim Blutspenden verwendet wurde, nur war dieser an beiden Enden mit abschließbaren Adaptern für Braunülen versehen. Auch diese waren separat verpackt. Von einem entfernte sie das Plastik und steckte ihn in den Zugang der Armbeuge. Die Verschlüsse klickten. Mit dem Medizintape fixierte sie anschließend den Schlauch und ein weiteres Mal mit Spielraum am Bizeps, bevor sie ihn um ihren Oberarm wickelte und am Unterarm entlang bis vor zur Hand verlegte. Alle paar Zentimeter klebte sie ihn großzügig fest. Am Ende schob sie das lose Ende unter einem Gummiarmband hindurch, das sie für die Mission umgelegt hatte, sodass es unterhalb des Daumenballens hervorstand. Erneut testete sie die Bewegungsfreiheit und war zufrieden. Zuletzt betrachtete sie den Verschluss des Adapters in ihrer Armbeuge und öffnete ihn.

Dunkelrot füllte sich der Schlauch.

Nach einigen Sekunden des Betrachtens schob sie ihren Ärmel vorsichtig bis zum Handgelenk und setzte sich aufrechter hin. Ihre Hand fand die Pistole.

»An der nächsten Haltemöglichkeit rausfahren«, sagte sie laut.

Das Auto antwortete: »Verstanden. Anhalten.«

Es ging noch gut zwei Minuten weiter, bis eine Parkmöglichkeit in Form eines Flurbereinigungswegs auftauchte.

Als sie standen, sagte Willner: »Nach der Ortschaft da vorne sind wir fast da. Wenn Sie gute Augen haben, sehen Sie auf circa elf Uhr die Silhouette der Burg.«

Jannah hatte gute Augen: Majestätisch erhob sich die Burg auf dem Bergsporn, kantig und klobig eingebettet in finsteren Wald. *Wie ein riesiger steinerner Sarg.*

»Es gibt nur eine Zufahrtsstraße«, fuhr Willner unaufgefordert fort. »Wir werden an ein Tor kommen, an dem ich mich per Sprachsteuerung und Fingerprint ausweisen muss. Sie werden mich dazu losbinden müssen. Außerdem brauche ich Ihre … Frau Ahrens' Zugangsberechtigung zum Scannen für den Wachmann.«

»Kriegen Sie.« Jannah schnallte sich ab, stieg aus und auf dem Beifahrersitz wieder ein. Während sie ihm die Pistole in den Rippenbogen drückte, öffnete sie das Schloss der Handschellen.

»Und die Füße bitte auch.«

»Nein.«

»Aber die Wachen kennen mich. Die wissen, dass ich nie mit Autopilot fahre.«

»Okay.« Jannah drückte ihm den Schlüssel für die Fußfessel in die Hand. »Aber wenn Sie nur einmal falsch mit der Wimper zucken, dann …«

»Ja, ja, das kam an.«

Jannah nickte nachdrücklich, wartete, bis er seine Beine befreit hatte, und stieg dann wieder hinten ein. »Die Zugangskarte kriegen Sie, wenn wir sie brauchen.« Und lauter sagte sie: »Sprachsteuerung: manuelle Wagensteuerung aktivieren.«

»Verstanden.« Auf dem Bildschirm des Navis erschien ein Symbol, in dem zwei stilisierte Hände ein Lenkrad hielten.

»Okay, Herr Willner, dann los. Denken Sie dabei einfach an … Frau Ahrens und Ihre gemeinsame Zukunft.«

»Das werde ich.« Seine Finger spannten sich um das Lenkrad.

Jannahs um den kalten Griff der Pistole.

Vielleicht brauchte sie auch etwas zum Festhalten.

Ein paar Minuten später durchquerten sie die Ortschaft am Fuße der Burg, bogen in eine unscheinbare Gasse ab und passierten Wohnhäuser und eine Gaststätte namens *Goldenes Lamm*. Kurz darauf folgte der Stadtrand. Auf dem Schild zum nächsten Ort stand: WALTENSTEIN. Die von Büschen gesäumte Straße stieg an, wand sich durch Wiesen und verschwand schlussendlich in einem Nadelwald. Dort regierte noch die Nacht, focht ihr letztes Gefecht für diesen Tag.

»Wir sind gleich da«, sagte Willner.

Die mit graugrünen Nadeln bewaffneten Bäume standen schweigend Spalier, bis Licht durchs Unterholz blitzte. Ein Wachhäuschen schälte sich aus dem Dickicht und erinnerte Jannah an eine der Militärbasen, in der ihre Eltern früher stationiert gewesen waren. Eine massive Mauer verschwand zu beiden Seiten im Wald. Auf der Mauerkrone glänzte Stacheldraht.

»Ruhig bleiben!« Jannah setzte sich Reba Ahrens' Sonnenbrille auf. »Machen Sie es einfach wie immer.«

»Ich versuch es.« Willner packte das Lenkrad fester und ließ auf den letzten Metern die Fahrerscheibe herab, während Jannah sich ihre Jacke über den Schoß zog, als hätte sie kalte Beine, um die Pistole zu verbergen.

Als sie direkt vor dem Tor und neben dem Wachhäuschen zum Stehen kamen, hob ein kahl geschorener Gardist mittleren Alters hinter der Glasscheibe den Blick. Von seinem erhöhten Posten konnte er bestens in ihren Wagen blicken. Er öffnete ein Fenster.

»Fränky! So früh schon unterwegs?« Er spähte kurz in Unterlagen. »Heute unangemeldet?«

»Ein kurzfristiger Auftrag des Herrn.« Willner schwitzte wieder. Feine Perlen glänzten auf seiner Stirn. »Frau Ahrens muss was prüfen.«

Der Gardist zuckte mit den Achseln und notierte etwas. »In Ordnung. Ausweis.«

Jannah reichte Rebas nach vorn und Willner ihn weiter. Der Gardist warf ihr nur einen flüchtigen Kontrollblick zu, und nach einem Scan bekam Willner den Ausweis zurück. Dabei verzog sich doch noch das Gesicht. »Was hast'n du gemacht? Das ist ja ein monströses Horn!«

»Ja, nicht?« Willner lächelte, doch seine Finger rieben sich vor Aufregung aneinander. »Das hat deine Mutter auch gesagt.«

Der Gardist stockte, dann prustete er los. »Die ist einundneunzig. Auf alten Pferden lernt man zwar das Reiten, Fränky, aber nicht auf lahmen.« Er winkte ab, damit Willner nicht nochmals konterte. »Und wofür ist die Kühlbox? Wollt ihr picknicken?« Sein Kinn zeigte Richtung Kühltruhe, die hinter Willner auf der Rücksitzbank angeschnallt war.

»Nicht wirklich, Peter. Ich transportier das nur für Frau Ahrens. Sie hat später noch einen … privaten Termin, der auf der Strecke liegt.«

»Ach so. Na ja. Geht mich auch nichts an. Also authentifizier dich und fahr durch.« Er hob grüßend die Hand, schloss die Scheibe und drückte irgendetwas an seinem Arbeitsplatz. Sofort änderte sich bei ihnen im Wagen das Display des Navis. Ein Quadrat mit stilisiertem Daumenabdruck in der Mitte wurde anstatt der Landkarte eingeblendet, und der Wagen sagte: »Authentifizierung erforderlich.«

»Frank Willner, Division A, geboren am siebenundzwanzigsten März neunzehnhundertfünfundneunzig, Personalnummer siebzehn zwölf vierundzwanzig.« Er hob seinen Daumen in die Mitte des Quadrats.

Das Display leuchtete auf, ein positiv konnotierter Sound ertönte, und die Scanneranzeige verschwand. Gleichzeitig öffnete sich das Tor vor ihnen, schob sich endlos langsam zur Seite, nur um dahinter in etwa sechs oder sieben Metern Abstand ein weiteres zu entblößen.

Willner blieb unerwartet ruhig, auch wenn er vor lauter

Schweiß zwinkern musste. Langsam ließ er den Wagen anrollen und stoppte vor dem zweiten Tor mittig auf einer betonierten Fläche. Kreisrunde, feuerrot gefärbte Löcher mit einem Durchmesser von etwa einem halben Meter säumten die vordere Kante. *Wagenstopper*, ging es Jannah durch den Kopf. Sie schossen im Gefahrenfall blitzartig in die Höhe und stoppten selbst einen Vierzigtonner.

Leise sagte Willner: »Jetzt dauert's ein bisschen. Der Wagen wird mit einem Pulsschlagdetektor auf die Anzahl der darin befindlichen Lebewesen überprüft, damit die mit den An- und Abmeldungen übereinstimmt. Sogar 'nen Hamster können die erkennen.«

»Schön.« Jannah interessierte sich mehr für den Bereich zwischen den Mauern. Er erstreckte sich in beide Richtungen, war vom Wald befreit und eingeebnet worden. Zwei Gardisten patrouillierten zusammen mit einem weißen Teufel im Schein mehrerer Fluchtlichtstrahler darin herum wie Wanderer in einer sonnendurchfluteten Schlucht.

Aus dem Augenwinkel gewahrte sie das Aufblitzen grünen Lichts. Die Ampel neben dem Tor gab ihnen freie Fahrt. Gleichzeitig schob sich das zweite Tor zur Seite.

Willner wischte sich abermals den Schweiß von der Stirn, suchte mittels des Rückspiegels Blickkontakt, nickte ihr zu, legte den ersten Gang ein und verließ im Schritttempo die Schleuse. Dahinter beschleunigte er auf die per Schild maximal erlaubten zwanzig Stundenkilometer. Die Lichter des Walls blieben hinter ihnen zurück, während sich die Düsternis des Waldes erneut über ihren Wagen schob, genauso wie über Jannah.

Jetzt war sie drin.

Jetzt gab es kein Zurück mehr.

Ja. Zum letzten Mal vernahm sie die Stimme. *Leider.*

TEIL 5

Konfrontation

Kapitel 40

Irgendwo in Baden-Württemberg

Sie hielten nach etwa zwei Dritteln der Strecke inmitten eines Mischwaldes auf einem Holzplatz, keine drei Kilometer abseits der Autobahn. Malek kniff die Augen zusammen. Die Morgensonne spitzte durch die Zweige, sprenkelte die Wagenscheibe des Porsches und schmerzte in den Augen. Zeichen der Übernächtigung. Erik hingegen hatte seit München wieder einmal gepennt, musterte zwar blinzelnd die Umgebung, sah aber durchaus passabel aus.

Die Majorin überraschenderweise auch – vermutlich hielt sie die Sorge um ihre Tochter wach. Sie kam vom Kleintransporter aus zu ihnen getrabt und öffnete Malek die Tür. »Von hier aus sind es noch zwei Minuten querfeldein.« Sie deutete gen Osten auf eine Ansammlung von Kiefern, zwischen denen ein Trampelpfad verschwand. Ohne Maleks und Eriks Reaktion abzuwarten, joggte sie los.

Die beiden tauschten einen Blick, Erik seufzte, dann folgten sie ihr. Bei jedem Schritt schmatzte der matschige Boden unter ihren Sohlen, während sie tiefer in den Wald eintauchten. Zwischen den Stämmen blitzten Überreste zerstörter Bauwerke; eine umgekippte Mauer, ein rostiges Tor, ein verbogener Metallpfosten.

Malek schloss zügig zur Majorin auf. »Wo sind wir hier?«

»Auf dem Gelände einer ehemaligen Sprengstofffabrik aus dem Deutschen Reich. Bis fünfundvierzig wurde hier TNT produziert und Granaten und Minen befüllt.«

»Ja, ja, die gute alte Wehrmacht«, flötete Erik.

Die Majorin ignorierte den Kommentar. »1944 wurden große Teile der Fabrik von Bombern der US-Luftstreitkräfte zerstört. Danach lag das Gelände brach, und die Fabrik sollte durch die Alliierten gesprengt werden, doch die Nazis hatten für die Ewigkeit gebaut – alles war aus so massivem Beton, dass eine vollständige Sprengung zu teuer und aufwendig geworden wäre. Dazu kamen die Altablagerungen von der Produktion. Man entschied, das Gelände einzuzäunen und als Sperrgebiet zu deklarieren. Ende der Siebziger wurde die Entscheidung nach einem Gutachten revidiert, man baute den Zaun ab und begann, das Gebiet zu renaturieren. Die ganze Scheiße hat man allerdings liegen lassen.«

Erik spuckte aus. »Wir laufen also über ein Minenfeld. Halleluja!«

»Sie werden schon auf keine treten.« Die Majorin setzte über einen umgekippten Baumstamm hinweg und bog vom Weg ab. »Außerdem ist das gerade das Entscheidende.«

»Für ein Versteck?«, hakte Malek nach.

»Genau. Es gibt immer noch Schilder, die wegen Munitionsresten vor dem Betreten warnen. Das hält zwar nicht jeden ab, aber wie auf dem Rummel geht es auch nicht zu.«

»Und weshalb kennen Sie sich hier so gut aus?« Ein altes Gemäuer kam zwischen Kiefern in Sicht. Das Dach war von Moos und Flechten überwuchert, der Putz der Wände abgeplatzt, sodass der nackte Stein Wind und Wetter ausgesetzt war.

»Meine Eltern stammen aus der Region, und ich wuchs sozusagen in Nachbarschaft zur ehemaligen Fabrik auf. Als der Zaun fiel, spielten wir als Kinder selbstverständlich hier – obwohl wir nicht durften.«

»Daher die Faszination fürs Militär?« Erik meinte es spöttisch, aber die Majorin nickte.

»Unter anderem.«

Sie umrundete das Gebäude, dessen Größe sich erst auf der anderen Seite offenbarte, da es viermal so lang wie breit war. Auf der Längsseite gab es noch eine intakte Fassade, auch wenn der Wind durch die zerborstenen Fenster jaulte. Die einzige Tür aus rostigem Stahl stand offen. Die Majorin trat zielstrebig ins Innere.

Malek folgte ihr und sah sich in der Düsternis um; Holzsplitter, Mörtelbrocken, rostbraune Eimer, Kanister und sonstiger Unrat übersäten den Boden. Nackte Rohre standen wie Knochen aus der Wand, und von der Decke hing sogar ein geknüpfter Strick. Direkt darunter gähnte ein dunkles Loch, vor dem die Majorin stehen blieb.

»Da rein?«, fragte Erik. »Ihr spinnt doch.«

»Keineswegs.« Die Majorin schob ächzend einen Fensterrahmen beiseite, der das halbe Loch verdeckte, und brachte Eisensprossen in der Wand zum Vorschein. Schnell stieg sie hinab, keuchte allerdings, als sie ihre Schulter belastete.

Malek fragte: »Zuerst du oder ich?«

»Ich.« Erik lächelte oder zog eine Fratze, so genau war das nicht zu erkennen, dann stieg er hinab.

Malek folgte als Letzter. Noch während er die Sprossen hinabkletterte, schnitt unter ihm das Licht einer Taschenlampe durch die Finsternis, entblößte mehr Unrat und Dreck und einen schmalen Stollen, in den die Majorin sie führte, bis an einer Eisentür Endstation war. Die Tür sah genauso alt aus wie der Rest der Anlage, doch das Schloss wirkte gepflegt.

»Halten Sie mal.« Sie drückte Malek die Taschenlampe in die Finger und nahm in deren Schein ihre goldene Brosche vom braunen Blazer. An deren Rückseite fingerte sie herum, bis sich die Vorderseite mit einem Knacken löste und einen versteckten Schlüssel offenbarte. Den klippte die Majorin aus dem Stern, steckte ihn ins Schloss. Die Eisentür schwang geräuschlos auf.

»Sie mögen das, nicht?« Erik begutachtete das nächste, mitternachtsschwarze Loch. »Sie stehen auf Geheimnisse.«

»Wie jede Frau.« Sie nahm Malek die Taschenlampe aus der Hand und enthüllte mit dem Lichtstrahl eine überraschend große Kammer hinter der Tür, vielleicht sechs mal sechs Meter im Grundriss. Die Wände zierten nüchterne Metallregale, vollgestopft mit Waffen, Munition und sonstigem Material. Es gab Unmengen an Konserven, Wasserkanistern, Decken, Kleidung – die ganze Palette dessen, was man zum Überleben brauchte. In der Mitte des Raums standen zwei Feldbetten. Sogar Bettwäsche lag darauf, eingeschweißt in Plastikfolie.

»Weiß Wendland davon?« Es war das Erste, was Malek durch den Kopf ging.

»Nein. Von diesem Versteck wissen jetzt nur wir drei.« Die Majorin trat ein und schaltete auf einem Tisch einen LED-Strahler an. Taghell wurde es. »Das hier ist mein persönlicher Notfallplan für Jannah und mich, sollte die Rebellion scheitern.«

Malek trat an eine Wand. Neben Pistolen und Sturmgewehren entdeckte er sogar Uzis und ein Dragunow. »Beachtlich.«

»Alte Militärbestände«, erklärte die Majorin. »Als Vitus mich und Jannah zu den Rebellen holte, war ich noch im Dienst. In seinem Auftrag begann ich damals, einiges an Waffen für die Rebellion beiseitezuschaffen. Dabei zweigte ich einen kleinen Teil für mich und Jannah ab.«

»Umsichtig.« Malek wollte nach einer Uzi greifen, doch die Majorin legte ihm die Hand auf den Arm. »Wir müssen zu Jannah. Was brauchen wir?«

»Sagen Sie es mir. Was erwartet uns in der Burg?«

»Zuallererst ein bewaldetes Sicherheitsgelände, doppelt

ummauert, mit nur einer Zufahrt. Etliches an Garde. Volles Programm also.«

»Patrouillen?«

»Sowieso.«

»Haben Sie eine Karte?«

Die Majorin zückte ihr Handy und schaltete es ein. »Kein Empfang«, sagte sie zufrieden. »Gut.« Sie holte abgespeicherte Satellitenaufnahmen aufs Display. »Hier sehen Sie mittig die Burg auf dem Felsensporn. Er verläuft von Osten nach Westen. Hier – südlich gelegen – gibt es einen Parkplatz, das gerodete Rechteck, und das ist die Straße. Sieht man nur teilweise, weil sie durch den Wald führt.«

»Und von dort kommt man rein?« Malek deutete auf ein weiter südlich gelegenes, sichtbares Stück Straße, dass von einem grauen Streifen gekreuzt wurde.

»Genau. Das Graue ist die Doppelmauer mit Sicherheitszone. Sie umschließt das gesamte Gelände. Und das ist die Toranlage samt Anmeldung.«

»Okay. Und Jannah kommt mit dem Fahrer von hier, aus Richtung des Tals.«

»So war der Plan.«

»Wenn er stimmt.«

»Der muss stimmen! Es gibt keine anderen Sicherheitslücken, um aufs Gelände und ins Gebäude zu kommen. Das ist ja das Problem!«

Malek kratzte sich an der Nase. »Aufs Gelände käme man mit einem Flugdrachen oder mit einem Fallschirm, aber dafür haben wir nicht die Kompetenzen. Und nicht den Schutz der Nacht.« Er betrachtete die Karte auf dem Handy und sah sich danach im Waffenlager um.

Die Majorin meinte: »Und es löst nicht das Problem mit der Burg. Da kommt man unbemerkt nicht rein!«

»Haben Sie auch Pläne von innen?«

»Klar. Direkt aus dem Bundesamt.« Sie zeigte sie Erik und Malek.

Nach einigen Minuten des intensiven Studiums sagte Erik: »An sich ganz klar, oder? Wenn wir nicht reinkommen, muss Jannah rauskommen.«

»Und wie soll das gehen, Krenkel?«

»So wie in Kronthal. Wir lösen den Alarm aus. Mit dem Arsenal hier« – ein Nicken zu den Waffen – »sollte das doch für euch beide ein Kinderspiel sein. Und Ihre Tochter wird doch sicher die Chance zur Flucht nutzen, wenn sie sich auftut, anstatt sich das Leben zu nehmen.«

»Nein, Erik.«

»Wie?« Er wandte sich an Malek. »Wenn sie so suizidal ist, dann sollten …«

»Wenn sie die Mission noch nicht abgeschlossen hat, wird sie einen Alarm nutzen, um sie zu finalisieren. Wir müssen rein und sie rausholen.«

»Und wie, bitte, wenn es keine Schwachstelle gibt?«

»Es gibt sie. Wir müssen nämlich im Gegensatz zu Jannah nicht unbemerkt rein.«

»Wo?«, fragte die Majorin.

»Hier.« Malek deutete auf einen Notausgang in einem halb offenen Kellergewölbe. »Mit Gewalt müsste das gehen.«

Die Majorin besah sich die Pläne und nickte grimmig. »Wenn wir richtig Druck machen.« Sie trat zu einem Regal und zog eine offene Schachtel heraus. Darin glänzten mehrere Plastikpäckchen voller schmutzig weißer Substanz und mehrere Handgranaten.

»Richtig Druck machen.« Erik lachte schrill und griff sich eine der Granaten, wog sie in der Hand wie eine reife Avocado. »Herrgott, ihr zwei macht mich fertig!«

Kapitel 41

Hochsicherheitsgelände Burg Waltenstein

»Parken Sie ganz hinten!« Jannah zeigte auf den im Schatten liegenden Teil des Burgparkplatzes. Er lag etwa fünfzig Meter hangabwärts auf der südlichen Seite, zum Tal hin. Der Wald war gerodet und geschottert und bot Platz für vielleicht fünfzig Fahrzeuge. Um diese Uhrzeit standen keine zehn darauf.

»Aber normalerweise fahre ich Frau Ahrens vor die Tür!«, protestierte Willner.

»Heute nicht. Ich laufe.«

»Und ich?«

»Sie werden warten.« Jannah drückte ihm abermals die Pistole in die Nierengegend. »Fahren Sie ganz rechts ran! Da, wo niemand mehr parkt. Und dann Hände aufs Lenkrad!«

Willner gehorchte. Mit knirschendem Split unter den Reifen rollten sie bis ans Ende und blieben neben dunklen Tannen stehen. Der Motor ging aus. Willner legte die Hände aufs Lenkrad. »Und jetzt?«

»Mit der Rechten den Kofferraum öffnen!«

Er drückte den entsprechenden Knopf in der Mittelkonsole. Hinten entriegelte die Heckklappe.

»Jetzt schneide ich Ihre Fixierung durch, wir steigen aus, gehen nach hinten, und Sie heben die Kofferraumklappe.«

Willner nickte. Schweiß stand ihm wieder auf der Oberlippe.

»Sie haben es fast geschafft, Willner. Also keine Panik. Und keine Dummheiten machen! Bekommt Ihnen nicht.«

»Ich mach keinen Scheiß, Mann!«

»Frau! Aber schon gut.« Jannah nahm die Pistole von ihm, schnitt mit einem Cutter aus ihrem Rucksack das Klebeband durch, das ihn an den Sitz fixierte, und öffnete ihre Tür. Er die seine. Gleichzeitig stiegen sie aus, er auf der Fahrerseite vorn, sie auf der Beifahrerseite hinten. Ihre Blicke trafen sich über das Dach hinweg. In seinem glänzte Hoffnung. Sie trug eine Sonnenbrille.

Nach einem Moment setzte er sich in Bewegung und lief nach hinten. Auch Jannah trat ans Heck. Seine Finger fanden den Spalt der Heckklappe. Die Dämpfer zischten leise.

Jannah scannte kurz den Parkplatz, bevor sie entschieden mit dem Lauf der Pistole in den Kofferraum deutete. »Einsteigen! Schnell!«

»Aber …«

»Keine Widerrede! Rein jetzt! Glauben Sie, ich lasse Sie hinterm Steuer sitzen, wo Sie jeder sehen kann?«

Das Argument zog, auch wenn es Willner eindeutig nicht gefiel. Er befeuchtete sich die Lippen, bevor er in den Kofferraum kletterte. Der am Rücken aufgeschlitzte Anzug entblößte sein Maurerdekolleté. Ächzend rollte er sich auf die Seite wie ein Embryo.

Er sagte: »So müsste es gehen. Ist sogar ganz beque…«

Jannah zog dreimal den Abzug durch. Ignorierte das innere Zittern. Räusperte sich. Schloss mit leisem Klappern den Kofferraum und steckte die Waffe weg. Abermals sah sie sich um. Alles blieb ruhig, keine Sirenen ertönten, niemand brüllte, niemand kam angerannt. Und auch ihr Zweifler schwieg. Er wand sich zwar wie ein Wurm, aber er schwieg. *Gut. Dann weiter, mach dich fertig und auf zur Burg!* Sie lief zur Beifahrertür, zog das Holster aus und steckte es zusammen mit der Pistole in den Rucksack. Anschließend ging sie ihre gesamte Kleidung im Kopf durch, um ja keine metallischen Gegenstände am Körper zu tragen. Schließlich zog sie ihren Mantel an und holte die Kühlbox heraus.

Sie öffnete sie und besah sich Reba Ahrens' Hand, die in einem Beutel innerhalb eines zweiten, mit Eiswasser gefüllten Beutels steckte. Sie hatte sie bereits in München präpariert: Die größeren Venen waren mit Plastikklammern abgeklemmt und eine der Hauptarterien mit einer Braunüle versehen. Sie stand als Einziges aus einer Art schwarzen Gummihülle heraus, die straff über den Stumpf gespannt und mit Spezialklebeband am Rest des Handgelenks befestigt war, wie ein Silikonverschluss auf einer Tomatensuppendose. So würde sie am Handvenenscanner keine blutige Schmiererei hinterlassen.

Außer die Hülle platzt, dann sprüht das Blut schön über den Scanner. Nein, nein, nein, Schätzelein, alles gut. Du schaffst das. Alles läuft nach Plan.

Angespornt von sich selbst wollte sie die Hand herausholen, merkte aber, dass sie dringend pinkeln musste. Sie klappte die Box wieder zu, huschte zwischen die Tannen und entleerte ihre Blase. Vielleicht vor Aufregung. Danach desinfizierte sie sich die Hände und öffnete die Box ein zweites Mal.

»Okay«, sagte sie. »Dann los, Jannah! Rock die Scheiße!« Beherzt griff sie nach dem Beutel und öffnete den Zipper. Sie holte den zweiten Beutel hervor und öffnete auch dessen Verschluss. Die Hand war kalt und feucht, die feinen Narben deutlich zu spüren. Sie zog sie heraus und hielt sich die fünf zusätzlichen Finger vors Gesicht. Sie atmete abgehackt. Dann spritzte sie Heparin über die Braunüle in die Hand. Schloss daraufhin ihren Blutzugang an. Die Blutflusssperre ließ sie noch geschlossen. Zuletzt schob sie sich den weiten Ärmel ihres schwarzen Mantels darüber, damit man die zwei Hände und den Blutanschluss nicht direkt sah, überprüfte, dass sie auch den Virus auf dem Stick bei sich trug, und stellte die Kühlbox zurück in den Wagen.

Mit Ahrens' Blindenstock in der rechten Hand, die Linke an den Bauch gepresst, um die heruntergekühlte Haut zu erwärmen, lief sie los. Der Schotter des Parkplatzes knirschte bei jedem Schritt und war das einzige Geräusch in der Morgensonne, die wärmend über die Baumwipfel blinzelte.

Jannah fröstelte trotzdem. Eine klamme Kälte erfüllte sie. Willner hätte nicht sterben müssen, wenn sie ihn im Kofferraum sediert hätte, aber das wäre alles zu kompliziert geworden. Er war einfach zur falschen Zeit am falschen Ort gewesen. Trotzdem war seine Ermordung ein Schlag in die Eingeweide ihrer eigenen Grundsätze. Sie wollte Unschuldige vor Leid bewahren und ihnen nicht noch mehr Leid zufügen. Hatte die Stimme recht? Entwickelte sie sich zu einer Tötungsmaschine ohne Gewissen? Würde sie sich jemals für diese Verbrechen rechtfertigen müssen, die ihr Freiheitskampf kostete?

Grimmig beschleunigte sie ihre Schritte. Am Ende des Parkplatzes vollführte die Straße eine Kurve Richtung Burg – wo ihr zwei Männer entgegenkamen. *Super!* Schnell setzte sie den Blindenstock auf den Boden und ließ ihn hin und her wandern, um den Weg entlang der Straße zu ertasten, wie Ahrens das gemacht hätte. Vorsichtig lief sie weiter.

Einer der Männer grüßte: »Morgen. Brauchen Sie Hilfe?« Dem Anzug nach zu urteilen war er ein Fahrer wie Willner, und sofort eilte er an ihre Seite.

Jannah ließ schnell den Arm mit der Hand hängen, damit der weite Ärmel sie verdeckte, und drehte den Kopf in seine Richtung. »Nein. Ich komme allein zurecht.«

Vor ihr blieb er stehen. »Wirklich? Es sind ein paar Meter bis zur Burg. Warum hat man Sie nicht raufgefahren? Wer ist Ihr Fahrer?«

»Frank Willner«, sagte Jannah. »Aber ich wollte laufen, mir die Beine vertreten. Ich bin blind, nicht gehbehindert.«

Das ließ ihn erröten. »Ich… entschuldigen Sie, bitte, ich wollte Ihnen nicht zu nahe treten.«

Jannah bemühte sich um ein Lächeln. »Schon okay.« Mit einem Nicken in seine Richtung lief sie wieder los. Ihr Stock schabte über den Asphalt und klackerte an der Straßenbegrenzung. Wenn jetzt einer der Männer genauer hinsah…

Da war sie an ihnen vorbei und nahm schnell die Hand vor den Körper an den Bauch. Zwanzig Schritte weiter blickte sie kurz zurück; die Männer bogen auf den Parkplatz ein und nahmen keine Notiz mehr von ihr.

»Meine Fresse«, murmelte sie. *Wenn man einmal keine Hilfsbereitschaft braucht…* Sie beschleunigte ihre Schritte und eilte die ansteigende Straße weiter, und endlich schob sich hinter einer Biegung die Burg mit ihrem hoch aufragenden Westbollwerk, dem Treppenturm und der Toranlage in Sicht. Fast schwarz wirkten die Mauern auf der Schattenseite, reckten wie gezackte Palisaden aus Stein in den Morgenhimmel. Das gewaltige Holztor mit Eisenbeschlag, das in den Innenhof führte, war geschlossen und für Jannah uninteressant; es brachte einen zum Wohnbereich von Johann Kehlis. Sie wandte sich nach links zum Eingang ins Westbollwerk. Dort lag nur eine unscheinbare Tür aus blankem, mattem Stahl in einer Nische. Nackter Fels ragte daneben senkrecht in die Höhe. Ein Gardist mit Maschinengewehr im Arm stand Wache.

Jannah marschierte zielstrebig auf den Eingang zu und ließ den Blindenstock klackern. Der Soldat hielt mit dem Kaugummikauen inne, fixierte sie, sagte aber nichts. Stramm stand er da, die Hände an der Waffe. Wenn er etwas bemerken sollte, wäre es um sie geschehen.

Aber du wirst nichts merken, Junge. Du wirst schön die Arschbacken zusammenkneifen, deinen Job erledigen und nur schauen.

Es blieben fünf Meter bis zur Nische. Irgendwo über ihren Köpfen krächzte ein Vogel, etwas knackte, und ein paar Steine rieselten vom Felsen herab. Der Gardist hob nicht einmal den Blick.

Jannah erreichte die Nische. Seitlich ragte auf Hüfthöhe ein Rechteck aus Edelstahl in der Größe eines Schuhkartons aus der Felswand, versehen mit einer Glasplatte auf der Oberseite. Darüber gähnte ein Schlitz für den Ausweis.

Reba Ahrens' Pass verschwand darin.

Ein grünes Licht leuchtete auf, und eine asexuelle Stimme sagte: »Handvenenscan initialisiert.«

Jannah schluckte, legte Reba Ahrens' leicht temperierte Hand auf die Glasplatte und drückte sie flach darauf. Die Haut am Handrücken warf Falten.

Die Glasplatte wurde hell und wieder dunkel.

»Authentifizierung fehlgeschlagen.« Der Ausweis glitt wie eine Zunge aus dem Schlitz – höhnisch, weit rausgestreckt.

Eine Sekunde verstrich, in der Jannah einfach nur auf die Hand in ihrer Hand blickte.

Der Gardist fragte: »Probleme?«

Und da begriff sie es: *Der Blutfluss!* »Nein, nein!« Schnell schob sie den Ärmel zurück und öffnete die Blutsperre am Katheter. Auch der Rest des Schlauchs wurde rot, und Jannah meinte zu spüren, wie es aus ihr herausfloss. Sie nahm die Hand vom Glas, zog den Ausweis heraus und steckte ihn wieder hinein.

Das grüne Licht leuchtete erneut auf, und wieder sagte die asexuelle Stimme: »Handvenenscan initialisiert.«

Jannahs Herz pochte, als sie die Hand ein weiteres Mal aufs Glas drückte. Sie spürte, dass der Gardist hinter sie trat, doch von seiner Position aus konnte er den Scanner nicht sehen. *Also ruhig bleiben! Es dauert nur ein paar Sekunden, ein paar Sekunden, ein paar …*

Die Glasplatte wurde dunkel und dann grün. »Authentifizierung erfolgreich. Herzlich willkommen, Frau Ahrens.« Die Stahltür öffnete sich, und Reba Ahrens' Blindenstock führte Jannah hinein.

Kapitel 42

Bei München, Kehlis' Bunker

Trotz der frühen Morgenstunde herrschte im Bunker bereits rege Betriebsamkeit. Hektisch eilten Menschen herum, gackerten wie aufgescheuchte Hühner durch die Flure. *Vermutlich wegen des Attentatsversuchs.*

Schweigend lief Dominik den kahlen Flur entlang, die Schritte schnell und beinahe geräuschlos, während ihm sein offener Mantel um die Arme wallte. Seine Hände waren immer noch voll von Reba Ahrens' getrocknetem Blut. Sie zogen einige irritierte Blicke auf sich, doch niemand hielt ihn auf, niemand fragte ihn, was los sei oder ob er Hilfe brauche. Man machte dem Konfessor erster Generation eiligst Platz.

In der Haupthalle klopfte er an den Fahrstühlen auf den Knopf mit dem Pfeil nach oben. Sekunden später kam eine Glaskapsel. Zwei Beamtinnen mit Klemmbrettern bekamen große Augen, als er sich zwischen sie ins Innere drängte und den Knopf für die Einsatzzentrale drückte, wo er Nummer Eins vermutete, den er nicht ans Telefon bekam. Nicht mal über seine Lifewatch.

Als der Aufzug nach oben glitt, fragte eine der Frauen vorsichtig: »Konfessor?«

»Nicht mein Blut.«

Die Frau nickte schnell und wechselte mit ihrer Kollegin

einen Blick. Dann waren sie auch schon in der Etage der Einsatzzentrale.

Unerträglich heiß wallte es in den Aufzug, als sich die Türen öffneten, und es roch nach der Aufregung zu vieler Menschen. Außerdem war es laut wie in einem Hauptbahnhof.

Dominik brach sofort der Schweiß aus. Er machte sich auf die Suche nach dem Obersten. Unter den Anwesenden fiel ihm der Mann in Schwarz mit dem roten Kollar nicht auf. Dessen Stuhl war verwaist, und nicht mal Abdrücke seines Hinterns waren auf dem Leder zu erkennen.

Dominik überlegte einen Moment, was er tun sollte, dann klatschte er zweimal in die Hände, und es wurde abrupt leiser. Zig Augenpaare richteten sich auf ihn und seine blutverschmierten Hände, die vor seinem Anzug wie Farbkleckse leuchteten. *Einmal in den Farben des Obersten,* schoss es ihm durch den Kopf, und er schnaubte beinahe. Aber nur beinahe. Trocken fragte er: »Wo ist er?«

»Wer?«

»Nummer Eins?«

Ein anderer Gardist antwortete zackig: »Auf dem Rückweg vom Tegernsee, Konfessor.«

»Ist er von hier aus erreichbar?«

»Sieht schlecht aus. Hat seine Kommunikation vor, Moment, einer halben Stunde deaktiviert. Möglicherweise gönnt er sich während der Rückfahrt ein Nickerchen. War die ganze Nacht auf den Beinen.«

Wie ich auch. »Wird er gefahren?«

»Nein. Zum Tegernsee ist er definitiv alleine mit seinem Dienstwagen aufgebrochen.«

Dominik nickte dem Gardisten zu, während sich seine Hände zu Fäusten ballten. *Dann pennt er. Ausgerechnet jetzt. Wenn es brennt.* Das war doch Scheiße. Was sollte er jetzt tun? Er brauchte Klarheit!

Und nur einer konnte ihm die jetzt geben.

Dominik rief wieder den Aufzug. Diesmal kam eine leere Glaskapsel, von der er sich in die oberste Etage befördern ließ. Unterwegs überlegte er, wie er es anging. Der Kanzler war ein anderer Gesprächspartner als Nummer Eins.

Kurz bevor die Türen sich öffneten, kam ihm eine Idee. Er öffnete den obersten Knopf seines Hemds, zog das Kollar aus dem Kragen und zupfte ihn auseinander. Das Kollar verschwand in seiner Manteltasche.

Zwei Leibwächterinnen und drei Leibwächter musterten ihn kalt, als er ihnen aus dem Aufzug entgegentrat. Der Chef der Leibgarde fragte: »Zugangsberechtigung?«

»Negativ.« Man brauchte einen Termin, und den bekamen nur die wenigsten: der Oberste, die Leibgarde des Kanzlers und der ein oder andere Mitarbeiter des Forschungsstabs. Fossey war täglich ein- und ausgegangen. Es war die Etage des Herrn persönlich, ganz oben, dem Himmel am nächsten.

Dass ihre Maschinenpistolen hochkamen und sich grüne Lichtpunkte zitternd auf seine Brust hefteten, war allerdings neu. »Dann wird der Herr Sie nicht empfangen«, ließ man ihn wissen.

»Doch, das wird er. Sagen Sie, dass es um … Fossey und die Rebellion geht. Und sagen Sie, es eilt. Allerhöchste Gefahrenstufe.«

Der Leibwächter musterte ihn ausgiebig, den offen stehenden Hemdkragen, den Schmutz und Dreck auf seinem Anzug, zuletzt seine Hände. »Nummer Elf, nicht?«

Dominik zeigte seine Lifewatch mit der eingravierten 11, indem er den Ärmel des Mantels zurückschob.

»Okay. Warten Sie.« Der Gardist verschwand durch eine automatische Tür aus weiß lackiertem Stahl. Als er zwei Minuten später zurückkam, zitterten die vier Lichtpunkte der Laserobjektive immer noch auf Dominiks Brust. »Okay,

Nummer Elf, der Herr empfängt Sie. Kommen Sie!« Er winkte ihn, eine Leibwächterin und einen Leibwächter zu sich, die Dominik flankierten, dann ging es durch die Tür in einen Flur ohne Fenster.

Während sie diesen entlangschritten, fragte Dominik: »Erhöhte Sicherheitsmaßnahmen?« Ihm war neu, dass Konfessoren erster Generation unter vorgehaltenen Waffen zum Kanzler geführt wurden. Bei seinem letzten Treffen mit Johann Kehlis vor einigen Monaten hatten sie locker zusammen mit Nummer Eins in einem ordinären Besprechungsraum gesessen.

»Seit gestern Abend. Wegen des Attentatsversuchs«, antwortete der Chef der Leibwache knapp.

»Ich dachte, es ist nichts passiert.«

»Und so soll es auch bleiben. Anweisung direkt von Nummer Eins. Niemand kommt mehr ohne unsere Begleitung zum Herrn.« Vor einer Tür aus mattiertem Glas blieben sie stehen. Sanftes Licht schimmerte hindurch. Einen Türgriff gab es nicht. Der Chef der Leibgarde legte seine Hand flach an einer bestimmten Stelle auf das Glas, und die Tür glitt surrend zur Seite.

Dominik wusste nicht so recht, was er vom Büro des Herrn erwartet hatte; vielleicht eine Denkstube in Weiß, dominiert von Regalwänden voller schwarzer Aktenordner, säuberlich sortiert und beschriftet, mit einem ausladenden, hell erleuchteten Schreibtisch davor, über den sich Johann Kehlis beugte, um über die Geschicke Deutschlands zu grübeln. Oder einen Raum voller Monitore, wie in der Frankfurter Börse, auf denen alle wichtigen Fakten Deutschlands zusammengetragen und visualisiert wurden, während Kehlis in einem Sessel davorlümmelte und alle Informationen gleichzeitig aufsog, mit einem Headset auf dem Kopf, um sofort reagieren zu lassen.

Nicht erwartet hatte er einen spartanisch eingerichteten

Saal mit der Atmosphäre einer Lagerhalle. Es gab nur drei Arrangements.

Erstens: ein halbrunder Tisch aus schwarzem Glas in Form eines ausgefüllten Us. An der angeschnittenen Seite war der Platz des Kanzlers, während an der Rundung sechs Gäste sitzen konnten. Allerdings stand nur ein Drehsessel dort, und der war verwaist.

Zweitens: eine ausladende Tafel an der Wand, ebenfalls aus schwarzem Glas, teilweise mit bunten oder weißen Filzstiften beschrieben. Die Kritzeleien muteten wie Formeln und Gedankengänge an.

Und drittens: eine illuminierte Glasvitrine mit einem einzigen Objekt im Schaukasten: einem Glasfläschchen auf einem filigranen Ständer, mit einem Fassungsvermögen von etwa fünf Millilitern. Eine klare Flüssigkeit glänzte darin, warf Lichtreflexe zu den Seiten. Auf dem Glas stand mit schwarzem Fineliner geschrieben: *V.INC-1R3*.

Der Herr stand daneben – wie immer leger gekleidet – und betrachtete das Fläschchen mit dem süchtig machenden Lebensmittelzusatzstoff, der ihn reich gemacht hatte. Ohne aufzusehen, sagte er: »Ich hoffe für Sie, Ihre Neuigkeiten sind von Belang.«

»Sie werden nicht enttäuscht sein, Herr.« Dominik blieb in höflichem Abstand stehen und neigte sein Haupt. Die zwei der Leibgarde flankierten ihn weiterhin mit einigen Schritten Distanz. »Ich habe Erkenntnisse über die Pläne der Rebellen.«

»Das sagten Sie schon bei der Anmeldung. Wenn Sie das vermeintliche Attentat meinen, ist mir das bereits bekannt. Nummer Eins kümmert sich darum.«

»Zweifelsohne. Ich bin aber nicht deswegen hier.«

»Sondern?«

»Wegen eines Vorfalls hier in München.«

Endlich stieg der Blick des Kanzlers zu ihm auf, nur um

sich missbilligend zu verdunkeln. »Wie sehen Sie denn aus? Blutverschmiert, abgerissen, ohne Kollar und mit offen stehendem Hemd. Eine Schande für Ihren Stand. Und was ist das da drunter? Was hängt da um Ihren Hals? Ein Rosenkranz? Seit wann tragen meine Konfessoren *Schmuck?*«

Ja, das ist eine gute Frage. »Das ist ein Erinnerungsstück.«

»Woran?«

An Maria. »An ein Individuum aus meinem vergangenen Leben, das ich vor Kurzem in Ihrem Auftrag« – er schluckte – »erlöst habe.«

»Aha. Na, es wird seine Gründe gehabt haben.«

»War das eine Frage?«

»Natürlich nicht! Was interessiert mich ein Individuum? Ich habe einen Staat zu lenken, knapp achtzig Millionen Menschen. Da denkt man in anderen Dimensionen.«

»Ja … vermutlich.« Dominik verschränkte die Hände vor dem Bauch, weil sie plötzlich zitterten, und senkte den Blick. Seine Lederschuhe waren stumpf. Getrocknetes Blut klebte auch an ihnen.

Kehlis kam einen Schritt näher. »Und wegen welchem Vorfall sind Sie nun gekommen, Nummer Elf?«

Richtung Boden fragte Dominik: »Sagt Ihnen der Name Reba Ahrens etwas?«

Das ließ den Kanzler stutzen. »Reba Ahrens? Was wissen Sie über Reba Ahrens?«

Dominik sah auf. Er hatte sich wieder unter Kontrolle. »Dass sie mit einem Sperrvermerk versehen ist und als Scientin für Sie arbeitet. Und dass sie gerade im Nordklinikum notoperiert wird.«

»Reba Ahrens?«

»Wohnhaft in der Untersteinerallee in Schwabing. Ich fand sie vor knapp einer Stunde in ihrem Haus, mehr tot als lebendig. Zwei Rebellen waren vor Ort, um sie verschwinden zu lassen. Leider versuchten sie sich mit Waffengewalt einer Festnahme zu entziehen, und ich musste sie erschießen.«

Die Stirn des Kanzlers hatte sich zu einem Grand Canyon der Sorgenfalten zusammengeschoben. Zum dritten Mal fragte er: »Reba Ahrens?« Er schien es nicht glauben zu wollen.

»Zweifelsfrei. Man hat ihr die Hand abgenommen.«

»Die *Hand?*«

»Die Linke, um genau zu sein, abgetrennt etwa hier.« Dominik umfasste seinen Unterarm mit Daumen und Mittelfinger knapp unterhalb des Handgelenks. Dann tippte er sich mit dem ausgestreckten Zeigefinger zwischen die Augen. »Und man hat ihr hier in den Kopf geschossen. Dass sie noch lebt, grenzt an ein Wunder.«

»Reba Ahrens.« Der Herr flüsterte den Namen nur, und als über sein Gesicht Unglaube kroch, schmeckte der auf Dominiks Zunge seltsam süß. »Rebellen? Was wollen die von ihr?«

»Ich hatte gehofft, dass Sie mir das sagen können. In die Arbeit der Scienten habe ich nur marginale Einblicke, daher konkret die Frage: Was könnten die Rebellen von ihr gewollt haben? Und wozu eine Handamputation? Die erscheint mir besonders auffällig.«

»Ja … durchaus. Ihre Hand …« Plötzlich weiteten sich die Augen des Kanzlers. »Da gibt es was! Eine Örtlichkeit, für die Reba ihre Hand braucht! Die Burg! Das ist es! Das muss es sein! Sie wollen in die Burg! Da kommt man nur mit einem Handvenenscan rein.«

Dominiks Herz klopfte stärker. »In welche Burg?«

»In die Burg der Scienten! Burg Waltenstein bei Mannheim. Der zentrale Rechnerknoten der Schreibersoftware.« Der Kanzler wandte sich von Dominik und der Vitrine ab und marschierte los, auf und ab, auf und ab. »Jetzt ergibt das alles einen Sinn! Deswegen hat Carl programmiert! Er will dort irgendetwas umstellen.«

Dominik hob eine Augenbraue. »Würden Sie mich erleuchten, ich verstehe die Zusammenhänge nicht.«

»Ja, ja, weil Ihnen der Kontext fehlt!« Ein Kopfschütteln, dann: »Carl, du Drecksau.« Und an Dominik gewandt: »Es ist ganz simpel: Von der Burg aus werden alle Nanoschreiber angesteuert. Reba Ahrens war als Scientin an deren Entwicklung beteiligt, hat Zugang für Wartung und Pflege – im Gegensatz zu Carl, den Eins und ich ausschlossen, weil uns sein interkontextuelles Wissen als zu gefährlich erschien. Wenn er es jetzt aber zusammen mit dem Datenbaron schafft, dort einzudringen, dann könnte er einigen Schaden anrichten.« Der Kanzler zückte ein Telefon und wählte eine Kurzwahl.

»Wo rufen Sie an?«, fragte Dominik.

»In der Burg natürlich!«

»Warten Sie.«

»Worauf? Dass es zu spät ist?«

»Nein, aber möglicherweise lässt sich eine Falle initiieren. Meinen Ermittlungen nach versucht eine Rebellin, getarnt als Reba Ahrens, dort einzudringen.« Dominik lehnte sich mit der Theorie zwar weit aus dem Fenster, aber wozu sonst diente die Ähnlichkeit von Jannah und Reba Ahrens? Man hatte eine Doppelgängerin gesucht. »Wenn sie so eine wichtige Mission der Rebellion übernimmt, muss sie ganz nah dran sein an den Entscheidern. Wenn wir sie also lebend in die Finger bekommen, haben wir womöglich endlich Zugang zu Informationen aus erster Hand und kommen an den Datenbaron und Fossey ran.«

Der Kanzler sah ihn einige Herzschläge lang an, dann legte er eine Hand über das Mikrofon. »Eine Frau alleine soll in die Burg eindringen und all die Sicherheitsschleusen überwinden, die eine Sicherheitsexpertenkommission ausgetüftelt hat? Das ist ein Witz, oder?«

»Ich beliebe nicht zu scherzen. Diese Frau war auch schon

bei Fosseys Befreiungsaktion dabei und in Berlin bei der meines Bruders. Beides glückte. Sie weiß offenbar, was sie tut.«

»Haben Sie einen Namen?«

»Nur einen Vornamen: Jannah.«

»Jannah.« Der Herr spuckte ihn regelrecht aus. »Das Exemplar von Frau will ich persönlich sehen. Bringen Sie sie mir! Lebend!« Plötzlich änderte sich sein Gesichtsausdruck, als hätte er eine grandiose Idee. »Und wenn sie wirklich so gut ist, wie Sie behaupten, machen wir aus ihr eine Konfessorin erster Güte. Allein ihr Wissen … Sie hat mit einem Großteil der Rebellen sicher zusammengearbeitet, kennt Namen, Gesichter und Lebensgeschichten. Ja … Lebensgeschichten. Das ist es. So kriegen wir sie alle.«

Dominik neigte abermals sein Haupt. »Selbstverständlich, Herr. Verraten Sie mir noch, wie sie in der Burg Schaden anrichten kann?«

»Eigentlich nur über die Software der Schreiber. Dazu müsste sie an eines der Terminals kommen, von dem man am Kernel arbeiten kann, und irgendwie etwas einspielen. Mit einem Stick zum Beispiel oder einer Festplatte. Oder sie programmiert direkt vor Ort. Das sind ihre einzigen Optionen. Carls einzige Optionen!«

»Okay.« Dominik dachte einen Moment nach. »Dann schlage ich Folgendes vor …«

Fünf Minuten später rannte er im Auftrag des Herrn zum Helikopterlandeplatz. Die Morgenluft war frisch. Unterwegs schloss er den obersten Knopf seines Hemdes und schob das Kollar zurück an seinen Platz.

Kapitel 43

Hochsicherheitsgelände Burg Waltenstein

Jannahs Puls raste. Das Beinahescheitern am Scanner hatte ihr einen so heftigen Adrenalinkick versetzt, dass sie am liebsten dem Fluchtverlangen nachgegeben hätte und losgerannt wäre, doch hinter der Eingangstür erwartete sie ein weiterer videoüberwachter Durchgang aus Glas, an den sich eine Sicherheitsschleuse mit einer Metalldetektorschranke und einer Gepäckdurchleuchtung anschloss – mit zwei Gardistinnen, die bei ihrem Eintreten aufsahen. Ihr blieb gar nichts anderes übrig, als weiterhin Reba Ahrens zu mimen. *Und ich kann die Blutzufuhr nicht abstellen!* Wegen des neugierigen Gardisten an der Eingangstür hatte sie sie offen gelassen. Ihr Blut wurde immer noch mit jedem Herzschlag durch den geöffneten Adapter in die abgetrennte Hand gepumpt.

»Frau Ahrens«, grüßte eine Gardistin und erhob sich. »Guten Morgen! Gepäck dabei?«

»Nein.« Jannah trat aus dem Glasdurchgang an die Schleuse, die sie an einen Flughafensicherheitscheck erinnerte, den sie mit ihren Eltern vor Jahren für einen Spanienurlaub passiert hatte.

»Umso besser. Elektrogeräte?«

»Nur einen Stick.«

»Anderweitige Gegenstände?«

»Meinen Blindenstock. Unschwer zu erkennen.«

»Das stimmt.« Sie kam um die Schranke herum, schob ihr eine graue Plastikwanne hin und klopfte laut darauf. »Stick und Stock hier rein, bitte.«

Jannah ließ den Arm mit Reba Ahrens' Hand hängen, und legte erst den Stock, dann den Stick mit dem Virus hinein.

»Gut.« Die Gardistin schob die Wanne in den Scanner. Während sie langsam vom Förderband eingezogen wurde, positionierte sie sich auf der anderen Seite des Detektordurchgangs. »Sie können.«

Jannah nickte diffus in ihre Richtung und trat durch die Schranke. Lichtstreifen leuchteten grün auf. Die Gardistin sah zu ihrer Kollegin. Jannah konnte aus dem Augenwinkel sehen, wie diese gelassen nickte.

»Wunderbar«, sagte die Gardistin. »Das war's auch schon. Alles okay.« Sie hielt ihr die Wanne entgegen.

Bei der Kollegin klingelte das Telefon. Sie nahm ab. Hörte zu.

Jannah ertastete die Wanne, obwohl sie sie genau sah, fuhr mit den Fingern suchend darin herum, fand den Stick, steckte ihn ein und griff sich danach den Blindenstock.

Als sie drei Meter den Flur hinab war, rief die Gardistin ihr hinterher: »Frau Ahrens!«

Sie blieb stehen. Ihre Finger umklammerten den Blindenstock und die Hand. Die Schutzfolie über dem Stumpf wurde langsam warm – von ihrem Blut. »Ja?«

»Entschuldigung. Das System meldet, dass wir einen Sprengstofftest an Ihnen durchführen sollen. Stichprobenartig.« Sie kam erneut zu ihr, hatte einen weißen Streifen Papier dabei. Damit strich sie ihr erst über die linke Schulter, dann über die rechte Brustseite und schließlich den linken Arm hinab bis zum Ellbogen. Dann kehrte sie zu ihrer Kollegin zurück, die immer noch das Telefon am Ohr hatte. »Dauert nur einen Moment.«

»Okay.« Jannahs Stimme zitterte. Wenn sie nur etwas genauer hingesehen hätte, wäre ihr die Hand in ihrer Hand aufgefallen! Sie spähte vorsichtig zu den beiden. Die eine steckte gerade das Papier in einen Automaten, während die andere an einem Computerterminal etwas eingab. Jannah überlegte, ob sie es wagen sollte, den Adapter zu schließen. Wie lange war er jetzt schon geöffnet? Vier Minuten? Fünf? Sechs? Bald würde es kritisch werden.

Ein erneutes Piepen ließ sie zusammenzucken. Die Gardistin am Terminal hob den Kopf, sprach kurz mit ihrer Kollegin und wandte sich dann Jannah zu. Schon hörte sie sie sagen: *Positiv! Frau Ahrens, jetzt haben wir ein ernsthaftes Problem.* Zu ihrer Erleichterung bewegten sich ihre Lippen jedoch zu anderen Worten: »Negativ, Frau Ahrens. Sie können.«

Jannah nickte mechanisch und lief los. Ihre Beine glichen mittlerweile Gummistangen und drohten unter ihr nachzugeben. Trotzdem hielt sie sich aufrecht, wackelte vorwärts und rief in Gedanken den Plan der Burg ab. Den Flur hinab müsste es Toiletten geben. Die letzten Meter rannte sie fast, auch wenn sich der Boden nach einem wankenden Boot anfühlte. Vermutlich eine Reaktion des Blutverlusts und der Aufregung.

Eine stilisierte Frauensilhouette aus Edelstahl auf einer weißen Tür kam in Sicht. Jannah stieß sie auf, schnell rein, nach links, zu den Kabinen und rein in die erste. Sie stellte den Stock in eine Ecke, knallte die Tür hinter sich zu, schob hastig den Ärmel hoch und fingerte nach dem Adapter. Sie zitterte so stark, dass sie drei Versuche brauchte, um das kleine Rädchen aus Plastik zuzudrehen. Als es geschafft war, entwich ihr ein langer, langer Atemzug. Sie sank gegen die Toilettenwand. »Fuck! Musste das sein? Sprengstofftest.« Sie schniefte, schüttelte den Kopf und sah für ein paar Sekunden hoch zur Decke aus aneinandergereihten Lamellen.

Dann hob sie die Hand mit der Hand. Der Überzug des

Stumpfs wölbte sich aus, war mit Blut prall gefüllt. Sie hatte mindestens einen halben Liter verloren, *wenn nicht mehr. Aber du hast es geschafft! Du bist drin!* Sie löste den Adapter von der Braunüle, wobei ein paar Tropfen Blut auf den Boden perlten, und legte die Hand auf einen Fliesenvorsprung über der Toilette. Dann sank sie auf die Klobrille, stützte die Ellbogen auf die Oberschenkel und bettete den Kopf in die Hände.

So saß sie da, bis sich das Zittern in ihren Beinen und Händen legte.

Schließlich stand sie auf und holte aus ihrer Jackentasche einen schwarzen, blickdichten Plastikbeutel. Den fingerte sie knisternd auf und legte ihn zur Hand. Danach nahm sie den Blindenstock; das Griffende war anatomisch geformt und aus Gummi. Mit aller Kraft zerrte sie daran, was den Griff millimeterweise herunterrutschen ließ. Mit einem *Plopp* löste er sich schließlich. Die zum Vorschein kommende Aluminiumkante hatten sie vorher modifiziert; eine fingertiefe Nut war auf einer Seite eingearbeitet und rasiermesserscharf geschliffen. In die steckte Jannah Reba Ahrens' Zeigefinger, knickte ihn am zweiten Knöchelgelenk ab und legte die Hand flach auf den Boden. Anschließend drückte sie den Blindenstock mit ihrem Körpergewicht nach unten. Die scharfe Kante trennte den Finger sauber ab. Es war hässlich anzusehen, wie er blutig aus dem Stockende fiel, aber sie brauchte ihn noch – im Gegensatz zur Hand. Die steckte sie in den Plastikbeutel. Dann krempelte sie sich den Ärmel hoch, entfernte die Pflaster, den Schlauch und zögerte beim Katheter. Mit einem entschlossenen Ruck zog sie auch ihn aus der Vene. Schnell presste sie ganz fest Klopapier darauf.

Während sie wartete, dass sich die Vene verschloss, ließ sie den Kopf abermals gegen die Wand sinken und atmete einfach. Zwei Minuten später nahm sie das blutige Klopapier vom Arm und checkte den Einstich, ob er sie behindern würde. Dann wischte sie das Blut vom Boden auf, reinigte den Finger, steckte ihn ein, packte das restliche Zeug in die Tüte und schloss den wasserdichten Zipperverschluss. Zuallerletzt deponierte sie den Beutel im Mülleimer unter dem Waschbecken.

Als sie sich wieder aufrichtete, war ihr nach einer Erfrischung. Sie wusch sich die Hände und spritzte sich kaltes Wasser ins Gesicht. Aus dem Spiegel darüber sah ihr ein abgerissenes Gespenst entgegen, blass und augenberingt, mit einem hässlichen roten Pony quer über der Stirn.

Schnell setzte Jannah die Sonnenbrille wieder auf und verließ die Toilette. Sie wandte sich nach rechts, steuerte zielstrebig durch den Hochsicherheitstrakt, bog zweimal links und einmal rechts ab, bis sie am Ende des Flurs zu einer Aufzugtür kam. Die glitt automatisch auf. Jannah stieg ein und drückte auf den Knopf fürs unterste Geschoss, den Terminalbereich. Abermals musste sie Ahrens' Ausweis und zusätzlich deren Finger scannen, erst dann schlossen sich die Türen, und es ging ein, zwei, drei, vier, fünf, sechs, sieben Stockwerke hinab. Ihr Kopf war während der Fahrt überraschend leer, wie ausgelaufen, zusammen mit dem Blut.

Mit einem hellen *Pling!* glitten die Türen auseinander. Ein großzügiger Raum öffnete sich vor ihr, sechseckig im Grundriss und dominiert von einer kreisrunden Theke in der Mitte. Darin stand eine Frau in Weiß. Ein Lächeln breitete sich auf ihrem Gesicht aus.

»Frau Ahrens! Sie mal wieder hier. Schön. Wollen Sie Tee? Ich müsste noch Grünen Sencha dahaben.« Sie begann, in einer Schublade zu wühlen.

Jannah trat an die Theke und räusperte sich. »Heute leider nicht. Ich bin in Eile.«

Die Frau in Weiß hielt in ihrer Suche inne. Das Lächeln war immer noch da, doch in ihren Augen hatte sich etwas verändert. Jannahs Herz begann wieder zu pochen. Hatte sie es gecheckt? Kannte sie Reba Ahrens gut? Tranken sie immer Tee zusammen? Würde sie am letzten Hindernis auffliegen?

Die Frau in Weiß sagte genauso freundlich wie vorher: »Kein Problem. Dann lass ich Sie mal ans Terminal, wenn's eilt.« Sie beugte sich zu ihrer Computertastatur hinab, tippte etwas ein, zog eine Karte durch einen Scanner und verlangte Ahrens' Ausweis.

Jannah legte ihn auf die Tischplatte.

Ohne erneut aufzusehen, nahm ihn die Frau und steckte ihn in einen von fünf Schlitzen einer Apparatur. Daraufhin flackerte etwas in Jannahs Augenwinkel; eine der sechs Wände färbte sich von ihrem leuchtenden Weiß in ein dreckiges Betongrau. Und es war tatsächlich nackter Beton, der jetzt hinter der Wand aus Glas zu sehen war und einen kleinen Raum begrenzte, nicht größer als eine Gefängniszelle und ähnlich spartanisch ausgestattet mit einem Bürostuhl und einem Schreibtisch mit Bürolampe. Der Unterschied lag in einem mit Edelstahl eingefassten Computerterminal, das aus der Wand in den Raum ragte.

»Wie immer Terminal vier, Frau Ahrens. Viel Vergnügen.« Die Frau in Weiß lächelte wieder und drückte noch einen Knopf in ihrem Pult, bevor sie sich einer Aktenmappe widmete.

»Danke.« Jannah betrachtete durch ihre Sonnenbrille einen Moment lang die Kammer, bevor sie an den Arbeitsplatz der anderen Art trat und dabei beinahe gegen die massive Scheibe gelaufen wäre. Nur aufgrund einer Spiegelung realisierte sie im letzten Moment, dass das zentimeterdicke Glas noch langsam herabglitt und im Boden verschwand. Jannah schluckte und wartete, bis der Weg frei war. Dann betrat sie den nackten Beton, tastete sich zum Bürostuhl und schob ihn vor das Terminal.

Kaum dass sie saß, ertönte ein Knacken, und die Glaswand hinter ihr surrte zurück an ihren Platz. Weiß färbte sie sich allerdings nicht wieder. *Damit man sieht, was die Scienten treiben.*

Jannah wurde sich bewusst, dass sie wie eine Idiotin wirkte, und wandte sich schnell dem Terminal zu. Ihre Finger berührten den gebürsteten Edelstahl der Einfassung, der glatt und kühl war und in dem ein Leuchtstreifen orange glühte. Es gab eine Brailletastatur und ein Brailledisplay. Das herkömmliche Display darüber war schwarz. Trotzdem breitete sich ein schüchternes Lächeln auf ihrem Gesicht aus. Sie war wirklich bis hierher gekommen. Eigentlich unfassbar, aber wahr. Jetzt musste sie nur noch den Virus einspeisen und …

Sie zog den Stick aus ihrer Hosentasche, entfernte die Schutzkappe, betrachtete zwei Atemzüge lang das daumennagelgroße Speichermedium, das die Menschheit retten würde, und steckte es in einen der USB-Schlitze des Terminals.

Jannahs Lächeln wurde breiter. Sie hatte es geschafft! *Freedom* spielte sich jetzt von selbst ein. Nur noch das grüne LED-Licht am Stick musste aufleuchten, das ihr mitteilte, dass alles funktioniert hatte.

Doch es ging kein Licht an. Die LED blieb farblos transparent.

Das Lächeln auf ihrem Gesicht gefror. Wieso spielte sich der Virus nicht ein? Fossey und Vitus hatten gesagt, sie müsse überhaupt nichts tun, nur anstecken. Stimmte etwas mit dem Terminal nicht? Jannah drückte auf den Edelstahltasten der Tastatur herum, dann auf der Brailleleiste, doch das Display blieb schwarz. War das Teil gar nicht aktiviert? Konnte sich deswegen der Virus nicht einspielen?

Etwas rumpelte hinter ihr.

Der Aufzug spie ein halbes Dutzend Gardeleute in den Raum. Sie blickten grantig drein und trugen Maschinenpistolen im Anschlag. Fünf positionierten sich vor dem Glas zu ihrer Kammer, während einer mit der Frau in Weiß sprach.

Jannah betrachtete das alles voller Entsetzen, während sich die Finger ihrer linken Hand um die Kappe des USB-Sticks schlossen. Darin befand sich noch eine kleine, transparente Kapsel. Sie tötete in weniger als einer Minute, aber sie konnte sie jetzt nicht nehmen, nicht, wenn der Virus nicht eingespielt war!

Der Gardist sprach noch mit der Frau in Weiß. Jannah verstand die Worte nicht, aber sie verstand das Nicken der Frau und den darauffolgenden Blick des Gardisten.

Und das Licht am Stick leuchtete noch immer nicht.

Kapitel 44

Hochsicherheitsgelände Burg Waltenstein

Die Sonne erfüllte den Himmel über den Baumwipfeln im Südosten mit grellem Gelb, stach ab und an bis zum Waldboden. Einige Insekten schwirrten hellen Lichtpunkten gleich zwischen den Stämmen herum, und hier und da glänzte der Faden eines Spinnennetzes wie gesponnenes Gold. Von irgendwo erscholl sogar der Ruf eines Kauzes.

Und bald scheppert es so richtig. Erik befestigte die vorletzte Handgranate fein säuberlich mit Draht am Kühlergrill des Porsches.

»Wie schaut's aus?« Die Majorin lud die letzte ihrer Pistolen durch und steckte sie in das Gürtelholster. An einem Schulterriemen hingen drei Granaten. »Ich wär so weit.«

»Ich auch.« Malek ließ irgendetwas an dem Dragunow-Scharfschützengewehr einrasten und warf es sich am Tragegurt über die Schulter. Im Kontrast zur modernen Gardeuniform, die er immer noch trug, wirkte das Gewehr wie ein historisches Relikt. »Erik?«

»Dauert noch 'nen Moment!« Er nahm die letzte Granate aus der Schachtel und schob den Draht durch den Splint. »Hab ja auch die feinmotorischste Arbeit.«

Die Majorin trat neben ihn, begutachtete die wie Perlen aufgereihten Handgranaten zehn Zentimeter unterhalb der

Motorhaube. Ihre Stirn furchte sich. »Sieht abenteuerlich aus.«

»Wie die ganze Aktion.« Erik grinste. »Aber mit dem MacMalek an unserer Seite gelingt das schon. Improvisieren kann er.«

Sie sagte nichts dazu, checkte ihre Uhr. »Schon neun! Gleich ist Wachwechsel. Wir müssen endlich los. Mir dauert das zu lange!«

»Gut Ding …«

»Sparen Sie sich das, Krenkel! Es geht um das Leben meiner Tochter, verdammt!«

»Und auch um meines. Und ums Leben danach. Ich will nicht mit weggerissenen Eiern ableben. Sie wissen schon … die Vorstellung vom Paradies und so. Die Jungfrauen.« Er schob das letzte Drahtende durch eine Lasche des Kühlergrills und verzwirbelte es mit einem anderen. Zerrte leicht daran. »So! Sollte halten.«

Malek kam und sah, dass es gut war. Er schob das Dragunow durch das offene Fenster auf den Beifahrersitz des Porsches und umrundete die Motorhaube. Nachdem er eingestiegen war, sagte er durchs Fenster: »Alles klar. Dann bis später. Wir sehen uns!« Er startete den Wagen, fuhr langsam an, hielt aber drei Meter weiter wieder an. »Frau Sterling«, wehte es aus dem Fenster.

Sie lief zur Fahrerseite. »Ja?«

»Woher wissen Sie es?«

Sie zögerte, dann zuckte sie mit den Schultern. »Man kann eine Mutter nicht täuschen.«

Erik meinte, als Antwort ein Schnauben aus dem Fahrzeug zu hören, dann fuhr das Geschoss auf vier Rädern wieder an und verschwand holpernd hinter den Bäumen.

Die Majorin sah dem Wagen hinterher. Der sanfte Wind spielte mit ihrem Haar.

Erik trat neben sie. »Was war das jetzt, bitte?«

»Eine Seltenheit, Krenkel.« Sie machte kehrt und deutete auf den Wald. Sie befanden sich etwa achthundert Meter Luftlinie von der Toranlage des Sicherheitsgeländes entfernt. »Kommen Sie! Wir haben keine Zeit mehr zu verlieren.«

Er hielt sie am Arm zurück. »Nein, nein. Sie erklären mir das jetzt. Was läuft da zwischen Ihnen und Malek?«

»Nichts. Er hat nur kapiert, dass ich weiß, was er will.«

»Das ist kein Geheimnis: seinen Bruder wiederhaben.«

Sie schüttelte den Kopf, lächelte dabei seltsam wissend. »Wutkowski hat seine Agenda geändert. Er will jetzt Jannah retten, und das nicht aus Eigennutz, wie ich es sonst von ihm kannte.«

»Das ...«

»Verstehen Sie nicht? Nun, er hätte mir nicht helfen brauchen, für ihn wäre es viel einfacher, auch in Hinsicht auf seinen Bruder, wenn Jannah es schafft, den Virus einzuspielen. Dann würden sich die ganzen Rahmenbedingungen für ihn verbessern. Außerdem ist es doch reiner Wahnsinn, zu dritt eine Festung der Regierung anzugreifen.« Mit den Worten ließ sie ihn stehen und verschwand zwischen den Tannen und Fichten.

Erik sah ihr hinterher. *Ja, reiner Wahnsinn.* Er schüttelte den Kopf und schulterte die Uzi, die sie ihm vorbereitet hatten – *eine Uzi! Er und eine Uzi!* –, um dann selbst ins Dickicht zu stiefeln.

Achthundert Meter entfernt gähnte Peter Wilhelm ganz ungeniert in seinem Wachhäuschen. Es war ein ätzend langweiliger Morgen. Neben dem üblichen Personalwechsel hatte er gerade einmal zwei Fahrten in seine Liste eingetragen; die Ankunft von Fränky mit der blinden Ahrens und die Abfahrt von Scheuer und Ludowitch. Auf dem Blatt darunter war noch Platz für achtzehn weitere Einträge. Er begriff nicht, weshalb man bei dem lachhaften Besucheraufkommen so einen Aufwand trieb. Achtzehn Mann Patrouille an der Mauer, er in der Wachstube, mehrere Personen an der Burg und in der Burg noch mehr. Dazu ein Feuerwehr- und ein Sanitäterteam. Was für ein Irrsinn für ein altes Gemäuer mit ein wenig Technik im Keller, auch wenn der Herr persönlich ab und an eine Nacht im renovierten Teil der Burg verbrachte.

Und dann die Kollegen! Die Mauerpatrouillen waren gerade im üblichen Drei-Stunden-Rhythmus abgelöst worden, und einige der Gardistinnen und Gardisten saßen noch im angrenzenden Aufenthaltsraum hinter dem Wachhäuschen zusammen, wärmten sich an einem elektrischen Heizstrahler die Hände und diskutierten lautstark über das Bundesligaspiel vom Vorabend. Peter hatte die gleiche Diskussion schon zum Arbeitsbeginn um sechs gehört, und zum Wachwechsel um zwölf würde er das Geblubber der selbst ernannten Profitrainer noch ein drittes Mal hören. Dabei war er, soweit er wusste, der Einzige der Truppe, der einen Trainerschein besaß. Dessen Übergabe war zwar viele Jahre her, aber auch wenn er heute nicht mehr in der Jugendarbeit tätig war und ihm nur die alten Herren blieben, die sich einmal im Monat zum Kicken trafen und dabei mehr Bierkästen leerten als Tore schossen, wusste er, wovon er sprach – im Gegensatz zu den anderen. Handelfmeter hatten sie gefordert, aber das war nie und nimmer einer gewesen. Die Hand am Körper, wo hätte Kimmich sie denn hintun sollen?

Als wieder ein völlig schwachsinniger Wirtshausspruch hereinwehte, seufzte er und trommelte mit den Fingern auf die Arbeitsfläche vor ihm. Ob er Kontra geben sollte?

Ein Lichtreflex lenkte ihn ab. Er huschte über den Tisch, über seine Hand und blendete ihn kurz. Peter Wilhelm blinzelte irritiert, schirmte die Augen ab und blickte durch die Scheibe in Richtung Straße, von wo das Licht gekommen war.

Er entdeckte aber nur dunkle Stämme, Baumwipfel und darüber die Sonne. Die herabhängenden Äste von Tannen wogten sachte hin und her.

Dann blitzte wieder ein greller Sonnenstrahl, der auf etwas Kreisförmigem reflektierte, und Peter öffnete den Mund zu einem Warnruf, als die Scheibe splitterte. Dabei sah er glitzernde Lichter in den Scherben und bunte Regenbogenblitzer, bevor sein Kopf explodierte.

»Wachmann tot«, scharrte Maleks Stimme aus dem Funk und übertönte den Nachhall des Schusses. »Ihr könnt!«

Darauf hatten Erik und die Majorin gewartet.

Sie, eine Granate in der Hand, nickte Erik über die Distanz von gut zwanzig Metern zu. »Dann los, Krenkel!«

Schon sprang sie hinter dem Baum hervor, zog den Splint und warf die Granate mit dem unverletzten Arm zwischen den Bäumen hervor in Richtung des Wachhäuschens. Es war ein guter Wurf. Die Granate rotierte sauber auf einer Parabel durch die Luft und traf das Tor nur drei Meter daneben. Es rumste laut, Splitter hagelten gegen die Mauer, und eine Rauchwolke stob auf. Zur Antwort wehten aufgeregte Rufe herüber.

Nur den Ring ziehen und werfen. Easy going. Erik brauchte trotzdem einige Sekunden, um seine hochkochende Aufregung in den Griff zu bekommen. Als er dann warf, hoffte er, nicht sich selbst wegzusprengen; in der siebten Klasse des Gymnasiums hatte er mal minus neun Meter geworfen, aber das war lange her, und seine Granate explodierte ganz passabel zwei Meter vor dem Tor auf dem Asphalt. Ein Gardist, der aus einer Tür neben dem Wachhaus stürmte, wurde von der Druckwelle rücklings von den Füßen gerissen.

»Mindestens sechs Mann«, gab Malek durch. Wieder hallte ein Schuss des Dragunow durch den Wald – »fünf« – und noch einer – »vier.«

Die Majorin war in der Zwischenzeit im Schatten der letzten Baumreihe vor der Mauer Richtung Erik gestürmt und zog gerade den Splint von der nächsten Granate.

»Feuerschutz!«, zischte sie, als sie zum Werfen hinter einem Baum hervorsprang.

Das Dragunow knallte sofort, und Steinbrocken splitterten über der Tür aus der Mauer. Dann verschwand die Granate darunter im Türrahmen. Es donnerte dumpf, ein Feuerball wallte heraus, und wieder schrie jemand gellend.

»Erik!« Es war Malek. »Übernimm den Feuerschutz! Ich fahr los!«

Erik schluckte. »Jetzt schon?«

»Ja! Die stehen völlig neben sich!«

»Okay!« Erik löste die Uzi vom Rücken, umfasste sie mit der linken Hand unterhalb des Laufs an der geriffelten Fläche und trat gänzlich hinter dem Baum hervor. Ohne nachzudenken, visierte er an, spannte die Muskeln und zog den Abzug durch. Er hatte mit einem Rückstoß wie von einer Pleuelstange an einer Dampflok gerechnet, aber die Uzi gebärdete sich nur wie ein wildes Hündchen in seinen Händen. Dafür kläffte sie umso lauter, deckte die Tür und das Tor vollständig mit Geschossen ein. Dann war das Zweiunddreißiger-Magazin auch schon leer und er halb taub. Aus dem Einschub oberhalb des Griffs stieg Rauch auf.

Die Majorin war in der Zwischenzeit bis auf zwanzig Meter an die Toranlage vorgedrungen und hatte sich ins Unterholz geworfen. »Ich übernehme!« Schon gab sie zwei Feuerstöße aus ihrem Sturmgewehr auf das Tor ab. Über das Rattern brüllte sie: »Laufen Sie! Los! Los! Los!«

Erik huschte mit pochendem Herzen geduckt zum nächsten Baum, näher ran, bewegte sich wie die Majorin parallel zur Mauer. Hinter einer ausladenden Tanne brachte er sich in Sicherheit.

»Ich kann wieder«, keuchte er, nachdem er das Magazin gewechselt hatte.

»Noch nicht!« Eine dritte und vierte Salve prasselten auf das Wachhaus ein. »Warten!«

Erik presste sich gegen den Baum, spürte die harte Rinde an der Wange. Er roch das Harz. »Wie lange?«

»Bis ich es sage!« Schüsse. »*Jetzt!* Feuer!«

Erik warf sich herum, erspähte eine Frau im Wachraum und ballerte los. Mit einem Schrei brachte sie sich vor seinen Schüssen in Sicherheit, bevor eine weitere Granate der Majorin durch das zersplitterte Fenster flog und ihr vermutlich direkt in die Arme. Die Detonation sprengte die letzten Scheibenreste auf den Bereich vor dem Tor.

»Wahnsinn«, murmelte Erik angesichts des aufsteigenden Feuerballs. Er entdeckte zwei weitere Gardisten und deckte sie mit einer Salve ein. Ob er sie traf, konnte er nicht sagen, denn er wurde vom Röhren des Porsches abgelenkt. Der kam von der Zufahrtsstraße angerast, mit Malek hinterm Steuer und ihrem Präsent für die Garde am Kühlergrill.

»FEUERSCHUTZ!«, brüllte Malek in den Funk. »JETZT!«

Erik und die Majorin gaben ihn gemeinsam, ließen niemanden auch nur einen Blick aus der Deckung wagen, bis der Porsche zwischen den Bäumen in Sicht kam. Wie ein roter Blitz schoss er auf das Tor zu, und Erik hörte über den Funk Malek hart atmen, keuchen und stöhnen, dann sah er nur noch, wie das Fahrzeug die letzten Meter auf das Tor zuraste und frontal aufprallte.

Der Anblick der Explosion war so gewaltig wie der Knall. Ein Feuerball flog vom Tor aus lotrecht in den gegenüberliegenden Wald und hinterließ eine brennende Schneise der Verwüstung. Zwei Bäume wurden umgerissen, deren Wurzeln Erde in die Luft warfen. Dazu kam die Druckwelle zur Seite, die Erik zu Boden warf, während heiße Luft über ihn hinwegstrich.

Als er sich wieder aufrappelte, war das Tor nicht mehr vorhanden, und das Wrack des Porsches – von der Explosion in die Luft gehoben – lag auf dem Asphalt. Eine schwarze Rauchsäule stieg in den Himmel.

Eriks Gesicht verzog sich zu einem Grinsen. Er begann zu lachen und sagte etwas in den Funk, hörte sich aber selbst nicht, bis ein schrilles Pfeifen in seinem linken Ohr ertönte.

Schmerzerfüllt zuckte er zusammen, begriff, dass er mindestens ein Knalltrauma, wenn nicht sogar ein Explosionstrauma erlitten hatte, und sah sich nach Malek und der Majorin um. Sie entdeckte er noch an gleicher Position wie vor dem Knall, jetzt nur auf den Knien.

»Hat funktioniert«, sagte er abermals in den Funk und stolperte hinter dem Baum hervor.

Sie bemerkte es und begann, wild mit den Händen zu gestikulieren. Auch ihre Lippen bewegten sich, doch um ihn herum war nur diese schrille Stille.

Er deutete sich auf die Ohren.

Sie schien zu fluchen und zeigte mit dem Finger auf ihn, bevor sie mit einer wegwischenden Geste zu Boden zeigte. Dabei nestelte sie an ihrem Gürtel herum.

Was macht sie da? Dann begriff er: *Sie zieht eine Pistole, und ich soll mich … ducken!* Er fuhr herum, sah die Gardistin keine zehn Meter entfernt zwischen den Bäumen, die ihrerseits mit einer Pistole auf ihn zielte, und hörte etwas dreimal wattig knallen, doch der Lauf der Pistole blitzte nicht auf. Dafür sackte die Angreiferin in sich zusammen, und Erik vernahm in seinem Ohr ein dumpfes, verzerrtes »In Deckung, Krenkel!«

Erik warf sich einfach hinter die nächste Tanne. Die Majorin gab weitere Schüsse ab. Der letzte ging in plötzlichem Sirenenheulen unter. Es erhob sich klagend hinter den Mauern, erfüllte den Wald mit dem Ruf eines gigantischen Wolfs.

Über dem Stacheldraht blitzten Lichter auf, bestens zu sehende Warnungen in sattem Rot.

»Endlich!«, sagte die Majorin. »Der Alarm! Hören Sie das, Krenkel?«

»Ja, ich hör's langsam! Du auch, Malek? Wo bist du eigentlich?«

Es folgte keine Antwort.

»*Malek?*«

Keine Reaktion.

»Krenkel?« Die Majorin.

»Ja?«

»Was ist los?«

»Keine Ahnung.« Erik spähte zwischen den Zweigen Richtung Toranlage, wo sich Malek vor dem Zusammenprall aus dem Porsche hätte werfen sollen. »Ich seh ihn nicht!«

»Ich auch nicht. Scheiße! Ist ihm was passiert? *Wutkowski?*«

Die Antwort war Geschrei. Eine Gruppe von mindestens acht Gardisten kam hinter dem weggesprengten Tor hervorgestürmt. Gleichzeitig wankten um Erik herum die Zweige der Tannen. *Weil sie auf mich schießen!*

»Krenkel! Bleiben Sie, wo Sie sind! Ich komm zu Ihnen!«

»Na, darauf freu ich mich!«

Noch mehr Schüsse fielen, und noch mehr Tannenzweige wankten. Neben ihm barst Holz. Rinde regnete durch die Luft. Erik stellte sich vor, so dünn und löchrig wie ein Maschendrahtzaun zu sein, drückte sich gegen den Baum, schickte ein Stoßgebet in den Himmel und fingerte an seiner Uzi herum, die er immer noch am Tragegurt um den Hals trug. Dabei wünschte er sich zurück in seine Zelle, zu Johanssons stinkenden Fürzen und zu den anderen Vollpfosten.

Die Majorin tauchte neben ihm auf. »Die Granate!«

Sie riss sie ihm vom Gürtel und zog den Splint. Fast wie beim Boccia warf sie sie links am Baum vorbei in Richtung der Gruppe Gardisten und zog Erik mit sich in die entgegengesetzte Richtung. Zweige peitschten ihnen ins Gesicht, und Wurzeln griffen nach ihren Beinen, und die Detonation ließ sie zusammenzucken. Erik konzentrierte sich aufs Rennen. Überall waren mit Tannennadeln gespickte Äste und Stämme und knorrige Wurzeln, die ihn niederreißen wollten. Es war ein Spießrutenlauf, über dem die Sirenen heulten und Männer und Frauen kreischten.

»Was ist mit Malek?«, schrie er über den Lärm hinweg. »Wir können ihn nicht zurücklassen!«

Sie setzte grimmig über einen mit Moos überwachsenen Baumstamm hinweg, ballerte mit ihrer Pistole ziellos Richtung Toranlage und zerrte ihn wieder in eine andere Richtung. »Das sind zu viele auf einmal! Vergessen Sie's! Wir ziehen uns zurück, um uns dann Schritt für Schritt vorzuarbeiten. Solange muss er alleine klarkommen.«

»Aber …«

Etwas ließ Erik verstummen. Er vernahm Worte in seinem linken Ohr.

»Verschwindet!«, wisperte die Stimme, und dann ging Erik auf, dass es Maleks war.

Die Majorin hörte sie ebenfalls in ihrem Funk, verlangsamte das Tempo und presste sich den Ohrhörer tiefer in die Ohrmuschel. »Wutkowski! Wo sind Sie?«

»Fast drin.«

»Wie bitte? *Wo sind Sie?*« Sie wollte umkehren, doch diesmal packte Erik sie am Arm und hielt sie zurück.

»Fast drin!«, murmelte Malek mit Nachdruck.

Es folgte Stimmengewirr aus dem Funk, dann rief jemand: »Hier liegt noch ein Verletzter!«

Und ein anderer antwortete: »Bringt ihn rein! Schnell!«

Malek stöhnte laut, woraufhin Erik und die Majorin einen langen Blick tauschten.

»Er hat die Gardeuniform noch an«, wisperte sie.

Und Erik lachte. »Ach nee! Der alte Trick! Da hätten wir auch mal drauf kommen können!«

Kapitel 45

Hochsicherheitsgelände Burg Waltenstein

»Bringt ihn rein! Schnell!«

Malek stöhnte und rollte mit den Augen. Er lag neben dem Wachhaus auf dem Bauch im Dreck und musste gar nicht viel schauspielern – die Landung nach dem Sprung aus dem Porsche war hart gewesen, und die Explosion hatte ihn ein zweites Mal zu Boden gedrückt. Er schmeckte Blut.

Hände packten ihn an der Schulter und rollten ihn auf den Rücken. Das Gesicht eines besorgten Gardisten schwebte über ihm. »Kannst du aufstehen?«

Malek nickte und ließ sich auf die Beine ziehen. Schwer stützte er sich auf seinen Retter. »Danke.«

»Ehrensache. Komm! Wir müssen raus aus dem Schussbereich.« Gemeinsam humpelten sie an der Toranlage vorbei hinter die erste Mauer. Malek sah sich verstohlen unter seinen in die Stirn hängenden Haaren um. Vier Gardisten duckten sich hinter der Mauer, von denen einer in ein Funkgerät plärrte. Zwei weitere beugten sich über eine Gardistin, der der Unterleib fehlte. Dunkelblaue Schlangen kringelten sich auf dem Asphalt, glänzten rhythmisch in den blinkenden Alarmlichtern.

»Mir ist schlecht«, würgte Malek hervor.

»Durchhalten! Das Saniteam von der Burg ist auf dem Weg.«

Sie ließen die Tote hinter sich und erreichten das zweite Tor. Es stand gerade so weit offen, dass eine Person hindurchpasste. In den Spalt schob ihn sein Retter, und auf der anderen Seite erwarteten ihn weitere Hände, Hände von grimmigen Gardisten, die dafür sorgten, dass niemand Externes reinkam.

Einer nickte ihm zu, ein anderer klopfte ihm sanft auf die Schulter, und ein Uniformierter mit kurzen Haaren führte ihn schließlich von der Toranlage weg an den Waldrand. »Kann ich Sie hier allein lassen? Sie sehen noch relativ gut aus. Die Sanitäter sind gleich hier.«

Malek nickte nur, den Blick gesenkt, blutige Spucke aus dem Mund tropfend, und ließ sich zu Boden gleiten. Er zog die Beine an den Körper und umschlang sie mit den Händen.

Der Gardist wartete noch einige Sekunden, bevor er sagte: »Sie schaffen das!«

Als er zurück zu den anderen eilte, wischte sich Malek den roten Speichelfaden von der Unterlippe und stemmte sich hoch. Um nicht aufzufallen, taumelte er zwischen die Bäume, stützte sich an einem ab, beugte sich vornüber, würgte geräuschvoll und ging dann einfach weiter, bis er im Dickicht verschwunden war.

Nach vielleicht zwanzig Metern lichtete sich der Wald, und Malek beschleunigte seine Schritte, trabte zwischen den Bäumen Richtung Burg. Der Weg war einfach zu finden, denn das Gelände stieg beständig an. Ab und an zeigten sich die braungrauen Mauern der Burg zwischen den Bäumen.

Während er so dahineilte, begleitet vom Sirenenheulen, hätte er beinahe laut gelacht, weil der alte Trick tatsächlich funktioniert hatte. Gleichzeitig meldete sich die Sorge. Würde er es noch rechtzeitig schaffen? Wie schwierig würde es werden, in die Burg einzudringen? Mit Gewalt kam man überall rein, aber er war allein und wusste nur grob, was ihn erwartete. Und war Dominik noch im Spiel? Würde er wegen Jannahs

Tracking auch hier aufschlagen? Malek brummte und verbat sich weitere Gedanken. Das war das Gefährlichste an solchen Missionen – Zeit, um nachzudenken.

Der Wald endete abrupt und spuckte ihn auf einen Parkplatz aus. Sieben Wagen standen dort, darunter vier schwarze Limousinen, wie sie die Fahrer der Scienten nutzten. *Und in einem müsste Jannahs Waffe sein.* Mit knirschendem Schotter unter den Sohlen eilte Malek zur ersten, spähte hinein und rannte weiter. Auch in der zweiten und dritten fand er nichts, was auf Jannah hindeutete; irgendwo mussten ja diese Kühlbox, der Fahrer und ihr Rucksack sein. Das würde sie aus Platzgründen nicht alles im Kofferraum deponiert haben.

Die vierte Limousine stand ganz hinten am Waldrand. *Natürlich*. Malek beschleunigte seine Schritte. Schlitternd kam er auf der Fahrerseite zum Stehen. *Die Kühlbox! Und der Rucksack!*

Malek umrundete das Heck, sah sich um, und trat mit der Stiefelsohle gegen die Scheibe. Sie hielt, er keuchte und trat, sie knirschte, er schrie und trat, und sie brach. Schnell durchs Fenster und den Rucksack hervorholen. Der Zipper ratschte. Eine schwarze Beretta mit Schalldämpfer begrüßte ihn. *Bingo!* Er kramte nach Munition und fand drei Ersatzmagazine. Alle steckte er ein, dann bemerkte er eine halb volle Flasche Wasser und seinen Durst. Hastig trank er, spritzte sich den Rest ins Gesicht, wischte Blut und Dreck herunter, bevor er bewaffnet weiterrannte.

Diesmal nahm er die Straße. Nach einer Kurve erhob sich die Burg über ihm, klobig und kantig, mit zwei schlaff herabhängenden Fahnen auf dem Turm und Fachwerk am Haupthaus. Hätten nicht an verschiedenen Stellen rote Warnlichter geblinkt und wären die Flaggen nicht weiß und grau mit einem Parallelogramm darauf gewesen, hätte die Burg in der Morgensonne ganz idyllisch ausgesehen.

Mit der Gardistin und dem Gardisten, die ihm mit Maschinenpistolen entgegengerannt kamen, war das Mittelalteridyll endgültig passé.

Malek verlangsamte seine Schritte, hob abrupt die Pistole, stützte sie mit links und feuerte ihm ins Gesicht. Sie schrie vor Überraschung, riss das Maschinengewehr hoch, doch Malek war schneller, traf sie in die Schulter und den Arm und zuletzt noch am Hals.

Als er bei ihnen war, lebte sie noch, auch wenn ihr Blutfontänen aus dem Hals spritzten. Malek erlöste sie mit einem Kopfschuss, schnappte sich eines der Maschinengewehre und die Munition und rollte ihn auf den Rücken. Er trug eine schusssichere Weste und hatte in etwa Maleks Statur.

Aufmunitioniert und mit einer Weste am Rumpf, auf der BURGWACHT stand, setzte er schließlich seinen Weg fort, erklomm die letzten einhundert Meter bis zum Vorhof der Burg. Bevor er die steinerne Zugangsbrücke betrat, kletterte er über die schmale Mauer und ließ sich in den mit Gestrüpp und Ranken bewachsenen Burggraben hinab. Er wollte nicht zum Haupteingang des Westbollwerks, den Jannah genommen hatte und an dem vermutlich das meiste Gardeaufgebot zu finden war, sondern zum Zugang des nördlichen Kellergewölbes, in dem laut den Plänen der Majorin ein Notausgang des Hochsicherheitstrakts lag. Dazu musste er durch den Burggraben, an der schroffen Felswand entlang und dann drei Meter eine Mauer hinauf.

Als er an deren Fuß ankam, hingen ihm welke Blätter und Ästchen im Bart, und Schweiß rann ihm bis zum Arsch. Zu seinem Glück war die Mauer aus grob behauenen Steinquadern aufgeschichtet worden, deren Fugen vertieft lagen. Wind und Wetter hatten sie ausgewaschen, sodass er einfach daran emporklettern konnte. Oben schob er sich über die Mauerkante, rollte sich auf der erhöhten Terrasse an die nächste

Wand und atmete tief durch. Nirgends war Garde zu sehen, dafür entdeckte er den Zugang zum Kellergewölbe fünf Meter neben sich.

Ein Eisengittertor versperrte den Zutritt in das zum Teil im Fels gelegene Kellerteil.

Malek spähte vorsichtig hinein. Die Decke spannte sich als Bandrippengewölbe über dem Keller auf, nackter Stein und am Boden blanker Sand. Schatten und Steinbögen. Die Düsternis roch feucht und kalt, und an deren Ende glomm in sattem Grün das Notausgangsschild.

»Irgendwie muss man von innen auch rauskommen.« Malek rüttelte am Gitter, doch es bewegte sich nicht. Es hatte ein herkömmliches Sicherheitsschloss. Ihm blieben zwei Optionen: aufsprengen oder aufschießen. Ersteres war ihm zu risikoreich, da er nicht wusste, wie viel C4 er für die Notausgangstür brauchen würde, und Letzteres war unschön und gefährlich, denn abprallende Projektile konnten ihn treffen. Eigentlich benutzte man dafür Spezialmunition, die sich beim Auftreffen in Staub verwandelte und so ihre gesamte Energie an das Schloss abgab. Er hatte aber nur die Beretta und das Maschinengewehr, und Letzteres war ihm zu klobig. Also zückte er Jannahs Pistole, setzte den Schalldämpfer im fünfundvierzig Grad Winkel auf das Schloss auf, damit die Projekte einigermaßen zielgerichtet abprallen konnten, und drückte gleich fünfmal ab, bis das Magazin leer war. Das Schloss hielt.

»Komm schon!« Das leere Magazin glitt zu Boden, das neue in den Griff. Er lud durch, setzte erneut an und gab fünf weitere Schuss ab. Beim letzten sprang die Tür auf.

»Geht doch!«

Im Kellergewölbe stand die Luft, war so schwer und nass, dass es in den Bronchien eng wurde. Malek schob die Tür hinter sich zu und hörte in der Ferne das Knattern von Rotoren. Verstärkung. Er musste sich beeilen. Grimmig eilte er an den

Säulen vorbei zum Notausgang. Eine Sicherheitskamera hing darüber. Malek erreichte sie mit einem Sprung und verschob sie so, dass sie nur noch das alte Mauerwerk filmte. Selbst wenn ihn jetzt jemand bemerkte: *Scheiß drauf!* Er brauchte nicht mehr lange.

Ein halbes Kilogramm Plastiksprengstoff befand sich in seiner Jackentasche und kam eingepackt in einen Plastikbeutel zum Vorschein. Die schmutzig weiße Substanz war formbar und in der Handhabung ungefährlich. Sie hielt sogar Stößen mit einem Hammer stand. Nach festem Andrücken auf der vermuteten Höhe des innenliegenden Schlosses klebte sie am Notausgang.

Malek besah sich sein Werk, bevor er rückwärts bis ans Ende des Kellergewölbes lief. Staubwolken vom Sandboden wallten um seine Füße. Hinter einer vier Meter dicken Säule ging er in Deckung, hoffte, dass das Gewölbe Erschütterungen aushielt, hielt sich ein Ohr zu, zielte mit der Beretta auf den C4-Sprengstoff und drückte ab.

Die Explosion war bei Weitem nicht so heftig wie die des Porsches, aber im Gewölbe dröhnte sie wie in einer gigantischen Steintrommel. Der Boden bebte, von der Decke rieselten Dreck und Mörtel, und Malek wurde kurzzeitig schummrig. Der aufgewirbelte Staub erfüllte das ganze Gewölbe.

Umso besser. Mit dem Sturmgewehr im Anschlag verließ er die Deckung hinter der Säule und eilte auf die weggesprengte Tür zu. Seitlich davon presste er sich gegen die Mauer, spähte um die geschwärzte Ecke des Türrahmens und sah auch innen eine ganze Menge Staub im flackernden Licht einer defekten Beleuchtung, der sich sachte zu Boden senkte – direkt auf eine reglose Gestalt. Ein Gardist, aus dessen Ohren Blut tropfte.

Malek rieb sich Staub aus den Augen und stieg über ihn hinweg. Damit war er drin.

Jetzt musste er nur noch Jannah finden.

Kapitel 46

Hochsicherheitsgelände Burg Waltenstein

Nein, nein, nein, das kann nicht sein!

Jannah schlug mit der flachen Hand auf das Terminal, doch weder wurde das Display hell noch leuchtete die LED am Stick auf.

»Ihr Arschlöcher!« Sie hämmerte erfolglos auf die Tasten aus Edelstahl und trat mit dem Fuß gegen das Terminal. In ihrer Brust stach es. Instinktiv ging ihre Hand dorthin, und ihre Finger drückten in die Haut. Sofort spürte sie ihren Herzschlag, weil er so stark klopfte, als wolle ihr Herz zerspringen. Wieder stach es, und Jannah überkam die Furcht, dass es wirklich zerspringen könnte, dann dachte sie an die Giftkapsel in ihrer linken Hand und lachte beinahe. Es war zu skurril. So nah vor dem Ziel zu scheitern, so nah, so nah …

Zitternd sank sie zurück auf den Bürostuhl. Tränen wollten sie übermannen, aber nicht hier, nicht jetzt, nicht vor den Leuten. Sie zwang sich zur Ruhe, ihr Brustkorb hob und senkte sich, und der Schmerz wiederholte sich nicht mehr. Dann gab sie dem Terminal nochmals einen Schlag mit der flachen Hand von der Seite, aber es erwachte nicht in letzter Sekunde zum Leben wie es in vielen Filmen oder Büchern geschehen wäre.

Ganz langsam rotierte sie auf dem Bürostuhl um die eigene Achse. Der beschissen asymmetrisch geschnittene Pony hing ihr ins Auge. Drei Gardistinnen und zwei Gardisten standen vor der Kabine und visierten sie an, während der dritte telefonierte. Die Frau in Weiß stützte sich auf ihr Pult, blickte sie hasserfüllt an.

Sie müssen es gewusst haben, ging es Jannah durch den Kopf. *Der Blick vorhin bei der Frage nach dem Tee, das Übersehen der Hand beim Sprengstofftest.* Beides konnte kein Zufall sein. Hatte man sie reingelassen, um sie hier zu stellen? Woher hatten sie es gewusst? Und wie konnte sie das Terminal doch noch zum Laufen kriegen?

Jannah rotierte zurück, zog den Stick ab und steckte ihn wieder ein. Nichts passierte. Dann tastete sie das Terminal an allen Seiten ab, suchte nach einem verborgenen Schalter, aber da war nichts außer glattem gebürstetem Edelstahl. *Nur die Tussi in Weiß kann es vom Hauptraum aus aktivieren.* Es war zum Schreien. Sie saß auf der Ziellinie und kam nicht darüber. Nüchtern betrachtet blieb ihr nur noch der Exit, damit sie nicht in die Hände der Garde fiel und am Ende die Rebellion verriet.

Langsam öffnete sie die Finger. Transparent glänzte die Kapsel in ihrer linken Hand, lag in der Falte zwischen Ring- und Mittelfinger. Es wäre einfach: rein in den Mund, draufbeißen und warten. Aber ohne es geschafft zu haben? Wie sinnlos war das, bitte? Nein, so wollte sie nicht sterben. Nicht mit dem Wissen, gescheitert zu sein.

Ihre Finger schlossen sich wieder, und sie spürte doch eine Träne über ihre Wange kriechen, aber keine Träne der Trauer, sondern der Wut.

Rot blitzendes Licht ließ sie aufsehen. Es erfüllte plötzlich den Hauptraum, und Sirenenheulen gesellte sich dazu. Unter den Anwesenden machte sich Aufregung breit, besonders der Anführer sah sich irritiert um und blökte wieder in sein Telefon.

Ein Alarm. Wofür ist der jetzt? Mit mir kann das doch nichts mehr zu tun haben? Jannah trat an die Scheibe, doch sie verstand nichts von den Worten, hörte nur den Alarm, der aus einem Deckenlautsprecher innerhalb ihrer Kammer drang. Und Lippen lesen konnte sie nicht.

Irgendetwas ging da vor. Der Anführer steckte das Telefon ein und gab Anweisungen. Eine Gardistin rief den Aufzug, die zwei anderen stiegen ein und fuhren nach oben. Der Anführer sprach eindringlich mit der Tussi in Weiß. Sie nickte und nickte und nickte. Dann rief er abermals den Aufzug und fuhr selbst mit der dritten Frau nach oben. Zurück blieben zwei Gardisten, die sie weiterhin im Visier hatten.

Eine Chancenverbesserung auf eins zu drei. Das könnte sie schaffen, im Nahkampf war sie nicht ungeschickt, und wenn sie an eines der Gewehre kam …

Jannah schlug probehalber gegen die Scheibe, doch niemand rührte sich. Sie zeigte den Stinkefinger, aber auch der erzeugte keine Reaktion. Schließlich steckte sie die Kapsel in ihre Hosentasche und probierte es mit dem Stuhl. Sie schwang ihn wie eine Keule, donnerte das metallene Drehkreuz gegen das Glas. Es klopfte laut, hinterließ aber nicht einmal einen Kratzer.

»Okay«, sagte Jannah und stellte den Stuhl zurück. »Wie komm ich dann hier raus?« Leider gab es sonst nur den am Boden festgeschraubten Tisch. Und das Terminal. Sie könnte mit dem Stuhl auf das Display eindreschen und vielleicht so etwas erreichen, aber dann konnte sich der Virus möglicherweise nicht mehr einspielen. *Aber das kann er so auch nicht.* Trotzdem ließ sie von der Idee ab, setzte sich wieder auf den Bürostuhl.

Denk nach, Mädel. Solange die Scheibe oben ist, kommst du nicht raus, sie aber auch nicht rein. Irgendwann müssen sie die Scheibe runterlassen, wenn sie dich wollen, und dann kannst du sie vielleicht überwältigen. Aber womit? Soll ich ihnen die Augen auskratzen, während sie mich in ein Sieb verwandeln? Schwachsinn.

Aber es musste einen Weg geben.

Und so saß Jannah Sterling auf dem Bürostuhl im blitzenden Rotlicht, die Ellbogen auf die Knie gestützt und knetete sich nachdenklich die Unterlippe.

Irgendwann – sie wusste nicht, wie lange sie so verharrt hatte – gingen die Fahrstuhltüren wieder auf, und herein stürmte der Anführer. Schweiß glänzte auf seinem hochroten Gesicht, und er schrie seine Männer an, dann die Tussi in Weiß. Sie wich vor ihm zurück, schüttelte den Kopf, sagte etwas, doch er packte sie am Kragen und brüllte sie an. Daraufhin zeigte sie irgendwo aufs Pult, er streckte sich und drückte etwas, und mit einem Knacken begann die Scheibe herabzusurren.

Jannah saß immer noch auf dem Stuhl, den Blick gehoben, dann holte sie schnell die Kapsel aus der Hosentasche und schob sie sich in den Mund. Sie war magensaftresistent, wirkte nur, wenn sie sie zerbiss. Dann stand sie auf, packte den Bürostuhl und hielt ihn vor den Körper, sodass das Drehkreuz wie ein Rammbock nach vorn zeigte. Sie würde einfach hinausstürmen und ihn einem der drei ins Gesicht stoßen, *ja ins Gesicht rammen!*

»Lassen Sie das fallen!«, schrie der Anführer, als die Scheibe auf halber Höhe war. »Sie haben doch keine Chance.«

»Das werden wir sehen.« Jannah spannte ihre Muskeln und fokussierte einen der zwei Gardisten.

Der trat irritiert einen Schritt zurück. »Chef? Wie handhaben, wenn sie angreift?«

»Nur überwältigen. Der Herr will sie lebend.«

Die Worte überraschten Jannah. Warum wollte Johann Kehlis sie persönlich? Um sie auszuquetschen? Um sie umzupolen? Um an ihr den Nanobot der zweiten Generation zu testen, von dem Fossey erzählt hatte?

Sie pulte mit der Zunge nach der Kapsel in ihrer Wange. *Scheiße!*

Die Scheibe glitt die letzten Zentimeter herunter und verschwand im Boden. Niemand rührte sich.

»Lassen Sie endlich den Stuhl fallen!«, forderte der Anführer. »Wir haben keine Zeit für diesen Kindergarten.«

Ein Geräusch ließ alle zum Aufzug blicken. Die Türen öffneten sich. Der Schatten eines Mannes fiel heraus. Er hatte die Hände erhoben und wimmerte. Und dahinter ...

Maschinengewehrrattern zerriss den Moment, und aus dem Bauch des Gardisten spritzten Bluteruptionen in den Raum. Der Anführer, direkt in der Schusslinie, schrie vor Überraschung und Schmerz und taumelte rückwärts gegen das Pult.

Jannah begriff nicht, realisierte aber die einmalige Chance. Sie warf den Stuhl nach dem ihr am nächsten stehenden Gardisten und hechtete auf den zweiten zu. Der wusste nicht, was er tun sollte – auf sie schießen, sich zurückziehen oder sich der Gefahr aus dem Aufzug widmen. Das kurze Zögern reichte ihr, um ihm die Finger in die Augen zu stoßen. Wieder zappelte der Gardist im Aufzug wie eine Marionette, und noch mehr Blut sprühte in Richtung der Tussi in Weiß, die rückwärts über das Pult fiel. Daraufhin stolperte der Gardist vom Aufzug in den Raum und brach zusammen. Malek Wutkowski setzte über ihn hinweg.

Malek Wutkowski! Er führte das Gewehr wie eine Zweihandwaffe und drosch dem letzten Gardisten den Metallgriff ins Gesicht. Ein Schuss knallte irgendwohin und noch einer. Die Aufzugtüren schlossen sich von selbst. Jannah schrie und trat dem Kerl vor ihr in die Weichteile. Dabei fiel ihr die Kapsel aus dem Mund, aber es war ihr so was von egal. *Malek!* Noch mal trat sie zu, und der Gardist gab endlich sein Gewehr her, Jannah griff danach, legte auf ihn an und zog den Abzug durch.

Als das Magazin leer und der letzte Schuss verhallt war, senkte sich bis auf das Sirenenheulen Stille über den Raum.

Jannah atmete schwer. Ihr Blick kam hoch.

Malek stand mit dem Gewehr in der Hand zwischen den anderen Toten. Rauch stieg von der Mündung auf. Auch er atmete schwer. Und vielleicht lächelte er unter seinem dreckigen, staubigen, blutbespritzten Bart. Am liebsten wäre sie ihm um den Hals gefallen, hätte geweint und gelacht, hätte ihm heiße Küsse auf den Hals gedrückt, aber das war töricht. Die Worte, die dann aus ihr herauskamen, waren noch lächerlicher: »Das war jetzt das dritte Mal, oder Cowboy?«

Seine Stirn lag in Falten. »Alles okay?«

Nein, nichts ist okay! Jannah nickte jedoch mit dem beschissenen Pony im Gesicht und ließ das leere Magazin aus dem Gewehr gleiten. Es klapperte über den Boden. »Hast du Ersatz?«

Er zog eines aus dem Gürtel, warf es ihr zu.

Sie fing es. Laut rastete es im Gewehr ein. Dann verschwamm Malek und das Gemetzel um sie herum, und ein Schluchzer quälte sich über ihre Lippen.

»Schon okay.« Er war neben ihr, er war wirklich da. »Es ist fast vorbei. Wir müssen nur noch raus.«

»Nein!« Sie schlug ihm gegen den Arm und wäre beinahe auf dem blutigen Boden ausgerutscht, doch dann schniefte sie, wischte sich die Tränen von den Wangen und sagte gefasster: »Nichts ist vorbei, Malek! Der Virus. Das Terminal ist deaktiviert! Wir müssen es zum Laufen bringen!«

Er sah sie genauso an wie vor Monaten am Wohnwagen, mit diesen braunen Augen in der Farbe feuchten Bärenfells, und schüttelte den Kopf. »Du weißt, dass alle Terminals bei Alarm heruntergefahren werden und nur noch vom Herrn persönlich aktivierbar sind. Das kann niemand von hier.« Er trat zu den Aufzugtüren und rief die Kabine.

»Wir müssen aber!« Sie sprang zum Pult und besah sich die Schalter und Knöpfe. »Vielleicht weiß die Tussi, wie es geht!« Sie bückte sich nach der Frau, doch aus der war nichts mehr herauszubringen – ihr Rachen erstreckte sich bis zum Hinterkopf. »Scheiße!« Jannah gab ihr einen Tritt. Richtete sich auf. Blickte sich um. Blieb wieder an ihm hängen. Flehte: »Malek! Ich bin nicht bis hierher gekommen, um jetzt zu scheitern!« Sie drückte wahllos auf einige Knöpfe und Schalter. »Bitte! Ich weiß nicht, wie viel du weißt, aber es ist entscheidend! Für alle.«

In seinem Gesicht ging irgendetwas vor. Da zuckte Schmerz, da zuckte Wut, da zuckte Hass. Was am Ende obsiegte, konnte sie nicht sagen. Sein heiseres »Ich weiß« war keine Hilfe.

Das erneute Geräusch des Aufzugs ließ ihn herumfahren. Wieder glitten die Türen auseinander. Im Inneren befand sich diesmal eine unüberwindbare Wand aus schwarzem Metall, zusammengesetzt aus drei großflächigen, tragbaren Einsatzschuldschildern mit Sichtfenster. Hinter den drei Gardisten in vorderster Front standen sechs weitere, die den Raum mit Maschinenpistolen absicherten. Und zwischen ihnen erfasste durch das Sichtfenster des mittleren Schutzschildes der Konfessor erster Generation die Situation.

»Ein bisschen zu spät«, stellte Dominik Wutkowski trocken fest, »aber immer noch rechtzeitig.« Er hob abwehrend die Hand mit ausgestrecktem Zeigefinger, wobei sich sein Gesicht verzog, als hätte er Migräne. »Und bitte! Probiert es gar nicht. Lasst einfach die Waffen fallen. Es ist aus.«

Seine Worte hallten zwischen zwei Alarmsignalen nach – oder nur in ihrem Kopf. »Malek«, wisperte Jannah und hob langsam ihr Gewehr, »ich geb dir Rückendeckung!« *Auch wenn das bei zwei gegen zehn sinnfrei ist.* Aber einfach aufgeben würde sie nicht. Vielleicht war es so gewollt, ihr Ende, ihr Tod, nicht durch eine hässliche Giftkapsel, sondern im Kampf um die Freiheit. *Zusammen mit Malek.*

Maleks Gewehr polterte zu Boden.

»A-Aber? W-was wird das?«

Dann hob er die Hände und schob mit der Fußspitze das Gewehr von sich.

Kapitel 47

Hochsicherheitsgelände Burg Waltenstein

»Nein, Malek! Das kannst du nicht tun!«

Jannahs Stimme überschlug sich hinter ihm, doch er hob die Hände nur höher. Ohne seinen Bruder aus den Augen zu lassen, sagte er: »Es ist aus, Jannah.«

»Nein! Ich gebe jetzt nicht auf!«

»Sie sind zu zehnt!«

»Fünf zu eins! Machbar!«

Ganz langsam, damit niemand seine Bewegung als Angriff verstand, drehte er den Kopf in ihre Richtung und schüttelte ihn. Mit den Augen sagte er: *Das wäre unser sicherer Tod!*

Doch Jannah wollte es nicht verstehen. Sie hob ihr Maschinengewehr höher. Legte auf die Gardisten im Fahrstuhl an.

Ein Gardist schluckte. Ein anderer verlagerte sein Gewicht. Leder knarrte.

Und Dominik sagte: »Da hast du dir eine ganz schön Bockige angelacht. Passt irgendwie. Du brauchst jemanden, der dir Kontra gibt.« Er wandte sich an Jannah. »Aber ich brauch so jemanden nicht. Also: Waffe runter und Hände hoch!«

»Fick dich!«

Ein Kopfschütteln. »Warum wollen alle, dass ich mich selbst ficke?«

Malek bemerkte durch einen Spalt zwischen den Schutzschilden die Handbewegung seines Bruders und schrie: »Runter, Jannah, runter!«, doch Dominik war schnell. Seine Dienstwaffe schnellte hoch, und Jannah schrie im selben Moment, in dem er über die schwarze Wand hinwegschoss.

Ihr Gewehr klapperte zu Boden. Dominik gab mit einem Kopfnicken einen Befehl, und zwei Gardisten stürmten aus dem Aufzug. Er folgte ihnen, steckte seine Pistole ein. Während er zum Pult ging, hinter dem die zwei Gardisten auf die zu Boden gegangene Jannah angelegt hatten, trafen sich Dominiks und Maleks Blicke. Dann war der Konfessor bei ihr und trat das Sturmgewehr zur Seite. Befahl, dass man ihr auf die Beine half, und widmete sich dem Pult, auf dem er herumdrückte, bis das Sirenenheulen verstummte.

Eine Berührung ließ Malek die Muskeln anspannen. Ein Gardist zwang seine Beine grob auseinander und suchte ihn nach Waffen ab. Ein anderer zückte Handschellen und bedeutete ihm, die Hände nach vorn zu strecken. Das war vielleicht der gefährlichste Moment. Maleks Temperament wollte überkochen, wollte ihn dazu bringen, dem Kerl den Ellbogen ins Gesicht zu stoßen, doch irgendwie rang er es nieder – *Dominiks Blick* – und ließ sich die Handschellen anlegen. Seine Hände begannen zu zittern, und noch mehr, als man ihm das schwarze Etui mit dem Gegengift aus der Jackentasche nahm, dass er für alle Eventualitäten eingesteckt hatte. Aber er durfte sich nichts anmerken lassen. Musste ruhig bleiben. Sich das Gesicht des Gardisten merken, dieses schmale Fuchsgesicht mit Kinnbart und altmodischem Sidecut.

Als er sich wieder dem Geschehen zuwandte, stand Jannah auf den Beinen. Ihr Gesicht war aschfahl, in ihrem Blick lag Wut. Dass Dominik ihr unterhalb der Schulter in den Arm geschossen hatte, so wie sie ihm in der Garde 21 in Berlin, schien sie nicht zu spüren. Als er vor sie trat, spuckte sie ihm ins Gesicht.

Wieder drohte die Situation zu kippen, doch Dominik zog nur ein Taschentuch aus der Hosentasche und wischte sich den Speichel aus dem Gesicht. Kurz darauf gellte Jannahs Schmerzensschrei durch den Raum. Dominik hatte sie am Oberarm gepackt, direkt unterhalb der Schusswunde, das Taschentuch immer noch in der Hand, und drückte fest zu. »Wie willst du es haben? Auf die einfache Tour? Dann erklärst du mir jetzt, was genau ihr vorhattet, und ich höre damit auf.«

Sie keuchte nur ein »Arschloch!« hervor.

»Hab ich mir fast gedacht.« Sein Griff schien noch fester zu werden, denn sie ging in die Knie, wurde nur noch von den Gardisten aufrecht gehalten. »Was hattet ihr vor?«

»Du*ahhh*kannstmichmal!«

Dominik zog sie am Arm auf die Beine. »Meine Geduld ist nicht endlos.«

»Fick… dich!«

Dominik wollte ein drittes Mal zudrücken, als Malek sagte: »Es ist genug, Dominik!«

Das ließ den Konfessor über die Schulter blicken. »Ist es das?« Mit drei Schritten war er bei Malek. Das blutgetränkte Taschentuch fiel achtlos zu Boden. »Dann schieß mal los! Was hattet ihr vor?«

»Malek!« Jannahs Stimme ein flaches, flehendes Zittern. »Nicht!«

Malek ignorierte es. »Wir wollten einen Virus einspielen.«

Nein! Warum verrätst du uns? Er hörte ihren stummen Schrei, aber eine Antwort sparte er sich. Sie hätte eh nicht begriffen, dass er sie schützte. Es war jetzt Dominiks Spiel, mit Konfessorenregeln, und nach denen hätte er sie so lange gequält, bis sie gesprochen hätte. Er hätte bekommen, was er wollte.

»Geht es konkreter?«, fragte Dominik.

»Nein. Fäden ziehen andere.«

»Wie Fossey und der Datenbaron? Lass mich raten, die beiden wollen die Schreiber modifizieren, hier am Knotenpunkt. Dafür der Virus, nicht?«

Malek antwortete nicht.

»Ach, komm schon. So ist es doch, oder?«

»Was fragst du, wenn du es schon weißt?«

»Weil es nur eine Theorie des Herrn ist. Offensichtlich eine korrekte Theorie. Aber schon okay, wenn ihr zwei nicht reden wollt oder es wirklich nicht wisst… Die Fachabteilung wird sich den Virus ansehen und herausfinden, wofür er konzipiert wurde.« Dominik sah sich um und ging zur Kammer hinter der Glaswand. Unterwegs hob er den Bürostuhl auf und nahm ihn mit. Vor dem Edelstahlterminal schlug er den Mantel zurück wie ein Pianist am Flügel, setzte sich, besah sich alles, um am Ende einen winzigen USB-Stick abzuziehen und hochzuhalten. »Und das wird er sein. Ist da der Virus drauf?«

Jannah wollte aufbegehren, kämpfte gegen die beiden Gardisten, doch einer trat ihr sofort von hinten in die Kniekehlen und schickte sie zurück zu Boden. Ihr entwich ein Stöhnen.

»Ich werte das als ein Ja.« Dominik kam zurück, hielt ihr den Stick vor die Nase. »Fast schade, dass ich so etwas nicht mehr nachvollziehen kann, aber das muss sich richtig ungut anfühlen, nicht? So viel Mühe, und dann fährt so ein Arschloch das Terminal einfach runter.« Er steckte den Stick ein, ging vor ihr in die Hocke. »Aber ich muss dir Respekt zollen. So, wie du hier reinspaziert bist… dafür braucht es Mumm in den Knochen. Eine Handamputation. Der Herr wollte es erst gar nicht glauben, dass eine Frau dazu imstande ist.«

Jannah schnaubte. »Der Herr kann mich mal.«

»Ja, ich weiß. Und ficken auch. Aber das wird sich ändern. Bald wirst du ihm zu Diensten sein.«

Da kam ihr Blick hoch und glühte. »Lieber sterbe ich!«

»Zweifelsohne, aber das ist nicht mehr deine Wahl. Der

Herr hat Pläne mit dir, mit allen, die Potenzial in sich tragen. Vor allem wenn man schon den Bot in sich trägt.«

Ihre Wut mutierte zu Entsetzen. »Den Bot? Welchen Bot?«

Dominik wandte sich an Malek. »Du hast es ihr nicht gesagt?« Dann wieder an Jannah. »Wahrscheinlich hattet ihr noch keine Zeit zu reden, was? Dann mach ich das. Du hast bereits den Nanobot der zweiten Generation in dir, die Augen Gottes. Ich hab sie dir im Bundesamt für Bauwesen über die Atemluft im Serverraum verabreicht. Was glaubst du, wie ich dich hier finden konnte? Dank Personentracking übers Blut. Ich hatte dich die ganze Zeit auf dem Schirm.«

Mit knackenden Knien erhob er sich und diktierte an seine Gardisten: »Und jetzt legt ihr endlich Handschellen an und macht sie für den Transport bereit! Nach einem Telefonat mit dem Herrn breche ich mit den beiden auf.« Ohne eine Reaktion abzuwarten, griff er sich in die Tasche, stockte, verzog das Gesicht, sah sich um. »Mein Handy? Hat jemand mein …«

»Dort, Konfessor!« Einer der Gardisten deutete auf den Bürostuhl in der Kammer, auf dem ein schwarzes Telefon lag.

Dominik schüttelte den Kopf, ging zum Terminal, nahm das Telefon, setzte sich und wählte eine Nummer. Während er auf die Annahme des Gesprächs wartete, rotierte er mit dem Drehstuhl langsam um die eigene Achse.

Malek wurde von gleich drei Gardisten in den Aufzug bugsiert. Jannah folgte zwischen zwei anderen, den Blick gesenkt. Die Tränen auf ihren Wangen konnte sie nicht mehr verbergen.

Kurz darauf hörte er Dominik sprechen. »Ja, Herr. Wie besprochen. Die Frau ist in meinen Händen, genauso wie mein Bruder. Ja. Jaaa. Sie hatten recht. Sie probierten es mit einem USB-Stick. Ja, den hab ich konfisziert.« Eine kurze Pause entstand. »Ja. Nein. Der Plan ist aufgegangen. Okay. Ich versiegle die Kammer und stelle Wachen auf. Ja. Nur das Reinigungsteam und die Experten vom Bunker dürfen wieder rein. Selbstverständlich. Ja. Ich bringe sie unverzüglich zu Ihnen.«

Der Bürostuhl knarzte, als Dominik sich erhob und die Dämpfung nachgab. Mit dem Telefon in der Hand kam er zurück in den Sichtbereich. Am Pult zückte er eine bunt schillernde Karte aus der Manteltasche, die fast wie Perlmutt aussah und ihm aus der Hand fiel. Sie landete in einer Blutlache. Dominik starrte sie einen langen Moment an, dann bückte er sich nach ihr, wischte sie an seinem Mantel sauber und steckte sie ins Pult. Danach machte er sich an den Interfaces zu schaffen, bis das Alarmleuchten erlosch. Ein weiteres Drücken von Knöpfen ließ die Scheibe der Kammer nach oben surren. Der Vorgang dauerte dreißig Sekunden. Nachdem das Glas in der Decke verschwunden war, flackerte Licht, die Wand wurde weiß und war nicht mehr zu erkennen.

Dominik hatte das alles ausdruckslos verfolgt und kam mit der Karte in der Hand als Letzter in den Aufzug. Malek erkannte darauf Johann Kehlis' Gesicht als eine Art Hologramm. Ein paar Blutspritzer hafteten noch daran. Dann spürte er wieder Dominiks Blick aus dem Augenwinkel, ein kurzer, knisternder Kontakt, bevor der Konfessor erster Generation die Taste für das Erdgeschoss drückte, ihnen den Rücken zuwandte und die Hände vor dem Bauch faltete.

Die Türen schlossen sich, und es ging nach oben.

Kapitel 48

In der Nähe des Hochsicherheitsgeländes Burg Waltenstein

Die Majorin atmete wie beim Hochleistungssport, obwohl sie nur hinterm Steuer des Transporters saß und nicht einmal fuhr. Sie parkten knapp fünf Kilometer vom Sicherheitsgelände entfernt im Innenhof einer Gaststätte und sahen zur Einfahrt. Mehrere Gardefahrzeuge waren vorbeigerast – in beide Richtungen. In den Hof war zum Glück keines abgebogen. Und seit fünf Minuten war kein Auto mehr vorbeigekommen.

Erik konnte kaum glauben, dass sie die Flucht bisher unbeschadet überstanden hatten. Ihn begleitete zwar ein prächtiger Tinnitus vom Knalltrauma, aber der würde sich hoffentlich bald legen. Ansonsten hatte er noch ein paar Kratzer von Ästen und ein paar blaue Flecken, aber sonst war er wohlauf.

Er sagte: »Ich glaube, wir können.«

»Was können wir?«

»Was essen gehen. A Schäufele mit Kartoffelknödel tät jetzt richtig gut.«

Ihr Kopf kam herum, und sie musterte ihn, als hätte er gestanden, sie flachlegen zu wollen. »Ist das ernst gemeint?«

Er rollte mit den Augen. »Natürlich nicht! Ich will einfach nur weg!«

»Kommt nicht infrage! Falls Wutkowski es mit Jannah aus der Burg schafft, müssen wir die beiden aufsammeln.«

»Und solange wollen Sie hier warten? Im Innenhof des … des *Goldenen Lamms*? Direkt an der Zufahrtstraße zur Burg? Sie spinnen doch! Irgendwann wird ein aufmerksamer Gardist hier vorbeischauen, oder der Wirt wird uns entdecken und verpfeifen!«

»Mir ist das Risiko durchaus bewusst, aber der Funk reicht nur fünf Kilometer weit.«

Erik, den Mund zu einem weiteren Kommentar geöffnet, schloss ihn wieder. Er rümpfte die Nase. »Das ist schlecht.«

»Mehr oder weniger.« Sie sah wieder hinaus. »Aber eigentlich sollten wir froh sein. Wir haben mehr geschafft als erwartet. Wutkowski ist drin, und wir leben noch.«

»Super Bilanz.«

Die Majorin hob eine Braue, beobachtete die Einfahrt. Nach drei Minuten des Schweigens sagte sie: »Danke für die Unterstützung, Krenkel.«

»Erik.«

»Bitte?«

»Leute, die mir das Leben gerettet haben, dürfen mich beim Vornamen nennen. Ist so ein Privileg, wissen Sie?«

»Aha.«

Abermals schwiegen sie, bis die Majorin sagte: »Barbara.«

Das ließ Erik lächeln, aber nur bis ein weiteres Gardefahrzeug mit Blaulicht Richtung Burg vorbeibrauste. Diesmal war es ein gepanzerter Bus voller Gardisten.

Erik schluckte. »Nicht gut.«

Sie zuckte mit den Schultern. »War zu erwarten. Viel mehr Sorge macht mir der Hubschrauber, der reingeflogen ist. War der Zufall? In den Plänen der Burg gab es keinen Landeplatz, also ist eine Landung an und für sich nicht vorgesehen.«

»Und welche Schlüsse ziehst du daraus?«

»Ich weiß nicht. Ich glaube, es war eine Militärmaschine der Garde. Könnte eine Cougar gewesen sein, ein zweimotoriger mittelschwerer Helikopter, hauptsächlich für Transporte genutzt, unter anderem für die Beförderung wichtiger Regierungsmitglieder.«

»Aha. Und wer soll da gekommen sein? Der Hubschrauber kam keine zehn Minuten nach Beginn des Alarms. So schnell ist doch keiner.«

»Das ist es ja, was mich irritiert.«

Wieder schwiegen sie, bis Barbara die Stirn runzelte. Sie ließ die Fahrerscheibe herab, lauschte. »Hören Sie das?«

»Du.«

»Wie? Ach so … Hörst du das?«

»Klingt wieder nach dem Hubschrauber.«

»Ja.« Barbara steckte den Kopf zum Fenster hinaus und suchte den Himmel ab. Aufregung schoss ihr ins Gesicht. »Da hinten! Siehst du? Er kommt wieder.«

Erik entdeckte den Hubschrauber ebenfalls. Er kroch über sie hinweg, und dabei hörte er etwas in seinem Funk.

»… München …«, brummte eine Stimme. »Wir fliegen zum Bunker … Jannah lebt … wir fliegen nach München …«

Dann war eine andere Stimme zu hören. »Ruhe!«

Und Maleks: »Einfach locker bleiben, okay!«

Dann flappten nur noch die Rotoren.

Erik und Barbara wechselten einen langen Blick.

»War das Wutkowski?«

»Eindeutig.«

»Und hat er gesagt, dass sie lebt?«

»Ja.«

»Mein Gott! Sie lebt!« Barbara begann zu lachen und trommelte mit den Händen aufs Lenkrad. »Ja! Ja! Ja! Sie lebt! Der Mann ist der Wahnsinn!«

Schnell schob Erik seine Hände dazwischen, damit nicht der Airbag auslöste. »Äh ja, das ist er, aber der andere war sein Bruder.«

Die Majorin ließ die Arme sinken. Eine Strähne roten Haares hing ihr ins Gesicht. »Nummer Elf?«

»Der und niemand anders. Ich bin mir ganz sicher.« Diese Stimme würde er nicht mehr vergessen. *Auch ein Gewehr wird euch nicht retten.* Diese Kühle, diese Distanz, diese Nüchternheit.

Die Freude auf ihrem Gesicht gefror. »Nummer Elf… meine Güte! Dann fliegen sie vom Regen in die Traufe. Direkt in die Höhle des Löwen.«

Der Motor röhrte, und der Transporter schoss vom Parkplatz, rumpelte hart über den Bordstein und fuhr zügig nach Süden.

Kapitel 49

Im Anflug auf München

Zwischen Malek und dem schmalen, quadratischen Fenster des Helikopters saß ein Gardist. An dessen grimmigem Gesicht vorbei sah Malek in der Ferne das blaue gezackte Band der Alpen, die Gipfel schneebedeckt und glitzernd in der späten Morgensonne. Es musste Föhn herrschen, wenn die Berge von München aus so zum Greifen nah wirkten. Es war ein atemberaubender Anblick: die Kirchtürme und Hausdächer vor dem Alpenpanorama.

Die Maschine drehte nach links ab, und für einen Moment kippte München auf sie zu. Der grünbraune Schnitt im Betondschungel – die Isar – wanderte durchs Fenster, bevor sie zurück in die Waagrechte kippten. Jemand musterte ihn. Jannah. Seit sie vor knapp fünfzig Minuten in den Helikopter eskortiert worden waren, hatte sie nur ihre gefesselten Hände betrachtet, die Haare wirr in der Stirn, die Schulter blutig von der Schusswunde. Jetzt blickte sie ihn mit ihren grünen Augen an. Dunkelblau umrandet lagen sie in dem blassen Gesicht, die Haut wirkte wächsern und irgendwie krank. Der Vorwurf des Verrats war gewichen, hatte der Resignation Platz gemacht. Jannah Sterling war eine gescheiterte Rebellin am Ende ihres Wegs, zwar lebendig, aber eigentlich auch tot. *Ihr Feuer ist erloschen.* Malek hielt diesem ausdruckslosen Blick nicht stand.

Die Alpen waren durch die korrigierte Flugbahn nicht mehr zu sehen. Industriegebiete der Außenbezirke dominierten das Blickfeld, dahinter die Hochhäuser der Neuen Warte.

Malek atmete tief durch. Legte den Kopf in den Nacken. Ließ die Sehnen am Hals knacken. Gern hätte er auch die Arme gestreckt und die Schultern gedehnt, aber die Handschellen verhinderten es. Die Handschellen. Silbern und massiv und zu eng zugezogen. Die Kanten schnitten ihm in die Haut.

Aber sie haben uns nur die Hände gefesselt. Ein Detail, das ihn überraschte. Warum hatte Dominik sie nicht in eine Fuß-Hand-Kombi legen lassen? Klar, das Laufen zum Helikopter hätte im Gänsemarsch länger gedauert, aber so war das Risiko doch unnötig hoch. Eine Nachlässigkeit seines Bruders. Malek sollte es recht sein. Jeder Vorteil würde genutzt werden, sollte sich eine Chance zur Flucht bieten. Während des Flugs war es Käse, da sparte er sich lieber seine Energie, aber danach … In diesem Bunker vielleicht … Er war schon mehrfach geflohen, warum nicht auch diesmal?

Weil du nicht alleine bist.

Malek sah verstohlen zu Jannah, dann zu seinem Bruder zwei Gardisten weiter. Dominik kratzte sich am Hals. Rieb sich den Mundwinkel. Richtete den Funkhörer, über den er mit dem Piloten verbunden war. Hantierte an seiner Lifewatch herum. *Vielleicht checkt er E-Mails. Oder das Wetter. Oder er will sie abhaben.* Der Gedanke war so präsent wie nie. Irgendwas war anders an Dominik. Malek konnte es nicht genau festmachen, aber die Blickkontakte vorhin, das Starren auf die heruntergefallene Perlmuttkarte, das Vergessen seines Handys. Dann diese Aktion mit Jannahs Arm. Fast als hätte er mit dem Druck auf die Schusswunde ihre Blutung gestillt. Malek senkte den Blick auf seine gefesselten Hände und dachte an das schwarze Etui mit dem Gegengift, das irgendwo dreihundert Kilometer entfernt in der Tasche eines fuchsgesichtigen Gardisten mit Kinnbart und Sidecut steckte. Wieso fickte ihn das Leben derart? Was, wenn mit Dominik tatsächlich etwas im Busch war? Dann konnte er ihn jetzt nicht einmal retten.

Malek entschied, dass auch Denken zu viel Energie kostete und ihn nur an den Rande des Wahnsinns brachte. Einfach atmen und abwarten. Atmen und abwarten.

Lang musste er nicht warten, bis der Pilot über das Interkom etwas durchgab, was Dominik mit einem knappen »Okay« quittierte. Kurz darauf setzte die Maschine zum Sinkflug an. Malek sah durchs Fenster in einiger Entfernung einen ausladenden Gebäudekomplex näher rücken, umringt von Mauern und Zäunen und Stacheldrahtrollen. Im hinteren Teil befand sich eine rot markierte Fläche mit einem aufgemalten weißen H. Der Landeplatz von Kehlis' Bunker.

Der Pilot steuerte darauf zu und brachte die Militärmaschine zügig nach unten. Die Sitzbank vibrierte vom Motorensurren der Räder, die sich ausklappten. Sachte setzte die Maschine auf. Ein Gardist öffnete sofort die Tür und sprang hinaus. Dominik erhob sich ebenfalls und stieg aus. Jannah zerrte man hinterher. Wie eine Puppe taumelte sie zwischen den Männern dahin. Dann war Malek an der Reihe. Der Gardist neben ihm beschied ihm mit einer Handbewegung, sich zu erheben. Leider hatte er nur ein Gewehr und keine Pistole. Mit Handschellen war das eine suboptimale Option.

Maleks Stiefel landeten auf dem windgepeitschten Landeplatz, auch wenn die Rotoren langsamer wurden. Ein ordentliches Empfangskomitee erwartete sie – er zählte vierundzwanzig Gardistinnen und Gardisten in vier Sechsergruppen, dazu einen Konfessor mit grauem, im Wind wallendem Haar, schwarzer Robe und rotem Kollar. Mit ziemlicher Sicherheit Nummer Eins.

Dominik unterhielt sich mit ihm. Der Oberste sah wenig begeistert aus, fast genervt und sicherlich übernächtigt, nickte aber immer wieder und spähte genauso oft zu Jannah wie zu Malek. Dann deutete er aufs Gebäude, und sofort stieß der Gardist Malek in den Rücken. »Vorwärts!«

Malek sparte sich einen Kommentar und trottete direkt hinter Jannah her, eskortiert wie hoher Staatsbesuch, abgesehen von den Fesseln.

So ging es vom Landeplatz zum Gebäude, durch eine gut bewachte Sicherheitsschleuse, einen Flur entlang, durch eine zweite Sicherheitsschleuse bis zu einer ausladenden Halle mit Empfang, Sitzgelegenheiten, einem Brunnen aus weißer Keramik und gläsernen Aufzügen im hinteren Bereich. Mindestens fünfzig Menschen waren anwesend, hielten in ihrem Tun inne und musterten die seltsame Gruppe. Die Feindseligkeit, die ihm und Jannah entgegenschwappte, war beinahe spürbar.

Das *Pling!* der Aufzugtüren ließ Malek nach vorn blicken. Der Oberste winkte Jannah samt Geleit hinein, dann Malek und dessen Bewacher. Vier Gardisten und zwei Konfessoren. So langsam verbesserte sich die Quote – sechs zu zwei. Geduld, hatte Tymon ihm erklärt, sei eine der wichtigsten Eigenschaften eines Kämpfers, vielleicht sogar die wichtigste. Damit hatte der alte Narr immer recht behalten. Malek musste wie eine Spinne in ihrem Netz geduldig bleiben. Atmen und abwarten.

Nachdem sich der Aufzug in Bewegung gesetzt hatte, trat der Oberste vor ihn und musterte ihn. »Sie sind also Malek Wutkowski.«

Malek zuckte mit den Achseln.

»Sehr bescheiden. Passt irgendwie.« Ohne weitere Erklärungen schob sich der Oberste an Maleks Geleit vorbei zu Jannah, besah sich auch sie. Dann schüttelte er den Kopf, als sehe er etwas völlig Groteskes, verschränkte die Arme vor dem Bauch wie zum Gebet und wartete, bis der Aufzug hielt.

Sie verließen die Kabine in der obersten Etage. Durch Oberlichter war der blaue Himmel zu sehen, doch Malek nahm das nur am Rande wahr. Er studierte die Wartenden. Drei weitere Gardisten und zwei Gardistinnen mit Gewehren und Pistolen samt Laservisier warteten in einer Art Vorraum auf sie und wirkten präsenter, zackiger, aufmerksamer als die von der Burgwacht. Auf ihren Uniformen stand: LEIBGARDE. Einer von ihnen, ein kräftiger Bruce-Willis-Typ mit Dreitagebart nickte dem Obersten zu, seine Frauen und Männer tauschten die Plätze mit den bisherigen vier Begleitern, und erst dann ging es durch eine Tür in einen weißen Flur. Bruce – offenbar der Anführer der Leibgarde – ging vorneweg, gefolgt von Dominik und dem Obersten, dahinter ging Jannah in Begleitung und dann Malek. Die Männer aus dem Hubschrauber blieben beim Aufzug zurück, bezogen die Stellung der Leibgarde.

Also bringen sie uns tatsächlich zum Kanzler. Malek verstand es nicht. Warum wollte sich der Bundeskanzler, auch noch ein Alleinherrscher wie Johann Kehlis, mit ihm und Jannah abgeben? Selbst in Anbetracht der Rebellion war das Schwachsinn, dafür gab es Leute wie Dominik oder den Obersten. Die Rebellen waren für so jemanden wie Kehlis nur kleine Lichter, lästige Probleme, Schmeißfliegen. Weshalb also?

Malek fand keine Erklärung, aber ihm sollte es recht sein. So würde er den Menschen mal kennenlernen, wegen dem sich ein ganzes Land gravierend verändert hatte. *Und wegen dem Maria und Tymon tot sind und mein Bruder ein gefühlloser Zombie.* Überraschenderweise verspürte er bei dem Gedanken keinen Zorn.

Jannah hingegen schien mit jedem Schritt mehr aus ihrer Lethargie zu erwachen; in ihren Gang hatte sich Leben geschlichen und Entschlossenheit. Sie wollte offenbar erhobenen Hauptes vor den Herrn treten und ihm vermutlich ins Gesicht spucken wie Dominik. Es würde heiter werden.

Sie erreichten eine weitere Tür, diesmal aus mattiertem Glas. Leise surrte sie zur Seite, offenbarte einen gewaltigen, leeren Raum. Durch die Fensterfront zu drei Seiten hin hatte man einen Rundumblick von mehr als hundertachtzig Grad. Man sah die Alpen und München und Straßen und Wälder.

Interessanter war jedoch der Mann im anthrazitfarbenen Anzug, der sich bei ihrem Eintreten von einem gläsernen Schreibtisch erhob. Johann Kehlis höchstpersönlich.

Malek hatte ihn sich größer vorgestellt. In den Fernsehübertragungen und Infomercials wirkte er breit und kräftig, in Wirklichkeit war er schmaler als Malek, von der Figur her eher ein Durchschnittstyp wie Dominik. Doch etwas stimmte mit seinem Gesicht nicht. Oder seinem Blick?

Mit den Händen in den Hosentaschen kam er zwei Schritte auf sie zu, blieb dann stehen und wartete, bis sie die letzten zehn Meter durch den Raum geschritten waren. Auch als sie alle vor ihm hielten, lose aufgereiht, sagte er nichts, betrachtete nur ausgiebig Jannah und Malek, um dann zu Dominik und zum Obersten zu sagen: »Und diese zwei haben Ihnen seit Monaten so viele Probleme bereitet?« Er schüttelte den Kopf. »Bei ihm kann ich es ja noch verstehen, er sieht irgendwie *gefährlich* aus, aber sie? Sie wiegt keine sechzig Kilo, ist ja fast noch ein Kind! Wie bitte konnte ein Kind es bis in den Terminalbereich der Burg schaffen, gebracht von einem autorisierten Fahrer, vorbei an einer Toranlage, einem Handvenenscanner, einem Sicherheitscheck und einer Aufzugsperre mit Fingerprint? Wie bitte, meine Herren, konnte das passieren?« Seine Stimme war nicht lauter geworden, aber ihre Schärfe hätte Stahl schneiden können.

Und da verstand Malek, warum man sie hierhergebracht hatte: Um Dominik und dem Obersten vor Augen zu führen, welch erbärmliche Leistung sie vollbracht hatten. Es war eine Unzufriedenheitsdemonstration, der Konsequenzen folgen würden. Kehlis zeigte seinen Standpunkt und seine Macht.

Der Oberste blieb jedoch gelassen: »Der Schein trügt manchmal, Herr. So unscheinbar *sie* auch aussehen mag, sie versteht ihr Handwerk und weiß zu töten.«

»Oh ja«, sagte Jannah. »Und Sie beide sind die nächsten.«

Der Oberste war mit zwei Schritten bei ihr. »In Anbetracht Ihrer Lage nehmen Sie den Mund ganz schön voll. Demut wäre angebrachter.«

»Sie können mich mal!«

Die Provokation prallte am Obersten aller Konfessoren ab. Er zog sich zurück auf seinen Platz neben seinem Herrn und fragte: »Welche Strafe haben Sie sich für die beiden vorgestellt? Erlösung?«

»Unter anderem.«

Die Worte standen für einen Moment im Raum, bis Nummer Eins sagte: »Selbstverständlich. Diesmal wird niemand entkommen, dafür sorge ich persönlich.« Er zog unter seinem Mantel eine Pistole hervor, zielte damit auf Jannah, doch der Herr legte seinem Diener die Hand auf den Arm.

»Nicht für sie, Nummer Eins. Mit ihr habe ich andere Pläne.«

Der Oberste ließ seine Waffe sinken. »Die wären?«

»Nun, erst mal will ich alles von ihr wissen. Welche Ziele hat Carl konkret? Was will der Datenbaron Wendland? Und wie wollten die beiden die Schreiber modifizieren? Wie ist die Rebellion überhaupt strukturiert? Aus wie vielen Personen besteht sie? Was sind deren Absichten? Und so weiter, und so weiter.« Er trat vor Jannah und begutachtete sie von oben herab. »Und diese ganzen Informationen wird sie uns freiwillig zur Verfügung stellen.«

»Auf keinen Fall!« Sie spuckte ihn an, verpasste ihm einen hässlichen Fleck unterhalb des Hemdkragens.

Johann Kehlis senkte nicht einmal den Blick. »Wahrlich eine Rebellin durch und durch.« Er schob sich näher an sie heran. »Aber all diese Energie war umsonst, so sinnlos eingesetzt. Von vornherein. Die Nanos sind nicht aufzuhalten.«

»Oh doch!«

»Nein. Ihr könnt weder die bisher stattgefundene Beeinflussung rückgängig machen, noch könnt ihr sie eliminieren. Ja, ihr *hättet* in der Burg durchaus Schaden anrichten können, was aber maximal zu einer Verzögerung meiner Pläne geführt hätte. Was bedeutet schon eine Verzögerung?«

Jannah zitterte zwischen den Wachen. »Sie werden damit nicht durchkommen! Wir werden Ihnen das Handwerk legen.«

»Sie sicher nicht mehr.« Er wandte sich ab und ging zurück zum Schreibtisch.

»Dann jemand anderes!«, schrie sie ihm nach.

»Ach ja? Höre ich da Hoffnung auf Hilfe? Auf einen Deus ex machina? Das ist lächerlich. Niemand wird kommen, kein Gott und keine Menschen.« Er nahm ein weißes Päckchen vom Schreibtisch, drehte es in den Händen, sah auf. »Wissen Sie, wir weiten JK's bereits auf das Ausland aus. Im Rest Europas fährt man schon darauf ab. Es ist nur eine Frage der Zeit, bis wir mit den Nanos und dem neuen Bot die ganze Welt unter unserer Kontrolle haben, und dann reißen wir die Grenzen ein und erschaffen eine Welt des Friedens. Stellen Sie sich vor, es gäbe keine Religionen mehr, keinen Rassenhass, keine historisch geprägten Feindschaften, keine Ressentiments. Alles passé … eine schöne neue Welt.«

Malek meinte, puren Größenwahn in seinen Augen zu erkennen. Mit einem leisen Schaben zog Kehlis den Deckel von der Schachtel. Zu Maleks Entsetzen befanden sich darin ein anthrazitfarbenes Kollar, eine schwarze Lifewatch und eine silberfarbene Kapsel. Wie mit einem Präsent kam er damit zurück zu ihnen.

Jannah keuchte, als sie den Inhalt erkannte. Sie wand sich in den Armen ihrer Bewacher. »Was wird das?«

Der Bundeskanzler lächelte freudlos. »Ich sagte ja, bald werden Sie mir freiwillig alles erzählen, was ich wissen möchte. Sie würden sogar meine Stiefelsohlen lecken, wenn ich es wünschte, Nummer« – er hob die Schachtel vors Gesicht und las vom seitlich angebrachten Etikett ab – »Vierhunderteins.« Mit Daumen und Zeigefinger griff er hinein und holte die Kapsel hervor. Wie flüssiges Metall glänzte sie.

»Nein!«, schrie Jannah. »Nein! Das werden Sie nicht tun! Das werde ich nicht nehmen. Nein! *Nein!* NEIN!« Sie trat um sich.

»Doch. Und jetzt haltet Sie endlich fest.«

»NEIIIIN!« Maleks Schrei donnerte durch den Raum.

Er schlug einem seiner Bewacher beide Fäuste vor die Brust und wollte vorwärtsstürzen, doch der Chef der Leibgarde war verdammt schnell und sprang ihm in den Weg. Eine Faust traf ihn in den Solarplexus, was ihm den Atem raubte, und bevor er sich's versah, tänzelte der Leibwächter um ihn herum und riss ihn zurück auf seinen Platz. Mit den Händen von hinten Maleks Kopf umklammernd, raunte er ihm ins Ohr: »So nicht, Junge! Und jetzt schön stillhalten.« Maleks Halswirbel knirschten leise.

Kehlis hatte schweigend zugesehen, schüttelte den Kopf und fokussierte wieder Jannah. »Und jetzt beenden wir das endlich.« Während die zwei Leibgardistinnen sie festhielten, reichte der Kanzler Nummer Eins die Schachtel, packte Jannahs Unterkiefer und zwang sie, den Mund zu öffnen.

»Hummpf… Neeeeeiiiiin… ahhrggg…«

Und dann war die Kapsel verschwunden, und Jannah erstarrte.

»Schön schlucken oder zerbeißen«, sagte Kehlis. »Los! Runter damit!« Er zwang ihren Kopf ein Stück in den Nacken und rüttelte an ihrem Kiefer, wobei er ihr den Mund zuhielt, damit sie die Kapsel nicht wieder ausspucken konnte.

»Nein…« Malek traten Tränen in die Augen. Jannah als Konfessorin – das war schlimmer als tot. Hilflos musste er mit ansehen, wie sie würgte, wie sie Rotz durch die Nase stieß, wie sie rot anlief und dann doch schluckte.

Kehlis schien zufrieden. »Dann wäre das geschafft.« Langsam nahm er die Hand von ihrem Mund, öffnete ihn und schaute wie bei einem Gaul hinein, um sicherzugehen, dass sie ihn nicht verarschte. »Gut. Sie haben es fast geschafft. In ein paar Minuten beginnt die Wirkung.« Er wandte sich wieder der Schachtel zu, um die Lifewatch herauszunehmen.

Da spürte Malek, wie Bruce minimal den Griff um seinen Nacken lockerte. Mit aller Kraft stieß er den Kopf nach hinten und schlug dem Leibgardisten den Schädel ins Gesicht. Etwas knackte wie ein morscher Zweig im Wald. Der Kerl schrie. Malek schrie und sprang vorwärts auf Kehlis zu.

Ein Schuss knallte, und Malek stürzte, als sein rechtes Bein unter ihm nachgab. Er schlug auf dem Boden auf, sah bunte Sterne, spürte nichts als lodernden Schmerz und rappelte sich trotzdem wieder auf.

Nummer Eins hielt in der einen Hand die weiße Schachtel, in der anderen seine Dienstwaffe.

Direkt neben ihm schüttelte Johann Kehlis verärgert den Kopf. »So geht das nicht, okay? So kann man nicht arbeiten.« Er wandte sich Dominik zu, der schweigend zusah. »Wutkowski ist doch Ihr Job, Nummer Elf. Warum stehen Sie also so untätig rum? Sorgen Sie gefälligst dafür, dass er ruhig ist!«

Zwei zitternde Worte: »Und wie?«

»Erlösung natürlich. Umgehend.«

Der Kanzler widmete sich wieder Jannah, um ihr die Lifewatch anzulegen, als Dominik seine Dienstwaffe, eine SIG Sauer P226, zückte und auf Malek anlegte. Der spannte ein letztes Mal die Muskeln. Es war so weit. Jetzt würde er Tymon und Maria folgen. Wie war der Liedtext gegangen, den Tymon kurz vor seinem Tod auf den Lippen gehabt hatte? Irgendwas mit einem *happy dying sinner*. Doch statt eines Songtextes gab ihm sein Gehirn nüchterne Daten: Der Schuss würde bei etwa 1400 Gramm Druck auf den Abzug auslösen. Das Projektil würde etwa eine Hundertstelsekunde brauchen, um die gut dreieinhalb Meter zwischen ihnen zu überwinden. Er konnte es nicht schaffen, und doch würde er es versuchen. Sich nach hinten zu werfen versprach die höchste Überlebenschance, vielleicht zwanzig Prozent.

Er sah, wie Dominik etwa ein Kilo Druck auf den Abzug gab.

Er spürte, wie sein Knie unter seinem Gewicht zitterte.

Er hörte, wie Jannah schluchzte.

Er schmeckte, wie sauer sein Speichel war.

Und er fühlte, wie sich Bedauern in ihm ausbreitete.

Der Kanzler ließ die Hand mit der Lifewatch sinken. »Ja, stehen denn heute alle neben sich? Worauf warten Sie, Nummer Elf?«

»Auf nichts.« Die Mündung erblühte.

Dem Gardisten links von Malek riss es die Schädelplatte oberhalb der Schläfe weg. Blut erfüllte die Luft. Malek warf sich nach hinten. Dominik wirbelte herum. Seine SIG knallte ein zweites Mal. Nummer Eins ging zu Boden. Malek schlug hart auf, sah abermals Sterne, rollte sich rückwärts und trat dem Gardisten neben sich die Füße weg. Ein dritter Schuss knallte und ein vierter. Jannah schrie. Eine Frau schrie. Malek zerrte die Pistole des Erschossenen aus dessen Gürtel, entsicherte und jagte einer Gardistin neben Jannah vier Kugeln in den Rücken. Aus dem Augenwinkel sah er, wie Dominik herumwirbelte, ein schwarzer Mann mit blassem Gesicht, und sich unter dem Pistolenfeuer des Bruce Willis der Garde wegduckte. Ihm ins Gesicht schoss. Richtung Kehlis sprang.

Der hatte Jannahs Lifewatch noch in der Hand und verfolgte regungslos das Geschehen. Er verstand es nicht. Er wollte es nicht verstehen. Ein solches Ereignis gab es nicht in seiner Welt.

Malek brachte die Pistole ein zweites Mal hoch, schoss dem sich aufrappelnden Gardisten neben sich direkt in die Kniescheibe, direkt rein, fast aufgesetzt. Vom Rückstoß schleuderte sein Arm nach rechts, in Richtung Jannah und der Gardistin, die trotz der vorherigen Treffer immer noch stand und mit ihr rang, und jagte ihr eine weitere Kugel in den Oberschenkel.

Jannah riss sich los, rammte ihr den Ellbogen ans Kinn, bekam ihre Waffe in die Finger, die sie ihr aber aus der Hand schlug.

Dahinter hob Dominik seine Pistole, zielte irrsinnigerweise auf Johann Kehlis und schoss ihm in die Brust. Direkt neben Jannahs Spuckfleck. Malek konnte es nicht glauben, hielt es für eine Wahnvorstellung, ausgelöst durch die Schmerzen, doch eine weitere rote Rose erblühte auf Kehlis' Brust, schick kontrastiert zum Anthrazit, dann eine dritte und eine vierte.

Irgendwo kreischte Jannah, schlug immer noch auf die Gardistin ein. Und wo war Nummer Eins?

Malek hatte keine Zeit zu suchen, keine Zeit, alles zu erfassen. Er ließ sich von seinem Instinkt leiten und federte aufs gesunde Bein, trat mit dem verletzten einem am Boden liegenden, stöhnenden Gardisten die Sohle in den Hals. Der Kanzler stürzte mit windenmühlenartigen Ruderbewegungen der Arme zu Boden. Dominik schoss weiter auf ihn, immer weiter und weiter, bis das Magazin leer zu sein schien. Dann schrie er und ließ seine Pistole fallen. Seine rechte Hand ging an die Lifewatch, und er taumelte rückwärts.

Die Blicke der Brüder trafen sich.

Malek sah den Schmerz.

Und hörte Jannah würgen.

Er stürzte zu ihr. Sie kniete vornübergebeugt neben einer Toten in einer Lache Blut und spuckte und würgte und keuchte. *Sie versucht, die Kapsel zu erbrechen!* Malek schlitterte neben sie. Packte sie an der unterverletzten Schulter. *»Ja! Kotz sie raus!«*

»Geht … nicht!« Sie würgte, zitterte, Tränen auf den Wangen. Ein Speichelfaden bis zum Boden.

»Doch! Komm schon!«

»Malek!« Ein Wimmern. »Hilf mir!« Ihr Gesicht mutierte zu einer Maske der Verzweiflung.

Dann half er ihr. Hielt ihren Kopf mit einer Hand fest und schob ihr Mittel- und Zeigefinger weit in den Rachen.

Das ließ sie würgen, und er schob noch weiter.

Ihr Körper erbebte, und dann brach sie ihm über die Hand. Der warme Schwall klatschte auf den Boden. Zwischen dem Braun und Gelb und Grün glänzte eine silberfarbene Kapsel.

»Ja! Sie ist raus! JAAA!« Er drückte Jannah an sich, Jannah mit dem roten Haar, bis er aus dem Augenwinkel in drei Metern Entfernung seinen Bruder auf dem Boden liegen sah. Sein Herzschlag setzte aus. »Dominik!«

Wie ferngesteuert löste er sich von Jannah und taumelte vorwärts, über die Leiche der anderen Gardistin, vorbei an Johann Kehlis, der in einer gewaltigen Lache Blut zuckte und spuckte.

Dominik sah zu ihm auf.

Seine Lifewatch blinkte. INIT EXIT. INIT EXIT. INIT EXIT.

Wieder knallten Schüsse.

Malek schrie: »Nein!«

Dann biss ihn etwas in den verletzten Oberschenkel. Er sah noch mehr Blut. Spürte aber keinen Schmerz. Irritiert blickte er auf. Nummer Eins fluchte, schleuderte seine Pistole weg, robbte durch den Raum Richtung Ausgang. Jannah kam auf die Beine. Kehlis atmete pfeifend und brabbelte Worte, wobei blutige Blasen über seine Lippen quollen.

»Malek!« Dominiks Hand streifte Malek an der Wange, am Bart, an der Brust, sank herab. »Innentasche«, keuchte er, dann wurde er wie von einem epileptischen Anfall geschüttelt.

»Innentasche«, wiederholte Malek und schlug den Mantel zur Seite, Tasche leer, die andere Seite, eine rechteckige Silhouette unter dem feinen Stoff. Er fingert danach, bekam den Reißverschluss geöffnet und ein Etui zu fassen. *Ein Etui!* Beinah ließ er es fallen. Der schmale Reißverschluss ratschte, ratschte, ratschte. Aufklappen, und tatsächlich: Es war eines von ihren Gegengiftetuis. Wie es in Dominiks Tasche kam, war ihm schleierhaft, aber es war da. Es war da!

Er nahm die fertig aufgezogene Spritze mit dem Gegengift heraus.

Dominik schlotterte, Sturzbäche von Tränen im Gesicht, die Haut am Arm der Lifewatch feuerrot. Er begann, um sich zu treten, unkontrolliert, wild, wie ein Tier.

Malek schob sich mit seinem ganzen Gewicht über ihn, fixierte Dominiks Arme mit den Beinen am Boden, hob die Spritze. Ein Schuss goldener Flüssigkeit flirrte heraus, dann stieß er sie hinab, wie Erik es ihm gezeigt hatte. Direkt in eine Vene am Hals. Hielt dabei Dominiks Kopf grob an der Stirn, presste das gesamte Gegengift in ihn rein.

Dominik schrie noch wilder, zitterte, Schaum vorm Mund.

Malek warf die Spritze weg, sank nach hinten. »Dominik!« Tränen verschleierten seinen Blick.

Ein letztes Zucken, und Dominik Wutkowski erschlaffte unter ihm.

»Nein! Nein! Nein!« Maleks Kopf sank gegen Dominiks, seine Fäuste packten seinen Bruder am Jackenkragen. »So nicht! So nicht!«

Reanimation! Erste-Hilfe-Maßnahmen einleiten! Jetzt!

Malek verschränkte die Finger ineinander, legte sie Dominik auf die stille Brust und stemmte sich darauf. Druck und nachlassen. Druck und nachlassen. Druck und nachlassen. Druck und nachlassen. Bis die Rettungskräfte eintreffen. Druck und nachlassen. Druck und nachlassen. Bis die Rettungskräfte eintreffen.

Tränen verschleierten alles. *Welche Rettungskräfte? Welche Rettungskräfte?!*

Jemand berührte ihn an der Schulter. Jemand schrie seinen Namen.

Und er: »Weg! Jetzt nicht!«, und wischte die Hand zur Seite.

Doch derjenige schlug ihm ins Gesicht, sodass seine Hände von Dominiks Brust glitten. Malek kreischte Speichel spuckend – und stockte. Jannah hielt ihm eine zweite Spritze und ein kleines Fläschchen vors Gesicht.

Das Ad-re-na-lin! Klar! Wenn das Herz versagt! Malek riss ihr beides aus den Händen, entfernte mit den Lippen die Plastikkappe von der Nadel, stieß sie in das Fläschchen und zog sie auf. So klar, so klar war die Flüssigkeit. Und dann? *Mitten ins Herz!*, hörte er Erik erläutern.

Ja! Mitten ins Herz! Hektisch zerrte er mit der linken Hand Dominik das Hemd vom Oberkörper. Knöpfe sprangen ihm entgegen. Das Kollar hing auf einer Seite des Kragens heraus. Der Rosenkranz lag höhnisch da.

Dann stieß Malek die lange Nadel zentimetertief ins Fleisch seines Bruders. Injizierte das Medikament. »Dominik!«

Nichts geschah.

»Nein! Du Arschloch! Du bleibst hier in dieser beschissenen Welt!«

Er weinte heiße Tränen, bis Dominik unter ihm zuckte wie ein Ertrinkender. Scharf sog er die Luft ein, warf sich herum, spuckte Schaum und öffnete die Augen.

»Malek«, kam es über seine Lippen.

»Dominik!« Malek weinte. »Du lebst!«

»Aber nicht mehr lange!« Es war Jannah. »Wie kommen wir hier raus?«

»Raus?« Dominiks Pupillen rollten hin und her, fanden einen Fokus, dann schien er zu verstehen. »Evakuierung!« Er deutete auf die einzige Säule im Raum. »Tiefgarage.« Dann sank Dominik Wutkowski wieder zu Boden, doch sein Brustkorb hob und senkte sich in einem steten Rhythmus.

Kapitel 50

Bei München, Kehlis' Bunker

Jannah wusste nicht, was genau passiert war, aber sie wusste, dass der Drecksack tot war.

Kehlis.

Der Kanzler.

Der gottverdammte Kanzler!

Sie hatte es mit eigenen Augen gesehen, sieben oder acht Treffer in die Brust, die Augen gebrochen, Mund und Nase dunkelrot vom Blut. Der Drecksack, der sie zur Konfessorin hatte machen wollen. Immer noch schmeckte sie seine bitteren Finger auf der Zunge, was noch viel schlimmer war als die Erinnerung an Kalbsragout auf dem Fußboden.

Sie eilten in Richtung der einzigen Säule im hinteren Bereich des Raums.

Malek strauchelte und taumelte seitwärts. Jannah griff nach ihm, bevor er stürzte. »Alles okay?« Malek nickte, das Gesicht verzerrt und voller Schweißperlen. Er hinkte zusehends.

Jannah bemerkte nun, warum: Sein Oberschenkel färbte sich rot. »Du bist verletzt!«

Malek hinkte weiter. »Geht schon! Komm! Wir müssen weg. Lange wird es nicht dauern, bis Verstärkung kommt.«

Jannah blickte über die Schulter zurück. Sie zählte sechs Leichen auf dem Boden. »Nummer Eins fehlt.«

»Ist Richtung Eingang gerobbt.« Malek packte den ohnmächtigen Dominik fester. »War offenbar verletzt, aber wenn er die Gardisten am Aufzug reinlässt…«

Schreie wurden laut. *»In Kehlis! In Kehlis! In Kehlis!«* Stiefelschritte polterten.

Malek knurrte wie ein Tier, beschleunigte seine Schritte und erreichte die schlichte Betonsäule. Sie war so breit wie eine Litfaßsäule, und auf der Rückseite befand sich tatsächlich eine schmale Metalltür wie bei einem Aufzug. Daneben ein Knopf.

Jannah drückte ihn, sah an der Säule vorbei Richtung Eingang. Vier Gardisten stürmten in den Raum, blieben entsetzt stehen. Einer bemerkte sie: »Dort!«, und legte sein Gewehr an.

Jannah brachte sich noch rechtzeitig hinter der Säule in Sicherheit, bevor die Fenster hinter ihnen tockten. »Großartig!«

Die Aufzugtür öffnete sich quälend langsam. Malek stolperte mit Dominik hinein, Jannah hinterher. Es gab nur einen einzigen Knopf auf dem User-Interface. Sie hämmerte darauf, und die Tür glitt genauso arschlangsam zu. Noch dreißig Zentimeter, zwanzig, zehn. Ein Gardist kam um die Ecke geschlittert. »Sie wollen runter!« Er stieß den Lauf seines Gewehrs Richtung Spalt, doch der schloss sich genau vor ihm.

Jannah starrte auf die Stelle. *Bleib ja zu, bleib ja zu, bleib ja zu!*

Stille.

Sie schluckte.

Ihr leerer Magen hob sich, als die Aufzugkapsel nach unten glitt.

Sie sank gegen die Kabinenwand. »Gooott!« In ihrem Kopf drehte sich alles. Es war einfach zu viel. Noch vor nicht mal zwei Stunden hatte sie damit gerechnet, diesen Tag nicht zu überleben. Nun lebte sie, und der Mann, dessen Sturz sie sich zur Aufgabe gemacht hatte, war tot. Erschossen von Dominik Wutkowski. Das ergab null Sinn, stellte sich in ihrem Gehirn quer wie ein Laster bei einem Unfall auf der Autobahn. Vollsperrung. Kein Weiterkommen. Völlig unsinnig, dass ein Konfessor erster Generation einen Befehl des Herrn verweigerte und ihn sogar erschoss, und doch war es passiert.

Und nicht nur das. Sie retteten gerade eben jenen Konfessor. *Das ist Irrsinn! Wir retten einen Konfessor!* Dominik hing in Maleks Armen wie eine Leiche, blass und hohlwangig, aber er atmete.

»Noch sind wir nicht draußen.« Malek lehnte sich an die Wand, das Gewicht auf dem unverletzten Bein.

»Und jetzt?« Sie nahm den Blick von seinem Bruder. »Irgendein Plan?«

Er schüttelte den Kopf, die Augen geschlossen. Schweiß rann ihm über die Schläfen. »Dominik sagte *Tiefgarage*. Vermutlich ist das ein Evakuierungsschacht für Kehlis.«

»Und wenn dem so ist, wird es einen Weg raus geben.«

»Vermutlich sogar mit einem Fluchtwagen für Kehlis.« Malek öffnete die Augen. »Hoffen wir's.«

Die Kabine wurde langsamer, hielt an. Wieder kroch die Tür zur Seite. Direkt vor ihnen stand in einer vielleicht vier Mal vier Meter großen, hell erleuchteten Betonkammer mit geschlossenem Tor eine einzige schwarze Diplomatenlimousine, ein fettes Teil wie das, aus dem sie Fossey geholt hatten. Der Lack schimmerte wie frisch poliert. Am Fahrerfenster hing ein Wagenschlüssel, befestigt mit einem neongelben Klebeband, damit man ihn in der Hektik einer Flucht keinesfalls übersah.

»Es kann auch mal gut laufen.« Jannah riss den Schlüssel von der Scheibe.

Die Blinker fiepten. Sie hielt Malek die hintere Tür auf, damit er Dominik hineinhieven konnte. Es sah schlimm aus, wie er sich abmühte, und so kletterte sie auf den Fahrersitz, beugte sich zwischen die Sitze und zerrte mit.

»Bleib gleich hinten«, sagte sie, als es geschafft war.

Malek nickte dankbar, schloss seine Tür und sank stöhnend neben seinen Bruder auf die Rückbank.

»Die Lifewatch«, murmelte er, doch nur zu sich selbst.

Es war, wie Malek vermutet hatte: ein durchdachtes Evakuierungssystem für den Notfall. Als Jannah den Wagen startete, öffnete sich von selbst das Rolltor und gab den Weg in die Tiefgarage des Bunkers frei. Sie mussten nur geradeaus fahren, um die Ausfahrt zu nehmen. Allerdings kamen ihnen Gardisten entgegengerannt.

»Wir kriegen Besuch.« Jannah gab Gas. Die Limousine glitt vorwärts, beschleunigte relativ langsam, aber das war ein gutes Zeichen – ein schwer gepanzertes Fahrzeug hatte einfach weniger Zug, und ihr war im Moment eine Panzerung lieber.

Zu Recht. Die Gardisten schossen auf sie, doch es stoben nur Funken von der Scheibe, als die Projektile abprallten und nicht mal Kratzer hinterließen.

Bei zweieinhalbtausend Umdrehungen kam die Karre in Fahrt. Sie walzte auf die Männer und die Ausfahrt zu. Jannah packte das Lenkrad fester. »Festhalten!«

Ohne langsamer zu werden, erfasste sie einen der Gardisten, holperte über ihn hinweg und nahm die Ausfahrt nach oben ins Tageslicht, in dem Sirenen heulten und Alarmlichter blitzten. Überall rannten Menschen auf dem umzäunten Gelände herum.

Jannah ignorierte alles und jeden und steuerte geradeaus auf die Schleuse zu. Die erhob sich stahlgrau vor ihnen, mehrere Meter breit und überdacht von einem Wachhaus. Eine Ampel gab rotes Licht, doch als sie sich dem Tor näherte, erschien eine stilisierte Ampel in der Mittelkonsole der Limousine und schaltete auf Grün – eine halbe Sekunde später tat es ihr die am Tor nach. Zügig schob es sich nach oben, sodass sie ohne zu bremsen in die Schleuse fahren konnten.

Dort musste Jannah in die Eisen steigen, weil das äußere Schleusentor heruntergelassen war. Über die faustdicken Stahlplatten zuckten Warnlichter. Die Ampel darüber leuchtete rot.

»Malek?« Jannah sah im Rückspiegel, wie die hintere Schleuse sich wieder herabsenkte, und auch, wie mehrere Gardisten schreiend heransprinteten. *»Malek?«*

»Gleich.« Er hantierte am Handgelenk seines Bruders herum.

Jannah sah wieder zum Fenster raus. Das Tor war fast unten, doch eine verwegene Gardistin warf sich zu Boden und rollte unten hindurch.

»Scheiße!«

Das Tor schloss sich vollends, und das vor ihnen begann, nach oben zu gleiten.

Die Gardistin rappelte sich neben der Fahrertür auf. Sie schrie und fuchtelte mit ihrem Sturmgewehr herum.

Jannah drückte aufs Gas, rollte mit dem Wagen bis ans Tor.

Die Gardistin pochte gegen die Scheibe, signalisierte, dass sie aussteigen sollten. Ihr Gesicht war feuerrot.

Jannah zeigte ihr den Mittelfinger.

Die untere Kante des Tors war auf Motorhaubenhöhe.

Die Gardistin fluchte. Pochte mit dem Gewehrlauf gegen die Scheibe. Legte auf sie an. Zog aus einem halben Meter Entfernung den Abzug durch.

Die Wucht der Geschosse ließ den Wagen erzittern und überzog die Scheibe mit einem Spinnennetz – aber sie hielt. Jannah keuchte und gab mehr Gas. Die Limousine rollte vorwärts, mit der Motorhaube unter dem Tor hindurch, dann mit der Scheibe, dann mit dem Dach.

Die Gardistin hatte derweil das Magazin getauscht, denn es

knallten erneut Schüsse – am Heck diesmal. Nach sechs oder sieben Treffern wurde es still.

Maleks Kopf erschien zwischen den Sitzen. In der Hand hielt er das Armband einer Lifewatch mit einer eingravierten 11 darauf. »Wahnsinn!« Er lachte wie im Rausch.

Jannah brachte den Wagen um die Kurve auf die Straße, reihte ihn kompromisslos in den Stadtverkehr ein. Ihr war weniger zum Lachen zumute. Sie sollte sich freuen, aber da war kein Gefühl in ihr. »Wir brauchen schnellstmöglich ein anderes Fahrzeug«, sagte sie nüchtern. »Wenn wir das Monster nicht loswerden, haben wir bald einen Straßenkorso hinter uns.«

»Fahr einfach irgendwo raus. Wir klauen eines.«

»Wirklich? Ist das nicht zu riskant? GPS und Navi und so? Ich hätt eines ohne den Mist. In Schwabing. Vorausgesetzt, der Wagen wurde nicht abgeholt.«

»Du meinst den Kleinwagen vor Reba Ahrens' Haus?«

Sie musterte ihn für einen Moment im Rückspiegel und schüttelte den Kopf. »Ich glaub, ich will die Story gar nicht hören.«

Dominik stöhnte. »Zu Ahrens' Haus«, lallte er. »Da müssen wir hin.«

Malek sah zu ihm hinab. Sein Bruder hatte die Augen nicht geöffnet und rollte mit dem Kopf hin und her. »Wie bitte? Dominik?« Er tatschte ihm mehrfach sanft gegen die Wange.

»Mir müssen … zu Ahrens' … Haus!« Dann sank der ehemalige Konfessor in die Ohnmacht zurück.

»Ahrens' Haus«, wiederholte Malek nachdenklich. »Okay. Dann fahren wir da hin.«

Jannah spähte in den Rückspiegel. »Sicher? Da könnte es vor Garde wimmeln. Vielleicht ist das eine Falle.«

»Nein.«

»Woher willst du das wissen?«

»Keine Ahnung. Fahr hin!«

Jannah schluckte. Es klang zwar wie ein Befehl, aber da war ein stummes *Bitte* dabei. *Scheiße.* Und jetzt? Sollte sie sich wirklich dem Wunsch eines Konfessors fügen? War plötzlich alles anders?

Trotzdem sagte sie: »Okay, ich fahr hin.« *Wegen dir.* Da war etwas in Maleks Gesicht…

Er wandte sich ab und blickte durch die Heckscheibe zurück zum Bunker, der wie ein Wespennest aussah, dann zu Dominik, der ohnmächtig neben ihm lag. Mit der Hand strich er ihm Schweiß aus der Stirn.

Kurz darauf rauschte es laut, und kühler Wind fauchte herein, als er die hintere Tür einen Spaltbreit öffnete und etwas hinauswarf.

Jannah ahnte mehr, dass es die Lifewatch war, als dass sie es im Seitenspiegel erkannte. Das Band blieb auf der Straße liegen. Das quadratische Display hingegen wirbelte durch die Luft, sprang über den Asphalt, rollte in einem enger werdenden Bogen herum wie ein Kreisel und kam zur Ruhe.

Keine Sekunde später donnerte ein Lkw darüber.

Kapitel 51

München, Schwabing

Die Verwirrung um den Tod von Johann Kehlis schien ihnen zu helfen; sie zogen keinen Gardekorso hinter sich her, und auch kein Hubschrauber kreiste am Himmel, als sie Schwabing erreichten. Malek hätte zwar gern einige Straßen von Reba Ahrens' Haus entfernt geparkt, um die Garde nicht direkt dorthin zu locken, aber mit einer Schusswunde am Bein – die er mittlerweile abgebunden hatte und die in einem erträglichen Rhythmus pochte – und dem ohnmächtigen Dominik war das keine Option.

Jannah fuhr daher direkt auf den Parkplatz vor dem Haus, wo der Porsche gestanden hatte. Die Straße lag ruhig da. Keine Gardisten. Keine Absperrbänder. Keine Blaulichter. Das Haus der Scientin wirkte verlassen, und als Jannah den Motor abstellte, wurde es gespenstisch still.

Gleichzeitig breitete sich im Wagen eine Schwere aus, die vermutlich schon länger geherrscht hatte, aber ihm erst jetzt auffiel. Es war die Tragweite der Ereignisse. Jannahs Rettung. Die missglückte Virus-Aktion. Ihre Flucht. Kehlis' Tod. Dominiks Rettung. Es war so verdammt viel passiert.

Und so saßen sie ein paar Sekunden in weiteres Schweigen gehüllt da, obwohl die Vernunft gebot, dass sie schnellstens verschwinden sollten.

Dann zog Jannah den Wagenschlüssel ab und brach die Stille. Ein tiefer Seufzer entfuhr ihr. Sie blickte zur Villa. »Wir sind da.«

Malek nickte nur. Eine Hand ruhte am unverletzten Handgelenk seines Bruders, um dessen Puls zu überwachen. Die andere entfernte sich langsam vom Holster.

»Und jetzt?« Jannahs Blick heftete sich in den Rückspiegel und auf ihn. »Warum wollte er unbedingt, dass wir herkommen?«

»Keine Ahnung.« Malek tätschelte Dominiks Gesicht, damit er aufwachte. Als der nicht reagierte, sah er wieder hoch.

»Was soll das alles, Malek?«

Er zuckte mit den Schultern.

»Warum unterbindet dein Bruder das Einspielen des Virus, nimmt uns hoch und bringt uns zu Kehlis – um ihn dann zu erschießen und uns zur Flucht zu verhelfen? Das ergibt absolut keinen Sinn.«

Ja, das ist wirklich sinnlos. »Er wird es uns verraten.«

»Wird er das?«

Sie wandte sich um. Beide musterten den ohnmächtigen Konfessor.

»Vielleicht dreht er einfach nur durch«, überlegte Jannah laut. »Ein Kurzschluss in den Nanos. Scheiße, wer weiß, was wegen dem Dreck noch alles passiert.«

»Er dreht nicht durch.«

»Hat aber verdammt so ausgesehen. Woher willst du wissen, dass er es nicht tut?«

Malek nahm sich einen Moment. Sagte dann: »Ich weiß es einfach.«

Er wollte seinem Bruder eine sanfte Ohrfeige verpassen, um ihn wach zu bekommen, als der stöhnte, hustete, sich auf die Seite rollte und Schleim in den Fußraum spuckte. Dann stemmte er sich auf den Ellbogen.

Maleks Hand schloss sich fester um die seines Bruders. Die andere wanderte zurück zum Holster.

Dominik spuckte abermals und rappelte sich gänzlich auf. Betrachtete Maleks Hand. Verwirrung im Gesicht. Entzog sich der Berührung. Schüttelte sich. Rieb sich über das Gesicht. Stöhnte bei der Nase und blinzelte vor Schmerz, bevor er Jannah bemerkte, die keine Sekunde den Blick vom Konfessor nahm. Dominik erschrak fast bei ihrem Anblick, wurde sichtbar blasser. Seine Blicke flatterten gehetzt umher, als wisse er nicht, wo er sich befand, blieben dann auf Maleks Gesicht haften.

Es war ein stiller Blick, und doch so laut. Ein anderer Blick als der, den Malek am Abend zuvor in seinem Wohnwagen hatte ertragen müssen. Es waren nicht mehr die Augen eines Jägers, fixiert auf seine Beute. Es waren die Augen seines Bruders. Und sie begrüßten Malek, als sähen sie seit Jahren das erste Mal wieder in die Welt.

Malek spürte Tränen in den Augenwinkeln. »Bruder.«

Dominik brauchte einen Moment, als müsse er die Anrede verarbeiten. Dann schüttelte er den Kopf, als wollte er etwas abstreifen. Dabei bemerkte er durch die Scheibe die Umgebung. Der Anblick weitete seine Pupillen. »Reba Ahrens' Haus.«

»Ja.«

Jannah verfolgte alles argwöhnisch. Schräg zwischen den Sitzen hindurch erkannte Malek in ihrem Schoß eine Waffe. »Warum sind wir hier?«

Dominik blieb ihr die Antwort schuldig. Stattdessen lehnte er sich gegen die Tür und öffnete sie. Ihm entfuhr ein schmerzerfülltes Stöhnen, und als er sie aufdrückte, stürzte er beinahe hinaus, hielt sich am Griff fest. In der Position verharrte er, sein Handgelenk direkt vor dem Gesicht. Deutlich war zu sehen, wo er jahrelang die Lifewatch getragen hatte und wo das Gift samt Säure aus dieser ausgetreten war. Rot, silbern und blasig glänzte die Haut in einem breiten Streifen um sein Handgelenk. Für einen langen Moment betrachtete er die malträtierte Stelle, dann schien er sich dort berühren zu wollen, doch seine Finger verharrten kurz davor und zogen sich zurück. Dann stieg er aus.

»Malek«, sagte Jannah heiser. Ihre Blicke trafen sich. Malek wusste, dass sie Dominik nicht vertraute, ihn am liebsten mit einer Kugel im Kopf und einer Tonne Erde auf dem Leib zurücklassen würde. Und er verstand es. All das Leid, das die Konfessoren gebracht hatten ... Trotzdem hielt sie ihre Nervosität im Zaum. Und ihre Pistole gesenkt. Er brauchte es nicht einmal zu sagen. Sie sah es auch so.

Vertrau mir.

»Okay.« Jannah stieß ebenfalls ihre Tür auf.

Malek folgte. Der Schmerz in seinem Bein ließ ihn stöhnen und beinahe in die Knie gehen. Sie war sofort an seiner Seite, stützte ihn, und das trotz der angeschossenen Schulter. »Geht's?«

»Bei dir?«

»Weiß ich noch nicht.« Argwöhnisch verfolgte sie, wie Dominik auf wackligen Beinen den Wagen umrundete, sich mit der Hand einmal auf der Motorhaube aufstützen musste, um nicht zu stürzen, und schließlich durch das Gartentor Richtung Reba Ahrens' Haus stolperte. Er bewegte sich wie ein Betrunkener, doch mit jedem Schritt schien er sicherer zu werden.

Malek und Jannah blickten ihm einen langen Moment hinterher, dann folgten sie ihm, er auf ihre unverletzte Schulter gestützt.

Im Flur stießen sie auf zwei Leichen. Jannah keuchte. »Annette und Semir!« Schnell war sie bei ihnen, tastete nach Lebenszeichen. »Mein Supportteam! Mein Gott!«

Malek humpelte hinterher. Kam am Bad vorbei. Aus dem Augenwinkel registrierte er, dass Reba Ahrens nicht mehr in der Wanne lag.

Jannah fragte scharf: »Was ist hier passiert?«

Schritte. Dominik erschien in der Tür zum Schlafzimmer. Auf seinem Gesicht spiegelten sich weder Schuld noch Trauer noch Argwohn noch Bosheit. Und: keine Verwunderung.

Jannahs Hände sanken herab. »Du warst das«, murmelte sie.

Dominik nickte.

Mit einer fließenden Bewegung zog sie ihre Pistole und riss sie nach oben. »Du gottverdammter Scheißkerl!« Ihr Schussarm zitterte.

Malek hielt den Atem an. Seine Kehle war wie zugeschnürt. Wenn sie jetzt schoss, war es vorbei. Er konnte nicht mehr eingreifen.

Doch Jannah schoss nicht. Vielleicht, weil er hinter ihr stand. Vielleicht wegen dem, was in den letzten Stunden passiert war. Vielleicht aber auch wegen Dominik selbst, der sich nicht von der Stelle rührte. Der keine Anstalten machte, sich zu wehren oder zu schützen. Er blinzelte nicht einmal. Er würde sich einfach erschießen lassen.

Sie zielte immer noch auf ihn.

»Jannah.« Malek kam einen Schritt auf sie zu und hob die Hand, um sie zurückzuhalten.

»Nein!«, fauchte sie ihn an. Tränen schimmerten in ihren Augenwinkeln, und ihr ganzer Körper spannte sich. »Scheiße, Malek! Du hast keine Ahnung, was du hier von mir verlangst. Nicht die geringste!«

Malek wollte etwas erwidern, doch ihm fiel nichts ein.

Dafür Dominik: »Tut mir leid.«

Mit einer Entschuldigung hatte niemand gerechnet. Jannah und Malek standen starr vor Überraschung. Drei Worte, die sich nicht nach denen eines Konfessors anhörten. Aber auch nicht nach denen von Dominik aus alten Tagen. Sie rangierten irgendwo dazwischen, voller Kälte und Ehrlichkeit. Gefangen, aber doch irgendwie frei. Kontrolliert frei?

»Wir haben nicht viel Zeit«, schob Dominik hinterher und verschwand im Schlafzimmer.

Jannah behielt die Pistole im Anschlag, jetzt ohne Ziel, und wusste sichtlich nicht, was sie tun sollte.

»Komm!«, sagte Malek leise und humpelte an ihr vorbei. »Lass uns schauen, was er vorhat.«

Dominik saß an Reba Ahrens' Arbeitsplatz, die Hand auf der Maus, und hatte den Computer aus dem Stand-by-Modus geholt. Gerade steckte er Kehlis' ID-Karte in einen Kartenleser. Die wunde Haut an seinem Handgelenk musste bei jeder Bewegung brennen.

Malek fragte: »Was hast du vor?«

»Uns unsichtbar machen.« Dominik öffnete ein Programm, gab etwas ein. Eine tabellarische Aufzählung von Datensätzen erschien.

Jannah trat ebenfalls ins Schlafzimmer. Sie hatte die Pistole sinken lassen, aber noch in der Hand. Ihr Blick flatterte zwischen Dominik auf dem Bürostuhl und dem Bildschirm hin und her. Plötzlich runzelte sich ihre Stirn. »Ist das das zentrale Speichersystem der Regierung?«

Dominik nickte. »Die Adminkonsole.« Er navigierte mit der Maus zum Menüpunkt SUCHE. In das erscheinende Textfeld gab er ein: AUGEN GOTTES.

Es erschienen mehrere Einträge mit Nummer Elf als Verfasser und je einer langen Zahlen-Buchstaben-Kombination mit dem Präfix DNS.

Dominik navigierte zu einem Bearbeitungsbutton, fuhr ein Drop-down-Menü aus und wählte UNWIDERRUFLICH LÖSCHEN aus. Es erschien ein Pop-up. SOLLEN ALLE DATENSÄTZE DER AUGEN GOTTES GELÖSCHT WERDEN?

Dominiks Zeigefinger verharrte über der Bestätigung. Zitterte. Dann klickte er. Eine stilisierte Sanduhr rotierte, während alle Einträge verschwanden.

Das war der Moment, in dem alle Spannung aus ihm wich. Fast benommen fixierte er den Bildschirm, dann sein Handgelenk. Die Haut blasig, silbrig, rot.

»Er hat unsere Daten gelöscht«, sagte Jannah ungläubig. »Und seine eigenen auch.« Sie schüttelte den Kopf und sagte: »Heißt, man kann uns jetzt nicht mehr tracken?«

»Richtig.« Dominiks ruhige, kalte Stimme. »Der Nanobot ist zwar noch in uns, aber ohne DNS gibt es keine Referenz.«

»Aber … aber man könnte die DNS wieder einspeisen, wenn man noch Blutproben hat?«

»Ja, aber im Bunker hat man gerade andere Probleme.« Der ehemalige Konfessor erhob sich, zog die ID-Karte ab und reichte sie Jannah.

Die machte keine Anstalten, sie entgegenzunehmen. Schüttelte stattdessen ihr feuerrotes Haar. »Nee, so einfach geht das nicht. Ich lass mich nicht bestechen nach dem Motto ›Ich lösch mal euer Tracking und damit ist gut‹. Ich will jetzt alles wissen. Was ist da heute im Bunker passiert?«

»Jannah.« Maleks mahnende Stimme.

Sie wandte den Blick nicht von Dominik. »Ich weiß, du willst jetzt keine Konfrontation, Malek. Und wir müssten von hier weg. Aber nicht so. Nicht in dem Zustand. Nicht ohne *Erklärung.*«

Zu ihrer Überraschung manifestierte sich Zustimmung in Dominiks Gesicht, und ehe sie sich's versah, drückte er ihr Kehlis' ID-Karte an die Brust, sodass sie automatisch danach griff, damit sie nicht herunterfiel. Vom Schreibtisch angelte er ein Diktiergerät. Es war abgegriffen und blutverschmiert. Für einen Moment hielt er es in der Hand, dann schaltete er es ein.

Sofort erfüllte Reba Ahrens' Stimme das Schlafzimmer.

»Untersuchung von Carl Oskar Fosseys Festplatte. Zusammenfassung seiner Forschungsarbeit. Auffällige Thematik: Outburst-Syndrom.

Insgesamt konnte ich aus den noch lesbaren Sektoren neunundachtzig Hinweise extrahieren, die im Zusammenhang mit sogenannten nanotransiven Disharmonien stehen. Aus wiederhergestellten E-Mail-Korrespondenzen zwischen Carl Oskar Fossey, Konfessor Nummer Eins und einem Expertengremium sowie aus diversen Notizen und Aufzeichnungen konnte ich folgende Theorie rekonstruieren:

Carl Oskar Fossey stellt die These auf, dass es zu Konflikten zwischen nanotransiven Überzeugungen und sogenannten *wahren* Überzeugungen kommen kann. Wahre Überzeugungen sind seiner Definition nach ursprüngliche Überzeugungen, die sich im Laufe des Lebens vor der Distribution der Nanopartikel im Gehirn bildeten und festigten. Fossey nennt als Beispiele Angstzustände, Liebe, moralische Vorstellungen, generell den Wunsch zu leben. Auch vieles andere kann zu einer wahren Überzeugung werden, abhängig von der Persönlichkeit.

Werden diese ursprünglichen Überzeugungen nun von nanotransiven überlagert, sind Konflikte zwischen den beiden möglich. Infolgedessen kann es ab einer gewissen Signifikanz der beiden antagonistischen Überzeugungen zu einem sogenannten Outburst kommen. Einem emotionalen Ausbruch.

Des Weiteren geht Carl Oskar Fossey davon aus, dass durch einen stattgefundenen Outburst eine Konditionierung einsetzt, die weitere Ausbrüche begünstigt und schrittweise die Signifikanz verringert. Hat man also einmal einen Outburst erlebt, kann es in der Folge häufiger zu welchen kommen, und dazu wären immer weniger signifikante Konflikte zwischen nanotransiven und wahren Überzeugungen nötig.

Fossey geht sogar noch einen Schritt weiter und spricht in

einer Sprachaufzeichnung davon, dass sich daraus gar eine Immunität gegenüber nanotransiven Überzeugungen bilden könnte. Er glaubt, dass das gewollte Sich-Gut-Fühlen beim Wahrnehmen nanotransiver Überzeugungen abflacht, sogar gänzlich verschwindet. Ohne diese positive Resonanz ist die Informationseinheit innerhalb eines Nanopartikels aber nicht mehr als eben eine Informationseinheit. Ohne die positive Konnotation wird das Gehirn nicht länger überlistet und erkennt irgendwann die Ursache des Konflikts, die nanotransive Überzeugung, und zieht daraus den Rückschluss: Das stellt eine Fremdbestimmung dar. Das möchte ich nicht länger.

Besorgniserregend an dieser Outburst-Syndrom-Theorie sind die vielen unbeantworteten Fragen. Kann es jeden treffen? Warum fiel es nicht bei Probanden in der Alphaphase auf? Ist eine Generalisierung möglich? Lässt sich bewusst ein Outburst in einem Probanden hervorrufen? Ist die Signifikanz bei älteren Menschen durch die jahrelange Festigung von wahren Überzeugungen erhöht? Wie könnte das im Gegenzug bei Kindern sein, die von Geburt an mit nanotransiven Überzeugungen aufwachsen und folglich gar keine ursprünglichen entwickeln?

Fossey formuliert die Überlegung, dass es eine temporäre Übergangsphase von circa siebzig bis einhundert Jahren geben könnte, bis die letzte Generation mit ursprünglichen Überzeugungen verschieden ist. Er nennt eine sinkende Anzahl der Beichten als Indikator, sieht aber gleichzeitig die Gefahr, dass durch die entstehende Immunität der Wunsch nach einer Beichte so schwach werden könnte, dass sich die betroffene Person nicht an das System wendet, sondern sich zurückzieht und zweifelt. Oder sich gar *gegen* das System positioniert. Eine bedenkliche Vorstellung. Streit. Eskalation. Bürgerkrieg.

Genauso bedenklich sind die Auswirkungen auf meine Arbeit als Scientin. Ich sehe bezüglich meines Hauptaufgabengebiets hinsichtlich der Überzeugungsarchitektur die Gefahr, in der Bevölkerung eben jene Eskalationen ungewollt zu generieren. So ein Fall könnte sich sogar schon zugetragen haben. Ein Konfessor erster Generation hat laut mehrerer Zeugenaussagen zwei Gardisten erschossen – eindeutig mit emotionalen Begleiterscheinungen. Aus einem Outburst heraus? Untersuchungen sollten schnellstmöglich eingeleitet werden, denn wenn Carl Oskar Fossey mit seinen Thesen recht hat, müssten wir eine weitere Distribution der Nanopartikel umgehend und vollständig infrage stellen. Jede emotionale Entladung könnte sich auch negativ entladen und sich somit gegen ein unschuldiges Individuum richten. Flächendeckende Schäden an der Bevölkerung wären …« In der Bandaufzeichnung klingelte etwas, und die Aufnahme endete.

Im Zimmer herrschte absolute Stille.

Malek sah Jannah an.

Die ihn.

Dann beide Dominik.

Dem ehemaligen Konfessor lief eine Träne über die Wange.

Kapitel 52

Unterwegs

Blechlawinen walzten sich über die Autobahn. Der Verkehr Richtung München wurde mit jedem Kilometer zäher und dichter. Im selben Maß stiegen die Nervosität der Majorin und Eriks Hunger. Es war beinahe Mittag, und wirklich gefrühstückt hatten sie nicht – jeder nur einen Energieriegel, mitgebracht aus dem Nazikeller. Eriks war mit Waldfrüchten gefüllt gewesen. Er hasste Waldfrüchte. Er war generell nicht so der süße Typ. Er hatte seit dem *Goldenen Lamm* Appetit auf etwas Deftiges, und mit München als Ziel blitzte immer wieder das Bild eines prallen Weißwurstpaares mit einem Haufen süßen Senf, einer Breze und einem Weißbier vor ihm auf.

Den Wunsch behielt er lieber für sich. Die Majorin saß stocksteif hinterm Steuer, das Gesicht verschlossen, beide Hände am Lenker. Kaum hörbar schimpfte und fluchte und drohte sie vor sich hin, während sie versuchte, die eine Verkehrslücke ausfindig zu machen, die sie schnellstmöglich zum Bunker brachte. Aber es war wie mit den Schlangen an den Supermarktkassen – man stellte sich generell an der langsamsten an.

Als etwas dumpf klingelte, fuhr sie zusammen. »Was war das?«

Auch Erik lauschte irritiert. Wieder bimmelte es. »Klingt fast wie eines unserer Handys.«

»Die ich konfisziert habe?«

»Ja … ich glaub, das ist meins.«

Die Majorin suchte seinen Blick. »Könnte das Wutkowski sein?«

»Na ja, wenn's nicht irgendein abogeschwängertes Gewinnspiel ist oder eine nette Thaimasseurin, dann …«

»Krenkel!«

»Ja, ja, ja! Sonst hat niemand die Nummer!«

Die Majorin sah ihn an, als sei er der letzte Lump auf Erden, dann beugte sie sich zu ihm herüber und öffnete das Handschuhfach. Es klappte ihm gegen das Knie.

»Au!«

»Nicht jammern!« Sie fasste an ihm vorbei ins Innere und holte eine schwarze Box hervor. Das Klingeln drang aus dem Inneren. »Hier! Geh verdammt noch mal ran! Sofort!«

»Ja, ja, schon gut.« Erik öffnete die Box. Peilsendermaterial, eine weiße Lifewatch und zwei Handys lagen darin. Seines klingelte.

»Ja?«, sagte er nach dem Abheben und lauschte gespannt dem Anrufer.

»Krenkel!«, drohte die Majorin. »Wenn Sie nicht gleich erzählen, wer dran ist und was los ist, dann …«

»Moment.« Erik nahm das Telefon vom Ohr und drückte das Mikrofon mit dem Handballen der anderen Hand zu. »Kannst du bitte ruhig sein? So versteh ich nichts.«

Ihr Blick war Gold wert.

Dann breitete sich auf seinem Gesicht ein so breites Grinsen aus, dass seine Wangen schmerzten, und er sagte: »Sie konnten fliehen, Barbara! Sie leben! Alle drei! Ha ha! Das Gegengift hat gewirkt! *Es hat gewirkt!* Er hat seinen Bruder rausgeholt. Mann, sind wir gut. Verdammt guuut. Sooo …«

Erik verstummte, weil sie schluchzte.

Vor Freude.

Der Kellerraum wurde von zwei Geräuschen erfüllt: dem monotonen Rauschen eines Heizlüfters und dem Klackern eines weißen Plastikballs. *Klacklack. Klacklack. Klacklack.*

Hendrik Thämert stand im warmen Luftstrom hinter der zur Hälfte aufgebauten Tischtennisplatte und spielte gegen sich selbst. Der abgegriffene Holzschläger lag ihm speckig in der Hand, der sich ablösende Noppenbelag flappte ab und an gegen das Holz, wenn er den Ball nicht richtig traf.

Mittlerweile funktionierte es ganz gut.

Klacklack. Klacklack. Klacklack. Und Topspin. Und Block. Klacklack. Klacklack. Klacklack.

Ätzender hätte es nicht sein können; er allein in diesem Keller unter dem Licht einer nackten Glühbirne nur mit dieser Tischtennisplatte. Und es war noch nicht einmal ein Tag rum.

Klacklack. Klacklack. Klacklack. Und Topspin. Und…

Der Ball sprang gegen die Schlägerkante und steil davon. Hendrik stieß laut die Luft aus und warf den Schläger auf die Platte. Es sah auf seine Armbanduhr. Es war 15.41 Uhr.

Langsam bekam er Hunger, und noch immer hatte ihm Vitus keinen Proviant geschickt. Wo blieb der Bote aus der Basis? *Ich schicke Ihnen umgehend alles Nötige zu,* hatte er gesagt. Das war vor fast zwölf Stunden gewesen. Gab es Probleme? War der Bote aufgehalten worden? Das wäre schlecht. Ganz schlecht. Wie lange würde Hendrik ohne Essen auskommen? Wann musste er es wagen, sein Handy zu aktivieren und Vitus anzurufen?

Hendrik entschied, dass er einen Tag ohne Essen durchhielt. Wasser war vorhanden, und spätestens morgen früh würde er Vitus kontaktieren und…

Ein Geräusch drang durch die angelehnte Tür. Sofort war Hendrik am Ausgang, lauschte. Abermals hörte er es: das Klackern einer Türmechanik, die vom automatischen Schließmechanismus zugedrückt wurde. Irgendwo weiter oben, vermutlich im Erdgeschoss. War das seine Lieferung?

Er schlüpfte durch die Tür, schlich den Flur entlang bis zum Treppenhaus. Von oben fiel ein schmaler Streifen Tageslicht als Trapez auf die nackte Betonwand.

Wieder knackte eine Tür, näher jetzt, und Schritte wurden laut.

Jemand flüsterte: »Wird ganz unten sein.«

Und jemand anderes: »Wenn du das sagst.«

Hendrik zog sich tiefer in den Schatten neben der Treppe. Wer kam da bitte? Die Stimmen …

Stiefel verdunkelten den Lichtstreifen; erst ein Paar, dann zwei. Er traute seinen Augen nicht. Es war Barbara Sterling zusammen mit Erik Krenkel.

Hendrik trat aus dem Schatten. »Frau Sterling. Krenkel.«

»Der Hyperventilierer.« Erik grinste. »Schön, dich wiederzusehen.«

Hendrik schlug zaghaft in Eriks dargebotene Hand ein. »Na, ich weiß noch nicht.« Dann fragte er die Majorin: »Was ist hier los?«

In ihrem Gesicht lag etwas Ungewöhnliches: Freude. Zwar zurückgehalten, aber sie war da, wie ein Grinsen, das man nicht unterdrücken konnte. »Eine lange Geschichte, Thämert. Es ist viel passiert.«

»Zum Guten oder … zum Schlechten?«

»Tendenziell zum Guten. Sie werden alles erfahren. Aber vorher müssen Sie eine Entscheidung treffen.«

»Und … welche?«

»Ob du mit uns kommst oder hierbleibst.« Erik deutete mit dem Daumen die Treppe nach oben. »Es warten ein paar Freunde auf dich.«

Hendrik wandte sich mit fragendem Blick an die Majorin.

»Es gibt einen Umbruch, Thämert. Johann Kehlis ist tot,

erschossen von Wutkowskis Bruder. Ich weiß, ich weiß, der ist Konfessor erster Generation, es gibt aber keinen Grund, an der Information zu zweifeln. Jannah hat es mit eigenen Augen gesehen.«

»Das ist …«

»Wahnsinn, ich weiß. Genauso wie alles andere.«

»Hört sich nicht gut an …«

»Liegt im Auge des Betrachters. Wir brachen mit Vitus und der Rebellion.«

»Wir?«

»Ich und Wutkowski und Erik und Jannah.«

»Wie bitte?«

»Sie haben schon richtig gehört: Wir sind kein Teil der Rebellion mehr.«

»Ihr habt euch *separiert*?«

»*Abgespalten* würde ich es …«

»Nein«, fiel ihr Erik ins Wort. »*Gebrochen* wolltest du sagen. Man hat dich belogen und hintergangen. Und mit uns wäre man irgendwann nicht anders verfahren. Außerdem …«

Die Majorin legte Erik die Hand auf den Arm. »Lass, Erik.« Und zu Hendrik sagte sie: »Er hat recht. Ich bin mit Wutkowski und ihm hier von den Rebellen geflohen, und wir werden nicht zurückkehren. Jannah ebenfalls nicht. Und nun liegt es an Ihnen, sich zu entscheiden, ob Sie mit uns kommen oder zu Vitus zurückkehren. Bitte entscheiden Sie sich schnell. Wir werden umgehend aufbrechen.«

»Aber der Bot, ich kann doch …«

»Oh, der Bot ist kein Problem mehr«, sagte Erik. »Das hat sich sozusagen in Luft aufgelöst.«

»Wie das?«

»Man hat deine Daten gelöscht. Man kann dich nicht mehr tracken. Also: Kommst du jetzt mit, oder willst du da weiterhin einen auf Forrest Gump machen?« Erik deutete mit dem Kopf zur offen stehenden Tür; die zur Hälfte aufgebaute Tischtennisplatte war bestens zu sehen.

»Woher … wisst ihr das alles?«

»Weil wir eine herausragende Quelle haben«, antwortete die Majorin. »Erster Hand sozusagen.«

»Erster Hand?«

»Oh, Mann.« Erik seufzte. »Jetzt ist er auch noch zu einem Papagei mutiert.«

Hendrik blickte zwischen den beiden hin und her. »Ich …«

»Du verstehst nicht, klar. Wie auch? Du hast ja das Beste verpasst. Das kommt davon, wenn man sich im Keller versteckt.« Er grinste breit, dann schlug er Hendrik auf die Schulter. »Und jetzt entscheide dich! Wir wollen weiter.«

»Wohin?«

»Zu Jannah und Wutkowski und zu noch jemandem«, sagte die Majorin.

»Noch jemandem?«

»Jaha«, sagte Erik. »Mit dem könnte es allerdings Startschwierigkeiten geben. Ist so ein Rebellen-Regime-Dingens. So eine Basisfeindschaft, wenn man so will, wie zwischen Frankreich und Deutschland früher. Da gehört schon viel Toleranz dazu, um …«

»Erik!«

»Schon okay, Barbara. Ich bin still, wobei … an sich sollte er schon wissen, wer auf ihn wartet. Nicht, dass er wieder hyperventiliert.«

»Und wer wartet auf mich?«

»Maleks Bruder.«

»Dominik Wutkowski? Nummer Elf?«

»Ehemals Nummer Elf«, ergänzte die Majorin. »Wutkowski konnte seinem Bruder die Lifewatch abnehmen. Weitere Erklärungen möchte ich auf später verschieben. Also, Thämert: Kommen Sie mit uns oder bleiben Sie hier?«

Hendrik brauchte nur einen Atemzug, um eine Entscheidung zu fällen. Mit seinen Sachen unterm Arm stieg er mit Erik und Barbara die Treppe empor ins Tageslicht.

Kapitel 53

Irgendwo in Baden-Württemberg

Die Sterne funkelten. In westlicher Richtung hing Orion über den Baumwipfeln. Der Rigel, der hellste Stern darin, leuchtete, wie er es selten tat. Es würde eine klare, kalte Nacht werden, aber Malek spürte Wärme – und nicht nur die des Lagerfeuers. Er spürte sie im Inneren, auch wenn er hundemüde war und ihm immer wieder die Augen zufielen.

Zu dritt saßen sie am Feuer. Funken stoben in den Himmel, während der Feuerschein die Bäume in flackerndes Licht tauchte. Die zugige Ruine der ehemaligen Waffenfabrik erhob sich direkt hinter ihnen, aber niemand wollte das Bauwerk der Nazizeit im Blick haben.

Ein Holzscheit brach auseinander, und Funken platzten vor Maleks Füße. Ein größeres Stück Glut schob er mit einem Ast zurück in den Feuerkreis, die Reste zertrat er mit der Stiefelsohle. Niemand sagte etwas. Dominik schwieg, seit sie in Reba Ahrens' Haus die Tonbandaufzeichnung angehört hatten. *Er ist mit sich beschäftigt.* Malek konnte nur erahnen, was in seinem Bruder vor sich ging. Outburst-Syndrom. Konflikte zwischen wahren und nanotransiven Überzeugungen. Wie musste es einem gehen, wenn man plötzlich alles infrage stellte? Wenn man Überzeugungen im Kopf hatte, die man jahrelang für richtig hielt, aber plötzlich spürte, dass sie falsch waren?

Malek stellte es sich wie ein großes Tauziehen vor, bei dem man immer zugleich Verlierer und Gewinner sein würde. Es konnte einen nur zerreißen.

Und dann war da noch der Umstand, dass Konfessoren im Gegensatz zur allgemeinen Bevölkerung durch die initiale Einnahme der Konfessorenkapsel wussten, dass ihre Überzeugungen von den Nanopartikeln stammten. Und trotzdem … sie fanden es richtig und akzeptierten es als gottgegeben. Als von Kehlis gegeben.

Malek schnaubte in sich hinein. So langsam begriff er das gesamte Ausmaß der Perversion der Nanopartikel. Kehlis' Perversion. Aber das hatte jetzt ein Ende. Nur, wie würde es weitergehen? Hatte Nummer Eins überlebt? Würde er die Zügel übernehmen? Was bedeutete das für ihn, nein, für Jannah und ihn? Auch wenn sie sich von Vitus und seiner Rebellion separiert hatte, war Jannah Rebellin durch und durch und würde immer eine bleiben. Wie sollten sie also weitermachen, ohne Fosseys Virus im System? Noch mal kamen sie nicht in die Burg; wahrscheinlich erhöhte man bereits eifrig die Sicherheitsvorkehrungen.

Andererseits hatten sie nun einen ehemaligen Konfessor erster Generation auf ihrer Seite. Malek hoffte, dass sein Bruder sich bald vollständig erklären würde. Sein Insiderwissen wäre pures Gold für ihr weiteres Vorgehen. Und ohne Kehlis an der Macht war die Regierung geschwächt. Die ganze Beeinflussung fußte auf ihm. Sicher, Nummer Eins konnte das abändern, aber es würde dauern, bis sich eine neue Lichtgestalt durch neue nanotransive Überzeugungen etabliert hatte. Und dann war da auch noch Wendland samt seinen Rebellen. Sie würden ebenfalls unermüdlich weiterkämpfen und versuchen, jeden Vorteil erbarmungslos zu nutzen. An sich waren also alle Weichen für eine bessere Zukunft gestellt.

Malek hob den Blick. Im Feuerschein loderte Jannahs Haar.

Sie sah wieder so lebendig aus, so gut – bis auf den asymmetrischen Pony; der war wirklich gewöhnungsbedürftig.

Sie spürte seinen Blick. »Was macht das Bein?«

»Was macht deine Schulter?«

Sie lächelte. »Geht schon.«

»Bei mir auch.« Und das tat es tatsächlich. Sie hatten ihre Wunde sowie seine beiden gereinigt und begutachtet. Ein Schuss war glücklicherweise nur ein Streifschuss gewesen, der andere hingegen war in den Oberschenkelmuskel eingedrungen, hatte aber keinen Knochen verletzt. Das Projektil schmerzte zwar, aber Erik würde es herausoperieren, sobald er mit der Majorin und Hendrik eintraf. Wo die drei nur blieben? Sie müssten langsam aufschlagen.

Wieder knackte das Lagerfeuer. Im Wald rauschte eine Windböe.

»Malek?« Jannah.

»Hmm …«

»Danke.«

»Schon okay.«

»Nee. Das ist nicht einfach nur *okay*.« Sie schüttelte vehement den Kopf, rutschte näher an ihn heran. »So langsam dämmert mir, was du wirklich getan hast. Es ist …«

»Jannah.«

»Ja?«

Er legte seine Hand auf ihre. Drückte sie. Lächelte.

Jannah Sterling traten Tränen in die Augen, und sie senkte den Kopf, schüttelte ihn, atmete langsam durch und bettete ihn schließlich an seine Schulter.

So saßen sie am Feuer, die Hitze auf ihren Gesichtern, während ihre Schatten hinter ihnen auf der Hausfassade tanzten.

Nur Dominiks Schatten tanzte nirgends, verlor sich in der Dunkelheit des Waldes. Der ehemalige Konfessor starrte ins Feuer, winzige Flämmchen in den Augen.

»Was glaubst du, wie lange es dauert, bis er uns den Rest erklärt?«

Malek zuckte mit den Schultern. »Er hat seinen Herrn erschossen … keine Ahnung. In seinem Kopf müssen sich vermutlich viele Dinge neu ordnen.«

»Ja, das kann ich mir vorstellen. Nee, eigentlich nicht. Es ist so abgefahren. Da erschießt ein Konfessor seinen Herrn. Verstehst du? Er war einer seiner treuesten Anhänger. Es ist so surreal.«

Zu Malek war es auch noch nicht ganz durchgedrungen, aber noch verrückter fühlte es sich an, dass er mit Jannah und Dominik an einem Lagerfeuer saß. Unter den Sternen. Kalt, aber frei.

Jannah sagte: »Auch der ganze Ablauf von heute Morgen ist blanker Wahnsinn. Er muss nur Minuten nach euch in Schwabing gewesen sein, findet Reba Ahrens, versucht vermutlich herauszufinden, wer sie ist, findet die Forschungsausdrucke und das Diktiergerät und begreift, dass er selbst betroffen ist. Ich mein, sie hat ja sogar über ihn gesprochen. Wenn ich da jetzt drüber nachdenke … Kehlis war nicht sein erster Outburst.«

»Hmmm …«

»Was hmmm …?«

»Ich glaub, Dominik hatte heute gar keinen Outburst.«

Jannah furchte die Stirn. »Aber …«

»Er hat das Syndrom, keine Frage, aber er muss schon auf dem Weg zur Immunität gewesen sein. Mich nicht zu erschießen war eine bewusste Entscheidung. Und Kehlis zu ermorden auch.«

Es dauerte ein paar Sekunden, bis sie verstand. »Du glaubst, er hat das so … geplant?«

»Eher improvisiert.«

»Aber das ergibt keinen Sinn, Malek. Warum sollte dein

Bruder uns einfangen, unseren Plan vereiteln und uns zum Kanzler bringen, nur um dort erst einzugreifen? Das ist doch Risiko pur! Die ganzen Wachen, die Leibgarde, der Bunker. Und dann wollte Kehlis eine Konfessorin aus mir machen!« Sie erzitterte. »Beinahe hätte es geklappt.«

»Aber nur beinahe.« Die Worte aus Dominiks Mund kamen völlig unerwartet.

Sie musterten den ehemaligen Konfessor, der ins Feuer starrte.

»Dominik …«

»Malek hat recht«, fuhr der fort. »Das heute war kein Outburst. Das heute …« Er zuckte mit den Schultern, als wisse er es auch nicht so genau. Er griff nach einem Ast und stocherte damit in der Glut herum.

»Wann war der erste?«, fragte Malek.

»Als ich auf Maria schoss. In der Einundzwanzig. Kurz danach.« Seine Stimme zitterte, und er brauchte einige Sekunden, bevor er weitersprach. »Danach folgten ein paar kleinere. Ich hielt mich schon für krank, aber irgendwie … die Beichten … Der Nagel in meinem Kopf … Und dann heute Morgen diese Aufzeichnung. Da hab ich es begriffen. Bin direkt in den Bunker, wollte mit Nummer Eins darüber reden, denn er hatte den Outburst im Bundesamt live mitbekommen, aber der war nicht da, noch am Tegernsee, und dann bin ich zu Kehlis. Wollte diesen Knoten in meinem Kopf lösen. Aber als ich auf Maria zu sprechen kam, hat er nur gesagt: *Was interessiert mich ein Individuum?*« Dominik schnaubte. »Ein Individuum.« Endlich kam sein Blick hoch. »Da wusste ich, dass ich so nicht weitermachen kann.«

»Und dann hast du dich entschlossen, uns zu helfen?« Jannah blickte skeptisch drein.

»Nicht wirklich. Ich wollte erst mal zu Malek.«

»Warum?«

»Weil er vermutlich der Einzige war, der mir helfen konnte. Er wollte mir gestern Abend die Uhr abnehmen. Er hatte einen Plan. Den hab ich in seiner Wohnung erkannt. Die Observation. Wahnsinn.« Dominik senkte wieder den Blick. »Der Rest hat sich ergeben. Improvisation, wie es Malek gesagt hat.«

»Aber warum hast du uns in den Bunker gebracht?«

»Weil es vorher keine Chance zur Flucht gab. Wir wären aufgeflogen.« Er zuckte mit den Schultern. »Vielleicht sollte es auch so sein. Es ist schon kurios. Da landet man am Ende wieder bei Johann Kehlis und hat plötzlich die Chance, ihn zu erschießen. Den Herrn persönlich.«

»Verkehrt war's nicht«, sagte Jannah.

Und Malek fragte: »Warum hast du es eigentlich getan?«

Dominik zuckte abermals mit den Schultern. »Weil ich es konnte.«

Danach sagte eine lange Zeit keiner der drei mehr etwas. Irgendwann legte Jannah gesammeltes Holz aus dem Wald nach und holte aus dem Wagen eine frische Flasche Wasser. Der Verschluss zischte. Sie trank, reichte die Flasche an Malek weiter.

Dann fragte Dominik: »Wie geht es eigentlich Paul?«

Malek, die Flasche gerade an den Lippen, ließ sie sinken. »Ich hoffe, gut.«

»Ja«, bestätigte Jannah. »Dem geht's gut. Er ist in besten Händen.«

Zu ihrer Verblüffung lächelte Dominik, zwar schüchtern, aber er lächelte. »Das ist gut.«

Ein Lichtkegel blitzte durch den Wald, wanderte zwischen den Stämmen umher, bis er langsamer wurde, verharrte und erlosch. Wagentüren klapperten.

Jannah federte auf die Beine. »Das müssen sie sein!«

Auch Malek erhob sich, zuletzt Dominik.

Zu dritt standen sie neben dem Feuer und warteten auf die Neuankömmlinge.

Die Majorin erschien als Erste, entdeckte Jannah und rannte los, um ihre Tochter in den Arm zu schließen. »Jannah!«

»Mutter …«

Während sie in der Umarmung standen, traf ein Blick der Majorin Malek. *Danke!*, sagte er. *Danke, Wutkowski!*

Malek nickte, dann wandte er sich den beiden anderen Gestalten zu, die der Wald ausspuckte. Erik und Hendrik.

»Na, da schau an!« Erik grinste über beide Ohren, die Wollmütze der Marke Knastmasche auf dem Kopf. »Wie ich es gesagt hab. Die feiern schon. Fehlt nur noch das Stockbrot.«

»Und das Bier.« Auch wenn Hendrik den Scherz aufgriff, interessierte er sich nur für Dominik, der alles regungslos beobachtete. Die Ablehnung, die sich von Hendrik ausbreitete, war deutlich zu spüren. Sie grenzte an Hass. »Konfessor«, sagte er, und Malek bemerkte die Fäuste.

Das ließ ihn loshumpeln, sich zwischen den beiden positionieren. »Hendrik.«

»Ja, ich hab es schon gehört. Er hat Kehlis erschossen … aber er hat auch Susanna und Karim und so viele andere auf dem Gewissen. So viele.« Der blonde Rebell kämpfte sichtlich mit sich.

Da trat die Majorin zu ihnen. »Und er hat meiner Tochter zur Flucht verholfen.« Sie fixierte Dominik, der wie ein verlorener schwarzer Schatten mit blassem Gesicht vor dem Feuer stand. »Ich hab mich schon einmal in einem Wutkowski getäuscht. Vielleicht steckt auch in dem anderen ein guter Kern.«

»Hoffen wir nur, dass der Schuss nicht nach hinten losgeht.« Hendrik wandte sich an Jannah, mit einem seltsamen Glanz in den Augen. »Und wie schaut es bei dir aus? Hast du es geschafft? Hast du den Virus einspielen können? Darüber habt ihr am Telefon kein Wort verloren, kein Wort!«

Jannah schüttelte den Kopf.

»Prima.« Hendrik verzog das Gesicht. »Wäre auch zu schön gewesen.«

Da fragte Dominik: »Redet ihr von dem Virus auf dem USB-Stick?«

Fünf Augenpaare wandten sich ihm zu.

»Ja«, sagte Jannah. »Den du mir abgenommen hast. Wo ist der überhaupt? Du hast ihn niemandem im Bunker übergeben.«

»Weil er im Terminal steckt. Da, wo er vorher war.«

»Wie bitte?«

Dominik verschränkte die Hände vor dem Bauch. »Es erschien mir ... als das Richtige.«

»Du hast ihn zurückgesteckt?«, hakte Jannah nach.

»Ja. Als ich Kehlis anrief.«

Sie schlug sich die Hände gegen die Stirn. »Das glaub ich jetzt nicht! Das Ding steckt. Gott! Jetzt muss nur noch jemand dieses verdammte Terminal starten, und der Virus installiert sich. Mit etwas Glück hätten wir es geschafft.«

»Habt ihr«, sagte Dominik. »Als ich die Kammer versiegelte, fuhr ich das Terminal wieder hoch.«

Jannah entfuhr ein Laut des Unglaubens. »Und der Stick! Hat der was gemacht?«

»Er leuchtete grün.«

Kapitel 54

Neues Hauptquartier der Rebellen

Die Korken knallten in einem der ehemaligen Hochregallager, das Platz für alle bot. Sie hatten die ungenutzte Halle des ehemaligen Aluminiumverarbeitungsbetriebs in der Nähe von Nürnberg mit Biertischgarnituren ausgestattet und jeden Stuhl und jeden Tisch hineingetragen, den sie finden konnten. Irgendjemand hatte sogar einen Schriftzug aus bunten Buchstaben an den Rohren der Lüftungsanlage aufgehängt: HAPPY BIRTHDAY glänzte im Licht der Hallenstrahler. Passte zwar nicht zum Anlass, aber es sah nach guter Laune aus, wie sie im Luftstrom flatterten.

Und die hatten die über einhundertfünfzig Rebellinnen und Rebellen. Sie wussten wahrlich zu feiern. Es wurde geratscht, gelacht und gegrölt. Eine Gruppe sang Oldies, die aus einer Stereoanlage schallten. Auf der anderen Seite der Halle stand eine junge Frau im roten Minikleid auf einem Tisch und hielt mit einer Liveversion von *Verdammt ich lieb dich* dagegen. Viele feuerten sie an und applaudierten für jeden Hüftschwung. Eine andere Gruppe skandierte *Die Gedanken sind frei,* Bierkrüge in die Höhe gestreckt, und wieder andere feuerten einen Koch an, der in der geöffneten Notausgangstür vor einem Grill stand und mit einem Messer saftige Tranchen von einem rosa gegrillten Roastbeef schnitt.

Vitus drückte das alles Tränen in die Augen. Tränen der Freude und der Trauer. Am Morgen hatte er endlich das erhoffte Signal von einem kleinen silbrigen USB-Stick aus der Nähe von Mannheim empfangen. Der Exploit namens *Freedom* war eingespielt. Sie hatten tatsächlich ihr Ziel erreicht und den Grundstein für den Sturz des Regimes gelegt. Jetzt war es nur noch eine Frage der Zeit, bis die Saat der Revolution auf dem Nährboden aufging. Allerdings bedeutete das Signal mit ziemlicher Sicherheit, dass Jannah tot war. Jannah Sterling, diese fröhliche Rebellin mit dieser dunklen Seite im Herzen. Jannah Sterling, der sie so viel zu verdanken hatten.

Er würde ihr Opfer in seiner Rede, die er in einer halben Stunde halten wollte, besonders hervorheben. Jannah, ein Synonym für Freiheitskampf. Ein Vorbild für eine ganze nachfolgende Generation.

Er wischte sich die Tränen von den Wangen und ließ seinen Blick über die Anwesenden schweifen. Einige wenige waren noch nicht hier, da der offizielle Teil erst in einer halben Stunde begann, aber einer würde vermutlich gar nicht erscheinen: Jörg. Dass sein langjähriger Freund nicht mitfeierte und sich lieber in seinem Arztlabor verschanzte, sprach Bände, aber Vitus konnte es nicht ändern. Er hatte ihn spätestens bei der Bundesamtmission verloren, aber das war ein Preis, den er für die Freiheit einer ganzen Nation zu zahlen bereit gewesen war. Trotzdem schmerzte es – mehr, als er zugeben mochte.

Um sich abzulenken, konsultierte er sein Handy. Die eingehenden Nachrichten all seiner externen Quellen waren kaum zu überblicken, und noch immer gab es keine verlässliche Information, was dort draußen los war. Seit dem Einspielen des Virus war die Kommunikation der Regierung förmlich explodiert. Alle Leitungen liefen heiß, und zeitweise war das Handynetz zusammengebrochen – besonders um den Bunker herum. Gleichzeitig hatte man wieder einmal die Verschlüsselung geändert. Noch war Vitus' Team in der Separation bei S. Y. D. nicht hindurchgedrungen, aber allein der messbare Datenfluss war so enorm, dass Großes passiert sein musste. Außerdem meldeten die öffentlichen Nachrichten einen Großalarm in München. Wie das alles zusammenpasste, war Vitus noch nicht klar, aber Jannah musste richtig Zunder gemacht haben.

Oder Wutkowski, Krenkel und Barbara?

Der Wermutstropfen war genauso bitter wie der bezüglich Jörg. Was war mit den dreien geschehen? Er verstand nicht, wie sie hatten entkommen können. Aber warum war er auch so dumm gewesen, so wenige Wachen zu postieren? Er hätte sich denken können, dass Svenja und Ole nicht reichen würden. Nicht bei Barbara und Wutkowski.

Jemand trat vor ihn. Jan Kruse. Der junge Rebell hatte Paul auf dem Arm.

»Großes Kino«, sagte Jan grinsend. »Ich kann's noch gar nicht glauben. Wir haben es geschafft!«

Vitus zwinkerte seinem Schützling zu. »Wir haben einiges geschafft, Jan, aber noch sind wir nicht am Ziel. Es ist ein weiter Weg.«

Jan winkte ab. »Ach, Sie wieder. Das schaffen wir auch noch. Sehen Sie sich Ihr Werk an! Wenn wir mit *der* Truppe nicht siegen, dann weiß ich auch nicht.«

Das ließ Vitus lächeln. »Vielleicht haben Sie recht, und ich bin zu pessimistisch. Es wird schon werden.«

»Auf jeden!« Jan wandte sich an Paul. »Damit du wieder eine rosige Zukunft hast. Und wie läuten wir die ein? Mit einem Fetzen Fleisch?«

Der Fünfjährige antwortete wie immer nichts. Er sah nur nachdenklich zum Koch, dann zu Vitus und schließlich zur breiten Ausgangstür. Auf der blieb sein Blick haften.

»Du musst aufs Klo?«, fragte Jan und fuhr dem Jungen

durchs wellige Haar. »Okay.« Zu Vitus sagte er noch: »Sie haben's gehört, der Junge muss mal. Ich komm später auf einen Drink vorbei. Ich muss doch stellvertretend für Hendrik mit Ihnen anstoßen.« Er lachte, dann machte er sich mit dem Kind auf dem Arm vom Acker.

Vitus sah den beiden hinterher. »Hendrik!« *Mein Gott! Den hab ich ganz vergessen …* Wie viel Uhr war es? Kurz nach neunzehn Uhr. *Herr, lass Hirn vom Himmel regnen!* Der blonde Rebell saß noch in der alten Basis im Keller und hungerte einsam vor sich hin.

Schnell winkte Vitus Carsten Plarr zu sich, Barbaras Vertreter, von dem er wusste, dass er keinen Alkohol trank und wenig für Feiern dieser Art übrig hatte, und fragte ihn, ob er die Lieferung an Hendrik übernehmen wollte.

Carsten gab sofort sein Okay, hörte sich Vitus' Anweisungen an und machte sich auf den Weg zum Ausgang.

Dabei wäre er beinahe mit Sean zusammengestoßen, der mit einem Teller in der Hand zu Vitus gewatschelt kam. Ein Berg Roastbeef dampfte darauf. Der ehemalige Unternehmensberater sah Carsten hinterher, dann wuchtete er sich neben Vitus auf einen freien Stuhl. »Wo hast du den jetzt hingeschickt?« Gabel und Messer klirrten.

»Zu Hendrik.«

»Ohh … hat da jemand jemanden vergessen?«

»In dem ganzen Chaos heute Morgen …«

»Na ja, er wird nicht gleich verhungern.« Sean schob sich eine halbe Scheibe Roastbeef in den Mund. Bratensaft tropfte auf den Teller. Schmatzend sagte er: »Ich hätte es zwar keinen halben Tag ausgehalten, aber Thämert ist ein zäher Knochen.«

»Das ist er.« Vitus wurde ernst. »Ich überlege, ihn in die Basis zu holen.«

»Trotz des Nanobots?«

»Wir könnten für ein paar Minuten den Strom deaktivieren,

alle Handys ausschalten, ihn mit einem alten Wagen hierherkarren und dann in den Keller bringen. Ich meine, mir behagt es nicht, dass er alleine in der alten Basis sitzt.«

»Er weiß recht viel über uns.«

»Ach Sean, das ist es nicht. Hendrik ist absolut integer, aber Langeweile ist keine gute Gesellschaft. Außerdem wäre es angesichts des heutigen Erfolgs einfach schön, ihn hierzuhaben. Er ist ein guter Mann.« *Ein sehr guter.*

Sean zuckte mit den Schultern. »Wenn du meinst, dann lass uns das morgen mal mit Carl besprechen. Oder übermorgen, je nachdem, wie spät es heute wird.« Er feixte und schob sich eine weitere Scheibe Roastbeef in den Mund. »Außerdem … müssen wir … uns überlegen, was wir mit unserem Quartett anstellen. Ich meine, ein Trio als Quartett zu verkaufen, ist schon schäbig.«

»Vielleicht kommt Barbara zurück.«

»Du weißt selbst, dass der Zug abgefahren ist.«

»Und wenn wir Jörg noch mal fragen?«

»Auch der Zug ist lange fort. Vergiss es! Wenn du unsere Situation nüchtern betrachtest, ist da niemand mehr, den wir aufnehmen könnten. Wir sollten ein Trio daraus machen.«

»Damit zwei einen überstimmen können? Du weißt, dass wir von Anfang an kein Triumvirat wollten.«

»Wir wollten so einiges nicht, aber gut, lassen wir die Diskussion für heute. Wo ist eigentlich Carl?«

»War vorhin noch im Labor. Was für ein Workaholic.«

»Besser so, als dass wir ihn animieren müssten.« Sean verschlang eine weitere Scheibe des Roastbeefs. »Übrigens: Du solltest dir auch was von dem Prachtrind holen. So was kriegst du nicht alle Tage.«

Vermutlich. Vitus hatte aber keinen Appetit. Trotzdem musste er was essen, um bei Kräften zu bleiben. Sobald man jenseits der siebzig anfing, die Rationen stark zu minimieren, ging es schnell bergab. Er blickte also zum Fleisch auf dem Grill, um vielleicht so seinen Appetit anzuregen. Der Koch unterhielt sich gerade mit Michael Burke, der Carl im Labor unterstützte. Michael trug Winterjacke, Baseballcap und schwere Stiefel. Das irritierte Vitus, denn in der Halle sorgten mehrere Heizstrahler für behagliche Wärme. Überhaupt sah Michael nicht nach Party aus. Und auch das Gespräch zwischen den beiden schien nicht positiv zu verlaufen. Der Koch schüttelte energisch den Kopf, gestikulierte in ihre Richtung.

»Sean«, sagte Vitus. »Weißt du, was da los ist?«

»Wo?«

»Am Grill.«

Ein flüchtiger Blick. »Streiten vermutlich um die Portionsgröße. Meine war anfangs auch recht mickrig.«

Das kann ich mir vorstellen. Stimmengewirr am Eingang wurde laut. Eine Rebellin sprach auf Carsten Plarr ein, der immer noch da war und an der Tür rüttelte. Offenbar ließ sie sich nicht mehr öffnen. Zwei weitere Männer traten hinzu, fragten Carsten etwas. Er deutete auf die massive Metalltür. Daraufhin zogen sie zusammen am türbreiten Griff. Ohne Erfolg.

Auch am Notausgang ging was vor. Der Koch trat aus dem Sichtbereich, nein, es sah aus, als zerre ihn jemand von seinem Posten. Wer? Und warum? *Vermutlich ein Streit*, versuchte sich Vitus zu beruhigen. *Bei so vielen Menschen auf einem Haufen eskaliert es unweigerlich mal.*

In dem Moment wurde die Notausgangstür von außen zugeschlagen. Der Knall hallte nach.

Das schien auch Sean zu irritieren, denn er fragte: »Warum haben die jetzt dichtgemacht? Da war doch noch was auf'm Grill gelegen?«

Vitus beschlich ein ganz seltsames Gefühl. Wie eine kalte Hand, die nach seinem Herzen griff. »Sean«, flüsterte er. »Das gefällt mir nicht.«

»Mir auch nicht.« Sean ließ Messer und Gabel sinken und stemmte sich hoch wie ein Mann, der sich der Gefahr stellen will.

Welcher Gefahr?, ging es Vitus durch den Kopf. *Welcher Gefahr, bitte? Wir feiern doch! Wir haben das größte Etappenziel auf dem Weg zum Sturz des Regimes erreicht. Wir sind über den Berg!*

In der Halle breitete sich eine seltsame Spannung aus. Jemand schaltete die Stereoanlage aus, die singende Frau auf dem Tisch verstummte und verfolgte mit großen Augen das Geschehen. Immer mehr Rebellen versammelten sich am Ausgang. Sie diskutierten heftig, bis Carsten Plarr »Ruhe!« rief und sich einen Weg zu Vitus und Sean bahnte.

»Die Tür«, sagte er ein wenig außer Atem und mit rosigen Wangen, »lässt sich nicht mehr öffnen. Jemand muss vom Flur aus den Riegel vorgelegt haben.«

Vitus blickte an ihm vorbei zur Menschentraube. Einige hantierten an der Tür herum. Rufe wurden laut. Jemand verlangte, den Scheiß zu lassen und endlich die Tür zu öffnen. Es sei nicht witzig.

Auch am Notausgang, wo der Koch das Fleisch verteilt hatte, fanden sich die ersten Rebellen zusammen und zerrten am massiven Türblatt.

Vitus' Hand ging zu seinem Handy, das in seinem Schoß lag. Er wählte die interne Nummer von Carl. Es läutete und läutete. »Komm schon.« Nach zehn Klingeltönen legte er auf. Er schniefte. Sein Kopf schmerzte. Er wählte eine weitere Nummer. »Ich probier es bei Jörg.«

Carsten nickte, strich sich Schweiß vom Gesicht. »Gibt es sonst noch einen Ausgang?«, fragte er Sean.

»Nicht dass ich wüsste.«

Vitus deutete auf die drei dunklen Glaskuppeln in zehn Meter Höhe. »Nur die Oberlichter.«

Es klingelte und klingelte und klingelte.

»Das kann nicht sein!«, stieß er hervor. »Auch Jörg geht nicht ran.«

Mittlerweile schrien etliche Rebellen durcheinander. Ole hatte sich ganz nach vorn an die Tür geschoben und pochte mit der Faust dagegen. Am Notausgang tat es ihm Sabine gleich. Im hinteren Hallenbereich stritt sich eine andere Gruppe. Man schubste sich gegenseitig. Schuldzuweisungen fielen.

Vitus probierte es noch einmal bei Jörg. Ihm brach ebenfalls der Schweiß aus. Er fühlte sich, als hätte er einen Helm auf.

»Es fehlen noch mehr«, sagte plötzlich Sean. »Die beiden Assistenten von Carl. Und die, die bei ihm putzt. Wie heißt die? Rebecca?« Der ehemalige Unternehmensberater massierte sich mit der Hand den Bauch.

Carsten Plarr entfernte sich und marschierte die Hallenwände ab, den Kopf in den Nacken gelegt. Er suchte nach einer Möglichkeit, unters Dach zu den Oberlichtern zu klettern.

Da blieb Vitus' Blick auf dem fröhlich flatternden Band haften. HAPPY BIRTHDAY. Gelb und grün und rot und gold. Er ließ langsam das endlos tutende Handy sinken. Schluckte. Der Helm um seinen Kopf wurde enger.

»Sean.«

»Ja.« Der ehemalige Unternehmensberater sank neben ihn auf den Stuhl. Er hatte kirschrote Lippen. Sein massiger Körper wogte. Er hielt sich den Bauch.

Die Frau im roten Minikleid sackte vom Tisch. Stürzte erschrockenen Rebellen in die Arme. Eine Bierbank fiel um. Auch anderswo sanken Leute zu Boden, kippten von Stühlen, stöhnten und klagten. Nur Ole pochte unermüdlich wie eine Maschine mit der Faust gegen die Tür. *Klonck. Klonck. Klonck.* »Aufmachen!«, brüllte er. »LOS! Ihr Arschlöcher! AUFMACHEN!« *Klonck. Klonck. Klonck.*

Das Geräusch war kaum mehr auszuhalten. Es dröhnte

zwischen Vitus' Ohren, als schlüge ihm Ole direkt gegen die Schläfe.

Klonck. Klonck. Klonck.

»Ich glaub, ich weiß, was das wird«, sagte er mit vor Schmerz verzerrtem Gesicht.

»Und… was… bitte?« Sean keuchte, würgte und erbrach das halb zerkaute Roastbeef auf den Tisch.

Vitus nahm das nur noch am Rande wahr. Wie hypnotisiert betrachtete er die flatternden Buchstaben, diese glänzenden, fröhlichen, breiten Buchstaben, die im Luftstrom zappelten und wogten und tanzten. *Ja, so muss es sein,* entschied er träge. *Nur so kann es gehen. Türen zu und Gas rein. Türen zu und Gas rein. Türen zu und… Gas… rein…*

»Fertig?«

Ein weiterer Strahl prasselte ins Pissoir.

»Okay. Dann nächste Runde! Immer schön auf die Fliege zielen.« Jan hielt Paul unter den Armen vor der Brust, damit der Junge zielsicher die Toilette traf. Das Prasseln hörte auf.

»Finito?«

Paul nickte.

»Super. Dann können wir endlich was essen.« Jan stellte den Jungen auf dem Boden vor dem Pissoir ab, verpackte alles, zog ihm den Reißverschluss der Jeans hoch und schloss den Druckknopf. Er achtete darauf, dass das Unterhemd überall schön im Bund steckte. »Okay, kleiner Mann. Dann wasch dir schon mal die Hände. Ich muss auch noch.«

Während er selbst ans Pissoir trat und sich die Hose öffnete, hörte er Paul am Waschbecken. Der Seifenspender knarzte, und kleine Hände rieben aneinander, das Wasser begann zu rauschen.

Jan seufzte und verlagerte sein Gewicht aufs unverletzte Bein. Immer noch bereitete ihm die Schusswunde Probleme, die er sich bei der Fossey-Mission zugezogen hatte. Warum hatte der beschissene Fahrer ihn auch so blöd treffen müssen, dass er hinkte? Aber gut, lieber hinkend durchs Leben als gar nicht durchs Leben.

Das Wasser im Vorraum hörte auf zu rauschen. Der Papierhandtuchhalter knisterte. »Und schön warten«, sagte Jan, während er abschüttelte.

Die Tür ging.

»Ach, Paul! Du sollst doch …«

Schwere Stiefelschritte.

Jan sah flüchtig über die Schulter. Einer von Fosseys Laborassistenten stand im Türrahmen, blickte zu Paul hinab, dann zu Jan durch die Tür. Der Mann in den Fünfzigern mit dem grau melierten Haar sah irgendwie traurig aus, hatte rot geränderte Augen. Und er hob eine Pistole.

Jan fuhr entsetzt herum. Der Schuss dröhnte so laut in der kleinen Toilette, dass ihm die Ohren klingelten. Und noch mal … und noch mal.

Keuchend ging er zu Boden. Seine Hände ertasteten warme Feuchtigkeit am Bauch über der offen stehenden Jeans. Entgeistert blickte er auf. »Was?«

Der Mann sagte nichts. Es schien eher, als weine er. Trotzdem drückte er nochmals ab, und Jan sank mit einem vierten Treffer im Leib vollends auf die Fliesen.

Paul beobachtete das alles schweigend, die Hände neben den Hüften herabhängend, den Mund halb offen.

»Paul …« Jan streckte seine blutnasse Hand aus. »Renn! Hau ab!«

Der Mann packte den Jungen am Arm.

»Nein! Nicht den Jungen! Bitte! NICHT DEN JUNGEN!«

Die Pistole in der Hand des Mörders zitterte. Dann zerrte er den Jungen aus dem Waschraum.

Quietschend schloss die automatische Schließmechanik

das Türblatt hinter ihnen. Jan robbte darauf zu. Sein Atem ging rasselnd. Er spürte, dass er die Verletzung nicht überleben würde, aber er musste die anderen warnen. Ein Mörder war unterwegs. Ein Irrer lief Amok. *Und er hat Paul!*

Irgendwie erreichte er die Tür. Seine Finger erwischten den Griff. Stöhnend zog er daran und schob die Tür einen Spalt weit auf, um den Arm hindurchzubekommen. So blieb er für einen Moment liegen, atmete pfeifend, spürte die Dunkelheit auf sich zugaloppieren, schüttelte sich und drückte die Tür weiter auf.

Zentimeter um Zentimeter robbte er aus dem Raum.

Der Flur war leer.

»Hilfe!« Jan hörte nur ein heiseres Blubbern aus seinem Mund und schmeckte Blut. Keuchend robbte er weiter, Fliese um Fliese, Fuge um Fuge. Ein Meter, zwei Meter, drei Meter.

Er erreichte die Abzweigung, wo es links Richtung Halle ging. Zur Party. Aber warum hörte er laute Rufe? Und warum hämmerte jemand auf Metall?

Rechts fiel Licht aus einem Raum. Geräusche drangen heraus. Ein Zischen und eine leise Unterhaltung.

»HILFE!« Jan schob sich auf das Licht zu, weil es am nächsten lag. Kurzzeitig wurde es dunkel, dann wieder hell. *Nur in meinem Kopf. Das Ende… Nein! Weiter!*

Seine Finger ertasteten den Türstock. Er spürte den weichen Dichtgummi, dahinter die harte Kante. Daran zog er sich mit letzter Kraft hinein und registrierte hinter einer fahrbaren Lieferbox zwei Männer in schwarzen Jacken. Jüngst befreite Rebellen aus Gardedirektionen, wenn er sich recht erinnerte. Sie hantierten mit Gasflaschen herum. Mit mehreren Gasflaschen. Glänzende Schläuche verbanden sie mit den Luftzuleitungen der Klimaanlage.

Jan konnte noch die Beschriftung auf der vordersten Flasche lesen: KOHLENSTOFFMONOXID.

Dann sank sein Kopf auf die Fliesen, und es wurde dunkel.

Eine Etage höher, in Vitus Wendlands Büro, in dem die Übertragungen aller Sicherheitskameras zusammenliefen, wurde genau das auf einem der vielen Computermonitore angezeigt.

Auf einem anderen war ein Seiteneingang des Gebäudes zu sehen. Michael Burke schleppte gerade den Koch darauf zu, sein Atem hing dunstig in der frischen Märzluft. Die Füße des Bewusstlosen scharrten über den Schotter, hinterließen Schleifspuren.

Ein dritter Monitor zeigte das Treppenhaus. Lewins traurige Gestalt stapfte die Stufen empor. Vor sich schob er einen Jungen her.

Carl Oskar Fossey, auf dem einzigen Hocker in jenem Büro zusammengesunken, legte beim Anblick des Jungen den Kopf zur Seite. Tippte sich mit dem Daumenknöchel gegen die Lippen. An den Jungen hatten sie gar nicht gedacht. Wie hatte das passieren können? Wie konnten sie den übersehen haben? War das ein Zeichen, dass das einzige Kind der Rebellion nicht in der Halle endete? Oder war es eine Botschaft?

Carl dachte an Lydia, seine verstorbene Frau, die immer Kinder gewollt hatte, aber keine hatte bekommen können. Die daran verzweifelt war. Hatte sie ihre Finger gerade im Spiel? Von irgendwo da oben?

Der Gedanke ließ den Nanoforscher erschauern, und er wandte sich dem vierten Monitor zu. Der übertrug das Geschehen von der Party. Gefeiert wurde nicht mehr. Kaum ein Rebell stand noch auf den Beinen. Sie lagen alle am Boden, teilweise übereinandergesunken. Seans massige Gestalt war deutlich auszumachen, der Oberkörper auf den Tisch gefallen, das Gesicht in Erbrochenem. Vitus daneben war auch gut zu erkennen. Er kauerte vornübergebeugt in seinem Rollstuhl. Seine rechte Hand hing herab. Am Boden lag sein Smartphone.

Carl überflog die anderen Übertragungen von verlassenen Büroräumen, dem Hochregallager, in dem Rebecca noch einen

Transporter mit Taschen belud, den verlassenen Unterkünften, der Kantine und der Arztstation. Dort brannte schon seit zwei Stunden nur noch das Nachtlicht. Offenbar war der Arzt auch zur Party gegangen. *Hat sich einmal rausgewagt aus seiner Höhle und dann zur falschen Zeit.*

Carl sah zurück zum ersten Monitor. Gerade verließen Stephan und Hans den Technikraum. Sie stiegen über einen toten Rebellen und dessen Blutspur hinweg und schalteten hinter sich das Licht aus.

Einige Sekunden lang betrachte Carl den schattenhaft umrissenen Leichnam, bevor auch er den Monitor abschaltete.

Michael Burke hatte in der Zwischenzeit den Koch ins Innere verfrachtet. Der Eingangsbereich vor dem ehemaligen Industriebetrieb war verwaist.

Carl schaltete auch den zweiten Monitor ab.

Die Kamera im Treppenhaus zeigte wieder nur graue Stufen und das Gerippe des Geländers.

Carl schaltete auch den dritten Monitor ab. Und den fünften und den sechsten, bis nur noch der blasse Schein des vierten Monitors das Büro erhellte. In der Halle rührte sich nichts mehr. Alle lagen am Boden, dahingerafft von der Kohlenstoffmonoxidintoxikation. Hätte es eine Tonübertragung gegeben, wäre die Stille vollkommen gewesen.

Halt. Vitus Wendlands Hand zuckte noch einmal. Baumelte hin und her. Dann hob der Datenbaron den Kopf wie ein Betrunkener, stierte sichtlich verwirrt um sich, nur um wieder zu erschlaffen. Dabei kippte er vornüber aus dem Rollstuhl und schlug ungebremst auf dem Boden auf.

Auch der letzte Monitor wurde schwarz, und Carl ließ seine müde Hand vom Stromschalter sinken. In der Finsternis waren nur seine Atemzüge zu hören, bis sich vor dem Büro Schritte näherten. Kurz darauf wurde die Tür geöffnet. Lewin erschien im Licht, den Jungen an der Schulter haltend.

»Wir können«, sagte er. »Alle Räumlichkeiten sind gecheckt.« Sein Blick wanderte nach unten auf den Jungen. »Und was … machen wir mit ihm?«

Carl dachte abermals an seine Frau und daran, was sie geantwortet hätte. »Wir nehmen ihn mit.«

Lewin nickte, sichtlich erleichtert. »Eine gute Entscheidung, Carl. Vielleicht wird er es uns irgendwann danken.«

»Danken? Ich hoffe nicht.« Carl erhob sich vom Hocker, trat zu den beiden und ging in die Hocke, um mit dem Jungen auf Augenhöhe zu sein. »Aber vielleicht wirst du es irgendwann verstehen.«

Zehn Minuten später gingen in der gesamten Basis die Lichter aus. Schwärze senkte sich über die Flure, über Jan Kruse, über einen erdrosselten Koch, über Vitus Wendland, Sean und all die anderen.

Einzig das Standlicht eines weißen Transporters erhellte eines der Hochregallager. In deren Schein stiegen eine Frau, ein Fünfjähriger und vier Männer in das Fahrzeug. Die Fahrertür schlug zu, dann die Beifahrertür, zuletzt die Heckklappe. Das leise Brummen des Motors hallte zwischen den hohen Wänden wider, dann glitt der Wagen durch das geöffnete Tor hinaus in die Nacht.

Ein fünfter Mann war nicht eingestiegen. Er hatte schweigend neben dem Tor gewartet und ließ es jetzt mithilfe der Kette herunter. Von innen legte er eine schwere Kette vor, dann trat Carl Oskar Fossey durch die einzige Tür seitlich des Tors nach draußen. Seine Silhouette zeichnete sich gestochen scharf in der vom Bremslicht rot glühenden Abgaswolke des Transporters ab, bis die Tür ins Schloss fiel und nichts als stille Dunkelheit zurückließ.

Nachwort

Wieder sind es über fünfhundert Seiten, durch die ich Euch zusammen mit Jannah, Malek und Co. geleiten durfte. Dafür gebührt Euch mein größter Dank, liebe Leserinnen und Leser. Ohne Euer Interesse an einer Fortsetzung hätte es kein weiteres Abenteuer gegeben, und dieses möchte ich auf keinen Fall missen. Es hat mir so viel Freude bereitet. Euch hoffentlich noch mehr.

Weiterhin danken möchte ich meinen beiden Lektorinnen Beatrice Lampe und Kathrin Wolf, meiner Verlegerin Nicola Bartels, Katharina Schleicher von der Presseabteilung und Berit Böhm vom Veranstaltungsmanagement sowie dem gesamten Verlagsteam von Penhaligon und Blanvalet.

Ich danke Elisabeth Botros, Andrea Vogel, Bettina Wissmann und Michael Gaeb von der gleichnamigen Literarischen Agentur. Ihr alle habt das zweite Abenteuer mit Malek Wutkowski so entscheidend gestützt!

Speziell und von ganzem Herzen danke ich auch wieder Arne Burkert – einen versierteren Dramaturgen und besseren Kumpel kann man nicht haben. Genauso unersetzlich ist Hanka Leo, die wieder Redaktion und Textpolitur übernahm. Auch Gregor Martinez sei erwähnt, der wertvolle Hinweise rund um Polizeiarbeit und Waffengebrauch gab, Tamara Nieberlein für Tipps rund um lateinische Begrifflichkeiten und Tom Hillenbrand für das fetzige Zitat auf dem Cover.

Sowieso danken darf ich auch meinen Eltern für all die Unterstützung, die hier nicht aufzuzählen ist. Das gilt für die gesamte Familie, aber allen voran meiner Freundin Kathrin für ihre andauernden Ermutigungen und ihre engelsgleiche Geduld mit mir.

Und zuletzt danke ich Tessa, unserer Zwergpudelhündin, die meine Schreiberei jeden Tag mit stoischer Ruhe erträgt und mich geflissentlich ermahnt, wenn es Zeit für eine Pause an der frischen Luft ist.

Es war mir wieder eine Ehre, mit Euch allen zusammengearbeitet zu haben.

Verneigend,
Timo Leibig, Januar 2019

Personenverzeichnis

A

Reba Ahrens

Scientin im Auftrag von Johann Kehlis.

B

Thomas Borchert

Einstiger Kriminaltechniker bei der Garde, steigt zum Konfessorenanwärter im Dienste Nummer Elfs auf und später zum Konfessor Nummer 397.

F

Carl Oskar Fossey

Hochbegabter Forscher, erfand die Nanos mit seiner Firma *SmartBrain*. Erst Freund, später Angestellter von Johann Kehlis. Wurde von ihm hintergangen und mit Nanopartikeln infiziert. Konnte sich vor deren Wirkung aber schützen und wurde von den Rebellen bei der Fossey-Mission befreit. Seitdem Teil der Rebellion. Arbeitet eng mit dem Quartett zusammen.

Lydia Fossey

Ehefrau von Carl Oskar Fossey, nahm sich vor Jahren aufgrund von Depressionen und Angststörungen das Leben.

Dr. Michael Freytag
Leiter im rechtsmedizinischen Institut München.

I

Dr. Jörg Imholz
Hausarzt und Freund von Vitus Wendland, Mitbegründer der Rebellion, Teil des Quartetts.

K

Johann Kehlis
Bundeskanzler. Parteivorsitz der *JKP*. Besitzer des Lebensmittelkonzerns *JK's*. Studierter Lebensmittelchemiker. Erfand den Zusatzstoff V.13. Kaufte später *SmartBrain* und missbrauchte Fosseys Nanotechnik, um die Bevölkerung über Nanopartikel in Lebensmitteln und im Trinkwasser hörig zu machen. Aufgestiegen zum Alleinherrscher über Deutschland.

Erik »Der Fuchs« Krenkel
Studierter Apotheker, verurteilt wegen diverser Betrugsmaschen und Drogendelikten. Früherer Knastkumpel von Tymon Kròl und Malek Wutkowski in der JVA Grauach.

Tymon Król
Gründer der Firma *Król Security* und Anführer des Król-Wutkowski-Trios. Mentor von Malek und Dominik Wutkowski. Großer Bruder von Maria Kròl. Starb nach der gemeinsamen Flucht aus der JVA Grauach in Maleks Armen.

Jan Kruse
Rebell und bester Freund von Hendrik Thämert.

M

Maria Müller

Geborene Kròl. Schwester von Tymon Król. Unterstützte früher aus dem Hintergrund das Król-Wutkowski-Trio. War verliebt in Dominik Wutkowski. Tauchte nach der Festnahme des Trios in Berlin unter. Heiratete Jahre später Konstantin Müller und bekam Sohn Paul. Starb bei der Befreiungsaktion der Rebellen in der Gardedirektion 21 durch eine Kugel von Nummer Elf.

Paul Müller

Fünfjähriger Sohn von Maria und Konstantin Müller. Wird von den Rebellen bei der Befreiungsaktion in der Gardedirektion 21 befreit. Vollwaise.

N

Nummer Eins

Auch genannt der »Oberste«. Chef aller Konfessoren. Selbst Konfessor erster Generation. Engster Vertrauter des Bundeskanzlers Johann Kehlis. Leitet die Soko, die versucht, die Rebellion zu zerschlagen.

Nummer Elf

Siehe Dominik Wutkowski

P

Carsten Plarr

Rebell und Stellvertreter von Barbara Sterling.

R

Weitere namentlich erwähnte **Rebellen**:
Karim, Susanna, Ole, Svenja, Sabine, Michael

S

Sean
Ehemals Unternehmensberater, Mitbegründer der Rebellion, Teil des Quartetts.

Barbara Sterling
Ehemals Majorin bei der Bundeswehr, Mitbegründerin der Rebellion, Teil des Quartetts, Mutter von Jannah Sterling.

Jannah Sterling
Rebellin und Tochter von Barbara Sterling. Affäre mit Malek Wutkowski. Beteiligt an der Fossey-Mission und der Befreiungsaktion in der Berliner Gardedirektion 21. Schoss dabei Nummer Elf in die Schulter.

T

Hendrik Thämert
Rebell und ehemaliger Angestellter von Vitus Wendlands Firma S. Y. D. Gelernter Systemadministrator.

W

Vitus Wendland
Mitbegründer der Rebellion, Teil des Quartetts, auch genannt »Der Datenbaron«. Verdiente sein Geld mit seiner Datensicherheitsfirma *Save your data* (S. Y. D.).

Frank Willner
Fahrer im Dienst von Johann Kehlis.

Dominik Wutkowski
Auch genannt »Nummer Elf«. Konfessor erster Generation. Starb angeblich bei der Festnahme des Król-Wutkowski-Trios im Jahr 2020, wurde jedoch von Johann Kehlis im Geheimen als Proband für die Testreihe CY benutzt. Wurde so zum Konfessor. Wird auf die Jagd nach seinem großen Bruder Malek angesetzt.

Malek Wutkowski
Ehemaliger Söldner und Krimineller, Mitglied des Król-Wutkowski-Trios, bestehend aus Malek, Tymon und Dominik, zu dreißig Jahren Haft verurteilt. Großer Bruder von Dominik Wutkowski. Mit Tymon Król aus der JVA Grauach geflohen. Arbeitete für die Rebellen, von denen er sich nach der Fossey-Mission absetzte. Sein Ziel: Dominik aus den Händen des Regimes befreien und die Nanobeeinflussung beenden.

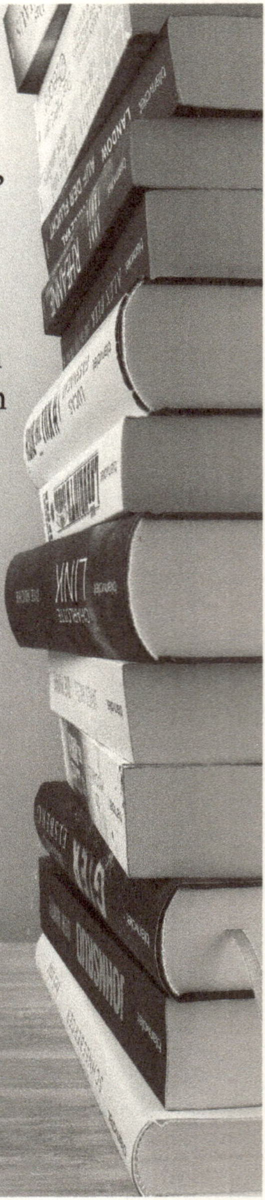